W0468972

Heinrich Mann um 1928

Heinrich-Mann-Archiv, Berlin

Heinrich Mann
Die Verräter

Sämtliche Erzählungen
Band 3

S. Fischer

Heinrich Mann
Gesammelte Werke in Einzelbänden
Herausgegeben von
Peter-Paul Schneider

© 1978 Aufbau-Verlag, Berlin und Weimar
© 1996 S. Fischer Verlag GmbH, Frankfurt am Main
Alle Rechte liegen beim
S. Fischer Verlag GmbH, Frankfurt am Main
Satz: Clausen & Bosse, Leck
Druck: Wagner GmbH, Nördlingen
Bindung: G. Lachenmaier, Reutlingen
Printed in Germany 1996
ISBN 3-10-047812-6

Die Verräter

Inhalt

Die arme Tonietta

I

Der alte Cantalupi hatte ziemlich getrunken, auf dem Wege pfiff er und klatschte in die Hände; und als nun der Zug den Hügel, der Colbasso heißt, hinaufgelangte und vor dem Hof der Neuvermählten alle haltmachten, da rief er:

»So geht denn zu Bett, meine Kinder! Dies Feld hat mein Großvater bebaut. Auch mein Enkel soll es bebauen.«

Er ließ sich von seiner Tochter ein Glas Wein bringen, küßte sie und den Schwiegersohn und kehrte um. Einige der Älteren folgten ihm; die junge Welt aber verlangte zu trinken und daß alle hinter den Pfeifern her um das Haus gehen sollten. Die Mädchen spähten in das Schlafzimmer der Hochzeitsleute und stießen sich an. Eine warf eine Blume auf das Bett, darauf tat auch die nächste es, und schließlich rupften alle von der Erde, was da war, und schleuderten es ins Fenster. Der junge Ehemann kam und fragte, warum sie lachten und schrien, aber sie sagten: um gar nichts, und er kehrte zu den Burschen zurück. Gerade schickten sie die junge Frau wieder hinein, nach einem neuen Fiasko, und hinter ihr her riefen sie Scherze. Ihr Mann hörte, wie der Carlino von Montemurlo zu einem andern sagte:

»Mag sie hergeben, was da ist! Sie wird Geld haben, denn ein Liebhaber wie der Tancredi läßt keine arm zurück.«

Matteo stürzte sogleich vor, um den Carlino zu packen. Aber es überkam ihn, daß dann alle es erfahren würden und daß dies seine Hochzeitsnacht sei. So riß er sich, die Zähne auf der Faust, hinter den Wagenschuppen zurück. ›Wären jene erst fort‹, dachte er und stieg, schwankend vor Schmerz, die Wiese hinab, ›dann werden wir abrechnen, Tonietta und ich!‹ Er ließ sich hinfallen und sagte, erschöpft durch seine Wut: »Vielleicht war es eine Lüge Carlinos.« Dann schien es ihm wieder wahr, und er schluchzte in die Hände. »So habe ich bei den Soldaten, die langen Jahre, ihr alle diese Briefe geschrieben, indes der Tancredi sie hatte!«

Wie er endlich zurückging, hielt er den Kopf gesenkt und die Fäuste geschlossen. Kaum aber daß er, am Zaun, vom Boden aufsah, zog schon sein Fuß sich zurück und legten seine Hände sich auf die Brust. Vor dem Madonnenbild in der Mauer kniete Tonietta; vom Mond, der noch tief hinter den Ölbäumen war, drang ein dünner Strahl bis zu ihr und zerstäubte auf ihr; und die violetten und bestirnten Tiefen über ihr waren so still, als hörte der ganze Himmel nur sie. Matteo ließ sich, wo er stand, auf das Knie. Als Tonietta aufstand, erblickte sie ihn, und sie gingen sich entgegen.

»Alle sind fort, schon lange«, sagte Tonietta. »Ich habe dich erwartet.«

»Und du denkst an keinen, der nicht hier ist?« fragte er und streckte den Kopf vor. Sie legte ihren in den Nacken.

»Bist nicht du hier, o Matteo?«

Da schüttelte er sich, die Augen geschlossen, und wand den Arm um ihre Hüften. So gingen sie um das Haus. Von einer sehr fernen Straße, wohl schon bei Villa Cotagna, kam noch einmal der Ton des Pifferaro.

»Wie wir allein sind!« sagte Tonietta. »Waren je andere so allein?«

Matteo breitete wild die Arme aus.

»So sollte es bleiben!«

»So sollte es bleiben«, sagte auch sie. Wußte sie denn,

was er dachte? Daß morgen, wenn er den Tancredi zur Rede stellte, vielleicht alles aus war?

»Denn wir sind glücklich«, sagte sie.

»Ja, glücklich!« – und er preßte sich an sie.

»Wie es duftet, Lieber! Es duftet aus unserem Zimmer. O sieh! es ist voll Blumen. Unser Bett ist voll Blumen.«

»Das waren die Mädchen!« rief er. »Sie haben sich lustig gemacht über mich.«

»Warum lustig gemacht? Sie wollten uns Freude machen. Aber wir müssen die Blumen hinaustragen, sonst werden wir krank.«

»Und wenn wir stürben! Wäre es nicht das beste?«

»Warum? Wir, die so glücklich sind!«

»Das Glück ist kurz, o Tonietta. So glücklich wie diese Nacht werden wir vielleicht nie mehr sein. Könntest du nicht mit mir sterben?«

Sie verschloß ihre Augen an seiner Brust.

»Auch sterben könnte ich mit dir, o Matteo!«

Da atmete er tief auf und sah empor. Ihm war's, als ragte er in den Himmel wie die Zypresse dort, die mit ihrer Spitze an einen Stern stieß.

An seiner Hand und auf seiner Brust betrat Tonietta das Haus. Als sie aber wieder hervorkamen, schleifte Matteo sie hinter sich, und sie schrie: »Mitleid! Du bist wahnsinnig.«

Vom Anblick der Madonna bekam sie Kraft, sich loszureißen, und sie warf sich vor das Bild hin und bewegte die hinaufgereckten Hände, als wände sie an einem Seil.

»O Madonna!« rief sie, »o meine Madonna! Auch du bist eine Frau, und du weißt wohl, daß ich unschuldig bin! Sage ihm, daß ich unschuldig bin!«

Er hielt sie schon wieder.

»Ich bin betrogen!« – und er griff sich nach der Kehle. »Du und dein Vater, ihr habt mich betrogen. Er muß dich zurücknehmen. Fort mit dir!«

Er schleifte sie weiter. Auf der Mitte des Hügels klammerte sie sich an eine große Wurzel und war nicht loszubringen.

»Bin ich nicht dein Weib!« schrie sie immer wieder. »Dein Weib, das dich liebt!«

Zuletzt zerschnitt er die Wurzel, und so mußte sie mit. Es ward Tag.

Im Dorf sahen es weder er noch sie, daß von ihrem Lärm die Leute an die Fenster kamen. Sie hatten das Blut in den Augen und waren wie blind.

Der alte Cantalupi stand schon auf seiner Schwelle, und kaum daß er die Worte des Schwiegersohnes unterschieden hatte, rief er der Tochter entgegen:

»Du hast mir schöne Ehre gemacht! Jetzt sieh zu, wo Platz für dich ist!«

Und die Arme hielt er quer vor dem Eingang. Tonietta wollte hindurch, aber sie waren so hart, daß es sie umwarf.

»Daß ich unschuldig bin!« – mit zwei Fingern, die sie hoch in der Luft schüttelte. »O Madonna, daß ich unschuldig bin!«

»Das mache mit deinem Mann ab!« sagte ihr Vater.

In dem Haufen von Burschen, der sich umherschob, kam ein Gemurmel auf. Die Frauen drüben verstanden es, und eine sagte laut:

»Der Conte: es ist wahr. Denn noch am Sonntag kam sie aus seinem Hause.«

»Du lügst!« – und Tonietta schnellte ihr an die Gurgel. Das Mädchen wälzte sie ab, die nächste stieß sie weiter, und immer schreiend: »Ihr lügt!« flog Tonietta von dieser zu jener, bis eine, die kleine Lorenzina, sie in den Armen behielt und leise sagte:

»Arme Tonietta!«

Da schlug Tonietta nicht mehr um sich, und war still. Nur lang aufseufzen hörte man sie hinter ihren beiden Händen; und gebückt und strauchelnd gelangte sie durch den Haufen der Männer, der auseinanderwich, und an den Kindern vorbei, die pfiffen... Alle sahen ihr nach. Jetzt nahm sie die Hände vom Gesicht. Jetzt schleppten ihre nackten Füße nicht mehr im Staube. Jetzt war sie, eilend, am Ende des Dorfes und schlug sich, in der Morgensonne, den Rock über den Kopf wie eine Reisende.

»Sie will wohl einen weiten Weg machen«, sagte jemand.

Die Burschen drückten Matteo die Hand und bemitleideten ihn. Er erwiderte:

»Was tut mir's, da meine Ehre gerächt ist. Und mein Leben werde ich nun wieder als Schuster verdienen.«

Der alte Cantalupi aber sagte:

»Was, Schuster. Ich habe dir den Hof und die Tochter gegeben und nehme weder sie noch ihn zurück.«

So kehrte denn Matteo allein nach Colbasso um.

Hinter dem Hügel stand die Sonne und blendete so sehr, daß er mit dem ersten Blick das Haus nicht fand und erschrak, als sei es fort. Das Gras wehte; er hielt still: ob das Wehen nicht zu hören sei. Nein, auch das war nicht zu hören. Und das Haus stand vorn und hinten offen; man sah ganz hindurch, ins Leere; und Matteo kam es vor wie ein Menschenleib, durch den ein Messer gefahren war.

Er lehnte sich gegen den Schuppen, und vor Müdigkeit rutschte er zu Boden. Da traf er in dem weiten Land, das schon blaute, auf die Straße, zog ihr gedankenlos blinzelnd nach und sah eine Gestalt sich bewegen. Bei dem großen schwarzen Stein, der das Grabmal des Nero war, blieb sie stehen, taumelte dagegen und glitt daran nieder, wie er selbst an seinem Schuppen. Plötzlich aber sprang Matteo auf und stieß mit der Faust nach ihr dort unten; denn auch sie hatte rückwärts den Arm geschüttelt.

II

Der Fuhrmann Giovaccone aus Calto erzählte eines Tages in der Schenke, zu Rom bei Piazza Montanara habe er die Tonietta gesehen. Er kannte sie genau, weil er seit zwanzig Jahren den Wein ihres Vaters abholte; und durch eine Gasse war sie gegangen mit einem Manne. Der Mann war ein Bauer, er konnte einer aus Storchio sein, Giovaccone wußte es nicht sicher. Diese Begegnung war schon vier Wochen her, aber da der Fuhrmann seitdem noch nicht im Dorf gewesen war, erfuhr man davon erst jetzt.

Als es dem Matteo berichtet ward, sagte er, es sei nicht wahr; und dem Biagio, Sohn des Gasparo, der dabei blieb, fuhr er zu Leibe. Die andern trennten sie und redeten ihm Vernunft zu: was die Tonietta ihn noch angehe. Er war blaß und wollte nicht mehr Bocce spielen, nahm seinen Rock und ging nach Haus.

Am Morgen darauf kam zu ihm sein Freund Michele Lattuga. Er kam auf seinem Karren geradewegs von Rom und sagte zu Matteo, er müsse ihn ernsthaft sprechen. Matteo legte seine Hacke nieder, nahm aus dem Strohsack am Pferde die Flasche und bot sie dem Freunde. Michele setzte sie an den Mund; darauf sagte er:

»Ich darf mit gutem Gewissen deinen Wein trinken, denn als in der Hauptstadt die Tonietta, deine Frau, sich mir anbot, habe ich unserer Freundschaft gedacht und sie ausgeschlagen. Du mußt wissen, daß nicht jeder so handelt wie ich und daß der Carlino aus Montemurlo...«

»O schweig!« rief Matteo, mit den Fäusten auf den Ohren... »Ich wollte sagen«, setzte er hinzu, »daß jetzt, da sie die Dirne macht, alles eins ist, und auch du hättest sie dir nehmen können.«

Michele stutzte, und dann ergriff er Matteos Hand.

»Ich wollte es dir verheimlichen, Freund, und dich schonen; aber, um die Wahrheit zu sagen, habe auch ich ihr nicht widerstehen können. Denn man muß zugeben, daß sie eine schöne Frau ist.«

Matteo war auf einmal dunkelrot und griff um sich.

»Was hast du?« fragte Michele.

Matteos Hand war in die Ackererde gefahren. Er erschrak selbst, weil er hatte nach der Hacke greifen wollen.

Plötzlich lachte er auf.

»Mir kommt ein spaßhafter Gedanke: Wenn nun der Tancredi sie wiedersieht. Er hatte gehofft, mich zu betrügen; statt dessen ist er selbst der Betrogene und teilt sie mit aller Welt.«

»Das ist wahr«, sagte Michele; »und es könnte sein, daß die Sache ihm schon passiert ist, denn auch der Conte war in Rom, ich sah ihn seine Käse abladen auf Piazza Montanara. Heute morgen um zwei ist er aufgebrochen, noch vor mir, und wäre längst zurück, wenn er nicht nach seiner Gewohnheit sich in Villa Cotagna festgetrunken hätte.«

Matteo stand auf und zeigte hinab auf die Straße.

»Dort kommt er!«

»Und er fährt halb im Graben«, bemerkte Michele. »Er wird sich den Hals brechen.«

»Das wäre schade«, sagte Matteo, »denn ich habe mit ihm zu reden.«

Er faßte in seine Hosentasche und ging schon.

»Und das Pferd?« fragte Michele.

»Es wird nicht fortlaufen. Komm schnell.«

Im Hof der Schenke stand der Karren des Tancredi, und das Pferd schnob noch vom Laufen; er selbst aber saß schon breit und fest dort innen, die Füße von sich gestreckt, in Stiefeln, die verhärteter Schlamm bedeckte. Er hatte das Messer in der Faust, vor sich den halben Liter samt einem großen Käse, und erzählte dem Wirt und zwei Bauern, wie er in der Hauptstadt die Krämer hineingelegt habe. Als er den Matteo in der Tür sah, lächelte er höhnisch und fuhr mit zwei wulstigen Fingern zu dem hinaufgebogenen Schnurrbart. Die roten Blätter seiner Gesichtshaut sahen durch den schmutzigen blonden Bart, worin Käsebrocken staken.

»Ihr kommt von Rom?« fragte Matteo sogleich und trat, die Brauen gefaltet und beide Hände in den Taschen, an den Tisch hin. Der Tancredi erwiderte:

»Nimm zuerst den Hut vor mir ab; ich bin ein Edelmann.«

Er öffnete eins seiner von den Backen erdrückten Augen und klemmte das Monokel davor. Matteo riß sich den Hut vom Kopf und warf ihn zu Boden; er bückte sich, aber mit drohenden Brauen, und sagte:

»Exzellenz, ich werde es nicht wieder vergessen.«

»Um so besser für dich. Dann will ich so gefällig sein, dir die Grüße zu bestellen, die deine Frau mir aufgetragen hat.«

»Ihr habt sie gesehen?«

»Gesehen!« – und der Tancredi faßte, den Mund zum Lachen weit offen, aber stumm, alle der Reihe nach ins Auge. Dann lockerte er unter seinem Bauch den Gurt und warf hin:

»Geschlafen habe ich mit ihr!«

Alle waren still. Man hörte ein Knirschen. Matteo bückte sich noch einmal und sagte:

»Exzellenz, Ihr tatet nach meinem Wunsch, denn als ich die Tonietta fortjagte, dachte ich sie eben zu Euch zu schicken.«

»Du bist gut; aber sie ist zu tief im Preise gesunken für einen Edelmann. Sie verlangte zehn Paoli, und ich habe ihr nur vier gegeben.«

»Aber Ihr, der Ihr sie schon früher kanntet: denn, nicht wahr, Ihr kanntet sie vor mir...?«

»Wer weiß?«

Der Tancredi bog sich rückwärts und goß sich das Glas in den Mund. Matteo streckte den Kopf vor, seine Augen gruben, unter ihrer tiefen Falte, in dem hingebreiteten Gesicht des andern, und die Lippen gingen ihm auseinander, als schmachtete er.

Der Tancredi schnalzte.

»Nimm einen Stuhl, und sprechen wir von deiner Frau! Sie gefällt mir mehr als dir, und wenn ich das nächste Mal in die Hauptstadt fahre, denke ich ihr treu zu sein.«

Matteo setzte sich, nahm das Glas, das der Wirt ihm hingestellt, und leerte es in der Zeit, da der andere sprach, zweimal ohne Pause.

»Und daran siehst du«, sagte jener, »wie sie mir gefällt, denn ich habe genug an meinen Mägden und brauche die Weiber der Hauptstadt nicht.«

Matteo hörte auf zu trinken.

»Ihr solltet die Tonietta als Magd aufnehmen, Exzellenz.«

»Warum? Da sie mich in der Hauptstadt weniger kostet.«

Matteo rührte nicht Blick noch Glieder.

»Ihr solltet die Tonietta als Magd aufnehmen, Exzellenz.«

Der Tancredi schlug auf den Tisch.

»Lassen wir deine Frau bei ihrem lustigen Leben. Ich will dir, obwohl du nur ein Bauer bist, von andern Weibern erzählen, die ich kannte...«

Matteo ließ ihn reden und trank wieder. Plötzlich hörte er sich lachen und selbst mit Geschichten loslegen. Er berichtete von seinen Abenteuern bei den Soldaten, eignete sich die seiner Kameraden an, schmückte aus und erfand. Er bemerkte, daß die Gesichter der andern in einem Nebel verschwunden waren und ihm gegenüber nur noch der Tancredi saß, der ihm in die Hand schlug und ihn seinen liebsten Freund nannte. Matteo fühlte Tränen kommen, und sein Herz schlug begeistert. Er rühmte dem Tancredi die Schönheit der Tonietta und daß er ihr seine Ehre vorgezogen habe. Dann wollte er wissen, wie sie in der Hauptstadt ausgesehen habe – und hatte sie noch ihr gelbes Tuch gehabt? Das war ein Geschenk von ihm. Wo wohnte sie?

»Via de' Merli«, sagte der Tancredi, und er beschrieb genau den Weg dahin, rühmte ihre guten Manieren, ihr Zimmer und die Makkaroni, die sie ihm zu kosten gegeben hatte.

»Via de' Merli«, wiederholte Matteo immer dazwischen… »Früher war sie in Colbasso: eine Nacht nur. Wollt Ihr nicht das Haus ansehen?«

Da der Tancredi weitertrank:

»Kommt doch, Exzellenz!«

Schließlich fiel ihm ein, von einem Fäßchen alten Weines zu sprechen, das er noch von seiner Hochzeit her habe, und damit brachte er den andern auf die Beine. Sie taumelten hinaus. Der Tancredi faßte festen Fuß und zog sich, den Bauch schwenkend, die Hose höher. Während er auf den Karren kletterte, mußte Matteo nachschieben, und dafür zog er den Matteo hinauf. Sie fuhren, wie sie konnten, und lachten, wenn sie über dem Graben hingen.

Zu Hause wollte Matteo sogleich wieder von Tonietta anfangen, aber der Tancredi warf mit Stühlen nach der Wand und schrie, er wolle nichts hören, bis der Wein da sei. Matteo holte ihn, und dann stützte er sich, angesichts des Trinkenden, mit den Fäusten auf den Tisch, stand und betrachtete ihn, wieder mit Grübeln und Lechzen.

»Hat sie Euch geliebt?« fragte er.

»Wer? Deine Frau? Warum nicht: da ich ein Mann bin und ihr vier Paoli gab.«

»Und früher? Vor mir?«

»Nie gesehen«, antwortete der Tancredi.

»Wie? Nie gesehen?«

»Denkst du wirklich noch an solche elende Kleinigkeit? Da dein Wein mir schmeckt, will ich dir eröffnen, daß ich deine Frau nicht anders gekannt habe als jedes Mädchen im Dorf... Was glotzt du mich an? Man hat dich belogen: ist das so selten?«

Matteo flüsterte, denn er hatte keine Stimme mehr:

»Warum habt Ihr mir nichts gesagt?«

»Du vergißt, daß du mit einem Edelmann sprichst. Was gehen mich die Liebesgeschichten eines Bauern an.«

Alles war also unnütz, wollte Matteo sagen; aber anstatt zu sprechen, knirschte er so furchtbar mit den Zähnen, daß der Tancredi sich halb vom Stuhl hob. Er fiel sogleich darauf zurück, und Matteo zog die Hand aus der Hosentasche.

»Laßt nur«, sagte er. »Was hätte es geholfen, wenn Ihr sprachet. War sie doch schon dort unten – in Via de' Merli.«

Er rang die Hände.

»Oh, die arme Tonietta! Wäre sie tot! Und auch ich hätte niemals leben dürfen.«

Draußen, beim Zaun, fand er sich wieder, und gegenüber, unter der Madonna, kniete sie, und plötzlich war, statt der harten Sonne, Mondschein da. Durch das Öllaub kam der Strahl und zerstäubte auf ihr. Sie wandte sich um, und nun gingen sie einander entgegen. Matteo breitete die Arme aus: da strauchelte er und fiel mit dem Gesicht ins Gras.

Als er aufstand, war es dämmerig; er hatte einen schweren Kopf, im Leibe Angst und dachte nur immer: ›Was ist geschehen. Barmherzigkeit, was ist geschehen.‹

Er trug den Pferden Futter hin und sagte:

»Du würdest es gewiß nicht zugelassen haben, o Herr Gott, daß ich mich in unserer Hochzeitsnacht in ihr irrte: würdest es nicht zugelassen haben, wenn sie unschuldig war. Der Tancredi wird aus Feigheit gelogen haben.«

Plötzlich ließ er alles fallen.

»Das wolltest du! Sie war unschuldig, und in jener

Nacht hätten wir beide sterben sollen, weil unser Glück zu groß war. Dazu lagen auf unserem Bett die Blumen.«

Er ging hinein, als müßten sie noch da sein. Statt der Blumen lag auf dem Bett der Tancredi und schnarchte. Matteo fiel über ihn her und rüttelte.

»Auf! Euer Pferd ist fortgelaufen.«

»Laß es laufen«, grunzte der Tancredi und wälzte sich auf die andere Seite. Matteo keuchte. Er hielt sich die Ohren zu, weil er wilde Stimmen hörte. Die Augen voll Blut, sah er in den Armen des Tancredi Tonietta. Der Tancredi wälzte sich über sie. Matteo konnte nicht rasch genug in die Hosentasche fahren – und endlich stieß er zu – welche Erlösung! – stieß zu, stieß zu...

Das Herz

I

Gleich nach bestandener Matura legte Christoph bei zwei Gelegenheiten solche Proben geschäftlicher Befähigung ab, daß sogar der alte Pacher betroffen war. Er ließ den Sohn mit neunzehn Jahren mündigsprechen und erteilte ihm die Aufgabe, das Egerer Haus in Wien zu vertreten. »Nach den Beweisen, die ich von dir habe, wirst du in Wien sowenig wie anderswo unser Werk gefährden; ich verlasse mich auf dich.« Damit war Christoph allein und ging still und fest seinen männlichen Weg. Er tat, umschwärmt von Vergeudung und Vergnügen, keinen Schritt, der nicht Erwerb und Nutzen galt.

Eines Abends, als er, wie jeden Abend, um 10 Uhr nach Hause kam, stieß er im Dunkeln der Treppe mit den Fingerspitzen an einen Körper, der leise aufzuckte. Christoph schlug Licht: da flammte großes rotes Haar auf, und ein zu weißes Gesicht sah ihn aus umschatteten Augen wie blind an. Er hob die Frau vom Geländer.

»Sie sind krank? Ich will einen Arzt holen.«

»Es ist unnütz. Ich habe nichts gegessen.«

Sie hatte seit fünf Tagen kaum gegessen. Christoph stützte sie bis in ihr Zimmer, holte seine Vorräte und zog sich zurück. Am Morgen, es war Sonntag, klopfte er und fragte, was sie zu tun gedenke. Sie sagte, sie wisse nichts mehr; ihr Mann trinke und habe sie verlassen. Sie wollte anständig bleiben. Er schwieg, er berechnete rasch, wie weit sein Einfall ihn führen könne; dann entschloß er sich.

»Ich will Ihnen in einem Restaurant die Pension bezahlen.«

Nachher sprach er mit der Hausmeisterin. Es lag tatsächlich am Mann. Die Frau Melanie Gall hätte Kavaliere genug haben können, und der berühmte Makart wollte sie malen. Aber nicht einmal ihr Haar gab sie her.

Am nächsten Sonntag kam er wieder, um sie zu unterhalten und darauf am Abend des Donnerstag, der ein Feiertag war. Er sprach von Schiller, sagte einen im letzten Schuljahr verfaßten Aufsatz her, der seine politische Überzeugung enthielt; – und einen höheren Sinn als in der Nachtstunde, da er sie ersann, schienen die Sätze zu tragen, nun die Frau ihnen lauschte. Sie saß weich vorgebeugt, das Kinn in der weißen, wie muskellosen Hand, und sah von unten in seine Augen, die gelassen glänzten. Seine Stimme und seine Stirn waren fest und rein. Ihre Stirn, ihre Brüste näherten sich langsam. Er sagte:

»Wir sollten uns alle für gleich halten und einander helfen; wozu sonst alle Arbeit.«

Da fühlte er ihren Atem, und ehe er erschrecken konnte, schlugen schon ihre Arme um seinen Hals.

Diese Nacht irrte er in den Straßen umher, schrieb am Morgen an seinen Vater, und noch vor Mittag stand er vor ihr.

»Meine Melanie, wir werden fortmüssen.«

Sie sagte:

»Du hattest noch nie eine Frau besessen, wie?«

Da er den Kopf bewegte:

»Ich weiß, was ich getan habe!« – und sie umarmte seinen Kopf. Er entzog ihn ihr.

»Du wirst es schwer haben mit mir. Wir werden arm sein und in der Fremde leben.«

»Ich bin älter als du.«

»Vier Jahre, was bedeutet das.«

»Ich wundere mich. Du Kind, du willst mein Mann sein?... Nein, ich wundere mich nicht.«

Sie maß ihn. Er war nicht größer als sie, aber er hielt die

schmalen Schultern gespannt, und wie kräftig lagen die Lippen aufeinander! Mit einem stockenden Lächeln der Bewunderung sagte sie:

»Ich bete dich an.«

Er schloß die Augen. Als er sie öffnete, war seine Stimme ganz leise und so ernst wie eine Drohung.

»Es ist fürs Leben.«

II

Die Antwort seines Vaters sah aus, wie er's erwartet hatte. Er fuhr nach Hause; und bei seiner Rückkehr sagte er zu ihr:

»Ich bin also enterbt und entlassen: wir können reisen.«

Sie fuhren auf einem Tandem über den Semmering, nach Italien; es war im November.

»Aber hier ist es kalt«, sagte Melanie. »Wo ist die Sonne, wo sind die Blumen?«

Er erwiderte:

»Ich weiß bestimmt, daß hier etwas für mich zu machen ist.«

Er hatte sich die Agentur einer Fahrräderfabrik verschafft und brachte mit Verkäufen sie und sich von einer Stadt zur andern fort. In Brescia ging er zu dem Geschäftsfreund seines Hauses.

»Ihr Herr Vater hat mir schon geschrieben«, sagte der Mann. »Es ist Geld für Sie da, falls Sie die Frau, mit der Sie sind, verlassen wollen. Ich rate Ihnen, vernünftig zu sein. In einem Lande, dessen Sprache...«

Christoph hörte nicht weiter, er hatte die Tür zugeschlagen.

In Mailand bezogen sie eine Kammer, auf einen Hof hinaus, und Christoph lief die Stadt ab nach einer Anstellung. Des Abends kam er heim, abgehetzt, beschmutzt durch kleine niedrige Gelegenheitsarbeiten, die Augen noch voll von den Gesichten des Elends: – und da ging, gleich hinter dieser schwarzen Tür, die Feensonne ihres Haars auf! Sie streckte ihm diese weißen Arme entgegen, und ein warm blühender Garten umfing ihn. Er aber schlug nicht die Augen nieder. ›Sie ist reich‹, dachte er, ›aber auch ich bin es. Ich werde ihr einen Palast bauen. Eines Tages wird sie mir sagen, daß es das Klügste war, was sie tun konnte, daß sie mit mir kam.‹

Es ward so kalt und die Arbeit so selten, daß er es vorzog, im Bett Italienisch zu lernen. Nach zwei Monaten war eines Morgens ihre Kammer ein wenig heller. »Ob die Sonne scheint?« Seit acht Tagen lebten sie von dem Rest einer Polenta, die Melanie von einer Nachbarin zum Kosten bekommen hatte. »Die Frühlingsluft wird uns guttun.«

Auf der Straße nach Monza sahen sie einander, noch blinzelnd, in die Gesichter; sie waren schmäler und blasser; – und gleich rasch umschlang einer des andern Arm.

»Wir haben einen guten Winter verlebt. Wir werden Glück haben.«

»Da –«, und Melanie lächelte wie eine Zauberin.

»Was schenke ich dir?«

Im Staub lag ein Zweilirestück. Welch ein Fest! Und wie sie gesättigt nach Hause kamen, wartete auf dem Tisch ein Brief; eine Hanffabrik in Ferrara, der Christoph sich angeboten hatte, berief ihn; und das Reisegeld reichte für zwei Billette dritter Klasse!

In Ferrara fand es sich, daß Buchhalter und Geschäftsführer in Angst lebten vor dem nahen Besuch ihres Herrn, des Abgeordneten Bizarri. Er war jähzornig, und die Bücher waren schlecht geführt. Christoph erbot sich, sie mit Hilfe der Nächte in Ordnung zu bringen. Melanie arbeitete mit ihm.

»Wenn ich dich nicht hätte, würden diese viertausend Francs mir entgehen.«

Eines Nachts trat der Geschäftsführer ein.

»Sie sind verheiratet, Herr Pacher? Aber dann bekommen wir ja eine schöne Frau mehr in unsere etwas eintönige Gesellschaft.«

Zwei Jahre lang lebten sie geachtet und in Frieden. Dann begegnete Melanie zögernden Grüßen, man richtete halbe Worte an Christoph. Ein Reisender seines Vaters war in der Stadt gewesen.

»Wie er hinter uns her ist!« sagte Melanie, zusammengebrochen. »Welch Haß!«

Christoph dachte: ›Ich begreife ihn; aber eines Tages werde ich ihm gegenübertreten, reicher als er selbst.‹ Und er richtete sie auf, er küßte sie.

»Ich habe schon ein kleines Kapital, wir sind auf dieses Nest nicht angewiesen. Wir gehen nach Bologna, und ich etabliere mich.«

Alles ging gut. Durch den Abgeordneten Bizarri ward Christoph mit einem jungen Mann von großem Einfluß bekannt, der ihm sogleich Freundschaft zeigte. Gaetano Grappa war aus einer mächtigen Familie der Stadt, und er lebte in Rom als Sekretär eines Ministers. Er verschaffte Christoph Kredit und Konzessionen; einmal führte er den Minister in die Fabrik.

»Nie habe ich einen solchen Freund gehabt«, sagte Christoph. Melanie sah ihn tief an.

»Wer weiß, was er von dir will. Du hast eine Freundin: ist das nicht genug?«

Im Sommer machten sie Fahrten in den Apennin; Gaetano kam für einen Tag von Rom her, um dabeizusein. Eines Sonntags saßen sie ohne Melanie droben in Abetone. Gaetano war schweigsam gewesen, und jetzt trank er.

»Ich habe dich nie soviel trinken gesehen«, sagte Christoph.

»Ich bin nicht, der du glaubst« – und Gaetano starrte

ihn entsetzt an. »Zwischen uns ist ein Geheimnis. Welch Geheimnis!«

Flüsternd:

»Ich liebe deine Frau.«

Da Christoph heftig erbleichte:

»Oh! fürchte nichts. Deine Frau ist eine Heilige. Sie würde mich sterben sehen.«

Er schluchzte auf.

»Und nimm hinzu, daß ich in Wahrheit dein Freund bin.«

Nach einer stummen Weile, da Christoph aufstand:

»Nimm es nicht wichtig; ich habe getrunken. Aber du sollst sehen, daß ich sicher auf dem Rad sitze: ich fahre die Abkürzung.«

»Sie ist lebensgefährlich!«

Der andere hielt an, am Rande des Abhanges.

»Du warnst mich?«

Christoph wandte sich ab.

Er hörte einen Sturz und eilte hin: Gaetano war unverletzt. Christoph berührte seine Schulter.

»Du dauerst mich.«

»Aber es wäre besser für uns alle, ich wäre umgekommen.«

»Ja«, sagte Christoph.

Sie führten ihre Räder. Gaetano begann plötzlich:

»Gib mir deine Frau! Ich spreche nicht zu dir wie ein Gentleman, aber danach frag ich nicht mehr. Gib sie mir und verlang, was du willst.«

Christoph erwiderte mit ruhiger Stimme:

»Du hast nicht nötig, mich zu bezahlen. Sie mag wählen zwischen uns.«

»Es gibt etwas Neues«, sagte er zu Melanie. »Der Gaetano liebt dich.«

Und mit einem Blick in ihre Augen:

»Ah! es ist nichts Neues für dich: ich dachte es mir.«

Sie nahm seine Hand.

»Verzeih! Ich wollte dich nicht erzürnen gegen ihn, du solltest deinen Freund behalten.«

»Lassen wir's. Jetzt hast du die Wahl.«

»Was willst du sagen?«

»Er ist reich, er bietet dir eine große Zukunft: meine ist unsicher. Sein Einfluß reicht bis zum Papst: mag sein, daß er deine Scheidung bewirkt, was ich nicht könnte. Dann wird er dich heiraten.«

»Was geht das alles mich an? Ich soll wählen? Ich habe doch gewählt, als ich dir folgte. Hast du vergessen, was du damals sagtest? Es ist fürs Leben.«

»Mag sein; – aber wir sind älter geworden und so oft schon enttäuscht. Mir ahnt, daß wir auch von hier werden fortmüssen. Willst du immer ohne Heimat bleiben?«

»Du bist meine Heimat, du!« – und sie schüttelte seine Schultern. »Denke an unsere Kammer in Mailand, als wir noch ganz fremd waren und allein. Oh! all die Fremden, durch die wir hindurchgegangen sind: ihre Masse hat uns aneinandergepreßt. Was will uns noch trennen!«

Sie sah seine Schläfen weniger hart, sein Mund zuckte – und sie jubelte auf, sie riß ihn an sich.

»Ah! Du hast gezweifelt. Du hast Angst gehabt. Wie ich dich dafür liebe! Du bereitest mir das Glück, daß ich mich dir noch einmal geben darf!«

III

Der junge Grappa warf mit dem Wagen um und lag zwischen Leben und Tod. Als er gerettet war, kam das Haupt der Familie zu Christoph und bat ihn, abzureisen mit seiner Frau.

»Wir würden hier kein Glück mehr haben«, sagten sie zueinander, »wozu den Armen quälen. Recht weit fort! Etwas ganz Neues!«

Sie fuhren nach New York. Alte Bilder, die Christoph in Italien zusammengebracht hatte, trugen ihm ein erstes Kapital ein. Er ließ Melanie in der besten Pension von Baltimore und zog aus, um Geld zu machen. Er erwarb Wald und Land, stach Torf, ward Mitbegründer einer Stadt, auf einer Farm von Räubern niedergestreckt; – und sobald er vom Bett aufgestanden war und einen sicheren Wohnort hatte, holte er sie zu sich.

In vier Jahren stieg der Wert der zweihundert Baustellen, die ihm in Springtown gehörten, um das Zwölffache. Sie bewohnten ein ganz städtisches Haus.

»Was ist heute im Theater?« sagte Melanie eines Abends, und sie seufzte. »Hundertfünfzig Meilen vom nächsten Theater entfernt zu leben: welch Geschick!«

»Wir werden uns später dafür entschädigen. Inzwischen genießen wir hier den Vorzug, daß niemand sich um uns bekümmert.«

»Das ist freilich sehr wahr. Hierher verirrt sich kein Reisender deines Vaters. Aber mit dreißig Jahren verzichten müssen auf Menschen, Musik, Luxus!«

Da er nicht mehr antwortete:

»Später, sagst du? Aber können wir denn unverheiratet hinüber? Und du willst nicht, daß wir heiraten – obwohl meine kirchliche Ehe hier gar nicht hindert. Aber du bist ein zu guter Geschäftsmann, und dein Pflichtteil ist dir lieber als mein Glück.«

»Es ist nicht der erste Abend, daß wir dies alles besprechen.«

Sie hörte nicht.

»Noch später? Dann werde ich alt sein. Wirst du dann noch bei mir sein?«

»Wie du dich langweilst!« sagte er im Ton des Mitleids. Aber soviel Unvernunft machte ihn ratlos und ärgerlich; er ging hinaus.

Sie sprang auf, sie holte ihn von der Schwelle zurück.

»Bleibe! Du läßt mich zuviel allein mit meinen Gedanken.«

»Wenn ich nicht eine vernünftige Frau hätte, wir hätten uns nie durchgekämpft bis hierher.«

Sie stützte beide Hände fest auf seine Schultern, sie sah ihm in die Augen.

»Du willst mich nicht heiraten?« Und ehe er antworten konnte: »Überlege, was du sagst! Wir kennen uns so lange, und doch ist mir's jetzt, als habest du dich nie viel um mich bekümmert.«

»Ich verstehe dich immer weniger.«

Er führte ihre Hand an die Lippen.

»Darf ich jetzt gehen?«

Sie ließ ihn plötzlich los.

»Ja«, sagte sie in einem Ton, daß er sich umsah.

Als er am Morgen erwachte, war sie fort. Ein Brief lag da.

»Du liebst mich nicht mehr, ich befreie dich von mir. Ich gehe mit einem Mann, den ich nicht liebe, aber der mich heiratet.«

Er hielt sich am Tisch, ihn schwindelte es heftig. Gleichwohl tat er seine Arbeit wie immer. Mittags, wie er heimkam, schüttelte ihn das Fieber. Er unterdrückte es und machte einen Ritt. Es kam, ging, und kam wieder, er mußte nachgeben. Da ließ er auf einmal das Essen, blieb im Schlafzimmer und schloß die Läden.

Kameraden zogen ihn hervor, einer, ein Franzose, der in New York wohnte, nahm ihn mit dorthin, zerstreute ihn und drängte ihn in Unternehmungen. Zwei Monate später fuhr Christoph nach dem Westen, um eine Kupfermine zu kaufen. Sie war so lange kaum ausgebeutet; die hohen Frachtsätze der zu Goulds Trust gehörigen Bahn hatten es verhindert; aber eine zweite, unabhängige Linie war, ganz nahe seiner Mine, im Bau. Nach einem Jahr blieb der Bau plötzlich liegen: die Gesellschaft hatte sich mit Gould verständigt. Christoph verkaufte mit Verlust und kehrte nach New York zurück.

»Ich habe es satt«, sagte er zu seinem Freund, »ich gehe wieder hinüber. Vier Wochen, um alles abzuschließen.«

»Du wohnst so lange bei mir«, sagte der Freund, »und du arbeitest auf meinem Büro.«

Eines Tages empfing er Christoph:

»Eine Frau hat nach dir gefragt: schlank, dreißig Jahre, kupferrotes Haar... Ah! ich wußte es«, sagte er, da Christoph erbleichte.

Der Freund begann wieder, mit halber Stimme:

»Sie hat dir viel Leiden zugefügt?«

Christoph zuckte die Achseln.

»Es ist wahr, daß ich ihretwegen herübergekommen bin, und es war umsonst. Meine zweihundert Baustellen in Springtown, die ich damals verkaufte, würden mich schon heute zum Millionär machen. Ich bin enterbt, meine Gesundheit hat gelitten, ich habe meine Jugend verbraucht.«

»Das alles aber«, sagte der Franzose, »ist nichts, verglichen mit dem, was sie dir in diesem Augenblick antut, da sie wiedererscheint.«

Er trat, die Arme verschränkt, vor Christoph hin.

»Ich bin dein Freund, und ich sage dir: Wenn du sie noch ansiehst, lieber schlag ich dich tot.«

»Sei unbesorgt«, und Christoph sah vom Schreibtisch auf. »Sie ist gegangen, das konnte sie. Zurückzukehren steht nicht in ihrer Macht.«

Wie er am Tage darauf drunten aus dem Lift trat, stand sie da. Sie fiel sogleich nieder.

»Nimm mich zurück!«

»Wenn du nicht aufstehst –«, und er wollte an ihr vorbei. Aber sie umklammerte seine Füße, sie küßte sie.

»Verzeih! Nimm mich zurück!«

Er zerrte sie in die Höhe.

»Ich habe es nicht ausgehalten bei jenem. Ich liebe dich, immer werde ich dich lieben.«

Da er abwehrte:

»Du willst mich von dir stoßen? Du?« – die Hände gerungen. »Aber du begreifst doch, daß ich nicht wußte, was ich tat.«

»Du hättest es wissen sollen«, sagte er. Sie zog den Schleier von den Augen und sah ihn an.

»Jener hat mir sein halbes Vermögen verschrieben für den Fall, daß ich fortwill. Ich lasse mich scheiden, das Geld ist dein.«

Da sah er auf einmal, daß sie eine andere war: sah die Erfahrungen in ihrer Miene, das Abenteuerleben hinter ihr. Er spürte brennendes Mitleid – und eine Lockung, die ihm das Blut in die Stirn trieb. Sie schrie auf, sie griff nach ihm.

»Ah! Du liebst mich noch!«

Er riß sich los, und er floh.

»Ich habe gezeigt, daß ich stark bin«, sagte er zu seinem Freunde. »Da nun mein Platz auf dem Schiff belegt ist: wir waren sieben Jahre zusammen, hilf sie mir suchen, ich muß Abschied von ihr nehmen.«

Nach tausend vergeblichen Schritten erfuhren sie die Straße. Christoph durchsuchte sie, Haus für Haus, Treppe für Treppe. In ihrer Wohnung sagte man ihm, sie liege seit drei Wochen im französischen Hospital.

Sie lächelte ihm aus dem Bett gütig entgegen.

»Ich bin nicht mehr sehr krank... Du reist? Schon heute?«

»Um sechs Uhr«, sagte er. Sie schien nicht zu hören, ihre Augen forschten in seinen. Leise und dringend:

»Du hast sehr gelitten, als ich fort war?«

Er zögerte.

»Ich bin damit fertig geworden. Dafür bin ich ein Mann. Vielleicht hast du es noch schwerer. Darum eben komme ich.«

»Du reist. So soll es denn aus sein.«

Sie sprach mit starrem Blick vor sich hin.

»Sieben Jahre. Vielleicht wirst du doch einmal denken, daß es die besten waren.«

»Das denke ich schon jetzt«, sagte er und gab ihr die Hand. Sie nahm sie beide.

»Denn wir haben uns sehr geliebt... Wirklich? Du verläßt mich ganz?«

Plötzlich öffnete die Angst ihr weit die Augen, ihre Stimme flog.

»Du kannst nicht bleiben? Du kannst nicht vergessen?«

»Ich würde es dir später vorwerfen. Ich will dich als eine Entwürdigte nicht wiederhaben. Dafür habe ich die noch immer zu lieb, die du warst.«

»Wie du hart bist«, murmelte sie, und ihre Züge sanken ein. Er sah sie auf einmal tief ermüdet von Krankheit und Leidenschaft. Er dachte: ›Wenn ich sie behielte: in zehn Jahren wäre ich noch jung, und ich hätte eine alte Frau... Auf was für Gedanken ich komme!‹ – und er wandte sich ab und beugte das Gesicht in die Hände. Sie begann wieder.

»Ein Augenblick des Vergessens nach so vielen Jahren der Gemeinschaft: und du verurteilst mich!«

Sie erhob die Stimme. Eine Flamme der Feindschaft trat in ihren Blick.

»Aber du hast mich immer nur aus Stolz geliebt, aus Trotz gegen deinen Vater und die Welt, aus Eigenliebe.«

Sie arbeitete sich empor. Die Hand in die Brust gekrallt:

»Was bin ich dir. Ich hasse dich!«

»Und du?« fragte er, bleich. »Ich könnte dir sagen, daß du nur so lange zu mir gehalten hast, als wir verfolgt wurden und ich dir Opfer zu bringen hatte.«

Sie schrie auf.

»Nein! Nein!«

Und plötzlich leise, zusammengesunken:

»Wirklich? Ist es so? Wer sind wir denn, und welchen Feind tragen wir im Herzen?«

Aber sie umklammerte seine Arme.

»Ich will nicht! Ich will nicht untergehn! Du wirst mich nicht verlassen – da ich dir doch sage, daß ich dein bin. Hörst du? Ich stehe auf, ich bin gesund, wir gehen fort, ich arbeite mit dir, ich bin deine Frau!«

Da er sie ins Bett zurückdrängte:

»Ach, nicht? Deine Magd also, deine Magd. Reise und nimm mich mit, im Zwischendeck!«

Er drückte sie auf das Kissen, und er strich ihr leise über das Haar. Sie betastete ihre Lider.

»Verzeih!« sagte sie. »Ich weiß wohl, daß du recht hast. Wenn du mich zurücknähmest, du wärest ein Gott. Jetzt aber liebe ich dich, denn du bist ein Mann. Ich liebe dich, ich liebe dich!«

Sie verschränkte die Hände um seinen Nacken und hob sich langsam an ihm empor. So blickte er wieder ganz nahe in dies Gesicht, in das er länger geblickt hatte als in alle andern Menschengesichter. Diese Lippen, denen er sich auf den Kopfkissen aller Länder anvertraut hatte, atmeten wieder in seine. Alles, was er sein Leben lang schön genannt hatte, kehrte zurück unter seinen Kuß. Das Wesen, das seine Seele, seine Jugend, das Beste seiner Kraft empfangen hatte, es schlang noch einmal zehrend um ihn die Arme... Ihre Lippen stießen aufeinander. Er sank nieder zu ihr, mit dem Gesicht an ihres.

»Christl!«

»Lani!«

Und sie weinten. Durch Schleier von Tränen sagten sie einander Liebesworte von einst, Erinnerungen ferner Stunden; und sie flüsterten leise, leise, als hätten diese Dinge keine laute Stimme mehr.

Eine Uhr schlug; er richtete sich auf.

»Leb wohl!«

Sie sah ihn an, wieder voll Angst.

»Ich kann nicht. Nie werde ich diese Liebe verwinden.«

»Doch«, sagte er, »und du wirst wieder glücklich werden. Man wird dich lieben. Wir leben weiter.«

»Ich will unglücklich bleiben. Wozu leben wir weiter. Ich habe doch eine Seele. Mein Gott!«

Von der Tür her sah er zurück: sie schluchzte abgewandt. Er tat einen raschen Schritt ins Zimmer, er öffnete den Mund. Aber er schüttelte, die Lider geschlossen, den Kopf, kehrte um und ging hinaus wie im Traum.

Die Unschuldige

I

Im Toilettezimmer. Die alte Frau entkleidet die junge.

»Was hast du? Deine Hand blutet?«

»In deinem Schleier stak eine Nadel.«

»Gib doch acht! Ich habe genug Blut gesehen.«

»Armes Kind, arme kleine Gabi. Du darfst verlangen, daß dieser dich glücklich macht.«

»Ich hätte es mir verdient.«

»Weißt du noch, wie ich traurig war, als ich dich für – jenen schmückte, für deinen ersten Mann?

Du warst voll Vertrauen, ein unschuldiges Kind. Mir aber ist's jetzt, als hätte ich Ahnungen gehabt.«

»Schweig, schweig doch!«

»Ich will sagen: Dieser wird dich glücklich machen. Und hättest du ihn denn bekommen, wenn der andere nicht – auf solche Art geendet hätte?«

Sie zieht der Herrin den Rock herab, sie umarmt ihre Knie.

»Gabi, kleines Herz, als ich dir in unserem alten Kinderzimmer durch die Scheiben die Leute zeigte, da wußten wir beide noch nicht, wie böse sie gegen dich sein würden. Und doch hatte jener dich so gequält; es war dein Recht, daß er umkam.«

»Du sprichst, als ob ich's gewollt hätte.«

Sie stößt sie fort. Die alte Frau bekreuzigt sich.

»Gott behüte mich! Ich wäre ja so schlecht wie alle, die dich verfolgt und verleumdet haben ein Jahr, ein ganzes Jahr lang. Er aber, der Doktor: oh! ich habe ihn kennengelernt in der schlimmen Zeit, und wenn er jetzt kommt –

wie er schon ungeduldig sein wird, daß ich ihn rufe! –, dann mußt du ihm danken, hörst du? süß und fromm danken, wie wir, als du klein warst, dem lieben Gott zusammen gedankt haben. Denn der Herr ist ein Engel, immer hat er an deine Unschuld geglaubt.«

»Muß man dazu ein Engel sein? Siehst du, wie du schwatzest? Bring mir lieber mein Hauskleid! Nein, ein dunkleres: das silbergraue.«

»Willst du ihn denn nicht dort drinnen erwarten?« – und die alte Frau zeigt auf den geschlossenen Vorhang.

»Ich glaube, daß wir vorher zu reden haben.«

Die Alte streichelt sie.

»Heut nacht, sollt ich meinen, redet sich's besser auf dem Kopfkissen. Du liebst ihn doch?«

»Ich möchte ihn sehr lieben.«

»Sooft er aus deiner Zelle zu mir herauskam – denn ich stand auf der Straße –: oh! so bewegt, so stark sah ich nie einen Menschen. Augen hatte er, daß noch ich alte Frau mich verliebt haben würde. ›Ihre Herrin ist unschuldig‹, sagte er. ›Ich weiß es; und ich werde machen, daß alle es erfahren.‹«

»Was tat er weiter?«

»Er nahm mich im Wagen mit, sah mir in die Augen und verlangte, daß ich mich erinnern solle.«

Die junge Frau wendet sich ihr rasch zu.

»Und du?«

Die Alte bewegt vorsichtig den Kopf.

»Es versteht sich, daß ich nicht alles sagte.«

»Ich habe es bemerkt.«

»Kann man denn das? Ich werde mich hüten zu sagen, daß du als kleines Mädchen der Katze einen Strick um den Hals bandest und sie aus dem Fenster hängtest.«

»Ja: man würde seine Schlüsse daraus ziehen. Auch er. Vielleicht sogar du.«

»Gott bewahre! Eine Katze ist kein Mensch. Ein Kind

ist keine Frau. Deinen Mann umbringen! Du, die ich habe zur Welt kommen sehen.«

»Was beweist das. Du hast vielleicht eine Mörderin zur Welt kommen gesehen.«

Die Alte spreizt die Hand. Sie macht sich zu schaffen, sie spricht weiter, ohne die Herrin anzusehen.

»Er sagte: ›Monika, sobald die gnädige Frau einen Salon betrat, beugte alles sich vor ihr: dafür rächt man sich jetzt. Wenn ich sie in ihrem Gefängnis besuche, schäme ich mich, als hätte ich selbst sie hineingesetzt. Ich muß gutmachen, was an ihr verbrochen wurde, ich muß ihr das Vertrauen zu den Menschen wiedergeben.‹«

»Laß! Er sagte weiter: ›Ich habe zu arbeiten, zu kämpfen. Eines Tages wird sie blendend dastehen. Dann bin ich belohnt, dann bin ich groß. Sie braucht einen Retter.‹«

»Woher weißt du –?«

»Brauchte ich denn nicht einen Retter? Wo wäre ich jetzt ohne ihn? Mein Kopf läge in einer Grube.«

»Wir alle verdanken ihm unsere Freiheit. Sieh! vorhin, wie er an der Kirche vorbeikam, hat sogar der Anton ihm die Hände geküßt.«

»Und du meinst, auch ich müsse sie ihm küssen... Vielleicht tue ich's; vielleicht geschehen ganz andere Wunder: wüßte ich nur, ob er je gezweifelt hat an meiner – Unschuld. Verbot er dir nicht, dies und jenes dem Richter zu sagen?... Nun?«

»Das wohl. Aber sei ihm nicht böse!«

»Böse? Wenn du ahntest!«

Sie geht umher.

»Er hat also gezweifelt, zweifelt vielleicht noch.«

»Wer zweifelt heute noch.«

»Niemand. Aber vielleicht er, der alle bekehrt hat!«

»Wie du dir heiß machst! Sie haben dir zu übel mitgespielt, dein Kopf hat noch lange damit zu tun«; – und die Alte zieht sie an sich.

»Denn, Monika, sieh« – und sie zeigt auf den Boden, »die Spur im Blut meines – des Toten konnte von einem Frauenkleid sein. Er hat in seiner Rede bewiesen, daß es kein Kleid war, und die Geschworenen haben ihm geglaubt. Aber er selbst?«

»Hör mich an, Kind! Ich ging zu ihm, als ich's erfuhr, das mit dem Kleid. Er war noch nicht bei dir gewesen. Er war bleich, ging im Zimmer umher und sagte: ›die Elenden!‹ Er stützte den Kopf in die Hände und sagte: ›Ich will nicht. Es soll nicht wahr sein.‹«

»Hieß das, daß er für mich gewesen wäre –«

Langsam, und sie beugt sich vor:

»– auch wenn ich's getan hätte?«

»Nein. Wie sollte er«, und die Alte weicht zurück. Da die Herrin sich abkehrt: »Das heißt... Aber du hast es ja nicht getan.«

»Natürlich nicht.«

»Wenn man wüßte, wer es getan hat! Genug, er hat dich freigebracht. Welche Rede! Die Leute haben geweint, und ich selbst mußte weinen. Und doch konnte ich wissen, daß du nicht so warst, wie er sagte. Denn es ist wahr, daß auch du den Verstorbenen gequält hast, du Kleine. Gleichviel: ihm ist recht geschehen – da er dich nicht glücklich machte.«

»Du findest?«

»Der Doktor Halland war nachher erschöpfter als du selbst. Man sah, er hatte sich darangegeben, Blut und Seele. Merk dir's wohl, Kind: das ist einer, der dich liebt.«

Indes sie ihr den Arm streichelt:

»Ich erkenne die, die dich lieben. Die andern straft Gott, wir haben es gesehen.«

»Ah! du bist noch dieselbe« – und die junge Frau küßt sie. »Du verstecktest mir das Spielzeug, das ich meinen Geschwistern gestohlen hatte. Geh, ich habe dich lieb, alte Monika.«

»Du warst ein hartes Kind, es brauchte viel, bis du liebtest. Hast du nicht den ersten genommen, weil alle deine Verwandten dagegen waren?«

»Ich nahm ihn, weil er ein einsamer berühmter Mann war.«

»Und diesen?«

»Weil er mich liebt, wie ich bin. Weil er nicht fragt. Weil er alles von mir weiß – und nichts.«

Sie setzt sich und richtet den Blick auf die Tür.

»Ich warte auf ihn, wie auf einen ganz Fremden und wie auf mich selbst. Wir haben so vieles hinter uns, was keiner versteht. Es war grell und wirr, es hat müde gemacht.«

Sie lehnt den Kopf zurück und schließt die Augen.

Leise:

»Ein Kuß im Dunkeln.«

Sie schrickt zusammen; es klopft.

II

Die alte Frau öffnet; sie flüstert:

»Die gnädige Frau erwartet den Herrn Doktor.«

Im Hinausschlüpfen greift sie nach seiner Hand und küßt sie.

Er nähert sich leise seiner Frau.

»Gabriele!«

Sie hebt, immer die Augen geschlossen, ein wenig den Kopf. Er beugt sich über sie, ihre Lippen treffen sich, sie sinkt zurück:

»Sieh mich an, Gabriele!«

»Schließ lieber auch du die Augen! Wir sind in Sicherheit, solange wir nicht sehen. Du bist jung, und du liebst mich. Du hast Mut und Leben auch für mich, die ich schon den Mut verloren hatte und fast auch das Leben.«

»Ich weiß, wie kühn das ist: dich alles verschmerzen machen zu wollen, was du erlitten hast. Aber ich will es.«

»Du mußt mich mehr lieben, als alle anderen Menschen einander lieben. Wir haben die Liebe, um das Leben zu vergessen. Ich weiß mehr und habe mehr zu vergessen.«

»Ich liebe dich unbedingt und für immer.«

Sie öffnet die Augen, sie hebt sich an seinen Schultern hinauf.

»Du sagst es? Wenn es wahr ist, hast du mich zum zweitenmal befreit.«

»Du hast mir Genie gegeben. Genie ist die höchste Männlichkeit.«

»Ich bin dir nicht unheimlich?«

Da er abwehrt:

»Denn ich bin es mir selbst. Das Urteil mag gesprochen sein: ich bleibe die Witwe des Ermordeten – dessen Mörder niemand kennt.«

Über sich gebeugt, dumpf:

»Wo habe ich das Trauerjahr verbracht?«

»Ich bitte dich« – er streckt die Arme nach ihr aus. Sie sieht ihn an und schüttelt den Kopf.

»Das macht kein Triumph ungeschehen. Meinst du, ich sehe nicht das Erschrecken der Blicke? Sie wollen immer wieder zu mir eindringen, wie durch ein vergittertes Fenster, aus dem eine beklemmende Luft strömt. Heute abend flüsterten unsere Gäste miteinander, als wunderten sie sich, daß sie zu einer Hochzeit geladen seien und nicht zu einer Hinrichtung.«

»Gabriele! Meine Frau!«

Aber sie springt auf.

»Wundere ich mich nicht selbst? Ah! du bist kühn, weil du es unternimmst, mich zu heilen von der Tortur der Untersuchung, der öffentlichen Schande der Verhandlung. Wer aber müßtest du sein, um jene anderen Bilder, jene geheimen, von diesen Augen wegzuwischen.«

Und sie verbirgt sie an seiner Brust. Flüsternd:

»Noch jede Nacht sehe ich ihn.«

»Deinen – den Toten?«

»Nein... Auch ihn. Er liegt« – sie bewegt die Hand nach der zweiten Tür, im Schatten, »dort hinten.«

»Dies ist nicht das Haus. Quäle dich nicht. Du bist bei mir.«

»Er liegt dort hinten, im Zimmer jenseits des Ganges, beim Fenster. Der – andere beugt sich über ihn.«

»Auf der Schwelle. Er lag auf der Schwelle.«

»Erst später. Als er getroffen wurde, fiel er beim Fenster nieder.«

»Woher weißt du –? Es ist anders festgestellt. Du hast doch geschlafen.«

»Ich schlief nicht. Ich hörte ihn rufen. Ich stand auf –«

Vorgebeugt nach der Tür:

»– ich schlich in den Gang, ich kroch in den Wandschrank. Er schrie und fiel, ich hörte es. Dann kam der andere vorbei.«

»Du hast ihn gesehen?... Ich verliere den Kopf. Du hast geschlafen, du weißt nichts.«

»Er lief nicht, und er schlich nicht. Er hatte einen festen Schritt, wie ein junger Mann.«

»Du träumst, wach auf!«

Er rüttelt sie; sie reißt sich los.

»Ich glaubte sogar –«

»Was man in Träumen glaubt.«

»Er ging in mein Zimmer, hierher. Sollte ich sterben? Oder wollte er –«

»Wie du mich ansiehst!«

»Indes drinnen mein Mann noch röchelte.«

Er weicht zurück.

»Sieh mich nicht länger so an. Was glaubst du?«

Pause.

»Als er fort war, ging ich – dort hinüber und betrachtete

die Leiche. Sie lag jetzt auf der Schwelle, wo ihr sie gefunden habt. Ich verkroch mich ins Bett.«

»Und du hast nichts gesagt!«

»Es würde mich noch verdächtiger gemacht haben.«

»Mir? Du hast kein Vertrauen gehabt.«

»Du siehst, daß ich es habe, nun wir allein sind. Du liebst mich, du wirst mich schützen« – die Hände flehentlich erhoben. »Das alles ist nicht vorüber. Du mußt wachen, wenn ich schlafe.«

Er greift sich an die Stirn.

»Wovon sprechen wir, mein Gott. Dein Mann lag am Fenster? Es war kein Blut da.«

»Es ist erst später geflossen, auf der Schwelle. Er ist nicht auf die Knie gefallen, ihr habt alles falsch erdacht. Er ist hingekrochen.«

»Du weißt entsetzlich viel.«

Er ringt vor ihr die Hände. Sie geht rückwärts bis in den Winkel. Im Bogen um ihn, tastet sie an der Wand hin, zur Tür. Unterdrückt:

»Komm! Ich will dir's zeigen.«

Er stürzt vor. Mit einem Ruck hält er an.

»Was ist mit uns? Wir sind in einem neuen Hause, in unserem Hause. Die Dinge, von denen du sprichst, sind nicht hier geschehen, sie haben hier keine Spuren hinterlassen und keine Geister.«

Auf sie zu, eindringlich:

»Hast du vergessen, wozu du gekommen bist? Mir zu gehören! Nicht dem Vergangenen: mir!«

»Vergangen?« – sie entzieht sich ihm. »Du wirst ihn sehen.«

»Wen?« – und er flüstert wie sie.

»Den Mörder. Du hast ihn noch nicht gesehen?«

Sie hält seinen Blick fest. Er starrt in ihre Augen. Endlich nickt sie stark. Er keucht.

»Nein!«

»Ja« – und sie wendet sich ab. Er taumelt, greift nach einem Stuhl. Er preßt sich die Brust, er ringt nach Stimme.

»Du? Du bist es gewesen? Gabriele! Mitleid!... Vorhin, einen Augenblick, glaubte ich, du beschuldigst mich. Was willst du sagen? Eins ist Wahnsinn wie das andere. Liebte ich dich nicht, ich würde lachen.«

Nachdem er umsonst gewartet hat:

»Du treibst Spott, du willst mich verwirren, ich lache.«

Er setzt sich – und springt wieder auf.

»Ich glaube dir nicht. Du bist krank. Du lügst, ich weiß nicht warum. Ich will nichts wissen.«

Schreiend:

»Du bist unschuldig!«

Sie sieht ihn an.

»Leiser! Wir sind verloren, wenn man uns hört.«

Er erschrickt. Er lehnt drüben, halb abgewendet, die Stirn in die Hand, indes sie vor der Tür im Schatten hin und her geht und spricht.

»Wem schulde ich Rechenschaft. Man sei froh, wenn ich keine fordere. Ein Leben wie meins darf nicht geschaffen werden, es ist – ja, es ist die Widerlegung jedes andern... Als Mädchen von vierzehn Jahren schon erfuhr ich, was noch Greise nicht sehen müssen: unsere Zwecklosigkeit und unsere Unverbesserlichkeit. Jede Lüge, jeder Schmutz des Gefühls hinterließ mir ein Mal für immer, einen blutunterlaufenen Eindruck. Ich hatte die Gabe, nackte Seelen zu sehen, und manchen Tag saßen mir am Tisch Fratzen gegenüber, vor denen es nur Davonlaufen gab. Schon damals war ich eine Fremde, und die andern sahen es, wie heute unsere Gäste. Keine Tat war nötig.«

Er schluchzt auf.

»Gabriele! Mein Leben, um deine Tat zurückzukaufen!«

»Das Schlimmste aber war der Spiegel. Ich war hassenswerter als alle; denn zu ihren Lastern hatte ich auch noch das, daß ich sie durchschaute... Ich hätte mich getötet, ohne meine Träume: die Träume von gütigeren, geistigeren Menschen, die ich lieben konnte. Es mußte sie geben, in der Ferne oder in der Zukunft. Desto sehnsüchtiger liebte ich die unbekannte Menschheit, je trostloser die Menschen sich mir verrieten. Ich gewann Mitleid mit ihnen: so mächtig machten mich meine Träume. Ich war erwachsen und schön geworden. Damals fand ich ihn.«

Sie lehnt sich, einen Augenblick, weich gegen die Tür, die Hand am Griff, als wollte sie eintreten.

»Er war ein großer Arzt, er rettete Hunderte, und doch kannte er ihre Krankheiten, ihre Häßlichkeiten. Er konnte, was ich gewollt hätte: er rettete sie.«

Sie kehrt sich von der Tür ab.

»Mußte er nicht fühlen wie ich? Er war einsam durch sein Wissen, er war gezeichnet vom Ruhm. Mußten wir beiden Fremden uns nicht vertrauen?«

Sie stürzt in die Mitte des Zimmers. Sie schüttelt die gespreizte Hand.

»Statt dessen: bewundere die sinnlose Grausamkeit der Dinge. Er wollte nicht verstehen, sich nicht und mich nicht. Ich weiß heute, daß er Furcht hatte; er trumpfte auf das unbewußte und schlechte Leben, er wälzte sich darin wie ein entflohener Sträfling. Für mich, die ich ihn an die Wahrheit erinnerte, faßte er Haß. Er verleugnete mich. Aus der Gefährtin, die zu ihm kam, machte er ein Geschlechtstier. Hörst du?«

Er senkt den Kopf.

»Ich erkenne den Weg, den wir gegangen sind.«

Aber er schüttelt sich.

»Nein! Nicht diesen!«

Sie tut einen Schritt auf ihn zu.

»Doch! Als du mich kennenlerntest, war ich unterwühlt von Begierden. Ekel und Unersättlichkeit warfen mich umher. Den, der mich geliebt hätte, ich hätte ihn in einer Umarmung still machen wollen, um mein Herz und diese Welt still zu machen. Wenn ihr mich in Gesellschaft im Glanz meiner Verzweiflung saht, konnte keiner von der Verbrecherin wissen, die hinter dem Sprechzimmer ihres Mannes, bewacht von seiner Eifersucht wie ein gefährliches Tier, die Qual ihrer Bosheit erlitt. Keiner: nur du.«

Er streckt ihr die Hände hin.

»Ich liebte dich, um dich zu retten.«

»Du wußtest, daß ich ihn haßte und wie ich dich begehrte. Ich konnte ihn nicht betrügen, ich konnte dich nicht haben. Wir sind Mitschuldige, denn wir liebten uns.«

Er wirft sich zurück.

»Nicht so. Ich bin kein Verbrecher.«

»Wenn du mich retten, mein menschlich Teil retten wolltest, dann hattest du meine Gedanken.«

Er hebt die Arme, er wirft sich umher.

»Ich habe nichts gemein mit deiner Tat!«

»Du hast seinen Tod nicht gewünscht?«

»Was beweist das?«

Sie spricht leise und herrisch.

»Warum hast du bis nach meiner Freisprechung verschwiegen, daß wir uns liebten?«

»Das war –«

Sie nickt.

»Das war nötig, um Justiz und Öffentlichkeit zu betrügen. Du hast sie noch anders betrogen. Du hast Umstände unterschlagen oder gefälscht. Das Kleid, das durch sein Blut geschleift ist, war beim Färber, und du hast glauben gemacht, ich hätte schon vor seinem Tod der Monika den Auftrag erteilt, es hinzutragen. Du hast dich mit ihr verabredet. Wie mühselig du deinen eigenen Verdacht unterdrückt hast!... Ah! da erschrickst du. Die Dinge kehren dir zurück, die du in der hohen Rolle eines Retters gern vergessen hättest. Geh! keinen Selbstbetrug! Wir haben vieles hinter uns, was uns immer zusammenhalten wird. Verleugne nicht auch du mich, wie jener tat.«

Er stöhnt. Sie tritt nahe an ihn hin, sie spricht ihm ins Gesicht, weicher und süßer.

»Wovor hast du Furcht. Niemand weiß, daß wir uns bis zum Verbrechen geliebt haben. Vielleicht weiß der Tote es; das würde unsere Lust würzen. Ich wünschte, daß es ein Fortleben gibt, damit er um uns weiß.«

»Du bist fürchterlich. Du vernichtest mich.«

»Ich mache dich leben.«

Sie halten sich bei den Armen gepackt, als wollten sie ringen. Fast berühren sich ihre Gesichter. Er sagt, die Zähne geschlossen:

»Die glühende Blässe deiner Haut spiegelt entsetzliche Dinge.«

»Nur deine Begierde.«

»Deine tiefen Augen locken und verschlingen.«

»Nur dein Laster.«

»Dein Mund –«

»Küsse ihn doch! Für deinen Kuß habe ich es getan!«

Ihre Lippen stoßen hart zusammen und wühlen sich ineinander.

Er reißt sich los.

»So küssen Mörder! Ich bin wahnsinnig!«

»Schmecke ich nach Blut?«

Da er sie nach dem Vorhang drängt:

»Wir haben uns wohl nichts mehr zu sagen? Jetzt heißt es also genießen.«

Sie schlägt vor ihm zu. Den Kopf im Vorhang:

»Denke an mich, bis ich dich rufe. Du hast doch den Mut, an mich zu denken?«

Und sie verschwindet.

III

Er steht reglos, das Gesicht nach dem Vorhang. Allmählich weicht er zur Seite; die Hände vor die Augen geschlagen, taumelt er, neben dem Vorhang, gegen die Wand.

Ihre Stimme:

»Du bist so still. Aber ich weiß, was du tust: du weinst.«

Er zuckt auf.

»Du hältst mich für schwach? Ich bin es nicht: ich trage deine Tat. Ich bin imstande, dich zu wollen mitsamt deiner Tat.«

Er schlägt sich auf die Brust.

»Da sieh! ich liebe dich noch jetzt. Um so mehr liebe ich dich, um so mehr!«

Da erstarrt er: hinter dem Vorhang lacht sie gellend.

»Held, der du bist!« Sie tritt hervor.

»Liebtest du mich nicht für meine Unschuld? Aber auch die Schuld hat ihren Reiz.«

Bei seiner Berührung:

»Ach, fort! Du ekelst mich, mit deiner heroischen Sinnlichkeit.«

»Ich? Du wagst? Du, die mich zugrunde gerichtet hat?«

Sie sieht ihn an.

»Nicht ich dich... Dein Opfer ist unnütz, mein Held; denn alles war nur Scherz.«

»Das ist nicht wahr!«

»Kein freundlicher Scherz; aber du mußt ihn mir nachsehen: man hat mich, seit einem Jahr, an das Leben im Grausen gewöhnt... Nun? Ich bin noch deine unschuldige Frau, du bist noch mein Retter. Alles ist, wie du es dir gewünscht hast.«

»Du machst dich lustig?«

»So den Kopf zu verlieren! Und du hast in der Verhandlung jeden Widerspruch vernichtet. Du weißt, daß nicht mein Kleid durch sein Blut geschleift ist, sondern der Vorhang, den er im Todeskampf ergriffen hat. Würdest du vor Gericht die Aussage hingenommen haben, daß er am Fenster unter den Messerstichen zusammengebrochen sei, aber erst auf der Schwelle geblutet habe?«

Er breitet die Hände aus, er schüttelt den Kopf.

»Wer beweist jetzt noch deine Unschuld.«

»Du selbst hast die Spuren von der Hand eines Unbekannten an den Möbeln nachgewiesen. Du hast bewiesen, daß ich in meinem Zimmer von draußen eingeschlossen war, wie jede Nacht. Hat ein Mitschuldiger mich eingeschlossen? Aber das würdest du wissen, denn du wärst es selbst.«

»Ich habe dich vorhin gesehen. Ich habe dich – geküßt. Du wirst mir nicht einreden, daß du gespielt hast.«

»Ich habe gespielt. Ich habe dein Heldentum erprobt.«

»Dann sage ich: ein unwürdiges Spiel!« – und er stößt einen Stuhl auf den Boden. »Ich durfte besseren Dank erwarten.«

»Vielleicht fühlte ich das – zu sehr.«

»Du hast mich in deinem Leben als Meister gesehen: das verzeiht ihr nicht. Ah! es ist die Rache des Weibes. Wir dürfen nicht so klar, nicht so hoch sein; man benützt den elenden Kniff des Geschlechts, uns herabzuziehen und zu trüben.«

Er geht umher, die Hand am Halse und gefolgt von ihren Augen. Mit gewaltsamer Ruhe:

»Was geschehen ist, tut mir leid für dich. Du, die ich über alle stellte – und auch du bist wieder nur das Weibchen, das die Widerstandskraft des Mannes auf die Probe stellt; bist die Schauspielerin. Wie verrucht du gespielt hast!«

»Ich habe wohl gespielt... Aber bin ich so sicher, daß die Dinge, die du wirklich nennst, kein Spiel waren? Der Mord, und was dann mit mir geschehen ist? Wozu das alles? Warum sollte es ernst sein? Ich war immer so sehr allein und anders, daß ich meine Schicksale und Handlungen, meine Gefühle selbst, alles im Grunde für ein folgenloses Spiel hielt. Ich weiß nicht, wie ihr lebt. Ich, ich sehe keinen Plan im Leben, noch im Tod. Ich fürchte beide, und spiele sie beide.«

Er hält an.

»Es ist wahr, du hast zuviel gelitten. Meine Eigenliebe muß schweigen. Ich muß Mitleid haben mit dir. Du verdienst Nachsicht.«

»Nicht wahr? Du findest die Überlegenheit des Retters wieder. Ich bin dein weißes kleines Mädchen. Perseus und Andromeda. O reines Glück! Aber ich muß dir sagen, daß ich eure Unschuld nicht mehr begreife. Ich habe ein Jahr lang im Gefängnis gelebt, eingeschlossen mit den Bildern des Mordes.«

»Ich weiß es; und ich trage vor dir die Schuld aller.«

»Ich war die Mörderin. Ein Jahr lang hat jeder menschliche Blick mir's gesagt, jedes Wort des Richters, deine eigenen Kunstgriffe zu meiner Rettung. Tag und Nacht habe ich die Dinge gesehen, die geschehen waren; und wie ihr es wolltet, ging meine eigene Gestalt darin umher, mein eigener Arm hob sich. Da –«

Sie beugt sich vor, sie zeigt auf den Boden. Sie rafft das Kleid zusammen und weicht zurück. Umherblickend:

»Ich – sage nicht, daß ich's nicht getan habe.«

Er eilt hin, er nimmt ihre Hand zwischen seine.

»Gabriele! Besinne dich! Wie du krank bist! Wie ich dich lieben muß!«

»Sage das nicht«, und ihr Blick streift ihn scheu, sie zieht sich frostig zusammen. »Es ist nicht sicher, wann ich dir die Wahrheit gesagt habe.«

»Nicht sicher?«

Er lacht.

»Wenn du's nicht weißt, laß es dir von mir sagen: Du bist unschuldig.«

»Du liebst mich. Auch meine alte Monika liebt mich, und sie ist überzeugt, daß ich es getan habe.«

Sein Lachen bricht ab. Er läßt sie los.

»Sollen wir denn wieder das Ufer verlieren? Laß mich denken. Du hast es nicht getan... Hast du es getan?«

»Ich weiß es nicht.«

Er umfaßt seine Schläfen.

»Du weißt es nicht. Du entrinnst mir wie Sand. Du warst meine feste Erde, mein Selbstvertrauen.«

»Ich hatte dir Genie gegeben, die höchste Männlichkeit.«

»Ach! das Wesen, in das wir unsere Seele senken. Die Frau! Die Frau! Wir rechnen mit ihr, wir bauen auf sie, fürs Leben, über das Leben hinaus: – und wir kennen sie nicht!«

Er läßt die Arme sinken. Müde: »Du hast erreicht in dieser Stunde, daß ich mich selbst nicht mehr kenne. Du hast mich mehr erleben lassen, als ich auf Erden für möglich hielt. In einer Stunde hast du mich alt gemacht.«

»So weißt du nun, wie denen zumute ist, die mit der Seele leben. Ich, siehst du, habe an Menschen alles erfahren, was sie zu geben haben, und vom Erkennen und Fühlen bin ich so abgenützt« – sie betastet sich – »als sei die ganze Haut mir wund gerieben... Und ihr fragt nach meiner Unschuld.«

»Ich weiß, daß du keine Frau bist wie andere.«

»Ich bin eine Frau wie andere.«

Sie schlägt sich auf die Brust.

»Seid doch Menschen!«

Sie mißt ihn lange.

»Du wolltest mich lieben, weil meine Unschuld dein Werk war.«

»Ich gebe zu, daß ich selbstsüchtig war. Aber wer die Selbstsucht einer Liebe nicht erträgt, ist ihre Aufopferung nicht wert.«

»Möglich. Möglich«; – und sie zieht sich bis drüben in den Winkel zurück.

»Und ihr meint mit der Unschuld, für die ihr mich liebt, eine Tat, die nicht getan ward: jener dort –«

Sie wendet sich halb nach der Tür im Schatten.

»– eine Untreue, du einen Mord. Ich aber war unschuldig, weil ich dich liebte: und du hättest ein Mörder sein können oder ein Heiland... Ach! bleibe dort, laß mich allein. Du hast mich schon allein gelassen.«

Sie hüllt sich in die Falten des Vorhanges, ihre Hand tastet rückwärts nach der Wand. Mit verlorenem Blick:

»Ich hätte dich so sehr geliebt. Meine Liebe wäre einfach gewesen, von der Einfachheit der Vielerfahrenen, die das Leben hinter sich lassen, um im Dunkeln zu lieben, ohne Fragen, mit geschlossenen Augen, weder mit ihrer Tugend noch mit ihrem Laster, jenseits der Qual der Seelen, die werben, kämpfen, einander enthüllen: ganz offen und schlicht mitten im Geheimnis, wie Tiere oder wie Engel.«

»Gabriele!«

Er stürzt vor sie hin. Sie fährt mit der Hand in sein Haar. Heißer:

»Und ohne Grenzen! Wie die Umarmungen dieser Männer, dieser Frauen matt und unvollkommen sind! Wie weit bleibt zurück hinter mir, was sie Leben nennen! Man muß so viel von den Menschen erlitten haben wie ich, um ihrer einen so lieben zu können wie ich.«

»Gabriele! Warum habe ich dich verloren.«

»Du: du weißt nicht, was ich von dir erträumt habe, wen ich in dir sah. Du beherrschtest den Prozeß, und du schienst ihn zu verachten. Du sahst aus, als sagtest du mir: Geduld! Bald lassen wir dieses kriechende Durcheinander hinter uns, unter uns. Was ist uns Schuld und Unschuld. Über der Welt, allein und stumm, befreit von irdischen Zufällen und ganz einander sicher, werden wir uns lieben.

Sagtest du das nicht?« – und sie nimmt seinen Kopf zwischen ihre Hände, um ihm in die Augen zu blicken. – Sie läßt ihn los und wendet sich halb weg.

»Ich glaubte wohl nicht sehr fest, daß du mir folgen würdest; ich war schon einmal enttäuscht. Aber ich erlaubte mir Hoffnung, berauschende Hoffnung. Noch einmal öffnete ich mein Fenster, das vergittert war, den Sternen.«

Er verläßt sie und setzt sich abgewendet. Sie sagt, die Augen geschlossen:

»Ein Unbekannter, und ganz ich selbst. Das Wesen, das alles von mir weiß und nichts.«

Er faßt sich an die Stirn.

»Bin ich denn schuldig? Ich habe dich geliebt, wie ein Mann eine Frau liebt. Was bleibt mir nun?«

Sie geht rasch zu ihm. Über seine Schulter:

»Dir bleibt alles, was du zu nehmen geschaffen bist. Auch ich bin für nichts anderes geschaffen. Das Gefängnis hat mir ungesunde Träumereien gemacht. Ich habe dich gequält und ermüdet. Verzeih mir.«

Er greift nach ihr.

»Nicht wahr, wir können uns lieben?«

»Gewiß: wie Menschen einander lieben. Man gewährt sich Vertrauen, bis zu einem gewissen Grade; man versteht sich, vermittelst Nachsicht; man ist eins, unter Vorbehalt.«

»Liebst du mich?«

Sie kniet vor ihn hin. Er umklammert sie fester.

»Liebst du mich?«

Sie beugt die Stirn unter seine Lippen.

Auferstehung

I

Kaum daß man inmitten einer angstvollen Stille den Galopp von Hufen gehört hatte, und Don Rocco Ascani stürzte schon selbst in den Gartensaal. Donna Carla schrie auf, wie sie ihn sah. Er brachte hervor:

»Es ist aus. Der Herzog hat unterzeichnet. Die Sbirren sind unterwegs.«

Die Freunde riefen durcheinander. Donna Carla aber drückte ihren Gatten in einen Sessel, sie umarmte seinen Kopf, trocknete ihm die Stirn und sagte bebend:

»Wie ich dich liebe!«

Da durchsonnten sich auf einmal seine blauen Augen, er warf aus seiner klaren Stirn die Locken.

»Die Liebe wird siegen!« rief er mit einer Stimme wie ein Knabe.

»Was hilft's, wir werden nicht dasein«, murrte Pompeo Balbi; und der alte Renzi:

»Die ganze Brücke über den Sumpf hin werden unsre Galgen stehen.«

Aber Don Rocco, aus dem Fenster die Hand schüttelnd:

»Noch am Galgen werden wir um unsern Sieg wissen. Unsre Feinde werden nichts wissen, sie werden ganz tot sein. Nur die Guten leben weiter.«

»Siehst du sie kommen?« fragte Paolo Ufrani dumpf aus dem Winkel.

Alle lauschten.

»Die Brücke ist leer. Auf dem Sumpf kein Fischer. Und wie tief die Wolken!«

»Ist denn keine Hoffnung mehr?« murmelte jemand.

»Bonaparte steht in Pavia.«

»Daß sie es wagen! Sie, die verurteilt sind. Jede Stunde kann den Befreier bringen. Sie sind so wenige, wir sind das Volk, sind die Menschheit.«

»Dieser Herzog! Man hat nie gewußt, ob er leben könne. Zwanzig Jahre alt, und ich habe ihn nach Atem ringen sehen. Nur der Anblick seines Goldes verschafft ihm Luft.«

»Und sein halb schon abgestorbener Arm langt über den Sumpf, nach uns, die wir leben.«

Don Rocco sagte:

»Er hat mich geküßt heute früh. Seine geschminkten Lippen waren kalt. Ich fühlte sogleich, dieser Kuß sei das Zeichen. Im Vorzimmer wichen, wie ich hindurchging, alle auseinander. Claudio Pilati rannte mich auf der Treppe an mit einem mörderischen Blick, aber unter dem Mantel steckte er mir einen Schlüssel zu. Ich stieg bis unter das Wasser hinab und entkam aus dem Schloß. Jacopo am Markt hatte sein Pferd bereit, ich erreichte das Tor, bevor die Wache benachrichtigt war. Bei Villa Cappello jagten Reiter aus den Büschen hervor. Am Kopf der Brücke blieben sie zurück. Da sind sie wieder.«

»Bonaparte«, sagte Pompeo Balbi, »verliert in Pavia die Zeit durch jenen Aufstand. Aus Furcht vor dem Gott der Mönche schlagen sie die Göttin der Freiheit vom Thron. Für welches Volk sterben wir?«

Don Rocco breitete vor dem weißen Himmel die Arme aus.

»Du fragst? Für das Volk, das wir in uns tragen. Wer wären wir, wenn wir's nicht schüfen?«

»Daß das Volk von Lagoscuro nicht aus der Stadt bricht!«

Mehrere sprachen durcheinander.

»Daß die Brücke nicht wimmelt! Sind wir denn allein auf Erden? Ist Rosalino Lanza nicht bis zu Bonaparte gelangt? Keine Botschaft – und den Manetti hat beim Überschreiten der Grenze eine Kugel getroffen. Ein Käfig! Dies Herzogtum ist ein Käfig. Wir sterben wie Sklaven.«

Da flog die Tür auf. Sie hatten nichts gehört als ihre Verzweiflung; aber auf der Schwelle stampfte und klirrte ein Trupp Bewaffneter um Donna Carla, die eine Flinte hielt.

»Unsre Diener«, sagte sie mit ihrer schwebenden Stimme, »sind unsre Kameraden. Da seht unsre Bauern, und es kommen mehr. Alle haben gewartet, daß man kämpfe.«

Don Rocco lief ihr entgegen, er küßte das Gewehr in ihrer Hand.

»Donna Carla«, riefen die Freunde, »wir haben Euch erwartet, um zu siegen.«

Paolo Ufrani kam bleich aus dem Winkel und verneigte sich vor ihr.

»Wir sind allein und abgeschnitten, das Volk ist feige; wir werden sterben, und es ist unnütz. Ich sterbe nicht gern. Doch will ich nicht klagen, da ich nun sagen darf, daß ich Euch, Donna Carla, geliebt habe.«

Don Rocco gab ihm die Hand.

»Cipriano, die Waffen!« rief er, und der Haushofmeister öffnete die Verstecke. Inmitten des Gedränges sagte Don Rocco:

»O meine Carla, du hast mir so viele glückliche Stunden gegeben, aber von allen die glücklichste ist diese!«

Er sah, noch immer schwindelnd wie am ersten Tage, in ihr kühnes weißes Gesicht.

Dem Gewimmel der Leute entwand sich plötzlich ein von Staub schwarzer Junge und hielt Donna Carla einen Brief hin.

»Von Rosalino Lanza«, sagte sie. »Bonaparte ist auf dem Marsch, in diesem Augenblick überschreitet er die Grenze.«

Don Rocco griff nach dem Brief, aber rasch gab sie ihn dem alten Renzi, der ihn weiterreichte.

»Wir sind gerettet!« riefen mehrere.

»Wir siegen!« riefen alle, und alle, hinausdrängend:

»Tod dem Tyrannen!«

Don Rocco stand im Saal allein mit Donna Carla; er hob, ohne seine seligen Augen zu senken, ihre Hand bis zu seinen Lippen.

»So wirst du denn belohnt. Was war ich, bevor du mich die Menschen lieben lehrtest! Was aber war die Menschheit, bevor du kamst!«

Sie erwiderte:

»Ich habe dich der Freiheit gewonnen, seitdem lebst du.«

Und er:

»Ich lebe, seitdem du mich liebst.«

Draußen fielen Schüsse, Geschrei schwoll an. Wie sie den Park hinabeilten, sahen sie den Kopf der Brücke von den Ihren besetzt. Jenseits, ganz klein vor der großen schwarzen Wolke, sprengten herzogliche Reiter umher.

»Wagt euch herüber!« schrien die Bauern.

Pompeo Balbi sagte:

»Er wird seine Schweizer schicken. Wer wird früher dasein, sie oder Bonaparte?«

Aus dem Waldweg neben dem Park stürzte ein atemloser Mann.

»Er kommt! Er ist vorbei am Forte Principe!«

Die Bauern schrien gegen den Wind:

»Ihr seid besiegt! Er hat das Fort genommen!«

Und als hätte man es drüben verstanden, brach das Glöckchen von San Leone in stürmisches Wimmern aus. Die Reiter des Herzogs teilten sich, sie ließen eine rote goldene Kalesche hindurch, der Minister Vampa stieg aus. Man sah, nun er an die Brücke trat, seine schwarze Seide schillern und einen Blitz seines großen Sternes. Vor Villa

Ascani brüllte es auf, und auf einmal war's leichenstill; ein schmächtiger Körper schnellte aus dem Haufen der Leute auf die Brücke. Er glitt am Boden hin, unter dem Geländer, den grauen Postamenten der Heiligen, kroch und glitt, unsichtbar wie ein Tier, lautlos wie ein Wolkenschatten. Die vor Villa Ascani warfen sich jäh und einmütig zurück gegen den Waldweg, sie fuchtelten hinein, sie schwenkten die Hüte. Der Minister Vampa beschattete die Augen: da sprang's ihm schon an die Brust und riß ihn um. Wie alle zum Ufer stürzten, sahen sie Paolo Ufrani, der zurücklief über die Brücke. Er lief, die Arme leicht ausgebreitet und ohne Hast. Ein Knall: – er fiel auf die Brust.

»Es lebe der Ufrani!« rief noch das Volk.

»Vielleicht wird er leben?« sagte Pompeo Balbi zu Don Rocco, der das Gesicht bedeckte. »Vielleicht ist die Tat, an der er starb, schöner als seine schönen Gedichte, durch die er zu leben dachte?«

Don Rocco sagte:

»Länger als uns wird dieses Land dem Lanza danken. Welch Geist! Er hat uns die Philosophie Frankreichs gebracht. Er hat um uns her Menschen geschaffen, er allein. Und welch Freund! Als ich, vor der Hinrichtung des Raimondi, im Schloß das Pulver anzünden wollte – wir waren verraten, die Wache drang ein –, da entreißt mir in der äußersten Sekunde der Lanza die Lunte, er zwingt mich, ihn zu verhaften. Der Herzog nennt mich seinen einzigen Freund; er spielt Komödie, aber ich bin gerettet. Meine Carla, du schuldest mich unserm Rosalino.«

Da Donna Carla schwieg:

»Wie aber, wenn er damals nicht entkommen wäre? Ich müßte mich schämen, noch am Leben zu sein.«

Donna Carla schwieg.

»Die Schweizer!« rief man, und durch das Tor San Leone drang ein Trupp.

»Unsre Freunde!« rief donnernd der alte Renzi und

führte zwei kleine fremde Soldaten an der Hand aus dem Waldweg hervor. Sie waren abgerissen und bestaubt, und rote Mützen hingen ihnen vom Hinterkopf.

Alles wich zurück. Dann schoben die Bauern einander vor und betrachteten sie.

»Es sind die, die in Mailand waren. Sie haben alle jene Könige besiegt... Und doch sieht dieser aus wie mein Nino. Willst du zu trinken? Wo ist euer General?«

Man spähte in die Pineta. Jemand legte das Ohr auf den Boden; aber schon waren bis vor Villa Ascani Schritte zu hören: lang rauschende Wogen, die Schritte waren, solche Unendlichkeit von Schritten; als erhöbe sich hinter dem Walde das Meer.

»Dies ist mein Posten«, sagte Don Rocco, bleich und ohne den Kopf zu wenden. »Und ich weiß nicht, was das größere Glück wäre: hier an meinem Tor den Befreier zu empfangen oder vorher noch von jenen dort eine Kugel zu bekommen. Tötet mich! Dies Land könnt ihr nicht mehr töten. Die Menschheit wird leben.«

»Du bist schön«, sagte Donna Carla, »dein Herz ist schön.«

Und Pompeo Balbi:

»Wenn Paolo Ufrani Euch hören kann, Donna Carla, dann weiß er jetzt, warum er in der letzten Stunde der Nacht und eben, als die Sonne aufging, sich den Tod nahm.«

Sie wurden gegen die Mauer gedrängt, so schnell fuhren diese Franzosen aus dem Walde. Eilig vorbei – und gleich hinter den ersten die Generäle. Da war er! Da waren seine langen schwarzen Haare. Wie mager! Und welch düstere Flamme! Er sah geradeaus, über die Brücke nach San Leone, in den Feind. Und war es nicht, als sollte unter diesem Blick alles zusammenstürzen und neu aufstehen?

»General! Ich bin Don Rocco Ascani; ich begrüße Sie im Namen dieses Volkes.«

Er lenkte sogleich sein Pferd zum Tor der Villa; seine Truppen marschierten, marschierten.

»Sie sind mir bekannt, Marquis, als der erste Bürger dieses Staates.«

»Dies ist Donna Carla Bonacima, meine Frau.«

Donna Carla fühlte einen schweren und stürmischen Blick, und gleich darauf sah sie sich vergessen.

Indes das Volk ringsum sich reckte und die Truppen haltmachten, sprach Don Rocco:

»General Bonaparte, Ihren Sieg bei Lodi bestaunt noch die Welt. Ihr triumphierender Einzug in Mailand ist noch im Schritt Ihres Pferdes zu sehen. Dies ist eine kleine Stadt, die sich Ihnen öffnet, aber während dies Volk Ihnen seine Liebe zuruft, hat es die Stimme der ganzen Menschheit. Überall auf Ihrem Wege, dem Wege des Befreiers durch Staub und Blut, werden um Ihr leuchtendes Haupt, zusammen mit den Kugeln, die Liebesschreie der Menschen sausen. Sie sind bestimmt, über die Erde den römischen Frieden zu breiten.«

Bonaparte erwiderte:

»Sie haben eine sehr hübsche Frau, Marquis. Ihre Gesinnung ist vortrefflich.«

Über die Schulter zu seinem Stabe, halblaut:

»Wenn dieser Mann ein Bild von Correggio wäre, ich würde ihn nach Paris schicken.

Und Sie sprechen gut«, sagte Bonaparte noch, da sah er jemand sich Bahn brechen. »Ah, der Advokat Lanza! Der hat mir geholfen, er war in Pavia.«

Don Rocco breitete die Arme aus; aber Rosalino sah ihn noch nicht. Er sah auch den General Bonaparte noch nicht, er sah nur Donna Carla. Sie war erbleicht und tastete nach der Mauer.

Eine Sekunde, dann küßte Don Rocco den Freund wieder auf dieses dunkle tapfere Gesicht; – sogar die Pokkennarben liebte er darin; und dann faßte der General den

Lanza beim Arm, schob ihn an die Seite von Donna Carla und ritt weiter. Don Rocco ward durch Offiziere von ihnen getrennt. Er hörte sagen:

»Es ist die Frau des Marquis Ascani. Er ist ein Schwätzer, man wird ihn als Dekoration verwenden. Augenscheinlich betrügt sie ihn.«

Er wollte vorstürzen, jenem ins Genick; aber er hielt an, denn auf einmal hatte er begriffen, was der General Bonaparte gesagt hatte: ›Der war in Pavia.‹

›Ich war nicht dort‹, dachte Don Rocco und senkte, verloren in der Menge, die Stirn und die gekrampften Fäuste. ›Der Mann ist Rosalino; was Wunder, daß er auch ihr Mann ist. Hat es mich nicht bis heute in Staunen erhalten, daß sie mein sein sollte? Warum mein? Was habe ich getan? Wer bin ich?‹

Der General Bonaparte ließ vor der Brücke Kanonen aufstellen und sie gegen die Kapelle Leone richten.

»Es ist unnötig, zu erlauben, daß man aus der Baracke dort auf uns schießt.«

Er lenkte sein Pferd bis in die Menge.

»Ihr habt euch zu beklagen?« fragte er. »Worüber?«

Sie hielten ganz still, sie hatten scheue Gesichter. Der General neigte sich und ergriff einen Alten bei der Schulter:

»Ist dir Unrecht geschehen?«

»Die Regierung hat mir die Kuh genommen«, sagte der Alte; und ein anderer Mann: »Die Priester nahmen mir die Tochter.«

Ein Wind strich durch das Volk, die Arme flogen auf. Eine Frau schrie:

»O du, der du ein Held bist, da, sieh diese Kinder, die hungern, denn ihr Vater sitzt im Kerker!«

Der General sah durch alle hin, ein wenig vorgebeugt, mit herabgezogenen Mundwinkeln und der tiefen Falte zwischen den Augen, die düster forschten. Da lösten sich weich seine Lippen: er lächelte. Er lächelte, und alle fühlten sich umfangen, sie bebten lange. Der General sagte:

»Die Republik schickt euch die Gerechtigkeit. Ihr werdet frei sein und zu essen haben.«

›Die Dinge sind zu groß‹, dachte Don Rocco. ›Dies alles wird weiterleben, nun ich zermalmt bin. O Paolo Ufrani, du wähltest dir die rechte Stunde, um zu sterben!‹

Da krachten die Kanonen, der Glockenstuhl von San Leone fiel schollernd herab, man sah die Mauer bersten und im dicken Staub eine Wirrnis Stürzender und Flüchtender. Das Volk schrie auf; war es Jubel oder Klage? Don Rocco sah um sich, er hatte plötzlich eine Blutwelle in der Stirn. Mit welchem Recht schossen diese Fremden San Leone in Trümmer?

›Ist das Gerechtigkeit, was mit Zerstörung beginnt? Weil diese gekommen sind, soll ich nie wieder den kleinen Raum betreten, wo der Sarg meiner Mutter stand?‹

Ganz vorn, bei der Brücke, erschienen ihm nebeneinander, ins Licht gewendet und beglänzt vom selben entschlossenen Glück, die Gesichter von Donna Carla und Rosalino Lanza. Er zitterte.

›Bin ich da, ihr Glück zu bezahlen? Ich hatte eine Heimat, man zerstört sie. Ich habe geliebt und bin betrogen. Braucht die Menschheit, um zu leben, die Gewalt und die Lüge? Mag sie also sterben!‹

Er stürzte vor, er brach hindurch, die Faust erhoben, er wußte nicht, gegen wen. In diesem Augenblick stand der General Bonaparte, und sein Pferd setzte den ersten Huf auf die Brücke, in den Steigbügeln auf. Er streckte den Degen aus, über den Sumpf, gegen die dunklen Türme dahinten, die Eingänge der engen Gassen, die Zinnen des Palastes, gegen die braune kleine Stadt, deren Sohn Don Rocco war, und diesen schwerbewölkten Himmel, den er geatmet hatte sein Leben lang. Der General rief:

»Wenn ich diese Brücke hinter mir habe, hat das Herzogtum Lagoscuro aufgehört zu existieren!«

Das Volk klatschte. Gleich darauf kreischte es, denn es ward gestoßen von den Truppen, die sich in Bewegung setzten. Eine Gewehrsalve – und Don Rocco in Brausen und Rauch, der den Mund aufriß: »Elende, die ihr seid! Narren und Verräter! Ah! alter Renzi, wie du sah ein Kupler aus, der, um die Treulosen zu schützen, den Brief des Lanza in der Menge der guten Freunde verschwinden ließ. Umgeben von schwarzen Herzen! Genarrt mit dem Gedanken an Güte und Freiheit, um zum Sklaven einer schlechten Frau zu werden!«

»Sie werden gebeten«, sagte ein französischer Offizier, »dieses Pferd zu besteigen. Der General möchte Sie beim Einzuge neben sich haben.«

Und Don Rocco sah, daß die menschliche Brandung ihn fortgetragen hatte bis über den Sumpf, durch den Feuer lief vom Wiederschein der brennenden Kapelle. Er saß auf; der General winkte. Unter dem Tor sagte Bonaparte zu dem Kommandanten der Wache:

»Hüten Sie sich, diesen Pöbel in die Stadt zu lassen! Wenn nötig, schießen Sie!«

Don Rocco sah ihn an, erstarrt vor Verachtung.

»Ihr werdet frei sein und zu essen haben«, wiederholte er. »Und ihr werdet Blei zwischen die Rippen bekommen, sobald ihr es unternehmt, unsre ehrgeizigen Lügen wahr zu machen.«

Aus dem Dunkel des Tores blickte er zurück, in zahllose Gesichter, von Feuer umflossen, zerrissen von plötzlichen Schatten; blickte in den großen Ansturm des Rausches, und das Herz hob sich ihm auf vor Ekel und Mitleid. Zu Pferd aber nebeneinander, auf dem zuckenden Himmel standen wieder die beiden Gestalten, die tödlicher waren als all dies Leben. Sie wollten ihn in die schwarzen Gruben ihrer Augen schlingen. Sie waren die

Abgesandten dieser schweren, furchtbaren und trostlosen Erde. Don Rocco rang nach Atem; in der Frau dort gingen Liebe unter und Menschheit.

»Carla!«

Niemand hörte es. Das Land sank zurück ins Chaos, die Menge verblich. Alles stumm und schwarz; er hatte vor sich, grell und ewig, nur noch das eine Gesicht; es war das ganze Leben gewesen. Sein Herz zuckte auf vor dem Erlöschen. Nun war es kalt, denn jenes Gesicht trug der Tod.

II

Die Straßen waren voll bunter Lampen und jubelnden Volkes. Die Sieger gingen auf Rosen. Bonaparte senkte seinen Blick, der nun hell und offen war, in all die Fenster, worin Frauen über Teppichen lagen. Er flüsterte seinem Adjutanten ins Ohr, dann begann er leise zu singen. Er brach ab und wandte sich um.

»Marquis Ascani, ich habe die Absicht, den Herzog noch auf dem Thron zu lassen. Er ist unschädlich, und seine Regierung soll uns nützen, indem sie für uns die Kontribution erhebt. Wieviel kann das Land leisten? Fünf Millionen?«

»Wenn Sie wollen«, sagte Don Rocco, »beschaffe ich acht.«

Bonaparte sah ihn an.

»Sie sind mein Mann.«

Er fing eine Blume auf, die aus dem Fenster dort kam.

An der Brücke über den Schloßgraben keine Wache, das Tor weit offen, und Volk war eingedrungen. Der General ließ es hinaustreiben. Einen Gardisten schrie er an:

»Wo ist dein Herzog? Ist das deine beschworene Treue? Wenn ihm etwas geschehen ist, stirbst du.«

Fünf Minuten später ließ er den Marquis Ascani rufen. Er ging im Audienzsaal hastig hin und her.

»Man hat Ihren Herzog unter seinem Bett hervorgezogen. Als er heraus war, drohte er mir mit Gott und dem Hause Österreich: mir, einem Republikaner, der ich beide verachte.«

Er blieb stehen.

»Das sind lächerliche Dinge. Es handelt sich jetzt um das Geld: Sie werden es also beschaffen. Ich habe Ihre Fähigkeiten erkannt, Marquis, ich übergebe Ihnen die Verwaltung des Landes. Sie werden es im Namen des Herzogs regieren! Sie sind der Kommandant des Schlosses.«

Er trat nahe an Don Rocco hin.

»Heute früh dachte er Sie zu verhaften. Wollen Sie ihn jetzt sehen?«

Don Rocco nickte. Bonaparte tat drei schnelle Schritte und riß die Tür des Kabinetts auf. Der Herzog lag auf der Chaiselongue, steif ausgestreckt, mit fest geschlossenen Augen. Er fuhr heftig zusammen, sprang auf und setzte, auf einmal gelenkig wie ein Knabe, über die Chaiselongue weg. Sein junges, müdes Gesicht lächelte ganz zart.

»Ich habe Ihnen noch nicht gesagt, General, wie willkommen Sie mir sind: Der Himmel schickt Sie. Sie werden mich vor meinem Volk schützen und mein Volk vor sich selbst.«

Bonaparte erwiderte:

»Ich habe damit den Marquis Ascani beauftragt, Ihren Freund.«

Der Herzog lächelte weiter. Er ging auf Don Rocco zu und dachte an nichts andres, als daß seine Füße nicht schleppen möchten. Denn sie schleppten, wenn man ihm zusah. Da fühlte er die kalte Hand des andern und besann sich.

»Sie sind mir doch nicht böse?«

Und sein Lächeln war leicht und spielerisch. Er flüsterte:

»Wenn wir die Dinge denn aussprechen wollen: ich habe manche Ihrer Freunde getötet, und auch Sie wären fast – Jetzt werden Sie vielleicht mich töten wollen. Nicht? Es ist seltsam: ich habe Furcht, und doch nehme ich das alles nicht ernst.«

Er erschrak: draußen fielen Schüsse. Der General Bonaparte sagte über die Schulter:

»Aber es ist das Leben.«

Dann rief er aus dem Fenster Befehle.

Der Herzog zwinkerte, die Mundwinkel herabgezogen, scheu nach dem Rücken des Siegers.

»Das Leben, was ist das?«

Plötzlich aber zitterte er ganz. Er haschte nach Don Roccos beiden Händen, preßte sie mit fieberhafter Kraft, er wisperte, und sein Blick flog bleich hin und her:

»Mein Geld! Ich weiß wohl, jener will mein Geld. Es handelt sich immer nur um das Geld. Retten Sie es mir!«

Mit trockener Kehle und nahe vor den verschlossenen Lippen des andern:

»Soll ich Ihnen beweisen, daß ich keine Hintergedanken mehr habe? Mich Ihnen ganz preisgeben? So sage ich Ihnen denn, wo es ist.«

Er lauschte, eine äußerste Sekunde. Dann drückte er die Augen zu.

»Im Saal der Bogenschützen, hinter der ›Flucht nach Ägypten‹.«

Und die Augen aufgerissen, verzerrt:

»Jetzt haben Sie mich. Retten Sie mein Geld! Sie sind der Großmeister vom Orden des heiligen Mauritius. Sie sind mein Vetter. Was noch? Die Prinzessin, meine Schwester, ist schön: Sie sollen sie besitzen.«

Der General hatte sich unerwartet umgewandt und warf einen düstern Blick auf beide.

»Marquis Ascani, Sie haben drei Tage, mir das Geld zu beschaffen.«

Der Herzog mußte sich an die Wand lehnen. Don Rocco verneigte sich wortlos vor ihm, dann vor dem General, und ging. Er beantwortete in den Vorzimmern mit sicherem Maß die Grüße und Glückwünsche, stieg langsam zwischen den Wachen hinab, ließ unter den weiten Gewölben der Halle Kanonen auffahren, Pulverfässer in den Saal der Bogenschützen legen und das Portal schließen.

»Befehle des Generals; er ist schlafen gegangen.«

An der Tür des Saales der Bogenschützen nahm er dem französischen Grenadier die Fackel ab und schickte alle fort. Er stand gelassen da, die Fackel erhoben. Die Schritte verhalten – da warf er sich in den Saal, keuchte plötzlich, er lachte erstickt. Er legte die Fackel auf die Fliesen, er kroch hin zu den Pulverfässern, betastete sie, drückte an eins die Stirn. Er sagte:

»Ich bin ein wilderes Tier als ihr alle. Und ihr habt geglaubt, mich zu betrügen!«

Ein Geräusch; er stürzte sich auf die Fackel. Wie er sie aufnahm, sah er in dem Spiegel drüben seine Augen flakkern und hielt jäh an. Aber was nahte, waren diese Schritte, die er unter Hunderten erkannt hätte. Er sprang, hängte die Fackel in den Kamin und kauerte schon wieder dahinten.

Kein Spalt in den Läden, das Dunkel wie aus Stein. Und doch sah er die beiden ihre Schritte tun, verschränkt, umeinandergewunden; fühlte die Hüften übereinandergleiten und den Schlag der Schläfen, die sich trafen. Er hielt den Atem an, und er hörte den ihren, der schwach und kurz war.

Der Mann sagte:

»Nicht dort hinein; es ist das Zimmer, wo die Herzogin Isotta von ihrem Gemahl erdrosselt wurde.«

Die Frau erwiderte:

»Sie war glücklicher als ich.«

Die Tür knarrte. Drinnen sagte der Mann.

»Lieben wir uns nicht?... Ach, laß, ich weiß selbst, dies ist nicht das Glück! Wir haben einem ganzen Lande die Freiheit erobert, und wir selbst sind unfrei, wir müssen lügen.«

»Wir müssen den belügen«, sagte die Frau, »den wir den Glauben an Wahrheit und Güte gelehrt haben und ohne den wir nicht hätten siegen können.«

»Der Sieg! Enthält denn immer sein Glanz solchen Wurm? Hat je ein Reiner gesiegt?«

»Dennoch liebe ich auch ihn!« – und die Stimme der Frau flehte. »Ich liebe ihn, wie man ein armes Kind liebt, und dennoch mit Ehrfurcht.«

»Daß ich dich nicht ganz habe! Ich gestehe dir etwas Schreckliches: dieser Sieg, der dich ihm fester verbindet, ist mir verhaßt.«

»Und ich: heute abend, als wir in die Stadt zogen: für alle war es der höchste Tag, der Anfang des Menschenglücks; ich aber mußte denken, es sei das Ende. Gut hatten wir's nur in der Verborgenheit, im Hause meines Vaters, der so hart war – du ein armer Unterdrückter, ich ein Mädchen, das nichts vermochte. Warum mußte ich jenen Mächtigen heiraten!«

»Warum mußte ich Gedanken kennen, die nicht als Ziel dein Herz hatten!«

Und beide zusammen, mit derselben Stimme und gedämpft, als lägen ihre Lippen aufeinander:

»Knechtschaft, Schande und dein Herz!«

Sie hielten an; sie hörten ein Aufheulen, als führe im Saal ein Windstoß durch den Kamin. Don Rocco dahinten kniete, die Hände vor die Brust gepreßt, die arbeitete, als sei sie lebendig begraben, und seine Lippen flüsterten die Worte, die er hörte, mit, grausend, wie die von Phantomen.

»Laß mich dein Gesicht mit den Händen erkennen.«

»Und deinen Mund mit meinem Mund.«

»So dunkel es ist, ich sehe deine Augen.«

»Könnte dies Dunkel immer dauern! Die Welt kennt uns nicht, wir sind allein.«

»Wir müssen fliehen, uns verbergen, müssen gestorben sein.«

»Deine Hüften! Dein Atem!«

Sie keuchten; und Don Rocco wand sich, gleich einem Erstickenden. Auch er hatte, wie oft, da er noch zu leben glaubte, solche Worte gesprochen, und dieselbe Frau hatte sie erwidert. Er bog die Arme, als schließe er sie noch einmal um diese Frau, um ihr Fleisch, um ihre Seele. Seine Arme waren leer gewesen, auch damals, jede Nacht. Welch Haß auf alle Glücklichen, auf alle Sieger, auf jenen großen Eroberer! Aber aufspringen? Zuschlagen? Sich rächen? Ach! auch der Verräter dort hielt, und wußte es nicht, nur ein Phantom. Worte klangen, Worte. Man sah auf: dieses weiße Gesicht hatte sie schon vergessen. Sie log jenem wie ihm. Beide lallten Lügen, jeder allein und ringsum Nacht. ›Wo ist Liebe? Habe ich selbst denn geliebt? Sterben vor der Entdeckung, daß auch der Held, der den Menschen die Liebe bringt, nur ein Räuber und Tyrann ist; sterben wie Paolo Ufrani: nur das hätte mich retten können. Ich will mich erbarmen und sie töten, alle. Sie sollen es gut haben, ihr Herz soll Frieden haben, bevor sie erfahren, was ich weiß. Diese, die zu lieben glauben, sollen nicht den Haß kennen; jener, der sich für den Befreier hält, soll nicht werden wie der Tyrann. Ich töte den Haß, denn ich töte die Liebe. Ich töte uns alle: den Tyrannen, den Befreier, die Liebenden und mich.‹

Er stand auf, beschwingt und sicher, nahm aus dem Kamin die Fackel, und er ging, Schritt vor Schritt und die Brust immer weiter, durch diese großen Schatten, auseinandergesprengt von seinem hohen Feuer. Er hob einen

Hammer auf und schwang ihn gegen ein Pulverfaß. Es dröhnte, es hallte; ihm war, als stürze selig und erlöst der weite Himmel ein. Da: der Aufschrei einer Frau und Arme, die ihn umspannten.

»Laß mich«, stammelte er. »Ich tu's, weil ich dich liebe... Auch dich«, sagte er noch, da er in die Augen des Freundes sah. Gleich darauf verzerrte sich sein Gesicht, er schlug aus mit dem Hammer, der andre riß ihn aus seiner Hand, die Fackel fiel hin, sie stürzten aufeinander. Sie traten auf die Fackel, die erlosch; sie rangen im Dunkeln. Don Rocco keuchte:

»Da sind wir, da habe ich dich, Verräter, da habe ich dich, Lügner! Soviel Begeisterung, soviel hohe Dinge, um einem Mann die Frau zu nehmen. Du bist die Hölle!... Und ich soll dein Blut nicht sehen in dieser Finsternis. Aber sogleich fühle ich's, ich fühle es!«

Und er hatte sein Messer gezogen, blind stieß er zu.

»Ach, ich traf mich selbst! So ist's: was dich treffen soll, trifft mich, denn ich habe dich geliebt.«

Er hielt ein, das Gesicht überschwemmt von Tränen. Er ließ geschehen, daß man ihn fesselte. Durch die Gefängnisse, unter dem Wasser, auf demselben Wege, der ihn heute früh in die Freiheit gerettet hatte, ward er aus dem Schloß geschafft, gebunden auf einen Wagen gelegt und hörte hinter sich das Pflaster erklingen. Nun schlugen die Hufe dumpf auf Landwege, und weite feuchte Luft drang bis zu seinen Augen, die er stöhnend ins Polster drückte. Der Morgen kam, Don Rocco sah sich am Fuß von Bergen: da stand vor ihm Rosalino Lanza.

»Jetzt töte mich!« sagte Rosalino. »Du wagst nichts damit, wir sind im Lande des Feindes, mein Tod ist frei.«

»Nimm deinen Degen!«

Sie fochten. Don Rocco ward getroffen, plötzlich brach Nacht herein, und er durfte sich sinken lassen – welche Erlösung! – sich für immer sinken lassen in leere Nacht.

III

Aber er genas; – und was kam, war das ruhelose Leben des Ungläubigen: die Arbeiten ins Leere, das Vergnügen ins Nichts, das Dasein um der Zeit willen, die vergeht. Er lebte für Frauen, die er nicht liebte, für Intrigen, die ihm nicht heiß machten, für gewollte Erniedrigungen, Triumphe, dazu da, um Sieg und Glück zu verhöhnen, lebte fürs Spiel und für den Schlaf. Wenn er aber an das Ende dachte, fand er, daß es einst sich leichter starb und daß heute der Tod ihm nicht geringeres Grauen machte als das Leben.

Eines Abends im Theater zur Scala – er war mit der Pamela Reichmann – sah er in der Nebenloge zwei dreißigjährige Männer sich mit ihm beschäftigen. Da die Pamela hinüberkokettierte, hörte er zu.

»Der Ascani? Es wäre sein Gesicht; aber es ist ein Spielhalter, den ich in Paris gesehen habe. Ich erkenne diese harten Augen wieder, und er hat Kopfbewegungen, als suchte er höflich nach Opfern. Der Ascani abenteuert wer weiß wo.«

»Welch rätselhafter Untergang! Er, einer der Helden, auf die wir als Jünglinge schwuren.«

»Es sind vierzehn Jahre, seit er verschwand, im Augenblick, als Bonaparte ihn zum Regenten des Herzogtums bestimmte. Die Marchesa hat sich mit jenem Lanza getröstet.«

»Er soll gefallen sein, irgendwo in Deutschland.«

»In jedem Fall ist der Ascani ein Feind des Kaisers. Man hat damals von einem Anschlag gemunkelt, und wenn die englischen Agenten reden wollten –«

»Aber auch die Reaktionäre erklären ihn für einen Spion. Vielleicht dient er beiden. Vielleicht benutzt er andre, nicht weniger anstößige Hilfsmittel. Voriges Jahr hat er die Galloni dem König Murat vorgestellt und zehntausend Francs dafür genommen, was für einen Edelmann zu billig ist.«

»Auch waren es sechzehntausend«, sagte Don Rocco und betrat die Loge. »Das ist immer noch wenig, aber ich hatte gespielt. Dem Kaiser bin ich bekannt. Vor langer Zeit hatte ich einen Handel mit ihm. Aber Seine Majestät ist groß genug, einen Mann von Talent zu verwenden, trotz seinen Irrtümern. Nicht von meinem Ehrgefühl wird Napoleon erwarten, daß ich nur ihm diene, aber von meinem Verständnis der menschlichen Tatsachen. Er kennt die Erlebnisse, die mich meine Schwärmerei für die Menschheit gekostet haben, und nur er kennt sie. Sie, meine Herren, dürfen erzählen, was Sie wollen. Aber Sie haben gesagt, die Marchesa Ascani habe einen Geliebten, und dafür werden Sie mir Genugtuung geben.«

Die beiden standen auf.

»Ich bin Leone Balbi, mein Vater war Ihr Freund. Dies ist Niccolo Renzi, der Sohn eines Mannes, den Sie kannten. Don Rocco, wir hatten gehofft, Sie niemals wiederzusehen, denn wir haben Sie zu sehr geliebt, als wir Knaben waren.«

Der andre murmelte:

»Wie ein Mann Ihres Wertes soweit kommen konnte, das begreifen wir nicht.«

Don Rocco sagte:

»Da entweder Sie oder ich selbst morgen früh nicht mehr leben werden, darf ich Ihnen antworten. Und zuerst sagen Sie mir, ob Ihr Traum vom Glück des Menschengeschlechts erfüllt ist, seit der Kaiser Napoleon sich zum König von Italien gemacht hat. Die Orden auf Ihrer Brust versichern mich, daß Sie wissen, was das Leben von uns verlangt: unsre Seele preiszugeben, sie den Vorübergehenden hinzulegen, sie schänden zu lassen. Mein Unglück will, daß ich es vergebens tue. Meine einzige Bemühung auf Erden ist, so viel Selbstverachtung zu erwerben, daß ich ohne Verzweiflung sterben kann. Aber der sich abarbeitet, bin, scheint mir, nicht ich. Vielleicht ist es jener Spielhalter, den Sie in Paris gesehen haben und den ich nicht kenne. Ich selbst muß in irgendeinem Augenblick meines Daseins am Wege liegengeblieben sein. Auf Wiedersehn, ihr Herren, noch heute nacht, auf der Straße nach Monza.«

Die Reichmann sagte, als Don Rocco zurückkehrte:

»Wie lieb von Ihnen, Sie schlagen sich für mich. Fühlen Sie doch, wie mein Herz klopft.«

Als er tags darauf ihr Toilettezimmer betrat, fragte sie erstaunt:

»Ihr Arm ist verbunden? Sie haben jene Leute nicht getötet?«

»Nur einen. Der andre hat mich kampfunfähig gemacht.«

»Da sehen Sie, Lucien«, rief sie in ihren Spiegel hinein, »der Marquis Ascani schlägt sich für mich, indes Sie mich quälen mit Ihrer sinnlosen Eifersucht. Denn ich soll mich schon wieder mit einem Liebhaber verabredet haben.«

Der junge Lanfrey trat atemlos auf Don Rocco zu.

»Sie beugte sich im Dom weit über ihren Sessel vor. Jener Mensch beugte sich rückwärts. Ihre beiden Gesichter lagen aufeinander, sage ich Ihnen.«

»Sie werden toll«, sagte die Reichmann.

»Ich habe euch sprechen gehört.«

»Welche Beleidigung! Der Mensch war nicht einmal elegant.«

Der junge Mann warf sich umher.

»Das sollte dich abhalten? Dich?«

»Ich antworte Ihnen nicht mehr. Höher die Locken, Félicie.«

»Herr von Lanfrey«, sagte Don Rocco, »warum bewundern Sie nicht lieber, daß diese Frau imstande ist, mit Verachtung von einem Mann zu sprechen, der sie vielleicht innerhalb der nächsten zwei Stunden umarmen soll. Bewundern Sie doch soviel Selbstzucht!«

»Hetzen Sie!« rief Pamela. »Er braucht es. Lanfrey, Sie haben noch mein Rouge.«

Lanfrey sagte:

»Ich habe nicht Ihre Philosophie. Sie sind der einzige Mann, den ich bei ihr geduldet habe. Aber es wäre an Ihnen gewesen, mich zu entfernen. Sie waren früher da.«

»Ich hatte mich der Pamela wegen viermal geschlagen; ich hatte nicht nötig, auch Sie noch zu töten.«

»Ich kam Ihnen gelegen. Sie wollten sie los sein.«

»Ich wollte von ihr verraten werden«, sagte Don Rocco.

Pamela sagte unaufmerksam, denn sie pinselte an ihren Brauen:

»Da streiten sie sich; und beide zusammen kaufen mir noch nicht die Puderdose, die ich nötiger habe als euch.«

Lanfrey lächelte bitter.

»Sie haben sich in die Teilung gefunden, weil Sie ebenso schwach sind wie ich; weil Sie ihr verschrieben sind.«

Don Rocco erwiderte:

»Nein, sondern weil sie mir, der ich einst töricht war, beweisen sollte, wie wenig das ist: verraten werden.«

»Sie scherzen.«

»Sie ist schön, nicht wahr? Dies freche weiße Königinnengesicht und darin die grellen Lippen, die feuchtschwarzen Augen, die mehr versprechen, als Natur halten kann... Noch mehr Schwarz auf die Lider, Pamela!... Die Locken, das künstliche Kap dieser hellen Locken, das leicht und starr den Hinterkopf überragt und mit seinem Glanz den Goldreif verdunkelt, der es überbrückt...«

»Don Rocco, ich liebe Sie«, sagte Pamela. »Kaufen Sie mir die Puderdose, die Dose für den rosa Puder. Ich habe alles aus Gold und mit meinen Buchstaben, so viele Bürsten, so viele Geräte. Hier ist die Nagelschminke, hier der weiße Puder. Aber der rosa? Er ist in einer

Schachtel, und ich kann so nicht länger leben. Sie haben zwanzigtausend Francs ausgegeben, und Sie haben keine fünfhundert mehr? Das heißt, daß Sie mich nicht mehr lieben.«

Lanfrey schlug die Hände um die Schläfen, er beugte sich über die Schulter der Frau.

»Stehlen! Ich werde stehlen müssen.«

»Sie sind nicht ernst«; – und sie schob ihn fort.

Don Rocco sagte wieder:

»Diese Schultern, all dieser durchblutete Marmor, die bunt beringten, duftenden Weiberhände: wir leben im Atem dieser Dinge, wir beide.«

»Und wir krepieren darin«, sagte Lanfrey durch die Zähne.

»Warum? Stirbt man an Illusionen? Bei Frauen wie diese werden die Dinge, die uns einst das Leben kosten wollten, zu nichts, zum Hauch auf einem Spiegelbild. Kannte ich nicht Kurtisanen, die mir in zehn Minuten eine Liebe gespielt haben, vom Erschrecken des ersten Blicks bis zur zuckenden Trennung? Gehen Sie, Lanfrey, der Verrat einer anständigen Frau ist plump und anspruchsvoll, er will ernst genommen werden wie ihre Liebe. Nehmen Sie von unsrer Pamela die Illusion des Verrats entgegen und lieben Sie sie wie das Bild einer Toten.«

Lanfrey starrte aus der Ecke die Frau an, die sich Fett auf die Nase rieb.

»Ich verstehe Sie nicht. Aber ich leide wie ein Tier.«

Don Rocco sagte:

»Sie suchen Stürme, eine Weide Ihrer Leidenschaft, suchen alle Fallstricke des Todes. Ich sage Ihnen, die Kurtisanen sind die Zuflucht des Vielerfahrenen, der die Wirklichkeiten bezweifelt; sie sind die natürlichen Gefährtinnen des Weisen.«

Pamela sandte ihm einen raschen schwarzen Blick.

»Nehmen Sie sich in acht! Man ist für mich gestorben.«

»Und Sie glauben«, erwiderte Don Rocco, »der Tod habe mehr Wirklichkeit als das übrige?«

Plötzlich packte Lanfrey ihn beim Arm, er flüsterte fliegend:

»Helfen Sie mir, den Menschen zu finden, mit dem sie im Dom gesprochen hat. Ich sage Ihnen, daß sie uns heute abend fortschicken wird... Sie sehen mich an: ja, ich bin krank vor Angst. Ich gestehe Ihnen, daß ich nicht mehr allein in der Straße gehen kann, ohne daß Angst nach ihr mich befällt.«

Er sah dem andern wie blind ins Gesicht.

Pamela warf ihren Stuhl um.

»Ihr habt beide nichts mehr. Ich muß mich nach einem umsehen, der mir die Puderdose bezahlt.«

Don Rocco sagte:

»Der Kaiser kommt nach Mailand.«

»Warum nicht er?« – und Pamela warf den Kopf zurück.

»Tatsächlich, warum nicht er? Existenzen wie Ihre, Pamela, verschlingen in Monaten eine Million, um endlich an einer fehlenden Puderdose zu scheitern, falls nicht ein Kaiser hilft. Sie können nichts dagegen haben, Herr von Lanfrey, daß Ihr Kaiser für Sie einspringt.«

Der junge Mann fuhr auf:

»Ziehen Sie nicht seinen Namen unter diese Dinge; er ist zu groß, er ist heilig. Trüge die Erde nicht ihn, ich hätte mich längst von ihr geflüchtet.«

Und da Don Rocco ansetzte:

»Kein Wort, oder ich spreche Tatsachen aus, die Sie vernichten.«

»Welche?«

Don Rocco lächelte traurig.

»Ihr Kaiser ist ein kleinbürgerlicher Streber, ein Generalpächter. Der ihn umbrächte, hätte nicht viel getan; er hätte einen der Sklaven des Zufalls beseitigt –«

»Spion! Kuppler!«

Die Reichmann schrie auf. Don Rocco schlug die erhobene Hand des andern fort.

»– die der Menschheit gebührende Verachtung ihrer selbst beibringen sollen, dadurch, daß sie sie beherrschen. Ich hätte ihn fast getötet, und ich bereue es. Sie aber, Herr von Lanfrey« – und sein Lächeln ward böse –, »Sie werden ihn töten.«

Die Reichmann zuckte die Achseln.

»Lassen Sie den Narren und sagen Sie mir lieber, was ich tun muß, um den Kaiser zu bekommen.«

»Der Kaiser nimmt eine Frau nur einmal.«

»Mich! Einmal! Das werden wir sehen.«

»Ich fordere Sie!« rief Lanfrey hinüber.

Don Rocco antwortete:

»Ich bin kampfunfähig, wie Sie sehen. Aber ich stehe Ihnen zur Verfügung, sobald die gnädige Frau aus Turin zurück ist. Der Kaiser ist in Turin.«

»Heute nacht reise ich nach Turin«, sagte die Reichmann.

Lanfrey stürzte sich, das Gesicht verzerrt, auf ihre beiden Handgelenke.

»Ich töte ihn, wenn du reist.«

»Feigling! Er tut mir weh.«

Und da er nicht losließ:

»Du mißgönnst mir also meine Puderdose? Böser Mann!

Nein, nicht stoßen! Meine Frisur! Don Rocco, helfen Sie mir! Lassen Sie, er beruhigt sich schon. Ich werde ihn beim Kaiser in ein schlechtes Licht setzen, er wird sehen... Nein, mein Kleiner, weine nicht. Ich werde dich ihm empfehlen, du wirst Fürst und Exzellenz.«

Sie stützte den Arm auf seine Schulter und bewegte ihn unter seinem Gesicht hin und her.

»Denn ich liebe nur dich.«

Er schlug die Hände vors Gesicht und wankte schluchzend durch das Zimmer.

»Don Rocco, helfen Sie mir. Ich muß ihn töten.«

Don Rocco umfaßte seine Schulter, er sagte warm:

»Sie können sich nicht besinnen? Es ist wahr, daß sie schön ist.«

»Du machst dich lächerlich«, sagte die Reichmann. »Félicie, wir müssen von vorn anfangen.«

»Den Kaiser töten –«, und Lanfrey sah irr um sich. »Sagen Sie, was sonst übrigbleibt. Zuerst ihn, dann mich. Um Gottes willen, sagen Sie ein Wort!«

Don Rocco sagte:

»Sie wollen Ihren Kaiser zum Herrn über ganz Europa, ausgenommen eine Frau. Diese Frau lieben Sie nicht weniger als Ihren Kaiser, und wer sie Ihnen nimmt, muß sterben, sogar er. Wäre der Fall nicht eingetreten, Ihr Leben wäre ein unerschöpftes Spiel. Jetzt klagen Sie noch; aber Sie werden sterben wie einer, der sein Tagewerk vollbracht hat.«

»Helfen Sie mir!«

»Ich rate Ihnen, sich als Frau zu verkleiden. Sie sind hübsch, Sie werden unsrer Freundin bei Seiner Majestät zuvorkommen. Vergessen Sie den Dolch nicht.«

Die Reichmann lachte auf: – da tat Lanfrey, die Fäuste geschwungen, einen Satz. Sie kreischte.

»Don Rocco! Félicie! Haltet ihn!... Ah! ich habe genug. Hinaus mit ihm!«

Mit einem Blick, vor dem er zusammensank:

»Wirst du gehen?«

Er ging mit hängenden Händen und kopfschüttelnd ganz langsam zur Tür. Von der Schwelle sandte er noch einen Blick voll der Angst einer solchen Verlassenheit, als käme er aus einer andern Welt.

Die Reichmann fächelte sich. Sie schickte die Zofe hin und her, und dazwischen fragte sie das Mädchen:

»Haben Sie gesehen? Eine Frau anrühren! Solchen Mann könnte ich niemals lieben.«

Don Rocco sah noch immer in den Garten. Endlich wandte er sich um.

»Sie reisen?«

»Sofort. Den Wagen!«

»Ich bestelle ihn.«

Er kehrte zurück und sagte:

»Er ist schon fort.«

»Lucien? Er ist toll, ich wußte es. Was wird geschehen? Sagen Sie mir, was geschehen wird!«

Don Rocco saß am Tisch und schrieb.

»Leihen Sie mir Ihr Siegel?«

Er klingelte und schickte den Brief fort.

»Was gibt's? Was haben Sie getan?«

Er nahm das Löschblatt und hielt es vor den Spiegel.

»An den Polizeipräfekten? Was heißt das? Werden Sie mir erklären –«

»Nichts. Ich mache den Präfekten auf einen Herrn von Lanfrey aufmerksam, der nach Turin reist.«

Die Reichmann stand starr; plötzlich warf sie die Arme.

»Scheusal! Hinterdrein!«

Sie flog zur Tür.

»Rettet ihn!«

»Sehen Sie nicht, daß ich ihn rette?« sagte Don Rocco und holte sie sanft zurück.

»Verräter! Ich werde sagen, welche seltsame Industrie Sie in Wien mit jenen Polen getrieben haben.«

Sie sah ihm in die Augen.

»Warum taten Sie das alles? Warum haben Sie ihn da hineingehetzt?... Ach! lassen Sie, Sie haben zuviel Geist. Ich sage es Ihnen: Sie waren eifersüchtig. Aber erfahren Sie, daß ich immer nur ihn geliebt habe!«

»Vielleicht hätte ich eifersüchtig sein wollen« – und Don Rocco hob die Schultern. »Komödie!«

Sie setzte sich. Auf einmal lächelte sie.

»Und ich hätte mir soeben fast vorgemacht, ich liebte ihn. Aber er ist dumm und ein Schwächling.«

Sie legte die Schläfe in die Hand, und sie maß ihn lächelnd.

»Sie sind soviel klüger und stärker. Warum haben nicht Sie mich geliebt?«

»Und warum Sie mich nicht?«

Sie sah in ihren Schoß. Die Lider aufschlagend:

»Vielleicht fürchtete ich mich.«

Don Rocco sagte:

»Wir haben Zeit, uns zu lieben, bis Ihr Wagen kommt. Löschen wir die Kerzen, lassen wir einen Strahl Mondlicht herein.«

Er beugte sich über ihre Lehne, er sprach in ihre leicht offenen Lippen.

»Im kalten Mondlicht lieben sich unsre kalten Herzen. Wir sind erfahren und vorsichtig wie eine Kurtisane und wie ein Toter. Ich habe eine geisterhafte Liebe zu dir, o Carla!«

»Ich heiße Pamela. Und Ihre Stimme, mein Herr, zittert ein wenig.«

Er murmelte:

»Erinnern wir uns nicht, nun wir unsre ruhigen Hände halten, einer Zeit, da sich glauben und fühlen ließ? Der Zeit, als wir lebten?... Wie feucht Ihre Augen blinken! Welche Kunst! Wie? Sie schluchzen?«

Er ließ sie in seine Arme gleiten. Sie blieben ganz still.

Eine Scheibe klirrte; sie richtete sich auf. Er sah sie unruhig sinnen. Dann machte sie ihren Blick verführerisch.

»Ich werde nicht mehr reisen. Aber ich habe eine Bitte. Mein Mann ist hier, versöhnen Sie mich mit ihm.«

Da er aufstand:

»Ich schwöre Ihnen, daß ich es Ihnen ewig danken

werde. Er hat wieder Geld. Sie wissen, daß es so nicht weitergeht.«

Don Rocco lachte lautlos.

»Sie haben recht. Sie haben sich früher zurückgehabt – und haben den Grad ermessen, bis zu dem ich Ihnen ergeben wäre. Warum nicht. Was Sie verlangen, würde jeden Mann beschämen. Ich aber darf demütig sein. Demütig darf sein, wer erkannt hat. Wir erröten nicht, wir Toten.«

Er küßte ihr die Hand.

»Ich gehe, Sie mit Ihrem Mann zu versöhnen.«

IV

Der Wagen des Ministers verließ die Villa Ascani. Gleich vor dem Parktor schlossen die Reiter ihn ein, mit gelokkerten Pistolen. Wie er die Brücke über den Sumpf befuhr, bog drüben hinter der Kapelle von San Leone eine Prozession hervor. Die Mönche sangen; viel Volk ging mit; Wagen und Reiter mußten am Geländer halten. Der Minister lehnte sich in den Hintergrund; da schrak er auf: das Glöckchen von San Leone schlug ein dünnes, scharfes Wimmern an. Er legte die Hand an die Tür, aber der Jäger öffnete sie schon:

»Es ist der Sommavilla, Eure Exzellenz, mit dem Henker.«

Und der Minister, ausgestiegen, ließ zwischen Mönchen und schwarzen Gerichtspersonen einen Mann herbeikommen, der barhäuptig war und in den Himmel sah. Er hatte wirren Bart in den bleichen Gruben der Wangen, ließ leer die Hände hängen und machte ungleiche Schritte, unbesorgt, wohin er gelange. Das Kreuz aus Eisen schwankte vor ihm her. Der Minister tat einen Schritt, um dahinterzuspähen, in das Gesicht des Verurteilten. Der senkte den Blick und sah fest in die Augen des alten Mannes. Der Minister nahm den Hut ab; sein langes weißes Haar flatterte auf; er stand da, weit vorgereckt.

Das Volk murrte:

»Vampir! Weidest du dich an deinem Opfer?«

»Du wirst uns nicht mehr lange morden«, sagte jemand, kaum unterdrückt, »der General Garibaldi wird kommen.«

Und viele:

»Garibaldi!«

Die Garden trieben plötzlich ihre Pferde in die Menge, trennten sie von den Mönchen und jagten sie zurück über die Brücke.

Der Verurteilte war vorüber, aber er hielt noch immer, den Hals gewendet, seinen Blick in dem des Ministers. Auf einmal richtete er ihn, wie von dem letzten, das er auf Erden begriffen hätte, zurück in die Luft. Der Minister stand noch, über seinen Stock gebeugt; er sah ihm nicht nach, er sah geradeaus, über den wüsten Sumpf, und seine Augen hatten nun in dem grauen steinernen Gesicht einen Glanz, als träfe sie schwere, verschleierte Sonne.

Die Litanei verscholl; er stieg ein; der Wagen erreichte das Stadttor. Drinnen aber lag schon wieder eine drohende Rotte: »Mörder! Die Unsrigen sind da! Wir werden dich am Galgen sehen!« – und wich nur Schritt um Schritt. Frauen öffneten die Läden und riefen Verwünschungen herab. Ein Messer flog durch das Fenster des Wagens. Die Reiter schossen, sie sprengten in die Fliehenden. Durch verlassene Gassen stürzte das Gefährt bis vor das Schloß, polterte über den Graben und hielt jäh an im Hof. Das Tor schlug zu, es hallte aus allen Ecken wider. Der Minister erstieg die bröckelnde Treppe, er ging durch verödete Säle. Erst im Vorzimmer merkte er, daß er allein war, und führte um sich her ein verächtliches Lächeln.

Der Diener riß die Tür auf. Der Herzog lag auf der

Chaiselongue, steif ausgestreckt, mit fest geschlossenen Augen. Er fuhr heftig zusammen, sprang auf und lief, auf einmal gelenkig wie ein Knabe, dem Minister entgegen. War sein Haar weiß oder blond, sein Gesicht alt oder nur müde?

»Mein lieber Don Rocco, Sie wenigstens halten mich noch nicht für tot.«

»Weniger als je, Hoheit. Dieser Garibaldi mag kommen. Haben wir nicht das alles schon einmal erlebt?«

»Sie freilich erlebten es« – der Herzog lächelte zart – »auf der andern Seite.«

Der Minister sagte:

»Ich fühle tiefes Mitleid mit denen auf der andern Seite.«

Das Gesicht des Herzogs erbebte, er drückte krampfig des andern Hand.

»Wo steht er? Schon diesseits des Po? Schon in Busonte? Noch heute also; mein Gott, noch heute!«

Er lief bis drüben zum Kamin, er sagte zu der »Anbetung der Könige« hinauf:

»Ich wußte, einmal würden sie kommen. Aber ich glaubte nicht, daß ich noch dasein würde.«

Zurückkehrend:

»Ist in Forte Principe alles geschehen, was ich befohlen habe?«

»Alles, was Eure Hoheit befohlen haben«, sagte der Minister.

Der Herzog fragte mit schiefem Blick:

»Dann können wir sie ruhig erwarten?«

Da der Minister zögerte:

»Wir haben ein Regiment Deutsche: das hatten wir nicht, als jener andre kam, und wir haben neue Kanonen.«

Der Minister legte die Hand auf die Brust und verneigte sich.

»Hoheit, Forte Principe wird auch diesen nicht zurückhalten. Wir sind ein kleines Land, und rings um uns ist die Revolution.«

Der Herzog strich durch die Luft, als sagte er, seine Zuversicht sei nicht sehr fest gewesen. Plötzlich fuhr er sich an die Ohren.

»Dies Glöckchen soll schweigen! Ich liege den ganzen Morgen da wie ein Verurteilter und höre nur das Glöckchen.«

Da schwieg es. Aber vom Platz drunten stiegen drohende Rufe. Der Herzog sank auf einem Stuhl zusammen.

»Es ist geschehen. Ich hätte ihn begnadigen sollen. Marquis Ascani, Sie haben mich getötet. Das letzte Todesurteil, das Sie mich haben unterschreiben lassen, war auch mein eignes.«

»Eure Hoheit erlaube mir zu erwidern, daß Sie ungerecht sind und irren.«

»Ich bin verloren.«

»Nein«, sagte Don Rocco. »Der Fürst ist niemals verloren. Die Autorität, von der die Menschen leben, hängt nicht ab von der Widerstandskraft einer Festung. Wir stehen nicht auf eigner Weisheit, sondern – darum sind wir stark – auf der der Dinge. Die menschliche Vernunft, die uns töten will, ist frech und unwissend. Ihr Sieg, und daß zuweilen die Welt ins Chaos zurückzustürzen scheint: Gott will es, um die Ordnung neu zu bestätigen, die wir sind. Wir kehren wieder.«

»Was nicht hindert« – und der Herzog blinzelte –, »daß es uns im Exil nicht gut ergangen ist.«

»Und wären wir sogar gestorben, wie wir im nächsten wohl sterben werden: was zählt, ist unsre Nachfolge, sind die Jahrhunderte, die langwährende Unterworfenheit und Ergebung, womit die Geschlechter im Zuge der Zeiten gehen. Erhaltung ist alles. Das Glück des Augenblicks? Ein Irrtum. Der Mensch hat nur ein Ziel: die Ewigkeit. Sein Geist? Welche Überhebung! Er weihe Begeisterung und

Rausch, die nicht ihm und nicht dieser schweren, furchtbaren und trostlosen Erde gehören, der Ewigkeit, die er erhofft.«

Der Herzog sah Don Rocco nicht an. Endlich sagte er beklommen:

»Sie sind gläubig. Sie waren es immer, Don Rocco. Ich, ich habe große Furcht vor der Ewigkeit und hoffe sehr, es gibt keine, denn auch dort würde ich wieder ganz allein sein.«

»Eure Hoheit haben ein Leben geführt, das ich verehre.«

»Mein Leben?«

Der Herzog errötete. Er legte die Hand an die Brauen.

»Ich war stolz darauf – und um so stolzer, je schlimmer es war, für die andern und für mich. Zuweilen aber schien es mir nur kindisch.«

Er stand auf, er murmelte:

»Was sage ich Ihnen, was tun wir? Dies Schloß ist verlassen, und der Feind rüttelt am Tor.«

Er kehrte zurück, er stützte die Hand auf den Tisch zwischen den Pfeilern.

»Don Rocco, wir sind durch vieles miteinander verbunden. Wir waren gemeinsam jung, und Sie haben mich zweimal töten wollen. Dann wurden Sie im selben Augenblick aus Ihren Träumen gerissen, in dem ich die Macht verlor. Sie sind umgetrieben, Sie haben entbehrt und erfahren; Sie haben die Nichtigkeit der Empörung erlebt. Sie würden, sagte ich mir, die andern mit Strenge davor hüten. So habe ich vergessen, daß Sie mein Feind waren, und Sie, als ich zurückkehrte, zu mir gerufen. Dreißig Jahre und länger haben Sie in meinem Namen dies Land beherrscht. Jetzt sagen Sie mir, Don Rocco, wann war's besser zu leben, heute oder damals, wie Sie im Unglück waren und wie niemand Sie haßte?«

Don Rocco sagte:

»Nie habe ich so sehr unter Feinden gelebt wie damals, nach meinem Sturz von der Höhe jenes Schwärmerglaubens. Ich habe, in Verzweiflung, den Gewalthabern gedient und ihren Gegnern, habe verraten, verdorben, wen ich konnte, bin, so tief es ging, in Sünden gestiegen. Da ich die Welt nicht zu zerstören vermochte, zerstörte ich mich.«

»Ich habe mich immer nur erhalten. Ich saß dahinten auf einem andern Schloß und wartete, daß ich in dieses zurückkehren könne. Hier habe ich dann wieder vernichtet, die mich vernichten wollten. Ich bin durchgekommen: das ist alles. Sie aber« – und der Herzog lugte von unten, seine Stimme ward gepreßt –, »Sie haben gesündigt? Sie haben sich gemein gemacht? Sagen Sie mir das Schlimmste! Das Schlimmste!«

»Ich weiß es nicht. Jede Stunde war schlimm, denn sie war kalt. Jeder Lebende war ein Feind, denn ich hatte ihn zu sehr geliebt. Und so, Hoheit, wird man zum Herrn der Lebenden. Wer an der Welt verzweifelt hat, ist nicht mehr fern davon, sie zu vergewaltigen. Wer die Menschheit hätte in die Luft sprengen wollen, wird eines Tags reif sein, sie als Tyrann zu beherrschen. Ich war, als ich dies erfuhr, ein Falschspieler.«

Da der Herzog zusammenzuckte:

»Dies Schloß ist verlassen, Hoheit, und der Feind rüttelt am Tor. Auch sind wir sehr alt.«

Der Herzog beschrieb eine unsichere Geste. Don Rocco sprach an ihm vorbei:

»Ich war das Haupt einer Bande, die an allen Spielorten mit falschem Geld arbeitete. Einer meiner Leute floh, er bestahl die Gesellschaft und verwertete unsre Kunstgriffe. Ich verfolgte ihn, ohne ihn fassen zu können. Überall war er unter glänzenden Namen eingeführt und würde, wenn ich Hand auf ihn legte, mich selbst entlarvt haben. Ich aber ertrug es nicht, daß er mir entgehen sollte. Verbrecher er und ich: und ich fieberte auf unsrer Hetzjagd durch Europa nur danach, ihn unter mein Gesetz zu zwingen.«

Don Rocco bekam starre Augen. Der Herzog sah ihm aus gesenkten Lidern zu.

»Endlich hatte ich ihn. Ich hatte in einem Spielsaal die meisten Tische mit meinen Leuten besetzt. Er hielt die Bank, und sie gewannen gegen ihn. Er sah sich betrogen, fühlte sich bedroht, verlor den Kopf und fing an, falsches Geld auszugeben. Man fiel über ihn her, ich ließ mich mit ihm in ein Seitenzimmer drängen. Wir waren allein; er warf sich sogleich vor mir nieder. Er war ein Levantiner, weich, treulos, schön – und in diesem Augenblick merkte ich, daß ich ihn liebte; daß ich ihn hätte an Ketten legen wollen und dabei küssen wie eine Frau; daß dieser wahnsinnige Drang, ihn zu unterwerfen und zu beherrschen, Liebe gewesen war. Wieder sah ich mich mitten in den Schrecken der Liebe, die die Schrecken des Lebens sind.«

Don Rocco schwieg. Dann sagte er noch:

»Was wissen die, die uns grausam und Feinde der Menschen nennen!«

Der Herzog regte sich nicht. Endlich ganz leise:

»Don Rocco, Sie hatten eine Frau, die Sie liebten?«

Da entstand draußen Lärm, in der Tür erschienen die Adjutanten des Herzogs. Er stellte sich ihnen entgegen.

»Ihr seid zurück von Forte Principe? ... Wie? Der Feind hat uns umgangen? Er überschreitet nicht die Grenze? Wir wären gerettet? Marquis Ascani, hören Sie doch: wir sind gerettet!«

Don Rocco holte seinen starren Greisenblick aus der Ferne zurück.

»Ich glaube es nicht«, sagte er. »Garibaldi wird Verstärkungen sammeln.«

Der Herzog schloß die Tür.

»Meinen Sie denn, daß ich's glaube? Halten Sie mich nicht für unwissend. Ich war des Bodens nie sicher, auf dem ich stand. Wer siebzig Jahre lang von einer Lebenskraft zehren mußte, die schon versagte, als er zwanzig war, der hat den Sinn für das Sterbende. Dies ist der Augenblick, sage ich Ihnen, und ich fürchte ihn.«

Seine Miene flog, sein Blick flatterte. Er zog den Rock fest um sich und hastete durch das Zimmer, mit seinem nachschleppenden Fuß, seinem schmalen, hohlen Rücken, und an den Fenstern drückte er sich vorbei, feig und anmutig wie ein kranker Knabe. Don Rocco stand schwer über seinen Stock gebückt. Der Herzog umklammerte plötzlich seine Schultern; er flüsterte atemlos:

»Retten Sie mich! Helfen Sie mir zu fliehen! Ich habe nur Sie, Sie sind der einzige, den das Volk noch mehr haßt als mich. Sie werden reich sein, mein Geld ist in England. Ah, ich erwartete diese Leute, diesmal werden sie nichts finden. Aber retten Sie mich!«

Don Rocco strich ihm den Arm, er ließ ihn in den Sessel nieder.

»Eure Hoheit erinnern sich, daß im Norden der Feind steht und überall sonst die Empörung. Wir sind auf einer Insel; nichts bleibt uns, als mit Würde zu enden. In einem andern Schloß erwarten Sie den Beginn Ihrer dritten Regierungszeit.«

»Nie! Nie!« – der Herzog kreischte, er riß sich los. »Denn sie werden mich töten. Diesmal sind es Italiener. Verstehen Sie nicht? Das erstemal: jene Fremden wußten nicht, wer ich war. Diese kennen mich.«

Er stürzte zu der Tapetentür, mit Händen und Füßen stieß er sie ein, er war schon fort. Don Rocco folgte ihm in die dunkle, staubige Ruine des alten Theaters, er zog ihn hinter einer Loge hervor und führte ihn zurück.

»Ich will dort drinnen verhungern«, jammerte der Herzog. »Sie sollen nicht Hand an mich legen.«

»Niemand wird es wagen, Hoheit. Und was könnten sie uns nehmen. Haben wir nicht gelebt?«

Aber er wich zurück; der Herzog lachte auf.

»Mein Leben!«

Und er fiel mit dem Gesicht über die Chaiselongue, Schluchzen erstickte ihn. Don Rocco sah zu Boden und wartete. Nun richtete der Herzog sich auf, er sagte schwach und strich sich über die Stirn:

»Sie haben recht, ich habe gelebt. In diesem Zimmer hier habe ich die langen Jahre den Tod erwartet, immer nur ihn; aber seine Erwartung brachte mir Aufregungen, seltsame Begierden, Genüsse, die euch unbekannt sind. Zuweilen triumphierte ich, weil ich mich erhielt wider Natur, und verachtete die Menschen, die mit mir nicht fertig wurden. Andre Male, das war süß, ließ ich mich fallen und gönnte denen, die heranschlichen, sie möchten mich treffen. Bonaparte, glauben Sie mir's, hat mich nicht überrascht, er war mir nicht fremd. Was er tat, hatte im Traum ich selbst schon vollbracht.«

Er machte leise und entrückte Schritte.

»Befreier! Eroberer! Held! Und dann abdanken: das geeinte Land seinem Glück lassen und verschwinden.«

Er hielt an, die Arme ausgebreitet. Auf einmal ließ er sie fallen, er setzte sich auf eine Armlehne und lugte unter seiner dick gefalteten Stirn hervor.

»Aber ich hütete mich, es zu tun. Ich kannte die Menschen, sie hätten mich verachtet, und ich hätte sie knechten müssen. Ich wußte alles voraus, ich war viel klüger als der Bonaparte. Als er dann der Herr der Welt war und sie ihn anbetete, da ekelte er mich. Die Starken sind ekelhaft. Vor mehr als fünfzig Jahren war er in diesem Zimmer. Wollen Sie glauben, daß ich« – der Herzog führte das Tuch an die Lippen – »ihn manchmal noch rieche?«

Er sprang von der Lehne, er kicherte.

»Jetzt freilich wird er noch schlechter riechen. Ah! er ist

tot, er und so viele, die von Leben strotzten. Ich aber bin da. Auch meine ›Anbetung der Könige‹ ist wieder da. Sie war von Correggio, darum mußte er sie nach Paris schleppen; aber ich bin sicher, daß er niemals ihre Schönheit gefühlt hat. Ich, ich fühle sie.«

Er stand unter dem Bilde.

»Bonaparte –«, sagte langsam Don Rocco, »es gab eine Zeit, da ich glaubte, er heuchle; ich glaube es nicht mehr. Als er anfing, hielt er sich für den Befreier, der den Menschen die Liebe brächte. Auch ihn hat Liebe zur Tyrannei geführt. Auch seine Liebe enthielt den Sündenfall. Wer von der Ordnung, dieser kalten Weisheit der Dinge, weicht, ist bestimmt, in Bitternis zu enden. Ich sah ihn nach Waterloo; englische Soldaten wollten ihn totschlagen. Er hastete auf ein Pferd; ein Prinz von Preußen erlaubte sich zu sagen: ›Laßt den Elenden sein Leben retten!‹ Und er rettete es zitternd. Einst hatte er die Welt retten wollen.«

Seufzend wandte der Herzog sich um.

»Don Rocco, liebten Sie nicht sehr die Marchesa? Sagen Sie mir, ob man heftig leidet, wenn man liebt und verraten wird. Sie sind erniedrigt worden durch Ihre Frau, wie? Denn sie war eine Abenteurerin, sie hatte Männer ohne Zahl, und Sie haßten sie?«

»Ich bemitleidete sie«, sagte Don Rocco, »und ich wünsche ihr, daß sie nicht mehr lebt. Auch die Schwärmer, die aus Liebe zur Menschheit Empörung verbreiten, ich hasse sie nicht. Wenn ich sie sterben lasse, bevor sie enttäuscht wurden, schenke ich ihnen ein leichteres Geschick, als meins war.«

Der Herzog sah in den Winkel.

»Ich«, sagte er, »bin nie enttäuscht noch verraten worden, denn ich habe nie geliebt, habe keine Frau je besessen. Ich rechne nicht die Erzherzogin, die zwölf Jahre dort drüben gewohnt hat, und von der ich keinen Erben habe.

Als sie starb, sagte sie mir ins Ohr, das ich hinhielt: ›Ich habe alle meine Pflichten gegen die Religion erfüllt, ich habe Sie nie betrogen. Aber ich hätte es wohl gemocht.‹ Und das war alles. Keine Frau mehr, nie ein menschliches Wesen in diesen Armen gehalten und dabei« – flüsternd – »etwas Fürchterliches, eine Sehnsucht, die mich hinabzog, nach den Gemeinen, auf die Gasse sogar. Dort unten gehen des Nachts die Dirnen – und so« – er wickelte sich am Fenster in den roten Vorhang; umsichtig führte er, aus den Falten heraus, das Gesicht bis vor die Scheibe – »habe ich gestanden.«

Er hielt still und drückte die Stirn ans Glas. Vom Platz stieg Geschrei auf. Der Herzog fuhr zurück.

»Wie sie mich hassen!«

Er lehnte den Kopf in den Nacken, er lächelte rein.

»Ich habe ihren Haß ertragen und daß sie mich nicht kannten. Ich habe die Liebe verschmerzt, habe mich mit den Menschen, die mich von ihrer bequemen Herzlichkeit ausschlossen, nie gemein gemacht; ich war stark, auch ich! Denn leichter wär's gewesen, mich ins warme Gedränge hinabgleiten zu lassen.«

Aber seine Miene zog sich zusammen.

»War ich nicht doch ein Narr? Habe ich mich nicht vergebens geopfert, einem Schicksal, dem kein Gott zusieht? Mein Leben, dies feierliche, bedrohte, böse und einsame Leben, ganz im Grunde nehme ich's nicht ernst; ich spiele es mir, ich bin ein Komödiant – wie? Und wer weiß, ob ich nicht auch ein andres hätte spielen können?«

Er beugte sich über sich.

»Noch immer diese Reue. Es ist so lange her, so lange. Sie kam, mich zu töten. Als sie sah, wer ich war, wollte sie mich lieben. Sie verstand mich. Ich habe nie so viel mit einem Menschen gesprochen wie mit ihr – bevor ich sie zum Tode schickte.«

Er richtete sich auf.

»Dennoch ist es gut. Man hat sich bewahrt, und vielleicht, daß man höherer Liebe fähig war als alle. Man war wie diese Könige«, und er neigte die Stirn nach der »Anbetung«. »Auch sie sind durch die Wüste gezogen, und das Kind, vor dem sie niederknieten, war ihr Traum. O Gott! Wer sein Leben nur geträumt hat, sollte der es schwer haben, zu sterben?«

Ein Kanonenschuß; der Herzog fuhr zusammen.

»Forte Principe. Sie sind da, ich wußte es.«

Tobender Jubel auf dem Platz. Der Herzog und Don Rocco sahen sich lauschend an. Noch ein Schuß, und in langem Abstand noch einer. Sie warteten: keiner mehr.

»Es ist vorbei«, sagte Don Rocco. »In weniger als einer Stunde ist er hier, dieser Garibaldi.«

Im Vorzimmer gingen plötzlich viele Stimmen durcheinander, die Tür ward aufgerissen.

»Wir sind verloren, das Volk stürmt das Schloß! Hoheit, retten Sie sich!«

»Ich bleibe«, sagte der Herzog. »Tut eure Pflicht, verteidigt mich! Geht!«

Sie gingen ab durch die Säle. Aus dem Hofe kam der Hall von Gewehrfeuer; er schlug wider, kreuz und quer von den Treppengewölben, den hohen Decken. Das Aufbrüllen des Volkes, sein fliehendes Getrappel; – und in dem einsamen Zimmer, die Tür offen auf weite, verödete Räume, saßen die beiden Greise einander gegenüber. Sie schwiegen lange. Der Herzog hielt die Lippe, die zuckte, mit den Zähnen fest.

»Ist es denn so schwer, zu sterben?«

Und Don Rocco, lange wägend und mit verlorenem Blick:

»Ich habe den Tod oft geschmeckt, er ist tröstlich. Für ihn haben wir gearbeitet, wir leben für ihn. Am Rande der Ewigkeit wachsen uns Flügel. In ihren Herd dürfen wir endlich unser Feuer schütten.«

»Wir sollen es bald erfahren«, murmelte der Herzog.

Don Rocco sagte:

»Ich verstehe mich mit denen, die sterben sollen. Heute, als ich herkam, hatte ich eine Begegnung. Ich sah in die Augen jenes Sommavilla auf seinem Gang zur Richtstätte. Er sah in meine. Er hat gesehen, daß ich, der ich ihm zu sterben befahl, sein Bruder war. Der Weg, den er ging, schon vor fünfzig Jahren war er mein, und in diesem Menschen ging ich ihn auch heute.«

Sie schwiegen wieder. Schon nahte der Klang von Hörnern, durchbrochen von Freudenschreien; und im Takt des Laufschritts, der anschwoll, stieg Gesang auf, leicht, kühn und feierlich. Eine Salve, noch eine, und der Platz tönte fort von der Hymne einer kriegerischen Liebe.

Es stürmte die Treppe heran. Die beiden Greise erhoben sich; der Herzog reckte sich, er sagte:

»Ich glaube an keine Ewigkeit und an die himmlische Liebe sowenig wie an die irdische. Aber man sehe, daß ich Mut habe.«

Die Säle waren voll und lärmten. Es toste ins Vorzimmer, es quoll über die Schwelle – und auf einmal verstummte es. Männer in roten Blusen: Don Rocco sah ihnen entgegen; er stellte sich vor den Herzog. Sie zögerten noch. Ein kleiner Alter in langem Mantel trat vor und sagte:

»Dies ist der Marquis Ascani.«

Darauf erklärte ein Offizier:

»Marquis, Sie sind verhaftet.«

Don Rocco sah sich um. Aber schon hatte das Gedränge ihn abgeschnitten vom Herzog, er ward hinausgeschoben und hinab, im Hofe stand sein Wagen, man stieß ihn hinein. Er lehnte sich tief zurück. Der Wagen rollte durchs Tor, und wild brüllte der Platz auf. Der Wagen stürzte polternd davon; Don Rocco schloß die Augen, der Kugel gewärtig, die hereinflog.

V

›Man wird mich außer Landes bringen‹, dachte er; ›in, ich weiß nicht, welchen Kerker.‹ Aber plötzlich hielt der Wagen, Don Rocco sah sich hinter dem Tor seiner Villa. Der Offizier sagte:

»Sie werden in dem Zimmer dort die Befehle des Generals erwarten.«

Auch der kleine Alte von vorhin war wieder da; er nahm den Offizier beiseite, Don Rocco hörte ihn sagen:

»Ich bürge dir...«

Er sah die Eingänge des Hauses von roten Blusen besetzt: die Freischärler lagerten im Park. Langsam ging er nach dem Gartenzimmer. Der kleine Alte trat mit ihm ein.

»Don Rocco«, sagte er. »Sie haben das Recht, sich in Haus und Garten frei zu bewegen. Geben Sie mir Ihr Wort, daß Sie die Villa nicht verlassen werden.«

Er erwiderte:

»Ich habe Ihnen kein Wort zu geben, ich kenne Sie nicht.«

Da schlug der Fremde seinen langen Mantel auseinander: es war eine Frau. Sie sagte mit zitternder Stimme:

»Doch, Don Rocco, Sie kennen mich.«

Er wich zurück, und er bedeckte das Gesicht mit den Händen. Rasch nahm er sie wieder fort.

»Ich verstehe, Sie kommen, um mein Unglück vollendet zu sehen, da Ihnen ja seine Anfänge nicht fremd sind.«

»Es sind auch die Anfänge des meinen«, erwiderte sie.

Er sagte kalt:

»Ich hoffe es. Die ewige Gerechtigkeit wäre betrogen, wenn Sie nicht als die elende Abenteurerin vor mir ständen, die Sie sind. Gut, daß Sie kamen; ich mußte Sie nochmals sehen.«

»Sie irren sich« – leise und schmerzlich. Er sah betroffen weg.

»Nein, ich wollte sagen, daß ich mir gewünscht habe, Sie seien nicht mehr und Ihnen sei verziehen.«

Sie stammelte:

»Ich danke Ihnen, ich danke Ihnen. Aber ich habe ein gutes Leben gehabt; ich wäre glücklich gewesen ohne den Gedanken an Sie. Denn in diesem langen Leben« – ihre Stimme verlor den Klang, kaum verstand er sie – »war kein Tag, an dem ich nicht Ihrer gedacht hätte.«

»Wenn ich dasselbe sagte, würden Sie mir's glauben?«

»Ja.«

»Und obwohl Sie also wußten, was Sie mir zufügten, taten Sie es.«

Er strich sich über die Stirn.

»Wovon reden wir? Diese Dinge sind alt wie Legenden. Wenn wir noch handelten wie die, die mit dem Leben rechnen, würde ich Sie wohl bitten, zu gehen. Da wir sterbend sind, mögen Sie bleiben.«

Er wies auf einen Stuhl, und er setzte sich weit davon, zwischen den Fenstern. Er sah hinaus; ein neuer Trupp Freischärler marschierte den Park hinan. Er wandte sich ab, er sagte in die Luft:

»Das alles haben wir schon einmal gesehen. Was ist davon übrig?«

»Wir.«

Er sah sie an und nickte schwer.

»Wir sind noch da, um zu büßen.«

»Nein«, erwiderte sie sanft. »Sondern um zu sehen, daß das Werk unsrer jungen Begeisterung nicht verloren ist; daß nicht einmal wir selbst es zerstören konnten.«

Er sagte:

»Die Traurigkeit dieses Lebens will, daß immer neue Herzen geprüft, betört und bestraft werden sollen. Ich habe sie nicht behüten können; zerrissen oder versteinert werden sie enden. Möge wenigstens uns die Ewigkeit bereit finden.«

»Wir haben für sie gearbeitet«, und sie legte die verschränkten Hände auf die Brust, »wenn wir die Wesen unsrer Gattung ein wenig weiter vom Tier gelöst, sie der Freiheit und Gerechtigkeit um einen Schritt näher geführt haben.«

»Sie waren niemals weiter von ihnen entfernt als in den verbrecherischen Wirrnissen unsrer Jugendzeit. Millionen Toter, der Fluch der Menschheit und die Tyrannei eines einzigen, das war unsre Frucht.«

»Der Weg ist ungewiß, voller Gefahren und wird noch oft durchkreuzt werden. Dennoch aber muß er zur Liebe führen; denn es war Liebe, die ihn beschritt.«

Er richtete die Hand gegen sie auf.

»Ich werde das Blut keiner neuer Schlachten riechen, ich werde keinen Galgen mehr aufzustellen haben, und kein Usurpator wird vor meinen Augen eure Liebe in Verrat und Gewalt verwandeln. Dank sei dem Tode, der mir's erspart.«

»Gewalt und sogar noch Verrat«, sagte sie, und er sah sie erröten, »können Gestalten sein, die die Liebe annimmt. In dem Kaiser, den wir beklagen, war, sosehr er vereinsamt und schuldig schien, immer noch der liebende Drang der ganzen Menschheit. Ihr schlug er seine Schlachten. Seine Erhöhung war die ihre. Aus seinem Grabe wird sie auferstehen.«

Sie senkte die Stimme.

»Auch er trug für uns das Kreuz. Auf der Höhe seiner Macht habe ich ihn bemitleidet. Ich und Rosalino, wir sind bei ihm geblieben, weil wir uns nicht trennen wollten von den Irrtümern und Leiden des Menschen.«

»Und er hat euch belohnt. Ihr habt euren Anteil gehabt an der Beute des blutigen Karnevals.«

»Zuweilen hat er uns reich gemacht. Aber es gab so viele

Wunden zu lindern, die er schlug. Wie viele seiner Feinde haben wir ihm zurückgewonnen! Denn wir kannten sie alle; wir dienten seiner persönlichen Sicherheit.«

»Ihr gehörtet zur kaiserlichen Polizei?«

Er lachte trocken auf.

»Aus weniger fragwürdigen Beschäftigungen habe ich eine heilsame Selbstverachtung geschöpft. Ihr waret befähigt, Schurkereien zu begehen als reine Seelen... Aber Bonaparte fiel, trotz eurer Stütze.«

»Da war ich allein: denn bei einem der Attentate auf den Kaiser, die er verhinderte, fand Rosalino den Tod. Sehr arm habe ich seither in Paris gelebt, der Arbeit für das junge Italien. Mazzini rief mich mehrmals in die Heimat. Sonst war mein Leben dunkel, voll Mühe und von schwankender Hoffnung. Dennoch sehen nun meine Augen den Sieg.«

»Wie?«

Er stand auf.

»Sie haben noch immer geglaubt? Da Sie allein waren: wer gab Ihnen Mut?«

»Die Menschheit, die ich liebte.«

Er griff sich an die Stirn, er ging rasch die Fenster entlang.

»Sie haben keinen Mann mehr geliebt? Sie waren nicht die Abenteurerin, die ich durch die Welt fahren sah? Sie waren arm, Sie alterten, und Sie sind dieselbe geblieben?«

Traurig lächelnd sah sie ihm nach.

»Und Sie, den dies überrascht, haben sich also inzwischen so sehr ertötet, daß Sie alle Liebe für tot hielten? Dort draußen hat sie weitergelebt.«

Er murmelte:

»Sie waren allein. Sie haben gedarbt. Sie liebten eine Idee und hatten keinen Menschen. Sie sind eine Frau, und Sie waren immer allein.«

Er ging zu ihr hin, sanft legte er seine Hand auf ihre Schulter.

»Arme alte Frau!«

Sie sah zu ihm hinan, ihre Lippe zitterte.

»Warum habe ich nicht Sie gehabt?«

Er zog die Hand weg.

»Sie hatten gewählt. Sie hatten mich verraten.«

Sie griff nach seinem Arm.

»Nein!... Wie soll ich Ihnen erklären, wie Sie fühlen lassen. Wir sind so alt, und ich suche nach den Stürmen, die einst unsre Herzen schüttelten. Ich habe Sie immer geliebt. Glauben Sie mir doch! Was hülfe lügen, dort, wo wir sind.«

»Und jener andre, dem Sie gefolgt sind, für den Sie gelebt haben?«

»Für Sie habe ich gelebt, für Sie. Jener kam, als ich kaum erwachsen war, er schenkte mir den Glauben, der mein Leben ward; ich gehörte ihm dafür, ich kam nicht mehr von ihm los. Sie aber: ich liebte Sie, um Ihnen zu geben, um Sie groß und reich zu machen. Sie waren mein Kind, waren der Geliebte meiner Seele; und noch, wenn ich mich Ihnen hingab, waren Sie mein Traum.«

Er wandte sich ab:

»Das ist zuwenig.«

Sie sprang auf, sie zog ihn herum.

»Das ist alles. Ich bin einsam geblieben dies lange Leben, um Ihretwillen. Ich liebte die Menschheit, und sie trug Ihre Züge. Den Sieg meines Glaubens, ich ersehnte ihn, ich arbeitete für ihn, nur um Sie wiederzusehen und Sie zu erwecken. Noch mit diesem alten Herzen liebe ich Sie.«

Er ließ den Kopf sinken.

»Warum haben Sie, um mir dies zu sagen, gewartet bis heute?«

»Weil Sie mir nicht geglaubt haben würden.«

»Nie, solange jener lebte; aber nachher vielleicht hätte ich Ihnen verzeihen können.«

»Sollte ich widerrufen, was wir gewesen waren? Nein, sondern Sie selbst unsrer Vergangenheit zurückgewinnen: das nur galt es. Ich durfte nicht anders zurückkehren als siegreich. Der Sieg war meine Buße. Ach! wir mußten im Kampf gegeneinander alt geworden sein, bevor wir uns wieder die Hände reichen konnten.«

Sie hielt sie ihm hin, und er nahm sie.

»Wäre es nicht anders gegangen?« sagte er. »Auch ich will nicht bereuen; ich bin zur Weisheit geführt worden. Aber die Weisheit, ich gestehe es Ihnen, ist tödlich.«

Sie streichelte seine Hand.

»Ich weiß. Sie hatten es noch schwerer; ich habe Ihnen zugesehen. Nie war ich im Vaterlande, ohne mich in Ihren Gesichtskreis zu schleichen. Ich habe vor diesem Tor gewartet, bis Ihr Wagen es verließ.«

»Sie waren da?« murmelte er. »Sie waren da?«

»Der Dolch der Unsrigen ist an Ihnen vorübergegangen, denn ich sagte ihnen, wer Sie waren. Ich konnte es. Ich wußte, daß Sie die Familien derer, die Sie hatten einkerkern müssen, in der Fremde vor der Not schützten. Wie sind die Freunde des Sommavilla seinem Schicksal entronnen? Ich habe die Spuren der Warner verfolgt, und sie endeten bei Ihnen. Oh, leugnen Sie nicht, es ist unnütz! Ich weiß, im geheimen gehörte uns dennoch Ihr Herz. Auch in Ihnen glomm noch die Liebe.«

»Die Liebe ist nur der unwissenden Jugend erlaubt und vielleicht uns Greisen, über deren Augen schon die Schleier sinken. Dazwischen das sehende Leben kennt sie nicht; es dient der harten Weisheit Gottes.«

»Blicken Sie doch hinaus in dies große Tageslicht!« – und sie führte ihn über die Schwelle, sie wies auf den Park und die lagernden Freischärler.

»Alle diese Männer sind gekommen um der Liebe der

Ihren willen. Sie erobern dies Land nicht, wie sonst Soldaten tun, als eine Beute, als ein Tier, das man zähmt: nein, wie sie ihre eignen Frauen und Kinder aus Verbannung und Knechtschaft zurückholen würden.«

»So waren wir«, sagte er. »So werden noch viele sein. Mir graut, und dennoch klopft mir das Herz.«

»Und sie werden die Freiheit fester halten, als wir es vermochten. Keiner aus ihrer Mitte wird sie ihnen abkaufen für Ruhm und Macht. Garibaldi ist ein reinerer Held, als Bonaparte war. Auch sie, ich weiß, werden enttäuscht werden; und wenn sie erlangt haben, was sie Freiheit nannten, werden sie die Menschheit in tausend ungeahnten Fesseln sehen. Die Unzulänglichkeit der Natur wird Geschlecht um Geschlecht, das die Stirn bis in den Himmel trug, zur Erde beugen. Gleichviel, wir werden kämpfen, und wir werden endlich siegen über die Natur und ihre Ungerechtigkeit, Stumpfheit und Härte. Die letzten unsrer Gattung werden in Wahrheit Menschen sein. Der Traum, der die Menschheit von ihrer Wiege hierher geleitet hat, in der Stunde ihres Todes wird er erfüllt sein, und sie ist frei.«

Er sah sie schmerzlich an.

»So wird all ihr Kampf dem Tode gedient haben. Das ist's, was ich erfuhr: wir leben dem Tode.«

»Nein, der Liebe!«

Und sie drückte seine Hand.

Aus den Kamelienbüschen stieg die Treppe zu den Wohnzimmern, an dem vorgeschobenen Trakt des Hauses, der über den Hügel sah. Er merkte, wie ihr Schritt schleppend ward; er wandte sich um: sie blickte dort hinauf, und sie hatte die Augen voll Tränen. Da sah er zum erstenmal deutlich das verbrauchte Wollkleid um ihre eingesunkenen Schultern, die Schuhe, die den Staub weiter Straßen trugen. Er nahm ihre Hand; sie war überzart wie alte Seide und zeigte dennoch die Spuren der Arbeit; und er schob sie unter seinen Arm. Der alte Haushofmeister trat aus der Tür.

»Cipriano, die Frau Marchesa ist von der Reise zurückgekehrt. Öffne die Fenster, rufe die Nella.«

Zu ihr sagte er:

»Ihre Zimmer sind, wie Sie sie verlassen haben. Sie werden die Kleider finden, die Sie am letzten Tag trugen.«

»Sie haben noch dasselbe Herz«, sagte sie. »Aber ich möchte wohl den Garten wiedersehen.«

Sie gingen um das Haus.

»Die Schlucht ist noch dichter überwachsen. Wieviel Dornen! Damals gab es mehr Blüten.«

Sie murmelte:

»Oder wir selbst waren voll Blüten.«

Nach diesem Wort sah er in ihr Gesicht; sie sah in seins. Sie schwiegen; und jeder erkannte in des andern Augen, wie er unter Falten, verwischten Zügen und müdem Fleisch den Gefährten seiner Jugend hervorsuchte.

Sie stiegen hinunter zum Teich; er schien ihr kleiner, so verwildert war sein Ufer, so voll Pflanzen sein Spiegel; und wo war der Kahn? Ganz hinten, wo es schon ins Feld hinausging, am Ende der Laube, oh! die Nymphe!

»Mnais! Sie wenigstens ist jung geblieben!« – und die alte Frau liebkoste den Stein. »Sie lächelt mit ihrem zweitausendjährigen Mund über unser kurzes Leben und alle unsre Kämpfe.«

»Auch sie«, sagte er, »die nun Stein ist, wird ein Leben zu bereuen haben. Wie habe ich gelebt!«

In seiner Miene arbeitete es angstvoll, seine Augen gingen, auf dem Rückweg zum Haus, umher wie nach Hilfe.

»Es war nicht nötig, scheint mir's jetzt, zu denken, der Ewigkeit zu denken und Qual zu leiden. In diesem Garten wir beide, unbekümmert um die großen Geschicke, der Süßigkeit des Daseins hingegeben, des Atmens: wir beide.«

Sie umfaßte seine Schultern, die zuckten; sie barg seinen durchschüttelten Körper sich an der Brust, und sie flüsterte:

»Ist dir's denn nicht, als sei es so gewesen? Wir haben uns nie verlassen. Still, Lieber! Lägen auch zwischen damals und heute viele Leben; mußten auch Gräber sich schließen und wieder öffnen: der Frühling, den wir einst hier im Garten zurückließen, hat verzaubert darin verweilt und uns erwartet.«

Er schloß die Augen an ihrem Hals, er stöhnte schwer.

»Ich sehe uns, wie wir dort unten am Tor den General Bonaparte empfingen. Welche Helligkeit! Welche Weite! Was hätte sein können! Carla!«

Mit erstickter Stimme:

»Ich war ein Schwärmer, du brauchtest einen Mann. Das Leben brauchte ihn.«

Und, die Hände erhoben:

»Ach! alt zu sein und auf einmal die Jugend wiederzuerkennen!«

Sie griff erschrocken nach seinem Arm: er wankte.

»Vergiß nicht, auch du hast gelebt, und dein Leben war tief. Durch deine Brust, Lieber, ist das Leiden des Menschen so breit hindurchgeflutet wie durch irgendeine. Ach, nun öffne sie dem Glück!«

»Ist noch Zeit?« sagte er. »Wo ist es?«

»Das sind unsre Söhne!«

Sie wies hinab in den Hof, auf die Freischärler, die sangen.

»Unsre Liebe ist fruchtbar gewesen. Um das ganze Land schlingt sie sich nun.«

Sie führte ihn über die Treppen.

»Die Marchesa!« riefen die jungen Leute, und sie erhoben die Gläser. »Es lebe die Marchesa Carla!«

Eine Stille; sie befragten sich; da rief einer:

»Der Ascani! Das ist der Ascani, der große Taten getan

hat zur Zeit des Generals Bonaparte. Es lebe Don Rocco Ascani!«

Ein Hornsignal: sie fuhren auseinander, vom Garten stürzten alle herein.

»Der General!«

Der Hof war leer, die beiden Alten standen allein. Don Rocco sagte:

»Ich bin würdig, der Eure zu sein, da an meiner Seite du gehst, o Carla! Ich liebe dich und bin erlöst.«

Er hastete vorwärts.

»Ich will ans Tor. An meinem Tor will ich ihn empfangen, den General Garibaldi.«

Sie führte ihn von rückwärts in das Gartenzimmer, am Tisch ließ sie ihn nieder. Sie sah sein Gesicht sich plötzlich röten und in seinen Augen einen Taumel von Schrecken und Freude.

»Am Tor«, murmelte er. »Ich empfange ihn.«

Und er fiel über den Tisch, das Gesicht auf die Arme.

Draußen marschierende Schritte, Kommandorufe, der Schall von Hörnern. Im Zimmer hielt sie seine Hand.

Nun verstummte alles; Pferdehufe nahten. Die alte Frau trat hinaus. Der General saß ab; durch das rote Spalier seiner Schar schritt er herbei, die Sonne auf seinem blond herabfallenden Haar und seinem milden Löwengesicht. Er verbeugte sich tief vor der alten Frau; sie sprach leise, leise; sie berührte seinen Arm: da folgt er ihr: Don Rocco saß da wie ein Übermüdeter, den die große Stunde schlafend fände. Garibaldi, auf der Schwelle, entblößte den Kopf.

Die Rückkehr vom Hades

I

Pandion trat, hinter sich seinen Sklaven Orestes, aus der Weinlaube der Herberge. Die Arme gekreuzt im Obergewand, schritt er die Gasse hinab. Die weißen, kleinen Häuser reihten sich festgeschlossen, ganz kahl, und die schrägen Strahlen zerstäubten rosig darauf. Eine Herme stand vor jedem. Pandion küßte eine, die ein schönes Kind war; und die Kinder, deren nackte Sohlen noch der heiße Pflasterstein wärmte, lachten ihn aus. In der offenen Halle der Schenke, hinter den bauchig vom Boden aufragenden Ölkrügen, schwenkten bekränzte junge Leute die Schalen, daß Wein umherspritzte; sie riefen dem Fremden zu, er möge eintreten. Aber Pandion verneigte sich, die Hand auf der Brust.

»Verzeiht«, sagte er mit seiner geübten, tönenden Stimme. »Nicht Wein soll mich berauschen, der ich im Herzen den Rausch so großer Gesichte bewahre. Denn wie ihr mich seht, kehre ich zurück vom Hades.«

Da sie laut auflachten, lächelte auch er.

»Ich weiß wohl: was ich zu berichten habe, taugt nicht für eure Herrlichkeiten. Drum lade ich euch auch nicht ein, mir vor das Tor zu folgen, wo ich um mich das gemeine Volk sammeln will. Lebt wohl.«

Sie riefen ihm nach:

»Schatten, der du von den Granatkörnern der Unterwelt gegessen hast und ihr dennoch entronnen bist, laß dich vollends zum Leben erwecken mit diesem Syrakuser!«

Bei dem Namen des Weines schien der Sklave Orestes

aufzuwachen. Er zog die Zimbeln hervor, schlug sie dröhnend aneinander und rief:

»Achäer! Eilt herbei, den großen Pandion zu sehen. Er kommt von den Stätten, wo eure Väter, die Helden, wohnen. Er kommt vom Hades.«

Aber Pandion winkte ihm, zu schweigen und rascher zu folgen, und er sagte:

»Diese Herren, mein Freund, können unmöglich glauben, daß ich vom Hades komme: glauben sie doch an keinen Hades. Wo sollten ihnen Helden, Ungeheuer und Götter wohnen, da sie in ihrer Brust nicht wohnen? Denn sie sind keine zornigen Kämpfer, wie die Helden, beileibe nicht von der Bosheit der Ungeheuer und unvergleichlich feiner als die Götter. Ich will zum gemeinen Volk gehn.«

»Wie du befiehlst, Herr«, sagte Orestes. Da betraten sie das dunkle Gewölbe des Tores.

»Der Wind«, sagte Pandion und bewegte die Hand von Osten nach Süden, »kommt nicht mehr schleichend über die Sümpfe herbei: er braust, und er riecht nach dem Meer. Die Herzen werden freier sein, und gern werden sie mir zuhören.«

Mächtig strahlte, tief dort unten, das große Blau durch die Scharen der Ölbäume. Sie krochen knorrig über den Acker, standen gebückt wie arme Bauern und hielten doch so reiche Kronen silbernen Laubes leicht, leicht in den götterhellen Himmel. Männer mit Hacken, Frauen, den Korb auf dem Kopf, stiegen die Erdstufen herauf. Orestes trat ihnen entgegen, er rührte die Zimbeln.

»Steht, Hellenen!« rief Pandion selbst. »Denn seltene Kunde soll euer Ohr treffen. Ich, Pandion, lebe, und dennoch sah ich den Hades. Diese Füße, die nun sich in euren Staub abdrücken, sie beschritten noch gestern den ehernen Boden des Tartaros.«

»Was denn«, sagte einer, der aus der Stadt kam: »Wie

willst du so schnell gereist sein. Hast du doch den Tag verschlafen, in der Herberge des Itys.«

»Mir lieh seine Sandalen Hermes selbst, weil ich der Helena beistand, die von Trojas Mannen noch einmal geraubt war. Denn wißt, Achäer, daß die Kämpfe eurer Väter unsterblich sind. Noch immer verblutet Patroklos, die Schiffe brennen noch immer, und rasend um die Mauern verfolgt den Schatten Hektors Achill, der Schatten. Die Schwerter schmettern in die Leiber, wie Äxte in den Baum. ›Zu mir!‹ ruft Ajax und wütet. Er ist allein, den Rücken an einer Eiche, und um tausend vermehrt die Feinde ein tückischer Gott. Die Helden wanken, wehe, sie sinken; – aber das Gras, das sie empfängt, belebt sie wieder. Durst brennt sie, niederknien sie am Strand des Lethe, sie trinken; – und vergessen sind ihnen ihre Taten, unbekannt ihr Ruhm; noch einmal ist Troja zu erobern, noch einmal heißt's weinend sterben. Da entsprießen dem rinnenden Blut der Schatten, auf der Wiese, die ihr Kampf zerwühlte, neue Blumen.«

Pandion breitete, zum Boden geneigt, die Arme aus. Eine blonde Frau sprang zurück und beugte sich rasch über eine Blume im Gras, die funkelte, wie vom Blut der Schatten. Die Hirten in den Ziegenfellen drängten sich enger im Kreis; ihre Augen glänzten rund; und indes hinter ihnen die Böcke sich stießen, faßten die Männer, rauh aufgurgelnd, die Knittel an, wenn in Pandions Geste ein Held fiel, und sie lachten, nun Achill sie rächte.

Aus dem Stadttor sprang lärmend ein Haufen Buben. Sie glitten durch die Beine der Großen: plötzlich lauschten sie lautlos. Matronen hielten den Schritt an und setzten die Last hin. Handwerker in braunen Kitteln traten herzu.

»Willkommen!« rief Pandion und grüßte sie mit den Handflächen. »Willkommen, ihr Griechen, Retter Helenas! Auch euch sah ich, auf den Feldern Elysions eure

Züge an manchem Schatten, der wohl Vater oder Bruder war eines unter euch, und der sein teures Blut über die Erde Griechenlands gegossen oder das Leben im mütterlichen Meer gelassen hatte, da beim Ansturm der Feinde unsere Triremen zerbrachen. Glaubt nicht, ihr seiet den Helden unbekannt. Ich war dabei, wie der ehrwürdige Nestor Männern euresgleichen die Wange küßte und sie zum Schmause ins Zelt führte.«

Sie sahen sich an und murmelten beifällig. Aber ein kleiner, schmutziger Alter mit unruhigen Augen wühlte umher, und jetzt stieß er den Arm vor und rief kreischend:

»So sage denn nun, du Herverschlagener, wie du in den Hades gelangtest, in dessen schwarzer Luft doch die Lebenden ersticken. Denn wisse, daß alle mich kennen: Ktesippos, der ich, gleich dem großen Odysseus, den ganzen bewohnten Erdkreis bereist habe.«

Er beschwor, unter fliegenden Grimassen, die Menge mit den Händen.

»Habe ich euch nicht tausendmal, o Mitbürger, mit diesem Stock alle Länder in den Sand gezeichnet? Habe ich euch nicht belehrt? Euch Staunen und Furcht gemacht? Da seht, dies ist das Land der Pferde, wo ich im Joch laufen mußte, und dies das Land der dreibeinigen Riesen, durch das ich unter der Erde gereist bin, so furchtbar sind sie. Hier aber beginnt das Land der Kimmerier, denen man stehlen kann, was man will, denn sie sind blind.«

»Freilich hast du nichts mitgebracht«, sagte jemand; und ein anderer:

»Ktesippos ist sicherlich ein schlauer Mensch, und er ist unser Mitbürger. Woher aber kommt jener?«

Orestes schlug die Zimbeln aufeinander, um alles zu übertönen, aber Pandion gebot ihm Ruhe.

»Laßt den Ktesippos reden!« rief er schallend: »Dann hört mich selbst und entscheidet, wer der bessere Mann ist!«

Alle verstummten, und der schmutzige Alte machte Bücklinge ringsherum.

»Mitbürger, sagte er, »ihr, die gerechter und weiser seid als alle anderen Griechen, zu schweigen von den Barbaren, ihr werdet nicht zweifeln, daß ein vielerfahrener Mann wie ich auch die Pforte des Hades sah. Im Land der lahmen Vögel steht sie. Aus schwarzem Erz ist sie erbaut; die feurig schmelzenden Stufen, die hinabführen, verschwinden in schwarzem Gewölk. Wer das Gesicht darüber neigt, wird wahnsinnig. Die Vögel, die den schwefeldampfenden Abgrund überfliegen wollten, liegen verkohlt am Rande, oder sie hocken flügellos und mit traurigem Gekrächz umher in der Einöde. Dieser Lügner aber wäre hinabgestiegen? Ich, Ktesippos, den ihr kennt, habe eilig fliehend den Mantel über den Kopf geworfen; und da diese Hand, die ihn zusammenhielt, leider unbedeckt blieb, ward sie gelähmt vom Hauch der Unterwelt und zittert noch jetzt, so daß ich nicht mehr, wie wohl in meiner Jugend, euch Männern die Bärte absengen kann und die Gemeinde für meine Verdienste mich nun ernährt.«

»Schon viele Jahre, das ist wahr!«

»Ktesippos spricht die Wahrheit, er ist mein Schwager!«

»Auch ich«, rief Pandion, »will nicht zweifeln. So hat denn Ktesippos, den ihr kennt, den Einzug zum Hades gesehen, hat Furcht gehabt, gezittert – und sogar noch heute zittert er. Ich aber, den ihr nicht kennt, Pandion, habe die Augen geschlossen und mich hinabgeworfen. Nun glaubt mir!«

Dabei öffnete er die Hände und sah der Reihe nach jedem in die Augen. Mehrere spreizten die Finger und wollten reden. Unter seinem Blick aber schwiegen sie und zogen sich zurück. Die jungen Leute klatschten in die Hände. Pandion sagte:

»Ihr spendet mir Beifall, ihr Griechenknaben, weil ihr

in eurem Herzen wißt, daß ihr selbst nicht gehandelt haben würdet wie Ktesippos, sondern wie Pandion. Denn nicht werdet ihr mit lüsterner Furcht in den Adern die Welt bereisen; dem Großen, das euer Sinn kennt, Helden, Ungeheuern und Göttern, ihr werdet ihnen, und sei's um den Preis eures teuren Lebens, in die Augen blicken.«

Nun klatschten alle. Ktesippos war verschwunden, und der Sklave Orestes rührte die Zimbeln.

»Achäer!« so sang er durch die Nase, »hört an den großen Pandion, der vom Hades kommt und euch göttliche Dinge kündet!«

»Ihr werdet ihnen in die Augen blicken!« rief noch einmal Pandion. »So taten die dreihundert Jünglinge, die in den Thermopylen starben. Glaubt nicht, der Hades habe nur ein Tor; auch die Thermopylen waren eins, und jedem der Dreihundert, der es durchschritt, um zu den Schatten hinabzusteigen, erschien, da sein Auge brach, Helena.«

Leiser und eindringlich:

»Denn wißt, daß sie sich zeigt, um den Griechen an ihren großen Tagen Führerin zu sein. Sie schwebte in den Thermopylen von einem zum andern, sie machte ihre Streiche mörderisch, jeden für tausend Barbaren; und mit dem letzten der Hellenen stieg Helena zurück zum Hades.«

Pandion reckte sich auf. Er legte stolz den Kopf in den Nacken, er lächelte langsam. Plötzlich rief er, daß alle zusammenfuhren:

»Im Hades sah ich sie. Noch einmal kämpften dort um sie die Dreihundert, gleich den Helden von Troja. Was wir als Kinder vernahmen, wovon unsere Mütter erbebt sind, daß sie uns mit Milch der Heldenliebe tränkten, das geschieht nun bei den Schatten unsterblich. Das Tor von Felsen ist aufgerichtet, ehern dunkelt es hinter den Griechen; – und im fahlen Licht der Unterwelt, unabsehbar wogend um Elefanten und Dreigespanne, quillt herbei aus der

Tiefe das Heer der Xerxes. Du siehst ihn, von seinem goldenen Turm herab, die Hand senken: da werfen zehntausend Sklaven sich hin, daß über die Stufen ihrer Leiber die malmenden Füße der Elefanten steigen. Leonidas aus Sparta ruft höhnend: ›Billig, fürwahr, ist Perserfleisch! Vergebens willst du damit, o Xerxes, den Tod Griechenlands kaufen!‹ Und mächtig anfeuernd die Seinen, schüttelt er die Pfeile ab, die in seinem Brustpanzer zittern. Kalogeiton, der Mann, springt vor; mit ehernem Schlage streckt er zwölf Lanzenträger hin, die ihm den Freund Pylon bedrohen.

›So schützt denn‹, ruft er, ›mit dem Wall eurer Leichen den purpurnen Elefanten, der euren König trägt. Dies lebende Herz steht vor Pylon.‹

Axomenos führt das Schwert und singt dazu:

›Frei ist Sparta. Ich schlafe auf steinernem Lager und stähle diese Glieder, damit sie hart genug sind, den Tyrannen zu empfangen.‹

Da trifft ihn ein Pfeil in den nackten Hals. Auf Aristarchos, der daheim ihm der liebste Spielgenosse war, stützt sich der Wankende und ficht und singt: ›Oh, ihr Großen der Perser, die ihr aus euren Sänften auf den Tod eines freien Griechen blickt, was nützt euch euer weiches, bemaltes Fleisch in den Stoffen der Serer, da ein Wink eures Königs es zum Aas wirft: was euer schön gesalbter Bart, dahinter schon die Schnur euch um den Hals liegt, des Winkes gewärtig eures Herrn.‹

Dein Blut, o Axomenos, springt wie ein Quell. Deine Stimme erlischt, du murmelst:

›Eure tausend Weiber, ihr Fürsten, verlassen euch mit eurem Glanz. In Sparta aber wartet des Gatten Jole, die braunäugige Blonde; und kehrt er nicht heim, werden ihre Tränen in den Knaben den Haß der Tyrannen sprießen lassen und die Liebe zum Vaterland.‹

Du sinkst, Axomenos, der Freund fängt dich auf. Vor

deinem brechenden Blick aber schimmert es golden. Vorüber schwebt, mit dem hellen Haar der braunäugigen Jole, der Schatten Helenas.«

Pandion selbst erbleichte und schloß die Augen. Plötzlich warf er sich nach vorn, die Arme hinausgeschnellt.

»Aber Rache nimmt für den Freund Aristarchos!« Die Jünglinge umher atmeten wie in einem heißen Traum; und die Frauen, die geschluchzt hatten, nahmen die Hände vom Gesicht.

»Der Schmerz um Axomenos gibt ihm hundert Arme. Er mäht die Perser. Eine Gasse reißt er auf aus Leichen, und ›Griechen!‹ ruft er, ›auf den König!‹ Da stürzen sie vor, die Männer, indes die schwirrenden Perserpfeile das fahle Licht des Hades verdunkeln und die Elefanten der Satrapen die eigenen Heere zerstampfen. Des Kalogeiton furchtbare Stimme erschüttert den goldenen Turm des Xerxes; er wendet sich ab, schon hebt er die Hand, um die Flucht zu befehlen ...«

Die Jünglinge um Pandion sahen einander an und lachten. Rauhe Laute der Lust stießen die Hirten aus. Eine Frau hob ihr Kind sich auf die Schulter, als sollte es in die Schlacht gehen. Im Olivenhain dunkelte es tiefer. Undeutlich schimmerten dahinten die nackten Leiber der Fischer hervor, die, vom Meer heraufgestiegen, unter der Last ihrer Netze standen. War, der dort knorrige Arme warf, ein Mensch? Auch die Stämme der Ölbäume, sturmverrenkt, arbeiteten sich ab im nächtlichen Kampf. Jenseits der Wiesen aber, im westlichen Eichenwald flammte es schwärzlich. Pandion wies dorthin; klagend schüttelte er das Haar.

»Da scheint durch die Nacht des Hades das düstere Gold immer neuer Schilde, unendlicher Wälder von Lanzen. Apollon, der feindliche Gott, führt sie her aus den Tiefen Asiens. Schläfst du denn, Pallas Athene? Die Unsrigen rufen sich, im namenlosen Gewimmel, bei Namen.

Ach! du antwortest nicht mehr, Kalogeiton. Pylon findet dich nicht; und hundert Speere mit den Armen zusammenraffend, indes tausend Pfeile auf ihn regnen und um ihn her die Köpfe sausen, die sein Schwert durch die Luft wirft, stürzt er zusammen, Pylon, dreimal Sieger in Olympia, versinkt er, der berühmte Mann von Sparta, unter einem Gebirge aus Toten, die einander nicht kennen.«

Rings um Pandion und bis in die Tiefe der Ölbäume schluchzten Männer und Frauen, schlugen sich die Brust und schluchzten. Pandion reckte steil die Hände hinauf.

»Noch lebt Leonidas! – und mit mächtig schallender Stimme sammelt er, was übrig ist von den Männern. Sie brechen sich Bahn durch die Leichen. Das Blut fließt ihnen aus schwarzen Wunden von der Stirn bis zu den Füßen, aber furchtlos höhnen sie den Tod und die Barbaren. Sie zählen sich nicht, keiner fragt nach dem Nachbarn, der nicht kam; ragend strecken sie die Speere. Achill aber, zornig aufbrüllend über das Unglück Griechenlands, springt in ihre gelichtete Reihe, er selbst, der Pelide, und rasend von ihrer alten Leidenschaft stürzen ihm nach alle Helden von Troja. Die Erde bebt unter ihrem Toben; Felsen bersten, wie sie hindurchdrängen; und in dem ungeheuren Getümmel verhallt sogar der Schrei der Götter.«

Alle, die den Pandion hörten, schrien auf, und der Sklave Orestes lärmte mit den Zimbeln, um sie in die Schlacht zu versetzen.

»Siege, o Pallas!« rief Pandion schrill. »Helden, siegt mit Leonidas und den Seinen, wie ihr Troja besiegtet! Ach! am Horizont stehen, neu aufgerichtet, die Zinnen der dunklen Stadt, und aus ihrem Tor quillt unauslöschlich die schwarze Flut Asiens. Diesmal unterliegst du, Bezwinger Hektors. Der Schatten Helenas entgleitet deiner sinkenden Hand. Die Helden ersticken im Gewühl wie schlechte Sklaven, und weinend aus erdrückter Brust um die Freiheit Griechenlands, enden sie unter den scheußlichen Füßen der Hekate.«

Die Gesichter um Pandion verhüllten sich mit den Händen, und eine tiefe Stille sank herab vom beschatteten Himmel.

»Die Nacht des Hades droht finsterer, und kein Held mehr, der ihr ins Auge sieht?« fragte Pandion, klagend wie ein Kind. »Wie? nur fahle, blinde Leichen trifft ihr Blick?«

Langsam hob er die Stirn.

»Die toten Leiber quellen empor am Fels der Thermopylen. Gestützt von tausend Perserleichen, breitet der tote Leonidas die Arme vor das heilige Tor. Kämpft nun, bevor ihr eindringt, mit euren eigenen Leichen, ihr Barbaren! Unmöglich: sie vermehren sich: Tod gebiert Tod; in ihrer eigenen Nacht ersticken die Barbaren, sinken hin und ersticken; – und über sie weg tasten, düster gleißend, unkennbar einander und grausend vor sich selbst, die Ungeheuer. Geryon der Riese umarmt sechsfach die Toten, als bewachte er seine Herde. Die Nymphe Echidna schlingt um sie den Schlangenleib und reißt den Rachen auf. Wehe! ein stinkender Dampf wälzt sich, funkendurchsprüht, daher, nun ihr atmend naht, Sphinx und Chimäre!

Helena flieht. Ihr leichter Schatten schwankt und kreist. Es greift, es schnappt; fünfzigköpfig reckt sich nach ihr die Lernäische Schlange. Wo sie entrann, ballt sich, vor Gier ineinandergestürzt, die Masse der Scheusäligen. Ich, Pandion, sehe ihre Not, sehe den edlen Schatten Griechenlands der Schande verfallen. Tränen überschwemmen mich, ich stürze vor, und unter meinen irdischen Tritten weichen die Ungeheuer auseinander wie dunkle Luft. Ich ziehe aus dem Gewand diesen Schleier.«

»Hier ist er!« rief der Sklave Orestes und schwenkte ihn. Aber da rief vom Waldrand über die dunkelnden Wiesen eine Stimme:

»Komödianten! Sie kommen!«

Und sogleich spaltete sich die Menge um Pandion. Die Weiber kreischten auf vor Freude, die Kinder liefen schon. Pandion rief um so lauter:

»Wie schön das Gesicht eurer Königin, noch da sie sich ängstet! Helena flieht nicht mehr, sie bedeckt die Augen. Ich aber werfe über sie meinen Schleier.«

»Sie kommen auf einem Karren, sie tragen Masken. Der ganze Wald ist hell von ihren Fackeln!«

Orestes übertäubte das Geschrei mit den Zimbeln.

»Hört doch, Achäer! Er wirft über sie den Schleier. Der große Pandion rettet Helena!«

Pandion rief jubelnd:

»Da lassen ab und sinken zurück alle Bösen. Wiederbelebt vom heilenden Gras der Unterwelt stehen die Helden auf. Aber nicht Achill noch Herakles selbst vermögen diesen leichten Schleier, den sterbliche Hände webten, von den Schultern der Helena zu heben. Sie stehen und klagen tonlos, die schwachen Schatten so furchtbarer Helden – indes ich, Pandion, mich mit Helena, zum Flug an die Oberwelt, auf Pegasus' Rücken schwinge.«

Pandion breitet die Arme aus, und das Gesicht verklärt vom letzten Widerschein des Tages, tat er Schritte, so glücklich, als entrinne er dem Hades... Aber er blieb stehen und trocknete mit dem Handrücken die Stirn. Denn nun waren die meisten von dannen, Hirten und Fischer aus dem Ölhain trabten schon dahin über die Wiese, und schon erhellte sich der Wald von rotem Licht.

»Es ist nichts«, schrie Orestes und lärmte. »Keine Komödianten sind es. Ein Bettler äfft euch. Hier aber ist Pandion, der den Hades sah, hier ist der Schleier der Helena: seht die Flecken vom Saft der Asphodelen. Wollt ihr vom Honigkuchen, womit Pandion den Kerberos besänftigte?«

Und Orestes hielt die Hörer, die sich zerstreuten, an den Mänteln fest.

»Einen Obolus! Wie? So große Dinge habt ihr vernommen und lauft schlechten Komödianten entgegen.«

Nur noch die bekränzten Herren aus der Schenke des Gyps waren bei Pandion. Sie warfen rasselnde Münzen auf Orestes' Zimbeln, und sie sagten: »Da siehst du's, Pandion; das gemeine Volk versteht dich nicht. Es begreift nicht, daß du nur um deiner hohen Kunst willen sprichst. Sie glauben noch an den Hades, die Dickköpfe, und du lügst ihnen nicht gemein genug. Nicht du: Ktesippos ist ihr Mann. Warum bliebst du nicht bei uns, den Herren? Wir würden dich reich gemacht haben.«

Und sie gaben noch mehr.

Pandion sah nieder auf seine gekreuzten Arme. Der Sklave Orestes spie die Geldstücke an gegen das Unglück, und er bückte sich vor den Herren.

»Eure Herrlichkeiten haben recht, das weiß ich wohl, ich, Orestes, der ich ein Künstler bin. Der große Pandion hat im Verkehr mit dem Göttlichen das Verständnis der Menschen eingebüßt, und er hält es mit den gemeinen Leuten. Sie aber lassen ihn stehn mit all seiner Kunst und laufen Komödianten zu. Ich empfehle mich eurem Wohlwollen.«

Auch die Herren gingen über die Wiese. Lange Schatten glitten vom Wald her. Er stand wie brennend; – und hinter der schwarzen Woge des Volkes, worüber Feuerschlangen liefen, nahte der Zug des Thespis. Ein sehr dicker Mann saß, mit Zinnober bemalt, auf einem Esel, er schwenkte einen Becher und sang heiser. Den Karren zogen, hintereinandergespannt, drei Maultiere, und Männer mit Masken ritten darauf, die Fackeln hielten. Der vorderste hatte Helm und Speer. Im Karren hockten Frauen bei Kindern. Eine säugte, zwei warfen Augen und Kußhände in die Menge. Kreischen und Händeklatschen brach aus, da eine aufstand und langsam über ihrem nackten Körper den Peplos öffnete. Dazu tanzte ein Buckliger unaufhörlich; und hinterdrein trotteten zwei dürftige Gesellen, die Brot kauten.

Die Scheiben der Räder drehten sich im Grase; das Volk machte kehrt, umringte den Karren, und es drängte sich und kreischte, nun er ins Stadttor fuhr. Die Winkel der Gasse lohten auf vom Fackellicht und erloschen. Das Getrappel entfernte sich. Nun erstarb der Gesang des Silens. Pandion hob den Kopf, er atmete tief auf. Ringsum dunkle Luft; auf der Stadtmauer glomm die kleine Lampe der Wache... Da umkränzte eine der schwarzen Zinnen des Waldes ein wenig Silber, und fein und leis schwamm die Sichel des Mondes hervor.

»Wir reisen weiter«, sagte Pandion.

»Herr«, erwiderte Orestes, »im Walde sind Räuber.« Und Pandion:

»Auch sie sind Menschen, und ich werde ihnen von den Helden sprechen, denen sie wohl ähnlicher sind als die flüchtigen Einwohner dieser Stadt.«

»Herr«, sagte Orestes, »du hoffst unter den Menschen immer wieder auf die, die fern sind. Möchten die Götter dir recht geben, aber wir haben schlechte Geschäfte gemacht. Laß mich wenigstens das Säckchen mit dem Geld an der Stelle meines Leibes verbergen, die die heimlichste ist. Auch vergißt du, daß wir zwei Stunden lang gearbeitet haben und nun essen sollten vor der Wanderung.«

»Es sei«; – und Pandion folgte seinem Sklaven unter das Gewölbe des Tores. Orestes setzte sich auf die Bank an der Mauer. Pandion sah dem Aufstieg des Mondes zu: wie der Wald erzen zu glänzen begann und ein bläuliches Band sacht über die Wiese floß. Da war's, als öffneten sich die Bäume, und den Mondstreifen, wie eine Straße, beschritt eine lichte Gestalt.

II

Sie kam langsam näher: es war eine Frau. Das Mondlicht schien durch ihr Gewand, und als sie sich auf ihren Fuß bückte, deuchte es Pandion, sie verschwinde wie eine Erscheinung... Aber sie richtete sich auf. Nun sah er ihren Hut, wie ein feines Blatt, über ihrem hohen Haar schwanken und ihr Kleid, von der Farbe der Pfirsichblüte und mit Mondsilber durchwirkt, um ihre Hüften zittern. Nun sah er ihr Gesicht... Er zauderte, er öffnete, vorstürzend, die Arme.

»Heliodora!«

Sie tat noch drei Schritte, und die Falten ihres Mantels bebten um nichts heftiger.

»Pandion«, sagte sie mit ihrer leichten Stimme, erfreut, spöttisch und ohne Staunen. Dann wartete sie. Pandion ließ die Arme sinken, er atmete rasch.

»So sehen wir uns denn wieder?« murmelte er. Ihre hellen Augen gelassen in seinen, sagte sie:

»Wie hätten wir uns nicht irgendwann begegnen sollen, die wir beide das Land der Hellenen durchwandern.«

Da er nur den Kopf schüttelte, sprach sie weiter.

»Die Nacht war süß, der Wald duftete, ich bin vom Karren gestiegen und hinter den andern zurückgeblieben; da ist mir der Riemen der Sandale gerissen. Sieh, mein armer Fuß blutet, kaum kann ich gehen.«

Pandion fuhr auf.

»Dein Fuß blutet?«

Er kniete hin, er nahm ihn in seine Hände.

»Und sonst trug ich diese lieben Füße über jede Baumwurzel!«

Sie ließ ihm den Fuß, aber sie lachte.

»Jetzt kennen mich längst alle Baumwurzeln, und die Gräben, und die Klippen am Meer. Du sprichst zu einer Vielerfahrenen, o Pandion.«

Da stand er auf und wandte sich ab.

»Mein Sklave soll dir die Sandalen ausbessern. Orestes!«

Er gab den Befehl, und er kehrte zurück.

»Nun wirst du bei mir ausharren müssen, schöne Heliodora, bevor du dich diesen Bürgern zeigst. Du willst für sie den Kothurn anschnallen?«

»Wie überall. Und du, großer Pandion, dessen Ruhm die bewohnte Erde durcheilt?«

»Mich hörten sie schon. Ich habe ihnen durch die Macht meines Wortes die Größe der Helden beschworen. Ich habe sie stolz gemacht, Griechen zu sein.«

Aus dem Tor trat ein Wächter.

»Ihr dort!« rief er. »Man schließt. Ihr müßt hereinkommen!«

Pandion trat ihm entgegen.

»Kennst du mich?«

»Du bist Pandion, der vom Hades kommt« – und der Wächter verneigte sich. »So bleibe denn, ich warte.«

Pandion nahm den Arm der Schauspielerin.

»Du siehst –«, sagte er und breitete die Hand hin.

Sie sah ihn an.

»Woher kommst du?«

»Vom Hades.«

Sie zog die Brauen in die Höhe, und sie nickte höflich.

»Oh! Vom Hades.«

»Und du, Heliodora?«

»Nur aus Lykene. Aber man hat mich gefeiert und geliebt.«

Er lächelte eifrig.

»Das glaube ich: geliebt.«

»Oder vielleicht –«, sie sah in die silberne Luft, »liebten sie die Nymphen und Königinnen, die ich spielte. Aber doch«, und sie blickte fein, »waren es Heliodoras Glieder und ihre Stimme, wovon alle jene göttlichen Frauen lebten.«

Der Mond erhellte grell ihr Gesicht. Bleiweiß und rosiges Wachs überzogen es wie eine geschmeidige Maske. Eine bebende kleine Nase, Safranstaub im Haar, und zwischen ihren schwarzgefärbten Rändern webten die Augen gleich hellen Meeresschleiern, einer über dem andern, wer weiß wie tief – indes die zartroten, genau umzeichneten Lippen sich kunstvoll bewegten, als wohnte auf ihnen die vielfältige Seele der Frauen. Pandion ließ ihren Arm los, er trat fort von Heliodora.

»Ein Mädchen verließ ich; und die ich wiederfinde, ist Zentaurin, galoppierend durch Wald und Dörfer, ist Faunin, die Hirten im Schlaf erscheint, und Priesterin, der mit Kränzen und Weihrauchfässern eine Stadt entgegenzieht.«

Sie lachte klingend – und brach ab.

»Du sprichst wahr: wüßtest du, wie sehr. Am Strand von Myrrhos neulich badete ich. Ein Jüngling aus der Stadt verfolgte mich in den Wellen. Auf einer Klippe fing er mich. Doch indes wir uns liebten, kam ein Sturm, riß ihn neidisch von mir und schleuderte ihn gegen den Fels. Am Ufer fand ich ihn tot, den Armen, den Leib geöffnet und die Eingeweide verstreut. Grausend floh ich. Die von Myrrhos aber schrieben auf seinen Stein: ›Philos ist dieser, den eine Najade raubte. Sie gab ihn zurück, doch ohne Herz.‹«

Pandion schwieg, und er seufzte. Sie gingen langsam über die weiße Wiese zum Waldrand hin. Sie langten an und blieben stehen. Pandion nickte ihr zu.

»So störst du denn, kleine Komödiantin, die Siedlungen der Menschen auf, denen du erscheinst. Sie glauben, wenn du ihnen spielst, die höchsten Dinge zu fühlen. Viele Frauen leiden durch dich. Manchmal stirbt ein Knabe. Du aber gehst vorüber. Sag, bist du glücklich?«

Ihre Miene ward hart, sie sagte:

»Beantworte doch selbst die Frage, o Pandion.«

»Du willst es?«

Er richtete sich auf.

»Man hat mich göttlich genannt. Auf dem Markt von Athen bin ich bekränzt worden von Männern, die nicht spielen wie ich, sondern den Rat und die Schlacht kennen. Auch ist Laïs, die Angebetete der Stadt, mir auf das Schiff gefolgt, wie ein Hündchen. Dennoch, du magst es wissen, denke ich niemals ohne Trauer jenes Hauses, jenes Gartens. Vom Ende der Weinlaube sah man drunten das Meer.«

»Aber droben auf der Kuppe wußtest du den Eingang zum Hades. Zu oft, Pandion, spähtest du hinein.«

»Indes du, o Heliodora, den Schiffen nachsahst und dich hinausträumtest in die Welt.«

Sie betrachteten einander, spöttisch und als Feinde. Auf einmal beugte Pandion sich, die Hand auf der Brust.

»Ich klage mich an. Als ich dich liebte, hielt ich das Glück, und nie wieder werden diese Arme es halten. Du hattest Eltern, Geschwister und deine Stadt verlassen für mich. Du bereitetest mir, dem Wandernden, die einzige Stätte, wo ich geruht habe. Jung waren wir. Zwei nackte Herzen, und das Glück. Die Wände unseres kleinen Zimmers waren weiß getüncht, aber aus deinen Augen, o Helia, aus den zauberhaften Gebärden deiner Glieder strömten Bilder und Gesichte darüber hin, die Apelles nie malte.«

Sie legte den Kopf in den Nacken.

»Es ist wahr. Wenn ich, den Krug auf der Schulter, vom Brunnen kam: die Pforte knarrte, rauschend wehte das Gras, und die Sonne war mir leicht...«

»In deinem blonden Haar, die Sonne!«

»Auf der Bank am Hause aber saßest du, schreibend. Da lief ich, ließ den Krug fallen, den ich mit Mühe doch heraufgetragen hatte, öffnete, dir entgegen, die Arme und lief.«

Sie hob die Schultern, sie lächelte vertraulich.

»Dennoch glich ich nicht den Frauen, die im selben Haus leben und sterben, und du warst kein Mann wie andre.«

Er murmelte:

»Was tat ich dir?«

»Du weißt es nicht mehr? Oh, du liebtest mich sehr. Dem Hades schien ich dir entstiegen, ein Schatten, eine Göttin: Helena oder Persephone. Alle Frauen deiner Seele küßtest du auf meinen Lippen. Ich war dein Geschöpf, wie? ein anmutiges Gleichnis. Mich verehrend, verachtetest du mich, Lieber, und ich haßte dich dafür.«

Er senkte die Stirn, er sagte von unten:

»Wie wir uns liebten! Du leugnetest, mir zum Hohn, die Himmlischen, und dennoch, stolzes Mädchen, rechnetest du dich ihnen zu. Du verabscheutest alle Göttinnen, weil ich sie kannte. Du wolltest mir nacheifern, geiztest, mehr als ich von den tiefen Dingen zu wissen, warst neidisch, böse, unruhig und voll Tränen. Auch ich haßte dich.«

Sie wiederholte mit süßer Stimme:

»Wie wir uns liebten!«

»Du erfandest, mir zu sagen, ein Waldgott habe dich besessen, während ich, über den Hades gebeugt, die unterirdischen Dämpfe atmete. War's nicht Lüge?... Du schweigst, auch jetzt noch?«

Sie wiederholte nur, mit süßer Stimme:

»Wie wir uns liebten!«

Und Pandion, aufstöhnend:

»Da sah ich, daß du eine Sterbliche warst. Du machtest mich lachen und erzittern. Ich litt Scham.« Er verhüllte die Augen mit dem Mantel. Als er ihn fortnahm, kehrten sie um. Sie gingen abwärts, dem Ölhain zu. Pandion sprach in Pausen:

»Eines Morgens dann: vom goldenen Himmel strich

der Wind, und deinen Schleier, den er dir entrissen, hob er den Berg hinan. Hinterdrein lief ich, in geheimnisvoller Angst; er aber flog hinab in den klaffenden Spalt der Unterwelt. Ich sah ihn taumeln, ein bläuliches Wölkchen, und stieg ihm nach. Ich weiß nicht, wie es kam, denn niemals dachte ich dich zu verlassen. Die Götter bestimmten mir den Weg.«

Sie lachte sanft.

»Wie gut sind die Götter! Denn auch mir bestimmten sie den Weg. Die Blätter, die du beschrieben hattest, wehten davon, ich folgte ihnen; und wärest du an jenem Morgen heimgekehrt, Heliodora fandest du nicht mehr.«

»Nenne sie nicht gut, die Götter«, sagte Pandion: »Sie geben, was uns ziemt, und unser Glück ist die Notwendigkeit.«

»Doch sahst du also den Hades, du Auserwählter. Wie ist er?«

»Verlange ihn nicht zu schauen, die du immer im Licht, du Schöne, deine süßen Glieder weiden ließest. An schwarzen Wänden tastest du hin, über die es immerfort von Schatten gleitet, als liefe ein lautloses, dunkles Wasser darüber. Die stockende Luft setzt dein Atem als erster in Bewegung. Sie ist grau wie Greisenhaar, und Haine schwarzer Bäume stehen darin, an denen nie ein Blatt sich regt. Die Hände der Schatten langen nach den schwarzen Früchten und brechen doch keine. Du, der noch Kraft durch die Adern fließt, pflückst eine; und wie der sanfte Saft dir in den Leib rinnt, schmeckst du die Trauer selbst.«

»Die Helden aber und die unsterblichen Taten, mit denen du, großer Pandion, das Volk bewegst!«

In der silbern durchrieselten Dämmerung des Ölberges erkannte sie sein Gesicht nicht – und dennoch wandte er es weg.

»Ward denn Troja alle Tage erobert? Auch Armseligkeit und Ohnmacht sind unsterblich, und sie leben mitten im Herzen der Helden. Mir sagte einer dort unten, dessen Namen ich nicht weiß noch wissen will: ›Auch ich liebte Helena. Ich kämpfte, ihr unbekannt, in der Menge der Helden. Wenn ihre Augen über mich hingingen, dachte sie keinen Namen, winkte mir weder Sieg noch Tod. Und ich fiel, ohne daß es sie schmerzte oder freute... Hätte ich sie doch lieber fortgeschleppt, einen Knebel im Munde, hätte sie vergewaltigt und den wilden Hunden zum Fraß vorgeworfen. Nun mußte ich hinab, indes sie im Licht blieb.‹«

»Das war nicht der Pelide«, sagte Heliodora.

»Nicht der Pelide«, sagte Pandion. »Denn ihn fand ich bebend vor bleicher Furcht. ›Hätte ich doch‹, so jammerte er, ›mein Leben am Herd verbracht, schmausend und kosend! Nie würde ich meine Taten gewagt haben, wenn ich ihnen schon das Gedächtnis hinzugerechnet hätte, das sie starr und ewig macht. Ich trage nun durch die Jahrtausende diesen Zorn und dies entsetzliche Herz: ich, der ein Mensch war wie ihr!‹

Er lag am Boden, wie von einer Last erdrückt, und jammerte lautlos, der schwache Schatten.

›Der Brand Trojas versehrt mich, wehe! Ich will nicht, daß Troja brennt! Ich will nicht Hektors Leiche, durch den Staub schleifend, der mein Ruhm ist! Ich will nicht Helena!‹

Da ich ihn hörte« – Pandion spreizte die Hand und sah fort –, »erfaßte auch mich Entsetzen, und ich schrie wie er: ›Ich will nicht Helena!‹ Als ich aber die Augen öffnete, ich weiß nicht, wie es kam, fand ich mich vor ihr; – und über Helenas Gesicht und Brust, hörst du es, noch blühende Heliodora, hing dein Schleier! Sie mühte sich umsonst, die Arme, ihn zu heben. Ich nahm ihn: da ist er.«

Pandion zog Heliodora auf eine Lichtung, er entfaltete den Schleier. Sie betastete ihn, und sie wich zurück, die Miene voll Grauen.

»Er ist es! So warst du wirklich im Hades?«

Pandion sah sie tief an:

»Ich wußte, Weib, daß du die erste sein werdest, zu zweifeln.«

Sie neigte sich vor, noch zagend.

»Wie er schmutzig ist! Hast du ihn nicht aus einem Ameisenhaufen gezogen?«

Sie lachte klingend.

»Geh, Pandion! Wir kennen uns.«

Er sah vor sich hin, seine Stimme war dumpf.

»Ich sprach zu Helena von den Tagen ihrer großen Gewalt: sie aber verstand mich nicht. Begreift man es? Sie wußte wenig mehr vom Krieg der Völker, der für sie gebrannt hatte, und von den Helden, die hinabsanken für sie. Vergessen alle waren ihr die großen Abenteuer der eigenen Brust. ›Paris‹, sagte sie, ›betrog mich mit den Mägden, und viel Unruhe im Haushalt brachten die Kämpfe der Männer. Zurück dann bei Menelaos, spann ich, gebar Kinder, ward streng gehalten; und endlich, da von rückwärts Hermes mir die Hand auf die Schulter legte, mußte ich noch einmal von dannen. Rhyparos stand dabei und weinte.‹ – ›Wer war Rhyparos?‹ – ›Ein Hund.‹ Und sie schluchzte. Ich aber floh.«

»Was quälst du dich«, sagte Heliodora und berührte Pandions Schulter, die zuckte. »Laß die Schatten gebrechlich sein. Du weißt, mögen sie selbst sie vergessen haben, um ihre großen Stunden und berauschest mit solcher Kunde die Herzen der Menschen, daß sie auch dich wohl groß nennen. Mehr gibt es nicht.«

Pandion lehnte sich schwer an einen Baum.

»Ich weiß vom Großen und vom Schlimmen. Ich erlebte die Hoheit unseres Herzens und seine Schande. Dann aber ist's bitter, zurückzukehren. Warst du einmal im Hades, ist alles Schatten, und nie erblickst du deinen Gefährten. Du wünschtest zu lieben; Menschen suchst du, sie zu wärmen. Aber sie scheinen dir leblos, und du selbst wurdest dir leblos wie ein Schatten, seit du die Unterwelt schautest. Götter, Helden und Ungeheuer haben deine Seele abgenutzt. In drei Tagen vielleicht empfandest du alles, was das Herz kann, und die vielen Jahre nun spielst du es den Menschen vor.«

»Es ist so gut, zu spielen«, sagte Heliodora und dehnte sich. »Auch ich bin ganz allein, wenn ich mir auf der Bühne ein Schwert in die Brust stoße oder mit einem Gott rede. Da ich das Göttliche spiele, glaube ich nicht daran. Ich glaube nur an Heliodora, eine Komödiantin, und bleibe für mich, selbst wenn ich liebe. Der Ernst des Lebens ist mir unbekannt, denn ich fand die Menschen schwach und die Dinge ohne Sinn. Spiele ich aber, sind sie sinnvoll, und ich bin stark.«

Plötzlich warf Pandion die Arme um Heliodora.

»Wie ich dich geliebt habe!«

Er flüsterte an ihrer Wange:

»Sagen wir uns ganz heimlich, daß wir uns noch immer lieben: ich und du, jeder schweifend und allein.«

Er sah sie an, weinend und lächelnd.

»Am klaffenden Spalt der Unterwelt stand eine weiße Blume. Ich stieg hinab; und ich kehrte zurück: da hatte die Blume der Wind.«

Auch Heliodora lächelte weinend – und da führte sie ihre Lippen Pandions Lippen zu. Er schmeckte Honig und frisches Gras, indes er sie küßte. Dann, ganz nahe, betrachtete er dies zurückgekehrte Gesicht, mit den Fingern betastete er seine Umrisse.

»Nun erst sehe ich dich, und du bist es noch. Helia, liebe, kleine!... Aber ich? Bin ich denn nun alt?«

Sie hob die Augen zu seinen.

»Jetzt nicht mehr.«

»Aber dann können wir –«

Er griff sich an die Stirn.

»Es ist nicht aus. Wir können wieder anfangen. Wir wären nicht mehr töricht, wie damals. Wir wissen nun, daß nichts da ist als du und ich, und wie sehr werden wir einander hüten!«

Sie bewegte den Kopf, spöttisch und weh.

»Du fürchtest nicht den Waldgott, der schon einmal in unsern Garten einbrach?«

»Ein Waldgott? Dich mir rauben?«

Er stieß die Hand vor sich hin.

»Es gibt keine Götter!«

»Aber du hast ihnen dein eigenes Blut geliehen, und so wird kein Haus mehr dich halten. Jedes stände zu nahe am Eingang des Hades.«

Da ließ er die Stirn sinken.

»Wohl wahr. Eine aus dem Reigen der Stunden risse uns abermals voneinander. Sie kommt und trägt den Korb mit Dornen.«

Sie nahm seinen Arm.

»Fort! Wir brauchen kein Haus. Überall um das Mittelmeer wächst der Lorbeer.«

»Und überall die Zypresse.«

»Du machst mich nicht schaudern. Noch an vielen Grabtafeln tanz ich vorbei, bevor sie auf meine schreiben: ›Diese hier spielte die Liebe.‹«

»Der Straßen sind unzählige in Hellas.«

»Und noch auf vielen begegnen wir uns: Pandion und Heliodora.«

III

Sie stiegen hinan und gingen über die Wiese zum Stadttor. Der Mond stand hinter den Ölbäumen, es war dunkel. Der Sklave Orestes schlief auf der Bank; Pandion nahm die Sandalen und legte sie der Freundin an. Indes er aber kniete, streckte Heliodora die Hand aus und rief:

»O sieh! Welch seltsames Wesen!«

Denn von Osten kam, mühsam hinkend, ein Mensch mit langem Haar und Schilf darin, und in nichts gekleidet als das Schilf, das ihm von den Lenden hing. Bei ihm war ein anderer, der eine Laterne trug und häßlich schrie. Jetzt erkannte Pandion ihn: Ktesippos war's, der Barbier, und er schrie, den Arm schwenkend:

»Da ist er! Da ist der Gotteslästerer. Ha! Betrüger, der du das Volk verwirrst. Du willst im Hades gewesen sein? So sage denn, ob du diesen hier kennst.«

Pandion hob nur die Schultern.

»Es ist ein alter Mann. Du aber, Ktesippos, bist ein neidischer Geiferer.«

»Hörst du's, o Gott!« kreischte der Barbier, reckte die Arme hinauf und krümmte sich immerfort vor dem Greise. Der hob zitternd seinen schwarzen Stab, und aus seinem langen verfilzten Bart blies er die dumpfe Stimme.

»Sterblicher, erschaudere! Denn Äskulap bin ich, der Gott.«

Und plötzlich war der Stab eine Schlange, die zischend nach Pandion züngelte. Pandion fuhr zurück; dann aber entriß er sie dem Alten, strich ihr über das Genick, und als steifen Stock gab er sie jenem wieder.

»Du siehst wohl«, sagte er, »ich war im Hades, denn ich kenne dich.«

Heliodora stand und lachte schallend.

»Welch schöner Gott! Seine Füße sind schwarz, und Schlamm trieft herab. Schon viele Götter waren meine Liebhaber, aber noch kein so schöner.«

Da drohte ihr der Alte, und vor Wut hob er die schwarzen Füße zum Tanz. Ktesippos, hinter ihm die Laterne schwingend, daß die Schatten durcheinanderflogen, kreischte:

»Landstreicher du mit deiner Dirne! Warte! Nicht umsonst bin ich zwei Stunden weit gelaufen, den Gott aus seinem Sumpf zu holen. Seine Schlange wird dich dennoch beißen: warte!«

Und mit Geschrei stürzte er sich in das Tor. Die Leute liefen schon, so sehr lärmte er.

»Er hat ihn geleugnet, den Gott!« schrie Ktesippos. Sie aber: kaum erblickten sie den Alten, lagen sie am Boden mit Knien und Stirn. Er hörte auf zu tanzen und berührte ihre Scheitel mit dem Stab. Die Berührten standen auf, drohten dem Fremden und schrien mit Ktesippos:

»Er hat den Gott geleugnet! Faßt ihn an!«

Aber sie taten es nicht. Da ergrimmte der Gott, spie um sich, und hustend brachte er hervor:

»Schlagt ihn tot! Er hat gelästert, denn er, ein Sterblicher, war nicht im Hades. Ich aber bin unsterblich.«

Hinter Pandion raunte Orestes:

»Herr, was tust du, du bindest mit dem Gott dieser Esel an. Komm, laß uns fliehen, denn noch sind sie wenige.«

Heliodora aber sagte:

»Wir werden doch nicht einen solchen Kampf versäumen? Ich zittere danach, zu sehen, wer stärker ist, du, Pandion, oder der Schlammgott.«

Da kreuzte Pandion die Arme, umfaßte mit den Augen das Volk, das nun in Menge aus dem Tor quoll, und rief stark:

»Hellenen! ihr kennt mich. Ich habe euch das Göttliche fühlen gelehrt, wie niemand vor mir. War ich im Hades?«

»Du warst im Hades«, antworteten sie. Aber der Alte dahinten, hohl schreiend:

»Nur ich bin Gott! Opfert ihn mir!«

Und da die Wächter mit Fackeln aus dem Tor traten, sahen alle im Feuerschein den Gott die Hände gen Himmel schütteln. Entsetzt sanken sie hin.

»Du hast mir ein Zaubermittel gegeben«, rief eine

Frau, »und mich von einem fressenden Geschwür geheilt. Tod dem, der leugnet, daß du Gott bist!« Andere sprangen auf und riefen durcheinander.

»Die lieben Ohren hast du mir gesund gemacht mit dem Saft deiner Natter!«

»Ich konnte nicht gehen, und hier bin ich nun, dank diesem Ring aus Bernstein, den der Gott mir verkaufte.«

»Gott! Hilf auch mir! Auch mir!«

Und Bresthafte mit verbundenen Gliedern wühlten sich durch die Menge. Sie krächzten, aus schwarzen Mündern brüllten sie vor Gier nach dem Gott; und dazwischen gellend der Barbier:

»Tötet ihn! Versöhnt den Gott, daß er euch nicht mit Krankheit strafe!«

Pandion erhob noch einmal die Stimme über alle. »Ich kann euch weiser machen als dieser, obwohl ich kein Gott bin. Dieser aber ist ein Schwindler –«; und er reckte die geballte Faust. Da waren auf einmal alle still, man wußte nicht, ob vor Ergriffenheit oder aus Abscheu. Sogar Ktesippos brach sein Geheul ab; und nur ein Kleiderdieb rührte sich, riß einem Mann den Mantel von der Schulter und floh. Der Mann achtete gar nicht des Verlustes.

»Das ist zuviel!« rief er, rauh vom Entsetzen. »Sollen die Lippen, die das gewagt haben, noch leben? Lest Steine auf!«

»Lest Steine auf!« riefen alle, drängten rückwärts und bückten sich. Pandion, die Arme verschränkt, wartete; bei ihm aber war Heliodora: sie warf ihr Obergewand ab. Unter eng gefälteltem Hemd stand sie nun, hinein zu ihren Gliedern schien das Licht der Fackeln, und sie hob sich auf die Zehen. Die ausgebreiteten Arme bog sie weit zurück, man sah die Knospen ihrer Brüste durch das Gewebe drängen. Das Gesicht aber umherwendend mit ernster Süßigkeit, als erstaunte sie über die eigene Schönheit, tat sie einen Tanzschritt... Halt machte sie da, wie erschrocken;

und das Volk, das sie schon auffliegen sah, hielt den Atem an. Sie aber: ach! welch Schlängeln der Hüften. Wie, von den bebenden Falten liebkost, die langgewölbten Schenkel dahinglitten, in den Reigen gezogen unsichtbarer Gefährten! Seht an die rosigen Spitzen ihrer Finger die Finger eines Himmlischen rühren! Ihr Haar ist sprühendes Gold, aus dem purpurnen Mund duftet dich Ambrosia an: – da erfaßt dein Auge nur noch einen Wirbel von Blüten, ja, nun Heliodora im rasenden Tanz den bläulichen Schleier um sich her schwingt, nur noch den Taumel rotweißer Blüten durch seligen Himmel.

Jetzt steht sie und atmet, und auch ihr Menschen atmet wieder. Die Frauen zuerst klatschten in die Hände. Die Jünglinge riefen: »Gegrüßt seist du!« und bogen das Knie. Sie dankte ihnen, an Pandion gelehnt, stumm und mit einem kleinen Schwellen dieser süßen Lippen. Man hörte Weinen – plötzlich aber lautes Lachen, und eine Frau rief:

»Wie er häßlich ist!«

Da merkte man erst, daß auch der Gott tanzte: plumpsend und torkelnd, mit grunzendem Gesang und von Wut geröteten Augen. Alle wandten sich ab; die Greise versteckten sich, aus Scham für den bösen und häßlichen Alten. Nur der Barbier Ktesippos, die Miene verzerrt von der Angst seines Neides, stieß die Arme bald hier, bald dort aus dem Haufen.

»Mitbürger! Griechen! Wehe! Fürchtet die Rache der Götter! Wißt ihr doch wie ich, daß dieser ein Gott ist. Denn lag nicht im Sumpf von Melargos ein Schlangenei? Und als sie es öffneten, kroch nicht ein Knabe heraus, mit einer Schlange um den Leib? Ihr habt es gesehen, das Wunder, leugnet ihr's nun? Pannichis du, und du Xantho, die ihr den Knaben auf euren eigenen Armen getragen habt!«

»Wahr!« rief Xantho. »Drum gebar auch ich dann einen so schönen Knaben, denn ich hatte einen Gott berührt.«

Zu Heliodora schlichen, hinter dem Rücken der Leute, die Komödianten. Der Silen streckte wispernd den fetten Hals vor.

»Liebes Mädchen, komm eilig fort; denn um sie zu spielen, die Götter, betraten wir diese Stadt, nicht aber um sie zu verhöhnen, du freche Kleine.«

Sie antwortete:

»Lauf nur zu, Vater Dionysios, denn wenn der Gott einen von uns zum Opfertier verlangt, wirst du es sein, der du das meiste Fleisch hast.«

Bei ihren Worten erblaßte der Silen, sank zusammen und verschwand hinter der Menge. Ktesippos arbeitete darin umher, seine Stimme überschlug sich.

»Wie? Und am Tage darauf war aus dem kleinen Knaben ein Jüngling geworden. Wachsen so Sterbliche? Werft euch nieder, betet an: denn am dritten Tage fandet ihr statt des Jünglings unter den Ringen der Schlange diesen Greis... Du bist Gott!« schrie er und fiel selbst hin. Die Nächsten taten wie er; wer noch lachte, hielt erschrocken ein. Etwas Schwarzes, Verkrümmtes aber kroch inmitten der Hingestreckten herbei, wie eine vom Regen schwarz und lahm gemachte Eidechse: unter schmutzig greisem Haar ein Haufe von Geschwüren, Glieder, die im Kriechen einzeln liegenzubleiben schienen, mit zwei Brüsten, durch die Schlammlache schleifend bis vor die Füße des tanzenden Gottes. Der ächzte noch:

»Tötet den Lästerer! Ich bin Gott, opfert ihn mir!«

Da hob das namenlose Wesen sein eitrig verklebtes Gesicht zu ihm – und auf einmal beruhigte sich der Alte. Er lehnte Rumpf und Gesicht zurück, entschlossen stand er da, größer fast als vorher: spie dem Wesen in die schwärenden Augen, verrieb mit den Daumen den Speichel, und »Ich sehe! Ich sehe!« jubelte gellend die Aussätzige.

»Sie sieht, sie sieht! Wehe dem Lästerer!« – sie hoben, ohne Furcht vor der Krankheit, die Greisin vom Boden, zerrten sie dem Pandion entgegen, atemlos:

»Hier sieh diese, die der Gott geheilt hat, und dann stirb!«

»Und dann stirb!« zeterte es auf allen Seiten. Schon brachen sie herein: hundert Leiber, Fäuste, die zupackten, haßschnaubende Mienen... Pandion wich; die Wächter waren da und schlossen ihn ein. Der Hauptmann ließ die Schwerter ziehen. Er wandte sich um und sagte:

»Ich schäme mich, o großer Pandion, der du mich zu den Helden versetzt hast, für dies Schwert, weil es dich schützen muß vor einer verfaulten Hexe. Doch in diesem Augenblick ist sie stärker als du.«

Bei allem Toben schritten in Sicherheit hinter den Wächtern die Herren aus der Schenke des Gyps einher. Sie sagten zu Pandion:

»Zwanzigmal wohl hat der ungewaschene Betrüger diese Alte geheilt, immer dieselbe. Aber die Empfindungskraft und Phantasie des Volkes ist es ja, die dir gefällt.«

Heliodora, mit geschürzten Lippen:

»Sie wollen betrogen werden. Jeder, der sie betrügt, ist ihnen recht. Dennoch gibt es schlechte Komödianten und bessere.«

Und sie erwiderte das Äugeln der Herren.

»Führe ihn ins Gefängnis!« riefen die Bürger dem Hauptmann zu. »Er soll gerichtet werden.«

Die Frauen kreischten mit dem Barbier:

»Nein! Auf der Stelle muß er sterben.«

Der Hauptmann sprach rückwärts:

»Du wirst zu deiner Sicherheit, o Pandion, die Nacht bei uns verbringen müssen.«

»Wozu denn«, sagte Heliodora. »Frage doch den Gott, wieviel er verlangt. Er hat Erfolg gehabt, mehr als Pandion; was kann er noch wollen als Geld.«

Da die Herren ihr zustimmten, ließ der Hauptmann durch einen Soldaten sich Bahn brechen. Er kehrte zurück. »Zweihundert Drachmen fordert der Gott. Willst du dich loskaufen?«

Pandion schwieg. Der Sklave Orestes tauchte auf, zitternd murmelte er:

»Ich habe zwölf Obolen, ich schwöre es, nicht eine mehr; und wenn ich sie hervorholte, müßte ich die Scham verletzen.«

Die Herren lachten. Erbitterte Stimmen aber hier und dort aus dem feurig durchzuckten Dunkel:

»Hört! sie verhöhnen den Gott. Fort mit ihnen!« Da rief hell Heliodora:

»Euer Gott, ihr edlen Achäer, verlangt für seine Versöhnung zweihundert Drachmen, und ich zahle sie ihm, ich, die ihr morgen auf dem Kothurn sehen sollt.«

Zu einem der Wächter sagte sie:

»Halte den dicken Mann dort auf, der sich davonmacht.«

Der Silen ward zurückgebracht. Er schlug sich die fette Brust.

»Wir haben nichts. Bist du toll, daß du für diesen Fremden unsere Armut hingeben willst?«

»Oh, mein Vater Dionysios«, sagte sie, »du weißt wohl, daß du auf deinem Bauch die zweihundert Drachmen verbirgst, die mir in Lykene der alte Kimon gab, dafür, daß er mich lieben durfte.«

Und wie der Silen auch greinte, er mußte das Geld aus seinen Falten ziehen. Der Hauptmann selbst brachte es dem Gott, wendete ihn bei den Schultern um und raunte ihm ins Ohr: da machte der Gott lange Schritte.

»Zerstreut euch!« rief dann der Hauptmann. »Der Gott ist versöhnt. Wer noch murrt, ist ein Lästerer und verfällt dem Schwert.«

Die Fackelträger betraten das Tor, und alle, murrend

und lachend, stoben hinterdrein, dem Grauen des Dunkels zu entfliehn.

...Stumm atmende Nacht ringsum; und Pandion fühlte auf seinem Arm den leichten Arm Heliodoras.

»Lieber«, sagte sie zärtlich, »verzeih! Verzeih meine Laune, um derenwillen du dich mit dem Schlammgott messen mußtest. Sieh, wo immer Heliodora dir begegnet, bringt sie dir Unglück. Du aber, Lieber, bleibst groß wie zuvor.«

Plötzlich schüttelte er sich ganz; er sagte erstickt:

»Groß! Wer doch vermöchte groß zu sein bei euch Menschen. Ach! hätte ich wahrhaft einen Gott gelästert und wäre unter seinem Strahl gesunken, verkohlt, vernichtet. Alles aber, was ich vom Hades heraufbringe, hat nicht so schwer gewogen wie die elenden Kniffe eines Quacksalbers; und dies Leben ist nur noch mein, weil du Weib mir's mit dem Preis deiner Liebe zurückgekauft hast. So nimm es denn, es gehört dir, und laß mich dein Sklave sein.«

»Pandion!« – die Arme weich, weich um ihn her. »Nie liebte ich dich so sehr, denn jetzt sehe ich dich schwach, und durch meine Schuld. Du mein Sklave? Sieh, ich will dir folgen: in den Wald, so finster, auf das Meer, so treulos, durch Hellas und selbst zu den Barbaren.«

»Wie wäre es möglich«, sagte er stöhnend; aber sie küßte ihm die Tränen fort, im Dunkeln glättete sie ihm mit ihren Lippen das Gesicht; und umschlungen gingen sie über die Wiese zum Waldrand, umschlungen sanken sie hin. Drüben knarrte das Stadttor und fiel zu.

Als Pandion erwachte, tauchten eben, noch schlafend, Heliodoras Züge aus den letzten Schatten. Er richtete sich empor und sah ihnen zu, wie sie sich erhellten um das sanfte Gehege der Wimpern. Er lächelte verloren... Da preßte er an seine Schläfen die Hände, auf sprang er, tat ratlose Schritte, kehrte zurück, brach in die Knie. Erste

Vogelstimmen regten sich, um die Stämme glitten rötliche Lichter, kühl hauchte der Morgen; Pandion aber, angstvoll in dies stille Gesicht, sagte:

»Auf deinen Lidern, o Helena, trägst du den ganzen Trojanischen Krieg.«

Er schüttelte den Kopf, leise erhob er sich, ordnete zart über der Schlafenden seinen Mantel.

»Wie ich erschrocken wäre, wenn du jetzt aufwachtest! Wenn du mich noch hier fändest, wie du erschrocken wärest!«

Er holte den Sklaven Orestes aus seinem Busch hervor, und in den Wald hinein schritt er, ohne sich umzusehn.

Die Verräter

Liane Vanloo ging durch die Halle dem General von Pfaff entgegen.

»Exzellenz, ich muß Sie leider darauf vorbereiten, daß Sie den Herrn Rabener bei uns finden.«

»Bei Ihnen?«

»Er konferiert drinnen mit meinem Mann und Herrn Krall.«

Von Pfaff schwoll rot an. »Nur gut, daß ich schon einen Zylinder trage. Dann kann ich endlich einem solchen Kerl meine private Meinung sagen. Glauben Sie, ich habe Angst?«

»Wie sollte ich? Aber die Schwierigkeit liegt darin, daß er eben kein Kerl ist. Eigentlich gehört er zu uns.«

Frau Krall kam herbei und sagte: »Solch ein Sozialdemokrat gehört überhaupt nie zur guten Gesellschaft. Kommt her und hetzt unsere Arbeiter auf. Mit dem Auto totfahren müßt man ihn dürfen, sagt mein Mann.«

Auch Frau Krall rötete sich. Der General beglückwünschte sie zu ihrer Gesinnung. Die Gräfin Terwang lächelte ironisch. Liane sagte: »Wir haben ihn in Sankt Moritz getroffen. Er war tadellos. Von seiner Tätigkeit wußten wir freilich nichts.«

»Dann sind Gnädigste entschuldigt«, erklärte von Pfaff. Die Gräfin fragte beiseite: »Und wußte denn der Herr, daß Frau Vanloo beim Theater war?«

Da ging die Tür auf. Krall fing, sobald er den General sah, beglückt zu dienern an. Im Vorübergehen flüsterte Vanloo seiner Frau zu: »Nichts zu machen«; aber sie hatte es ihm schon angesehen, sie kannte diese künstliche

Spannkraft. Rabener verabschiedete sich. Vanloo drückte mit beiden Händen seinen Arm. »Sie bleiben doch noch? Das Geschäftliche ist fertig, aber wir sind auch Menschen!« Und er führte ihn zum General von Pfaff. Rabener verbeugte sich leichthin, mit müdem Gesicht. Von Pfaff grüßte tiefer, als vorauszusehen gewesen war, ward röter und sagte: »Sehr angenehm.«

Liane trat zu Rabener.

»Wir gehen dieses Jahr ans Meer, in die Nähe von Ostende wahrscheinlich. Und Sie?«

»Sie sehen, wie beschäftigt ich bin.«

Liane, unvermittelt: »Ich verstehe jetzt, was Sie mir damals sagten.«

Er wußte es sogleich. »Ich sagte Ihnen, Sie irrten sich in Ihrer Welt. Sie täten unrecht, sich zu Aristokraten und reichen Leuten halten zu wollen. Sie selbst seien so viel vornehmer.«

Liane: »Sie sagten es, weil Sie für das Volk sind und dies für Ihre Vornehmheit halten.«

Und er: »Ich sagte es, weil Sie verstehen, mit der Seele zu leben.«

Sie wandte ein: »Ich war ehrlicher als Sie. Ich gestand Ihnen, daß ich in der Welt meines Mannes nicht geboren sei. Sie aber –«

Er schloß: »Bei Ihnen habe ich einfach vergessen, ich stände im Dienst einer andern, der Partei.«

Drüben zeterte Frau Krall, fett atmend: »Solch ein Streik ist eine glatte Gemeinheit. Geht es die Schufte an, was wir verdienen?«

Vanloo lächelte skeptisch; er hielt dafür, die Beteiligung der Arbeiter am Gewinn sei nur eine Frage der Zeit. Aber von Pfaff, der fast erstickte, nannte dies gottvergessen. Das Militär sei auch noch da. Krall stimmte ihm begeistert zu. »Da fahren wir drein!« grollte der General; und der Fabrikant dankte ihm mit Hundeblick.

Rabener sah Liane an, aber sie ließ sein Lächeln unerwidert.

»Sie verlangen, ich sollte die Leute verachten? Ich tue es nicht; ich würde mich selbst verleugnen. Ich habe meine Klasse gewählt.«

Er sagte: »Auch ich habe die meine gewählt – nicht aber, um blind zu sein für sie.«

»Was wollen Sie also?«

»Ich habe Sie in kein feindliches Lager herüberziehen wollen, sondern zu mir.«

Sie sah nieder, ihr Blick ward starr. Als sie ihn aufhob, gewahrte sie an dem Mann den Ausdruck des angstvollen Leidens, das sie selbst fühlte.

Drüben rühmte von Pfaff den mächtigen Schutz seines kaiserlichen Herrn, und Krall beteuerte, daß nichts sein eigen sei, was er nicht freudig Seiner Majestät hingeben würde. Auch Frau Krall erklärte sich zu allem bereit. Der General lachte freudig; die Gräfin Terwang lächelte ironisch. Vanloo trat weg, er lauschte hinüber nach den beiden, die sich nicht regten. Rabeners Lippen formten Worte; Vanloo las: »Ich liebe Sie.« Er trat näher, beide zuckten auf.

»Wie liebenswürdig von Herrn Rabener«, sagte Liane. »Er hat seine angenehme Aufgabe hauptsächlich doch übernommen, um uns einmal wiederzusehen.«

»Sie ist nicht angenehm«, sagte Rabener; und Vanloo: »Sie ist wohl einfach notwendig. Nicht wir Menschen handeln, sondern die Dinge selbst. Wir sind nicht Feinde, nur Gegner. Sie, Herr Rabener, wissen es wie ich. Darum schlagen Sie uns dieses Zusammensein nicht ab!«

»Aber was wird man in Berlin sagen«, schloß Liane.

»Man wird sagen, was man will«, und Rabener verneigte sich lächelnd, »diesen Streik werden wir gewinnen, und ich verbringe den Abend mit Ihnen.«

Man ging hinauf. Vanloo hielt seine Frau zurück.

»Noch einen Augenblick, meine Liebe... Ich muß dich bitten, allein bei unseren Gästen zu bleiben. Ich fahre gleich jetzt nach Köln hinüber, du wirst aber besser vermeiden, es den Leuten zu sagen.«

»Du kommst doch noch in der Nacht zurück?« sagte sie; und da er sich schwer in einen Sessel ließ: »Du bist müde, mein Freund, sie haben dir zugesetzt.«

Ihre schönen Hände ballend: »Ich hasse den Menschen. Jedes Mittel schiene mir erlaubt gegen einen solchen Eindringling.«

Vanloo sah auf, mit geröteten Augen. »Jedes Mittel?«

»Wir machen ihn unmöglich. Seine Leute werden erfahren, daß er bei uns soupiert hat.«

»Aber warum tut er es?«

Sie sah ihm ins Gesicht. Das skeptische Lächeln zitterte darin vor Furcht.

»Mich geht es nichts an«, sagte sie. Er stand auf.

»Liane! Ob wir ihn unmöglich machen oder nicht: der Streik muß morgen früh beendet sein.«

»Er muß?« fragte sie, und sie trat zurück. »Du kannst nicht länger warten?... Deine Fahrt nach Köln wäre so wichtig?«

Er beugte sich vor. Wie er alt aussah! »Sie ist ein letzter Versuch.«

»Wir sind verloren?«

»Leiser! Du bist die einzige, die es nun weiß. Was wirst du tun?«

»Ich?« Bedeutsam: »Uns rächen, ich verspreche es dir.«

Er lachte trocken auf. »Dir liegt an Rache? Mehr als daran, daß das Unglück vermieden wird? Er darf nicht wissen, wie es mit mir steht«, sagte er, schamvoll lauernd.

Sie erschrak und sah weg. »Was willst du sagen?«

»Ich glaube, daß du Einfluß auf ihn hast«; – auch er floh ihren Blick. Dann raffte er sich zusammen. »Wenn meine Worte etwas anderes meinten, als sie zu sagen scheinen, du würdest auch das wissen. Du und ich, wir kennen uns. Du bist meine Freundin.«

Sie gab ihm die Hand. »Verlaß dich auf mich.« Er sagte leichter: »Die Rolle eines gutangezogenen kultivierten Herrn, der die Ansprüche der Proletarier vertritt, ist kaum von hinreichender Romantik, um dich zu überwältigen. Ich verlange nicht, daß sie ohne Wirkung auf dich bleibt. Du sollst wieder einmal spielen. Du Künstlerin!«

»Ich werde gut spielen.«

In ihre Miene spähend: »Vergiß nicht, du hast mein Geheimnis. Gehe gut damit um! Denke an morgen!«

Sie legte den Kopf in den Nacken. »Ich gehöre zu dir.«

Vanloo war fort. Von draußen trat ein Mann in die Halle. Er suche den Herrn Rabener. Gleichzeitig kam Rabener selbst von oben. Hinter seinem Rücken entfloh Liane über die Treppe. »Herr Fritsche? Ein Telegramm?« sagte Rabener. Er las es und schob es in die Tasche. »Warum bringen Sie es selbst heraus?«

Der Mann drehte seinen Hut, er sah Rabener von unten scheel an.

»Nun, es kommt doch wohl aus Berlin.«

»Aber es ist nicht, was Sie glauben. Es geht nur mich an.«

Darüber habe er so seine Vermutungen, sagte der Mann; und keifend: »Die Leute wollen morgen wieder arbeiten. Ach was, Parteivorstand: das sind doch nur Sie. Damit Sie berühmt werden, sollen wir hier hungern. An die Partei soll ich denken? Die Partei wird ruiniert. Die Leute hören schon nicht mehr auf mich. Ist es auch ein Wunder? Wenn sie doch hungern!«

»Leiser!« verlangte Rabener, aber der Mann ward noch lauter:

»Hungern einmal Sie! Dann vergeht Ihnen der Kitzel.«

Da zeigte ihm Rabener den Herrn.

»Gehorchen Sie!«

Sofort fuhr der Mann zusammen.

»Zu Befehl.«

Rabener brachte ihn hinaus, er flüsterte: »Einen Tag noch! Er hält sich nicht, er muß nachgeben. Ich bin meiner Sache sicher.« Der andere knurrte: »Sie reden. Ich werde zum Teufel gejagt werden, und zwar von ihm und von den Arbeitern.«

Liane beugte sich droben über die Treppe, sie waren fort. Inzwischen aber kamen die Gäste hervor. Krall mit Frau, die Gräfin und der General, alle auf einmal wollten gehen, denn die Nacht rücke vor und die Hausfrau scheine beschäftigt. Liane bat flüchtig um Entschuldigung. »Was für ein Tag! Mein Mann ist plötzlich fort, mit Herrn Rabener, glaube ich.«

»Ja, wenn auch Herr Rabener fort ist!« bemerkte Frau Krall. Und die Terwang, ironisch: »Ein Mann, nicht wahr, wie Sie ihn gewöhnt waren beim Theater.« Wohingegen von Pfaff sich entrüstete, weil Vanloo zu weit gehe in seiner Güte für jenen Hetzer. Krall befürchtete sogar, Vanloo schließe einen Sonderfrieden. Liane versuchte zu beschwichtigen. Jeder der Herren sei vielleicht allein fort. »Oder einer ist noch hier«, sagte sofort die Gräfin; und Frau Krall: »Man wird sehen – morgen.«

»Also auf morgen«, sagte Liane und ließ den Diener die Tür öffnen.

»Drehen Sie das Licht ab! Lassen Sie es nur dort bei den Palmen brennen! Bringen Sie Tee!... Herr Rabener, Sie nehmen doch den Tee mit mir?«

Denn wie sie noch sprach, stand Rabener da.

»Es ist noch früh«, setzte sie hinzu. »Mein Mann läßt sich entschuldigen. Die Umstände zwingen ihn, noch zu arbeiten.«

Dann schwiegen sie. Liane horchte. »Es regnet. Wie man sich plötzlich sonderbar allein fühlt! Sie hatten einen nächtlichen Besuch, der aufregend schien. Sie führen eigentlich ein romantisches Leben.«

»Ihr Gemahl ist in seinem Zimmer«, erwiderte er. »Hoffentlich erlauben die Umstände ihm, zu schlafen?«

»Glauben Sie denn, der Streik nehme ihm den Schlaf? Er hat gewiß Ärgeres gesehn.«

Er sah sie an. »Sie vor allem haben Ärgeres gesehn.« Eine Pause; dann gestand sie:

»Es ist wahr, ich habe viel gekämpft.«

»Sie haben um Rollen gekämpft und um das Leben, mit Kollegen, Liebhabern, mit dem Publikum. Zuerst beanspruchten Sie Ruhm und Glück, später nur noch Vergnügen und Ruhe. Sie haben erfahren und waren immer allein.«

Langsam sah sie auf. »Das alles wissen Sie?«

»Ich weiß mehr. Sie haben sich verachtet. Ihr Dasein haben Sie für unedel gehalten und zu denen aufgeblickt, die im ruhigen Besitz waren. Als Ihr Mann Sie heiratete, machte die plötzliche Karriere einer Abenteurerin Ihnen Staunen.«

Sie verzog den Mund. »Nicht für lange.«

»Nein. Denn hier sahen Sie alsbald die Stumpfheit der Reichen und das verkümmerte Innere der Herren, sahen die Schande eines Bündnisses, worin die Besitzenden, aus Angst um ihr Geld, sich demütigen vor den Mächtigen, und die Mächtigen, um sich noch zu erhalten, ihnen als Schergen dienen. Sie erkannten, daß hier die Welt eng und am Ende sei.«

»Sie sind grausam« – und sie wandte sich ab. Er neigte sich über ihre Hand.

»Nur Ihre Hand sehe ich und weiß schon um all die Sehnsucht, die sie so schön gemacht hat. Sehnsucht allein macht vornehm. Sich selber fragwürdig finden, heißt steigen. Die Welt der Zufriedenen ist nicht Ihre.«

Sie stand auf, sie hob die Schultern: »Wollen Sie von sich behaupten, Sie seien bei den Proletariern daheim?«

Er folgte ihr. Sie lehnte die Stirn an die große Scheibe, er sagte:

»Ich könnte behaupten, daß diese Proletarier mit ihrem Ziel, den Söhnen oder Enkeln ein spießiges Wohlleben zu erobern, immerhin die einzigen sind, die für irgendeine gemeinsame Zukunft arbeiten. Von uns andern lebt jeder nur dem Augenblick und sich selbst. Wie das müde macht und leer! Alle Bildung, die wir erwerben, aller Geist, den wir hervorbringen, versickert in unseren Herzen, wie in dürrem Sand. Werden nicht einst alle Menschen geistiger sein und gütiger? Nur in denen, die kämpfen, kann die künftige Menschheit sich vorbereiten. So habe ich hinter dem heutigen schlackenhaften Volk schon das reinere von später heraufkommen gesehen und habe mich in die Reihen derer gestellt, die ihm den Weg bahnen.«

Sie fragte: »Dort sind Sie nun glücklicher?«

Er sagte: »Ich habe lieben gelernt. Jetzt scheint das alles mir nur ein Umweg zu Ihnen.«

Sie lachte auf, ohne ihn anzusehen. »Die Natur ist umständlich. Welt und Menschheit werden bemüht, damit Sie ein Abenteuer mit einer Fabrikantensgattin haben.«

Er griff nach ihrer Hand.

»Liane! Sie lästern, und Sie wissen es. Sie wissen, daß Ihre Welt und meine, daß alles hinter uns zusammengesunken ist. Wir sind allein, sind einander ausgeliefert, und müssen uns lieben.«

Die Finger verschränkt wie zum Ringen und Gesicht an Gesicht: mit welchem wilden Ernst drangen sie ineinander ein durch den Abgrund der Lider!

»Wir sind Feinde«, stieß sie hervor. »Wir kennen uns. Sie begehren mich, um mich zu vernichten.«

Und er: »Sie haben mich verführen wollen, meine Sache zu verraten. Denken Sie noch daran?«

Sie machte sich los. »Mein Gott! Ich sollte die Ihre sein – und morgen –«

»Was ist morgen?« Er richtete sich auf. Sie fürchtete, das Geheimnis ihres Gatten schon preisgegeben zu haben.

»Nichts«, sagte sie beherrscht. »Noch ein Streiktag, nicht wahr? Die Welt geht weiter nach unserem Abenteuer.«

Er trat einen Schritt zurück, er bekam eine Rednerstimme: »Der Streik ist meine Sache, nur meine. In dieser meiner Hand halte ich die Arbeiter. Mir glauben sie. Mit mir gehen sie bis an das Ende, mit mir werden sie siegen.« Seine Stimme ward heiser. »Wollen nun Sie, daß ich hingehe und verrate: alles, meine Sache und Ruf und Leben selbst?« stammelte er noch.

Sie sah ihn an, besinnungslos, wie blind. »Tu's! Ich hasse dich.«

Er sagte prüfend: »Ich kann den Streik beenden, gleich jetzt, in der Minute.«

Er griff in die Brusttasche – zog die Hand zurück, wich bis zur Tür. Sie stürzte ihm nach, den Arm voran, tragödinnenhaft. Sie riß ihn an sich.

»Nein! Ich liebe dich. Du sollst nicht untergehen durch mich. Laß mir, mir den Verrat, ich bin eifersüchtig auf deinen Verrat. Willst du wissen, was ich verraten kann? Wir sind verloren. Noch ein Tag, und wir sind verloren.«

»Dein Mann ist –?«

»Ja. – Er ist nicht zu Hause. Kommt er zurück, wird es entschieden sein. Du siegst. Nun geh und sag's ihnen.«

Sie ließ ihn los. Seine Miene leuchtete auf, er ging schnell zur Tür. »Ich hatte recht« – und er trat hinaus.

Da traf er ihren Blick, der an ihm haftete, ihn zurückholte, der ihm tiefer schien als Sieg oder Verrat, tiefer als das Leben.

»Was willst du?« rief er. »Du hast geglaubt, jetzt werde ich hingehen und dein Geständnis ausnützen? Du hast es mir gegeben wie ein Liebeswort, und ich soll ein Geschäft damit machen?«

Er lag zu ihren Füßen, er küßte ihre Hände. Sie sprach über ihn hinweg. »Das ist nun gleich. Ich gehöre dir, was gehen die Leute hier mich noch an.«

»Und was mich die Leute dort!«

Liane klammerte sich fester an.

»Du hast mir die Frucht von acht Jahren der Arbeit und Selbstzucht geraubt. Was bin ich nun. Deine Geliebte, und will nichts weiter.«

»Ich will dich lieben.« Als risse er sie in sich hinein: »Ein Herz füllen, das ist mehr Liebe, als ein Volk erlösen. In deinem Herzen habe ich alles Dunkle unseres Geschlechts und all seine Größe, habe Eigensucht und Verrat, Glut und Ewigkeitsdrang. Für immer! Du!«

Liane aber: »Du! Nur du bist mir gleichberechtigt, ich kenne nur dich. Es ist dunkel, alles andere ist gestorben. Liebe mich! Ich habe dir die Meinen verraten. Morgen wirst du mich verderben.«

Er, auflodernd: »Nein! Ich bin's, der zum Verräter wird für dich.«

Sie, versinkend: »Wir wissen nichts als diesen Augenblick!«

Sie schraken auf. Schritte nahten. Liane schaltete das Licht aus. Sie schob ihn aus der Tür. Kaum konnte sie selbst noch fliehen; der Diener, verschlafen, in der Weste ohne Rock, schlich durch die Halle, wandte sich um, horchte.

Es dämmerte. Vanloo betrat die Halle. Liane kam ihm schon entgegen.

»Nun?« fragte sie. Der Diener trug Hut und Mantel fort, Vanloo fiel schwer in den Sessel.

»Nichts«, sagte er; und aufblickend, schwer: »Aber du?«

»Ich weiß nichts«, sagte sie hastig. »Er ist gegangen, ohne daß er sich entschieden hat.«

Und der Gatte, sie prüfend:

»Sollte er es jetzt noch wagen, den Kampf fortzusetzen?«

Sie errötete. »Warum jetzt nicht mehr?«

»Er hat sich bei uns kompromittiert«, sagte er und errötete auch. Dann schwiegen sie. Vanloo legte die Stirn in die Hände, Liane stand reglos daneben. Regen fiel in die Stille. Vanloo stöhnte auf. »Was für eine Nacht!«

Er enthüllte seine geröteten Augen, er lächelte verächtlich.

»So sehen Zusammenbrüche aus!«

Kopfschüttelnd: »Ich kannte das alles nicht. Mein Vater, mein Großvater hatten für mich gekämpft. Dieser Krall würde sich wohl anders benehmen. Verzeih mir!«

»Mein Freund«, murmelte Liane.

»Auf dich«, sagte er mit Selbstüberwindung, »hatte ich mehr gerechnet als auf mich.«

»Wie denn«; – und sie trat zurück. Sein Blick ward trübe.

»Um ihn zu beseitigen. Ich sah, daß er dich liebt.«

Sie schwieg. Er begann wieder.

»Und da ich tief überzeugt bin, daß du diese Dinge weit hinter dir hast – Was sollte dir solch ein Rausch. Du bist doch angewiesen, nicht wahr, auf Überlegenheit, auf vornehmen Frieden.«

Er forschte angstvoll. Sie blieb reglos. Plötzlich erschlaffte er.

»Nein. Ich war nicht überzeugt. Ich war deiner nicht sicher, als ich dich zu ihm schickte.«

Er wandte sich ab.

»Du bist aus einer anderen Welt, von einer fremden Rasse.«

Er lauschte. Da sie weiter schwieg, sank er noch mehr zusammen.

»Vielleicht war ich dir niemals gewachsen. Jetzt jedenfalls bin ich auf alles gefaßt. Sprich doch!« rief er, und seine Stimme überschlug sich. »Hast du nicht gefunden, dies sei der Augenblick, mich zu verraten?«

Er warf sich herum: sie zuckte zusammen. Aber ihr starrer Blick ging über ihn hinweg, durch die Scheibe ins fahle Frühlicht. Er sagte grabend:

»Du glaubst doch nicht, ich habe dich aus Unwissenheit der Versuchung entgegengeschickt. Auch nicht aus Verworfenheit. Vielleicht aus Verachtung. Da mir schon alles zusammenbrach, sollte auch das noch fallen, was schon wankte. Du solltest die Wahl haben, mich zu verraten oder mich zu retten.«

Sie sagte, von dort oben: »Ich wollte dich retten.«

Er haschte nach ihrer Hand, er zitterte, seine Stimme flog.

»Ist es wahr? Ist es wahr?«

»Aber es ist anders gekommen«, sagte sie.

»Weil er gemein ist, nicht wahr? Weil er zuviel wollte?«

»Denn du deinerseits gehst nur bis zu einer gewissen Grenze«, sagte sie. Er erwiderte: »Wo ist in unserem Leben das Grenzenlose. Hast du es bei ihm vermutet? Nun sieh, so begrenzt war seine Liebe, daß nicht einmal dein Vertrauen ihn hochherzig stimmen konnte.«

Da fuhr sie herum. »Wie denn? Welches Vertrauen?«

»Du hast ihm mein Geheimnis gesagt. Du hast es ihm doch gesagt? Du wußtest, daß du es tun mußtest.«

Sie schrie auf: »Nein!«

»Natürlich wußtest du's. Wozu hatte ich es dir erzählt? Damit du hingingst und ihn beschämtest. So sind wir, so ist das Leben. Wir hatten uns verstanden.«

»Nein! Nein!«

Sie spreizte die Hände, in ihren Mienen jagten sich Abscheu und Angst. Da kamen Schritte die Terrasse herauf, in der Tür erschien der Fabrikant Krall.

»Sie sind auf?« rief er. »Dann wissen Sie also das Neueste? Die Kerle arbeiten wieder.«

Vanloo sah Liane an: sie griff sich ans Herz – und dann ging unaufhaltsam ein stolzes Lächeln über ihr Gesicht. Mein Geliebter, fühlte sie, hat alles mir hingegeben, hat sich verraten an mich.

»Sehen Sie denn nicht, was bei Ihnen los ist«, sagte Krall. »Seit einer Stunde stehe ich im Regen vor meinem Werk, weil Herr von Pfaff mir versprochen hatte, heute wird Schluß gemacht mit dem Pack. Ich traue meinen Augen nicht, da gehen sie friedlich zur Arbeit. Ihnen macht das aber wenig Eindruck«, sagte er zu Vanloo.

»Ich bin müde, oder vielmehr, diesen Ausgang hatte ich vorausgesehn« – und Vanloo erhob sich. »Kommen Sie, ich will mich überzeugen.« Aber er sah jemand eintreten.

»Herr Fritsche? Sie wollen mir wohl sagen, daß wir uns wieder versöhnen.«

»An mir hat es nicht gelegen, Herr Vanloo« – und der Mann schlug sich an die Brust. »Gestreikt muß wohl mal werden, das werden Sie ja einsehn, es ist wegen der guten Gesinnung. Aber dann muß auch wieder gearbeitet werden.«

»Sehr richtig«, sagte Krall.

»Wir wollten alle schon längst, ich besonders. Nur der Herr, den sie uns aus Berlin geschickt haben, ist schuld« – und der Mann schüttelte die Faust.

»Es war sein Amt«, sagte Vanloo.

»Nein, war es nicht. Die Partei ist sich ihrer Verantwortung bewußt, bloß der Herr Rabener nicht. Wie gestern abend der Befehl gekommen ist, die Arbeit wieder aufzunehmen, wissen Sie, was er da getan hat? Das Telegramm hat er in der Tasche behalten.«

»Das ist ja ein Schuft!« rief Krall. Die drei Männer traten aufgeregt zueinander; sogar Vanloo hob die Arme. Sie gingen gemeinsam fort. Vanloo sah wohl, daß Liane, an die Wand gelehnt, sich mit Mühe aufrecht hielt; aber er ging.

... Als sie endlich aufsah aus ihrem Sessel, stand Rabener da. Sie erhob sich streng. Sie sahen sich an. Er brachte hervor:

»Ich bin gekommen, mir mein Urteil zu holen.«

Sie nickte. »Der Streik war schon beendet, und Sie wußten es schon, als Sie sich noch eines Einflusses rühmten, dessen niemand mehr bedurfte.«

Seine Brust arbeitete.

»Ja, ich habe Sie betrogen. Ich habe vorgegeben, Ihnen alles zu opfern, alle zu verraten – und ich vermochte schon nichts mehr, nichts, als Sie zu lieben.«

»Ein Komödiant hat mich überlistet«, sagte sie. »Was weiter. Ich nehme mich zurück, nichts ist geschehn.«

»Nein! So denken Sie nicht. Sie wissen: hätte es noch in meiner Macht gestanden, den Verrat zu begehen, ich hätte ihn begangen.«

Sie hob die Schultern; dringlicher sagte er:

»Sie haben gefühlt, daß ich ehrlich war mitten im Betrug, daß ich Ihnen mein Leben darbrachte. In Wahrheit waren meine Welt und Ihre, war alles hinter uns versunken.«

Plötzlich neigte sie das Gesicht auf die Brust, er sah sie lautlos schluchzen.

»Liane!«

Sie drängte ihn sanft zurück. »Lassen Sie! Ich darf nicht über Sie richten. Ich verstehe Sie. Auch mein Verrat war falsch. Ich hatte den Auftrag bekommen, Ihnen das Geheimnis meines Mannes preiszugeben, um Sie zu rühren.«

Da er zurückwich, beschwor sie ihn:

»Jetzt verachten Sie mich? Aber auch ich hatte alles vergessen und fühlte nur noch Sie und mich in dem Dunkel dieser Nacht, als sollte es sich nie mehr lichten.«

»Ich weiß«, sagte er. »So habe ich's erlebt, Liane! Wir gehören dennoch zueinander.«

Sie schüttelte langsam den Kopf.

»Aber das Dunkel hat sich gelichtet, und wir gehören zu sehr zusammen, durch unsere Listen, unsere Vorbehalte. Ohne Selbsttäuschung sehen wir uns nun wieder, jeder in seiner Welt, die eine Zuflucht ist vor dem anderen – und sagen uns Lebewohl.«

Er rang die Hände.

»Das können Sie glauben? Wir lieben uns doch! Was bedeutet alles andere!«

»Nein«, sagte sie. »Wir lieben uns nicht. Wir haben mehr gewollt als solch eine Liebe. Wir wollten etwas Ungeheures. Jetzt könnten wir uns nichts mehr geben als Bitterkeit.«

Da senkte er den Kopf.

»Leben Sie wohl«, sagte sie, Wort für Wort.

Er fuhr auf, sein Blick flog wirr über sie hin, über ihr Haar, ihre Arme, dies verlorene Gesicht.

»Nie mehr?« sagte er, indes er schon ging. »Sie werden mich zurückrufen.«

Noch bei der Tür suchte er nach einem Wort, sich anzuhalten.

Sie sah ihm starr nach, schon von so fern; da überschritt er die Schwelle.

Die Ehrgeizige

Daß er der Frau des Gemeindesekretärs die schöne Alba Nardini vorzog, mußte der junge Tenor Nello Gennari mit dem Leben büßen. Frau Camuzzi hatte geschickt gehandelt; niemand ahnte, sie sei es gewesen, die Alba auf die Frau des Schneiders eifersüchtig gemacht und sie in solchen Wahnsinn getrieben hatte, daß sie den Geliebten und sich erstach. Ungefährdet hätte sie weiterleben können. Vier Wochen später aber verschwand sie aus der kleinen Stadt.

Von Florenz schrieb sie ihrem Gatten, daß sie den Gedanken nicht länger habe ertragen können, sie solle an seiner Seite altern. Denn er habe keinen Ehrgeiz. Statt sich in die Politik zu werfen, zu handeln, zu steigen, statt seiner Frau, die nach ihnen lechze, die Höhen der Welt zu erschließen, halte er sie nieder, lasse sie verkümmern im Dunstkreis seiner trägen Skepsis; und die Macht in der Stadt behalte ein Marktheld wie der Advokat Belotti. Noch sei sie jung; und so habe sie denn auf eigene Verantwortung den Schritt getan, den er sie nicht habe führen wollen. Als Geliebte des berühmten Künstlers Cavaliere Giordano trete sie in die große Welt ein, der sie sich gewachsen fühle. Mit vollem Bewußtsein habe sie sich ihr Schicksal geschaffen. Camuzzi solle nicht versuchen, sie zu hindern, es wäre unnütz.

Die Wahrheit war, daß sie sich dem alten Giordano nicht aus Ehrgeiz hingegeben hatte, sondern im Dienst ihrer Rache an Nello Gennari, und daß sie es schon getan hatte, als er in der kleinen Stadt weilte. Ein ahnungsloses

Wort des alten Sängers hätte das Mißverständnis zerreißen können, dem der junge erliegen sollte. Darum behielt Frau Camuzzi ihn bei sich im Zimmer, bis endlich die ganze Operntruppe von dannen war und Nello sich im Hause des Schneiders verborgen hatte, unwissend, daß er nicht bestimmt sei, mit Alba zu fliehen, vielmehr mit ihr zu sterben... Nun aber waren sie fort, die Komödianten. Die kleine Stadt, die dank ihnen kurze Zeit ein gesteigertes Lebensgefühl gekannt hatte, fiel zurück in um so grauere Nüchternheit, und Frau Camuzzi hinter ihren verschlossenen Fensterläden litt die Qualen der lebendig Begrabenen. Sie hatte sich gezeigt, wer sie war und was sie vermochte. Dort oben in der steinigen Erde des Friedhofs lagen zwei, deren Verhängnis, allen unbekannt, sie gewesen war. Im Bewußtsein ihrer entsetzlichen Macht saß sie stundenlang reglos auf ihrem Bett, die Augen in den großen schwarzen Augen, die aus dem Spiegel starrten. Plötzlich aber drückte sie sie ins Kissen, krümmte sich ganz zusammen und erstickte ihr Stöhnen. Denn ihre Macht war Ohnmacht gewesen: sie hatte nicht machen können, daß Nello sie liebte! Jene beiden verhöhnten sie noch aus dem Grabe. Nachts hörte sie ihre Stimmen; sie sprachen von Umarmungen, die sie ihr stahlen. »Nello, ich töte dich!« – »Das hast du schon getan. Was kannst du noch? Ich liebe Alba.« Dann, Gesicht und Hals naß von Tränen, erwachte sie, und neben ihr atmete wohlig dieser Mann, dem es gut ging, da er sein Leben lang Gemeindesekretär und ihr Gatte zu sein dachte. Das nicht, das nicht! – und eines Morgens in der Dämmerung bestieg sie drunten am Stadttor ein Wägelchen, weil für solch eine kleine Stadt beides zu groß gewesen war, ihre Tat und ihre Liebe.

Der Gemeindesekretär in seiner tiefen Überzeugung, daß die Welt trotz aller menschlichen Anstrengungen doch immer am selben Fleck bleibe und eigentlich nichts geschehe, war sehr erstaunt, als ihm seine Frau durchging.

Er machte die Reise nach Florenz, bestellte sie in ein Café, und sie kam auch, denn sie kannte ihn. Er sagte ihr nichts, was ein maßvoller und klarsichtiger Mann nicht sagen konnte. Er wollte sie an keine Empfindung erinnern, die sie daheim zurückhalten könne. Kinder seien nun einmal nicht da, und für sich selbst bitte er nicht. Aber sie sollte ihre eigenen Chancen erwägen. Die seien nicht groß, denn sie kenne die Welt nicht, sei, was sie sich auch einbilde, eine Kleinstädterin und auch nicht schön genug für das, was sie vorhabe, nicht von der verführerischen, den Mann herabziehenden Schönheit, die solchen Frauen zum Erfolg verhelfe.

»Aber jene haben keinen Verstand, und ich weiß, was ich will. Übrigens bleibt mir keine Wahl, denn bei dir kann ich nicht länger leben.«

Der Gatte gab zu, daß man mit dieser Tatsache rechnen müsse. Er halte sie für krank, werde dies zu Hause angeben und ihre Rückkehr innerhalb der nächsten acht Wochen in Aussicht stellen. Sie sei ihm stets willkommen; Gewalt und Skandal lägen nicht in seiner Absicht. Romantische Einflüsse trügen wohl die Schuld an allem, wiederholte er mehrmals; und er nannte sogar den Namen Nello Gennari, wenn auch ohne unvorsichtige Folgerungen. Er war ein kluger Gatte. Frau Camuzzi, die seiner Einladung nur gefolgt war, weil es nichts zu befürchten gab, haßte ihn, wie er nun fortging, ohne sich aufgeregt zu haben, noch heftiger.

Andererseits war das Zusammenleben mit dem Cavaliere Giordano nicht reich an Reizen. In seinem Hause war der Aufenthalt einer Frau nicht vorgesehen. Die Zimmer glichen Ausstellungen von Porzellan und Goldwaren; unter jeder Vase, jedem Schrein eine Tafel: »Von Seiner Majestät dem Kaiser von Rußland«, »Von der Stadt Buenos Aires«; und in seinem Schlafzimmer hingen die alten goldenen Kränze, »Vom Maestro Rossini«, »Von Madame

Ratazzi«, über allen Wänden und bis auf das Bett des alten Sängers; dies Prunkbett, mit rotem Damast zwischen den vergoldeten Schnitzereien, war ein Geschenk der Kaiserin Eugénie. Frau Camuzzi saß des Abends mit ihm im Café, als einzige Frau unter seinen Freunden. Wenn alle anderen fort waren, blieben sie beide noch sitzen; der Alte wartete auf den Schlaf, und sie spielten Domino.

Er blies sich auf, sooft er mit ihr durch die Straßen ging. Die Grüße nahm er mit bedeutsamem Lächeln an, und auf Glückwünsche entgegnete er:

»Man sieht wohl, der Ruhm ist nicht eitel. Wir berühmten Männer haben vor euch andern dennoch etwas voraus; denn in einem Alter, wo Schönheit und Kraft nicht mehr für uns werben, ist es unser großer Name, der eine Frau von weitem herbeizieht. Dies Geschöpf wäre zugrunde gegangen ohne mich.«

Sie hatte es ihm gesagt, und er war überzeugt davon. Geschmeichelt durch die Macht, die ihm, so spät noch, über ein Leben gegeben war, faßte er eine wahre Zuneigung für die junge Frau. Vor dem Schlafengehen, wenn er sie schon auf die Stirn geküßt hatte, behielt er manchmal noch, väterlich und gedemütigt zugleich, ihre Hand in der seinen. Warum hatte er sie nicht früher gekannt, als er einer Frau mehr zu sein vermochte als heute! Freilich würde er damals den Wert einer Liebe wie der ihren vielleicht nicht verstanden haben. Das Leben war grausam, man mußte auf Gott hoffen... Um so freigebiger kam er allen Wünschen seiner Freundin zuvor. Man begann, wo sie vorüberfuhr, nach dem Namen dieser eleganten Frau zu fragen. Der alte Sänger sah sich nach einer Villa um, die er ihr zu schenken dachte. Denn sein Haus hatte er als Museum seines Ruhmes der Stadt vermacht.

Dies alles aber war nicht geeignet, dem jungen Gino zu gefallen, einem liebenswürdigen Bummler, der neben dem Spiel und den kleinen Geschenken der Frauen mit nichts so sehr rechnete wie mit der offenen Hand seines Onkels, des Cavaliere Giordano. Die hübsche Intrigantin, die sich bei dem armen Alten eingenistet hatte, mochte ihm, Gino, immerhin süße Augen machen, das hinderte nicht, daß er sich bedroht fühlte. Was wollte sie? Den Alten heiraten? Oder ihn selbst, den gesetzlichen Erben? Manchmal verliebte er sich für einen Abend; und manchmal verfolgte er das Ziel, sie zu verführen und sich von seinem Onkel mit ihr erwischen zu lassen. Frau Camuzzi selbst erlöste ihn aus seinen Zweifeln. Die Erbschaft des Sängers schien ihr nicht bedeutend genug, um ihretwegen die Laufbahn, der sie sich bestimmte, mit einem Skandal zu eröffnen. Eines Nachmittags, als der Alte schlief, rief sie den Neffen in ihr Zimmer. Die roten Vorhänge belebten ihre Haut, ihre Matinee war kleidsam; der junge Mann zeigte sich angeregt, sie hatte Mühe, ihn an den Ernst des Lebens zu erinnern. Ihre Interessen widersprächen sich gar nicht. – Nein, erwiderte er, denn er werde glücklich sein, sie zufrieden zu sehen, sogar auf seine Kosten.

»Das ist eine unvorsichtige Äußerung. Aber es ist, als sei sie nicht getan, denn von mir haben Sie nichts zu befürchten, ich werde Florenz bald verlassen haben.«

Und auf seine enttäuschten Ausrufe:

»Warum sollten wir nicht offen miteinander reden? Wir kennen uns, weder Sie noch ich halten uns hier im Hause zu unserm Vergnügen auf. Ich bin hergekommen, um durch den Cavaliere mit Leuten bekannt zu werden, die mir nützen könnten; denn ich habe höhere Zwecke, als Sie glauben.«

Indes er die Augen aufriß, setzte sie ihm auseinander, daß sie sich überzeugt habe, in Florenz sei weder viel Geld noch große Macht zu erwerben. Die Gesellschaft sei vorurteilsvoll, das politische Treiben belanglos. Er rühme sich doch seiner Bekannten in Rom, aller dieser Journalisten, dieser Deputierten.

»Das bewegte Leben, der weitverzweigte Einfluß, die Intrigen, das ist's, was mich anzieht. Welches Spiel mit Menschen treibt ein Mann wie der Conte Malfigi, und welches Spiel würde erst eine Frau treiben, die ihn in der Hand hätte!«

Der junge Gino lächelte überlegen zu den abenteuerlichen Vorstellungen dieser kleinen Provinzlerin; er öffnete den Mund, um über den Conte Malfigi etwas zu erzählen, besann sich aber rechtzeitig. Er wollte ihr helfen, bei seinen Verbindungen sei es leicht. Sie möge auf ihn zählen. Und er nahm Abschied, beruhigt über die Zukunft seines Erbes, aber übelwollend gestimmt, weil in den Plänen der interessanten Frau ihm selbst eine so untergeordnete Rolle zugeteilt war.

Schon tags darauf kam er wieder zur selben Stunde und in Begleitung eines schönen, bedeutenden Mannes gegen vierzig. Er stellte vor: Conte Malfigi. Denn es traf sich außerordentlich, der berühmte Politiker und Lebemann war vorübergehend in Florenz. Er erklärte, die Einladung seines jungen Freundes sei ihm ein längst gesuchter Anlaß gewesen, die schöne und ungewöhnliche Frau kennenzulernen, von der man auch in Rom schon spreche. Er blieb bis kurz vor dem Erwachen des Cavaliere Giordano. Dieselbe Stunde führte ihn das zweitemal zu Frau Camuzzi, und Gino fehlte. Ihre dritte Zusammenkunft aber verlegten sie bereits in ein möbliertes Hotel außerhalb des Zentrums der Stadt. Der mächtige Mann zeigte sich begeistert von seiner Eroberung; er sei entschlossen, Florenz nur mit ihr zu verlassen. Sie sagte einfach: »Ich liebe dich, ich folge dir.« Garantien zu verlangen, verschmähte sie, sie vertraute ihrer Kunst.

In Rom bezogen sie nicht den Palazzo Malfigi, sondern wählten, um sich einige Tage ungestört zu lieben, ein kleines Hotel, wo der Conte unbekannt war. Erst des Abends gingen sie aus, beschränkten sich im Theater auf die Rückplätze der Logen, in den Restaurants auf die separierten Salons und hatten wirklich das Glück, unbeachtet zu bleiben. Der Conte vermied es sogar, sich Geld zu holen. Als er keins mehr hatte, gab Frau Camuzzi das ihrige her. Endlich erklärte er, den Sitzungen der Kammer nicht länger fernbleiben zu können; er wolle sie nun in sein Haus führen. Sie widerstand nur zum Schein; der Liebestraum währte ihr schon zu lange. Wie sie beim Bahnhof vorüberkamen, wunderte er sich, daß sein Wagen nicht da sei. Sie nahmen eine Droschke. Er war bleich und seufzte oft. Plötzlich sagte er:

»Nun ist das Unglück geschehen, ich liebe dich wirklich.«

»Ist das ein Unglück?« fragte sie.

Er sagte: »Unter diesen Umständen wohl. Denn ich sollte dich nur zum Scherz lieben, da ich ja gar nicht der Conte Malfigi bin.«

Sie sank hart auf das Polster, ihre Augen waren schwarz wie nie, und ihre Lippen lagen weiß aufeinander. Er hatte vollauf Zeit zu berichten. Er war ein Versicherungsbeamter und mit dem jungen Gino befreundet, der ihn angestiftet und ihn mit Geld versehen hatte.

»Aber jetzt liebe ich dich. Verzeih mir und bleibe bei mir!«

Sie ließ den Wagen halten und sagte:

»Steigen Sie aus!«

Dann fuhr sie weiter, ohne zu wissen, wohin. Nach Florenz konnte sie nicht zurückkehren; in ihrem Abschiedsbrief an den Cavaliere Giordano stand ein unvorsichtiger Satz mit Bezug auf die Prahlereien des Alten, die sie so oft gedemütigt hatten. Wie sollte sie auch nur den Kutscher bezahlen? Schließlich ließ sie sich zu einem Juwelier fahren und verkaufte einen Ring.

Sie mietete ein Zimmer, das ärmste, billigste, das zu finden war, und in dem Augenblick, da sie es betrat, schwur sie sich, nur gegen den Palazzo Malfigi werde sie es vertauschen. Sie stellte sich diese Aufgabe als Buße ihrer Einfalt. Je schwerer sie war, desto schauerlicher die Wollust der Anspannung. Eine mittellose Frau, nicht mehr ganz neu angezogen, ohne einen einzigen Bekannten in dem gierigen Gewimmel der Hauptstadt – und nahm sich vor, bis in ihre begehrteste Mitte vorzudringen und eine ihrer Herrinnen zu werden. Sie besuchte das Parlamant und ließ sich den Abgeordneten Malfigi zeigen. Es war ein halber Greis von fünfundfünfzig, etwas lächerlich zurechtgestutzt. Er redete auch und machte ein paar Witze über die Priester. Frau Camuzzi mußte an den Advokaten Belotti denken, den großen Freigeist ihrer kleinen Stadt, der den Pfarrer Don Taddeo bekämpfte, aber gleich dem letzten alten Weib an die Evangelina Mancafede glaubte, die Unsichtbare, die aus ihrem dunklen Winkel hinter dem Turm nie hervorkam und dennoch alle Schicksale der Stadt kannte, noch bevor sie eintraten. Die Kammer und ihre Redeschlachten schienen ihr ein vergrößertes Abbild des heimischen Marktplatzes. Wenn zu Hause der Baron Torroni durchaus nicht wollte, daß der Wirt Malandrini zum Stadtverordneten gewählt werde, so fürchtete er von ihm einen Streich, weil er mit seiner Frau etwas gehabt hatte. Und Frau Camuzzi sah sich auf der Tribüne des Parlaments die Damen an, die den Reden der Abgeordneten zuhörten. Welche von ihnen stak hinter dem, was jetzt gesagt wurde? Später einmal würde es hier gewichtige Herren geben, durch deren Mund sie selbst ihren Einfluß spielen ließ und ihre Geschäfte besorgte!

Dann ging sie ins Café Aragno, um von den Journalisten die Kulissengeheimnisse zu erlauschen. Sie saß da mit ihrer Zigarette, unbeteiligt und unnahbar. Die jungen Leute taten vergeblich wichtig voneinander, damit sie hinsähe. Als eines Tages mitten aus dem Rudel hervor ihr Landsmann Savezzo auf sie zukam, begrüßte sie ihn kühl, obwohl sie die ganze Zeit auf ihn gewartet hatte. Er sah noch abgeschabter aus als daheim, aber auch noch verbissener. Er war auf dem Marsch! Die Gesellschaft korrupter Mittelmäßigkeiten hier hielt zusammen gegen ihn und sein Talent, wie zu Hause die Clique der Herren. Aber er würde eindringen und hindurch, hinan! Er erzwang sich Achtung mit Artikeln in den kleinen Revuen, wo die Kommenden drängten und bohrten. Schon war, beim Krach der Allgemeinen Kreditbank, da die Entrüstung im Publikum überhandnahm, eine große Zeitung genötigt gewesen, ihm ihre Spalten zu öffnen, als der Stimme der Jugend.

Er erlangte mit Mühe die Erlaubnis, ihr seine Freunde vorzustellen, mußte aber sofort bemerken, daß mehrere, die schon über Verbindungen verfügten, besser behandelt wurden als er. Eines Abends erschien sie nicht, und auch einer der jungen Leute blieb fort. Am nächsten Tage erwartete Savezzo sie auf der Straße, um ihr eine Szene zu machen. Sie antwortete, sie sei gestern nicht gekommen, weil sie Gelegenheit gehabt habe, eine ihr wichtige Persönlichkeit kennenzulernen: den Sekretär des Abgeordneten Malfigi. Auch eine Ehre, meinte Savezzo; der Sekretär eines ausgesogenen Lebemannes und erledigten Politikers, den schon keine Frau mehr plündere und kein Finanzmann mehr besteche. Er selbst, Savezzo, habe ihn längst gebrandmarkt. Eine überlebte Figur, nur noch vorhanden, weil die Provinz fortfahre, an die alten Größen zu glauben. Frau Camuzzi antwortete darauf nicht, und Savezzo, der ihr nachspürte, hatte noch oft die schlimmste Eifersucht zu leiden. Denn sie erhörte ihre jungen Kameraden dafür, daß sie sie in eine Gesellschaft einführten, oder nur für eine nützliche Auskunft, an Tagen der Not sogar, um essen zu können. Sie machte ihre härteste Zeit durch. Savezzo knirschte, weil nur er davon nichts hatte. Welch ein Sieg über die hochmütige Sippe daheim, hätte er eine ihrer Frauen in seine Gewalt bekommen! Frau Camuzzi scheute gerade seine Indiskretion. Wenn er ihr sagte: »Wir werden zusammen steigen! Allen diesen Leuten werden wir den Fuß in den Nacken setzen!«, so lächelte sie nur. Sie war überzeugt, er werde nicht durchdringen, mit brutaler Empörung sei nichts zu machen. Sich anschmiegen, sich hineinstehlen in die Welt der großen Diebe, hassen, verführen und betrügen: das war der Weg.

Auch dem Sekretär des Conte Malfigi schlug endlich die Stunde, da Frau Camuzzi ihn glücklich machte; und sie schlug keinen Augenblick früher, als bis er die Bedingung erfüllt und Frau Camuzzi eine Stellung bei seinem Herrn verschafft hatte. Jetzt wohnte sie also im Palazzo Malfigi, und der Abgeordnete diktierte ihr seine Reden, die sie geistreicher niederschrieb, als sie waren. Freudig erstaunt über seine Erfolge in der Kammer, ward er aufmerksam auf seine Mitarbeiterin, für deren Eifer es offenbar nur die Erklärung gab, daß sie ihn liebte. Sooft er ihr nun diktierte, ließ er jedem andern die Tür verbieten. Er bekundete ihr sein Interesse; und sie widerstand. Sie zeigte sich ihm als Frau von Erziehung und Menschenkenntnis, erworben durch schwere Schicksale; gab ihm Winke über Leute, die ins Haus kamen, und Ratschläge, die sich bewährten. Seine Begriffe von ihr veränderten sich schnell so weit, daß er sie zur Tafel hinzuzog, auch wenn Senatoren und Minister da waren. Die Hausgenossen bekamen Befehl, ihr als einer Dame von Rang zu begegnen. Sie würden ohnedies nichts anderes gewagt haben, denn Frau Camuzzi hatte längst jeden von ihnen in der Hand. Sie kannte die Diebereien der Diener, machte dem Kaplan Komplimente über sein blühendes Aussehen, wenn er die ganze Nacht dort oben im vierten Stock seinen kleinen Freunden ein Gelage gegeben hatte; und was den Haushofmeister betraf, hatte Frau Camuzzi die Vorsicht geübt, Briefe zu öffnen, die er von der bisherigen Geliebten des Conte

Malfigi bekam; sonst hätten die beiden ungestört dem armen Conte die Vaterschaft zuschieben können an dem Kind, das erwartet wurde. Am meisten betroffen aber war der Sekretär. Er hielt es kaum mehr für wahr, daß er einmal vertrauliche Beziehungen gehabt haben sollte zu der Frau, die nun das Haus und den Herrn beherrschte und ihm selbst die Mitwisserschaft an dem, was vorging, schon vollständig abgenommen hatte. Er tröstete sich damit, daß die ganze Herrlichkeit auch sonst nicht mehr lange gedauert haben würde; denn so viel konnte er sich sagen, daß das neuerdings so zerfahrene Wesen seines Prinzipals mit dem bevorstehenden Prozeß der Kreditbank zusammenhänge. Sein Name war auf der Liste der Bestochenen, das wußte im Café jeder; und morgen oder übermorgen konnte es in den Zeitungen stehen.

Frau Camuzzi, die noch mehr wußte, ließ den Conte schon seit acht Tagen keine Minute aus dem Auge. Zu seinen Verabredungen folgte sie ihm heimlich in einem Mietswagen. Zog er sich in sein Arbeitszimmer zurück, blieb sie an der Tür und lauschte. Einmal stöhnte er ungewöhnlich viel, sie hörte ihn Schiebladen öffnen und zustoßen, dann ein merkwürdiges Knacken: da trat sie ein. Malfigi hielt einen Revolver in der Hand. Sie nahm ihn ihm fort und sagte:

»Glauben Sie denn wirklich, daß es so schlimm steht?«

Er deutete nur nach dem Schreibtisch, auf ein neidgelbes Heft des »Morisators«. Sie kenne den Artikel, sagte Frau Camuzzi; schon vor seinem Erscheinen habe sie ihn gekannt. Der Verfasser, dieser Savezzo, sei ihr Freund.

»Und Sie haben mir nichts gesagt! Sie sind also auch meine Feindin?«

Sie setzte ihm auseinander, daß dieser Savezzo ein Fanatiker sei, vielmehr ein Mensch, der seinen Erfolg auf der Wahrheit zu begründen hoffe, wie die andern auf dem – Entgegenkommen. Mit Geld sei er nicht aus dem

Wege zu räumen, Malfigi habe schon genug Geld ausgeteilt.

»Fast mein letztes«, und er raufte sich das spärliche Haar. »Auch dem Senator Russo habe ich Geld gegeben, damit seine Zeitung schweigt. Und jetzt klagt uns dieser Mensch gemeinsam an!«

»Aber das ist das Beste, was geschehen konnte, und es hat mich unendlich Mühe gekostet, das Material gegen Russo zu beschaffen.«

»Wie? Sie? Sie sind es, die mich umbringt?«

Es dauerte lange, bis sie ihn soweit hatte, daß er ihr zuhörte. Eine Anklage von seiten des Savezzo sei die sicherste Rehabilitierung, die einem Verdächtigen widerfahren könne. Die Presse, die für sein Geld vielleicht nicht immer nach Wunsch gearbeitet haben würde – ihr sei darüber einiges bekannt geworden –, jetzt werde sie eine Phalanx des Schweigens bilden gegen den Verräter, der sie selber fortwährend besudle und auch in diesen Angriff einen der Ihren verwickle. Kein Zeuge werde sich noch finden lassen, der vor Gericht die Echtheit der den Abgeordneten und Exminister Malfigi belastenden Schriftstücke zugebe. Sogar die Mühe des Leugnens werde er sich sparen können, denn auch das Gericht werde seinen Namen mit Schweigen verdecken. Schließlich sagte er tiefgerührt:

»Dann wären Sie meine Retterin.«

»Nicht ich«, erwiderte sie langsam. »Ich habe viel zur Madonna gebetet. Auch Sie sollten es tun.«

»Sie sind also fromm?« Er wollte lachen. Aber sie fragte ihn, ob er sicher sei, daß dies alles nicht eine Strafe der Madonna sei, die er so oft verleugnet habe. Sie erhob die gefalteten Hände.

»Die schöne alte Madonna Ihres berühmten Geschlechts, das sie immer beschützt hat! Wie lange schon wartet sie vergebens auf Sie in der Kapelle dieses Hauses!

Sie müssen zu ihr zurückkehren, versprechen Sie es mir, noch heute nacht!«

Er gestand, daß er daran gedacht habe. Denn man könne nie wissen. Auch sein Kaplan habe ihm davon gesprochen.

Das wußte Frau Camuzzi, denn sie selbst hatte es bewirkt.

»Aber erst Ihre schönen Augen bestimmen mich.«

Und als alle schliefen, schlich er hinunter. Die Tür der Kapelle kreischte; Malfigi hielt an, er schämte sich, und er ward eigentümlich bedrückt von diesen lange gemiedenen Schatten, aus deren Tiefe es unsicher flimmerte. Vor der Madonna brannte die silberne Lampe wie in seiner Kindheit. Malfigi wollte schon hinknien wie einst, besann sich aber und breitete zuerst ein Taschentuch über die Altarstufe. Dann sah er unschlüssig hinauf in die Augen der Madonna, die groß, schwarz und voll geheimnisvollen Lebens waren. Sie schienen zu wissen, daß sie ihn ansahen, ja, sie schienen Erlaubnis zu nicken... und da betete der Abgeordnete. Er betete, daß die Zeitungen schweigen und das Gericht sich nicht mit ihm beschäftigen möge. Die Madonna sah ihn an, als sei sie mit allem einverstanden. Hoffnung überflutete sein Herz, er weinte. Wie er sich aber die Augen trocknete, gewahrte er, daß auch im Auge der Madonna ein Tropfen hing; nun fiel er auf den Altar! Malfigi sprang auf, besinnungslos, zum Schreien bereit. Die Wand entlang schlich er nochmals hin. Hatte er sich nicht getäuscht? Nein! Jesus! Die Augen des Bildes waren ihm gefolgt. Da floh er, stolperte hinaus und hielt sich das Herz. Er beruhigte sich: Malfigi empfand Zorn, weil er sich hatte verjagen lassen, und einen fast jugendlichen Drang, den Rausch dieses Wunders weiter zu erleben, ihm auf den Grund zu kommen, sei es mit Gefahr des Lebens. Er lauschte noch im Dunkel des Vestibüls: da schwebte eine Gestalt in langem Mantel aus der Kapelle hervor, an ihm vorbei und die Treppe hinan. Er hastete hinterdrein, verlor sie in den Korridoren, irrte umher und suchte. Wie er dann sein Zimmer betrat und Licht machte, sahen aus dem Vorhang am Bett die Augen der Madonna! Er stürzte darauf los, der Vorhang öffnete sich...

»Du hast mir mein Jugendfeuer zurückgegeben«, sagte eine Stunde später der Conte Malfigi. »Jetzt liebe ich dich wirklich.«

»Dann verstehst du auch«, erwiderte Frau Camuzzi, »warum ich früher noch nicht gewollt habe. Fürchtest du dich jetzt noch vor dem Prozeß?«

»Nein. Durch dich bekommt man Mut.«

»Und bedenke, daß du morgen deinem Kaplan von einem Wunder zu berichten hast. Er wird damit in den Vatikan laufen. Jetzt schützt die Kirche dich. Wollen die freimaurerischen Gerichte dir etwas anhaben, wird es heißen, es sei nur die Rache für deine Bekehrung.«

»Daran dachte ich gar nicht. Wie du rechnen kannst!«

Ihm blieb noch eine Sorge.

»Ich verstehe schon, du hast dem Bilde die Augen ausgeschnitten. Aber wird man es nicht sehen?«

»Wie kannst du denken?« sagte Frau Camuzzi. »Dem kostbaren alten Bild? Natürlich habe ich eine Kopie genommen.«

Der Abgeordnete Malfigi ward im Prozeß der Kreditbank nicht genannt, vielmehr berief man ihn an die Spitze dieses Finanzinstituts. Im Parlament war er fortan eine Stütze des patriotischen Klerikalismus. Frau Camuzzi, von Würdenträgern der Kirche belobt, mit Hochachtung behandelt von den hochstehenden Persönlichkeiten, die ins Haus kamen, sah ihre politische Laufbahn glänzend eröffnet. Da das Gesetz über die Ehescheidung ernstlich bevorzustehen schien, leistete sie die nützlichsten Dienste dadurch, daß sie liberale Parlamentarier umstimmte. Bei dem einflußreichsten dieser Herren gelangte sie ans Ziel vermittels eines Schäferstündchens, das sie ihm versprach und von dem sie gleichzeitig seine Gattin benachrichtigte. Die Frau drohte, sie werde die erste sein, die sich scheiden lasse: und da sie das Geld hatte, war der Mann gehalten, das Zustandekommen des Gesetzes zu verhindern.

Dies geschah in Neapel. In der Nacht, bevor Frau Camuzzi wieder abzureisen gedachte, bebte die Erde. Ermüdet von ihrer anstrengenden Mission, schlief Frau Camuzzi noch, als im Hotel schon alles in Aufruhr war. Wie sie endlich hervorkam, fand sie im Gang nur eine hilflos umherhuschende alte Dame, im Nachtkostüm wie sie. Frau Camuzzi ergriff sie und zog sie fort. Aber die Treppe brannte, und aus dem Abgrund zwischen eingestürzten Mauern schlug Qualm. Da kniete Frau Camuzzi hin und betete. Sie betete laut und mit einer Inbrunst, die sie schüttelte. Plötzlich senkte der Boden sich schräg, und die beiden Frauen glitten hinab. Sie langten unten an wie auf Flügeln und unversehrt. Die alte Dame fuhr mit Frau Camuzzi nach Rom; sie war eine unermeßlich reiche Lady. Sie behauptete, nur das Gebet dieser Heiligen habe sie gerettet. »Ja«, sagte sie vor dem Conte Malfigi, »als sie betete, ging ein Schein von ihr aus.« Und sie schrieb ihrer Retterin einen Scheck über eine Million.

Kurz darauf starb der Gemeindesekretär Camuzzi. Der Abgeordnete Malfigi ward nochmals Minister und heiratete Frau Camuzzi. Der Salon der Contessa Malfigi gehörte ein Jahrzehnt lang und auch noch nach dem Tode des Conte zu den einflußreichsten unter den politischen Salons der Hauptstadt. Den jungen Leuten, die regelmäßig bei ihr dinierten, prophezeite man die Laufbahn des Abgeordneten, denen, die noch weiter bei ihr vordrangen, einen Ministerposten; ihre Herkunft war nicht ganz vergessen; Legenden umrankten sie, und man fand es pikant, ja satanisch, daß eine ehemalige Kurtisane die neue Generation zur Reaktion und zum Klerikalismus erziehe. Sie hatte Anhänger, ehrgeizige Liebhaber, Verbündete oder

Gegner: einen ihr gewachsenen Freund hatte sie nicht. Einmal versuchte sie, sich dem Savezzo zu nähern, der damals auf der Höhe seiner Macht war und in einem »Jüngsten Gericht« jede Woche die fürchterlichste Musterung unter seinen Zeitgenossen abhielt. Sie erinnerte ihn daran, daß sie eine verwandte Geschichte hätten und zusammen gestiegen seien. Aber er lehnte schroff ab; er wollte mit niemandem gestiegen sein. Sie erreichte nur, daß er in der nächsten Nummer seiner Zeitschrift ihre Vergangenheit entschleierte, einen verjährten Mord durchblicken ließ und sie als Kaffeehausdirnchen erklärte, das sich die Rolle des Weibes von Babylon anmaße. Ihre Frömmigkeit sei erst in zweiter Linie politisches Mittel; vor allem sei sie Betschwester, weil sie vorher den damit korrespondierenden Beruf ausgeübt habe... Sie zog Vorteil aus dem einmal begangenen Fehler, indem sie, ohne daß er es ahnte, Persönlichkeiten mit ihm in Verbindung setzte, deren Feindschaft sie brauchte.

Enttäuschungen wechselten mit Erfolgen. Kaum, daß das Herz noch stärker klopfte bei einem Sieg oder einer Niederlage. Am raschesten verging ein Tag, an dem man sich rächen konnte! Dieser unbedeutende Fiorio, als Unterpräfekt daheim in der kleinen Stadt auf ewig vergessen, wenn es nicht der Contessa Malfigi eingefallen wäre, ihn zum Präfekten zu machen: er hatte sich erlaubt, sie verraten zu wollen. Sie hatte ihm den Abgeordneten geschickt, den er wählen zu lassen hatte; sie hatte sogar sichere Leute geschickt, die in ein Fenster der Präfektur schossen, so daß Fiorio die Wahlversammlungen verbieten, den Munizipalrat auflösen und ohne jede Opposition seinen Kandidaten durchbringen konnte. Da, ein Telegramm ihres Schützlings an die Contessa: der Präfekt hatte nicht ihn, sondern seinen eigenen Bruder als Regierungskandidaten aufgestellt. Sie sorgte sofort dafür, daß eine Zeitung, offenbar durch Vertrauensbruch, eine Depesche des Ministers an den Präfekten Fiorio wiedergeben konnte, worin der Minister es mißbilligte, daß der Präfekt aus wahltaktischen Gründen von gedungenen Attentätern in seine Fenster schießen lasse. Angesichts des allgemeinen Entrüstungssturmes wagte der Minister die Depesche, die er nie geschrieben hatte, nicht abzuleugnen: der Präfekt Fiorio ward abgesetzt.

Sie ließ ihre Macht noch höher hinauf fühlen. Der Graf von Benevent, der elegante Vetter des Königs, hatte ein verächtliches Wort über sie gesprochen, und es war ihr zu Ohren gekommen. Sie gab ihm Gelegenheit, sich zu rechtfertigen; obwohl sie ihn albern fand, zeigte sie ihm, daß er ihr gefalle. Er beging die Torheit, ihr offene Feindschaft zu erklären. Ein Jahr später sah sich seine Geliebte, die russische Tänzerin Lorida, in ein weitläufiges, kaum entwirrbares Netz von Verdächtigungen verstrickt, und der Tag kam, da sie als Spionin verhaftet ward. Nach langen Ängsten, die den Prinzen nicht weniger trafen als sie, und bloßgestellt von der ganzen Presse, war sie noch froh, in ihre Heimat abgeschoben zu werden. Der Graf von Benevent ging nach Afrika. Unter den Mitgliedern der Aristokratie, die sich im Bahnhof eingefunden hatten, war die Contessa Malfigi. Sie sagte: »Ich habe ihm das Billett gekauft, ich muß ihn auch einschiffen.«

Aber es war bestimmt, daß auch ihr ein Billett gekauft werde. Zum zweiten Mal in ihrem Leben verfiel sie der Liebe. Ein junger Mann ward ihr zugeführt: sie erschrak, denn sie glaubte, Nello Gennari wiederzusehen, den Geliebten von einst, der durch sie gestorben war. Auch dieser hob so die umflorte Stirn und ließ das weichgelockte Haar so schwanken über seinen Augen, seinem beschatteten Lächeln, als betrauere er die eigene Schönheit. Die Contessa Malfigi zeigte sich sofort und vor aller Welt hingerissen, eifersüchtig, voll unbedachter Triebe. Man sah eine Frau, die keiner kannte. Sie behielt den jungen Mann im Hause, ließ ihn, wenn Leute kamen, nicht von ihrer Seite, nahm ihn in ihrem Wagen mit, aber nicht zum Korso, wo man gesehen wird, sondern auf die alten Straßen der Trümmer und Einöden. Sie schwor ihm, daß sie ihn großmachen werde, zum Deputierten, zum Minister, zum Ritter des Annunziaten-Ordens. Er solle sie lieben, er solle sie lieben! Und er: »Ich danke dir so sehr, und ich liebe dich.« Aber sie hörte wohl, es sei nicht wahr und nichts, nichts vermöge sie über ihn; denn er war nicht ehrgeizig. Sie enthüllte ihm ihre Geschäfte, ihre gefährlichen Geheimnisse; ganz ohne Mühe fiel ihm in den Schoß, was sie selbst, als sie zuerst in dies Haus eingedrungen war, mit List und Gewalt an sich gebracht hatte. Er konnte hier der Herr werden, wie sie die Herrin geworden war. »Totò, ich verschaffe dir den Namen eines Conte Malfigi!« Ach! er glich nicht ihr, er glich jenem Nello. Weich, schwach und träge lag er da, stumm klagend, weil sie ihn nicht mit Geld versah und hinausließ zu seinen jungen Freunden, damit er spiele, lache und sie betrüge, sie, die nur ihn hatte, nur ihn auf der Welt! »Totò, mein Liebling, der bist Sekretär des Ministers Afrano. Liebst du mich?« Nun sank er ihr wohl in die Arme; aber sie wußte, es war nur, weil er hinaus durfte. Um so fester schloß sie ihn ein. Die Stunden kamen, da sie ihn mißhandelte, und die, in denen sie ihn floh, um zu weinen. Sie beweinte vor dem Spiegel ihr Bild von einst, die Reize, die ungenützt verfallen waren. »Was habe ich gehabt? Ich habe Glück und Unglück verteilt. Ich habe das Zittern von Menschen gefühlt. Man hat mich geliebt, weil ich mächtig war. Das alles war nichts. Man hat mich betrogen!« Der Nello von einst hatte sie leiden lassen und jene Alba geliebt; und nun lag dieser dort drinnen, blaß, mit dem hilflosen Blick gefangener Tiere, und ahnte nicht einmal ihr Elend.

»Totò«, rief sie durch die Tür. »Sekretär eines Ministers, das wäre zu wenig für dich. Warte noch, mein süßes Herz, du wirst mehr werden.«

Er antwortete nicht. Sie ging hinein – und fuhr erstikkend zurück. Totò hing an der Decke.

Sie war von Sinnen, sie wollte mit ihm ins Grab. Als sie wieder weinen konnte und gerettet war, sagte sie:

»Ich hätte es wissen sollen. Dieser Typus bringt mir Unglück.«

Sie wollte fort, aus allem fort und zurück in ihre kleine Stadt. »Nie hätte ich mich entwurzeln lassen dürfen!« Man hielt ihr vor, daß damit ihren Feinden gedient, ihren Freunden das Verderben bereitet wäre.

»Wer sind meine Freunde? Der Savezzo hat recht, in dieser harten Welt muß jeder allein und gegen alle stehen. Ich war zu gut. Weh dem, der ein Herz hat!«

Die Tote

I

Als am Ende des Sees der Zug hielt, stieg Leo Cromer, ohne die Gedanken an die gehabte Beratung abzubrechen, aus, ging in dem Mondlicht um den Schuppen herum, der eine Bahnhofshalle bedeutete, und betrat den dunklen Baumgang. Einmal erhob er den Kopf; hinter den Stämmen das Wasser lag weiß wie Gewebe des Lichts, die Ufer schienen unwirklich, die Stille ein Geschrei von Geistern...

Dies war der dichtere Schatten seines eigenen Grundes, er stand und atmete die verborgene Wärme, das tiefe Alleinsein. Dahinten, in Wolken versilberten Laubes, wartete die flimmernde Treppe seines Hauses, die Vasen rannen über von Licht, die Stufen hernieder ging es wie eine Schleppe. Sie ward bewegt! Aus ihren Falten neigte sich ein Fuß!...

›Was heißt das?‹ dachte Cromer. ›Jetzt habe ich also Gesichte? Ich scheine nicht eben glücklich zu sein – wenn gerade sie sich mir zeigt?‹ Er fragte noch: ›Wäre ich es denn zufrieden, daß sie, wie früher, wenn ich aus der Stadt heimkam, bei dem Busch dort auf mich zuträte? Bin ich schon alt und müde genug, um billig zu sein und mich zu bescheiden?...‹ »Sie hat wohl gebüßt«, sagte er; aber er hob die Schultern. ›Buße? Ein Wesen wie sie stirbt aus Zorn, seiner Selbstachtung zuliebe, oder einfach um des guten Abgangs willen. Nicht für mich ist sie gestorben! Ich habe ihr nicht zu danken gehabt. Ich habe nichts bereut.‹

Auf der Terrasse angelangt, wendete er sich nochmals

um; er sah aufwärts und hinab, zu dem Garten, der dunkel duftete, und in die breiten Sternenströme des Augusthimmels.

›Wer schlafen geht, versäumt viel – aber auch, wer denken und handeln geht... Unsereiner weiß dies von vormals; ganz erfaßlich sind solche Nächte nicht mehr für uns... Was für Gedanken übrigens bei jemand, der geradewegs aus einer Versammlung von Machtmenschen kommt! Ich kenne mich längst, die Fragen sind erledigt, ich habe nichts versäumt, was mir gegeben war. Erfolge: ich habe sie gekannt. Ich habe mit Menschen übergenug zu tun gehabt, ich habe Frauen und Männer erobert und niedergekämpft, habe vielen die Spur meines Daseins aufgedrückt, die mich hassen oder lieben mußten. Ich habe selbst gehaßt, selbst geliebt.‹

Er zog sich gegen die Fassade zurück, in den Schatten eines Pilasters. ›Wie dies alles schal wird, sobald man es sich rühmen möchte! Wie es zerrinnt! Menschen: habe ich denn mehr bei ihnen erfahren als ein kraftloses und schmerzliches Aneinanderhingleiten? Das Leben ist vergangen wie eine Diskussion im Klub; man hat einander amüsiert oder weh getan, zum Schluß aber steht jeder auf mit seiner Meinung. In Wahrheit habe ich keinen Mann überzeugt, keine Frau ganz gewonnen, habe niemand je zu mir herübergebracht.‹

Angstvoll folgte sein Blick der Bahn der Sterne, die herabstürzten aus dem wimmelnden Schein und die, bevor das Auge sie erfaßte, schon im Dunkel waren. ›Die Menschen halten einander nicht. Ich habe Lida nicht gehalten. Woher der bittere Geist, der Seelen nehmen will und doch nicht an sie glaubt! Ich habe lieber verworfen als standgehalten, und bessere Augen für den Verrat gehabt als für die Hingabe. Lida wenigstens ist mir die Anwort nicht schuldig geblieben, die Toten haben das letzte Wort. Da stehe ich nun...‹

Und er dachte an die längst Vergangene, so nahe, als triebe der Geisterstrom des Mondlichts, in das er hinausstarrte, ihn bis zu dem Ufer, wo ihr Schatten wartete. Sie war das glänzende Glück seiner ersten reifen Jahre gewesen. Er hatte Erfolge gehabt, die bekannt wurden; diese Liebe, die er entgegennahm, trug zum erstenmal Zeichen von Tribut und Lohn. Aber auch er huldigte ihrer weltlichen Geltung, dem Reichtum an Bewunderung, dem die schöne Schauspielerin gebot. Sie liebten einander, wie Geist und Sinne den Vollbesitz des Lebens lieben. Ihre Beziehungen waren unsentimental und darum gefährdet bei jedem Versagen. Monatelang getrennt durch ihre Gastspiele und seine politischen oder Geschäftsreisen, erwarteten sie einander immer nur auf der Höhe und den Ereignissen überlegen.

Probleme? Jeder von ihnen hatte sie bei anderen abtun können; zwischen ihnen beiden lagen keine, sie hätten sonst, anstatt ihre Heirat zu erwägen, einen raschen Strich gezogen. Warum nur, bei solchem Einverständnis, die unvermittelte Befangenheit seit ihrem letzten Gastspiel, das Erzwungene jenes Briefes, und als sie zurückkam, das unklare Wesen? Er glaubte an Mißerfolg, Krankheit, Geldverluste, nur nicht an das, was dann in der Abschiedsszene wund und verworren endlich aus ihr hervorkam, weil er es hervorzerrte. Sie hatte ihn betrogen. Wozu betrogen? Sie war frei, war stolz, nichts nötigte sie, zu berechnen und zu lügen. Sie war vor ihm zusammengebrochen und weinte – und er empfand, was er mit ihr, mit ihr nie hätte empfinden dürfen, Mitleid, ein verachtungsvolles Mitleid. Er drehte ihr den Rücken. Gleich nachdem er ihre Wohnung verlassen hatte, geschah das Unglück.

Ein gewöhnlicher Unglücksfall. Die Frau, die nun nicht mehr da war, hatte sich selbst verloren, bevor er sie verlor. Ihr Ende war äußerlich, schattenhaft; ihn, der als Freund einer beliebten Künstlerin an ihrem Sarge repräsentierte, ging es noch weniger an als die anderen. Was ihm übrigblieb, war Bitterkeit, Zorn und eine Vermehrung seiner Zweifel am Leben selbst. Man konnte noch gewinnen, man konnte nicht mehr glauben, zu besitzen...

Dennoch hatte er wieder geliebt. Zwischenfälle, die auch schon dahin waren. ›Ebensogut könnte ich der oder jener gedenken, warum ihrer? Ist es, weil sie sterben mußte und weil solche süße und weiße Nacht werben möchte für den Tod? Es ist wahr, sie kam als letzte, bevor ich alterte. Aber noch jetzt bin ich weit von fünfzig.‹

Er trat in das Haus; es schien ihm erfüllt von einem Duft, wie wenn das Mondlicht geduftet hätte. Durch das offene Fenster seines Zimmers fiel es auf die Wand, scharf abgegrenzt und weiß wie ein Spiegel. Er ging im Dunkeln zu Bett, suchte aber nicht einzuschlafen. Es schien ihm eigentümlich nutzlos, Verzicht zu leisten auf dieses ungewollte Lebendigwerden toter Stunden, toter Augen. Sie waren da, viel eher konnten Stunden und Gesichter des bevorstehenden Tages ausbleiben als sie. Sie war da! Ihre Augen waren da, ihr Lächeln kühn und lokkend wie je! Aus der Tür ihres Zimmers hervorgetreten, stand sie in einer fremden Helligkeit ihm wirklich gegenüber und sah ihn an! Er fuhr auf: »Lida!« – und ihm setzte das Herz aus.

Da begriff er, daß es nichts war als ihr Bild, die große Photographie, die er nach ihrem Tod aus seiner Nähe entfernt hatte. Das Mondlicht war dorthin gerückt, scharf begrenzte es das Bild. Wie aber kam das Bild auf die Tapetentür, genau auf die Tür? Cromer sah nach. Das Bild war unbeweglich; unten versperrte es den Türgriff, man konnte nicht öffnen. Er drehte die Beleuchtung auf. Durch zwei kleine Löcher in der Tapete lief eine Schnur hin und zurück und in die Ringe am Rahmen. Er wollte einen der Knoten lösen: da war es keine Schnur, es waren viele Fäden, seltsam weich und zäh. Er riß; das Bild stürzte, und in der Hand hielt Cromer eine lange goldblonde Haarsträhne.

Darauf sah er in das Gesicht der Toten. Er fragte: ›Wozu dies, da es unmöglich ist. Wozu Rätsel aufgeben, die keine sein können...‹ Dennoch zögerte sein Gedanke, nicht anders als sie, die Tote, dastand und zögerte. Sie hielt eine Hand, eine ihrer vielsagenden Hände am Saum eines Vorhanges, den sie nicht öffnete. Den Kopf verheißend zur Schulter geneigt, die Augen so wissend in ihrer Umschattung, und dieses Lächeln der gelösten Lippen – aber sie öffnete nicht den Vorhang.

Er zuckte die Achseln. Die Haarsträhne ließ er nochmals sachlich durch die Finger gleiten, dann warf er sie zu dem Bild. Mochten es Frauenhaare sein, so waren es doch nicht ihre. Er hatte sich keine von ihr zurückbehalten, er war weit davon entfernt gewesen. Sein Diener, ein eifriger Mensch, hatte in der kurzen Zeit seines Hierseins schon mehrere Zeichen von Selbständigkeit gegeben. ›Er hat es richtig gefunden, mich mit dieser Neuerung zu überraschen. Die Art der Befestigung ist auffallend. Immerhin ist er jung und offenbar romantisch. Ich werde ihn auffordern müssen, es weniger zu sein.‹

Er wollte läuten, zog aber die Hand zurück. ›Bin ich denn neugierig? Welchen Zweck hätte es, in der Nacht ein Gespräch vor diesem Bild zu führen?‹ Er zuckte die Achseln, stärker als das erstemal, und ging ernstlich schlafen.

II

Gleich beim Eintritt sah der Diener das Bild, das am Boden lehnte. Er stutzte, sein eifriges, blondes Gesicht erschrak, und er schien dem Bilde seine Mißbilligung auszudrücken, weil es seinen ordentlichen Platz verlassen hatte.

›Er müßte schon ein guter Komödiant sein‹, dachte

Cromer, ›sonst ist er eine wohlgeratene Dienerseele.‹ Er sagte: »Philipp. Sie bringen mir den Tee ohne die Schürze, die Sie anhaben.«

Der junge Mensch betrachtete seine Schürze, blinzelte mit seinen geröteten Lidern und erwiderte: »Beim Herrn Grafen von Alten kam ich in der Schürze.«

Nein, er verstellte sich nicht, die natürliche Erklärung des Vorfalles schien mißlungen. Aber Cromer fühlte nicht das Bedürfnis, eine fernerliegende zu suchen. Auf der Fahrt zur Stadt verlor er die Sache aus dem Gesicht.

Warum war er dennoch gegen Abend wieder draußen? Er versäumte sogar eine Verabredung zum Essen. Leichter Kopfschmerz? Ruhebedürfnis? Gewiß; darum schien es aber nicht nötig, den Garten zu durcheilen, als wartete jemand. Es war noch hell, Haus, Wege und Terrasse lagen nackt und klar unter blauem Himmel.

Im Zimmer an der Tapetentür – nein, nichts, ganz selbstverständlich nichts. Aber wenn begreiflicherweise niemand und nichts auf ihn gewartet hatte, blieb doch zu bemerken, daß er selbst nicht frei von Spannung gewesen war – und vielleicht nicht frei von Hoffnung?

»Wäre es mehr als Kinderei, wenn ich etwas zu erleben wünschte, was eine Fortsetzung des gestern Erlebten wäre?... Ach! das Beunruhigende ist keineswegs, daß ein Bild ohne erkennbaren Grund den Platz gewechselt hat, sondern meine gleichzeitigen Gedanken. Indes sie kam, fühlte ich sie kommen«, sagte er halblaut und mit Kopfschütteln. »Anderen soll ein Sterbender von fern sich ankündigen, wenn sie ihn nur genug liebten. Ich habe eine bevorstehende Rückkehr geahnt.«

Denn es lag in ihm, trotz seinem besseren Wissen, als hätte er ihre Spur berührt und von ihrem sich wieder belebenden Schatten ein Zeichen erhalten. Das bessere Wissen sagte: ›Vorgefühl und Gesichte heißen mit ihren ehrlichen Namen Sehnsucht und Reue. Man lebt nicht ungestraft ein illusionsloses und ungläubiges Leben – nicht ungestraft, wenn man weder einen leichten Kopf noch ein stumpfes Herz hat. Der Augenblick ist wohl gekommen, wo ein Wesen mir nicht unwillkommen wäre, das ich verachtet und verworfen hatte.‹

Er stand vom Stuhl auf, er wiederholte sich sein Geständnis am anderen Ende des Zimmers, als müßte es dort anders klingen. Aber er vernahm nur immer den Zweifel, ob es denn nötig war, daß sie starb.

Da hielt er schon das lederne Kästchen in den Händen, mit ihren Briefen. Er las – und er fand es sonderbar, wieder ganz diesen Tonfall zu hören, als sei er erst gestern ausgeklungen. Angesichts ihrer großen, raschen Schrift traten einem unverhofft die wechselnden Mienen ihres im Ausdruck geübten Gesichtes wieder vor Augen. Alle ihre früheren Mitteilungen waren offen, ohne Rückhalt, und glichen so wenig diesen letzten, andeutungsvollen, fieberhaften. Von dem ganzen Gastspiel nur der eine Brief – und aus ihm bebte die Hast des Zusammenraffens von Ruhm, Geld, Lebensgefühl. Feststimmung jeden Abend, nach dem zweiten ihr Kontrakt verlängert, ihr Auto vor dem Bühneneingang immer umlagert. Den Erfolgen entsprachen die Huldigungen, und des Nachts hieß es Rollen lernen. Jagd des Vergnügens, Jagd der Arbeit, nie schnell genug, nie ergiebig genug – aber mitten darin etwas wie ein Atemstokken, verhaltenes Erschrecken: es ist nicht mehr weit...

»Wie lange soll dies alles noch dauern?« fragte sie. »Manchmal habe ich es satt zum Sterben – und sehne mich nach etwas, das kein Erfolg wäre, kein Triumphieren, oh, durchaus kein Triumphieren! Es muß Dinge geben, die stärker sind als unser Wille: hier, gestern, bin ich zum erstenmal darauf gestoßen worden; kann sein, daß ich noch mehr erfahre, etwas wie eine Niederlage; denn Erlebnisse, die wir weder beherrschen noch verstehen, sind doch Niederlagen?«

Welch tiefinnere Überreiztheit, diese verderbte Neugier nach der Selbstaufgabe! Cromer ward gequält davon, wie damals, beim ersten Lesen. Er sah lange durch die offene Gartentür hinaus in die grau dämmernde Luft.

Als er zu dem Brief zurückkehrte, ließ sich im Zimmer nur schwer noch lesen. Er entzifferte: »Der Herr, der mich auf diese Gedanken gebracht hat, scheint an sich selbst nicht sehr empfehlenswert. Er sieht aus wie…«

Hier ward das Blatt geknickt von einem Luftzug, der so plötzlich einsetzte, als sei auch die Tür im Hintergrund geöffnet worden. Sie stand offen; Cromer, der niemand eintreten sah, tat eine raschere Bewegung, sein Stuhl fiel um.

»So finde ich doch Menschen hier?« sagte eine Stimme – und von der Farbe des Schattens und schlecht aus ihm herausgelöst, zeigte sich eine Gestalt, die auf hohen Beinen einen kaum erkennbaren Körper fortbewegte. Zwei lange Schleichschritte, ein zuckendes Anhalten, und wieder ein Anlauf, mit Verbeugungen über jeden Schritt des linken oder rechten Beins: so kam es herbei.

Cromer, im unwillkürlichen Drang, es aufzuhalten, drehte die Tischlampe an; der grelle Schein fiel genau auf die Gestalt, da stand sie. Cromer sah einen großen und scharfen Kopf, der spöttisch grüßte und, mit seinen Brillen funkelnd, sagte: »Ich komme wegen des Hauses. Es ist zu verkaufen.«

Und auf Cromers trockenes Nein: »Wie, nicht zu verkaufen? Man hätte mich falsch berichtet…? Oder, die Wahrheit zu sagen –«

Der Besucher spreizte die Hand, mit einer bedeutsamen Rundung zwischen Daumen und Zeigefinger. »Vielleicht hat niemand mich berichtet. Nur meine Einbildung verhieß mir, dies Haus, abseits und verschollen…« Er wiederholte: »Verschollen… Genug, ich ziehe mich zurück. Es war dunkel überall, kein Mensch trat mir entgegen, Verzeihung für mein Eindringen, ich bin…«

Er murmelte, sich abwendend, etwas wie einen Namen, wobei er den gefalteten Sommermantel wieder hinaufschob auf die Schulter, die höher schien als die andere. Dabei zögerte er und spähte die Wand hinan. Auch Cromer wendete sich hin – und er fuhr zurück, das Bild sah ihn an, ihr Bild, mit ihrem kühnen und lockenden Lächeln, an dem Vorhang, aus dem sie kam oder in dem sie verschwinden sollte.

»Ihnen ist unwohl?« fragte der Besucher. Cromer faßte sich.

»Nein.« Seiner noch nicht sicher, setzte er hinzu: »Sie scheinen das Bild wiederzuerkennen?«

»Nicht im geringsten.« Der Besucher spreizte schon wieder bedeutsam die Hand. »Höchstens, daß es mich erinnert hat, an eine berühmte Schauspielerin, die ich kannte.«

»Die Sie kannten.«

»Will sagen, ich weiß nicht einmal, ob sie berühmt war. Ich bin kein Weltmann.« Dabei lächelte er bescheiden und geistreich. »Aber es gibt Stunden, und eben Frauen, wie jene, die mir einmal begegnete, haben wohl solche Stunden, da spricht man zu einem erstbesten, was man nicht einmal zu sich selbst sprechen würde – geschweige zu seinem Nächsten.«

Hier schien sein Blick hinter den Gläsern den Tisch zu streifen, mit den Briefen darauf, ihren Briefen.

»Wollen Sie sich nicht setzen?« sagte Cromer.

»Danke. Ich verweile nicht ungern ein wenig. Der Zug fährt erst in einer halben Stunde hier vorüber. Ich bin ermüdet vom Reisen. Eine Reise, das Leben«, sagte er und legte, einer Anerkennung gewärtig, die rasierten Lippen in Falten.

Cromer wechselte ungeduldig den Platz. »War es denn so bemerkenswert, was die Dame Ihnen erzählte?« fragte er nachlässig.

Der Besucher machte es sich bequem, er stützte den schwachen Körper gegen seine umeinander gewundenen Beine, ließ eine Hand, die schmale Hand eines Verkrüppelten, über das Knie hängen und lugte hervor unter seiner niedrigen, aber umwölkten Stirn, in die Löckchen fielen.

»Bemerkenswert?« fragte er klangvoll und mit runder Aussprache. »Keineswegs für den Freigeist, der ich bin. Aber wenn Sie es hören wollen, wohlan denn! Ich glaube nicht, daß die berühmte Schauspielerin mir zürnen würde. Sehr wahrscheinlich, daß sie alles nur in der Phantasie erlebt und es längst wieder vergessen hat... Sie war damals der Gast eines kleineren Theaters, dessen Spielplan sie unbedingt beherrschte. Sie hatte sich Rollen mitgebracht, darunter eine, die nirgends erprobt und niemandem bekannt war. So wenigstens sagte sie mir – und setzte hinzu, daß trotzdem in einer Gesellschaft ein Unbekannter ihr den Inhalt ebendieser Rolle deutlich vorhergesagt habe, ihn ohne weiteres erraten habe aus ihrem Gehaben, aus unmerklichen Zeichen, einem Lachen, einem Nichts... Eine Taschenspielerei, wie? Die Künstlerin – man begreift, eine Künstlerin – kann es nicht so leicht nehmen, wie sie möchte. Der Unbekannte verfolgte sie nun.«

Der Unbekannte auf dem Stuhl dort lächelte durchdringend. Oben auf seinen Wangen war ein wenig Röte erschienen. »Sie spielt die Rolle, die er erraten hatte, und glaubt ihn im Theater. Sie spielt matt, wie betäubt. Mit einem Schlag wacht sie auf, legt los, erreicht alles, was sie will! Nachher erfährt sie...« Der Unbekannte stieß die Worte einzeln aus, er punktierte sie mit seinen langen Fingern auf dem Knie, und sein spitzes Gesicht ward unerbittlich anzusehen. »Bei dieser Szene hatte er das Haus betreten... Hier faßt sie die Angst, zum erstenmal echte Angst; sie schilt sich aus, weil sie versucht ist, abzureisen, nur um nie dem Menschen wieder zu begegnen – der übrigens persönlich nicht weniger unheimlich gewirkt haben soll als durch seine Taten.«

Das Lächeln des Unbekannten ward feucht und krampfhaft, ein Lächeln, gemacht aus Bosheit, Eifer und Scham.

Cromer sagte nach einer Pause: »Natürlich ist sie nicht abgereist.«

»Weit entfernt! Menschen von Rasse sind nicht feige vor dem Unerklärlichen – vor dem scheinbar Unerklärlichen! Sie weicht ihm aus, jenem Wesen, leider hilft es nichts. Ein Abend erscheint, an dem sie in ihrer Garderobe sitzt, im ersten Stock des Theaters, dies ist wichtig, und bis ihr Stichwort kommt, noch einmal ihre Rolle durchliest. Das Buch liegt im vollen Licht der Lampe, die über dem Toilettetisch hängt, aber auf einmal ist ein Schatten darauf. Die Künstlerin erkennt eine Nase, eine gewisse lange, gebuckelte Nase, ihr nur zu wohl geläufig.«

Und der Unbekannte hielt, wie zur Erläuterung, sein eigenes Profil hin. »Aufspringen, schreien – das tut sie nur innerlich. In Wirklichkeit wendet sie ruhig den Kopf und sagt: ›Wie kommen denn Sie dahin?‹ Seltsam, er ist nicht da, niemand ist da. Sie kehrt zu dem Buch zurück, das weiß und leer ist. Kaum aber will sie lesen, schiebt sich wieder der Schatten darauf. Da ist sie freilich vom Stuhl gefahren, hat alles durchsucht in dem Raum, das Fenster aufgerissen, aber es lag zu hoch und in einer glatten Mauer. Die Künstlerin weiß nicht mehr ein noch aus, ihr schwindelt, sie wäre einfach davongelaufen; zum Glück klopft der Inspizient an und holt sie. Er geht vor ihr her über die Treppe, es ist halbdunkel, und merkwürdigerweise weiß sie, daß soeben jemand hinuntergehuscht ist, an ihr vorbei, wenn sie auch nichts gesehen hat. Und sie ist nicht im geringsten überrascht, daß auf der Bühne statt ihres Partners ein anderer steht: man denkt schon, wer. Sie spielt wahnsinnig aufgepeitscht, wie vor einer Katastrophe, wie um das Leben. Man sagte, daß sie gut sei. Hinter der Szene trifft sie den Direktor, der klatscht. Sie fragt ihn: ›Warum haben Sie mir denn im letzten Auftritt einen anderen Partner hingestellt?‹ Und er ganz verblüfft: ›Einen anderen?‹, worauf sie macht, daß sie fortkommt.«

Der Unbekannte stand auf. »Da wäre wohl mancher gelaufen. Ich selbst, nachdem ich Ihnen alle diese Märchen aufgetischt habe, weiß nichts anderes mehr, als das Weite zu suchen. Leben Sie wohl!«

»Einen Augenblick!« Cromer trat drohend auf ihn zu. »So schließt die Geschichte nicht.«

Da sah er, daß durch die Brillengläser des Unbekannten eine Flamme stach.

»Möglich, daß sie nicht so schließt. Die schöne und berühmte Künstlerin fiel gewiß, je schöner und berühmter sie war, um so unrettbarer in die Macht jenes Unbekannten. Das sind Affären, zu denen kein Blick mehr reicht.«

Und er ging. Cromer kam ihm zuvor, stieß die Tür auf und überraschte dahinter seinen Diener.

»Geleiten Sie den Herrn hinaus«, sagte Cromer; aber der junge Mensch blinzelte fragend, rührte sich nicht und sah nicht einmal hin, als der Besucher vorüberkam. Cromer selbst öffnete ihm das Haus, und auch draußen blieb er dicht hinter ihm.

»Liebliche Nacht«, sagte der Unbekannte. »Man durcheilt sie, war da und kehrt nie wieder. Aber ich habe nun doch auf Ihrem Stuhl gesessen; und von jetzt an, sooft Sie in Ihrem Zimmer jenes Bild wiederfinden – Ah! Niemand hat das Recht, zu glauben, daß die Menschen nur aneinander vorbeistreifen und nichts sei geschehen.«

Damit stieg er spinnenartig aus der Gartenpforte. Vor Cromer hielt er sie zu. »Ich höre meinen Zug schon. Wenn Ihr Haus zum Verkauf steht, sehen Sie mich wieder.«

Und er verschwand im Schatten. Cromer ging schnell zurück, um nach dem Polizeipräsidium zu telefonieren, man möge das Individuum im Bahnhof erwarten. In der Nähe des Hauses zögerte er, er überlegte, daß nichts

Greifbares vorliege; im Grunde aber wußte er wohl, daß er gar nicht gewillt sei, einzugreifen in die Vorgänge um ihn her, nicht fähig, das Geheimnis, das heranwuchs, vor der Zeit zu zerreißen. Die Terrasse ward soeben beleuchtet; der Diener hatte den Tisch gedeckt und stand eifrig wartend.

Cromer ging hinauf. »Philipp, warum haben Sie den Herrn unangemeldet eintreten lassen?... Nun?«

»Welchen Herrn meinen der Herr?«

»Den, der soeben mit mir fortging.«

»Ich habe niemand mit dem Herrn fortgehen gesehen.«

»Sie haben niemand gesehen?«

»Nein.«

Cromer sah ihm in die Augen. Der Diener blinzelte fragend wie je. Da sein Herr mit der Hand andeutete, die Sache sei erledigt, ging er voll Beflissenheit an das Servieren.

Cromer suchte alsbald wieder sein Zimmer auf. Er nahm den Brief vom Tisch, ihren letzten, und traf mit dem ersten Blick die Stelle, bei der er unterbrochen worden war. »Er sieht aus wie eine Spinne, und so unheimlich und unentrinnbar gebärdet er sich auch... Natürlich klingt dies, von mir gesprochen, lächerlich. Nicht wahr, Lieber, was ist unentrinnbar für unsereinen. Meine Nerven, die neugierig sind, machen sich Erlebnisse vor, mit denen mein bißchen Wirklichkeit nichts zu schaffen hat. Ich spiele; und mir geschieht nur, was ich will... Um zu dem bewußten Herrn zurückzukehren, so soll er verschuldet und etwas wie ein Hochstapler, nicht nur ein geistiger, sein. Es würde stimmen zu meinen Eindrücken. Ich will nachsehen, ob mir noch keine Wertsachen fehlen. Sobald ich Zeit habe, Näheres. Aber das ist es, Zeit haben. Ich habe keine, und mir ist, als sollte ich nie mehr welche haben.«

Die überhasteten Sätze keuchten das Papier hinauf, die

Buchstaben brachen zusammen. Hier endete ihr letztes Wort. Schweigend war sie dann an das Ziel getaumelt, bis in eine böse, wirre Nacht, auf die für sie kein Morgen mehr gefolgt war. Cromer sah sich in der Friedhofskapelle, die Händedrücke, die er erwiderte, und gleich neben ihm, auf einem schwarzen Kasten, in Metall geritzt, ihren Namen.

›Habe ich Schuld daran? Es war wohl ein unabwendbares Schicksal, auch für mich... Unabwendbar? So ist allein das Schicksal derer, die nicht lieben. Ich hätte anders zu ihr sprechen müssen damals. Jene Nacht war gemacht, damit ich sie in Wahrheit gewinnen sollte! Mein Gott, was habe ich versäumt! Lida, du hast gelitten, unverständlich dir selbst; und ich, der verstehen mußte, habe nur hingeblickt, um zu argwöhnen und zu entlarven. Ich war natürlich nicht ohne Feinheit, das war ich nie – aber so trägen Gefühls, mißtrauisch gegen mein eigenes Herz und ohne die Güte, die keine Einsicht braucht. Verzeih meiner Ungläubigkeit. Wenn du kannst, so komm – auf die Gefahr, daß ich auch jetzt nicht an dich glaube!‹

Hinter ihm raschelte es, er fuhr herum. Ihre Briefe auf dem Tisch bewegten sich. In der offenen Tür war die Luft schwach und kaum zu spüren, aber eins der Blätter ward umgewendet, wie von einer Hand. Ihr letzter Brief: das Innere des zweiten, halbleeren Bogens geöffnet, und Worte darauf. »Ich will zu Dir! Ich will zu Dir!«

Leo Cromer faßte sich an das Herz, er stand, sein tiefster Gedanke wagte keine Regung. Plötzlich ein Griff nach der Lampe, er stürzte hinaus, er durchsuchte mit den Augen den Schein, den er in den Garten warf.

Heftig atmend kehrte er zurück, er hielt den Brief unter das Licht. Diese beiden Zeilen waren früher nicht dagewesen... Waren sie dagewesen? Ihre Schrift schien echt, klarer höchstens und wie besänftigt. So wären sie nicht dagewesen – und dennoch von ihr? Noch nicht gedacht, empörte ihn sein Zweifel. Weit unerhörter war sein Zweifel als das, was hier vorging! Er durchmaß mit starken Schritten das Zimmer.

Da hielt er an, die Mienen gelöst zu einem Lächeln des Selbstvergessens. Er löschte die Lampe, setzte sich lautlos in den dunkelsten Winkel und sah, wie rufend vorgeneigt, in jenes mondbleiche Gesicht, das lockte zu Geheimnissen, auf die Hand am Vorhang, diese zweideutige Anmut einer Scheidenden, die zaudert, ob sie umkehre.

III

Nichts geschah mehr, nichts kam hinzu, aber Leo Cromer, der die Tage verbrachte wie immer, trug an irgendeinem schweren Gefühl, wie von einer Krankheit, die ausbrechen sollte, oder als wäre er in Dinge verwickelt gewesen, die den Gesetzen widersprächen. Etwas Außerordentliches ängstigte und lockte. Zehnmal täglich und auch des Nachts zwischen dem Schlaf erinnerte er sich ihres Briefes, des gefälschten Briefes – und war glücklich, ihn da zu wissen. Er wartete nur darauf, daß ihr Bild noch einmal in sein Zimmer zurückkehre. Es war verschwunden, in derselben Nacht, als er davorsaß: kaum, daß ihm die Augen zufielen. Er wartete darauf, wie auf das Zeichen, daß sie ihn ganz in Besitz nehme und ihm verbiete, noch fortzugehen, noch Schmerzen oder Genugtuungen zu suchen, die nicht von ihr kämen... Und eines Morgens beim Erwachen sah sie ihn an. Sie schien erwacht mit ihm.

Da verließ er nicht mehr das Haus und den Garten. Die ersten Wochen ihres Zusammenlebens waren einst hier vergangen; – und die alten Stunden teilten ihm jetzt nachträglich mehr mit, als sie damals konnten. Unter den Augen der Toten hatten sie sich angefüllt mit Reiz, Süßigkeit und Kraft. Ja, in ihr Gesicht auch, in die vielsagende Hand am Vorhang schien eine neue Unruhe zu kommen: als wollte sie reden, als drängte sie zu ihm. In solchen Minuten wendete er sich ab, um das Geschehen des Rätselhaften nicht zu stören; – und kam er zurück, lag unter ihren Briefen ein neuer, einige Zeilen auf einem Blatt, das früher halb unbeschrieben war, oder ein Zettel, der herausfiel aus einem unscheinbaren Versteck.

Das erste, was er fand, fügte sich ein in ihre alten Äußerungen; noch vor kurzem würde Cromer geglaubt haben, es sei ihm so lange einfach entgangen. Er glaubte es nicht mehr; jedesmal deutlicher sagte sie ihm Dinge, die sie früher verschwiegen hatte. Ihre wahre Natur, immer verkannt von ihm, eröffnete sie ihm nun, den Überdruß am Weltlichen, am Ruhm, an den kaltherzigen Erregungen, und ihre Sehnsucht nach Zärtlichkeit, die sich bekennt, nach Hingabe ohne Zurücknahme. Er las Sätze ihres Tonfalls und Wesens, unverkennbar, und doch vom Klang des Unwirklichen, längst Entrückten. Sie erwähnte die letzten Wirren ihres Lebens, aber von fern und nachträglich. Jener Mensch, der damals die Hand nach ihr ausgestreckt hatte, sie wußte jetzt, wozu sie ihm gefolgt war. »Es sollte zu Dir führen, Lieber. Er war nichts als ein Gleichnis der Macht, die mich und Dich überschattete und die wir nicht anerkennen wollten. Ich bin überzeugt worden, Du weißt es, wie grausam; und Du?...«

An dieser Stelle las er nicht weiter, trat vor sie hin und antwortete ihr. Das Winken ihrer Augen vor dem geschlossenen Vorhang ward dringlicher, sie sagte: ›Gib dich hin! Glaube! Sei gewärtig, daß ich komme und endlich dein sei!‹

»Komm!« rief er.

Mit der Ermüdung ergriff ihn wohl die Besinnung. ›Was tue ich! Ich weiß, daß ich betrogen werde – und ich selbst helfe dazu! Ach, mein Bedürfnis zu lieben ist schon größer als das, die Wahrheit zu sagen. Diese Briefe sind untergeschoben von einem Schwindler, es steht zu vermuten, von welchem. Hier spricht er von sich, er droht. »Wenn er Dir begegnen würde, Du könntest noch tausendmal besser als ich verstehen, daß er Dich betrügt, und würdest doch nicht wollen, daß es aufhört. Er ist um Dich her, täuscht Dir Erscheinungen vor, fälscht Deine Eindrücke und Gedanken, wacht über Dir, lenkt Dich und weiß allein, wohin. Aber überraschtest Du ihn selbst in dem Augenblick, wo er Dir eine neue Falle legt, Du hättest doch nicht den Mut, ihn zu entlarven...«‹

»Welche Herausforderung!« sagte Cromer laut. ›Wie er seiner Sache gewiß sein muß! Er weiß wohl, ich werde seine gefälschten Briefe weder einem Sachverständigen noch dem Untersuchungsrichter bringen. Ich werde das Zimmer meines Dieners, der für ihn arbeitet, nicht durchsuchen lassen, werde mich gar nicht wehren, ihm nie in den Weg treten. Denn was wäre mir seine Entlarvung? Eine Befreiung? Leider nichts weniger als das. Oder ein Beweis? Daß er betrügt, beweist nichts gegen das Mysterium, auf das er sich beruft. Ich war ein zu sauberer Geist, ohne Falsch, und darum ohne Verzücktheit. Das Mysterium ergibt sich wohl den Scharlatanen, die es ausnützen, aber empfinden. Mir bleibt nur übrig, dem Scharlatan zu folgen, wie sie selbst ihm gefolgt ist – wenn ich denn reif bin für das, was er verspricht. Die Liebe einer Toten: wäre es denn das Äußerste? Das Wunder der Ankunft aus der Ewigkeit, des Sichfindens, Einswerdens und nicht mehr Zweifelns – wie? Sollte alles dies Unmögliche den Toten möglicher sein als den Lebenden? Sie komme, ich bin bereit.‹

Und wieder unter ihrem Bild: ›Ich liebe dich, Lida, so sehr, daß du wahrhaftig wiederkehren solltest. Ich würde es dir glauben – und auch nicht glauben. Sieh! ich küsse dein Haar, und weiß doch, es ist gar nicht deins. Wenn es noch von deinem Nacken hinge und dein Atem noch warm wäre, würde ich dich wohl wieder sterben lassen, wie das erste Mal. Diese Sehnsucht ist ungeheuerlich, sie ist verworfen und lächerlich...‹

Er stieß einen Schrei aus; hinter dem Rahmen des Bildes hervor glitt ein Papier; in ihren Schriftzügen las er: »Niemals habe ich Dich betrogen.«

Und er, der ihr Geständnis empfangen und ihren Tod gebilligt hatte, sagte: »Ich glaube dir! Verzeihe mir!«

Er wartete, damit zwischen ihm und ihr der weite Raum geringer werde. Auch empfing er Zeichen, als sei sie schon nahe. »Halte Dich fertig, mit mir zu kommen; ich darf nicht bleiben.«

Mit ihr? Wohin? Was näher kam in Wirklichkeit, war also der Schlußakt des Betruges, der ihn umkreiste – und schloß der Plan mit seinem Tode? ›Muß ich nun doch, mehr als ich möchte, auf meiner Hut sein?... Ich hoffe es nicht. Ich und der unbekannte andere, wir haben viel seelische Kraft aneinander gewendet; ich bin sicher, er würde so ungern einen Revolver auf mich abdrücken wie ich auf ihn.‹

Übrigens war schon der nächste Brief deutlicher: »Bereite alles vor. Wir werden lange und weit fort sein; Du kannst nicht verstehen, wie weit und wie lange. Nimm mit, was wir brauchen.« Er nickte; man deckte das Spiel auf. Er sollte bestohlen werden, im großen Stil, wie es schien, aber doch nur bestohlen...

An diesem Abend saß er ihr gegenüber und dachte: ›Nun hast du den Vorhang fast schon gehoben. Eine letzte Anstrengung!... Denn sieh, dir glaub ich, unbeschadet dessen, daß ich das Spiel des anderen durchschaue.‹ Cromer lachte leise. ›Er, der Ärmste, durchschaut mich keineswegs. Nur du hast schon längst begriffen, daß man glauben, den Abenteuern des Glaubens sich ergeben und doch klarsichtig bleiben kann; lieben, sehr lieben, und dabei noch wissen... Was ich morgen in der Stadt vorhabe, würde dich laut auflachen lassen – und nur dich!‹ Dabei lauschte er auf ein noch gedämpftes Lachen, das stolz, leichtsinnig und nach geheimer Trauer klang.

In der Stadt blieb er einige Tage. Als er eines Abends heimkehrte, fuhr soeben durch das stille Welken des Sommers der erste Sturm. Die Blätter des Gartens sausten um ihn her, am Haus schlugen die Läden, Türen öffneten sich, und dahinter das Dunkel leuchtete manchmal fahl auf vom letzten Licht der fliegenden Wolken. Plötzlich stand vor ihm der Diener Philipp, weiß im Gesicht, so fassungslos, daß er es vergaß, seinen Eifer zu bekunden. Cromer beruhigte den jungen Menschen über die Gefahren einer Nacht wie diese und ging in sein Zimmer.

Er machte Licht, legte ab – da hielt er ein: sie folgte ihm mit den Augen! Ihr Bild bewegte die Augen, ihre graublauen Augen, die sachlich blickten und doch voll Spiegelungen schönerer Himmel waren. Nie vergessen, da strahlten sie wieder; sie war da! Ein langer Schauer durchlief Cromer mehrmals. Der Betrug vollendete sich, dieser ungeheuerliche Selbstbetrug, der die tiefste Wahrheit seines Lebens war.

Ohne ihre Augen loszulassen, mit befangenen Gebärden, nahm er aus seinem Rock die Brieftasche, öffnete sie, breitete die Wertpapiere, eigens mitgebracht, auf den Tisch, zählte sie den Augen vor, die allem folgten. Eine Minute stand er noch, atmete schwer und hielt angstvoll den Blick erhoben. Die Augen dort oben schlossen sich gewährend: und Leo Cromer ging leicht schwankend aus der Tür.

Mit verhaltener Hast tastete er sich im Dunkeln zur Schwelle des Nebenzimmers, des Zimmers der Toten. Ein Lichtschein fiel heraus. Cromer zögerte lange, dann öffnete er wie im Traum. Da lag nun ihr Zimmer; selten seit ihrem Verschwinden und nur leichthin hatte er es betreten. Er hätte nicht gedacht, daß es aussähe, als habe sie es auf Augenblicke verlassen; das Licht brannte, gleich mußte sie zurück sein. Ihr Schritt? Nein, noch nicht; nur sein Herz fühlte er gehen. Die alten, leichten Tafeln von Rosenholz, deren zerbrechliche Schnitzereien diese Wände überzogen, nachdem sie hundert Jahre lang in einem unbekannten Haus ihre Glätte verloren hatten, sie bebten noch wie sonst bei jedem Windstoß, wie Kulissen, aufgestellt um die schöne, erfahrene Spielerin, die hier zu Gast war. Ein stärkerer Schlag des Sturmes, ein Ächzen im Holz – und ein aufgestörter Duft. Ihr Duft! Ihr Fächerschlag! Die Sinne so sehr gespannt, daß er zu schweben meinte, hörte Cromer dicht hinter der dünnen Wand das Rauschen ihres Kleides. Er wollte rufen; da ging das Licht aus – und mitten im schwarzen Sausen des Wetters unterschied er das trockene Klappen der Tür, der schwanken Kulissentür, durch die sie eintrat. Sie war im Zimmer.

»Lida?« sagte er stimmlos, einen Arm ausgestreckt in das Unsichtbare. Und auch die Antwort kam geflüstert, wie aus tief erschütterter Brust.

»Leo.«

»Endlich«, sagte er. »Du bist zurück. Ich wäre sonst auch gestorben, wie du.«

Da ward ihre Stimme vernehmbar, ja, ihre klare und süße Stimme hörte er wieder. »Lieber«, sagte sie, »ich war nicht tot. Nur wer nicht geliebt hat, stirbt.«

»Ist es wahr?« sagte er flehend. »Ist es dies, was du erfahren hast?« Er trat rasch vor sie hin, auf ihre Stimme zu.

»Ich bin gekommen, um es dir zu sagen« – und in einem Schein, der vorüberflog, sah er, sah ihren Mund sprechen, ihre Augen leben und erkannte ihr helles Haar. Der oft umfangene Fluß ihrer Glieder bewegte sich, einen Herzschlag lang, vor seinem Blick, ihre Hand stand vielsagend aufgerichtet. »Du weißt noch nicht, Lieber, wohin ich dich führen muß und wie teuer es ist, mich wiederzusehen. Bist du denn bereit?«

»Zu allem«, sagte er, »deine Lippen!«

»Noch nicht. Mach dich fertig, geh, und dann folge mir!«

Eilig und geschäftsmäßig fielen die Antworten.

»Wir haben einen Wagen?«

»Wir haben einen Wagen. Du nimmst alles mit.«

»Ja.«

»Alles, was du besitzest?«

»Ja. Deine Lippen.«

»Komm!«

Ein neuer Schlag, ein Schein, und darin ihr Gesicht, grell vorgestreckt, tiefe Schatten um die fahlen Lider, worunter der Blick verging, und die Lippen, geisterhafte Rosen, aufgeblättert zum berauschenden Zerfallen...

Er kehrte zurück aus diesem Kuß wie aus allen Abgründen, ermattet, blind, noch umwölkt von der Ewigkeit. Taumelnd fort in sein Zimmer, auf einen Sessel hingebrochen, die Augen bedeckt und schweigen... bis dahinten im Garten Schritte liefen und Räder knirschten. Das Geräusch eines Autos; es verlor sich schon.

Cromer stand auf. Ein Blick auf den Tisch: alles, wie vorausgesehen, war fort. Er trat unter das Bild; die Augen waren ausgeschnitten. Sie hatte glänzend gespielt, die Frau hinter den ausgeschnittenen Augen, und war nun wohl von dannen mit ihrem Herrn, dem Unbekannten. Auch Philipp, sein anderes Geschöpf, war fort mit ihm.

»Gut denn: der Mechanismus des Wunders hat sich bewährt bis ans Ende. Aber auch hier«, sagte er, mit dem Finger auf seiner Brust...

Er schloß die Läden der Gartentür, der Diener hatte es sich gespart. ›Er war erregt, keiner von uns hat es leicht gehabt heute. Ich werde nun schlafen dürfen, ich werde wieder gut schlafen und wohl in Frieden altern dürfen. Jene drei müssen leider durch die Sturmnacht fahren mit ihren Wertpapieren – die wertlos sind, die so wertlos sind, daß man die Diebe nicht einmal festnehmen wird, wenn sie sie vorlegen.‹

Der Bruder

Peter Scheibel blieb nach dem Tode seiner Eltern zurück als ganz verarmter Siebzehnjähriger und mit einer kleinen Schwester, die niemand hatte als nur ihn. Er sagte sich, daß er auf der Schule und später auf der Hochschule wohl sich selbst noch würde durchbringen können, unmöglich aber ein heranwachsendes Mädchen; und ohne Säumen ging er auf die Suche nach einer bezahlten Arbeit. Er fand sie bei Fülle & Sohn. Häute, zuerst als Ausgeher, aber bald ließen sie ihn Briefe schreiben. Nach acht Jahren war er Buchhalter und hatte ein Zimmerchen für sich allein, auf einen Hof hinaus, der nicht hell war, außer im Hochsommer mußte man immer das Gas brennen. Luft und Licht fand er zu Hause, ihm dünkte es oft, kein Mensch könne zu Hause, die kurzen Stunden, in denen dies erlaubt ist, soviel Sonne und frohes Herz finden. Sie wohnten hoch über einem weiten Platz, mit elektrischen Bahnen, Obstkarren, Soldaten. Ihr kleiner Balkon trug Blumen, und Änne drinnen sang. Andere hörten sie nicht von draußen, ihre Stimme war nicht stark: der Bruder aber blieb auf der Treppe stehen und hörte sie.

Sie war erwachsen in den acht Jahren unter seiner Pflege, seinen steten Gedanken, als Lohn für alle seine Mühen; aber noch blieb sie zart und unsicher, nicht nur von Gesundheit, auch in ihren Formen, Farben und in ihrer Art, das Leben zu nehmen oder es vorauszuahnen. Bei ihren wenigen Bekannten galt sie für langweilig oder hochmütig, manchmal argwöhnten sie Bosheit. Nur ihr Bruder kannte sie wirklich, er war stolz darauf wie auf eine treu erworbene Vertrauensstellung. Ihr ward es nur leicht bei ihm. Nur bei ihr war er glücklich. Am Abend mitunter und dann, wenn sie ihm gute Nacht wünschte, sah er auf zu ihr, staunte eine Weile und nannte sie Beatrix. So hatte eine Prinzessin geheißen, in einem Buch mit bunten Bildern, das sie zusammen lasen, als er zwölf und sie fünf Jahre alt war. Damals schnitt er ihr aus Papier den goldenen Gürtel, wie er von den Hüften der Prinzessin fiel. Wenn sie über ihrem langen Hemdchen den Gürtel hatte, hieß sie Beatrix. Ob sie ihn überzeugte? Ob er es entdeckte? Ihr eigentlicher Name und ihr Wesen, das nur er sah, waren Beatrix. Ihm blieb nichts übrig, als ihr die Rechte zu erobern, die ihr natürlich waren.

Aber noch wollte sie nichts; sie lächelte schwach und wegwerfend zu seinen Versprechungen von Kleidern und Schmuck, für künftig, wenn sie reich sein würden, seine Ersparnisse den Nutzen getragen haben würden, auf den er sann. Es kam unbemerkt, sie war damals zwanzig – und als er dann doch sah, wie gern sie jetzt ihren bescheidenen Tand trug, begriff er noch immer nicht, daß etwas vorging. Ihre Kopfhaltung machte ihn aufmerksam, das freiere Auftreten, die erwachte Anmut und dann dies Lächeln, das stolz einlud: ›Sieh doch!‹ Was er aber sah, ward dem Bruder nicht früher klar, als bis er Fremde es nennen hörte. Sie sagten: »Die Änne Scheibel ist aber schön geworden.« Er hörte es und ward von einer solchen Freude erfaßt, daß er in der winterlichen Straße plötzlich eine laue Luft spürte und Rosen roch. Beim Betreten des Hauses fand er endlich Worte. »Jetzt haben sie es heraus!« sagte er. Jetzt sahen alle ihre wahre Natur, und nicht mehr nur für ihn war sie eine Prinzessin. Freilich verlor er dadurch einen Vorzug und einen großen geheimen Stolz. Ihr aber tat die Bestätigung so wohl! Unter den Blicken, die sie bewunderten, entfaltete sich ihre Schönheit, ihm schien, ins Ungemessene. Ihn blendete sie nur noch. Hiervon hatte er trotz allem keinen Begriff gehabt: ein Gesicht, so klar, als sei es Fleisch gewordener Edelstein! Und aufgeblüht das Gold der Haare, in den herangereiften Gliedern irgendein ungeahnter Saft – die Hand aber, man konnte sie unmöglich noch nehmen ohne Demut, sie konnte sie unmöglich anders geben als mit Herablassung. Sie spürte es selbst, denn sie lachte manchmal auf dabei, übermütig und wie zum Spott auf ihn und sich, weil alles sich nun auf diese theatralische Art gewendet hatte. Er zahlte ihre Kleider, die teuerer wurden, aber nicht sie hatte jetzt zu danken, sondern er. Dazwischen zeigte sie ihm unversehens ein ernstes, vertrauliches Auge, das sagte: ›Du verstehst natürlich, es ist meine Rolle. Im Grund bist du alles. Was wäre ich! Glücklich bin ich, weil du nun belohnt bist.‹

Aber sie hatte durchaus den Willen zu ihrer neuen Rolle. Sie ging aus, trat auf, und trug Siege heim. Sie besuchte eine Schauspielschule, kannte Kavaliere, schlug Heiraten aus, die ihr nicht angemessen waren. Er mußte häufig warten auf sie am Abend, und kam sie heim, brachte sie Unbekanntes mit, Erlebnisse, Möglichkeiten und Fragen an das Schicksal, in die er nicht immer wagte hineinzuhorchen. Sie aß reichlich, wie ihre Schönheit es erforderte; es geschah aber, daß sie den Teller fortschob, die Arme weiß auf den Tisch stellte, und, zwischen ihnen kurz den Kopf rückend, über das zu geringe Zimmer hinsah, die dürre Hängelampe, und auch über ihn – gereizt hinsah, auch über ihn, und doch, als sei sie abwesend. Da erschrak er so tief wie noch nie. Sein alter Rock brannte ihm plötzlich auf dem Rücken, und leise, aber angestrengt schob er sich mitsamt seinem Stuhl vom Tisch fort, damit sie ihn nicht mehr rieche. Denn ein wenig, trotz aller Vorsicht, roch er wohl nach Häuten. Daß er es nicht bedacht hatte, kürzlich, als ihre Freunde sie besuchten! In einer entsetzlichen Scham ward es ihm fühlbar, daß er zuviel da sei und daß er Ansprüche mache, unberechtigte Ansprüche, indem er da sei. So begann er ins Café zu gehen, saß einsam und grübelte, weil in diesem Augenblick die Damen und Herren, die mit ihr einen heiteren Abend verbrachten, sie in dem mißverständlichen Rahmen des zu geringen Zimmers sahen. Konnte dadurch nicht ihre Ehrfurcht leiden? Ach, es war klar, daß dies nicht mehr weiterführte und daß er selbst, nur er die Schuld daran trug. Er hatte eine Prinzessin bei sich aufgezogen und zeigte sich nun unfähig, die Mittel zu beschaffen für ihre Hofhaltung. Seine Ersparnisse, die bisher ihre Toiletten bezahlt hatten, waren schon dahin; was nun? Sie wartete, und die Jahre vergingen, die ihre Jugend waren. Er stahl sie ihr, er war ihr Feind! Einst bekam er im Geschäft eine unerhört große Summe in die Hand und behielt sie eine Nacht lang, obwohl sie schon abends wäre abzuliefern gewesen. Es war die Nacht, in der er mehrmals starb und mehrmals lebte wie noch nie. Als es Morgen ward, war er dem Abgrund entronnen, und was er fühlte, war Erbitterung gegen sie, die Gläubigerin, die ihn so schwer bedrängte. Er wollte sie einem braven Manne geben, beschloß er hart – aber wie flehentlich bat sein Herz es ihr ab, als sie am Abend vor der Tür seines Geschäftes stand und ihn abholte. Schön und vornehm wie keine, ging sie dennoch an seiner Seite durch die glänzendsten Straßen. Hinter der erleuchteten Glastür eines Friseurladens sah man eingeseifte Herren sitzen, streng würdig, aber doch abgerüstet. Im Vorbeigehen beugte die Schwester sich vor das Gesicht des Bruders. »Da sitzen sie«, sagte sie und hatte um ihren karminroten Mund zwei Züge von Haß und Hohn. Noch beim Abendessen dachte sie wohl daran, denn unvermittelt lachte sie auf, und wie er hinsah, war es wieder dies Gesicht. Da sie merkte, er sah hin, verwandelte es sich, und ihre Augen tauchten in seine, mit einer solchen Kraft von Mitleid, Dankbarkeit und Wissen, daß er fühlte: ›Geschehe was immer.‹ – »Wir wollen doch noch unsere Partie spielen«, sagte sie, da ward ihm schon wieder bang, denn es klang wie ein letztes Mal. Dann gab sie die Karten, mit ihren Händen, von denen Duft wehte. »Du schwindelst wohl?« sagte sie heiter, da er gewann; und langsam, mit verlorener Miene in die Lampe starrend: »Ach nein. Am schwersten wird man die Anständigkeit los.«

Künftig zeigte er sich noch seltener, er durfte nicht länger sich dazwischendrängen in den Lebenskampf, dem er sie nicht hatte entheben können. Was sie fortan erlebte, gehörte nur ihr – und wohl noch einem, aber nicht ihm. Sein waren die Angst, die Sehnsucht und der Zorn, dies gehetzte Herz, das anbetete und verwünschte in einem. Er wußte gleichwohl immer, was vorging; ihm schrien es Dinge zu, die kaum waren, ein Hauch in der Luft, ein Schatten in zwei Augen. Er kannte den Mann – hatte ihn nie mit ihr gesehen, war ihm unbekannt, und stand doch unter einem Haustor, um ihm entgegenzublicken, der Gestalt des Schicksals, unerbittlich wie es ging, und ganz fremd. Einmal aber verließ er das Geschäft zu einer ungewohnten Zeit, ein hohes Fieber nötigte ihn; und zu Haus nahm er wahr, sie waren da. Er stand, atmete nicht, und hörte. Ein entzückter Klang drang hervor, und ja, dieser Klang: Beatrix. Da ging er fort, fiebernd, aber seine schnellen Pulse klopften wie ein Glück – ein Glück, sei es wie immer. Sie hatte von dem, den sie liebte, genannt werden wollen wie von ihm! Wenn sie sich von Liebe verklärt fühlte, ging sie in das Märchenwesen ein, das sein, sein war. Er fühlte: Meine Schwester!

Tage zogen vorbei, da sie ihn wohl ganz vergessen hatte, und Tage, an denen sie ihn nicht fortlassen wollte; aber er wußte, wann es aus Güte und ruhigem Sinn kam und wann er sie retten sollte. Er rettete sie nie; sie mußte allein an sich tragen, er konnte ihr nur stumm und treu wie ein Hund bedeuten, daß er Bescheid wisse um ihre gekrampften Mienen, die Trennung hießen, bevorstehender Zusammenbruch, Angst des Endes, um ihr Umherirren und Seufzen, worin schon neue Hoffnungen sich meldeten, ein anderer Mann, und wieder Leichtsinn und wieder Schmerz. Ihm schien die Zeit stillzustehen, in allem Hin und Her, das nur ablief und zu nichts führte und dem er beiwohnte in immer gleicher Demut und Ergriffenheit. Dennoch erschien ein Abend – sie hatte ihn nicht fortgehen lassen und war selbst nicht vorbereitet zum Ausgehen, setzte sich hin bei ihm, fand keine Ruhe, hatte schon ihr Zimmer aufgesucht und kam noch zurück. Er sah auf, erstaunt wie von jeher, wenn die Gunst des Augenblicks ihm ihren Anblick schenkte. In ihrem Gesicht aber entstand nichts von der kleinen Freude, die sein Staunen sonst ihr schenkte. Seltsam, sie hatte ein Gesicht, als sähe sie, nun sie zu ihm sprach, nicht sich, sondern, wie vor Zeiten, wirklich ihn. Sie sagte: »Hast du denn eigentlich nie daran gedacht zu heiraten?« Er bedachte, was ihr denn einfiele. Um Zeit zu gewinnen, sah er an sich nieder, und er murmelte: »Jetzt doch wohl nicht mehr.« Dies war es aber nicht; in ihm stammelte es anders. »Wer, wie ich...« Und: »Beatrix!« Ihr Blick zog sich schon zurück, sie sah nicht weg und sah schon nicht mehr ihn. »Hättest du geheiratet«, sagte sie, »vielleicht würde ich dann ein Asyl gehabt haben, wenn es mit mir aus ist.« Er schrak auf, fassungslos: »Mit dir!« Da schwieg sie zuerst gramvoll – und sagte dann, mit einer Stimme wie eine Kranke: »Sieh mich doch an! Sieh mich doch nur wirklich an!« Und weil sie es wollte, sah er sie, sah mit einem Schlag alles. Sie hatte die Lippen heute nicht gefärbt, die Haut des Gesichtes gelassen, wie sie war, dem Blick nicht nachgeholfen, das Kleid umgehängt wie um irgendeine Nebenperson, und stand auf einmal da, als sei sie entblößt von einem goldenen Nebel und in den Alltag versetzt. Die Augen erkaltet von Enttäuschungen und geschwächt von Verlusten, der Zug des Hohnes eingewurzelt um den Mund, umgewühlt die

Stirn wie ein Feld mit Leichen und müde dies menschliche Wesen nach getragenen Lasten, entstellt das Antlitz und der Leib durch Kampf, den täglichen Kampf um das Brot der Seele und um ihr Dasein, den nie entschiedenen Kampf: so stand sie vor dem Bruder, der die Hände erhob, langsam aufhob und sie faltete. Da sie sah, er habe begriffen, sagte sie: »Diese acht Jahre waren eine lange, lange Zeit.« Und während ihre Stimme, kranke Kinderstimme, noch nachklang, strich sie tastend über ihre Hüften, als seien sie wund oder als suchte sie nach ihrer verlorenen Form. Da riß er sie an sich, und hinsinkend weinten sie.

Das Gesicht noch trocknend, eilte sie schon fort. Unter der Tür, zurückgewendet, sagte sie: »Morgen gehe ich auf eine Reise. Du kannst unbesorgt sein...«, und sagte es inständig, als setzte sie hinzu: ›Glaub mir oder doch laß mich es glauben!‹ Morgen kam, und sie war fort, und er in seinem Hofzimmer beim Gaslicht erdrückte mit beiden Händen in seinem Herzen, was er wußte, sein ungeheures Wissen. Zwei Tage, da rief man ihn in die Frauenklinik: tot sei sie, tot sei seine Schwester. Er ging und beugte noch einmal seinen grauen Kopf vor ihrer unvergänglichen Schönheit.

Der Sarg schwankte hinaus, da war ein Mensch da und hielt dem Bruder die Hand hin. Es war ihr erster Geliebter, jener, der an Gestalt und Gang dem Schicksal geglichen hatte. Armes Schicksal, verstört und bleich. Trotz der trüben Frühe standen draußen Leute, um den Sarg zu sehen. Der Bruder hörte sagen: »Sie war nur eine...« Er sah sich nicht um nach dem Wort, er dachte: ›Wißt ihr denn gar nichts?‹, und er fühlte Verachtung und Mitleid.

Der Vater

Als Färber heiraten konnte, hatte er hinter sich schon achtzehn Jahre der Arbeit, des Suchens, des wechselvollen Kampfes mit der Menschenmasse, durch die man hindurch muß, den Zufällen, die man entwaffnen muß, mit dem Leben. Luise hatte kein Geld; aber mit vierzig Jahren wirst du doch endlich dir und ihr genügen, oder du bist kein Mann. Er genügte, wie jeder, auch noch der Kleinen, die kam. Wie jeder, stand er nach seiner Arbeit über eine Wiege gebeugt, suchte in dem Gesichtchen des Säuglings nach sich selbst, nach seinen Ursprüngen und der von ihm mitgeschaffenen Zukunft, die er nicht mehr sehen sollte; entsann sich bei einem Aufseufzen des kleinen Schlafenden der schweren Stunden, die hinter ihm und vor diesem lagen; sah es den Blick öffnen, der den Vater noch nicht kannte und einsam schien, als wisse er schon alles. Nun aber lächelte es, und alles war gut.

Es wuchs, und der Vater mit ihm. Die Freude, das Brot und einen Anteil am Genuß der Welt beschaffen zu können für zwei Wesen, die nur ihn hatten, machte ihn stärker, als er sich kannte. Er gelangte in der Gesellschaft, die er vertrat, zu einer leitenden Stellung.

Schöne Zeit! Draußen scharf wachen, den Gegnern auf die Schliche kommen, seine Haut ihnen nicht lassen und lieber Riemen schneiden aus der ihren. Zu Hause dann gesicherter Friede, anständiges Menschentum, lauteres Wohlwollen von allen zu allen. Man wechselte den Rock, wusch sich und sah, ein heiteres Zimmer betretend, in Gesichter voll Güte und Zutrauen, voll Erwartung, Wunsch und Dank. Sein eigenes Gesicht – diese beiden sahen es nie anders. Er hielt darauf, es ihnen niemals so zu zeigen, wie es draußen »im Leben« wohl aussehen konnte. Sein Luxus und seine Art von innerer Erhebung war es, das Gesicht des Lebens vor diesen beruhigt und verklärt zu bewahren.

Beide waren so schön in ihrer Unwissenheit, so liebenswert in ihrem Glauben, alles verlaufe rein und klar, erhalten nur wir so unsere Seele. Und hatten sie nicht recht? Die Mutter, als gerade ihre letzte Verwandte gestorben war, blutjung und arm geheiratet vom Fleck weg, gehegt und gepflegt, mit allem beschenkt, was ein Frauenherz reich macht – und von ihr wie von Rosa, die seit ihrem ersten Atemzug nur Liebe kannte, ward zum Entgelt für alles Glück nicht mehr verlangt, als eben, daß sie glücklich seien. Färber, dessen Werk sie doch waren, näherte sich ihnen oftmals nur mit Ehrfurcht.

Welche tiefe Gefahr ein so lieblicher Betrug barg, hatte er nicht vergessen. Dies alles stand einzig auf seinen Nerven, seinem Kampfwert. Zuweilen quälte es ihn, er habe mehr Verantwortung übernommen, als einem mittleren Manne zukomme. Der Kluge und Mächtige, der die Güte war, dies hieß es bleiben, oder ihr Vertrauen täuschen. Je fester ihr Vertrauen, um so schärfer sah er um sich die Drohungen, überreizt und nur darum nicht mehr sicher. Er beging geschäftliche Fehler, von denen gesagt ward, sie entsprängen einer Überschätzung seiner Kraft und Geltung. Dem Aufsichtsrat, der bereit gewesen wäre, ihm seine früheren Verdienste anzurechnen, begegnete er unverhältnismäßig schroff. Er ward entlassen.

Und eben jetzt nahte die Geburt eines zweiten Kindes. Konnte er der Frau sich offenbaren? Trotz vorhandenen Mitteln zum Weiterleben schien es höchst geboten, stillschweigend und ohne alle Beunruhigung eine andere Stellung anzunehmen, eine der Stellungen, die ihm gelegentlich angeboten waren und zweifellos zur Verfügung standen. Indessen zeigte es sich, daß sie dem, der die seine verloren hatte, keineswegs mehr zur Verfügung standen: nicht die, die größer waren als seine bisherige, höchstens die kleineren. Er lehnte kurzweg ab. Früher oder später fand sich doch alles, die richtige Sache, und die Menschen, die seiner gedachten. Erworbene Kraft ging nie verloren... Aber sie lag brach.

Jeden Morgen verließ er wie sonst das Haus, und während Frau und Kind ihn geborgen im Amt glaubten, ging er, wie mit zwanzig Jahren, auf die Fährte des Zufalls. Nur daß er mehr litt. Nicht allein die Enttäuschungen setzten ihm zu; er spürte, auch die Unregelmäßigkeit und das Umherirren entsprachen seinem Alter nicht. Der Augenblick kam, da sein Wille plötzlich nachließ. Er war in der Stadtbahn; um ihn her schien jeder gespannt und zielbewußt; nur er, eine sich mit hinstehlende Existenz, fuhr zu den Seinen heim, um sie nochmals zu belügen. Warum eigentlich? Man konnte gestehen, konnte nachgeben und es zulassen, daß auch die Frau ihren Teil der Last trug. War man denn allein?... Aus seinen Augen drangen langsame, schwere Tränen, er sah kein Getriebe mehr, er dachte: ja, man sei allein. Man habe die Pflicht übernommen, diesen zwei Wesen zu beweisen, das Leben sei gerecht und man selbst unangreifbar. Zu ihnen kam bald nun ein drittes. Auf dem Spiel stand, gab er es auf, sie zu schonen, nicht weniger als ihr Leben.

Darauf begann er zu zweifeln an dem Wert seines eigenen. Das noch übrige Geld konnte ihnen irgendein Dasein begründen, wenn er fort war. Blieb er, ward es von dem uneingeschränkten Haushalt nutzlos verbraucht. Er konnte eine weite Reise vorgeben. Aber auf den Ausflügen, mit denen er jetzt die Tage verbrachte, sah er doch einst in ein Gewässer hinab, durchdrungen, er sei bestimmt, noch gründlicher zu verschwinden.

Ein Dampfer legte an. Er stieg ein und war unter Menschen, die des schönen Tages wegen über den See fuhren. Hatten sie etwa keine Sorgen? Wohl auch sie. Aber selbst die schlimmsten waren bedingt und fielen weg, entzogst du ihnen den Boden. Dort sieht eine Frau her, ganz so, als bemerkte sie, daß du noch stattlich bist, scharfe elegante Züge und den besten Schneider hast. Sie selbst war hübsch, sehr gepflegt, und schien erfahren: eine Anziehung, unter diesen Umständen. Er folgte der unbefangenen Aufforderung ihres Blickes. Alles ging taktvoll und schnell vonstatten. Sie kehrten in einem verschwiegenen Landhotel ein. Färber machte die Entdeckung, daß es andere Ansichten vom Leben gab als die ihm gewohnten. Es war eine Wiederentdeckung; er fühlte sich auf einmal befreit von einem ungeahnten Gewicht und befähigt, alles hinter sich zu lassen. Er telegraphierte, daß er verreist sei, unbestimmt, wie lange.

Erst nach mehreren Tagen veranlaßte seine neue Gefährtin ihn zu größeren Ausgaben – stand aber sofort davon ab, als sie bemerkte, seine Mittel stockten. Eben an dieser Feststellung schien es ihr gelegen zu haben. Sie bewog ihn, sich auszusprechen, und sie selbst ward deutlicher. Er hatte sie halb geahnt, wie sie ihn; jetzt fanden sie einen gedämpfteren Ton, ließen von dem korrekten Idealbild, das sie einander vorgehalten hatten, einiges nach; – und Färber erfuhr, in dem Maß, wie er selbst seine Lage preisgab, das Wesen der ihren. Sie lebte von Gelegenheiten auf Reisen, als anerkannte Begleiterin reicher Leute, wenn es sein konnte, sonst aber dennoch auf ihre Kosten. Als sie bis zu dem Geständnis eines Diebstahles ging, vollzog er ungewollt eine jähe innere Rückkehr in sein voriges Leben. So war alles verknüpft, hatte so werden sollen, und hierher führte es. Er sah in sich den natürlichen Gefährten der Hochstaplerin. Sie sah ihn dafür an, nie war es ihr eingefallen, ihn zu schädigen, sie wollte ihn haben und mit sich führen, sie liebte ihn. In einer Wolke von Leidenschaft, war es ihre oder seine, besprachen sie die Flucht.

Was er noch besaß, sollte zurückbleiben für seine ehemalige Familie. Er hatte sich nur das Notwendigste beschafft und ging auf den Bahnhof, sie wartete schon: Da sprach einer ihn an, den er zuletzt vor seiner Entlassung gesehen hatte: »Denken Sie noch an unsere Sache?« Nein, eben an diese hatte Färber nie wieder gedacht. Auch gab sich der andere so unschlüssig noch wie damals, das Geschäft war wieder von der Wurzel ab zu erwägen. Als aber Färber, gehoben und angespannt wie der Augenblick ihn traf, nur eben angriff, war auch schon die Wirkung da. Er sah es vor Augen: Dies war zu machen. Nur festhalten, und alle Kraft unerbittlich in diese Viertelstunde! Nach ihrem Verlauf hatte er den andern vor einem Tisch mit Berechnungen, und nach zwei Stunden beim Notar. Indes jener den Vertrag unterschrieb, entsann Färber sich, den Blick entspannt, des abgegangenen Zuges, der Frau, die ihn suchte, und einer schon aufgegebenen Vergangenheit, in die er nun wieder Zutritt hatte, ehrbar und erfolgreich. Er erkannte, daß die letzte Zeit, mit der Hochstaplerin, seine Nervenkraft erneuert und ihn zu diesem hier ausgerüstet hatte. Er mußte ihr dankbar sein. Etwas fehlte ihm, hätte er sie versäumt. Aber gut war es, daß er, in einem letzten Gefühl von Zweifel, seinen richtigen Namen für sich behalten hatte. Fahr hin, dachte er, und ging heim.

Dort schlug ihm eine schwere Stille entgegen – und dann ein Aufschrei. Seine Frau lag in den Wehen. Der Arzt, neben dem Bett, ließ ihn herankommen, schien es ihm, wie einen Eindringling. Er wich sogar noch ein Stück zurück vor ihm und sagte erst dann, was hier zu sagen war. Färber neigte sich und nahm die Hand seiner Frau. Ihre Lippen zitterten, aber es sprach nur ihr Blick. ›Du allein, wenn es noch möglich wäre, würdest mich retten‹, sagte der Blick. ›Du warst meine Kraft, mein Leben und mein

Glück.‹ Stumm antwortete er ihr, sie dürfe vertrauen; und durch Hand und Auge schickte er, ohne nachzulassen, seinen Willen in sie hinüber, indes sie verging oder sich bäumte, indes sie irr redete und wie sie Abschied nahm, während sie das Kind hervorbrachte, und noch als sie starb.

Da er nun sah, sein Wille hatte umsonst gekämpft, griff er plötzlich um sich, als wiche der Boden. In Kopf und Herz ein wildes Drunter und Drüber: ›Das ist mein Werk, sie büßt für mich. Verraten von mir, ihrem einzigen Glauben, so sterben! Fast war ich schon Verbrecher – mein Gott!‹ Entsetzen, zusammenschlagend über ihm. Gerade sah er noch, daß der Arzt einen Schritt tat, um ihn aufzufangen – da riß er sich zusammen. ›Nein. Genug an dem. Mann bleiben, was immer geschehen ist.‹ Wohl wahr, er hatte gedacht, es führte dahin, daß er auf und davon gehen solle mit einer Abenteurerin. Jetzt aber war es so gekommen, daß er hier helfen, retten und seine Pflicht tun sollte. Dies hatte nun die volle Macht des Schicksals – und an wie wenig war es doch gehangen. Der Zufall regiert uns. Willst du leben, bereue ihn nicht, verantworte ihn! An dir, ihn zu wenden, bis er gut ist. Aus deinem rechtschaffenen Dasein, du weißt nicht wie, wird das Schlimmste. Und gerade dein äußerster Fehltritt macht dich fähig zum neuen Aufschwung.

Hiernach nahm er einen sanfteren Abschied von der Toten. Er versprach ihr zu handeln, als sei sie noch da. Jetzt konnte er weinen, linde Schmerzen des Selbstbedauerns. Sie war dahin, die letzte, die ihn noch jung gesehen hatte, die einzige, die ihn bei seinem Vornamen nannte. Das kam nicht wieder. Sie allein war ihm wahrhaft ergeben gewesen, war sein Geschöpf, weit mehr als die Kinder. Für die Kinder, wuchsen sie heran, war er ein alter Mann, ein Mensch mit Schwächen, die auszunützen, und einem Willen, der vielleicht zu bekämpfen war. Der Kritik seiner

Kinder gewachsen bleiben, dies war künftig die Aufgabe. Sich halten. Seine Versprechungen halten.

Damit er nie wieder in die Gefahr komme, die Seinen im Stich zu lassen, schränkte er zuerst seine Lebenshaltung ein. Klein und umsichtig, mit einer inneren Bescheidenheit, die ihm längst nicht mehr bekannt war, ging er in eine Unternehmung hinein, verlor, und ward doch nur entschlossener und in seinem Gewissen fester. Er zwang den Erfolg dorthin, wo es kein Ausweichen mehr gab; – und vergingen auch die Jahre, eines Tages war er bezwungen. Gleichwohl durfte man ihm niemals ganz trauen. Des Erfolges war niemand sicher; sicher, so sagte er seinen Töchtern, müssen wir unser selbst und einander sein.

Er lag vor dem Einschlafen, ein Mann von fünfzig, und dachte an die beiden Kinder, an ihre Namen etwa. Rosa, den der Älteren, und den letzten armen Schönheitstraum der verstorbenen Mutter, den Namen der kleinen Liliane. Er dachte, Laut für Laut, ihre Namen durch und fand darin vorherbestimmt, was sie sein sollten, das besonnte, schön sich entfaltende Dasein der einen, und dann dies schwache, weiße Kind einer Sterbenden, süß und schmerzlich, wie Blumenduft von einem Grabhügel. Er besann ihre Haltung heute, als er eintrat, ihre klugen oder zärtlichen Worte – und die letzte, angstvolle Vorstellung seines Wachens war es oft, er wäre damals am Scheideweg falsch gegangen und sie hätten ihn nicht, die beiden, die nur ihn hatten. Waren sie denn jetzt gesichert? Noch immer nicht, falls er an einem Morgen nicht aufwachte. Doch schien es nicht vorgesehen, daß er ihnen verlorengehe. Er hatte nie gefühlt, daß ein Gott ihn ansehe; – vielleicht aber sah er auf einen Vater?

Man rechnet, sorgt, und schließt mit Genugtuung ein Jahr ab, das doch dahin ist; aber es hat die Aussteuer der Älteren abgerundet. Das dir entgleitet, ihr gibt dein Jahr noch Kraft. So fort, wir sind gewöhnt des sicheren Weges.

Jedes Vertrauen, das unschuldigste der Kinder, diesmal haben wir es gerechtfertigt. Auf Zwischenfälle war man lange Zeit wohl gefaßt; nachgerade aber hat man so gut wie vergessen, wie sie aussehen könnten.

Färber war in seinem Geschäftszweig führend geworden und seine Tätigkeit ausgebreitet; er bemerkte erst allmählich, wie dies und jenes ihm aus der Hand fiel. Oder ward es genommen? Ein Mitbewerber, von einiger Großzügigkeit gleich anfangs, trat vollends hervor. Ja, immer dieser, und nie anders als gegen mich. War das noch Zufall? Färber kam dahinter, daß seine Kundenlisten durch Verrat an jenen Lanz gelangt waren – und der nutzte sie aus, als seien sie das, worauf er sein Dasein gründe. Es kam dahin, daß Färber sich fragte, bin ich verfolgungswahnsinnig oder – Das Oder, vom Schrecken starr, flüsterte in ihm: Werde ich alt? Und eines Tages, er hatte ein eigenes Unterlassen erkannt, das vor ihm der Gegner erkannt hatte, sank er an seinem Tisch hin, und den Kopf tief auf der Brust erblickte er es zum erstenmal, daß er in Wahrheit alt sei und darum ausersehen von einem jungen Feind, nur Feind, weil jung – aufgespürt von ihm, angeschossen wohl schon, und gehetzt, von nun an immer gehetzt, bis in den Ruin, bis in den Tod.

Eine kurze Spanne hielt sein Atem an, ihm war es, auch sein Herz; und kalt in der Stirn, nahm er ganz still hin, was kam. Er sah in diesen Sekunden das Bild des Feindes, schwarz und bleich, gewandt, gut angezogen, wie es lächelnd vorüberging – und von drüben nahte Rosa, achtzehnjährig, sanft, gütig und unwissend. Eine Jugend so im Recht wie die andere; aber die eine schlechter beschützt. Waltendes Erdengesetz.

Dann ermannte er sich wohl und gedachte des Kämpfenmüssens. Aber zum erstenmal war er, wo es einen Schlag galt, seiner nicht sicher. Was ihn unsicher machte, war dies. In jener Erscheinung, vorhin am stillen Tisch, hatte nicht nur der Feind gelächelt, auch Rosa. Sie kannten sich, er wußte nicht, ob im Leben, aber ihrer beider Jugend kannte sich – über ihn hinweg, trotz aller Unschuld seiner Tochter. Er sah fort, als dieser Lanz auf der Straße grüßen wollte, und er sagte zu Rosa: »Das ist ein unvornehmer Kaufmann.« – Sie erwiderte: »Ach! Wir hatten Tanzstunden zusammen.« Das war es, was ihn zum Besiegten machte von vornherein! Der, der ihn zur Strecke bringen wollte, mit seinem Kind war er in die Tanzstunde gegangen. Im Gesicht Jugendreinheit, und war doch ein bedenkenloser Mächler. Lebte lustig, ließ Geld springen, genoß sozusagen schon Geltung in einem Alter, wo unsereiner nichts hatte als einen Arbeitskittel – und machte nebenbei süße Augen für die Tochter seines Feindes. Denn Feindschaft wog ihm so leicht wie das übrige. Er war hassenswert, vom Vorteil zu schweigen, durch sein Wesen selbst. Er war aus dem neuen leichten Geschlecht der Erben: Erben auch ohne Geld. Rasch und unsolid kamen die daher, schufen nichts, nutzten nur aus – aber ihr Kampf, der ein leichtfertiges Spiel war, brachte sie dennoch an die Stelle derer, die gearbeitet hatten, ohne rechts oder links zu sehen... Denn der bald Sechzigjährige vergaß vieles beim Anblick des Fünfundzwanzigjährigen.

Was tun? Wenn Rosa den Gruß dennoch erwiderte – heimlich, und wohl mit etwas Selbstüberwindung, aber sie erwiderte ihn, was tun? Sollte der Vater ihr dann eingestehen, wie es stand und daß das Seine und Ihre täglich dahinschwand zu dem da? Ihr eingestehen, daß er schwach war? O doppelte Ohnmacht, nicht aufhalten können das Verderben, und auch nicht sprechen dürfen! Vielleicht war sein Kind schon nicht mehr würdig, daß er sprach; wußte alles und hielt es mit dem Feind. Umsonst würde er es bei ihr aufgenommen haben mit dem Jungen. Er fing an, mißtrauisch Rosa nachzusehen, wenn sie ging, und ihrem Gesicht nicht zu glauben. Ward es davon etwa traurig? Mochte denn auch sie fühlen, wie es tat, verlassen zu werden! Kaum verbarg er ihr noch, wieviel näher ihm seine Jüngste war, Liliane, das leise Kind der Sterbenden. Als sie starb, war sie seine, des Alten, wahre Gefährtin gewesen, und sein wahres Kind war Liliane. Die eine behüten, die ihm noch blieb!

Er sorgte sich um ihr Leben – und ihre Zukunft sicherzustellen war alles, was er noch verlangte und unternahm, bevor es denn mit ihm zum Äußersten kam. Kein Zweifel mehr, daß es dahin kam. Noch einmal und in einem Alter, wo es kein Wiederaufstehen gab, sollte er zu Fall kommen. Die Schläge, die ihn trafen, wurden heftiger, wurden unentrinnbar. Keine Gewandtheit und Spannkraft mehr, auf die er pochen durfte. Nur noch stillhalten und vor dem Entsetzen die Augen schließen.

So stand er eines Tages in dem halbdunkeln Vorraum seines Eßzimmers, hatte die Augen geschlossen und nach einem Tisch gegriffen. Das Geschirr darauf klapperte, sie hörten es wohl drinnen. Dennoch verging eine Weile, bis jemand die Tür öffnete. Rosa war es. Er hatte sie nicht erwartet, sein Arm zuckte, als sie ihn nahm. »Du weißt wohl nicht, daß wir schon essen?« sagte sie und führte ihn hinein. Obwohl sie munter sein wollte, verbarg sie ihren Blick. Schämte sie sich für ihn? Für sich? Für dies Leben, das nun das ihre war? Plötzlich erinnerte er sich, als sei es gestern gewesen, seines Eintretens in das Eßzimmer, als Rosa klein war und ihre Mutter noch mit am Tisch saß. Er kam durch die große Tür, schnell und freudig, mit einer Miene voll guter Gaben, und sie streckten vertrauend die Hände hin, baten lächelnd und lachten dankbar. ›Wohin habe ich es kommen lassen!‹ dachte er, tief erschrocken. ›In so kurzer Zeit!‹ Er strich der kleinen Liliane über die Haare, und zu Rosa sagte er vertraulich und leichthin: »Du darfst dich nicht wundern. Im Leben eines Mannes, der viel arbeitet, kommen matte Zeiten vor. Ihr werdet mich wieder anders sehen.«

Er fühlte: Ah! Nein! – und als er nachher allein war, immer wieder: Ah! Nein! So sollte dies nicht verlaufen. Die neue Jugend dachte sich die Dinge denn doch zu glatt, ihre Opfer zu widerstandslos. »Ihr kennt mich nicht, ihr sollt mich kennenlernen!« Auf einmal sah er alles unerwartet leicht und klar: denn die Hoffnung war aufgewacht, er könnte sein Kind wieder für sich gewinnen.

Er fand: So war es zu machen. Ein Plan wie dieser rechnete mit allen Eigenschaften des Gegners. Keine Falle, in die er, wie er war, nicht tappen mußte. Färber, am stillen Tisch, lächelte in sich hinein. Er empfand sich als den klugen alten Kriegselefanten, der den Rüssel aufstellt, bevor er die Dschungel betritt. Der junge Tiger pürscht sich heran. Aussehen, als merke man nichts. Springt er? Er springt; – und der Rüssel fällt und zerbricht ihm den Schädel. »Auch wir Alten haben unsere Stärke. Es ist nicht der Ansturm mehr und nicht mehr der leichte Griff. Aber es ist die erfahrene Einsicht und die List.«

Das Geschäft, das ein Schicksal sein sollte, ward langsam angelegt, mit Geduld und Weitblick – scheinbar in großer Furcht vor Mitwissern, aber für Spalten war gesorgt, an denen der Feind horchen und sich aufregen konnte. Was war er denn? Ein Nachtreter, immer auf der Suche nach einträglichen Plagiaten, immer bereit, mit Methoden, die ohne Selbstachtung waren, der ehrlichen Leistung eines andern seinen schnellfertigen Pofel unterzuschieben. Darum nur zögern, zurückschrecken, schwerfällig tun: den Horcher reizen, bis er dich überrennt und als Halsbrecher in eine Sache hineingeht, die deiner größten Vorsicht wert war. Jetzt noch Ertapptsein heucheln, greisenhafte Wut und kopfloses Nachdrängen – bis er im Radwerk hängt und nie mehr entrinnt.

Wie verhält sich hier so einer? Er denkt sich ablösen zu

lassen von dem andern, er hält ihn für dumm, ihn, der ihn restlos ausgerechnet und Schritt für Schritt gelenkt hat. Diese Art hält alle für dumm; daher ihr früher Sieg wie ihr vorzeitiges Ende... Er ist fällig nun, sogleich muß er da sein. Färber sah aus dem Fenster: Da kam er. Munter und seiner Sache getrost führte er sich ein und legte los. Reden lassen! Die Stichworte geben, vermittelst kleiner harmloser Fragen, die in dem andern ein Loch aufrissen, eine Lücke in seiner törichten Selbstsicherheit; – und jetzt, seine Samtaugen verrieten es, tat er den ersten Blick in die ganze Tiefe seiner Trostlosigkeit.

Dies war der Zeitpunkt. Färber stand auf. Der erwartete Zeitpunkt der Abrechnung. Zurücktretend sah er zu, wie der dort vollends begriff und erstarrte. Erst als er ihn hilflos bat, doch zu sprechen, sprach er, um ihm zu sagen, daß er verloren sei, und er selbst habe es gewußt und gewollt.

»Sie täuschen sich über das Leben«, sagte er mit einer Stimme, hart vom Richten. »Wie Sie es sich denken, wäre es zu leicht für Menschenverächter ohne Gewissen und für geistlose Gewaltverüber. Ich habe vieles gesehen, vieles erkannt. Die Schamlosigkeit Ihrer Verfolgung hat mich zuletzt noch das Beste erkennen lassen. Eine Sache, die, wie Ihre, auf Enteignung und Vernichtung gestellt ist, bricht endlich zusammen, das ist vorgesehen.«

Aber anstatt jenes dort fühlte Färber selbst sich niedergebeugt, wie von großer Vergeblichkeit, und stützte sich auf den Tisch. Nur weil er sie sich vorgenommen hatte, sagte er noch einige Sätze, aber seine Stimme, schien es ihm, verlor die Tragkraft.

»Um die Jugend wird man sonst beneidet, Sie aber sind, Gott sei Dank, nicht zu beneiden. Sie lernen mit fünfundzwanzig Jahren schon eine Lage kennen, daß Sie mit sechzig sich nicht einmal mehr wundern können, wenn Sie dastehen wie jetzt und flehen. Und um dann, mit sechzig, noch wieder loszukommen«, sagte er und verhielt mühsam ein Aufschluchzen, »muß einer stärker sein als Sie.«

Der bleiche junge Mensch dort lächelte, betreten und spöttisch – was Färber plötzlich außer sich brachte. Er wisse noch einen Grund, sagte Lanz, noch einen Grund für Färber zur Nachsicht. Es sei ein außergeschäftlicher... Da wies Färber ihm die Tür.

Der prüfte ihn leichthin von unten, ob wirklich nichts zu machen sei, und dann wand er sich wohl, einigermaßen auf den Mund geschlagen, durch die Möbel nach der Tür; aber kaum darunter, klapste er sich auf den Zylinder, und seine Hüften schaukelten schon wieder, wie er abging – indes Färber mit arbeitender Brust es fühlte, daß nichts in der Welt ihn rächen könne an dem da. Denn der war kein Vater, und war kein wirklicher Mann, weil er von Recht und Unrecht nichts wußte. Er ging nur ab, wenn die letzte Frechheit gesagt war – und was für eine! Und auf irgendeiner anderen Seite fand er wohl wieder Zutritt in das rohe Vergnügungslokal, das für seinesgleichen das Leben war.

Färber gewann dort, wo jener gescheitert war, eroberte alle Stellungen zurück, die der Geschlagene, Verschwundene hinterließ, und zu Rosa sagte er: »Dein Vater hat gehalten, was er dir versprochen hatte.« Dabei aber suchte er angstvoll in ihrer Miene. War sie nicht im Einverständnis mit dem Verschwundenen und mit seinem letzten, nicht beendeten Versuch, sich anzuklammern? Er sah nichts. Was ließ sich auch sehen, das er nicht hineinspiegelte, erfüllt wie er war mit der Erinnerung an etwas Unheilvolles, an furchtbare Zusammenhänge und einen ganz vergeblichen Sieg. Sogar die kleine Liliane blieb unfroh, als er ihnen ankündigte, es sei Zeit, die Koffer zu packen für die Sommerreise.

An der Bahn, gereizt und unbeherrscht, wie man leider nun war, hatte man sogleich einen Streit um die belegten

Plätze. Hier lag das Gepäck widerrechtlich entfernt von der Bank, und dort standen die Töchter und warteten, daß man ihnen gegen die Mitreisenden ihr Recht verschaffe. Behaupte dich, du darfst nicht müde sein! Und lachen, wo die Welt nicht mitlacht? Das will viel Kraft. Als sie aber saßen und die Räder sich schon drehten, sagte Liliane: »Herr Lanz kommt«; – und in der Stimme des Kindes dieser Schrecken und dies Geheimnis! Rosa sah aus dem Fenster.

Dann wirklich drang er ein, fuhr, den Hut im Nacken, mit den Augen über den Raum und die vier Bänke hin, mußte doch bemerken, daß auch dahinten ein Platz freistand – aber gerade neben Rosa setzte er sich. Sie sah weiter aus dem Fenster. Der junge Mann seinerseits hatte keinen Gruß für Färber. Nach einer Weile stand sie auf und trat in den Seitengang. Lanz rückte sofort auf ihren Platz und riß das Fenster herab. Gegenüber der kleinen Liliane warf der Wind den Hut vom Kopf. Färber zog schweigend das Fenster wieder hinauf. Nach einer Minute wiederholte der andere seine Bewegung, und dann Färber die seine, beide schweigend. Als Lanz zum drittenmal den Arm ausstreckte, sagte Färber stark, aber mit Beben: »Ich ersuche Sie, das Kind nicht länger dem Zug auszusetzen. Es ist nicht zu warm hier.«

Das sei Ansichtssache, sagte Lanz hell – und da die Hand Färbers ihm in den Arm fiel, schlug er nach der Hand. Färber stand auf, umklammerte den Zugriemen des Fensters und zeigte den Mitreisenden sein vergrämtes Gesicht, das verbissenen Zorn preisgab, sein altes Gesicht. Sie murrten. Lanz wendete ihnen sein junges zu und rief hell:

»Der Herr glaubt, alles geht nach ihm.«

»Das hat er schon vorhin geglaubt«, riefen die, die mit ihrem Gepäck hatten abziehen müssen. Ein Unbeteiligter sagte kräftig:

»Nervöse Bürokraten sollen allein reisen.«

Die kleine Liliane zog sich zusammen auf ihrem Sitz und weinte still. Rosa im Seitengang wendete sich nicht her. Und der Vater stand da, ganz Spannung und Beben: Dein Kind verteidigen und nicht sinken in seiner Achtung! Stand, als gehe, weil er endlich schwach genug sei, das letzte dahin, stand am Pranger mit seinem Herzen.

Der junge Lanz zuckte die Achseln und setzte sich wieder. Ringsumher besprach man den Zwischenfall, ohne Rücksicht darauf, daß Färber und die Seinen zuhörten. Er sah sich wehrlos und empfand, wie noch nie, unter dieser albernen Niederlage die letzte Nutzlosigkeit der Dinge. Sein Mund füllte sich mit Bitterkeit, die Hand am Fensterriemen ward schlaff. Kaum daß sie herabglitt, griff Lanz schon zu und öffnete. Färber nahm Liliane bei der Hand, rief sanft nach Rosa und führte beide in den Speisewagen. Hinter ihnen ward gelacht. Das Lachen des Lanz drang durch, es klang nach einem Automaten, trotz allem Haß.

Die Mittagsstunde kam, im Speisewagen war schon alles besetzt, nur am Tisch Färbers wartete der vierte Platz – auf wen? Lanz fehlte. Färber sah es im Spiegel, wie er eintrat. Er sah auch die gequälten Gesichter seiner Töchter und dachte auffahrend: ›Wenn er sich hersetzt –!‹ Aber dem Menschen stand es zu deutlich in der Miene, was er sich wünschte. Färber bezwang sich. ›Ich habe kein Recht, die Kinder auch dies noch sehen zu lassen. Es gab eine Zeit, da stand ich zwischen ihnen und allen Feinden.‹ Und aufstöhnend im Lärmen der Räder: ›Nimmt die Verfolgung denn nie ein Ende?‹

Lanz hatte inzwischen Champagner bestellt, trank hastig und schnitt Gesichter, als unterhielte er sich lebhaft mit sich selbst. Einmal, Färber sah es im Spiegel, ließ er einen Blick zu Rosa gleiten und bewegte merklich das Glas gegen sie. Sie sah aus dem Fenster, und Lanz gleich wieder sorglos in die Luft. Nach dem Essen ging er hinüber zu den Rauchern. Färber blieb sitzen und sagte den Mädchen, welche schöne Wochen sie haben würden im Wald und an den Hügeln. Und öfter dann, sagte er. Denn jetzt, jetzt sehe er freien Weg vor sich und die Aussicht, sich zurückzuziehen und ganz mit ihnen zu sein. Er sagte ihnen mehr, als er je gesagt hatte.

Erst als der Zug ihr Ziel erreichte, standen sie auf. Färber ließ sich Zeit mit Trägern und Koffern, schon gefaßt darauf, auch der Verfolger werde aussteigen. Dort sprang er grade hinab, ganz ohne Gepäck, verwunderlicherweise. »Wir gehen durch den Wald, das wird uns erfrischen«, sagte Färber, besorgt wegen eines neuen Zusammentreffens im Omnibus. So betraten sie, indes vom Himmel Tropfen fielen, das niedrige Gewölbe der Buchen.

Moderig roch es in der feuchten Luft, denn der Grund weithin war überhäuft mit altem Laub. Sie gingen auf ihrem Weg, oben zwischen den Hängen, in einer drückenden Stille. Die kleine Liliane, voran, versuchte ein Lied zu singen, brach aber gleich ab und tat eine flüchtende Bewegung zur Schwester. Färber ging hinter ihnen und sann darauf, sie heiter zu machen. Da fiel ein Schuß.

Es war da hinten, dort unten! Auf jener Seite! Nein hier, du siehst doch den Rauch... Und noch immer standen sie. »Ein Jäger«, sagte Färber und reckte jäh den Arm aus. »Dort läuft ein Reh!« Rosa stieg, ohne zu antworten, vom Weg hinab. Darauf stieg auch Färber und überholte sie. Watend durch Vertiefungen voll fauliger Laubmassen, heraushastend und endlich doch nur als Schleichende kamen sie hin. Färber räumte Laub fort von der Brust des Gefallenen, von seinem Gesicht; so tief war er versunken. ›Mußte dies sein!‹ dachte er. ›Wie ein Tier im Dickicht!‹ Hinter ihm Rosa weinte auf:

»Hätte ich das gewußt!«

Da beugte Färber sein Gesicht bis in seine Hände.

»Ich selbst könnte so daliegen«, murmelte er flehend.

Die kleine Liliane war nachgekommen. Sobald sie sah,

blieb sie stehen und schrie, schrie. Rosa nahm sie beim Arm, dann holte sie Färber. »Noch nicht«, bat er und sank auf einen Baumstumpf. Da war er, jenseits eines letzten Schleiers, der gnädig noch beschönigt hatte, was ist, allein mit seiner Wirklichkeit: daß wir vergeblich Unrecht üben, zur eigenen Qual einander Feinde sein und, unbekannt jeder jedem, uns töten müssen.

»Was hätte ich tun sollen«, fragte er hilflos. Rosa umarmte seinen Kopf.

»Armer Vater!«

Und seine Hand, die sich trostlos öffnete, ward unversehens liebkost von der ahnungsvollen der kleinen Liliane.

Er stand auf. Er sah noch einmal zu dem jungen Gesicht des Toten hin – und ihm ins Gesicht, als wären nicht zwischen ihnen das Leben und der Tod, beide mit ihren Verboten, ins Gesicht ihm sagte er:

»Mein Sohn!«

Römische Chronik

I Ein Priester ist eifersüchtig auf einen Seiler

In Via del Portico kannten alle den Priester Gambi Emilio, einen jungen Mann von einundzwanzig Jahren, der fast täglich dort auftauchte, auf dem Weg, wie er sagte, nach Santa Prisca am Aventin, wo er seine Angelegenheiten habe. Es sah aber eher aus, als habe er sie im Laden des Seilers Campestri. Dort saß Frau Filomena, die formenbegabte Gattin des Seilers. Ihre Haut war von so goldiger Farbe, daß sie dem Priesterchen eine Sonne schien. So schön wie die Filomena fand er keine, obwohl ihr schwarzes Haar schon zu ergrauen anfing, denn sie war gut vierzehn Jahre älter als er. Die Seilerin widerstand seinen Anträgen und seinen Drohungen, die beide immer stürmischer wurden. Sie war vernünftig und lachte über einen so wenig ernsten Priester. Am meisten lachte sie, weil er immer wieder sagte, leichter noch könne er ganz verzichten auf ihren Besitz, als daß er sie dem Seiler lassen könne.

Anders der Seiler selbst, der dem Priester das Haus verbot. Auch sperrte er die Gattin ein, sobald der junge Mensch in der Gasse sich nur blicken ließ. Da aber der Priester immer häufiger kam, verbrachte Frau Filomena halbe Tage unfreiwillig in einem Zimmerchen hoch oben, das auf die leere und rauhe Mauer des Theaters des Marcellus hinausging. Die Langeweile erbitterte sie wohl, und eines Tages, als der Gatte, aus Unachtsamkeit und weil ein Kunde rief, den Schlüssel an der Tür gelassen hatte, hinderte sie es nicht, daß der Priester heraufkam, vielmehr, es scheint, sie hatte ihm sogar ein Zeichen aus dem Fenster gegeben. Als der Seiler sich seines Versäumnisses bewußt wurde, war schon das geschehen, was er verhüten wollte. Er hatte dies vorausgesehen und gleich ein Seil mitgebracht, mit dem er die beiden Beleidiger seiner Ehre so fest zusammenband, wie sie es in ihrer höchsten Leidenschaft nur hätten wünschen können – worauf er fortging, um den Kommissar zu holen. Indes sagte Filomena zu dem Priester, der weinte vor Zorn: »Emilio, beiß doch auf das Seil, du bist näher daran mit dem Mund!« Er antwortete unter Tränen: »Aber ich habe schlechte Zähne«; und er würgte so lange an dem Strick, bis er ihn in die Nähe der ihren geschoben hatte, so daß sie zubeißen konnte, denn die ihren waren gut. Sie biß auch durch, wickelte sich los und dann ihn. »Lauf!« sagte sie und machte die Tür auf. Er hingegen wollte, daß sie mitkomme, und als sie sagte, es seien genug Dummheiten gemacht, jetzt müsse man wieder vernünftig sein, wollte er sie zwingen. Sie war aber stärker, stieß ihn fort und fing an, die Treppe hinabzusteigen. Doch hatte sie ohne seine große Eifersucht gerechnet; denn er wollte um alles und auch bei ihrem und seinem Verderben nicht, daß sie wieder dem Seiler gehöre. Und so machte er aus dem Seil eine Schlinge, die er der Frau von hinten über den Kopf warf. Als sie dann hingefallen war, ging er mit aller seiner Kraft daran, sie zu erdrosseln. Da kam der Seiler mit dem Kommissar, es war gerade noch rechtzeitig. Indes sie aber die Frau befreiten, rannte der Priester das Haus hinunter und hinaus, durch die Leute hindurch, die schon eindrangen. Er rannte durch die Straße Bocca della verità zum Tiber hinab, wo Santa Maria del Sole steht, und die Menge hinterher, zuletzt der Seiler, der »Haltet! Mörder!« schrie. So jagten sie den Priester mehrmals um den alten Tempel her. Da aber schließlich einige umkehrten und ihm entgegenkamen, wich er aus und lief stracks in den Fluß hinein. Schon sah man ihn versinken. Aber der Kahnführer Ribaldi Agostino, wohnhaft Via Lunga 34, rettete ihn noch. Er ward in das Hospital Santo Spirito gebracht, wo man feststellte, daß er in der Schulter eine Quetschung habe, verursacht durch einen Steinwurf und heilbar in fünf Tagen, unter Vorbehalt.

Die Filomena ist ohne Schaden davongekommen.

II Im Café Aragno

Im Café Aragno wird jetzt viel gelacht, und zwar auf Kosten eines jungen Mannes, dessen Vater schon manchen zum Weinen gebracht hat. Es ist Gigoletti Sohn. Sie kennen ihn? Dann wissen Sie wohl, weniger als zwanzig Prozent nimmt Gigoletti Vater niemals. Die guten Geschäfte des Alten hindern aber den Gogo nicht, stets ohne Geld zu sein; und so wurde seine Bekanntschaft mit Nina Valiera ein Dornenweg – Sie wissen, die Nina, die vorigen Sommer im Eden auftrat und mitten in ihrem Singsang hinauslief, weil sie nicht weiter wußte. Es war ein einmaliger Versuch, sie ist reumütig zurückgekehrt in das Haus am Spanischen Platz, wo der schönste Teil ihrer Jugend verläuft. Gigoletti Sohn verbrachte dort vergebens manche Stunde, wenn er sie nicht im Café Aragno anschwärmte mit Karpfenaugen. Denn sie saß immer in einem Kreis von Herren, denen allen sie so gefällig wie möglich gewesen war, und nur ihn, Gogo, wollte sie nicht; er trottete einsam hinterher, wenn ein Glücklicher sie nach Hause brachte. Alle andern Damen des Hauses kannte er schon genau, nur aus Liebe zur Nina, machte ihnen ihre Besorgungen und spielte Morra mit dem Koch, ganze Nachmittage, so lange, bis die Nina ihr Zimmer verließ und ausging. Dann stieg er vor ihr aus dem Boden auf und sagte seine Gebete her, die immer gleich waren und sie ungerührt ließen. »Warum, o Nina, Göttliche, warum denn nur ich nicht?« – »Weil der Sohn eines Wucherers Geld haben muß, und du hast keins.« – »Ich werde Geld haben«, schwor er eines Tages. »Wirst du dann mit mir nach Tivoli fahren und nur mir gehören an dem Tage?« Sie ließ sich herbei, es zu versprechen, worauf Gogo vor seinen Vater hintrat: er wisse einen Erben, der Geld brauche. »Zwanzig Prozent«, sagte der Alte, »und wer ist der Erbe?« – »Ich«, sagte Gogo, »und ich habe Sicherheiten.« Hier überreichte er seinem Vater gewisse Wertstücke, die jener annahm, indem er seiner Gewohnheit gemäß darauf verzichtete, zu erforschen, woher sie kämen. Gogo mit dem Geld fliegt zu Nina. »Du hast Unglück«, erwidert sie. »Denn jetzt mischt auch mein Vater sich hinein, heute ist er angekommen, sieh nur!« Gerade kommt ein Alter von der Straße herein und geht bescheiden, aber würdig nach oben. Er hat rote rasierte Bäckchen, sein brauner Rock steht hinten am Hals spitz hinauf, und in der Taille sitzen blanke Knöpfe. Was will man noch mehr, sagt die Miene der Nina, ein richtiger Vater. Gogo versucht noch: »Dein Vater wird es nicht mißverstehen, wenn wir nach Tivoli fahren.« Aber Nina wird zornig. »Mein Vater ist vom Lande, er hat Religion, was glaubst du. Nie würde er hier wohnen, wenn er nicht glaubte, das Haus sei ein anständiges Hotel.« – Aber als Gogo, ganz eingeschüchtert, nur noch wimmert, fällt der Nina ein, man könne den Vater mitnehmen. Sie hört nicht, was der ärmste Junge einwendet, sie klatscht in die Hände: »Mein Vater hat sein Wägelchen, wir kutschieren selbst!«

Und so geschah es. Die Nina mit ihrem Vater und der Gogo mit seinem Geld trafen in Tivoli ein, Hotel zur Sibylle. Im gepflasterten Hof essen sie Makkaroni, Nieren, Filets vom Indian, und als Nina den Wein zu spüren beginnt, verlangt sie von Gogo, er solle auf den Tempel der Sibylle klettern, ja, auf das Dach. Er sieht es an, es steht über die Mauer hinweg, und auch die Mauer lädt ihn nicht ein. »Das kann niemand«, erklärt er. Indes aber die Nina höhnisch lacht, meldet sich der Alte. »Ich könnte es wohl.« Seinerseits lacht Gogo. »Ich wette dagegen.« Nina: »Wieviel?« Gogo: »Was ich bei mir habe.« Nina: »Schlag ein!« Denn sie kennt das Augenblinzeln ihres Vaters. Der Alte legt sorgsam seinen Rock ab, nimmt vom Haus eine Leiter und steigt bequem auf das Tempeldach. Gogo schreit und will nicht zahlen, der Kellner Cäsar wird angerufen, er entscheidet für den Alten, der Apotheker auch. Als Gogo sich endlich seiner Barschaft entledigt hat, sagt die Nina: »Du tust mir leid, trotz deiner geringen Intelligenz. Obwohl du mich jetzt nichts mehr angehst, will ich dich auf dem Wägelchen mitnehmen.« Denn Gogo jammerte zu laut, daß er sogar für den Zug kein Geld mehr habe; die Zuhörer wurden bedenklich.

Unterwegs hat dann der Alte vom Lande so geschickt gefahren, daß Gogo hinausflog, er aber und sein Töchterchen blieben sitzen. Sie kommen zu Haus an, die Nina rühmt sich ihres Streiches und zeigt das Geld. Da schreit der Koch auf: »Vom Gigoletti! Ha! Mörder! So weiß ich denn, wer mich bestohlen hat!« Und eben jetzt, zu seinem Unglück, zeigt sich Gogo. Denn in allem Schrecken hat er doch von seinem Geld noch ein wenig gerettet und hat den Zug benutzt. Nun aber sieht er von der Treppe den Koch, sein großes Messer schwingend, über ihn hereinbrechen. Er, wie abgeschnellt, in ein offenes Zimmer und unter dem Bett hindurch. Der Koch, hinterher, kriecht auch und sticht, wo er hintrifft. Gogo, aufkreischend, tut einen Sprung zurück über das Bett, hinaus und die Treppe hinauf, durch die Luft fliegend vor dem Koch, der schreit: »Er mordet mich!« und dabei das Messer schwingt. Wäre jetzt nicht die Nina gewesen, um Gogo war es geschehen. Denn alle andern Damen schlugen, sobald die Schlacht sich ihnen näherte, ihre Türen zu. Nina aber öffnete die ihre dem armen Verfolgten und hielt sie verriegelt vor dem Koch, sosehr er wütete und bat.

Man sagt sogar, und Gogo leugnet es nicht, daß er in so

gefahrvoller Stunde und während nur die Bretter einer Tür ihn von einem schlimmen Ende trennten, doch noch die höchste Gunst, die er vom Schicksal erflehte, empfangen habe aus den Händen der Nina. Seitdem hält sie ihn wieder ein wenig kurz, aber nicht zu sehr, und er spielt wieder Morra mit dem Koch. Denn der Vater Wucherer hat bezahlen müssen. Alle zufrieden, alle glücklich.

III Die Verjagten

Seit gestern ist nun auch die sechzehnjährige Linda Barocci gestorben. Alle, die sie kannten, sagen, daß sie glücklich zu leben verdient hätte, denn sie war gut und tapfer, was sie schon früher bewiesen hatte, draußen vor Porta Agnese bei ihrem Verwandten Nazzarri, der ihr nachstellte. Nazzarri Umberto hatte seine Gärtnerei gleich hinter dem Heiligtum Sant'Agnese. Er war ein stattlicher Mann mit lebhafter Gesichtsfarbe. Die Linda, blond, weiß und sehr zierlich, fand ihr Heil, wenn die Laune ihn ankam, stets nur in ihrer Schnelligkeit. Denn der Garten ist groß und geht in das offene Feld über. Wenn der Nazzarri der Kleinen lästig fiel, trat manchmal seine Gattin dazwischen, die Frau Amelia, oder besser gesagt, sie rief ihrem Gatten von der Tür her Namen zu, die keine Kosenamen waren; aber persönlich zur Stelle zu sein ward ihr schwer wegen des Gewichtes ihres Körpers. Diese beleibte Person hatte ein gutes Herz, das die Linda die versuchte Untreue ihres Gatten nie entgelten ließ. Vielmehr bezeigte sie ihr das innigste Mitleid und warnte den Nazzarri vor dem Unglück, das seine böse Lust nicht verfehlen würde heraufzurufen. Er aber wollte nicht hören. Gereizt durch den Widerstand des Mädchens hetzte er sie öfter umher wie toll, und besonders zu der Stunde, wo auf die Campagna die Dämmerung herabsteigt. Dann sahen Nachbarinnen Linda dahinhuschen über den Boden, klein und leicht wie eine Fledermaus, und irgendwo darin verschwinden. Denn die Erde hat dort versteckte Löcher, die in die alten Katakomben hinabführen, und in ihnen findet man schwer den, den man sucht, wenn auch zuweilen solche, die man nicht gesucht hat und die das Licht scheuen. Der Nazzarri mußte draußen warten, bis es der Linda gefiel, zurückzukehren. Einmal, sagten sie, habe er achtundvierzig Stunden lang warten müssen. So verzweifelt war das Mädchen, daß es sich drunten verirrt hatte und halb verhungert hervorkam.

Dem konnte die gute alte Tante Amelia nicht länger zusehen. Sie und die Linda taten soviel und soviel, bis endlich der Nazzarri dem Mädchen zu gehen erlaubte. Sie suchte sich eine Stelle als Magd in Rom, er war aber dahinter, daß es bei strengen Leuten wäre und in einem Haus ohne Jugend. Die Frau Gräfin Marinotti hat ihren Palast in Via Argentina und bewohnt ihn allein mit ihrer Zofe und Haushälterin Bona Chichetti, die bei Jahren ist wie sie selbst und eine Gehilfin braucht, und diese war die Linda. Sie erlangte die Zufriedenheit der beiden Alten, und sooft der Onkel Nazzarri sich einstellte – er stellte sich aber jede Woche zweimal ein mit seinen Gemüsen –, ward ihm geantwortet, daß nichts Unrechtes zu merken sei an der Linda. Denn sie gehe nur aus, wenn ihr Dienst es verlange, niemals am Abend, und kein Mann komme ins Haus. Eines Tages aber sollten die guten Alten einen kommen sehen. Er war erst achtzehn und war ein Kohlenträger, Aldo Canta, von Montereale, Provinz Aquila, woher auch die Linda kam. So trug er ihr das Säckchen mit dem Holz, das sie geholt hatte für den Herd, und folgte ihr bis vor das Haus. Schon beim zweiten Mal aber ging er mit ihr die Treppe hinauf, zu dem Saal im Herrschaftsgeschoß, wo die Frau Gräfin in Gesellschaft ihrer Zofe Chichetti bei einem Kohlenbecken saß. Und als sie die beiden jungen Leute auf der Schwelle sah, rief sie ihnen zu, herbeizutreten, und sie taten es, und Aldo sagte, daß er Linda wohlwolle, und sie sagte, daß sie beschlossen habe, ihn zum Mann zu nehmen. Da aber die beiden Alten erwähnten, den Fall müßten sie dem Gärtner mitteilen, fing das Mädchen zu weinen an, und der junge Mann weinte mit ihr aus Zorn, weil sie ihm gesagt hatte, wie die Dinge standen. Die Tränen der jungen Leute bewogen sowohl die Gräfin wie die Zofe zum Mitleid, so daß sie dem Nazzarri, als er wiederkam, die Sache verschwiegen. Dennoch aber faßte er Verdacht, weil das Mädchen nicht mehr zaghaft schien, sondern den Kopf hob und sang. So kam es, daß der Aldo und die Linda, als sie eines Abends, schon im Dunkeln, vor dem Haus hin und her gingen, um die Ecke der Via Barbieri den Nazzarri erscheinen sahen, und dieses Mal ohne Gemüse und in der Haltung eines Spähenden. Das Mädchen, zitternd vor Furcht, griff nach der Hand des Verlobten und zog ihn hinter die Haustür. »Er hat uns schon gesehen«, flüsterte sie. »O mein Aldo, was jetzt?« – Er sagte: »Ich will mich nicht verstecken, laß mich hinaus, Linda, und du sollst sehen, wie die Sache endet.« – Sie hielt ihn aber fest mit aller ihrer Kraft und beschwor ihn, daß er das, was er meinte, nicht tun dürfe, denn der Nazzarri sei der Bruder ihrer Mutter. Und damit er nichts unternehmen könne, zog sie ihn die Treppe hinauf. In die Haustür trat schon der Nazzarri und war sogleich hinter ihnen her. Sie liefen über die erste Treppe. Der Gärtner, auf ihren Fersen, rief: »Das sollst du mir bezahlen, Verführer meines Kindes!«, und Aldo rief zurück, schon von der zweiten Treppe: »Bezahlen wirst du selbst!« Da waren sie im Herrschaftsgeschoß, und von dem Geschrei kamen die beiden Alten hervor. Durch sie ward der Gärtner aufgehalten, die jungen Leute erlangten einen Vorsprung, sie erreichten ein Zimmer unter dem Dach und sperrten sich ein.

Da atmeten sie nun nach dem Lauf, standen und sahen erregt einander an. »Ich wollte es nicht sagen«, gestand Linda, »aber ich wußte es, denn ich hatte einen Mönch von Sant'Agnese gesehen, der uns beobachtete, und so wußte ich, wir seien verloren.« – »Das sind wir nicht«, sagte Aldo. – »Aber er wird mich dir fortnehmen.« – »Das wird er nicht tun«, sagte Aldo. Und inzwischen hörten sie schon seinen Schritt vor der Tür. Er riß daran und trat dagegen, obwohl die beiden Alten ihm zuredeten; aber er hörte nichts und schrie nur immer nach dem Verführer seines Kindes. »Wohin mit uns, wenn die Tür zerbricht«, sagte Linda. Aldo öffnete die Fenstertür und sah, daß das Zimmer in einem Winkel des Hofes lag. An der anderen Wand des Winkels war ein Balkon, dorthin dachte er zu entkommen mit seiner Geliebten. Er sagte ihr, er wolle den Sprung wagen über den Abgrund, und dann werde er ihr zu helfen wissen. Aber sie zeigte ihm die klaffenden Risse in dem Stein des Balkons, seine lokkeren Eisenklammern, und dahinter das verfallene Haus. Denn dieses ist ein Haus, das seine Bewohner verlassen haben, und die Arbeiter, die es wieder herstellen sollen, betraten es noch selten. Der junge Kohlenträger sprach nichts mehr, er schwang sich, indes Linda dastand ohne Regung, über das Fenster, er faßte ein Stück Eisen in der Mauer, trat in eine Lücke zwischen den Steinen, dann in die nächste, und so bis zu dem Balkon. Behutsam stieg er hinein, und aus dem Zimmer dahinter holte er eine Leiter, die schob er hinüber, in das Fenster zur Linda. »Komm!« sagte er, und sie kam – über die Leiter, die er nicht auf die unsichere Brüstung des Balkons legte, sondern in seiner festen Hand hielt. Wie sie aber mitten über der Tiefe kniete, gab im Zimmer hinter ihr die Tür nach, und der Nazzarri stürzte hinein. Ein Blick, erstarrt waren sein Geschrei und seine geschwungene Faust. Die beiden Alten kam eine Schwäche an. Der Aldo drüben empfing in seinen Armen die Linda, und gemeinsam traten sie in das Dunkel des verlassenen Hauses.

Wer sich nicht zufriedengab, war der Gärtner. Er machte Aufruhr im Hof und auf der Straße. Die meisten lachten ihn aus, auch die Wächter glaubten ihm nicht, denn das Haus war verschlossen von allen Seiten. Mehrere Neugierige fanden sich immerhin, die im Hof Übungen anstellten, um ein langes Seil bis dort hinauf und über den Balkon zu werfen. Zum Schluß gelang es ihnen, aber wie man ein wenig daran zog, fiel ein Stein herab, und so ließ man es. Erst am Morgen konnte der Nazzarri den finden, der den Schlüssel hatte, und das Haus öffnen. Hierbei drangen viele mit ein, denn der Fall war in der Straße umhergekommen, und sie sahen es als ein Abenteuer an, das nicht ohne Grauen und Gefahr wäre, führten einander irre im Haus, erschreckten einander und ahmten die Stimmen von bösen Geistern nach. Die Liebenden inzwischen zogen sich vor der nahenden Menge zurück, aus dem Innern des Hauses hin und her bis in seinen äußersten Winkel, und so fanden sie sich am Ende wieder in dem Zimmer, durch das sie hineingelangt waren. Es sah so wüst und kahl aus im Tageslicht, als sagte es ihnen, hier ende die Welt. »Nun geht es in Wahrheit nicht weiter«, sagte Linda. »Nur einen Schritt noch«, sagte Aldo. »Mit dir!« sagte Linda, und sie traten auf den Balkon hinaus, an seinen Rand, der schon wankte. Vom Hof die Leute sahen es, welche ernste Gesichter sie beide hatten, die Augen groß aufeinander, und blauer Himmel nahm ihre Stirnen auf. Unter ihren Füßen geschah ein Krachen. Ihre Arme hoben sich, sie wollten wohl hingreifen, wo ein Halt wäre; und so faßten sie eines um das andere. Umschlungen stürzten sie hinab. Aldo, der zuerst unten aufschlug, war sofort tot, die Linda fiel auf ihn, sie brachten sie noch lebend in das Hospital Santo Spirito. Zu ihrem Glück blieb sie ohne Bewußtsein. In der Nacht starb auch sie. Sie war sechzehn Jahre alt, ihr Aldo erst achtzehn. Sie hatte die Mutter in Montereale, Provinz Aquila.

Der Mörder

Indes es noch dämmerte, entfaltete sich der linke Flügel des französischen Heeres am Wald hin. Aus dem Wald schwärmten Schützen, sie nahmen schon den Brückenkopf. Die ganze Festung geriet in furchtbare Verwirrung, ihre Verteidiger flohen bis unter die Mauern. Auf einem der niedrigen Hügel, die die Ebene beherrschten, sagte der Kaiser, den Feldstecher vor den Augen: »Der Feind denkt auf jeder der Landstraßen, die drüben sich kreuzen, eine seiner Divisionen entwischen zu lassen, aber er wird sich betrogen sehen, wir stürmen die Brücke, denn er wird die Sonne in die Augen haben. Ein prachtvoller Tag!« Er trällerte aus einer Operette: »Es kann kein Zweifel sein, der Dummkopf fällt herein.« Da nahm er mit einem Ruck das Glas fort: er hatte den linken Flügel weichen gesehen. Sofort schickte er einen seiner Adjutanten hinunter, um die Ursache zu erfahren.

Sie bestand darin, daß die Truppen seit zwei Tagen kein Brot mehr hatten. Im Wald, unter einer Eiche, bei großem Hin- und Herjagen, Geschrei und Kanonengetöse, beschimpfte der General den Intendanten. »Ihre Leute stehlen, die Lieferanten stehlen!« Wie er den Adjutanten des Kaisers nahen sah, ward der General noch wütender. »Sie stehlen selbst!« schrie er dem Intendanten zu.

In diesem Augenblick wurden zwei Männer in bürgerlicher Kleidung vorbeigeführt, sie sollten Spione sein. Der Intendant, der sie etwas von Getreide hatte rufen hören, klammerte sich an den Zwischenfall. Er ließ sie herbringen.

»Ihr habt Getreide?« fragte er erbittert. »Dann habt ihr die Bauernwagen gestohlen, die nicht eingetroffen sind. Ich lasse euch aufknüpfen.«

Der General und der Adjutant sprengten fort, um sich persönlich von dem Stande der Schlacht zu überzeugen. Der Intendant verlangte von den Männern:

»Her mit dem Getreide!«

»Bezahlen Sie es?« sagte der eine.

»Sonst suchen Sie es!« sagte der andere.

Der Intendant sah sie an. Sie hatten entschlossene Gesichter, der eine ein rundes, ziegelrotes, mit Ringen in den Ohren, der andere ein langes, fromm und hart. Sie trugen Mäntel mit drei Kragen, dazu Pelzkappen und lange Stiefel.

»Schurken!« sagte der Intendant – dann leise wegen der Umgebung: »Wir teilen.«

Sie befragten einander mit den Augen, darauf schien es, als hätten sie nichts gehört. Der Intendant warf sich in die Brust, denn General und Adjutant kehrten zurück. Der Adjutant hatte die Truppen von der Unzufriedenheit des Kaisers verständigt. Zugleich hatte er ihnen zugerufen, es sei Brot eingetroffen. Niemand zweifelte an dem Erfolg des einen oder des anderen Mittels, wenn auch vorerst der Kampf noch immer näher kam. Mehrere Granaten platzten vor den Füßen der Herren, einige Verwundete wälzten sich zu nahe, die Herren traten ein wenig zurück. Die beiden Bürger, auf die niemand mehr achtgab, gingen ruhig mit wie geladene Zuschauer. Dem General ward eine Flasche aus der Hand geschossen. Da er sich umsah, reichte einer der Bürger ihm die seine.

»Ihr seid noch da?« fragte der General. »Warum holt ihr euer Getreide nicht?«

Der mit dem langen Gesicht fragte: »Wird es uns bezahlt werden?« Der General sagte: »Wir haben den Höchstpreis.«

»Zum Höchstpreis liefern wir nicht.« Dies sagten sie einstimmig.

»Auch nicht, wenn ich euch erschießen lasse?«

»Lieber erschossen als ruiniert«, sagten sie.

Der Adjutant des Kaisers bemerkte: »Es ist, als wenn wir sagen: lieber tot als entehrt.«

Der General lächelte witzig. »Ihr seid Freunde?« fragte er; und da sie nickten: »Einem von euch will ich mehr zahlen als den Höchstpreis. Der andere hat das Nachsehn.«

»Wir brauchen aber alles«, rief der Intendant. »Auch die zehnte Division hat nichts mehr.«

Der General dagegen: »Mir ist es gleich, was die anderen essen. Wer liefert also?« fragte er die beiden Männer.

Sie sahen aneinander vorbei und schwiegen.

Der General hatte gewartet, plötzlich faßte er den Größeren bei der Schulter, er schien mit ihm zu verhandeln. Da stieg dem Kleineren das Blut ins Gesicht. »Was Sie von dem bekommen«, sagte er bissig, »können Sie auch von mir haben.«

»Ihr Kamerad ist aber billiger als Sie.«

»Woher wissen Sie es?« Der Kleinere bekam rote Augen. »Ich will nicht mehr als den Höchstpreis.«

Das Gesicht des Größeren blieb fromm und hart, aber er ward heiser. »Das fehlte nur noch«, stieß er aus.

Der General sah sich triumphierend um. Inzwischen hatten auch seine Truppen Erfolg. Sie drangen dem Feind nach, der Kampf entfernte sich. Der General saß auf und sprengte hinterdrein, der Adjutant ritt in gestrecktem Galopp nach dem Hügel drüben, damit der Kaiser die Wirkung seines Eingreifens von niemand als ihm selbst erfahre. Auch den Intendanten riefen die Ereignisse, wie alle anderen. Allein standen die beiden Bürger voreinander, am Waldrand, einige hundert Meter von der Schlacht, die sie nicht sahen noch hörten. Sie hatten Sinne nur für ihre Sache.

Der Größere grollte aus der Tiefe: »Was tust du hier?«

Der Kleinere keifte sofort auf. »Ich bin hier an meinem Platz so gut wie du.«

»Nur weil ich herkam, kamst du auch. Vom Hause her auf Schritt und Tritt hast du dich an mich gehängt die ganzen hundert Meilen.«

»Wer hat mich nicht aus den Augen gelassen?«

»Weil du in jedem Hof schon gewesen warst, wo ich mich einstellte.«

Der Größere trat näher an den andern hin. Der Kleinere erhob sich auf die Fußspitzen, um ihm die Fäuste unter die Nase zu halten.

»Du hast die Bauern bestochen«, keifte er. Jener grollte: »Du hast Räuber gedungen, damit sie mich plünderten!«

Da stieß der Kleinere zu, und sofort umschlang ihn der Größere, sie rangen. Sie warfen einander gegen Bäume, stürzten, rollten fort; und in Atempausen, wenn einer über dem anderen lag, keuchten sie einander noch zu: »Vor zehn Jahren, bei dem Hauskauf, hast du mich betrogen!«

Dem Kleineren quollen die Augen heraus, er lag unten. Aus der Frömmigkeit in dem langen Gesicht des Größeren war Leiden geworden. Er glaubte die Besinnung zu verlieren, sosehr litt er. Um sich zu erleichtern, packte er den Kleineren um die Kehle. Der brachte trotzdem hervor: »Du hättest niemals leben dürfen.« Jener konnte nicht sprechen, er drückte nur fester, da schwieg der andere.

Der Mörder sprang auf, eine Kugel war an seinem Kopf vorbeigeflogen. Er sah in einem, wo er war und was er getan hatte. Er floh in den Wald. Als er schon weit war, kehrte er um. Andere Getötete lagen da; er mußte den seinen erst suchen. Dann kniete er bei der Leiche hin, das Gesicht nach der Schlacht gewendet, und wartete. Jetzt kam keine Kugel. Allmählich sank seine Stirn bis auf den Boden.

»Holla, euer Getreide ist keinen Heller mehr wert!« rief jemand.

Der Intendant war es, er rüttelte, man mußte wohl aufstehen.

»Die Schlacht ist gewonnen!« – der Intendant überschrie sich und fuchtelte. »Die Brücke genommen, der Feind umzingelt, gefangen, was nicht tot ist.«

Schon beruhigte er sich und sah klarer. »Sie sind in einem Zustand, als hätten Sie mitgekämpft. Ihr Kamerad scheint sogar – aber wo ist seine Verwundung?«

Da der Intendant aus der Faust des Getöteten einen Fetzen vom Mantel des Mörders zog, gestand der Mörder: »Wir haben Streit gehabt.«

Sofort warf der Offizier sich in die Brust. »Sie haben gemordet«, stellte er fest. Er rief Soldaten an, sie packten den Mörder. Da kam der General vorbei, er hielt sein Pferd an. »Und das Getreide?« fragte er. »In der Festung haben wir keines gefunden.«

»Der Mann hat seinen Begleiter ermordet«, sagte ernst der Intendant. Der General stutzte. »Ich weiß, sie hatten Streit. Sie gönnten einander den Wucher nicht.« Er hob die Schultern, mißbilligend und mit Verachtung. »Aufhängen.«

Der Mann aber zuckte heftig. Dies war ein Irrtum, sie wußten nichts. Er wollte erklären.

»Wir waren Freunde«, sagte er mit brechender Stimme.

»Um so schlimmer«, sagte der General und ritt weiter, denn er sah den Kaiser nahen.

›Ich habe mich noch nicht deutlich genug gemacht‹, dachte der Mann, aber schon warf ihm jemand einen Strick um den Hals. Das andere Ende hing schon über einem Ast. Da sah er, es war die Eiche, unter die sie als Spione geführt worden waren, er und sein Freund – vor wenig Zeit erst. Er hatte geglaubt, er sei tageweit fort von hier. Vor seinen Füßen lag sein Freund tot. Plötzlich sah er seine eigenen Füße über dem Toten schweben, sie zogen ihn hinauf. ›Was fällt ihnen ein‹, dachte er. ›Ich bin doch ein Kaufmann aus weiter Ferne.‹

Er dachte an ein Haus dort hinten, an Söhne und Töchter, die Schiffe im Hafen. Am Hafen kam ihm sein Freund entgegen. Jetzt sah er ihn nicht mehr, weil die Sonne ihn blendete.

Die Sonne stand hoch über dem Schlachtfeld. Nach ihrem Aufgang hatte sie den Feind geblendet, wie der Kaiser es gewollt hatte. Jetzt strahlte sie auf seinen Sieg. Er kam geritten mit seiner Marmormiene, im Abstand hinter ihm der glänzende Schwarm. Sein Pferd tänzelte gewandt zwischen den Leichen.

Der Jüngling

I

Der junge Österreicher erwachte in dem bescheidensten Gasthofe Zürichs, die Sonne schien herein, und sein Herz schlug hoch auf. Reisen! Wieder weiter heute! Er riß das Fenster fort von der großen Bläue, in die sein Atem aus emporgewendetem Mund sich blühend mischte. Reisen, und wie! Mit der Erträumtesten, und die war sein, sein, wiewohl niemand es wußte, auch sie selbst nicht. Er staunte doch, die Welt überbot sich an Überraschungen. Vom Hause fort engagiert nach Deutschland, an ein richtiges Stadttheater – aber er ist durch die Schweiz gereist, ist gewandert im Sommerregen, der schönen Glut, unter den blitzenden Nachthimmeln. Hat in Zürich ein Mädchen erblickt! War ihr nur begegnet, ihr nur gefolgt, hatte, anstatt sie selbst, die Spiegel angesehen, in denen sie vorbeiging, hatte stumm und geheim an ihrer Tür geharrt. Aber sie würde, träte er vor sie hin und sagte die ganze Gewalt seines Herzens in ihre Augen hinein, mit ihm fliehen von Vater und Mutter, aus dem großen Hotel fort in seine Dürftigkeit, sein Geschick. Flüchtig besann er sich, daß er kein Geld mehr habe. Dann würde einfach auch sie Komödie spielen, die Liebe ihr Spiel und ihr Leben. Aber nicht einmal mehr so viel, um pünktlich anzukommen bei seinem Direktor! Wie denn, heute der erste September? Und im Warten auf sie schon alles versäumt? Da lief er aus dem Haus, zum See nieder, atmete Bläue und hatte vergessen, was nicht fließend und endlos.

Vor dem großen Hotel stand schon das Auto, die Eltern stiegen ein. Nun erschien auch sie, da weitete sich der

Raum. Portiers und Hausdiener schienen entrückt, der Bürgersteig ausgestorben, und einsam trat sie auf, inmitten der feierlichen Strenge eines großen Vorgangs. Sie milderte ihn, da sie ihr blondes Haupt rührend zur Seite neigte. Aber ihr Gang war so stolz wie leicht, und ihr Gesicht spiegelte hell den jungen Tag. Der schillernde Schleier ihr im Nacken wiederholte die zärtlichen Farben der Blumen, die sie im Arm trug. Hatte ihr Blick nicht jählings schräg hergestrahlt über den gewohnten Huldigenden? Schon rollte der Wagen, er aber stürzte zur Straßenbahn und dann am Bahnhof den Zug entlang. Sie war nicht zu sehen, von Zweifeln beklommen drang er in seine dritte Klasse. Kaum aber fuhr man, weiteten sich ihm, unter Schwatz und Geruch der Nachbarn, schon wieder das Herz und die Welt. Wohin sie reichten, nur Ruhm, nur Liebe! – und hier, der Hafen am Bodensee, im Flug erreicht, war der erste der Schritte, die alles wahr machten. Dort trat sie hervor, grüßte ihn, diesmal deutlich und als verstehe es sich, mit einem langsamen Blick: er mußte nur stillhalten und dann sich nachziehen lassen. Auf das Schiff – da entschwand sie ihm; und als das Getriebe der Reisenden sich lichtete, saß sie eingeengt zwischen den Leuten, nur ihren Kopf umrahmte der blaue See, nur ihr Schleier flog gegen den Himmel auf. Ihr Vater, der die Handtaschen übereinander ordnete, ließ eine hinunterrollen. Drauflos, sie aufheben! Gleich auch den Namen gemurmelt: Franz Velten; – aber der sah ihn kaum an mit seinem fremden Gesicht und packte schon wieder. ›Hat sie es bemerkt? Sie blickt fort, was kümmert es sie. Auch ihre Mutter sieht fremd aus, nicht wie die Leute bei uns. Fremd, vornehm, kalt, und der Vater hat einen Bart wie ein hoher Beamter. Sie sprechen preußisch, die andern hier alle auch.‹ Entmutigt ging Franz beiseite, da fiel es ihm mit der ganzen Schwere der Wirklichkeit in den Sinn, daß er, am andern Ufer angelangt, keinen Heller mehr besitzen werde, laufen müsse und sich um Tage verspäte. Was tun, um Gottes willen! Sollten Liebe und Ruhm zugleich dahin sein?

Wie zur Antwort geschah es, daß der Vater von seiner Tochter den Platz neben der Mutter verlangte, und daß sie aufstand, sich an das Ende der Bank zu setzen, gerade dort, wo am Geländer er selbst lehnte und in das Wasser sah. Sie gab nicht auf ihn acht, er wandte sich nicht nach ihr hin. Nur daß sein Herz in Stößen ging. Nur daß sie reglos saß und auf das dunstige Ufer starrte, wie er in den Dunst der Ferne. Er fühlte, ohne zu sehen, alles: ihr Brauenfalten, und daß es nicht Unzufriedenheit sagte, sondern scheue Erwartung. Auch ihm ward es ernst zumut wie noch nie. Der Wind, der alle Stimmen verwehte, warf ihm ihren Schleier an die Brust und trug nur ihr seine Stimme zu. Bevor er wußte, was geschah, hörte er seine Stimme.

»Oh, sie nur lehrt den Kerzen, hell zu glühn!
Wie in dem Ohr des Mohren ein Rubin,
So hängt der Holden Schönheit an den Wangen
Der Nacht...«

Im Sprechen war es ihm nicht mehr sicher, ob er das nicht selbst erfand. Sie gab es ihm ein, da sie aufstand, sich an seine Wange neigte und in seine Verse hineinsprach: »Lieber!« Er roch Veilchen, sie beide hob es vom Boden, von allen Paradiesen wich der Morgendunst, und man war stark!... Da wußte er auch schon wieder, daß sie stillsitze wie zuvor, und daß er eine Rolle spreche – freilich spreche wie noch nie. Beim letzten Klang dachte er: ›Sie ist wunderbar‹, und tiefer Schmerz befiel ihn. Ihr Name wehte her: Herta! Sie aber sah nicht um; zu ihm, als habe er gerufen, erhob sie das Gesicht, in dem Tränen standen, und inständig durchdrangen sich ihre Blicke.

Die Mutter rief nochmals »Herta!«. Da riß er sich heftig

los und schritt davon, mitten durch die Reihen. Mochten sie ahnen, daß hier Großes erlebt ward! Sein Gang, seine Miene beschrieben ihnen, wie sehr er die Einsamkeit suche. Er schritt nach vorn. Eine Haltestelle war erreicht, wo viele ausstiegen, vorn ward es leer. Er legte seinen Mantel um, verschränkte die Arme und senkte darüber die Stirn. Gesammelt besann er das schwere Geschick des Verstoßenen, Fahrenden, den die Schönheit im Bann hält und die Gesellschaft der Tüchtigen meidet. So jung, so arm, so grad erst fort vom Vaterhaus, und für das ganze Leben Kampf, und bis zum Tode Sehnsucht. Statt der Geliebtesten nur in Versen ihr Bild, und dann weiter! Verbannt von allen und von ihr!

»Hier ist der Himmel,
Wo Julia lebt, und jeder Hund und Katze
Und kleine Maus, das schlechteste Geschöpf
Lebt hier im Himmel, darf ihr Antlitz sehen:
Doch Romeo darf nicht. Mehr Würdigkeit,
Mehr Ansehn, mehr gefällige Sitte lebt
In Fliegen als in Romeo.«

Er weinte das Gedicht, schrie es auf und stampfte es; er drückte die Faust in den Mund, er wollte sich hinwerfen. Da erstarrte er: unermeßliche Süßigkeit des Gefühls kündigte ihm an, sie sei da. Stehe hinter ihm, habe gehört, mit ihm geweint, und lächele jetzt: oh, so lächelt der offene Himmel, und nichts bleibt mehr zu wünschen. Er sah es, zitternd, brennend, erstickend. Seine Arme breiteten sich langsam aus, indes er die Wendung machte, dorthin, wo sie und der Himmel waren. O Grauen! Nichts? Leere Sonne auf Brettern? Er brauchte eine furchtbare Anstrengung, den Anlauf zu zügeln, der ihn schon gegen das Ersehnte warf. Dann brach er in Tränen aus, nicht mehr die des Zornes und Begehrens, nur der kindlichen Ohnmacht.

Als er den durchschüttelten Nacken müde vom Geländer aufhob, lag das Schiff am Endpunkt. Er näherte sich und sah, wie ein Unbeteiligter, den Aussteigenden zu. Dabei gewahrte er, ohne daß diesmal sein Herz sich bäumte, das Mädchen und wie sie zwischen ihren Eltern das Schiff verließ. Elender Zustand der erlahmten Wünsche, gekrampfte leere Brust! Ihr Vater machte sich erstaunlich viel zu schaffen, hielt offene Papiere in der Hand und suchte umher. Da trafen sich ihre Blicke; der Vater sah ihn sich an, und dann kehrte er um. Er kehrte auf das Verdeck zurück, Franz Velten ging ihm unwillkürlich entgegen. »Junger Mann, Sie versäumen wohl nichts«, sagte der Vater und berührte seine Schulter. »Da sind zwei Telegramme, ich muß zum Zug. Geld liegt bei. Ich kann mich doch verlassen? Na schön.« Der Vater dankte nur mit einer jovialen Handbewegung, es war ein des Befehlens gewöhnter Herr. Jetzt hatte auch das Mädchen, von fern, noch einen Blick für den Verlassenen. Er sah, um alles betrogen, hinterdrein. Darum das Engagement versäumt!

Am Land erst bemerkte er zwischen seinen Fingern die Papiere samt dem Geld. »Ich habe Geld! Die paar Mark werden mich hinbringen, oder doch fast. Alles ist gerettet.« Worauf er seinen Reisesack hinsetzte, versucht, einen Freudentanz aufzuführen. Er unterließ es nur, um die Telegramme zu lesen. Gleich danach fiel er auf eine Bank beim Zollhaus. Sie war verlobt! Verwandte in Köln wurden aufgefordert, von dem Empfang dort abzusehen und nach Frankfurt zu kommen, wo auch der Verlobte eintreffe. Das zweite Telegramm war an diesen ... Die Unglückliche! Daher ihre Tränen, die gefaltete Braue, die Erwartung. ›Sie hat erwartet, daß ich sie entführe, sie rette. Ach! ich Träumer.‹

Seine bittere Reue fand einen Ausweg. ›Ist dies nicht Fügung? Warum mußte der Vater die Telegramme unter allen gerade mir geben? Mir, der ich der letzte bin, sie zu befördern? Ich soll sie dennoch retten! Sie ist mir unverloren, ich finde sie wieder, meine Brust ist viel zu voll, als daß sie auf immer dahin sein könnte.‹ Er staunte. Welch ein wunderbarer Zufall! In Köln ward nun vergebens gebraten und gebacken, und in Frankfurt stand an der Bahn kein Bräutigam mit Blumenstrauß. Er selbst aber hatte Geld, ins Engagement zu reisen. ›Alles dies wäre Zufall? Es ist Fügung! Ich stehe unter der Hand des Schicksals.‹

II

Er mußte seinen Personenzug bis in die Nacht erwarten, und erst am Zweiten des Monats betrat er das Theater. Es stand frei, »zum Drumherumgehen«, und hatte einen Portier, was ihn schon einschüchterte. Das Treiben des Büros, dem er eine Zeitlang zusah, tat das übrige. Dieses geregelte Geschäftsleben unterbrach ein hergelaufener Anfänger durch Zuspätkommen! Der Direktor mit Kommandogesicht und ehernem Organ eilte diktierend, telefonierend, schurigelnd von einer Schranke in die andere, ganz Verwaltungschef. Plötzlich hielt er vor dem Fremden an, als sähe er ihn erst jetzt. »Welches Fach?« fragte er ohne Besinnen, und gleich weiter: »Liebhaber. Also sprechen Sie!« Und zum Klappern einer Schreibmaschine begann Franz:

»Hier ist der Himmel,
Wo Julia lebt –«

Er hatte begonnen, den Tod im Herzen; zum Schluß aber hörte er kein Klappern mehr, er sah das Antlitz der Geliebten über seiner Stirn schweben. Der Direktor sagte sachlich: »Ich kann Sie nehmen, mein engagiertes Mitglied ist ausgeblieben. Ihr Name?« Da ahnte dem Armen sein Verderben. ›Einen falschen Namen nennen!‹ dachte er –

und sprach den wahren schon aus. Die Miene des Direktors veranschaulichte kalte Ungläubigkeit. »Das hat sich bei mir noch keiner erlaubt«, äußerte er. »Sie bringen mich um zwei Tage. Bedaure.« Abgetan blieb Franz beim Türpfosten übrig, indes der Direktor schon wieder andere Menschen behandelte. Eine Wendung, und hinter ihm schloß sich eine Welt.

Das war die Fügung? Darum ein Aufgebot von Begebenheiten und Gefühl? Unfaßbar! Mit der Hölle hatte auch sie, die der Himmel war, sich verschworen zu seinem Untergang. Wo war sie hin, jetzt, da es um ihn leer war? Ohne einen Menschen, ohne einen Heller, viele hundert Meilen von jedem hilfreichen Gesicht, ein Ausgestoßener, im Herzen Gram und das Beißen des Hungers im Gedärm. Einem solchen gebührten Nacht und Graus, Regen und Blitze über einer Heide. Die Stadt lag hinter dem Verbannten, vor ihm eine lange Landstraße. Prächtig ergoß sich die Septembersonne; dennoch sprach er:

»Raßle, Donner, nach Herzenslust! Spei, Feuer!
Ströme, Regen!
Nicht Regen, Sturm und Blitz sind meine Töchter.
Euch schelt ich grausam nicht, ihr Elemente;
Euch gab ich Kronen nicht, nannt euch nicht Kinder.«

Er zog den Mantel bis über den Nacken.

»Ein alter Mann, arm, elend, siech, verachtet«

und wankte, tief gebeugt.

»In solcher Nacht
Mich auszusperrn! – Gieß fort, ich will's erdulden.
In solcher Nacht wie die! – O Regan, Gonril!«

Hier unterbrach von hinten eine Frau: »Nehmen Sie, alter Mann, Sie haben wohl lange nichts gegessen.« Die brüchige Greisenstimme antwortete ihr grollend: »Nun, dir wäre auch besser in deinem Grabe, als so mit unbedecktem Leibe der Wut der Elemente zu begegnen. Ist der Mensch nicht mehr als das?«

Infolge dieser Worte machte die Frau einen Bogen um ihn her und sah ihm von vorn besorgt unter den Hut. Vor dem jungen, aber entstellten Gesicht, in das sie blickte, prallte sie zurück, sie sagte zweifelnd: »Wollen Sie die Leute erschrecken?« Er erklärte: »Ich übe mich. Ich bin Künstler.« – »Ach! so einer«, sagte sie.

Sie war eine Art Dame und noch nicht alt. Er gab sich Haltung. »Nein, nicht so einer. Ich bin Mitglied des hiesigen Stadttheaters.« Da sie sich abwartend verhielt: »Ich habe Schwierigkeiten mit meinem Direktor, weil ich auf der Reise aufgehalten wurde.« Hierzu nickte sie. »Er hat Sie hinausgesetzt.« Sie bekam ein Gesicht wie eine Mutter. »Und nun sind Sie ohne Unterkunft.« Da sah sie Tränen in seinen Augen und nahm ihn beim Arm. »Lassen Sie nur, das können Sie mir später erzählen.«

Sie führte ihn vor ein großes Haus: Bierbrauerei und Gasthof von Johann Wimmer. »Da bin ich die Frau. Sie können in der Mansarde wohnen, bis Sie wieder Geld haben. Sind Sie hungrig, dann bleiben Sie gleich herunten.«

So ließ er sich im »Nebenzimmer«, das leer war, von ihr speisen. Er schlang, und sie lächelte. Als sein Tempo sich verlangsamte, fragte sie: »Was wollen Sie nun tun?« Ohne rechte Überzeugung schlug er vor: »Ihm schreiben?« Sie brachte Papier und sah ihm über die Schulter zu, wie er hinmalte: »Hochzuverehrender Herr Direktor!« Hier stockte er schon und sah auf.

Da zeigte ihm der Spiegel gegenüber, daß dies eine merkwürdige Frau sei. Er hatte es ganz natürlich gefunden, daß sie ihn von der Landstraße auflas, unter Dach brachte und speiste. Durch Gang und Stimme wirkte sie im Anfang mütterlich und als kräftige Geschäftsfrau. Jetzt stellte sich unvermutet heraus, daß in ihrem Gesicht die Flecken und Erschlaffungen der Haut nach Gram aussahen und daß ihr Blick zu trübe war, um unbefangen zu sein. Auch seufzte sie viel. Achtung, sie begegneten einander im Spiegel; er dachte kühn: Aha! – indes sie auswich. Dann stellte er noch fest, daß er eigentlich ein reizender Junge sei, mit seiner großen, hellen Stirnlocke, seinem fleischigen Mund, den dunklen Wimpern. Warum waren ihm bei der fernen Geliebten die eigenen Vorzüge nie eingefallen?

Plötzlich wendete er sich auf dem Stuhl um, sah ihr voll und weich in die Augen und begann zu klagen. Er klagte alles heraus, was er fühlte; und als nur der erste innere Widerstand besiegt war, ward ihm wohl dabei, und er beherrschte seine Wirkung. Seufzte sie »Armer Junge«, so lächelte er mit berückender Wehmut. Nun aber in ihren Augen ein wirres Funkeln entstand, verhielt er sich ernst und still. Da kam ihre Hand, die schon längst unruhig wurde, schwach und zitternd auf seine Stirn zu. »Dummchen«, sagte die Frau unter Streicheln, »Sie müssen ihm nicht erst schreiben. Wir gehen hin, und ich sage ihm, was er zu tun hat. Das Bier für das Theaterrestaurant ist meins.« Er küßte ihr die Hand, was ihm erlaubte, sie von seinem Kopf fortzunehmen. ›Auweh‹, dachte er, ›das will bezahlt sein.‹

Die Frau setzte hinzu: »Wir gehen, wenn erst mein Mann zu Hause ist«, und schon kam der Mann, ein armer Alter, bis zur Nase im Halstuch, bei der Wärme. Er erklärte versöhnlich, daß er wisse, auch Schauspieler könnten anständige Leute sein – was Franz für heute bezweifeln mußte.

Bei dem Direktor verlief sein zweites Auftreten wesentlich anders. Der Erwähnung des Bieres bedurfte es nicht, und selbst auf eine Entschuldigung wartete der Herr nur flüchtig und übrigens umsonst. Dann nahm er Franz auch ohne sie. Beiseite gab er der Fürsprecherin zu, es habe ihm schon leid getan um den talentvollen Menschen. Sie entfernte sich, und das neue Mitglied blieb gleich da, um sich einzuführen. Er begleitete sie aber bis auf die Straße, und draußen ergriff er ihre Hand. »Frau Wimmer!« Da sie ihm gütig zunickte, kam es ihm noch wärmer von Herzen: »Mutter Wimmer!« Womit er, ohne sich nach ihrem Gesicht umzusehen, wieder hineinlief. Wie hatte er zweifeln können an der Fügung! Umwege, ja; zuletzt aber war nur sein Bestes gemeint. ›Mir ist geholfen worden, könnte einst auch ich einem helfen!‹

Kaum öffnete er die Bühnentür, da lief ihm, aus der ersten Gasse, heiß und taumelnd vom Spiel, ein Mädel entgegen und packte ihn an, um nicht zu fallen. Er sagte freundlich: »Ich bin Franz Velten.« – »Geck«, erwiderte sie, aber er begriff, es war ihr Name. Sogleich wollte sie weiter, jetzt war es an ihm, sie zu halten. »Liebhaber«, setzte er hinzu, und sie, in der Aussprache seiner Heimat: »Es eilt nicht«, wobei sie schon lief. Am Ausgang nach der Garderobe besann sie sich anders, bog den Kopf zurück und winkte über die Schulter.

Er begrüßte den stark behaarten Komiker, in dem er beim ersten Blick einen Feind erkannte, und den Helden, der ihm ebenso schnell als zuverlässiger Kamerad galt. Dieser Raspe hatte eine sonnig durchdringende Art, zu sagen: »Ein schneidiges Mädel, die Geck!« – als gebe er dem Kollegen das Mädel samt seinem Segen und ermutigte ihn auch sonst zu jedem Wagnis.

Nach der Vorstellung ging Franz mit ihnen und der Geck zum Essen. Nicht lange, und unter dem Tisch begegnete sein Fuß einem kleineren, während oben die Geck den Komiker anlachte; denn er schnitt Gesichter wie ein gefesseltes wildes Tier. »Lina, der Velten wohnt beim

Wimmer draußen«, sagte der Held. »Warum so weit fort?« fragte sie, plötzlich ernsthaft. »Was haben Sie dort?« Zu seinem Ärger ward er rot. Da zog sie den Fuß weg.

Bei Wimmers bewohnte er eine große Mansarde, die Spielraum bot, wenn er lernte. Mitten im Satz tat er wohl einmal einen Sprung nach der Tür und riß sie auf. »Mama Wimmer vergeht sich!« rief er ausgelassen und zog die Ertappte ins Zimmer. Sie durfte nach halber Überwindung ihrer Verlegenheit ihm die Stichworte geben, durfte das Publikum vorstellen und den Künstler verehren. Nie gab er sich einfacher und herzlicher, als wenn ihre Verehrung nicht ruhig und frei war. Zeigte sie sich seufzerreich, in lässiger Kleidung? Er beschwichtigte sie mit Schmeichelei, mit guter Laune, und sie verließ ihn dennoch beglückt. Ausziehen? »Sie hat mir Gutes getan, die Arme.« Und ihr Mann, der ihn liebte! Denn der alte Wimmer fand sich durch Franz in dem Glauben bestätigt, daß auch Schauspieler anständige Leute sein können. Dieser spielte und sang nur ihm allein aus Operetten vor, und fast immer war er abends zu Hause. Schade eigentlich, wenn man ihn manchmal beim Knopf nahm und gern etwas gehört hätte, was so Künstler erleben, es kam nichts Rechtes heraus. Franz wußte wohl, daß er von Lina, so harmlos er zu ihr stand, hier besser nicht rede. Die Wirtin erkundigte sich freilich, ob er denn unter seinen Kollegen keine Landsleute habe – und sah ihn gerade dabei nicht an. Er verleugnete seine Landsmännin beherzt; da faßte die Frau ihn mit offenem Mißtrauen ins Auge und sagte: »Man hört so manches.« Aber er entwaffnete sie, wie gewöhnlich.

Gleich von seinem ersten Vorschuß konnte er der Kleinen ein Geschenk machen, denn was brauchte er bei Wimmers; sein Unterhalt ward ihm kaum wie einem Verwandten berechnet. ›Man muß die Menschen recht zu nehmen wissen‹, begriff er, ›dann hat jeder seinen Vorteil.‹ So trat er auch gern seinem Freunde, dem Helden, eine Rolle ab. Dafür versprach dieser ihm den Romeo; es zog sich aber hin bis in den November. Die Schwierigkeiten schien nur der Direktor zu machen, obwohl er doch gerade auf diese Rolle hin ihn dabehalten hatte. Mit seinem Freund Raspe sprach Franz sich deutlich aus über den Tyrannen. Eines Tages fand er im Büro kalte Gesichter, und der Direktor ließ sich verleugnen. Eines andern Tages war alles wieder gut, und er hatte den Romeo.

Er spielte ihn bei der ersten Aufführung ungleich und fühlte es selbst. In der Szene mit dem Bruder Lorenzo versagte er, natürlich war es die Schuld seines Feindes, des Komikers, der den Mönch spielte. Die Monologe der Anbetung und Sehnsucht, er wußte es, bevor er noch begann, daß er sie unvergleichlich besser auf dem Schiff gebracht hatte, als der Schleier der einzig Ersehnten ihn anwehte und als noch der Schmerz um die Verlorene – Ach nein! Gerade durch den Schmerz blieb sie ihm unverloren. Und er bäumte sich, er tobte ihn aus. Dies war vielleicht schon sein Höhepunkt. Im Auftritt der beglückten Liebe, innige Umarmung, »es war die Nachtigall und nicht die Lerche«, entzückte Fräulein Geck, aber Romeo schien nicht bei der Sache. Er sah auf zerwühlten Kissen, in der Beleuchtung des Morgengrauens, am Anfang noch nicht das wahre Gesicht Julias. Nicht dies kindlich runde, dennoch schon gewitzte und gar nicht edle in krausem, schwarzem Haar hätte hier ruhen sollen. Indes er aber die Augen schloß und wieder öffnete, verzauberte er es unter seinen Lippen, und es war Julia. Über seine selbsterschaffene Julia strömten, aus ihm hervor, alle Herzensgluten Romeos. Fast hätte er vergessen, es sei Spiel, denn Julia weinte mit ihm. Sie weinten geräuschvoll, wie zwei Kinder. Es war ein echter Abschied und hatte großen Erfolg.

Er war überwältigt von sich und ihr. Das muntere Geschöpf, mit dem man sich neckte oder stritt, und diese Süßigkeit und Wildheit! Nach dem Aktschluß erwartete er sie in dem Gang vor ihrer Garderobe. Erhitzt bog sie um die Ecke, öffnete die Arme und lief in die seinen. Die Tür hinter ihnen ging auf, die Garderobefrau drückte sich heraus, ließ sie umarmt hineintaumeln und schloß andächtig die Tür.

Das erste, was Franz wieder redete, war, daß sie sich selbst übertroffen habe, und sie bezog es ganz richtig auf ihr Spiel. Auch sie sagte ihm etwas Angenehmes, während sie sich puderte. Im selben Zug: »Dich hat doch sicher niemand gesehen, wie du hereinkamst?« Und mit einem Blick im Spiegel: »Weißt du eigentlich noch immer nicht, wer dir den Romeo wegschnappen wollte? Dein Freund Raspe.« Er war sprachlos: aber da ward geklopft, er mußte auf die Bühne.

Noch bei seinem Auftritt bedachte er, wie dies zusammenhänge. Raspe, sein Freund, hatte ihn also bei dem Alten verpetzt. Wer aber hatte den Direktor wieder umgestimmt? Als er im Grabgewölbe der Capulets den Grafen Paris erstochen hatte, bat er die aufgebahrte Julia um eine Erklärung. »Frage nicht«, erwiderte sie, und war sie bei dem schwachen Licht nicht rot geworden? Sie verharrte im Starrkrampf, bis er seinen großen Satz gesprochen hatte, dann fand sie es nötig, einzuschieben: »Gerade der, den du für deinen Feind hältst, hat dir geholfen. Wir beide waren droben.« Nicht, daß er dem Komiker dafür Dank wußte! Der wollte noch mehr, als ihm eine Rolle wegnehmen. Als er Julia küßte und das Gift trank, flüsterte er. »Dann lag dir an mir?« Wie aber sie nachher seinen Leichnam küßte, sagte sie nicht nur: »Deine Lippen sind warm«, sie hauchte auch: »Wie du dumm bist!«

An diesem Abend saßen sie allein, und wenn sie an einem späteren, soviel bei Franz lag, wieder zu den Kollegen hätten stoßen können, Lina wollte nicht. Zu Haus bei ihr stellte er eine Untersuchung an. Ihre Kälte gegen Raspe war zu auffallend, als daß Franz sie nur für eine Wirkung ihrer Liebe zu ihm selbst ansehen konnte. Sie behauptete dennoch: »Wegen dir. Er war gegen dich gemein.« Worauf Franz es eigentlich wieder ganz natürlich fand. Etwas in ihm aber ärgerte sich; er begehrte auf und erklärte, so blöd lasse er sich nicht anlügen, er wisse schon. Sie zog einen verachtenden Mund, blieb aber ungewöhnlich ruhig. Erst allmählich ließ sie sich hinreißen, und unter Streiten und Sichversöhnen erfolgten die Geständnisse. »Wirst wenigstens du mir keinen Kummer machen?« fragte sie, erschöpft, wie er: »Ach! Ihr seid alle gleich!« Worin er gerade diesem Raspe gleiche, das wollte sie nicht sagen. Viel später, schon gähnend, fragte sie, ob er an seinem Freund Raspe das unverschämte Armband mit den Brillanten bemerkt habe. Frauen, die für junge Leute Geld ausgeben, kommen vor. »Aber ernst nehmen kann ich sie nicht.« Damit schlief sie ein, indes Franz, aufgestützt, noch unruhig dem Nachhall lauschte.

Erst diese Aussprache gab seinen Beziehungen zu der Geck in seinen Augen etwas Endgültiges, er war entschlossen, für sie einzutreten. Vor dem ersten Schaufenster, wo sie stehenblieb, bot er ihr, ohne nur zu berechnen, das Kleid an, das sie sich wünschte. Da sie zögerte, redete er ihr zu: »Mir macht es nichts, ich brauche so wenig.« – »Das ist es gerade«, sagte sie rätselhaft und ging weiter. Er war gekränkt, sie warf ihm vor, was er ihr auf der Probe verdorben habe, und sie wandten einander den Rücken.

Entzweiung war nur eine Gelegenheit, sich schneller zu vereinigen; aber Geschenke nahm sie nicht, »nun gerade nicht« und »darum«. Als sie sogar auf der Bühne und im Beisein Raspes ein Pfund Pralinés ausschlug, erbleichte er und beschloß, ein Ende zu machen. »Achtung!« rief gerade ein Arbeiter. »Da geht sie hin«, sagte Raspe. Zwischen Arbeitern, die Kulissen trugen, stand Raspe allein ihm noch gegenüber und winkte ihr nach, mit dem Gelenk, woran das Armband blitzte. Sein Blick, sonst sonnig eindringend, bohrte, und dem Metall der Stimme war Hohn zugesetzt; Velten indessen sah das Armband und war seiner Sache gewiß. Ein Schimpfwort, das vernichtete – und die Faust hielt er bereit. Da stieß ein Arbeiter den Helden an, oder der Held den Arbeiter? Es ging zu schnell. »Achtung!« rief der Arbeiter, aber Franz Velten hatte die Kulisse schon auf dem Fuß.

Es war eine Quetschung, er mußte verbunden zu Hause sitzen; nun kam viel Besuch und unter den ersten der Held. Ihm gebühre der Vortritt zu seinem Freund und Kameraden, denn auch ihn selbst hätte die Kulisse treffen können! Er hatte sogar den Direktor bewogen, dem jungen Mitglied eine freundliche Zeile zu schreiben, was gab es da noch, man schüttelte sich die Hände. Die Kollegen klatschten Beifall, auch die Geck. Sie saßen nachmittags auf dem Bett und am Boden, Kaffee und Grog wurden heraufgebracht, und in dem Rauch unzähliger Zigaretten war nur noch Geschrei, kein klares Gesicht mehr, höchstens, daß, vom beleuchteten Klavier her, der Komiker durchdringlich schmerzlich grimassierte. Einmal aber, als alle schon fort waren, ging unversehens ein Spalt auf, und Lina, weiß vom Schneegestöber, sprang dem Liebsten an den Hals. Sie war wieder da, sie hatte sich von den anderen fortgestohlen, draußen im Dunkeln, und war an der Küche vorbei, auf dem Bauch wie ein Indianer, zurückgelangt. »Die Treppe hat geknarrt; aber der muß schneller sein«, rief sie triumphierend, »der mich fängt«, schloß sie gedämpft – sprang in den Kleiderschrank und zog hinter sich zu. Franz begriff nicht, warum. Schon aber klopfte es, und die Wirtin trat ein.

»Mama Wimmer!« Franz wollte aufspringen, er wäre bald mit dem Stuhl umgefallen. Die Frau schwieg und lehnte an der Tür wie ermattet. »Nur nicht so freudig überrascht«, sagte sie langsam und gramvoll. Sie schwieg und schickte trüb gehässige Blicke hin. Ihm blieb zum erstenmal das begütigende Wort aus. Die Frau sprach in das Zimmer hinein, wie in einen Raum ohne Widerhall. »Jetzt ist er krank, wer weiß, woher. Von einem Stoß sieht niemand so bleich und aufgezehrt aus. Man hat ihn gepflegt und ausgefüttert, hat er hier nicht gearbeitet wie im Himmel? Wer für seine Theaterkunst wohl mehr getan hat, wir hier, oder – so eine, die ihn verführt! Ich – ich hab ihn nicht verführt.« Munter griff Franz ein. »Mama Wimmer, soll ich Ihnen denn ausdrücklich eine Liebeserklärung machen? Wenn ich nur in die Knie sinken könnte, aber der Stuhl fällt um.«

Überraschenderweise schwang sie nun die Arme, sie hielt sich die Ohren zu. »Das ertrag ich nicht. Heuchler! Schuft! Hat mich verrückt gemacht, daß ich nicht weiß, was anstellen, und er höhnt!« Franz streckte die Hände vor; sie aber nahm nichts mehr von ihm, weder Trost noch Reue. »Wenn ich ein Tier wäre«, sagte die dumpf, »hätte ich auch schon genug. Mehr dürfen Sie gegen mich nicht tun.« Ganz tonlos: »Warum sind Sie hiergeblieben? Haben eine Geliebte und bleiben noch! Ich gehöre zu meinem alten Mann, denken Sie und haben auch recht, ich will nichts anderes mehr.« Auf einmal ausbrechend: »Wohin gehören dann aber Sie? Auf die Straße, wo ich Sie aufgelesen habe! Wie! So ein Bübchen läßt sich von ehrlichen Leuten freihalten und trägt sein Geld zu einem schlechten Mädel, das überall nimmt. Jetzt soll er merken, wie es tut, jetzt wird nicht länger gefackelt.« Ganz Wirtin, stieß sie die Hände in die Hüften und keifte: »Hinaus aus dem Haus, aber vorher zahlen! Hat sich was mit Punsch und Kaffee«, wobei sie hinstapfte und alles vom Tisch räumte. Zuletzt ergriff sie sogar die Lampe. Franz wickelte in wilder Eile den Verband vom Fuß, er wollte der Megäre entgegentreten. Dabei murmelte er: »Ich habe doch Geld.« Laut wagte er es nicht zu sagen, denn das Geld lag im

Schrank. Inzwischen stieß die Frau die Tür auf, klirrend und polternd war sie draußen samt Geschirr und Lampe, wandte sich noch um: »Kein Abendessen gibt es!« und schlug zu. Verblüfft hörte er sie den Schlüssel umdrehen und davongehn.

Zuerst lauschte er nur. Dann flüsternd: »Lina!« Keine Antwort, er zog den Schuh an und wollte hin; da war es ihm, als dränge aus dem Schrank ihr unterdrücktes Schluchzen. Wie er noch ratlos stand, trat sie hervor. Sie ging mit verkrampfter Miene auf den von ihm verlassenen Stuhl zu, als suchte sie nur diesen, und fiel aufwimmernd über die Lehne. Franz blieb ganz still, er fühlte, sie beweine das Leiden der andern, ein noch unerhörtes Leiden, das grob und ungeschminkt an sie rührte, und beweine die frühe Ahnung ihres eigenen Frauengeschickes. Er neigte sich über sie: »Lina!« – und sie gab ihm die Hand, nur die Hand, aber in ihr war zu fühlen, wieviel sie verstanden habe, was alles nun aufgeklärt sei. Sie erhob sich, sie hatte langsame Bewegungen, ihr Gesicht mattweiß im Dunkeln, schien, nur durch die Bewegungen, veredelt und der Achtung würdiger. Am geöffneten Fenster standen sie Hand in Hand, dann Schulter an Schulter, tief versenkt in irgendein großes Geschehen, das sich ankündete: da ging der Mond auf. Kälte, Mondlicht und weithin zitterndes Land ergriffen die Reglosen wie Klänge nie gewesener Dinge, und feierlich fügte sich in ihnen eine Liebe, die Traum und Gesang war.

Da seine Freundin heftiger erschauerte, schloß er das Fenster. Wie kam es doch, daß es sie fror, hungerte, und daß sie Gefangene waren? Er berührte seine Stirn und machte einige Schritte, die unsicher waren, weil sie von ihr fortführten. Inzwischen stützte Lina ein Knie auf den Klavierstuhl, hauchte über ihre Finger und schlug an, auch dies nur ein Hauch. Dann sang sie hinein, schwach silbern, in die selten fallenden Töne: da hielt er an und vergaß vollends. Er dachte nur zu lauschen und zu fühlen, solange das Leben dauere. Es geschah aber, daß ihr vom Mond beglänztes Gesicht, das noch den Ausdruck eines kaum erloschenen Klanges trug, sich herwendete, stumm rufend. Ihn trug es zu ihr wie einen Schlafwandler, sie empfing ihn, noch kniend – und floß an seiner Hüfte hin, gelenkt von seinen träumenden Händen. Ihr Atem glitt, leicht wie ein Lichtstreif, nach seiner Schulter; weich in ihren Arm gebogen, schmachtete, von seiner Brust her, das süße Schmerzensgesicht der Liebe zu seinem hinan, das zart und ernst war. In diese eine schmale Flamme zusammengeschlagen, standen sie und brannten.

Einmal nahte ihnen ein Schatten, verdichtete sich und rief sie mit seiner Schattenstimme zurück aus ihrer lichten Welt. Sie fühlten und vernahmen ihn, noch bevor sie erfaßt hatten, dies sei Schluchzen. Drüben auf der dunklen Tür, ein noch dunklerer Umriß gab, in sich selbst verkrochen, dies arme Mißgetön ab. Er öffnete sich, eine Frau war es, demütig ging sie zu jenen beiden und neigte, schlicht lächelnd, sie, die sich getrennt hatten, wieder zueinander.

III

Eine Reihe von Tagen verging ihnen, ernst, friedvoll getragen, wenn auch zuweilen ein wenig schleppend, obwohl sie im Theater wieder zusammen arbeiteten. Durch einen Zank hätte ihr Tempo sich ausgleichen können, aber keiner kam, Langweile und Verstimmung kamen. ›Es war schöner, als wir noch etwas zwischen uns hatten‹, fühlten beide. Jetzt aber ward ein Stück einstudiert, worin Franz Velten nicht beschäftigt war. Lina spielte mit dem Komiker: da gab es Abwechslung. Sie verließ die Probe angeregt wie nie, was ihren Freund schon ärgerte. Erblickte er aber erst den Komiker! Die schwarze Miene des Komikers wurde von einem Zähnefletschen des Triumphes erhellt! Der Sonderling und böse Narr, mit dem niemand je des näheren verkehrt hatte, schloß sich an Velten an und lobte das Dasein. Franz atmete erst wieder auf, wenn jener in den Mantelkragen tauchte und ihn nicht grüßte. Harte Prüfungen waren die Ausflüge zu dreien. Sogar bei Wimmers draußen mußten sie zusammen essen, die Geck bestand darauf. Hier erbat der Komiker kniefällig von ihr, daß sie ihn mit ihrer Zigarette verbrenne; und sie tat es auch, indes sie mit der anderen Hand den Eifersüchtigen im Zaum hielt. »Laß mir meinen Affen in Ruh!« forderte sie von ihm. »Oder zwischen uns ist alles aus.« Sein Anblick war so mitleiderregend, daß Frau Wimmer, als sie die Schnäpse brachte, ihn nicht ertrug und, ohne serviert zu haben, verschwand. Dafür standen am Abend, nach einer bewegten Aussprache, die Dinge besser als seit langem. Der Komiker verließ fortan nicht mehr den Hintergrund der Ereignisse, sie stritten und versöhnten sich wie früher, und es konnte so weitergehen, wenn die Saison so weiterging.

Sie endete aber, alles stob auseinander, ein jeder seinem Stern nach, und Franz fuhr einige Stunden vor Lina. Sie brachte ihn noch zur Bahn. Welch ein Abschied in ihrem kleinen Zimmer, nun wilder Schmerz, nun Glück in Tränen! Wie sie aber hinter seinem Koffer durch die Straßen gingen, waren die Liebenden zum letzten Male als Kollegen verschiedener Meinung. »So etwas von Untalent!« war, halb zankend, halb im Scherz, das letzte Wort Linas, bevor sie ihm, angesichts des Bahnhofes, davonlief. Ihr Röckchen flatterte auf im Frühlingswind, und sie war fort. Bei der Ausfahrt des Zuges stürzte sie dann noch an eine Schranke, winkte und lachte. Plötzlich, er schwenkte den Hut noch, drückte sie das Gesicht in das Taschentuch.

Als sie endgültig verschwunden war, setzte er sich, sah

in den blauen Himmel, dachte: aus, und wäre gern traurig gewesen. Aber ihr Bild vor seinem Auge blieb nicht lange traurig, und bald zerging es im Blauen. Da schlug auch schon sein Herz hoch auf. Reisen! Neue Abenteuer, neue Überraschungen der Welt – und endlich auch die Liebe, die unerhörte, einzige! Sie trägt noch die gleichen Züge, und dem, der immer und überall gläubig ihr entgegenfährt, wird sie wieder begegnen, so ist es gefügt. Wird ihn entrücken, erhöhen, über alles Maß und Verdienst beseligen – anders als eine kleine Komödiantin, die einen Winter lang, mit billigen Freunden und unbedeutenden Widrigkeiten, dem Kollegen Kameradschaft hält. Ein schillernder Schleier verheißt das hohe Nahen, schon grüßt dich ein Blick, dessen überirdische Farbe du nie mit Namen genannt hast, und blonder Schein umleuchtet das Glück selbst! Da bliebe wohl keiner zu Haus – und wär es der Ärmste an Hoffnung. Du aber hast Bürgschaften. Hervor zog er die zwei nie aufgegebenen Telegramme. Du hast Zeichen vom Schicksal – und hast auch den Auftrag, es nun einem andern zu sein, dem vielleicht bedeutsam geholfen werden soll, wie einst dir. Jetzt kannst du es! Franz Velten befühlte seine Brusttasche. Viel war nicht übrig, seitdem Lina sich herbeiließ, sie mit ihm zu leeren. ›Aber ich habe immer noch mehr Geld, als ich brauche. Wo ist nun der Mensch, dem ich als Retter erscheinen soll?‹ Gehoben hielt er Umschau unter seinen Nachbarn; aber es waren gutgenährte Landbewohner.

Dann in den Schnellzug nach München. Da saß vereinzelt eine junge Dame, elegant und von selbständigem Wesen. Freilich verhielt sie sich eher ablehnend, sie dachte wohl nach; jetzt zog sie aus ihrem silbernen Beutel das Portemonnaie und zählte. Sie zählte sogar nochmals. Hierauf sah sie zu Franz Velten hinüber, wie um ihn verantwortlich zu machen. »Es fehlt etwas«, sagte sie bestimmt, »und ich muß durchaus nach Hamburg.« Er nickte, als habe er nichts anderes erwartet. »Ich stehe Ihnen zur Verfügung«, erklärte er ruhig. Sie aber schwieg jetzt und klappte, ohne von ihm wegzusehen, das Portemonnaie zu. Er fürchtete, die gute Gelegenheit zu versäumen. »Überzeugen Sie sich selbst«, und er holte eilends die Brieftasche hervor, »daß ich durchaus in der Lage bin.« – »Sie sind reich«, bemerkte die junge Dame mit einem leisen Lächeln. »Ich hatte es nicht bezweifelt. Leider darf ich nichts annehmen.« Und sie rückte in den Winkel.

Er fühlte, daß er sie schonen müsse; sie hätte sonst glauben können, er suche einen Vorwand, dreist zu werden; und damit jedes Mißverständnis fortfalle, erzählte er einfach. Er sagte ihr, wie er damals zu seinem Reisegeld gekommen war, und daß er jetzt nichts natürlicher finde, als ihr auszuhelfen. Sie mußte es wohl einsehen, sie kam wieder näher, und von den Scheinen, die er hinhielt, nahm sie einen. »Aber werden Sie Ihr Geld auch zurückbekommen?« fragte sie mit ihrer merkwürdig schleierlosen Stimme. »Denken Sie einmal nach, ob Sie dem Herrn aus Köln das seine zurückgegeben haben.« Da er bestürzt dasaß: »Sehen Sie.« Dazu lachte sie, ein unbestimmbares Lachen, ob bitter oder leichtsinnig. »So wird man durch das Leben. Sie haben noch viel vor sich«, sagte sie, in einem Ton, ob spöttisch oder zärtlich. Plötzlich gab sie sich einen Ruck. »Nun muß ich Ihnen meine Adresse lassen. Ich bin Lehrerin.« Ihm gefiel es nicht, so leichtgenommen zu werden. »Sind alle Hamburger Lehrerinnen so fesch wie Sie?« fragte er im Ton des Lebemannes. Sie nahm es nicht übel: »Kommen Sie nachschauen!« und machte es sich bequemer auf der Bank. Er bot ihr eine Zigarette an. Sie rauchte, dabei musterte er sie. Nicht mehr ganz jung, hinter dem kurzen Schleier; der Mund, der freilag, schon ein wenig blaß; aber sie war gut gepflegt, ja geschmeidig, daß es auffiel. Ob sie Turnstunden gab? Eine solche Erscheinung ertrug, ohne den Schick zu verlieren, auch die unfrische Federboa und Schuhe, die schon Sprünge zeigten. Auf ihrem kargen Urlaub gab sie sich wohl dem Zug nach Höherem hin, den solche Frauen in sich tragen mochten. Er betrachtete sie mit wohlwollender Kennerschaft, dankbar, weil er so günstig dastand.

Erst spät bemerkte er, daß sie ihn aus den Augenwinkeln prüfte. »Kaufmann sind Sie nicht«, sagte sie. »Und was sonst –« Als er sich aber vorgestellt hatte, verstand sie alles. »Dann haben Sie keine Sorgen. Dann können Sie sogar Ihr Geld verschenken.« Was sie sich unter einem Schauspieler denn vorstelle. »Sie fahren durch die Welt und nehmen nichts ernst.« Einer solchen Meinung durfte er mit aufrichtiger Geringschätzung begegnen; er belehrte sie aber nachsichtig. »Auch unsereins erlebt manches, und sogar schneller als andere, kann man sagen. Es ist nicht immer leicht.« Während dieser Worte blitzten an seinem Geist vorbei: der Abschied von der Geck, Lina Geck mit dem Komiker, den ihre Zigarette verbrannte, Lina an seiner Hüfte hingeflossen in der kalten, verschlossenen Mondscheinmansarde, Julia und ihr Romeo, die Wirtin Wimmer als Megäre und als Opfer, der Held als feiger Mörder, der Direktor, ihn kalt in das Elend stoßend, die Landstraße, von der eine gute Frau ihn auflas – und in ungewisser Ferne der blinkende See, das dunkle Schiff, darauf vorn sein Ich, umzuckt vom Ungewitter seines Schmerzes, aber auch an der Brücke wieder er, zwei Telegramme in der Hand, und ohnmächtig dahingebend jenes helle Gesicht, das sich noch herwandte, den schon verwehenden Schleier... Als es vorbei war an seinem Geist, blieb nur die Frage: was noch? Ihm schien, dies sei alles, was das Leben uns Menschen zu eröffnen habe, und er sei ihm auf den Grund gelangt. Seine Miene sagte es, Mund, Stirn und Auge arbeiteten, für weite Sichtbarkeit, an der Darstellung durchkämpfter Leidenschaft, gewitzten Weltblicks, reifen Sichabwendens. »Ein guter Schauspieler scheinen Sie zu sein«, äußerte daraufhin sein Gegenüber. Sie sah vor sich hin, ihre schleierlose Stimme trübte sich nun. »Eigentlich ist es schön«, äußerte sie noch. Begierig fragte er, was. Aufblickend sagte sie: »Soviel Ahnungslosigkeit.«

Da hüpfte Franz von seinem Sitz auf. Ob sie denn selbst eine Ahnung habe, was bei ihm alles vorkomme. Er habe eine ältere Frau ausgenutzt, ja der Verzweiflung und dem Selbstmord habe er sie zugetrieben. Sein Gegenüber hörte die stolze Selbstanklage gelassen an. »Ich kann mir denken, wer der Ausgenutzte war«, erwiderte sie. Franz, der errötet war, wollte bekräftigen, aber der Zug hielt an, und Leute stiegen hinzu, ein älteres Ehepaar mit gutem Gepäck. Die junge Dame machte das Netz dafür frei, sie beseitigte die neue, gelbe Handtasche ihres bisherigen Nachbarn, um eine genauso gelbe hinzulegen, die den neuen Mitreisenden gehörte. Dann setzte sie sich bescheiden und gab sanft die Auskünfte, um die sie gebeten ward. Den Schauspieler, der mitreden wollte, schien sie nicht mehr zu kennen, dagegen berichtete sie den beiden Alten Beispiele ihrer Fähigkeiten als Reisebegleiterin. Jetzt war sie Reisebegleiterin! Franz Velten verbrachte den Rest der Fahrt stumm staunend. Im Innersten empfand er Reue, er hatte schlecht von Frau Wimmer gesprochen.

In München, als er sich empfahl, würde er seine Worte gern noch berichtigt haben, aber die junge Dame hatte vollauf mit dem Ehepaar zu tun, sie winkte ihm nur obenhin. »Vielleicht begegnen wir uns hier.« Das Hotel, das er aufsuchte, war besetzt, auch das nächste wies ihn ab; München hatte irgendeine Ausstellung. Nach zwei Stunden, es war Abend, irrte er noch immer durch die Straßen, da rief ihm aus einem Wagen eine Frau: sie, die Lehrerin. Die beiden alten Leute hatte sie untergebracht, »mitsamt ihrer gelben Reisetasche«, sagte sie, übertrieben munter, und lachte zugleich über die seine, die er immer noch umhertrug. Sie versprach ihm ein Zimmer in ihrer Familienpension. »Aber die ist weit, und jetzt hat man Hunger.« Er stieg zu ihr ein, stürzte im Dunkeln über ein Gepäckstück und fand die Lage, alles in allem, seiner nicht würdig. Um sie zu verbessern, griff er, kurz entschlossen, nach seiner Begleiterin und küßte sie heftig. Sie hielt still, dann versetzte sie mit ihrem besonderen Lachen: »Ich habe ja nicht gesagt, daß es kein lustiger Abend werden soll. Warum strengen Sie sich so an?«

Als er schon, seine Tasche in der Hand, das »Künstlerhaus« betrat, fiel ihm ein, daß er ihr Gepäckstück nicht habe, es lag noch im Wagen. Der Wagen war noch sichtbar, er wollte ihm nach, aber seine Dame hielt ihn zurück. »Ich habe doch nichts gehabt!« rief sie, geradezu entsetzt. »Sie sind nicht bei Besinnung.« So mußte es wohl sein, aber es kam durch sie. Ihre Überlegenheit und Gewandtheit wirkten verwirrend, ja, hinreißend. Sie hatte ihren langen weißen Handschuh ausgezogen, der Kellner stand noch neben ihnen, da glitt Franz schon mit den Lippen über ihren Arm, wobei er sich geschickterweise nach dem Handschuh bückte, der dank ihm drunten lag. Sonst war er doch so schlagfertig nicht. Solche Leichtigkeit des Genusses, ein ganzes Glas Wein, ein Witz, eine heimliche Liebkosung, alles zugleich – ach, das flog ihm zu, aus diesem unbeschwerten Wesen mit den duftenden Händen, den Lippen, die nun kirschrot schwellten, dem Glanzblick. Glücklich prangende Welt, in die er versetzt war, eine runde gemalte Laube, darunter kleine Bilder wunderlicher Masken, der Ausblick aber hinweg über hundert festliche Köpfe in eine lange, von Spiegeln umflirrte Galerie, tafelnd bei vielen Kerzen, vor verhängten hohen Bühnenfenstern und zur Musik der Zigeuner. Da sollte das Leben noch Tücken haben, der Erfolg nicht vor deiner ausgereckten Hand stehen, der Himmel nicht winken? Hell berauscht, verhaltenes Jauchzen in der Stimme, erzählte er von der glänzenden Saison, die hinter ihm liege, den immer reicheren, die erst kämen. Die Frau gegenüber sah ihm, auf ihre verschränkten Finger gestützt, in die Augen, indes er sprach; das beschwingte ihn, er rief: »Wundervoll, daß ich das bin, das kann! Mich binden? Unnütz. Mich erwartet die Welt, ich fühle, sie wird mich einst groß nennen. Groß!« wiederholte er träumend, und eine Gestalt, um die blonder Schein floß, ließ ihm den Schleier entgegenwehen, er spürte das Fächeln.

Die Frau aber, die ihm in die Augen sah, sagte nun: »Bravo! Nur keine Ketten! Was tun Sie mit dem lumpigen Sommerengagement. Der Ruhm ist für den, der das Leben beherrscht. Kommen Sie mit mir nach Paris!« Er fragte: »Gehen Sie als Lehrerin hin?« – worauf sie ihn zuerst nur ansah und dann auflachte. Er lächelte traumhaft zurück. Da packte sie seine Hand und herrschte heiß: »Komm!« Auch er loderte auf, rief nach dem Wagen, und einmal darin, meinte er, sich auf sie zu werfen – merkte aber, als sie anhielten, er war an ihrer Schulter eingeschlafen.

Sie gelangten in eine Wohnung, zu der die Frau den Schlüssel hatte. Er wollte nicht fort von ihr, »nicht, bevor du mein bist!« flehte er. Sie darauf: »Kind! Hüten Sie sich, Sie brächte ich weit.« – »Das will ich gerade.« – »Dann öffnen Sie Ihre Reisetasche!« Sie schob ihm die gelbe Tasche unter die Lampe des leeren Zimmers. »Öffnen«, sprach er folgsam nach und suchte. »Hier ist der Schlüssel«, und sie stellte sich ihm gegenüber auf. Er sah sie an, dann wieder in die Tasche, die rot gefüttert war, wie noch nie zuvor. Auch enthielt sie wenig, von Seinem nichts. Ein schwarzer Karton. Papiere darin. Obligationen? Was noch, ein Schmuck? Unsicher sah er auf seine Gefährtin. Sie nickte. »Nun weißt du, daß du mit mir kommen wirst, wohin ich auch will.« – »Die Tasche ist nicht meine«, sagte er ratlos. Sie begegnete ihm fest. »Du hast sie in deiner Hand getragen, und die Marke des Gasthofes, wo du den ganzen Winter gewohnt hast, klebt darauf.« Er fragte noch: »Wer hat sie auf diese fremde Tasche geklebt, und wo ist meine?« Da stampfte sie auf. »Dummkopf! In dem Wagen, mit dem ich dich mitnahm, ist sie geblieben. Und du gehörst nun mir!«

Ihm stand der Mund offen, aber vor seinen Augen, die an ihr hafteten, klärte es sich. Er sagte suchend: »Sie haben also meine Tasche mit einer anderen vertauscht, die Sie gestohlen hatten. Sie sind eine –« Dies Wort dachte er nur hinter erweiterten Augen. ›Ist es möglich?‹ dachte er. ›Sie, die dort vor mir steht!... Und ich, der doch fast alles schon erlebt hatte!‹ Er senkte die Stirn, beschämt durch sie und ihretwegen. Plötzlich stieg es heiß auf, bis in seine Kehle, er konnte kaum vorbringen, was ihm eingegeben wurde. »Arme Frau!« – und er reichte beide Hände hin, wie zur Hilfe. Sie wich aber fort, wie gestochen. Da ließ er sich, schwer im Kopf von einer ungeahnten Welt, die ihr Chaos auftat, in den Diwan fallen. Zog die Füße auf das Polster. Machte, starr, ferne Entdeckungen. Wie lange später, sank ein Gewicht auf seine Füße. Mühselig erkannte er die kniende Gestalt, die mit Brust und Armen, heftig durchschüttelt, darüberlag. »Nicht weinen«, murmelte er. »Schlaf, es ist wieder gut.«

Er erwachte bei hellem Tag in einem Zimmer, das fremd und leer war. Er sah umher, kein Gegenstand, der sein wäre. Seine Reisetasche? Plötzlich sprang er vom Diwan, trat unter die Lampe und betrachtete den Fleck am Boden, wo gestern nacht dies Abenteuer geendet hatte. Nichts mehr, die Frau nicht, noch die fremde Tasche mit den Wertpapieren und Edelsteinen. Auch seine eigene blieb verschwunden. Vielleicht war sogar sein Geld fort? Er zog die Brieftasche: es war da – und auch ein Papier, das nicht darin gewesen war, mit Bleistift hastig beschrieben. »Ich hatte es mir anders gedacht. Jetzt hätte ich Lust, zu werden wie Sie. Es ist zu spät. Aber ich werde an Sie denken.

Wenn Sie einmal traurig sind und nicht wissen, warum, dann seien Sie gewiß, ich habe gerade an Sie gedacht.«

Er trat zum Fenster, der schöne Tag schien ihm beschattet. Nicht lange, die unsichtbare Wolke zerrann schon; er riß das Fenster fort von der großen Bläue, in die sein Atem, aus emporgewendetem Mund, sich blühend mischte.

Szene

I

Sobald Lea von der Verlobung ihres Geliebten erfuhr, eilte sie zu ihm. Viktor war nicht zu Hause, sie ging in seinem Zimmer auf und ab. Es ward Abend. ›Ich habe zu spielen – Premiere, und ich bin nicht entschuldigt‹, dachte sie, und dann gleich wieder an seinen Verrat. ›Ich verliere ihn und ich liebe ihn!‹ Ihr Herz setzte aus, sie sah sich im Spiegel todbleich. Dann maß sie, durchdringend und trostlos, die ganze Gestalt. ›Elegant und schön, eine Schauspielerin, die in Mode ist, so würden die Leute sagen, wenn ich jetzt stürbe. Hat einem Mann alles zu bieten, Liebe, Glanz, befriedigte Eitelkeit, und wird verlassen und nimmt sich das Leben.‹

Sie suchte hastig in der Handtasche, ließ es, irrte weiter durch das Zimmer. Plötzlich fühlte sie ihn hinter sich. »Ich habe dich erschreckt«, sagte Viktor. Sie fühlte Angst vor dem Kommenden, sagte aber zornig: »Ich nehme an, daß alles Geschwätz ist.«

Er zuckte die Achseln. »Das nimmst du nicht an. Du wußtest von der Sache. Ich hatte sie dir angedeutet.«

»Ich glaubte dir nicht!«

»Schließlich konnte ich nicht bei dir um meine Braut anhalten.«

In ganz verändertem Ton: »Was habe ich dir getan?« Und sie sank hin. Er trat an ihren Sessel, streichelte ihr das helle Haar, seine Hand war verführerisch wie je. »Ich liebe nur dich, Lea. Darum fehlte mir der Mut, offen mit dir zu sprechen. Ich habe den peinlichen Schritt tun müssen, weil ich abhängig und ehrgeizig bin. Nur darum. Ich wollte, ich könnte noch zurück.«

Sie sahen einander im Spiegel. Er sah ihr Gesicht aufleuchten. »Komm zurück!« sagte sie mit ihrer schönsten Stimme, hingelehnt, damit er sie küsse. Er küßte sie und sagte: »Wir haben uns schon mehrmals getrennt und wiedergenommen. Jetzt ist eine Heirat notwendig. Sie bedeutet nichts, wir bleiben die Alten.« Da riß sie sich los und sprang auf.

Sie starrte ihm wie blind ins Gesicht. »Was wolltest du? Heiraten und mich behalten?« Er sah Unheil kommen, er streckte die Hand aus, aber sie floh bis in den Winkel, schon hatte sie aus ihrer Handtasche einen Gegenstand gezogen und ihn an die Lippen gesetzt. Gerade fing Viktor noch ihre Hand auf. »Laß das!« sagte er rauh.

»Es könnte dir schaden!« Sie lachte schrill auf, bevor sie weinte. Sie weinte, am Boden zusammengebrochen. Er war es jetzt, der hin und her ging, die Stirn in Falten, tief aufgewühlt. Unvermutet hörte er sie sprechen, eine Stimme wie ein Kind. »Ich will dein Unglück nicht«, sagte sie, ach so demütig, vom Boden her. »Wenn denn ich dein Unglück war. Ich willige in alles, du bist frei.« Das verlassene Kind, das dort lag, weinte.

›Aufgepaßt!‹ sagte der Mann sich. ›Die Tränenszene, dritter Akt. Wer sich fangen läßt, verliert.‹ Er verschränkte die Arme.

Als nichts von ihm kam, stand sie geduldig auf. Indes sie sich glattstrich: »Ich sehe ein, es war ein Fehler, daß ich hier bei dir das Gift nehmen wollte. Eine bekannte Schauspielerin, auf deinem Teppich tot: es hätte dir geschadet. Verzeih!« Ironie, trotz leise lockendem Blick. Er ward noch unzufriedener anzusehen.

»Es wäre mir nirgend angenehm, meine Liebe. Weder auf dem Teppich noch sonstwo.«

»Das kann ich verstehen«, sagte sie. Die Ironie erklärte

sich, hoch dramatisch. »Aber ich weiß doch nicht, ob du um den Polizeibericht herumkommen wirst.« Sie war zum Gehen fertig.

Er stürzte ihr nach, er hielt sie an beiden Handgelenken fest. »Du spielst heute abend? Versprich mir, daß du spielst!«

»Bist du um die Direktion so sehr besorgt?« fragte sie.

»Es wird dich auf andere Gedanken bringen«, verriet er. »Jedenfalls ist Zeit gewonnen. Versprich es!«

»Ich habe schon versprochen, folgsam zu sein«, sagte sie vollkommen sanft und ergeben. Aber ihr Blick wich ihm aus, verloren und arm. Seine Unruhe wuchs ins Unerträgliche, er brach aus. »Auf dich war niemals Verlaß!«

»Ich dachte, heute könnte ich es von dir sagen«, erwiderte sie sanft und undurchdringlich.

»Liebst du mich nicht mehr?« rief er in seiner Verzweiflung.

»Wenn du mir nur erlaubtest, es dir zu beweisen!« Tragischer Blick.

»Ich begleite dich«, bestimmte Viktor. »Ich gehe bis in die Garderobe mit dir. Ich lasse kein Auge von dir.«

»Dann könnte es nur noch auf der Bühne geschehen«, murmelte Lea.

II

Er gelangte verspätet auf seinen Parkettplatz. Bis zu ihrem Auftreten hatte er sie nicht allein gelassen. Er überlegte unaufhörlich: ›Wird sie heute abend jubeln können?‹ Denn sie hatte zu jubeln in dem Stück, soviel wußte er. »Ihr glaubt doch nicht, es ginge ohne mich?« Den Aufschrei hatte sie ihm letzthin mehrmals vorgemacht. Ein heiteres Stück also wahrscheinlich. Wie würde sie das machen heute abend?

Das Stück erwies sich eher als frivol. Leider schon wieder ein Dirnenstück. Frivol und etwas melancholisch war der Auftakt, und sogleich hatte die Heldin ihren stürmischen Abschied von dem Liebhaber Nummer eins. Er hatte sie geliebt, gequält, betrogen und wieder von vorn. Sie hatte gelitten, sich gerächt, ihn zurückgeholt und mehrmals abgestoßen. Nun war es zu Ende. Sie blieb allein, zerbrochen, verzweifelt, mit Bitternis getränkt bis in den Tod. Schritte. Sie wollte fort: ihr winkte nur der Tod.

Statt seiner erschien der Liebhaber zwei, ein sanfter, junger Kavalier, der sie zu lieben gedachte. Er kam mit Seelentiefen und suchte etwas Besonderes an diesem Treffpunkt der Lebewelt. Nach einigen begreiflichen Nieten fand er es nun. Sie war immerhin bereit, noch ein wenig sich aufhalten zu lassen vor ihrem letzten Gang: bereit aus Müdigkeit und weil es eins war, so sah der ungetreue Geliebte im Parkett.

Wie begegnete sie denn aber der Werbung des zweiten, das abgebrühte, schwerelose Geschöpf? Am Rande des Diwans sagte er ihr, indes hinten die Kameraden soupierten, seine Seelenwünsche, und sie lag. Geschwungene Linie, lang und schmal im buntschillernden Futteral der Robe, leicht erhöht die Knie, den Kopf über das Polster hinweggesenkt, sie war ganz Liegen, das ungenützte Daliegen. Die nackte Schulter glänzte ins Leere, vergebens hing der nackte, starke Arm herab. Warum nicht? Sie konnte durchaus eingehen auf die Marotte des Herrn, der Treue suchte und Sanftmut versprach.

Entschluß, sie küßte. Das allzu goldene Lockengebäude an ihrem rückwärts gesenkten Kopf ward erschüttert, die Reiherfedern wippten, zu seinen Lippen hob sie das Gesicht. Allzu weiß, mit groben Bühnenzügen und dem schwarzen Strich der geschlossenen Wimpern malte es den Kuß. Diese Lippen wollten Verlobung vortäuschen? Versprechungen des Lebens küssen? Eine Totenmaske sog sich wild an, knapp vor dem Sterben.

Feiern den Eintritt in die neue Liebe? Dahinten brachen sie auf. Vom Diwan geschnellt – und der große, bewegte Körper wollte mit vorangestreckten Armen über alles fortfliegen, die Zuversicht selbst. »Ihr glaubt doch nicht, es ginge ohne mich?« Es gellte, und der Vorhang fiel.

Dies, das Jauchzen? Es hatte gegellt: lag die große Frau jetzt nicht, zusammengebrochen und alleingelassen, über dem verwüsteten Tisch, dort hinter dem Vorhang? Er ging wieder hinauf, sie und ihr Mitspieler verneigten sich.

Der ungetreue Liebhaber auf seinem Parkettplatz sprach zu ihr durch den Vorhang: ›Nun, nun mein Kind, wir sind älter geworden, das ist das Ganze. Als ich dich kennenlernte, hattest du den naiven Reiz der Anfängerschaft. Ach, unsere Jugend! Jetzt bist du reif, auch ich bin es, und man geht auseinander. Obwohl man sich erst jetzt recht verstünde und das Leben einander erleichtern könnte. In der Jugend erschwert man es sich. Es ist uns ergangen wie dir in dem Stück mit dem Herrn Nummer eins: geliebt, gequält, betrogen und von vorn. Jetzt aber uns verlassen? Nun deine Schönheit, dein Talent die Höhe erreichen?‹

Er seufzte, und in seine Gefühle vertieft, hatte er vergessen, daß er seine Geliebte beaufsichtigen mußte, damit sie nicht Selbstmord beging. Das Haus ward dunkel, da fiel ihm alles wieder ein. Furchtbare Panik durchjagte ihn. Kam sie lebend auf die Bühne? Oder lag sie schon da, wenn der Vorhang aufging? Fiel er gleich wieder, und jemand trat heraus, um dem Publikum von einer vorübergehenden Schwäche zu erzählen?

Vorhang. Gottlob, sie lebte! Er zitterte noch immer.

Sie spielte Glück. Selbst Viktor hatte sie nie so glücklich gesehen wie heute abend mit dem Liebhaber zwei. Er hatte das beste Leben, nur sie selbst war ihrer Sache nicht sicher.

Auch dies konnte enden, so aufreibend schrecklich wie das vorige – wenn sie auch hier wieder liebte. Sie fürchtete zu lieben und dann verlassen zu werden. Sie eilte, daß sie ihm zuvorkomme: nur darum betrog sie ihn mit dem Liebhaber eins – und ließ sich erwischen. Die Szene. Zwei merkt erst jetzt, er liebe sie, und hat seinen Ausbruch. Eins hat ihm Genugtuung angeboten und ist gegangen. Sie selbst besteht darauf, sie liebe noch immer jenen, nie habe sie diesen geliebt; wird kalt und stumm. Dieser glaubt ihr nicht, zu gut weiß er das Gegenteil, weiß es durch sich selbst. Für ihn ward es ernst, auch sie soll endlich gestehen.

So gesteht sie denn: nein, sie liebt keinen; auch den nicht, mit dem sie ihn zielbewußt betrogen hat. Auch der hat nur wissen sollen, daß sie nun kalt sei – nun kalt sei und bleibe! »Der eine kann mich zu haben glauben, der zweite, sogar ein dritter: Wer aber hat mich noch? Das war einmal!« Schaudert es ihn? Es ergreift ihn, er möchte verzeihen. »Damit du mich später um so sicherer davonjagst? Später, wenn ich wehrlos bin.« Da er leugnet: »Doch. Der, den ich liebe, jagt mich davon!«

Frech und schrankenlos agiert sie vor dem Menschen, hat die Selbstachtung abgetan, möchte nacktes Grauen sein: alles, damit es ihr erspart bleibe, noch einmal leiden zu müssen. Er will ihr nichts ersparen, sie entreißt sich ihm, flieht nach hinten und steht, wie gefangen, in einem Vorhang.

Dort nun zeigt sie, wie man leidet, was sie schon erlitten hat, was sie noch erleiden würde – zeigt, was je Leiden war. Ihre schlaffen Arme tasten aufwärts, um zu flehen, aber was hilft Flehen, sie sinken wieder. Das Gesicht sieht niemanden, einsam plant es, verzückt. Die ganze Frau aber, dieser kostbare Körper im reichen Kleid wird arm, wird offen jedem Blick, ja durchscheinend, ihr seht die Flamme. Ihr hört nicht, welche Sätze sie klagt, seht nur in ihr die Flamme zehren: zehren und sie durchleuchten. »Alle Wetter!« sagte der Ungetreue. »Mit ihr geht es vorwärts – und mit mir? Ich werde herunterkommen durch meine bürgerliche Heirat. Keine andere Frau als diese kann mir Glück bringen. Die Laufbahn! Um als Mensch zu versinken? Indes sie dort oben leuchtet. Indes sie mit anderen Männern ihre Seelenkräfte übt und davon leuchtet! Das darf nicht sein.«

Die Schauspielerin inzwischen bereitete ihren Abgang vor. Der Mann war fertig, sie hatte ihn endlich niedergerungen. Er saß, war ganz krank vom ungewohnten Erleben und wünschte sie innerlich zu allen Teufeln. Sie aber hatte Hoheit bekommen; Abschied in Hoheit und müden Nachwehen ihrer großen Szene. Ein letzter Händedruck? Er schlug ihn aus, rückte verwundet die Schultern. Da hatte sie, über ihn fort, ein Nicken, eine Wendung: ›Dann nicht.‹ All ihr Wissen in dem Nicken, das ganze Ende in der Wendung. Sie hatte nicht glaubwürdig gejauchzt heute, aber ihr stummes »Dann nicht« war restlos gekommen.

Geklatscht wurde mit vereinzelter Heftigkeit, im ganzen aber mäßig. Diesen letzten Enthüllungen widerstrebte der gesunde Sinn. Was für das Herz war, schien vorüber; der erste Akt hatte beinahe im Freudenhaus gespielt. Die Damen fühlten sich tief getroffen von den Toiletten der Heldin.

III

Der Liebende war vor allen anderen draußen. Schon vor der Schauspielerin, die sich noch verneigte, war er in ihrer Garderobe. Sie fiel erschöpft auf den Stuhl und sagte: »Du hattest recht, es tut gut.«

Er schluckte hinunter. »Lea«, sagte er, »ich heirate nicht mehr.«

»Das ist mein größter Erfolg«, rief sie. »Aber du mußt heiraten, Lieber. Denn jetzt bin ich mit dir fertig. Wie froh bin ich«, sagte sie traurig, aber nur wie Erinnerung der Schmerzen. Ihm ward es kalt.

»Was ist das? Ich sagte doch, daß ich dir alles opfere!«

»Genug!« sagte sie stark. »Und das nächste Mal? Soll ich, wenn du mich das nächste Mal verrätst, wieder spielen müssen wie heute – und dich vielleicht auch damit nicht mehr halten können? Und mich nicht mehr von dir befreien können? Heute habe ich mich befreit. Bin fein heraus. Ah! Lieber! Jetzt leide du!«

Während er wankte und mit mutlosen Händen noch flehen wollte, rief sie: »Umzug, dritter Akt! Sie müssen hinausgehen.«

Sterny

Gerd Götz Rackow zog an der Spitze seiner Kompanie 1918 wieder in Berlin ein, schlechthin verblüfft durch das, was nun geschah. Persönlich hielt er sich für unbesiegt, aber da alle Welt die Nerven verloren hatte, ging er für den Augenblick mit und verschwand von der Bildfläche. Wiederaufgetaucht, orientierte er sich radikal nach der äußersten Rechten. Sie allein war imstande, die Angelegenheiten Deutschlands und Gerd Götz Rackows wieder richtig aufzuziehen. Die letzteren standen schon bei seiner Rückkehr nicht mehr gut, in den nächsten Jahren wurden sie kritisch. Die väterliche Firma hatte es fertiggebracht, die ganze Kriegskonjunktur zu verpassen; der alte Herr war nicht mehr zeitgemäß. Dann starb er sogar. Gerd Götz hätte von den Schulden noch Mutter und Schwester erhalten müssen, er verkaufte lieber und war glatt ohne Mittel. Kaum glaublich!

Standesgemäß leben, oder gar nicht! Wie schob man? Jeder schob, aber keiner verriet den Witz. Nicht hineinzukommen ins Geschäft! Der Oberleutnant machte unzulängliche Versuche. Eine halbe Kraft, sah gleich jeder, ein wilder Dilettant. Gleichzeitig erlitt auch die »nationale Sache« ihre Niederlagen, ein Systemwechsel ward unwahrscheinlich. Lissi Lerche, die von Gerd Götz immer auf den Systemwechsel vertröstet wurde, verlor das Vertrauen.

Lissi Lerche war, als er sie während eines Urlaubs kennengelernt hatte, noch Mannequin am Hausvogteiplatz. Er konnte sich rühmen, sie gemacht zu haben. Uniform und Rang: ein Wink, sie kam zum Film – indes er schon wieder draußen war und nicht fragte, was ihr sonst noch zustieß. Hiernach fragte er erst, als es geschäftlich nicht mehr klappte. Im Unglück will man wenigstens Treue.

1922 Ende Mai hatten sie die entscheidende Aussprache. Er kam in ihrer Wohnung, Bamberger Straße, gegen Abend darüber zu, wie sie Kleider probierte. Es waren zu viele und zu vornehme: keine Möglichkeit zu glauben, daß irgendeine Filmgesellschaft hierfür aufkomme. Solange die Schneiderin noch da war, wahrte er das Gesicht und äußerte sich gnädig. Lissi drehte sich in schwefelgelben Pailletten, blond, bunt und kostbar, auf ihren hohen Seidenbeinen zwischen den drei Spiegeln umher und warf hin mit geschminktem Mündchen: »Kunststück. Ich bin heute die Frau, von der man spricht.«

Kaum mit ihr allein, ward er anzüglich. Er kenne aus bester Quelle ihre wirklichen Filmdiäten. Nicht bluffen! Er sehe natürlich ein, irgendwoher müsse es kommen... »Fängst du schon wieder an?« sagte sie sofort und griff ihrerseits an. Mit einer Klassefrau war man großzügig oder man kuschte. Ihretwegen entgleist wollte er sein? Kinder! Das bißchen Bankhalten oder mit Koks schieben, und sogar das eine Pleite! »So was von doof würden die Leute mir nicht glauben.« Wobei sie kein Mündchen mehr hatte. Da sie ihren Freund aber liebte, rühmte sie ihm gleich wieder seine natürlichen Mittel. »Sieh dich doch nur an, die Gentfigur, die eiskalte Fresse!« Im Laufe der zärtlichsten Versöhnung überzeugte sie ihn endlich, er müsse sich von ihr managen lassen. Keine Eifersucht mehr auf ihre Bekannten, die ihm helfen wollten! »Gegen deine heilige Ehre, Dummchen, geht niemand vor«, versicherte sie und klopfte mit manikürten Händen seine Backen. Dann brachen sie nach der Motzstraße auf.

In der Pfauenbar zeigte es sich, daß jemand auf Lissi wartete, ein stämmiger Herr vom Typ Bulldogge, Sterny hieß er. Gerd Götz, den Namen hören und das Monokel einsetzen. Sterny bekam rote Augen, so saßen sie und glotzten aneinander vorbei. Lissi: »Was habt ihr denn?« Ach so! Sterny war gemeiner Mann unter Rackow gewesen, daran dachten sie noch. »Wenn ich dich schon mit einem Gent bekannt mache, der dir geschäftlich nützen kann, dann hast du ihn sicher mal in die Latrine gesperrt.« – »Latrine!« knurrte Sterny. »Gegen das Lokal, wo Oberleutnant Rackow mich hineinsperrte, war Latrine erstklassig, die reine Bar« – mit Handbewegung durch die Bar, worin sie saßen. Alles falscher bunter Marmor und die opalisierenden Tischplatten von innen beleuchtet.

»Ihnen ist es großartig bekommen«, meinte Lissi. Er war aber doch gegen den polnischen Winter, wenn man, vom Oberleutnant Rackow an einen Pfahl gebunden, den ganzen Tag im Schnee stand. »Davon hat das Herz denn doch was weg.« Hierauf Gerd Götz, durch die Nase: »Ihnen tat Ihr werter Leichnam zu leid. Dafür scheinen Sie das Schieben aber loszuhaben.« Nun bekam grade Sterny den sicheren Ton. »Ich bin ein erfolgreicher Kaufmann. Wer nicht mitverdient und sich ärgert, sagt Schieber.« Lissi ließ den Kapellmeister einen Shimmy spielen, um die Situation zu retten, und sie tanzte mit beiden. Darauf mußten die Kavaliere zusammen trinken. Sie selbst beschwipste sich; so war, was sie vorhatte, leichter in Zug zu bringen. Sterny sollte Gerd Götz bei einer dicken Sache mitnehmen. In der dritten oder vierten Likörstube, mit feuchten Augen und Lippen, schmatzte Sterny: »Rackow, die dicke Sache ist gemacht. Verkaufen Sie mir die Lissi!« Worauf Gerd Götz ihn natürlich glatt forderte. Lissi mußte sie so weit beruhigen, daß sie sich für morgen bei ihr verabredeten, um anständig zu verhandeln.

Als erster kam Gerd Götz. Er hatte Sorgen wegen der unlauteren Motive, die Sterny vielleicht leiteten, wenn er ihn beteiligte. Lissi war geradezu empört. »Ich gebe dir mein Ehrenwort, mit dem Menschen werde ich nie etwas haben.« Gerd Götz stellte fest: »Er wäre mir peinlicher als jeder andere. Geschäftlich schnappe ich, was immer auf dem Spiel steht, in dem Augenblick, wo ich mir sagen muß – « Hier kam auch Sterny. Er legte gleich los. Er hatte etwas für Rackow. »Aus alter Freundschaft«, sagte er bieder und machte die Augen dabei zu. Die Sache, die er hatte, war zweischneidig. Sterny bürgte für gar nichts. Wenn sie klappte, war man reich. Gerd Götz unterbrach ihn. »Was gegen meine Standesehre geht – « – »Werden Sie selbst wissen«, schloß Sterny.

Radium, eine beträchtliche Menge, war verlorengegangen und konnte wiedergefunden werden. Seinerzeit in Rumänien erbeutet von einem Soldaten, der dann starb; gestohlen von dem Krankenwärter, der nicht wußte, was es war; durch soundso viele Hände gegangen und jetzt verschollen. Sterny gab Namen und Adresse, soweit er sie kannte. Er selbst hatte keine Zeit, allen Spuren nachzugehen und sich der Sache zu widmen. »Ich sage Ihnen offen, Rackow. Sie werden laufen müssen, bis Sie pfeifen. Außerdem können Sie in halsbrecherische Lagen kommen.« – »Das ist mein Fall«, sagte Gerd Götz. Er wollte gleich losgehn. »Halt, Sie kriegen Vertrauensspesen«, und Sterny schrieb den Scheck, worauf Gerd Götz losging.

»Sie sind anständiger, als ich gedacht hätte«, sagte Lissi. Sterny ward anzüglich. »Er läuft, und ich sitze hier.« – »Machen Sie sich freundlichst nicht die geringsten Hoffnungen!« verlangte sie sachlich. Aber da der Mensch schon da war, durfte er die neuen Kleider bezahlen. »Ich bin heute die Frau, von der man spricht«, sagte sie als Ausgleich.

Gerd Götz lief. An der ersten der Adressen bekam er durchaus sicheren Bescheid über einen, der das Radium selbst gesehen habe, er sei sofort greifbar. Dort war man weniger bestimmt, gab aber doch Fingerzeige. Der nächste gab wieder welche. Sie führten Gerd Götz bald im

Kreise umher und bald in die Ferne. Er kam zu Pfandleihern, Kneipwirten, zu armen Leuten, deren Habe er unter Vorwänden durchsuchte. Damen wollten das Diebesgut ihren Liebhabern entwenden, wenn Gerd Götz das Unternehmen finanzierte. Er ward anonym nach Hamburg in ein Café bestellt und fand in der dunkelsten Ecke einen äußerst mißtrauischen Mann mit falschem Bart, der es hatte, selbst hatte. Das Radium? Ja. Aber er hatte es auch wieder nicht. Gerd Götz mußte dreimal kommen, bis er unter dem Tisch etwas Eingewickeltes zu sehen bekam. Wie er zugriff, traf ihn ein unerwarteter Stoß unter das Kinn, und er fiel um.

Lissi Lerche sah ihn erst nach Wochen wieder. Er war abgemagert, irr im Gesicht und zum allererstenmal nicht mehr tipptopp. Er redete, daß kein Ende war, er hatte so viel mitgemacht wie im ganzen Krieg nicht. Endlich stehe er mitten im Betrieb, weitverzweigte Verbindungen. Unbekannte quatschten ihn an. »Da! Sieh den Plan, ich habe ihn teuer bezahlt. Ein Haus mit Höfen, durch den Hof hier fließt ein Kanal, an dem Ausfluß des Kanals ist ein Stein locker, darunter liegt es.« – »Das Radium?« Er nickte fanatisch. »Ich muß das Haus finden. Niemand weiß, wo es liegt.« Lissi fragte: »Existiert es denn überhaupt – samt deinem Radium?« Das begriff er nicht – und deutlicher wollte sie nicht werden. Gerd Götz jammerte sie. Er fragte nicht einmal mehr nach Sterny – und hätte doch Grund gehabt.

Gegen Sterny war sie deutlich. »Sie sind ein Schwindler, Ihr Radium ist Bruch.« – »Wennschon«, sagte Sterny in aller Ruhe. Sie faßte es nicht. »Das sagen Sie so? Wegen einer Sache, die Sie sich bloß ausgedacht haben, soll Gerd Götz ins Sanatorium kommen?« – »Nein«, sagte Sterny und schloß die Augen, als sei er müde. »Er soll nicht ins Sanatorium. Er soll ins Zuchthaus.« Er öffnete die Augen, da sah Lissi, die nicht wußte, wie ihr geschah, etwas

Fürchterliches. Sie sah den Haß, eine trübe, ungefügte Schlammflut von Haß sich wälzen aus diesen Augen, zur Qual des Menschen, der zitterte, alle Muskeln krampfte, bleich und rot ward. Sterny sagte mit schwerer Zunge: »Er hat mich gehetzt und erniedrigt, ich hetze ihn, bis er liegt. Er hat mir ans Leben gewollt, jetzt kostet es sein Leben« – und hielt sich das Herz.

Lissi versuchte zu lachen. »Dickerchen, was hast du davon. Sei nicht komisch!« Und sie drehte sich herausfordernd vor ihm umher. Er sagte unumwunden: »Ihnen, mein Fräulein, habe ich mich ursprünglich auch nur genähert, um an ihn heranzukommen. Aber jetzt sind bald Sie dran«, wobei er nach ihr griff, vielmehr sie auffing. Denn sie fiel ihm beinahe zu, halb aus Schrecken, aber auch, weil seine Fürchterlichkeit sie anzog. So etwas von Mann hatte man denn doch noch nicht erlebt! Sie schwor sich, ihm niemals nachzugeben, nun gerade nicht. Freilich nahm sie schon so große Geschenke von ihm, daß es wie ein Vertrag aussah. Konnte sie noch heraus? Wenn Gerd Götz sie wenigstens zur Rede gestellt hätte! Das würde den Zauber gebrochen haben. Aber der lief Gespenstern nach.

Sterny ließ ihn zu sich kommen. »Rackow«, sagte er schlankweg. »Sie müssen einbrechen.« Gelassen sah er zu, wie das Opfer aufbegehrte und großtat. »Wenn Sie dafür zu vornehm sind, Ihre Sache. Selbstverständlich bringe ich Sie zur Anzeige. Sie haben mich um hohe Vorschüsse beschwindelt.« Er ließ das Opfer, das einen Kopf länger war als er, noch zappeln; es ergab sich schon. Gerd Götz wollte wissen, wo und wie. »Jemand ist uns zuvorgekommen«, erklärte Sterny, »ein Kapitalist, der richtig bezahlt hat. Wir kriegen die Finger nicht mehr in das Geschäft, außer so.« Mit der Bewegung des Klauens. – »Nicht zu machen«, sagte Gerd Götz, heiser vor Gier. Da zeigte Sterny ihm die Photographie der Villa. »In Hundekehle. Hochherrschaftlich. Ganz leicht einzusteigen. Was Sie suchen, liegt im Schlafzimmer. Heute nacht ist niemand zu Hause.« Er gab ihm noch an, wo das Auto, das er brauchte, ihn erwarten werde. Sein letztes Wort war: »Im Schlafzimmer«, wobei er einmal scheußlich auflachte; man konnte stutzen. Da war aber schon die Tür zugefallen.

Das Auto wartete wirklich. Der Chauffeur stand abgewendet; als Gerd Götz hinzutrat, verschwand er. Gerd Götz fuhr allein hinaus und hielt an der Ecke. Das bewußte Haus stand da, es stimmte. Alle Fenster dunkel. Gerd Götz ging hin und läutete stark am Gartentor; dann schnell zurück ins Auto. Er wartete nach der Uhr zwanzig Minuten, ob nichts geschah. Die Leute konnten Furcht haben und erst allmählich hervorkriechen. Ein Fenster stand offen im ersten Stock; das Mondlicht rückte hinein, bewegte etwas sich drinnen? Die Allee ganz einsam und hinreichend breit, überdies dichtes Laub vor den Häusern. Immerhin drüben eine freiliegende Wohnung, die noch Licht hatte. Die warme Nacht duftete stark nach Akazien. Gerd Götz rechnete damit, daß der Geruch irgend jemand aus dem Bett treiben könne. Er überlegte sachlich und scharf, wie vor einem Nachtangriff. Ernste Bedenken waren nicht gegeben. Die größte Gefahr: das Mondlicht.

Das Gartentor konnte er in Deckung erbrechen. Die Front des Hauses aber war allmählich fast ganz von grellem Licht überzogen. Anstatt erst lange im Schlagschatten der Säulen hinaufzurutschen, schwang er sich außer Dekkung auf die Terrasse. Ein richtig abgemessener Sprung, er hatte das offene Fenster. Wer ihn sah, konnte glauben, dies sei seine Art, nach Hause zu kommen, so ausprobiert ging es... Das Zimmer, in das er sprang, war ausgerechnet das Schlafzimmer. Ein breites Bett wurde von einem Reifen Mondlicht wie herausgetragen aus der Dunkelheit. Nach der anderen Seite – oho! – Waffe entsichern, der Feind. Eine Gestalt an der Wand, im genau umgrenzten Spiegel von Mondlicht. Konnte auch bloß ein Bild sein. Entgeistertes Weib. Hände gespreizt auf der Wand. Kopf ganz nach vorn gesunken. Er trat vor: »Lissi!« Da stieß sein Fuß an, im Dunkel des Fußbodens. Was lag hier? Herumgerissen den Kerl: – Sterny! Gerd Götz ließ ihn denn doch, wie heißes Eisen, zurück auf den Teppich fallen; er und Lissi starrten sich an wie die Blinden. Dann bückte er sich über Sterny. »Erledigt«, sagte er knapp.

Jetzt zu Lissi. Die streckte die Hände vor. »Du sollst alles wissen. Tu mir nur nichts!« Das Haus war ihres, Sterny hatte es ihr verschrieben mit allem drin, Geld auch. Für alles hatte sie ihm ausschließlich Versprechungen gemacht. »Bei meinem Augenlicht!« Sie hatte bestimmt gewußt, es werde zu nichts kommen. Den Finger auf den Toten gerichtet: »Und es ist auch nicht.«

Ihre Angst war unnötig. Gerd Götz hatte andere Sorgen. »In dein Haus läßt er mich einbrechen? Hast denn du das Radium?« Dies ging selbst über ihre Begriffe. Dann erinnerte sie sich: »Das Radium war ein Schwindel; er wollte dich ins Unglück bringen.« Sie schrie auf. »Jetzt weiß ich. Darum konnte er hier nirgends stillhalten. Lief im Zimmer umher, hatte Zustände und wollte nicht, daß ich Licht machte. Dich erwartete er, Gerd Götz, er wollte dich abfassen, wie du einbrachst.« Sie beugte sich, zog einen Gegenstand unter dem Toten hervor; jetzt flüsterte sie nur: »Sein Revolver. Beim Einsteigen hätte er dich abgeschossen.«

Seine Erschütterung benützte sie, ihn mit beiden Armen zu umklammern. »Dafür ist er selbst nun tot. Von allein umgefallen. Er war dein schlimmster Feind, Gerd Götz... Habe ich es gut gemacht?« fragte sie, ganz Verführung. »Wir sind nun reich und glücklich.« Heimlich zitterte sie vor den Einwänden, die er gegen diese Art von Glück und Reichtum einst gehabt haben würde. Aber es kamen keine. So verlangte sie zärtlich: »Trage ihn fort.« Das ließ er sich nicht zweimal sagen; es war ein Mittel, sich männlich handelnd über die noch drückende Lage zu erheben. »Ich setze ihn einfach in das Auto. Schöne Nacht. Spazierfahrt. Herzschlag.« – Er tat es; und den Zurückkehrenden zogen weiche Arme in die Haustür. Wie sie im Mondschein, umschlungen, die Treppe hinanschwebten, dem Hochzeitslager entgegen!

Die roten Schuhe

I

Beide Geschwister waren nur mit Mühe zu Hause zu halten. Was ist mit großen, ausgewachsenen Menschen zu tun, die weder die Schule beenden, noch einen bürgerlichen Beruf wählen, noch etwa heiraten wollen. Drohungen der Eltern bewirken höchstens, daß sie durchgehn. Grade wird der Sohn noch aufgefangen. »Wir haben euch nicht nötig. Ich bringe mich allein durch. In vier Wochen bin ich gemacht – wie heute jeder Jugendliche, der es richtig anfaßt, womöglich anständig, sonst anders. Vorurteile ausgeschlossen. Wir haben neue Erlebnisse, ein neues Weltbild. Was wißt ihr von unseren geistigen Voraussetzungen?«

Ob er denn sogar für seine Schwester die Verantwortung tragen wolle, fragten die schwergeprüften Eltern.

»Dann hole ich auch sie ab – grade weil ich für ihre seelischen Rechte hafte. Übrigens sie mit ihrem Talent braucht euch erst recht nicht.«

Denn Berthold war mit dem dramatischen Talent Luises vollauf vertraut. Was er nicht kannte, waren nur ihre Beziehungen zu seinem Schulfreund Max. Eines Abends, er war wieder einmal zum Durchgehn fertig und wollte von ihr Abschied nehmen: – in der Tür fuhr er zurück. Wut verzerrte sein Gesicht so ungeheuerlich, daß die Schwester, schon bereit, gegen ihn vorzugehn, ergriffen stillhielt. Der Bruder stellte an den Freund eine unvorhergesehene Frage: »Denkst du Luise zu heiraten?«

Das Liebespaar sah sich erstaunt an. Worauf Max: »Ich befinde mich in vollster Übereinstimmung mit Luise, wenn ich nein sage.« Da ward Berthold stürmisch. Sie erkannten den Verächter bürgerlicher Sitte nicht wieder. »Und du willst durchgehn? Wir haben doch einfach dasselbe vor.« Es sei nicht dasselbe, sagte Berthold. Zuletzt entschied Max: »Es ist vorzuziehen, daß ich gehe. Mit deiner Schwester verständigst du dich dann restlos.«

Berthold ließ ihn fort, dann riet er Luise: »Lauf ihm nach! Bevor der Feigling um die Ecke ist. Den siehst du nicht wieder.«

Sie erwiderte: »Ich bin keine Verlassene. Ich will mit ihm zum Theater.« Aber sie war bleich und hielt sich am Tisch fest. »Der Verrat stand ihm auf der Stirn«, sagte der Bruder noch, und sie schwieg dazu.

Dann gestand sie: »Ich habe letzthin so viel erfahren, daß selbst die vollsten Häuser von mir noch werden lernen können.« Sie stand ausdrucksvoll gereckt; das weiße Gesicht, die roten Lippen verkündeten von oben ihren Schmerz und ihren Mut. Dem Bruder blieb der Mund offen.

»Verzeih«, sagte er unsicher. »Ich muß mich an den Tatbestand erst gewöhnen. Also mit Gott! Und auf Wiedersehn, wer weiß wo.«

Sie fragte: »Mußt du durchaus bös sein, weil du jetzt wieder als kleiner Junge dastehst?« Sie fühlte, er hätte lieber gehorsam wie ein Kleiner gesprochen. Damit er sich nicht mehr schämen solle, beugte sie sich ihm in den Nakken, ließ den Arm, um ihn zärtlicher zu stimmen, über seine Schulter hängen und murmelte: »Wir treffen uns wieder. Was wir dann wohl geworden sind! Wollen wir uns verabreden?«

»Deshalb bin ich hergekommen«, sagte er dankbar. »Also wir treffen uns, wenn wir unseren Weg gemacht haben. Wie lange glaubst du, brauchen wir? Ein Jahr?« Vier Wochen sagte er schon nicht mehr.

Die Schwester, noch gewitzter, sagte: »Es kommt darauf an. Wollen wir aus dem Ärgsten heraus sein und die Ellenbogen frei haben? Dann sagen wir zwei Jahre... Wenn es reicht.«

»Es reicht.«

Er war denn doch der Stärkere; er kürzte auch den Abschied ab. Zuversichtlich schüttelten sie einander die Hand.

II

Bei seiner Ankunft in Berlin wollte ihm ein junger Mann durchaus den Koffer tragen, und kaum hatte er den Koffer, lief er davon. Die Straße war schlecht beleuchtet, aber durchaus nicht menschenleer. Trotzdem ward der Beraubte mit Gewalt verhindert, nachzulaufen. Von den Helfern des Räubers schlug Berthold den einen nieder, der andere riß aus. Der Daliegende hielt in auffallender Weise seine Rocktasche fest, was Berthold veranlaßte, die Brieftasche daraus zu entnehmen. »Mir haben die Kerls mein ganzes Gepäck gestohlen«, sagte er, im Vollgefühl seines Rechtes, zu den Umstehenden, die nichts dagegen einwandten.

In der Brieftasche fanden sich Devisen, welch guter Anfang! Berthold ging zum Essen in ein besseres Lokal. Die Dame am Nebentisch zog ihn an und erwies sich als nicht unzugänglich. Sie schien unabhängig und gut gestellt, sie sprach von ihrem vornehmen Klub. Auf ihre Frage nach seinen Geschäften gestand er, er habe gute gemacht. Als es Zeit war, nahm sie ihn mit in den Klub.

Im Auto küßten sie sich. Der junge Mann verlangte stürmisch nach einem ungestörten Stündchen. Aber sie vertröstete ihn auf den Klub, wo für alles gesorgt sei.

Der Klub machte wirklich einen ausgezeichneten Eindruck, gleich im Vorzimmer roter Samt. In den vorderen Zimmern saßen nur Wachen, die ganze Gesellschaft war rückwärts am Spieltisch. Meist Damen, aber nicht ganz junge. Berthold kam zwischen eine dicke und eine dünne; sie schoben ihm Geld hin, damit er für sie setze, es werde ihnen Glück bringen. Es brachte aber nur der Dünnen Glück. Die Dicke verschwand, um so näher rückte die Dünne.

Sie hatte Narben unter der Schminke, dagegen kamen die vielen Perlen nicht auf, Berthold erschauerte. Um nur ihr Flüstern nicht zu hören, denn sie flüsterte von einem Souper in abgelegenen Räumen, spielte er weiter mit ihrem gewonnenen Geld, bis alles fort war. Sie erwachte aus ihrem Rausch und forderte Ersatz. Er denke nicht daran, sagte Berthold, darauf Geschrei. Alles half der Dame gegen Berthold, mehrere Herren mit riesigen Fäusten versperrten ihm den Abgang; und als er sie überrannt hatte, erklärte die Dame, die den Schlüssel hatte, sie werde nicht öffnen. Es war seine gute Bekannte aus der Gaststätte, auch sie seine Feindin! Die Enttäuschung machte, daß er, wie ein Kind, alles hergab, seine ganzen Devisen. Nur fort!

Jetzt ging er selbst Gepäck tragen auf den Bahnhof und lief davon mit dem ersten Koffer. An der Ecke stieß er mit dem zusammen, der ihm seinen eigenen geraubt hatte. Er zeigte Berthold ein Versteck und bezahlte ihm die Ware.

Tags darauf ging der Neuling im Erwerbsleben zu Methoden über, die mehr seiner Erziehung entsprachen. Auf kühne Art erlangte er eine Empfehlung, trat als Lehrling in eine Bank ein und behielt einfach die Börsenwerte, die er auszutragen hatte, einige Stunden für sich. Das genügte, um gut zu verdienen. Nach vier Wochen besaß er ein Auto. »Also doch nur vier Wochen!« dachte er. Es seiner Schwester zu melden, reichte die Zeit nicht; denn wieder vier Wochen, und das Auto war gepfändet.

Er besaß noch mehrmals ein Auto im Verlauf des Jahres.

Einmal konnte er Generaldirektor werden, und einmal wollte er in den Kanal springen. Im zweiten Jahre verschwand er für sechs Monate aus dem Verkehr. Durch langes Nachdenken belehrt, baute er nun, anstatt auf eigene Wagnisse, auf die anderer. Das hielt er für weniger verantwortlich.

Eine Agentur fiel ihm auf, die übermäßige Gewinne versprach und oft sogar auszahlte. Er beobachtete sie. Einen bescheidenen, strebsamen Juden, der dort saß und schrieb, lud er zum Essen ein und fragte ihn, ob er mit seinem Geld mitgehe bei den Geschäften der Firma. Mit seinem angeborenen Lächeln des Zweifels sagte Elias: »Wenn Sie von der Konkurrenz sind, was wollen Sie wissen und wieviel bieten Sie?«

»Ich habe die Weisung, die Dinge aufzuklären«, sagte Berthold und preßte die Lippen aufeinander; – worauf Elias erblaßte und ihn Herr Polizeirat nannte. Er machte Berthold mit dem Kassierer bekannt. Ein geängstigter Mensch, die weiblichen Angestellten verfolgten ihn um Alimente. Sowieso ging der Bestand seiner Kasse dunkle Wege. Der Direktor, nur mit Haustelefon erreichbar, beorderte unverweilt für seine Zwecke, was die Kunden brachten. Sie rissen sich freilich darum, Geld bringen zu dürfen. Noch dazu überschrien sie sich am Telefon, der Direktor war taub.

Im Vorzimmer der Agentur stand eine kleine Plakatsäule, bedeckt mit den hohen Zahlen glänzender Geschäfte und den blühenden Gestalten tanzend abgebildeter Varietényummern: verschiedene, aber gleich begehrenswerte Seiten des Lebens, und beiden widmete sich die Agentur. Die Geldbringenden saßen und plauderten geduldig, bis sie drankamen. Hinter einer anderen Tür ballte sich gewöhnlich ein Haufe von solchen, die nicht brachten, sondern holten. Diese nahmen das Warten schwerer als jene. Zuletzt kam immer noch Geld.

Berthold war's, der es brachte. Er erstieg die geheime Treppe zur Direktion, der Direktor selbst nahm das Geld, er ließ es durch die Wand elektrisch zur Kasse fahren. Er war ein außerordentlicher Mann, von einer Kraft betörender Persönlichkeit, die alles, was geschah, begreiflich machte. Man traute seinem Stern: auch Berthold, der doch den neuesten Weg zum Erfolg mit ihm zusammen, ja fast aus eigener Eingebung beschritt. Berthold war vertraut und eingeweiht, war führend, hieß er auch nur Reklamechef. Um Zweifel hintanzuhalten, ließ er sich selten öffentlich blicken. Elias fand sich dennoch zuweilen an seinem Weg; er begrüßte ihn noch immer erschrocken wie den geheimen Polizeirat, lächelte aber schon wieder deutlicher sein angeborenes Lächeln.

Die Katastrophe erfolgte auf die einfachste, vorhergesehenste Weise. Niemand, der sie je bezweifelt hätte, weder Elias, noch der bedrängte Kassierer, noch die geldbringenden Kunden, noch selbst Miß Ellen, Varietéstern und Freundin des Direktors – obwohl ihre Gagen im Geschäft arbeiteten. Die Kasse war schlechthin leer, und diesmal blieb sie es. Große Volksbewegung am Kassenschalter. Dazu schrie der Direktor im Haustelefon verzweifelt nach Berthold, der nicht kam. »Gebt mir Berthold! Ihr wollt mir Berthold nicht geben?« Krachen am Telefon, der geängstigte Kassierer fuhr zurück.

Gleichzeitig brach die Schranke, die die Kasse schützte. Wildes Drängen, und in dem anschwellenden Lärm überwog der Ruf »Polizei«. Berthold, soeben eingetroffen, suchte alles auf die Untreue eines Angestellten zu beschränken; das Unternehmen selbst laufe nicht die entfernteste Gefahr. Als aber der Kassierer ihm zuflüsterte, im Telefon habe es gekracht, verstummte Berthold.

Schon wälzte Volk sich zügellos ins Innere; es entdeckte die Geheimtreppe, schon stürmte es die verschlossene Tür der Direktion. Man quoll ein, trieb vor – aber das gesprengte Geheimnis sah wohl unerwartet aus. Wer es erblickt hatte, wich verstummend zurück mit den andern.

Zuletzt konnte auch Berthold einen Blick hinter den Schreibtisch werfen. Der Körper des Direktors ward von einer Seitenlehne zurückgehalten. Die rechte Hand hing mit der Waffe herab, es war, als wollte sie den Revolver dezenterweise unter den Teppich schieben. Der vormals glühende, jetzt glasige Blick des Direktors blieb ein Stück über den Boden erhoben, bis zur Höhe der Hände derer, die ihm nahten. Noch immer schien es sein erstes Augenmerk, was sie brächten.

»Jetzt kommt kein Geld mehr«, raunte jemand hinter Berthold. Elias – er raunte: »Sie können nicht mehr damit in den Spielklub gehn – Herr Polizeirat. Wenn die Leute wüßten! Sie haben für den Direktor gespielt, das war das ganze Geheimnis.«

Das angeborene Lächeln ward spitz und steif. Berthold, kalt überlaufen, verschwand vom Fleck weg.

III

In seinem möblierten Zimmer machte er kein Licht, blieb in der hintersten Ecke sitzen und fuhr auf, wenn der Wind ging... Da klopfte es. Hatte es stark, zu stark geklopft? Er rückte vollends hinter den Schrank. Jetzt trat man auch schon ein, es ward hell. Von der Hausfrau geleitet, stand seine Schwester da. »Ach nur du«, sagte er erleichtert.

»Du weißt wohl gar nicht? Es sind zwei Jahre.«

»Natürlich«, sagte er. »Sie sind schnell vergangen. Willst du einen Augenblick Platz nehmen?«

»Du bist eilig?«

»Ich kann noch Besuch kriegen. Geschäftlich wie immer«, sagte er überstürzt. »Immer Geschäfte. Du glaubst nicht, was ich in den zwei Jahren für Geschäfte gemacht habe! Gute. Sehr gute. Ohne daß darum die geistigen Ansprüche, die wir stellten, im geringsten gelitten hätten. Die letzte Zeit hatte ich einen Freund, dem ich für Weltbild und geistige Voraussetzungen unberechenbar viel verdanke. Direktor eines großen Unternehmens natürlich. Das sind wir alle.«

Aus Erschöpfung hielt er kurz an, machte dann aber eine um so stärkere Handbewegung.

»Mit ihm verstand ich mich. Unser neues Menschentum ist nur dynamisch zu bestimmen. Wir mußten handeln – nun kurz, wir mußten spielen. Er hat sich erschossen.« Blieb stehen und horchte, die Augen geschlossen.

»Heute?« fragte die Schwester. »Oh! dann komme ich dir ungelegen. Ich würde gehen, wenn ich wüßte wohin.«

»So schlecht geht es dir?«

»Das nicht«, sagte sie. »Man wartet sogar mit aller erdenklichen Sehnsucht auf mich.«

»Alle Wetter, du bist hübsch geworden.«

»Aber es ist zuviel geschehn«, sagte sie mutlos.

»Mir kannst du alles sagen«, beteuerte er kühn.

»Errate doch selbst, es ist so banal.«

»Max hat dich betrogen.«

»Mehr fällt dir nicht ein?«

»Darauf du ihn.«

»Nein«, sagte sie. »Er hat es nicht abgewartet. Er war im Schauspielerrat, er konnte meine Entlassung durchsetzen. Obwohl alle mich halten wollten«, sagte sie schnell. »Ich war bei Presse und Publikum unglaublich beliebt.«

»Das war das«, sagte der Bruder.

»Nein«, sagte sie wieder. »Es ging weiter. Er reiste mir ins nächste Engagement nach. Er war demütig, reuevoll, verliebter als je, ich ward ihn nicht mehr los.«

»Du haßtest ihn unbeschreiblich.«

»Kann man denn immer hassen und lieben?« fragte sie. »Ich fing schon an, müde zu werden... Ich hatte nun einen Liebhaber, reicher Mann, er heiratete. Mein Gott, ich hätte ihn deswegen nicht fallengelassen.«

»So wird man«, sagte der Bruder.

»Was tut aber Max? Er überfällt den Mann auf seiner Hochzeit! Um mich zu rächen! Skandal, ich fliege aus dem Engagement.«

»Aber das ergibt für dich eine Weltreklame! Ich war Reklamechef.«

»Sagte ich dir nicht, daß ich müde bin? Meine Stimme hat auch schon gelitten.«

»Ja so« – er führte sie zu seinem Sofa. »Ruhe aus, ich bin da.«

Klopfen. Plötzlich war Berthold nicht mehr da, er steckte im Alkoven. »Nein!« schrie sie und lief hin. Mit verzweifelter Dringlichkeit: »Wen erwartest du?«

»Oh, niemand von Belang«, sagte er; denn wer eintrat, war die Hausfrau mit dem Tee. Die Geschwister ließen sie den Tisch decken. Allein geblieben, setzten sie sich, immer noch schweigend, aßen aber nicht – und auf einmal weinten sie. Sie weinten gemeinsam, einer an der Schulter des anderen, feucht schluchzend wie Kinder, und lange, lange.

Erst aus Müdigkeit hörten sie auf. Faßten sich nun bei den Händen und flüsterten: »Wir schämen uns nicht mehr voreinander. Früher zu Hause schämten wir uns.«

»Das ist nun doch ein Gewinn«, sagte der Bruder. Die Schwester fragte:

»Haben wir eigentlich nicht schon das Ganze als Kinder erlebt?«

»Im Traum«, sagte er. »Ob im Garten noch die Bank steht?«

Die Schwester:

»Auf der Bank lasest du mir das Märchen von den roten Schuhen vor. Ich fürchtete mich vor ihnen. Und jetzt, manchmal, wenn ich nicht weiß, wohin es noch kommen soll, denke ich, daß ich an den Füßen die roten Schuhe habe, die immer weiter tanzen. Ob man will oder nicht, immer weiter.«

Kobes

I

Ein Mann lief durch die Stadt. Er trug einen Cut, im Laufen stand der nasse Cut wie Holz hinten ab, und Regen trommelte drauf. Sein Hut war fort; aber die Aktentasche hielt er fest. Um die fliegenden Beine warf er manchmal Arme samt Aktentasche, um noch höher zu fliegen. Er kreischte rauh dabei auf, um sich anzustacheln und auch, weil alles ihm furchtbar weh tat. In Hindernisse rannte er kurzweg hinein, so blind war er schon.

Feuersäulen standen rings in der Luft, der Himmel war rot und schwarz, ein höllisches Pfeifensignal krallte manchmal hinein. Tageszeit unbekannt, so war der Himmel von je. Auf leeres Pflaster fiel schwarzer Regen, der gewaschener Ruß war. Wo der einsame Läufer gerade patschte, sauste, anschlug, umfiel, da duckte sich der und jener angstvolle Kleinbürger beschleunigt in niedrige Türchen. Die Stadt hatte einstöckige Häuschen – und dann die ungeheuren, nackten, lodernden Fabriken über undurchdringlichen Labyrinthen von Kohlengruben. Alles Volk war in den Fabriken, den Gruben.

Der Wildling im Cut rannte nun schon über den feurigen Unflat des Flusses. Drüben das Haus! Das große Haus aus Glas und Eisen, das Haus mit dem Dach der fünfhundert Leitungsdrähte! Er lechzte danach, die Zunge weit draußen, Augen wie beim Nahen Gottes. Nochmals platt in eine Lache. Letztes Aufraffen. Endmatch mit dem Keuchen tödlicher Brunst, auf den Lippen schon Blut. Durchs Ziel und Treppen hinauf, Wild-um-sich-Schlagen statt Hilferufs, der nicht mehr kam.

Da rannte er in zwei Herren. Augenblicklich Alarmzeichen; es zwitscherte durch das Haus. Der Sterbende klammerte sich auch noch an. Zwei Schüsse. Alle Türen auf. Haufen von Menschen. Wohin ist der Attentäter? Die Haufen wälzen sich. Dort auf den Stufen. Kopfabwärts liegt er in schwarzer Nässe! Man wendet sein Gesicht herum, indes immer noch wildes Zwitschern durchs Haus schrillt. Nun? Mittelstand, sonst nichts zu bemerken. In der Aktentasche ein Papier. Was sagt es? Gewählt ist Kobes.

Kobes ist gewählt. Gleich, wie, wo und von wem. Wieder einmal gewählt. Und der Mittelstand bringt sich ihm persönlich dar, rennt selbst, es ihm zu melden, und erstirbt auf seiner Schwelle. Dies war ein Ehrgeiziger. Er hat gedacht: ›Ich renne. Ich bin früher da als Telegraf, Telefon, früher als die Luft, die Kobes und seine Größe auf ihren Flügeln trägt. Ihn sehen und sterben! Ich will ja keinen Posten, ich will ja nichts für mich. Es ist für das große Ganze, es ist für Kobes, unseren Größten!‹ Er war ehrgeizig in Selbstverleugnung. Nun ist er tot und sah ihn nicht. Kobes wird nie von ihm wissen. Kobes ist noch erhabener, als jener dachte.

Kein nennenswerter Vorfall, nichts, was hier aus dem Rahmen fiele. Die zusammengeströmten Beamten zogen von selbst ab; Befehl nicht notwendig. Nur die Rayonchefs blieben in der Halle versammelt, seltene Gelegenheit, alle gemeinsam Zigarren zu rauchen. Die Halle lag gleich an der Treppe; sie bewachten alle gemeinsam, bis der Arzt kam, die Leiche des totgerannten Mittelstandes.

II

Klubsessel im Halbkreis, andächtiges Selbstgenügen. Nur der Rayonchef für Völkisches hatte es eilig. Er war es, der mit seinem Kassierer den Anprall des Attentäters erlitten hatte. Ein ohnedies nervöser Mensch wie er, und das Signal, das er in Bewegung gesetzt hatte, kreischte noch immer. Abstellen! Sein Kassierer übrigens war ihm im Gedränge abhanden gekommen. »Immer und ewig sehe ich Sie mit dem Kassierer, Herr Kollege für Völkisches«, sagte der Rayonchef für Ersparnisse. Persönlich atmete er Kraft wie ein Fleischhacker, anders als der abgehetzte Völkische, der gleich hochging. »Herr Kollege. Sie führen in aller Seelenruhe ein gottgefälliges Leben«, rief der Völkische bebend. »Ich aber? Ich habe seit drei Tagen dreimal meine Dispositionen ändern müssen. Einmal bezahle ich den Putsch, damit er kommt, ein anderes Mal, damit er nicht zu weit geht. Es ist aufreibend.«

»Es ist unkaufmännisch«, sagte der Rayonchef für Ersparnisse. »Man glaubt nicht, mit wie wenig Weisheit selbst hier noch regiert wird.« Was aber der Rayonchef für Parlamentarisches rund abstritt. »Man lege endlich einmal unsere Steuerfreiheit gesetzlich fest, sofort werden die völkischen Belange abgebaut. Sie meinen doch nicht, daß etwas anderes als ihre Ergiebigkeit darüber entscheidet, ob wir sie finanzieren? Den Arbeitern vom Lohn die Steuern sofort abziehen, sie aber erst zwei Monate später, ausgenützt und entwertet, dem Staat erstatten: so konnten wir diesen Staat nur abtun, weil wir ihn unter völkischem Hochdruck hielten! Stecken wir Deutschland nur erst in die Tasche, reiten wird es schon können.« Der Rayonchef für Parlamentarisches hatte die Augen an der vorderen Front seiner turmartigen Glatze, und sie gaben Leuchtsignale.

Nicht weniger phosphorgeladen war das Hirn des

Rayonchefs für Propaganda, Generals des ehemaligen Hauptquartiers. »Bluff!« kommandierte er. »Bluff und Gewure, sonst nichts, und ich garantiere jeden Erfolg. Wer hat den Mittelstand für den Aufbau begeistert? Wir. Für vertikalen Aufbau? Wir. Für Wirtschaft statt Staat? Wir. Für seinen eigenen Hintritt auf dem Felde der Inflation? Kunststück, wir. Aus reiner Begeisterung hat er sich totgelaufen« – mit Wink nach der Treppe. Flüchtige Blicke der Sympathie streiften die Leiche. Der Rayonchef für Propaganda fuhr fort:

»Der Mittelstand hat hergegeben, was er wert war. Ehre seinem Andenken. Jetzt aber muß mehr gearbeitet werden. Die Arbeiter sind dran. Sie haben mehr als nur Geld an uns zu verlieren. Täglich zwanzig Stunden Arbeitszeit! Das ist ein Besitz. Das ist das größte Vermögen der Welt. Ihnen beibringen, daß sie es hergeben müssen, leisten müssen, verschenken müssen! Sonst untragbar und Zusammenbruch! Mein strategischer Gedanke. Ich führe ihn durch oder schieße mir glatt eine Kugel vor den Kopf. Deutsch sein heißt: aufs Ganze gehen.«

Das ehemalige Hauptquartier zündete sich noch eine Zigarre an. Statt seiner sprach der Rayonchef für Soziales. »Wir haben erst 60000 Selbstmorde jährlich erreicht«, sagte er bitter. »Aus öffentlichen Mitteln oder durch Wohltätigkeit des In- und Auslandes leben zwanzig Millionen. Leben immer noch, während ihr Recht ans Leben schon längst auf uns – auf uns, meine Herren, übergegangen ist. Kann irgendeine Propaganda bewirken, daß sie sämtlich Selbstmord verüben? Und doch sind es genau die zwanzig Millionen, denen schon unser bekannter Kriegsgegner sagte, sie könnten gehen. Wir werden es ihnen durch die Tat beweisen, daß sie gehen können. Sozialabbau!«

»Gehälterabbau«, fiel der Rayonchef für Ersparnisse ein. »Beamtenabbau.«

»Kulturabbau!« verlangte der Rayonchef für Kulturelles.

»Abbau des Lebens«, schloß der Rayonchef für Soziales. Er hatte das schönste, noch immer glatte Jünglingsgesicht bei schon so wichtigen Verdiensten. Seine Bewegungen waren nicht ohne Anspruch auf edle Form. Nur das Haifischmaul störte. »Abbau des Lebens«, wiederholte er, entschlossen zuschnappend. »Wir sind die Wirtschaft. Leben müssen nicht Menschen, sondern die Wirtschaft. Zu erhalten ist nicht das Leben, sondern die Substanz. Unser Problem: durchkommen mit unverminderter Geltung und konzentriertem Nationalvermögen, bis genügend Menschen verhungert sind, daß der Rest in unser System paßt. Wir sind System! Wir sind Idee!«

»Der deutsche Idealismus sieht wesentlich anders aus, als Literaten ihn sich gedacht haben«, sagte sinnend der Rayonchef für Propaganda.

Auch aus jener blauen Wolke kam endlich eine Stimme. Sie näselte. »Das Nationalvermögen konzentrieren, bei uns natürlich, können wir nur gegen das Reich. Wir oder das Reich! Einer hat die Macht, der andere zahlt. Das Reich verdient nichts Besseres als zahlen. Wissen die Herren auch, wer das meiste aus ihm herausgeholt hat?« wobei die Wolke sich öffnete und das scharfe Kavaliersgesicht des alten Staatsmannes erschien, das zwinkerte. Den langen Finger hielt er auf die eigene Brust gerichtet. ›Der Kollege für Auswärtiges öffnet die Archive‹, fühlten gespannt die Kollegen.

»Irgendwo war mal Besetzung«, verriet der Rayonchef für Auswärtiges. »Gott, heute wird soviel besetzt. Wir hier hatten lange vorher gesagt, es wäre nicht das Schlimmste. Also der Feind besetzt. Nach drei Monaten spürten wir's denn doch im Betrieb. Es hatte was zu geschehen. Ich, nicht faul, mobilisiere unseren östlichen Teilhaber. Sollte drücken auf seinen südlichen Geschäftsfreund, damit der Kerl vermittelte beim westlichen Vertragsgegner. Streng vertraulich, Innendienst. Was glauben Sie aber, daß uns zurückberichtet wurde? Ich sag es nicht. Nicht mal hier. Genug, da hatten wir kein Interesse mehr. Sie denken sich schon, warum. Inzwischen zahlte das Reich unsere Löhne. Das war die Patentlösung. Man soll niemand am Zahlen hindern, vor allem das Reich nicht.« Hiermit schloß sich die Wolke.

Sämtliche Rayonchefs unterdrückten ihr Schmunzeln, sie wandten nicht ohne Besorgnis die Hälse. Aber die Treppe stand gerade leer, nur die Leiche des Mittelstandes konnte zuhören. Der Rayonchef für Kulturelles beherrschte sich nicht länger. »Damit auch ich einen Schwank beitrage!« sagte er in irgendeinem unwahrscheinlichen Dialekt. »Nicht weit von hier ist ein Kohlenforschungs-Institut. Strenge Wissenschaftler. Die Leute haben nichts zu beißen und zu brechen.«

»Ihr Schwank, Kollege, ist reichlich abgespielt.«

»Moment. Die Leute haben nachgewiesen, was alles in der Braunkohle steckt. Man glaubt nicht, was alles drin steckt. Daraufhin, meine Herren, haben wir gekauft. Wir haben daraufhin sämtliche Braunkohlenlager der Welt gekauft. Jährlich bringen sie uns todsichere Goldmillionen, dank jenen Leuten. Die Leute brauchen zur Fortführung ihres wissenschaftlichen Instituts jährlich ganze siebzigtausend Mark, die sie nicht haben. Was für einen Witz, glauben Sie, daß ich mir geleistet habe? Unser Berliner Zentralorgan habe ich, weiß Gott, schreiben lassen, das um die Wissenschaft hochverdiente Kohleninstitut müsse eingehen, wenn das Reich nicht siebzigtausend Mark zahle. Titel: Kulturschande.«

Man lachte – herzhaft und unbeschwert. Es war der gegebene Augenblick, die Sitzung abzubrechen. Aber der Rayonchef für Propaganda öffnete in der Wand einen Deckel, er war wohl eifersüchtig auf den Lacherfolg; sofort begann eine Radiostimme: »Ich habe einfache Gedanken, einfache Ziele. Ich bin nichts Vornehmes, Politik verstehe ich nicht. Rühriger Kaufmann bin ich. Sinnbild der deutschen Demokratie. Mich kann keiner. Ich bin Kobes.«

Die Stimme erhob sich, sie ward rhythmisch wie Kirchengesang. Die Herren in den Klubsesseln sangen mit. »Kobes schlemmt nicht, Kobes säuft nicht, Kobes tanzt nicht, Kobes hurt nicht, Kobes arbeitet zwanzig Stunden am Tag.«

»Kobes gibt es nicht«, sang der Rayonchef für Völkisches noch hinzu. Auf Proteste erwiderte er gereizt: »Kobes ist nichtexistent. Er ist eine mythische Erfindung, die Personifizierung von Naturkräften, sagen wir Sonnengott. Das Volk liebt so was auch heute noch. Faule Wirtschaft heißt Kobes.« Auf weitere Proteste: »Haben Sie ihn gesehen? Na also« – und fort war er.

»Das Völkische macht nervös«, brummte man, unzufrieden, aber nicht ohne daß Zweifel durchdrangen. Die Radiostimme brüllte: »Arbeiten! Viel mehr arbeiten sollt ihr! Nicht für Geld, nein, für die Sache! Auch Kobes arbeitet nicht bloß um Geld. Malt ein Maler, komponiert ein Musiker um des Geldes willen? Schaffensdrang des schöpferischen Menschen, das ist Kobes. So seh ich aus.« Im selben Atem aber verlangte er, hart wie das Schicksal, die Nation solle gewärtig sein, daß noch mindestens drei Jahre lang eine Menge Menschen verhungere. »Wo das Ganze Not leidet, muß der einzelne Opfer bringen« – indes die Rayonchefs einander von Begegnungen mit dem leibhaftigen Kobes erzählten. Aber keiner glaubte dem andern so recht. Zum Schluß trennten sie sich ohne besondere Freundschaft. Jeder knallte eine Tür hinter sich zu.

III

Die vereinsamte Radiostimme predigte: »Schon 1914 wurde das Vermögen von Kobes auf hundert Millionen Goldmark geschätzt, die er, wie alle Großindustriellen, während des Krieges hat vervielfältigen können.« Da traten gleichzeitig aus einer der Türen ein kleiner Mann und aus dem Lift eine große Dame.

Der kleine Mann ging den Deckel schließen, er war ein Untergebener des Rayonchefs für Propaganda. Als er aber die Dame sah, blieb er stehen, die Arme wurden ihm steif, und er spreizte die Finger. Die Dame dagegen sagte zielbewußt: »Wo ist Mister Kobes?« – ohne den kleinen Mann des Ansehens zu würdigen. Es konnte der Radiostimme oder dem nächsten leeren Klubsessel gelten. Der kleine Mann jedenfalls war nicht selbstbewußt genug, es auf sich zu beziehen. Er hatte einen zu großen Philosophenkopf, kahl, plattnäsig; sonst war er gering. Die Radiostimme ihrerseits zählte die Werke, Reedereien, Bank- und Handelsgesellschaften auf, die Kobes durch Aktienmehrheitsbesitz kontrollierte. Die Dame, der nichts entging, entdeckte auf der Treppe den Leichnam des Mittelstandes. Hineilen und angeregt sich darüber beugen. »Oh! lovely«, sagte sie.

Der kleine Mann hatte Zeit, seine Geister zu sammeln. ›Eine Verrückte‹, bedachte er, ›aber keine landläufige. Sieht unbedingt nach Geld aus und will hier irgend etwas. Winkst du, Schicksal?‹ Wie nur je, empfand der kleine Mann das Unhaltbare, Vernunftwidrige seiner geringen Lage. Er hatte in seinem zu großen Kopf die Mittel, sie richtigzustellen. Rohe Körpermassen in Gestalt von Vorgesetzten waren ihm übergeordnet, versperrten ihm bis jetzt noch den Weg. Er verachtete sie, obwohl er sie fürchten mußte. Die Schleuder Davids war sein... Hier ging eine Tür auf.

Der kleine Mann hockte sich schnell, schnell hinter einen Klubsessel. Sein Rayonchef, der General. Mit der eckigen Anmut, die ihn auszeichnete, schritt er quer hinüber. Welch ein Fatzke mußte er sein, da er es blieb, sogar wenn niemand ihm zusah! Der kleine Mann und sein zu großer Kopf haßten jenen kleinen eleganten Militärschädel besonders... Gottlob, er war fort. Hervor! Auch die Dame kehrte wieder.

»Ein Vermögen, das in Milliarden von Goldmark geht! Erst die Nachwelt vielleicht wird einst die volle Wahrheit erfahren über Entstehung und Ausdehnung dieser Macht, die alles Vergleichbare, samt Morgan, Vanderbilt und den noch Schwächeren schon übertroffen hat und sichtlich ins Mythische wächst. Kobesmythe! Die neue Religion, nach der unser ganzer Erdteil in furchtbaren Zuckungen ringt, sie ist gefunden.«

Die Radiostimme schloß donnergleich. Der kleine Mann klappte den Deckel darüber – indes die Dame ergriffen noch dastand. »Wundervoller Mann!« sagte sie, schweratmend. »Sie meinen nicht mich. Sie meinen Herrn Kobes«, sagte der kleine Mann. Die Dame rief: »Und das in einem so dummen Volk!« – ›Gans!‹ dachte der zu große Kopf. ›Unfähig logischer Verbindungen!‹

Laut sagte er: »Ich stehe Ihnen restlos zur Verfügung mit allem, was ich bin und kann«, und verbeugte sich bis über die Füße der Dame. Sie staken nackt in den seidenen Schuhen, was ihm jäh das Gleichgewicht raubte. »Stehen Sie wieder auf«, sagte die Dame. »Und bringen Sie mich zu Mister Kobes.«

Sein Unglück stimmte ihn tückisch. »Woher wissen Sie denn, daß irgend jemand Sie zu Mister Kobes bringen kann?« fragte er und betrachtete sie gelb.

»Bringen Sie mich zu Mister Kobes!« verlangte sie. »Oder holen Sie mir einen anderen Mann!«

Da überwand er seine Bosheit. Nur niemand in dies Geschäft lassen! »Ein anderer Mann«, sagte er eilig, »hat Mister Kobes sowenig gesehen wie ich selbst. Mister Kobes ist unsichtbar«, flüsterte er. Geheimnisvoll werden! Spannend werden! »Mister Kobes wohnt in den Lüften. Kein Weg führt uns Sterbliche hin. Sie sehen, Madame, hier hört die Treppe auf und auch der Lift.«

»Dann ist ein anderer Lift da«, sagte sie unbeirrt. Er gab es auf, ihr etwas vorzumachen. »Treten Sie bitte in mein Büro, Madame. Jeder, der Sie hier überrascht, läßt Sie sofort an Ihr Auto zurückgeleiten. Zu Mister Kobes bringt niemand Sie. Erstens würde er entlassen werden. Außerdem kann er es nicht.«

»Mein Mann ist bei Mister Kobes«, sagte die Dame. »Ich muß auch hin.«

»Dann macht Ihr Mann Geschäfte mit Mister Kobes. Haben Sie Geduld, bis er zurückkommt! Vielleicht merkt er sich den Weg. Wahrscheinlich ist es nicht.«

»Wenn Sie ihn mir sagen: wieviel?« Womit die Dame ihn genau ins Auge faßte. Sein zu großer Kopf ward über und über rot, er schlug die Augen nieder. Du mochtest die Welt, die dich ausschloß, so sehr verachten als nach ihr gieren: dies war doch hart. Er sah auf, aber sah unklar. »Sie irren, Madame. Ich selbst gäbe Geld, könnte ich Mister Kobes sehen. Nur deshalb bin ich hier.«

»Sie armer Teufel«, sagte die Dame, die ihn weinen sah.

»Ich heiße Sand«, sagte er. »Nicht Kant. Nur Sand. Ich war Privatdozent. Bin Doktor der Philosophie, der Naturwissenschaften und anderer inzwischen abgebauter Spezialitäten. Um Ihnen einen Begriff zu geben: das Nützlichste, was ich zeit meines Lebens noch anfing, waren Forschungen über die Schlafkrankheit.«

»Sie waren gegen die Schlafkrankheit und sind so langweilig? Bringen Sie mich doch zu Mister Kobes!«

Die Dame saß nun. Sie entblößte eigens ihre Hand. Mit dem nackten Finger strich sie dem kleinen Mann unter dem Kinn umher. »Kleiner Junge!« sagte sie, indes sein alterndes Gesicht in Zuckungen verfiel. Er hatte völlig heraus, daß dies, mochte Seide noch so warm knistern, dichtgesätes Edelgestein noch so feurig tun, eine überreife Dame war, bemalt, emailliert, gefärbter Tituskopf, vermutlich hysterisch. Aber der Hauch der großen Welt, ihre Frechheit, Menschenverachtung und einfältige Niedertracht ergriff ihn wie ein Giftgas. Er ward blind, und sein Blut floß. »Ihr Wunsch ist mir Befehl«, seufzte er.

»Nun also. Ich wußte, daß du ein schlauer Junge bist. Natürlich hast du längst ausspioniert, wo es zu Mister Kobes geht. Bringe mich hin, und ich spreche ihm von deiner Schlafkrankheit. Er soll dir Geld dafür geben.«

»Mister Kobes gibt niemals Geld, Madame, bemühen Sie sich nicht! Ich werde belohnt sein, wenn ich selbst ihn leibhaftig zu Gesicht bekomme. Obwohl ich wahrscheinlich die Augen werde schließen müssen. Mich blendet alles, was nicht Gedanke ist. Gott aber weiß: Mister Kobes ist nicht Gedanke... Bemühen Sie sich in meinen Zettelkasten, Madame!«

Er öffnete ihr das Nebenzimmer. Nichts als Pappschachteln. »Er war einst mein«, sagte der kleine Mann. »Mein Zettelkasten! Inbegriff meines Lebens! Keine Persönlichkeit Deutschlands, die hier nicht ihren Akt hätte. Persönlichkeit, Idee, Leistung, Verwendbarkeit: nichts fehlt. Ich habe gesammelt, hab geforscht. Ich habe geschrieben, hab gedacht. Kobes hat gekauft. Er hat mir, bevor ich vollends verhungerte, meinen einzig geliebten Zettelkasten abgekauft. Nicht für Geld. Er hat mir eine Anstellung gegeben. So kauft Kobes.«

Eine große Pappschachtel unter dem Arm, verneigte sich der kleine Mann. »Ich hole Sie, wenn die Luft rein ist.« Schloß von außen die Tür und zog den Schlüssel ab.

IV

An seinem Schreibpult kramte er in der Pappschachtel; fand etwas, warf es wieder hin; schlich zur Tür seines Chefs, des Generals, horchte ganz still, sah ein wenig durchs Schlüsselloch. Schüttelte sich leise, aus Freude an der eigenen Überlegenheit. Dann hinüber zur Tür des Zettelkastens. Wieder Horchen, Spähen, Schütteln. Es klopfte, der Eintretende sah ihn noch von der Tür flüchten.

Es war der Rayonchef für Soziales, jener schöne, schlanke Jüngling mit dem Haifischmaul, er wollte in den Zettelkasten. »Sie können nicht hinein«, sagte der kleine Mann. Er erklärte den Schlüssel für verloren, aber mit einem Gesicht, daß niemand es geglaubt hätte. Als jener es nicht glaubte, ward der kleine Mann frech, so unvorhergesehen frech, daß jener stutzte. Nur ein geheimes Machtgefühl konnte jemanden hier so frech machen. Dem Rayonchef ging ein Licht auf. Gleich erlosch es wieder, es war zu unwahrscheinlich. Dieser großschädelige Wicht sollte erblickt haben, was keinem noch über den Weg ging? Er sollte begnadet worden sein von dem leibhaftigen Nahen? Dem Rayonchef fielen der Gott und die Bajadere ein. Unmöglich war kein Wunder. Wer sonst übrigens hätte sich dort drinnen eingeschlossen und nicht gerührt? Sodann die Miene dieses Menschen, den Geheimnis schon mehr wie Irrsinn umwitterte. »Wer ist drinnen?« fragte der Rayonchef, obwohl er es dem Menschen ansah. »Das möchten Sie wissen«, zischte der kleine Mann.

Unverstellt triumphierte sein Haß. Den schönen, schlanken Jüngling mit dem Haifischmaul haßte er noch mehr als die anderen Rayonchefs, mehr als den kleinen Militärschädel. Tücke und Gewalt waren die Natur all dieser Feinde des Gedankens, aber dieser war auch noch schön und schlank! Dafür wich er jetzt rückwärts;

Schauer, heiß und kalt, überliefen ihn sichtlich. Er ahnte ersterbend die furchtbare Nähe des Göttlichen. »Wer konnte darauf – darauf – darauf«, stammelte er, »gefaßt sein«, und war draußen. Der Sieger sah stolz ringsum... Kehrt. Zu den Akten. Aber jetzt nahm nebenan der General die Front zurück, er ging. Zeit des Aufbruches, draußen gingen die letzten. Der kleine Mann öffnete nach dem Korridor langsam, mit fanatischer Geduld einen ganz kleinen Spalt, er streckte ein Ohr hinaus. Wann ward der Hauptausgang drunten geschlossen? Den geheimen mußte man kennen... »Als ich mich das erstemal hier einsperren ließ, kannte ich ihn noch nicht und mußte die ganze Nacht dableiben.«

Das Tor, in weiter Ferne, fiel zu. An die Arbeit! »Wenn nicht alles täuscht, liefert mein Zettelkasten mir ungeahnte Waffen.« Einen Zettel geschwungen: »Ich kann, vermittels dieses Vierecks aus Papier, alle hier demütigen, sie überholen und an die Spitze gelangen. Sie werden auf dem Bauch rutschen, ich bin Vizepapst. Oder soll ich das Ganze hier in die Pfanne hauen? Vielleicht will der Weltgeist nichts Geringeres von mir, als daß ich diese fürchterliche Veranstaltung, Geißel der Menschheit und ihr Gegenbeweis, stillege, ja dem Erdboden gleichmache. Ich kenne ein Giftgas...« Gieriges Sinnen, aber es ging nicht auf Geld. Vor die Wahl gestellt, entschied sich der kleine Mann nicht frisch und frei für den Genuß des Seienden. Es auszulöschen schien ihm ersehnenswerter.

Die Dame im Zettelkasten unterbrach ihn durch immer entschiedenere Zeichen, daß sie heraus wolle. Er herrschte sie durch die Tür an: sich ruhig zu verhalten oder Folgen zu gewärtigen, die bis zur Lebensgefahr gehen könnten. Der kleine Mann ängstigte nicht ungern die große Dame. Im Gefühl, sie sei ihm ausgeliefert, erwog er gelassener als vorher den unerhörten Plan.

War je ein Plan scharfblickend, verwegen, von blühender Romantik und dennoch mathematisch sicher wie dieser? Der kleine Mann bestaunte sich selbst. Wer war er hier? Referent für Varietétheater, fertig. Bearbeitete auf dem unermeßlichen Gebiet der Propaganda im Sinne Kobesscher Interessen, nicht etwa die Pressekorrespondenzen oder den Rundfunk: nur die kleine Welt des Varietés. Lieblinge des Publikums unterlagen seiner Kontrolle, ob ihre Verse nützlich waren. Wer nützliche sang, war gemacht. Widerstand gegen Aufträge führte unweigerlich dazu, daß man zurückblieb. Ein Künsterruhm weniger.

Dies war alles – und demgegenüber die erschütternde Größe seiner Erfindung! Titanischer Vorsatz! Ringen, Auge in Auge, Stirn an Stirn, mit dem Herrn der Heerscharen, mit Kobes in leiblicher Gestalt! Ihm ein Wagnis aufzwingen, dessen unermeßliche Folgen – Den kleinen Mann schwindelte. Im Grunde lag es ihm besser, gradweise vielleicht einmal Rayonchef als sofort göttergleich zu werden. Aber er hatte sich vermessen. Die Tat litt keinen Aufschub. »Noch heute wirst du vor deinem Richter stehen.«

Der Schweiß brach ihm aus. Er suchte unter den Möbeln. Wo so vermessen gedacht ward, konnte der Unerforschliche nicht ohne Späher und Häscher sein!... Niemand. Der kleine Mann war enttäuscht. Er wäre lieber ergriffen worden, noch bevor er die ruchlose Hand ausstreckte. Menschliche Schwäche! Hiergegen nun war die Verrückte im Zettelkasten von Nutzen. Sie schien nicht der Art, sich blenden zu lassen, wäre es selbst vom Anblick Kobes'. Sie bändigte im Gegenteil auch noch den Tiger, der kleine Mann hatte es an sich selbst erprobt. Mochte sie mitkommen und den ersten Anprall empfangen! So faßte er sich denn, brach die Brücken ab und ging vor. »Madame, ich bitte. Es ist soweit.«

V

»Folgen Sie mir blind«, befahl er. »Ein Laut, eine falsche Bewegung, und ich gebe keine lumpige Billion für unsere Haut.« Wobei er scharf ausspähte nach jenem fernen Dunkel, in das der Korridor verlief. Drei Sprünge, er war an einer Ecke, er duckte sich neben den Heizungskörper. Selbst die Dame begann, trotz dickem Teppich, auf den Zehen zu schleichen, so eindrucksvoll benahm sich der kleine Mann. Mit den Händen machte er ihr klar, daß in dem Seitengang, dem er mißtraut hatte, wahrhaftig zwei Aufseher sich unterhielten. Warten!

Sieben Minuten nach der Uhr. Die Dame sagte: »Ich werde die Männer bluffen.« Worauf der kleine Mann sich über sie warf, eisern ihre Handgelenke hielt und ihr ein Taschentuch in den Mund stopfte. Zufällig war es ihr eigenes, weshalb sie nicht viel einwandte. So zog er sie fort; die Männer waren verschwunden.

Unterbrechungen drohten, wo immer ein Atem ging, ihrem Weg. Auch kannte ihn der kleine Mann nicht überall gründlich. »Dort könnten wir in eine Falle gehen. Die Fallen liegen täglich anders.« Er brauchte eine Viertelstunde, um sie unter Vermeidung gewisser Stellen des Bodens an einer einfachen Garderobe vorbeizuführen. Endlich wurde der Gang viel enger. Kurze Durchblicke zeigten, daß daneben ein zweiter, des weiteren auch noch ein dritter lief. »Wir sind nahe«, warnte der kleine Mann. Das Stück vor ihnen war grell beleuchtet.

Da sahen sie, worauf es hinausging. Ein runder Raum, alle Korridore strahlten dem Kreis zu. In der Mitte am Tisch saß ein gutgenährter Wachtmeister in Zivil, er reinigte einen zerlegten Revolver. Ein nichtzerlegter war auch zur Hand.

»Nicht ins Helle treten! Legen Sie sich flach hin! Ich zweige ab. Wenn ich wiederkomme, springen Sie auf.

Komme ich nicht mehr wieder, stellen Sie sich noch am besten tot.« Damit wagte sich der kleine Mann in den vordersten Durchgang nach den Strahlen der anderen Korridore, da hinten verschwand er um die Ecke des dritten. Alsbald ertönte seine Stimme, oder doch nicht seine: eine ganz hohe, wie böse Vögel. »Rettich!« keifte die Stimme. »Sind Sie knatschgeck? Was lassen Sie Leute herein? Gleich herkommen! Tür schließen!«

Der stramme Wachtmeister, dies hören und auffahren in solcher seelischen Erschütterung, daß sein Tisch umfiel. Er tappte wie durch tiefe Nacht, sichtlich hatte er das Gefühl für den Ort verloren. Diese Stimme! Dort! Jetzt! Keine Erfahrungstatsachen hielten hier Stich, der Wachtmeister ergab sich. Weiche Beine, aber sie fanden die Richtung des Verhängnisses. Gehorsam schloß er hinter sich die Tür zu jenem Korridor. In diesem Augenblick war der kleine Mann schon wieder bei der großen Dame. »Schnell auf!« – und er flog über jenen vom Wachtmeister verlassenen Kreis.

In die Wand gebaut war etwas wie Panzertür und Kassenschrank. Die Scheibe hin und her gedreht. Es stimmte, der Griff gab nach. Seufzen der Erleichterung, er trat ein, die Dame stieß er voraus, die Tür zog er hinter sich fest an. Sie traten ein; denn es war kein Kassenschrank, es war ein Wartezimmer.

Sie traten in ein mittelgroßes, gutbürgerliches Wartezimmer. Augenblicklich stand es leer. Man hatte sogar den Eindruck, hier werde wenig gewartet – trotz Grammophon, Luxusdrucken, Radioapparat, Börsenbericht. »Machen Sie doch!« sagte die Dame, weil der kleine Mann sich erst noch umsah. Er schaltete alles Licht ein, setzte das Grammophon in Gang und drückte an den Wänden, wo immer ein Knopf war. Nichts erfolgte. Darauf ward er wütend: »Was wollen Sie von mir? Ich habe Ihnen oft genug gesagt, daß es lebensgefährlich ist, zu Mister Kobes zu gehen. Sie haben es ausschließlich sich selbst zuzuschreiben, wenn im nächsten Augenblick der Wachtmeister da ist und Sie über den Haufen schießt. Mich übrigens leider auch.«

Er kroch am Boden, ohne zu finden, was er suchte. Die Panik im Wartezimmer wuchs zusehends. »Sie werden mich retten!« rief die Dame, in Sessel sinkend und gleich wieder auf. »Denn ich habe Geld. Viel Geld! Was kostet der Wachtmeister?« fragte sie auch. Der kleine Mann aber hatte Besseres zu tun als zu antworten, er hatte das offene Fenster bemerkt. Dahinter war gleich Wand, das Fenster mußte besondere Gründe haben, offenzustehen. Er schloß es, sofort hob sich das Wartezimmer.

Sie stiegen auf. »Hören Sie den Wachtmeister?« fragte der kleine Mann. »Endlich riecht er Lunte. Er arbeitet an der Panzertür, aber jetzt streikt sie.« Ihr Aufstieg war unaufhaltsam, beide lachten aus vollem Hals, das Grammophon spielte dazu Shimmy. »Zur Sache«, sagte der kleine Mann und stellte es ab. »Madame, wir werden gemeinsam bei Mister Kobes eintreten. Sie werden mich gefälligst als Ihren Landsmann vorstellen. Ich denke, ihm ein Geschäft vorzuschlagen.« – »Oh«, sagte die Dame mißtrauisch. Er, sehr streng: »Haben Sie schon vergessen, daß Ihr Leben in meiner Hand war? Ich kann übrigens noch immer umkehren.« Worauf sie erwiderte, solche Sprache sei ihr ungewohnt. Er biß sich auf die Lippen.

Da sie nun einmal beleidigt war, erinnerte die große Dame sich auch ihres Gatten. »Er soll es mir bezahlen! Ist dies eine Lage für eine Dame? Anstatt mich gleich mitzunehmen zu Mister Kobes! Er denkt nur an sein Geschäft. Soll ich es Ihnen sagen? Wenn ich nicht will, macht keiner das Geschäft, mein Mann nicht und Mister Kobes nicht. Damen gehen vor.«

Der kleine Mann hielt dies für leeres Geschwätz. »Noch etwas«, sagte er, »der Wachtmeister hat inzwischen natürlich hinauftelefoniert. Ich weiß nicht, was noch kommt.« Da stand das Wartezimmer. Es legte mit Tür und Fenster an. Durch das Fenster sprang wie toll ein Mensch, der die Waffe schwang. Gerade hatten sie noch Zeit, aus der Tür zu flüchten, stießen aber außerhalb des Lifts an eine zweite, verschlossene. Schmaler Raum, schwarzes Dunkel; darin blieben sie zurück, während der Lift sich senkte. »Einen Augenblick«, sagte der kleine Mann. »Jetzt fährt der Sekretär hinunter. Gelingt es, diese verschlossene Tür zu öffnen, bleibt er stecken.«

Es gelang. In dem steckengebliebenen Wartezimmer fiel ein Schuß, er hallte beträchtlich. Sogleich erschien hinter ihnen ein erschrecktes Gesicht mit schwarzem Bart; die Tür stand offen. Die Dame drang wuchtig ein und schlug sie zu. Sein Glück, der kleine Mann hatte schon den Fuß dazwischen. Das Wartezimmer unter ihm stand und schoß, bis nichts mehr in der Waffe war. Der kleine Mann sah einzig sein Heil, wenn er die Tür offenhielt. So wachte er denn, verraten und ausgeschifft, auf dieser öden Schwelle, mit schwindelndem Blick in den Abgrund. Seine Knie wurden zittrig. Schweiß brach ihm aus, aber es hieß wachen.

VI

»Guten Tag«, sagte drinnen die Dame. »Mister Kobes. Sie sind ein wunderbarer Mann, das wollte ich Ihnen sagen.« In ganz anderem Ton: »Aber ich bin höchst unzufrieden mit Ihnen, das sollen Sie gleichfalls wissen. War dies eine Lage für eine Dame?«

Der ungebügelte Herr in Schwarz stand angedonnert. Hinter dem Schreibtisch jener andere lachte wie ein Neger. Die Dame herrschte ihn an: »Sei still!« worauf er den Mund zuklappte. Er hatte ein grauweißes Negergesicht, breit, keine Stirn, ergrautes Kraushaar wie Gewächs auf fetter Scholle. »Du hast nicht getan, was ich wollte«, herrschte die Dame. »So benimmt sich kein Gentleman. Was Mister Kobes auch meint, du hattest nicht ohne mich hierherzukommen. Ohne mich machst du das Geschäft nicht. Fertig, du verstehst mich.« Worauf der Gatte besorgt die Augendeckel rührte. Seine breiten Schultern versuchten, ganz hinter den Tisch zu rutschen.

Nun aber der ungebügelte Herr in Schwarz: »Hier sind wir das nicht gewöhnt, gnädige Frau. In Geschäfte reden Damen uns nicht hinein. Die Frau gehört ins Haus. Ich lasse mich nicht –« Da unterbrach ihn ein Schrei der Begeisterung. Die Arme nach ihm ausgereckt, rief die Dame: »Oh, Mister Kobes! Was haben Sie für eine komische Stimme! Im Radio sprechen Sie nicht so hoch wie eine Pfeife!«

Aber Kobes war entschlossen, auf nichts hineinzufallen. Wenn sie nur nicht schoß. »Im Radio spricht ein anderer für mich«, sagte er sachlich. »Ich aber lasse mich nicht –«

»Schlauer Bursche sind Sie, Mister Kobes!«

»Ich lasse mich nicht vergewaltigen, gnädige Frau.«

»Gerade das will sie aber«, erklärte der Gatte. »Sie werden sehen, daß Sie nichts dagegen machen können.« Sein Ton war entsagungsvoll, was ihn selbst anging, und für den anderen schonend. Kobes keifte: »Wir müssen weiter verhandeln, ich kann sonst meine Zeit produktiver verwenden. Sie, gnädige Frau, warten am besten nebenan.«

»O nein, Mister Kobes. Vielleicht sitzt dort noch ein Sekretär. Der andere war kein Gentleman.« – Und sie setzte sich an den Tisch als dritte.

Kobes übersah sie. »Also los«, sagte er zu seinem Kumpan. »Die ganze Welt.«

»Vertrusten«, sagte der Kumpan. »Alles –«, mit rundem Griff der grauweißen Hand.

»Aufkaufen«, sagte Kobes, »ich und ihr, Arm in Arm, und die Weltwirtschaft wird glatt Privatsache. Unser ist der Orbis pictus.«

»Yes«, sagte der Kumpan, fest entschlossen. Sie saßen sich gegenüber wie zwei furchtbar geladene Kraftzentren.

»Mir fehlt nur noch eins«, sagte Kobes – und auf seinem Schreibtisch setzte er die kleine Lokomotive in Gang. Sie lief bis an den Rand, kippte und schnarrte – worauf Kobes sie umkehrte und zurücklaufen ließ. Er sah ihr nach aus seinen tiefliegenden, einander zu nahen Augen, die gelbe Stirn bekam Wülste. Sein Ausdruck ward halb irr von einer Art trauriger Gier. Die fremdländischen Gatten tauschten laut in ihrer Sprache ihre Eindrücke aus, der Mann lachte wie ein Neger. Aber Kobes hörte nicht. Seine traurige Gier beherrschte ihn zwingend.

Sein Stimmchen pfiff: »Ich konnte sie nicht in meine Hand bekommen. Ich muß sie doch noch in meine Hand bekommen! Nehmt sie euch als Pfand für die deutschen Schulden! Ihr macht eine Privataktiengesellschaft. Ihr kauft die Obligationen, ihr stellt den Generaldirektor, aber ich habe meine Finger drin, damit ist es richtig. Ich und ihr!« – Wobei er, halb vom Sitz gehoben, den Kumpan hypnotisch anblickte. Dem weißen Neger verging das Lachen. Die Dame sagte in höchsten Tönen:

»Mister Kobes, das macht Ihnen keiner nach! Um Ihrem Land seine Bahnen abzuknöpfen, verbünden Sie sich mit seinen ausländischen Gläubigern. Anstatt selbst die Gläubiger Ihres Landes zu bezahlen, machen Sie mit ihnen das beste Geschäft Ihres Lebens, und Ihr Land bezahlt es. Sie sind der schlaueste Bursche der Welt. Nur mich werden Sie nicht betrügen.«

»Das ist wahr«, sagte der Gatte. »Warten Sie nur!«

»Ihr großes Geschäft werden Sie nicht machen, oder Sie tun, was ich will.« Aber Kobes übersah sie.

»Mister Kobes«, fragte die Dame noch, »wie kamen Sie

nur auf den prachtvollen Inflationsschwindel, der Ihre Nation ganz ausgequetscht hat? Sagen Sie's mir, bitte! Es ist der großartigste Schwindel seit Law.«

Kobes fand sich schwer zurecht. Als er sie begriffen hatte, erhob er sich, er wies mit gelbem Finger auf sein gestärktes Vorhemd, die breite Trauerkrawatte. »Ich höre immer Schwindel? Sie irren sich wohl in der Person. Sonst müßte ich bitten, daß Ihr Mann Sie nach Hause bringt. Ich bin ehrbarer Kaufmann und ausgesprochen national. Ich verdiene Geld, damit nütze ich auch meinem Lande. Vielleicht werde ich sogar noch steuern müssen. Wo das Ganze Not leidet, muß der einzelne Opfer bringen.«

»Oh!« schwärmte die Dame. »Das sagen Sie auch im Radio. Sie verstehen zu bluffen!«

»Ich bin gegen Reklame«, sagte Kobes, völlig überzeugt.

»Oh!« – und der Dame blieb denn doch der Mund offen.

»Ich bluffe nicht. Ich bin ein einfacher Mann, ich habe einfache Gedanken.«

»Ich träumte von Ihnen, Mister Kobes!« rief die Dame. »Aber so schön habe ich Sie nicht geträumt. Wie? Sie tun es nicht mit Absicht? Sie wissen gar nicht, wer Sie sind? Haben Sie auch nur zehn Cents für die tuberkulösen Kinder gegeben, die Ihr Werk sind? Ich möchte Sie küssen!«

»Nehmen Sie sich in acht!« sagte der Gatte schonend. Kobes wich zurück. Er sah an sich nieder, ob ihm etwas passiert sei. Die Dame sagte: »Bei uns sind wir auch reich, aber das Volk ist darum nicht besonders arm. Was haben wir also davon. Was hat man vom Reichtum, wenn er keine Sünde ist! Sie aber sind nun schon reicher als sogar wir, und das in dem ärmsten Volk der Welt. Sie wissen, was Lebensgenuß ist!«

Selbst der Gatte kam in Begeisterung. »Auch noch die Bahnen!« brüllte er. »Dann sind Sie soweit, daß Sie das ganze Deutschland auf Zero setzen können. Der Bankier zahlt den Gewinn in Dollars aus. Glücksjunge!«

Von Kobes lief es ab, er stand in Trauer da und mißbilligte. »Glauben Sie an den Teufel?« fragte die Dame. »Wenn ich ihn sähe, hätte ich meinen verlorenen Kinderglauben zurück.«

Hier entschied Kobes sich: es war mit der Dame nicht richtig.

»Und jetzt sehe ich ihn«, erklärte die Dame bestimmt. Der süße Schauder schlug ihr die Zähne aufeinander. »Nehmen Sie sich in acht!« rief der Gatte, indes Kobes schon hinter dem Tisch war. Aber die Dame hatte die Nerven wiedergefunden. Sie sagte vollkommen nüchtern: »Mister Kobes, ich liebe Sie.«

Da ward die Trauer Kobes' zu offenem Entsetzen. »Im Beisein Ihres Mannes?« stammelte er. »Eine Erklärung?«

»Wir sind so«, sagte der Gatte nicht ohne Stolz. »Was unsere Damen wollen, daran tippen wir nicht. Sonst ist man kein Gentleman. Meine Frau will mit Ihnen schlafen, Mister Kobes. So ist es.«

Dem begehrten Mann klappte der Kiefer herunter. Seine Arme hingen bis auf den Boden. »Wie komme ich dazu?« murmelte er. »Ich bin Familienvater.«

»Sie sind von allen der größte Schurke, Mister Kobes«, erklärte die Dame. »Darum gefallen Sie mir.«

»Ich?« rief Kobes, und Entrüstung färbte sein Entsetzen. »Mit meiner Achtung vor Familie und Moral? Nie!«

»Dann machen Sie aber das Geschäft nicht«, sagte der Gatte. »Denn ich darf mit Ihnen nicht abschließen, außer Sie schlafen mit meiner Frau.«

»Untragbar, es droht Zusammenbruch«, stöhnte Kobes, rang die Hände und brach im Sessel zusammen.

»Nun müssen Sie sich entschließen.« Der Gatte zog die Uhr. Die Dame fragte: »Wird es Ihnen wirklich so schwer, Mister Kobes?« Sie bog sich vor und zurück, sie machte Shimmyschritte, sie girrte wie die Königin von Saba. »Wird's bald?« girrte sie. Der Gatte gluckste, die Hand vor dem Mund.

»Sonst mache ich das Geschäft nicht«, brachte Kobes aus ringender Brust. Irre Gier, er ließ das Lokomotivchen laufen. »Untragbar«, wiederholte er sterbensbleich und stand auf. Hier erscholl vom Himmel eine große Stimme:

»Kobes schlemmt nicht, Kobes säuft nicht, Kobes tanzt nicht, Kobes hurt nicht –«

Der Gatte sah hinaus. Schichtwechsel: drunten zogen zwei Ströme Arbeiter unabsehbar aneinander vorbei. Die Radiostimme rief ihnen aus rot durchlohter Himmelshöhe zu, was sie hören sollten: »Kobes hurt nicht –«

Der Gatte sah sich um. Kobes in seiner ungebügelten Trauergestalt stand stumm gebeugt vor der Dame. »Also los«, seufzte er. Sie sagte: »Auch tanzen müssen Sie, Mister Kobes« – und drehte ihn herum zu dem Getön der Radiostimme: »Kobes arbeitet zwanzig Stunden am Tag.«

VII

Als die Tür jäh aufgerissen ward, fehlte wenig, daß der kleine Mann in den Abgrund stürzte. Sie sahen aber, daß das Wartezimmer nicht da war, und schlossen, ohne sonst etwas zu sehen, die Tür, bis es heraufkäme. Es kam; aber wie sie es öffneten, fiel der Dame, die eintreten wollte, der Kobessche Sekretär an die Brust. Er rutschte leblos an ihr entlang und schlug nochmals auf. Er hatte sich, da seine Laufbahn beendet schien, den letzten Schuß aus seiner Waffe versetzt. Er blutete wenig und war leicht wegzuräumen. Während die Gatten zu ihm einstiegen und Kobes nachwinkte, gelangte der kleine Mann unbemerkt ins Zimmer.

Seine Nerven waren gestählt durch die Prüfungen der

vergangenen Stunde. Mitten in Schwindel und Schweißausbrüchen der Lebensgefahr hatte er zu fühlen bekommen, daß er dennoch stärker sei als die Mächtigen. Er war Ohrenzeuge ihres Elends geworden, er, den nichts Menschliches in Versuchung führte! Was vermochte denn gegen ihn jener Kobes!... So sicher fühlte der kleine Mann sich an der Schwelle des furchtbaren Abgrundes. Kaum aber ins Zimmer geborgen, verlor er den Glauben. Konnte es ohne Katastrophen abgehen, mit einem so reichen Mann im selben Zimmer?

Rückkehr Kobes'. Wie durch den Staub geschleift, ein armer Überrest. Streit von Begier und Vorurteil hatte diese große Kraft erschüttert! Hatte seine Knochen verrenkt, sein schlichtes Kleid zu Fetzen zerknüllt. Sein Gesicht war lang, und unwillkürliche Zuckungen kräuselten es. Als er einen Menschen im Zimmer erblickte, rief er: »Helfen Sie mir!«

Der kleine Mann, dies hören und vor Schreck mit dem Gesicht zucken um die Wette mit Kobes. So standen sie, einer bedürftiger als der andere. Der zu große Philosophenkopf durchschaute es zuerst, er richtete sich auf am Wissen. »Kobes«, sagte er. »Sie stehen an der Schwelle furchtbarer Abgründe. Unweigerlich reißt Sie hinein die Wut einer Leidenschaft, die Sie diesmal nicht anders als mit Verlust Ihrer bürgerlichen Ehrbarkeit stillen können. Sie sind der tragische Mensch, Kobes! Begabt mit Habgier, der einzigen unter allen Leidenschaften, die berechnet, nicht verschwendet, sehen Sie sich plötzlich vor der Notwendigkeit, ihr opfern zu müssen, was Sie waren, den Ehemann, Vater, die sittliche Persönlichkeit. Und Sie wollen Hilfe?«

»Wer sind Sie?« fragte Kobes endlich. Da der kleine Mann nur auf seine gewaltige Stirn hinwies: »Leben Sie davon?« Versuch, sich schadlos zu halten an der wirtschaftlichen Unterlegenheit des Mahners; der kleine

Mann durchschaute auch dies. Er lächelte erhaben. »Ich heiße Sand. Nicht Kant. Nur Sand. Ich bin trocken und unfruchtbar, aber beweglich – und bewahre keine Spur.« – »Was soll ich davon haben?« fragte Kobes, wieder auf begangenem Weg.

Der kleine Mann faßte Fuß. Er nahm den Stuhl nicht, nach dem Kobes winkte. Er faßte Fuß und sprach mit Sprechtechnik: »Ich biete Ihnen unerhörte Gewinnchancen. Sie werden in den Stand gesetzt, die neue Religion, nach der unser ganzer Erdteil in furchtbaren Zuckungen ringt und die Sie auf radiotelegrafischem Wege Ihrer Kundschaft vorankündigen, sofort greifbar zu machen, ja, ohne weiteres in Betrieb zu nehmen.«

»Welche neue Religion?« Kobes spielte den Unbeteiligten. »Den Kobesmythos«, erklärte jener. Worauf Kobes: »Ich bin gegen Reklame.«

»Sie sind nur gegen Bezahlen«, sagte der kleine Mann ungeduldig. »Gegen Reklame sind Sie mitnichten. Denn Ihr Kredit lebt von Reklame, und Sie leben auf Kredit. Wollen Sie vernünftig sein? Oder ich gehe und überlasse Sie mitleidslos den Schuldforderungen Ihrer unerbittlichen Ausländerin. Sie sind zahlungsunfähig.«

»Helfen Sie mir«, stammelte Kobes, seinem schlechten Gewissen zurückgegeben. »Wie kommt die Religion zu der Dame?«

»Bieten Sie mir Gegenwerte, wenn ich den Kobesmythos groß aufziehe, und ich erledige gleichzeitig die Dame. Diesmal unblutig. Sie können die deutschen Reichseisenbahnen in Ihre Hand bekommen, ohne daß Sie je in Ihrem Leben von der Dame und ihren Schrecken noch werden hören müssen.«

»Ist das kein Schwindel?« pfiff Kobes ganz oben. »Geben Sie Unterlagen!« Er lehnte es ab, auch nur ein weiteres Wort zu hören ohne fertige Unterlagen. Der kleine Mann aber konnte sich von dem Glück des Forschers nicht trennen, er plante noch schmerzhaftere Eingriffe seiner Seelenbehandlung gegen den großen Kobes. Er warf umsichtige Blicke. »Sind wir tatsächlich allein? Ihre technischen Mittel könnten reichhaltiger sein, als ich weiß.« Kobes in Person mußte ihn über jeden Millimeter Raumes eingehend beruhigen. Als auch die unscheinbarste geheime Vorrichtung ausgeschlossen schien, sagte der kleine Mann kalt: »Hier ist ein versiegelter Umschlag, er enthält meine Erfindung. Sie haben das Recht, den Inhalt zu lesen, sobald Sie diesen Vertrag unterschrieben haben. Der Vertrag bestimmt, daß ich an die Stelle meines Chefs rücke.«

»Wie?« pfiff Kobes. »Sie sind Hilfsarbeiter im Rayon für Propaganda?«

»Durch den Vertrag werde ich Generalvertreter des Kobesmythos. Täuschen Sie sich nicht: damit sind Sie und Ihre gesamten Unternehmungen mir ausgeliefert. Ich mache den Gott und kann ihn stürzen. Ein gestürzter Gott ist pleite.«

»Und Sie haben die Stirn«, pfiff Kobes, »als mein Angestellter mir ein Geschäft anzubieten! Her mit dem Brief und hinaus!«

Der kleine Mann, mit der Hand in der Hosentasche: »Was ich herausholen werde, falls Sie nicht anständig sind, Kobes, wird Ihnen nicht gefallen.« Worauf der Reiche zähneklappernd zurückwich. »Wenn Sie durch die Tasche schießen«, lallte er, »man hört es. Sie haben den Sendeapparat nur nicht gefunden... Vorsicht! Sie fallen in den Schacht!« rief er – was sich als List erwies. Denn wie der andere umsah, wollte Kobes über ihn her. Der kleine Mann bog aber rechtzeitig aus. Die Vertragsgegner standen und bliesen einander an.

Kobes beruhigte sich zuerst. Ihm war eingefallen, besiegt sei er schon manchmal gewesen, aber nie für lange. Seine Rache kam von selbst, denn seine Kraft sammelte Rückhalte, wenn der Feind schon nichts mehr hatte. Er konnte Niederlagen einstecken und warten. »Also los«, sagte Kobes. »Wo wollen Sie die Sache besprechen? Bestimmen Sie selbst!«

»Im Wartezimmer. Aber zuerst Ihre Unterschrift!«

Der eine mit seiner Unterschrift, der andere mit seinem versiegelten Angebot, betraten sie das heraufgeholte Wartezimmer. »Wir fahren so lange auf und nieder«, sagte der kleine Mann, »bis wir einig sind. Sie dürfen den Brief mit greifen, ich den Vertrag.«

»Sie haben mehr Geschäftssinn, als zu erwarten war«, sagte Kobes unter schnellem Seitenblick und einem Lächeln, das harmlos sein wollte.

So fuhren sie denn auf und nieder. Geschäftlich stark interessiert auf und nieder. Persönlich in Atemnähe auf und nieder. Auf Mord ineinander verbissen immer im Schacht auf und nieder.

VIII

Volkshaus. Abend einer Vorführung, nur Gerüchte wußten, was kommen sollte. Zahllos die Arbeiter samt Nachwuchs, endlich schätzten sie richtig das Glück, vom Werk unterhalten, belehrt, gerührt, geneckt zu werden. Welt und Werk als Einheit hingestellt zu bekommen; als Menschen zu verschwinden im Werk. Die menschliche Übereinstimmung zwischen Leitung und Masse, im frühen patriarchalischen Zustand von selbst gegeben, fand sich auf der bisher höchsten Stufe wieder. Die Seele des Arbeiters ward erfaßt. Vorbei die Zeit untiefen Materialismus. Propaganda ist wesentlich Anerkennung der Seele, ihre Erfassung zum Zwecke größerer menschlicher Ergiebigkeit.

Auffallend war nur das Fehlen des Chefs der Propaganda. Sein Untergebener, der zu große Philosophenkopf, ward ausführlich in Arbeit genommen von dem schönen schlanken Jüngling mit dem Haifischmaul. »Sie scheinen den General hier zu vertreten. Von uns anderen Rayonchefs weiß keiner, was seit drei Tagen aus ihm geworden ist. Beunruhigende Auslegungen tauchen auf...« Worauf der kleine Mann sich in Wolken hüllte. Er wisse von einem Urlaub seines Chefs, sonst nichts.

»Aber die geheimnisvolle Vorführung?« Darauf zuckte der kleine Mann die Achseln. Er war nicht zuständig. Es war möglich, daß ungesehen sein Chef dahinterstak. Andererseits konnten die Fäden diesmal höher hinaufreichen. Sie verloren sich scheinbar im Wesenlosen. »Wie, wenn an ihnen ein Gott herniederstiege?« sagte der kleine Mann und lächelte anspruchsvoll. Aber der schöne Jüngling mit dem Haifischmaul hatte noch genug seit der Erscheinung im Zettelkasten. »Sie bluffen schon wieder«, sagte er kalt und ging weiter.

Säuglinge waren in der Garderobe abzugeben. Stillende Mütter, die gingen und kamen, unterhielten den Verkehr. Die Männer lagerten unabsehbar an Tischen, sie dienten dem Konsum. Kinder waren wenig zu sehen, sie bevorzugten den Aufenthalt unter dem Fußboden, in dem kleinen Spiel- und Lehrbergwerk, das drunten sich hinzog. Zuweilen stiegen sie schwarz und verschwitzt ans Licht, dünkten sich wunders – ahnten aber nicht, was ihr kindisches Spiel wert war für die Zukunft deutscher Wirtschaft im Weltganzen.

Da verbreitete sich Stille. Sie kam unbemerkt. War der Tisch hier schon still, lärmte noch jener. Niemand bedeutete dem Nächsten, warum er jetzt schwieg. Inseln des Schweigens grüßten einander lautlos wie mit Palmen. Dazwischen die noch Lärmenden behielten, nun sie endlich draufkamen, im Wort den Mund offen. Zuletzt gehörte der ungeheure Raum jener Stille, die ganz ohne Widerstand in die Ewigkeit tropft. Schweigende Massen lugten nach der Bühne.

Sie blickten nicht ohne Umschweif: kaum einer wagte es. Sie schielten, zwinkerten, drehten aus abgewandten Köpfen die Augen hin. War dies möglich? War es gegebene Tatsache? Kein Zeichen hatte es angekündigt. Unversehens stand die Bühne offen, und jemand war darauf. Er war darauf und konnte doch nicht darauf sein. Es wäre gegen die Natur gewesen. Ein stilles Naturgesetz verbot sinnenfällige Beweise seiner Existenz. Er war gehalten, entfernt und groß zu walten, unbekannter Führer. Ziel unserer Mühen. Man mußte an ihm zweifeln, ihm fluchen können. Jetzt aber stand er da? Schickte sich an, eine Volksrede zu halten?

Sensation, in die von vornherein Enttäuschung und Unwillen mitging. Aber große Sensation; die Ohren öffneten sich scheu und gierig. Der dort oben sagte: »Steht auf!« Sie taten es. »Setzt euch wieder!« Alle taten es. »Noch mal! Noch mal!« – und sie wiederholten es, solange er wollte. Er hatte eine schwingende, geradeswegs aus der Brust in die Brust dringende Stimme, als könnte er singen; sang aber nicht, sondern befahl. Erscheinung schwarz und gelb, gebückt, zu lange Arme, der Blick hohl und eng. Ernst und traurig, mehr als Menschen es sind. Wenn er unbewegt stand, schwarz und gelb auf schwarzem Grund, konnte er ein aus vergangenen Welten zurückgekehrtes Phänomen sein. Nun er Arm und Bein hob, erwartete man, er werde an dem Bühnenrahmen hinaufklettern als Affe.

Endlich ging er weiter. »Ihr sollt mein Haus nicht besudeln. Zum Kotzen geht auf die Toilette!« Stimme wie ein Cello, empfindliche Frauen weinten. »Wöchentlich einmal«, befahl er, »sollt ihr euch den Magen auspumpen lassen. Alle. Was ihr heutzutage freßt! Wo das Ganze Not leidet, muß der einzelne Opfer bringen.« Da erkannten sie sein Wort.

»Ihr sollt eure Frauen kontrollieren lassen«, gebot er. Hierauf schienen Spötter gewartet zu haben, sie äußerten

Ironie; wurden aber von geborenen Ordnungsmenschen zusammengeschlagen mitsamt der Bank der Spötter. »Ihr sollt eure Frauen kontrollieren lassen. Nur Führungszeugnisse Ia berechtigen zur Nachkommenschaft. Für tuberkulöse Kinder komme ich ein für allemal nicht auf.« Hier waren auch die Kinder aus ihrer Kohlengrube hervorgekrochen, drängten zur Bühne und atmeten sein Wort.

Schon entstand aber bei den vordersten der Kinder eine Gegenbewegung rückwärts, denn er ward gefährlich. Er steigerte sich, die Stimme rollte. »Jeden Abend sollt ihr an mich denken. Vom Alter von zehn Jahren ab sollt ihr fünf Minuten lang Kopf stehen mir zu Ehren. Von zwanzig bis dreißig sollt ihr, an Nacken und Fußgelenken zwischen zwei Stuhllehnen in der Luft hängend, mit euren Weibern verkehren. Bis vierzig sollt ihr euch aufhängen und wieder abschneiden. Darüber ist vom Menschen nichts mehr zu erwarten, er soll nur noch Hurra ins Ofenloch rufen.«

»Mensch! wie sehen Sie denn aus«, sagte der schöne Jüngling mit dem Haifischmaul. Er war schon wieder unerwartet bei dem kleinen Mann. »Sie haben Glühbirnen im Kopf, gehen Sie nach Haus!«

»Jetzt nach Haus?« stammelte der kleine Mann. »Wo es im schönsten Gang ist!«

»Was ist denn im Gang? Sie wissen, wie es weitergeht?«

Der kleine Mann fühlte sehr wohl den Jüngling lauern, sofort löschte er seine Augen aus. »Ich weiß von nichts. Aber die schöne Stimme! Nicht einmal seine Radiostimme ist so unwiderstehlich wie seine wirkliche.«

»Seine wirkliche? Klingt die nicht ganz anders? Machen Sie sie mal! Sie können es doch.«

Jetzt hatte der Jüngling auch die Augen des Haifisches. Der kleine Mann mußte hineinsehen, es reizte ihn. Seine eigene übermäßige Spannung reizte ihn, das Unglück herbeizurufen und zu handeln wie ein Narr. Er machte sich ein kleines hohes Stimmchen. »Hurra ins Ofenloch rufen!« pfiff er. Dann sahen die beiden sich an.

Die Bühnenstimme rollte. »Kobes schlemmt nicht, Kobes säuft nicht, Kobes tanzt nicht, Kobes hurt nicht. Kobes arbeitet zwanzig Stunden am Tag. Ihr sollt es ebenso machen, dann werdet ihr, was ich bin! Ich kann, wenn ich will, meine Schwester vergewaltigen, dem Tüchtigen steht die Bahn frei. Mir ist nichts verboten, ich bin jenseits von Gut und Böse. Werdet wie ich.«

Allerinnigste Verführung, es lief ihnen über den Rükken. »Wollt ihr, meine Kinder? Ihr könnt! Ihr müßt nur bereit sein, sogar in den Hochofen zu springen. Dann habt ihr's geschafft. Wer in den Hochofen springt, ist gefeit und kann tun, was er will.« Wobei hinter ihm der Vorhang aufging und der Hochofen erschien. Es war nur ein kleiner, aber entzückte Augen erblickten ihn riesenhaft. Erhitzter Atem blies ihm wirkliches Feuer ein. Er glühte hochrot; aber Zischen, Knattern und Fauchen, das sie aus ihm vernahmen, machten sie selbst.

Der schwarze Umriß vor dem Glutschein lockte: »Ihr Kinderchen kommt!« Da kamen sie – Kinder, die schon längst hinaufverlangten. Zuerst ein munterer Knabe, der sich noch stolz umsah, als hätte ein Ringkämpfer ihn gewürdigt, auf die Bretter zu steigen. Der schwarze Umriß beförderte ihn, hast du nicht gesehen, ins Ofenloch. Aufbrüllen drunten. Gleich wieder Atemstocken allseits, der nächste. Noch viele.

Als sie sahen, dies gehe weiter und niemand verhindere den Moloch, trat die Achtung vor den Tatsachen ein. Mütter, die sich auflehnten, wurden alsbald in ihre Schranken verwiesen. Gegen Ausbrüche und Tätlichkeiten fand sich freiwillige Polizei; man drängte Ungebärdige ab nach hinten. Vorn sammelte sich der Teil der Menschheit, dem die Ereignisse ungeahnte Aussichten öffneten. In selbstvergessener Haltung schmatzten und erbleichten sie, die Augen aus dem Kopf. Wer auch so wüten könnte! Der Heizer brauchte nur zu versagen, für technische Nothilfe war gesorgt.

Als er aber genug hatte für seinen Ofen, trat er, die langen Arme erhoben, vor und rief: »Ich gebe euch frei. Vergewaltigt eure Schwester! Springt jedem an die Gurgel! Dem, der meinen Hochofen nicht mehr fürchtet, können weder Menschen noch Gott je wieder befehlen. Nur ich! Aber ich gebe euch frei.« Wobei über ihn und seinen Ofen der schwarze Vorhang fiel.

Dies hatte ihnen nur noch gefehlt. Sie brachen aus; kein Eingreifen Besonnener blieb wirksam hiergegen. Es begann mit Plünderung des Büfetts und führte dazu, daß der Boden sich bedeckte mit Knäueln Halbentkleideter, die einander umbrachten und liebten in einem. Mörderischer Gestank entfesselter Körper, verwüsteter Stätten entrückte den Vorgang in seine Wolke.

Hinter der Wolke stießen halb blind aufeinander der kleine Mann und der schöne Jüngling mit dem Haifischmaul. Der Jüngling hatte ganz den Kopf verloren. »Ist das nun erlaubt? Oder soll die Polizei einschreiten? Wenn man wüßte, wer der Mann auf der Bühne war! Wenn feststände, was oben gemeint ist!«

Der kleine Mann schrie zurück im Lärm: »Oben ist eine Religion gemeint. Die neue Religion, nach der unser Erdteil in furchtbaren Zuckungen ringt. Wußten Sie das nicht? So sieht sie aus. Kobes war längst auf dem Wege, Gott zu werden. Jetzt ist er es!«

»Irrsinn!« schrie der Jüngling. »Wer nicht den Klaps hat wie Sie, sondern nüchtern bleibt, geht nie bis ans logische Ende. Das schadet jeder Sache. Gute Geschäfte macht man nur in der Mitte. Immer nüchtern!« – wobei ihm aber aus der Wolke des Gestankes ein sinnlos betrunkenes Weib entgegenfiel, das ihn mit umriß. Der kleine Mann, nur in Gedanken ungehemmt, wich dem Anblick voll Ekel aus.

»Nüchtern!« rief er und erstieg die Estrade über dem Ausgang. »Als ob ihr es aus Kraft wäret! Euer schwaches Fleisch verrät einen Geist, der nicht kann. Volk, mein Volk!« – die Arme ausgebreitet von oben: »So lieb ich dich. Sei frei und groß! Deine selbsterwählten Führer haben dir den Weg gewiesen, ich sorge nur für letzte Lockerung. Dein Gott will, Volk, als Endopfer deine Vernunft: her damit!« – unter Husten und Niesen infolge des aufsteigenden Gestankes. Um so stärker brüllte der kleine Mann über den Lärm hin.

»Wenn er das letzte von dir hat, Volk, verstehst du, wenn dieser Gott von dir das letzte hat, ist seine Stunde da. Dann kann er nichts mehr fressen, dann ist er voll. Dann ist er abgeklärt und kann sich nicht mehr wehren. Dann wird er umgelegt, erledigt, gekillt.«

In Raserei: »Gedenke, o Volk! Dies wird mein Werk sein! Das reine Werk des Gedankens!«

Da schob sich aus der Wolke bis unter seinen Standpunkt ein Gesicht. Der Jüngling: – er sagte mit dem Haifischmaul: »Jetzt haben Sie sich aber verraten.«

IX

Nächsten Tages hatte der Rayonchef für Soziales einen Besuch. »Herr Dalkony? Ich kenne Sie. Von mir wurden Sie engagiert.«

Dalkony, blond, leicht rötlich, doch nicht Cohn? dachte der Rayonchef. Dalkony sagte: »Aber der Mann war ganz klein, und Sie sind so lang.« Still, sachlich, mit unbeirrten Augen, die übrigens tief und einander zu nahe lagen.

»Sie scherzen«, sagte der Rayonchef. »Der kleine Mann, den Sie meinen, ist bei uns Liftjunge.«

»Ich scherze niemals«, sagte Dalkony. »Ich komme pünktlich meinen Verpflichtungen nach und erwarte von anderen dasselbe.«

»Sie haben uns zufriedengestellt« – der Rayonchef begann ermutigend. »Woher kommt es, lieber Dalkony, daß wir nicht früher von Ihnen hörten? Wir würden Sie schon längst gekauft und damit für uns unschädlich gemacht haben. Sie dürfen nicht mehr auftreten«, schloß er knapp.

»Ich soll nicht mehr auftreten?« Tiefes Erschrecken.

»Es geht nicht, Dalkony. Sie müssen es einsehen. Sie haben sich da eine künstlerisch nicht üble Nummer eingeübt. Sagen wir ruhig eine erstklassige.« Wobei Dalkony melancholisch aufglänzte. »Wer hat sie übrigens erfunden? Den Mann müssen wir haben. Aber Ihre Nummer«, schloß der Rayonchef, »ist für uns nicht tragbar.«

Nachdenken Dalkonys. Dann: »Wenn ich nun trotzdem weiter damit reise?« – »Versuchen Sie es mal!« Der Rayonchef klappte sein Haifischmaul auf und zu.

Dalkony, immer erschreckter: »Tun Sie mir nichts! Ich weiß schon, wenn Sie mich ruinieren wollen – Sie haben schon andere ruiniert.« Angesichts des Haifischmaules: »Dann zahlen Sie wohl auch nicht meinen Kontrakt aus, für vierzehn Tage? Ich Pechvogel dachte es mir gleich.«

Da ward der schöne schlanke Jüngling mit dem Haifischmaul tief menschlich. Er legte dem Besuch die lange Hand auf die Schulter, er sagte nett: »Setzen Sie sich, Dalkony.« Seine Bewegungen waren von jetzt ab nicht ohne Anspruch auf edle Form. Sogar süße Stimme gab er zum besten. Es war für einen Kenner. »Was verlieren Sie, Dalkony? Wenn wir Sie entschädigen?«

»Nu, können Sie's?« Müd zweifelnder Tonfall, doch wohl Cohn, dachte der Rayonchef. »Man ist Anfänger«, sagte Dalkony. »Schön. Man arbeitet auf Vorstadtbühnen oder in der Provinz, wer kennt einen. Schön. Aber man hat doch Aussichten. Nicht nur auf mehr Geld.«

»Auch Kobes arbeitet nicht bloß für Geld«, leierte sofort der Rayonchef. »Malt ein Maler, komponiert ein Musiker um des Geldes willen? Schaffensdrang des schöpferischen Menschen –« Er erwachte.

»So ist es«, sagte Dalkony, ohne sich zu wundern. »Meine Arbeit als Künstler macht sich selbst bezahlt. Was meinen Sie, der Erfolg für mich, daß Ihr Liftjunge mich so eilig herkommen ließ! Per Auto hat er mich geholt, ist das ein Erfolg? Die große Bühne gleich, das Riesenhaus überfüllt! Tricknummern brauchen das, sonst bleiben die Leute flau. Nu, sind sie flau geblieben?«

»Alles andere, nur das nicht, Dalkony. Aber nun haben Sie es genossen.«

»Hören Sie selbst mal auf, wenn Sie erst Blut geleckt haben!«

Der Rayonchef brach ab. »Also Sie bleiben bei uns. Wir müssen Sie im Auge behalten.«

Dalkony sah sich nach der Tür um. »Um Gottes willen, Freiheitsberaubung?«

»Wofür halten Sie uns? Sie werden hier angestellt. Fest, mit schönem, sicherem Gehalt. Sie bekommen in der Abteilung für Propaganda das Referat über Varieté. Ihr altes Fach.«

»Ich soll für meine Kollegen was tun? Und selbst soll ich nie wieder auftreten?«

Der Schmerz des Künstlers ergriff sogar den Rayonchef. »Nie wieder, wer sagt das? Gelegenheiten bieten sich immer. Wir haben für unsere Arbeiter und Angestellten eine Heil- und Pflegeanstalt. Eine? Sieben – und man stürmt sie.«

»Bei den Verrückten soll ich –«

»Was wollen Sie, den Gesunden ist Ihre Kunst nicht bekommen.«

»Bei den Verrückten soll ich!« Gebrochen wie nur einer – aber je länger, je mehr ergab sich Trost. »Schließlich gehen Verrückte vielleicht noch besser mit«, murmelte der Künstler.

»Sehen Sie wohl«, schloß der Rayonchef. Als Dalkony aber aufstand, hielt er ihn vertraulich zurück. »Noch eins, mein Lieber. Vertrauenssache. Nächstens erwarten wir eine Dame. Geschäftlich – wenn man so sagen will.« Leichtes Lachen eines Kavaliers. »Wir haben die Absicht, Ihnen die Sache zu übergeben. Aber Sie müssen genau die Persönlichkeit vorstellen, wie in Ihrer Tricknummer.«

»In der Maske soll ich die Dame –« Dalkony wunderte sich nicht. »Aber das kostet mehr«, sagte er ohne Besinnen.

»Die Dame ist nicht übel. Große Dame, nur schmeichelhaft. Ich wäre gleich der Mann. Aber es muß nun mal Ihre Maske sein. Wir verlassen uns darauf, daß Sie sich keine Blöße geben.«

»Ausgerechnet in der Lage?« fragte Dalkony melancholisch. Er blieb dabei, es koste mehr. »Untragbar, Zusammenbruch«, sagte der Rayonchef, aber diesmal hatte Dalkony die Macht, seinen Anspruch durchzusetzen.

Die Herren waren endlich einig, Dalkony ging. »Machen Sie sich bei der Dame eine hohe Stimme! Pfeifen Sie!« rief der Rayonchef ihm nach.

X

In der Tür stieß Dalkony auf den kleinen Mann. Er wich ihm nicht aus, vielmehr griff er sogar in die Tasche. »Da hast du, Kleiner.« Der kleine Mann mußte den Geldschein mit Verachtung, Dalkony aber voll äußerster Strenge betrachten, dann erst konnte er unter Wahrung seiner Menschenwürde eintreten. Die Arme verschränkt, schritt er dem Rayonchef entgegen. »Was heißt dies?« heischte er. Da der Gegner verständnislos tat, streckte er das Ärmchen nach der Tür aus. »Was treiben Sie mit dem da?« Worauf

Dalkony, um nur in nichts hineinzukommen, lautlos entwich.

»Wollen Sie sich zunächst wie zu einem Vorgesetzten betragen«, verlangte der schöne schlanke Jüngling mit dem Haifischmaul. Der kleine Mann, dies hören und jede Rücksicht vergessen. »Mein Vorgesetzter, Sie? Ein getünchtes Grab sind Sie. Ich werde für Ihre Kaltstellung sorgen.« Er bebte von gereiztem Machtgefühl. Der Jüngling zeigte lachend sein ganzes Maul, das war alles.

»Lachen Sie nicht!« rief der kleine Mann, er stampfte auf. »Verantworten Sie sich! Was geht Sie mein Dalkony an.«

»Soeben gewann ich ihn dauernd für unsere Zwecke.« Auf einmal war der Jüngling geradezu willfährig. »Denken Sie sich, er wird seine Tricknummer, sooft es uns geboten erscheint, in der Heil- und Pflegeanstalt ausführen.«

»In der –« Dem kleinen Mann verschlug es die Rede. Als er Atem hatte: »Nicht nur stehlen Sie meine Idee, sie entwerten sie auch! Das sind Sie, Jüngling mit dem Haifischmaul! Nie im Leben werden Sie von Ideen mehr wissen, als daß man sie stehlen und entwerten kann.«

Der Jüngling blieb zuvorkommend: »Bei aller persönlichen Verehrung: was sind Ideen – wenn nicht der sie hat, der die Macht hat.«

»Die habe ich.« Der kleine Mann steckte die Hand in den Ausschnitt seiner Weste.

»Dann ist alles gut« – immer höflicher. »Ich gebe bereitwillig zu, daß niemand so glatt aufsteigt wie ein Liftjunge.«

»Sie vergessen die Wanze an der Wand«, erwiderte beißend der kleine Mann.

Jetzt bückte der Jüngling sich vor Nachgiebigkeit. »Die Wanze nistet im Zimmer. Auf den Liftjungen wartet draußen sein schöner Lift. Nur Mut, Herr Doktor!« Mit einladender Hand. Der kleine Mann mußte stutzen. »Sie scheinen schief gewickelt, Jüngling«, sagte er gleichwohl noch beherzt. »Ich bin Rayonchef für Propaganda. Hier mein Patent.« Wobei er seinen Vertrag mit dem Höchsten hervorbrachte.

Der Jüngling las ihn voll Achtung. Er nickte. »Sie sind zum Nachfolger des Generals ernannt. Daran ist nicht zu drehen noch zu deuteln. Rayonchef für Propaganda sind Sie darum freilich noch nicht. Vorerst versehe ich neben dem Sozialrayon auch die Propaganda, sie hat zur Zeit keinen eigenen Chef.«

»Sie hat mich«, sagte der kleine Mann, bei beginnendem Herzklopfen.

»Das läßt sich leider nicht sagen – sosehr ich die Propaganda zu einem solchen Chef beglückwünschen würde.« Melodisch vor Freundlichkeit: »Sie sind Liftjunge. Denn der General, dessen Nachfolge Ihnen zufällt, wurde am Tage vor Unterzeichnung Ihres Vertrages zum Liftjungen befördert. Hier das Patent.«

»Es ist zurückdatiert!« rief der kleine Mann, geistesgegenwärtig wie ein Verzweifelter. »Beispielloser, teuflischer Betrug!«

»Wollen Sie ihn beweisen?« fragte der Jüngling teilnahmsvoll. »Klagen? Klagen gegen wen? Gegen den unsichtbaren, wahrscheinlich nicht existenten Gegenstand einer Religion, die Sie selbst dem schwer ringenden Erdteil zudachten?«

»Er existiert! Hier seine Unterschrift!« Der kleine Mann kämpfte. Der Jüngling hob sanft die Schultern. »Wer wird sie für echt halten. Gerichte, Sie wissen es, sind tief religiös. Die öffentliche Meinung ist es auch. Beide werden fest entschlossen keinerlei Einfluß Gottes auf die Händel der Welt je zulassen, aus Furcht, ihn zu entweihen. Ihre Klage wird abgewiesen. Sie bleiben Liftjunge. Ja –«

Der Jüngling schöpfte Atem, oder war es Seufzen des

Mitgefühls. »Ja, sollten Sie so schlecht beraten sein, die Geschichte von dem Varietéstern Dalkony und dem General-Liftjungen in die wenigen Zeitungen zu bringen, die noch nicht von uns kontrolliert werden: ach, dann begänne erst Ihr Leidensweg. Dann würden wir erwidern müssen, daß Dalkony, wie leicht nachzuweisen, nur im Irrenhaus auftritt. Ihre Geschichte könne daher nur im Irrenhaus spielen. Sie selbst, dem jene paar Zeitungen ins Netz gingen, seien also Insasse des Irrenhauses... Damit es aber wahr wird, müßten Sie hinein.«

Hier verließ den kleinen Mann die Kraft, er fiel lang um. Der Rayonchef für Soziales bespritzte ihn eingehend. Als der Geschlagene erwachte, beschämte er ihn nicht durch tätlichen Beistand, sondern ließ ihn am Boden sitzen, solange er noch nicht aufstehen konnte. Er neigte sich zu ihm, wie zu einem verstockten Kind, das endlich weinen und bitten soll. Er flüsterte dringlich:

»Gestehen Sie doch! Sie sind gegen Kobes. Sie wollten sich vergreifen an Kobes. Sie wollten ihn – na, stürzen. Ihre Religion sollte ihn bloßstellen, seine letzten Folgen verraten, sollte die Welt vor die Brust stoßen, damit sie erschrak. Kind!«

Ernstlich besorgt ließ der Jüngling eine Träne fallen, indes sein Haifischmaul vom Predigen troff. »Weltfremdes Kind! Ist denn ein Hochofen widerlegt, wenn man hineinspringt? Ist Kobes tot, wenn Sie dumme Witze mit ihm machen? Da er nie Mensch war, lebt er weiter. Sie wissen keinen Witz, der das System umbringt. Systeme sind noch weniger Mensch, als Sie es sich geträumt haben.«

Wie steigerte sich der Jüngling! »Organisation, Mentalität, Einstellung, Belange: wieso Mensch? Was soll Mensch? Menschen vergehen, Belange bestehen. Das haben Sie nicht begriffen. Sie begreifen nicht das System, das doch der Einfachste begreift, wenn er sich ihm opfert!«

Hier kehrte dem kleinen Mann alle Kraft wieder, er

sprang vom Boden. »Ich nicht verstehen! Ich, Philosoph, der Gemeinheit nicht gebieten durch mein Hirn! Das wirst du erleben, Jüngling. Du wirst mich ihn herbeischleppen sehen in eigener Person. Den du unsichtbar nennst, den du nicht existent zu nennen wagst: ich, wisse, Jüngling, sah ihn! Ich, Jüngling, wisse, werde ihn herholen!«

XI

Schon ist er draußen. Er rennt, daß die Schöße fliegen. Rennt vorbei an Türen, die zuklappen, wenn er kommt, durch Gänge, die hallen, und Hallen, die leer dahingehen wie ins Nichts. So ist jener verblichene Mittelstand gerannt mit seiner letzten Meldung. An heimliche Fallen ist nicht mehr zu denken, auch fällt er in keine.

Wie der kleine Mann in Sicht des runden Raumes kam, wo alles mündete, stand vom Tisch der Wachtmeister auf. Er hatte den zerlegten Revolver gerade fertig zusammengefügt, hatte ihn scharf geladen und stand nun da zum Empfang des kleinen Mannes, stramm, aber nicht feindlich. »Da sind Sie«, sagte er. Kraftvoll fing er den Laufenden ab, sonst hätte der kleine Mann sich an der Wand zerquetscht.

»Hinauf!« keucht der kleine Mann. »Ich will hinauf.«

»Wissen wir« – der barsche Wachtmeister schmunzelt. »Wir kennen Sie doch, Herr Doktor.«

Womit er auch schon die Kassentür dreht. »Nur hineinspaziert!« Der kleine Mann ist drinnen.

Noch keucht er, mehr will er noch nicht, nur keuchen. Dann fällt ihm ein, daß er wartet. Er erwartet den Aufstieg, der ausbleibt.

Die Tür? Fest zu. Ganz fest. Das Fenster? Fest. Er stößt es noch fester. Endlich, er spürt den Ruck, er hebt sich.

Ihm schwindelt, denn er hebt sich unbegreiflich hohen Taten entgegen. Noch aufatmen vor dem Eintreffen!

Er atmet, aber er trifft nicht ein. Er fühlt sogar das Gleiten des Lifts nicht mehr. Der Lift hat angehalten, er hängt. Der kleine Mann schreit auf vor Entsetzen. Ihm ist auf einmal klar, daß dieser Lift sich nie bewegt hat. Der Aufstieg war nur Spiel der Nerven gewesen. Besonnen! Noch ist nichts verloren. Er klopft. Aber nichts rührt sich.

Er wartet in seinem Wartezimmer. Er hat Zeit. Die Zeit arbeitet für ihn. Einmal triumphiert er.

Plötzlich wirft er sich gegen die Tür, brüllend haut er hinein. Lauschen. Nichts. Er haut, er stößt. Nichts. Er brüllt sich heiser. Für immer nichts. Er steht, horcht, und Ahnung kommt ihm, er sei abgeschlossen von Menschenlauten für immer. Damit es nicht wahr sei, legt er den Bügel mit Ohrenplatten um den Kopf; sogleich ertönt die Radiostimme.

»Erst die Nachwelt vielleicht wird einst die volle Wahrheit erfahren über Entstehung und Ausdehnung dieser Macht, die alles Vergleichbare schon übertroffen hat und sichtlich ins Mythische wächst. Kobesmythe! Die neue Religion, nach der unser ganzer Erdteil in furchtbaren Zuckungen ringt, sie ist gefunden!«

Schlotternd mit allen Gliedern streifte der kleine Mann den Bügel ab. Der Glaube der Menschen war nicht seiner, er war verworfen, er, der sich an ihm verging! Der Lift, weiß Gott, sah ganz so aus, als wäre er sein Grab. Er beschwor ihn noch, die Hände gefaltet: »Steig auf!« Aber als es umsonst war, gab er sogleich nach.

Wozu aufsteigen. Wäre er aufgestiegen gegen das Gesetz, hätte er Hand gelegt an den dort oben: er holte doch nur ein ungebügeltes Häufchen Traurigkeit und Habgier herab und warf es der Welt hin. Die Welt aber trat tausendfach davor, schaffte das Häufchen aus der Welt und leugnete, es je erblickt zu haben. So war es menschlich. ›Habe denn ich selbst das Häufchen je wirklich erblickt?‹ dachte der kleine Mann schon mit der Ruhe des Grabes. Er lächelte, letztes Lächeln.

Da erblickte er etwas Neues: den Revolver des Wachtmeisters. Der Revolver lag in dem tiefen Klubsessel gleich neben der so fest verschlossenen Tür; der Wachtmeister hatte ihn, nicht ohne Zartgefühl, halb hinter die Lehne geschoben. Gefaßt ging der kleine Mann darauf zu.

Der Gläubiger

Emmy Blasius konnte ihren einzig Geliebten nicht heiraten, denn Assessor Liban hatte nicht genug. Die jungen Leute blieben einig gegen die Eltern, aber wo waren die Stärkeren? Die ganze, stark befestigte Ordnung der Dinge in jenen friedlichen Zeiten sprach für die Eltern. Die Jungen konnten nur machtlos protestieren. Sie konnten das Geschick nur zu erweichen suchen, der Assessor durch besondere Strebsamkeit und dadurch, daß er der Mutter den Hof machte. Emmy noch am besten, wenn sie sich leidend stellte. Übrigens kam man herunter mit den Nerven, heimlich verlobt seit Jahren und immer umhergeworfen zwischen Hoffnungen und ihrer Vernichtung. Vor der großen Abendgesellschaft bei Geheimrat Blasius, gegen Ende der Saison, traf Liban den jungen Bruder Emmys auf der Straße, hielt ihn an und drang in ihn: »Wen werde ich zu Tisch führen?« Der Gymnasiast lächelte wichtig. Er wisse es. »Sag es mir! Du bekommst etwas geschenkt.« – »Was denn?« Ausführlicher Handel. Endlich: »Wen führe ich also?« – »Die Musiklehrerin.« Worauf Liban schroff wegging. Emmy aber saß am Abend neben Doktor Schatz, einem alternden Afrikaner, der Geld hatte. Jammervolle Blicke über die lange Festtafel, zwischen den weit getrennten Liebenden. Dabei fächelte Emmy sich, um ihrem Tischherrn ihre nette runde Hand zu zeigen, und Assessor Liban dort unten brachte die Klavierlehrerin zum Lachen. Umsonst die lange Geduld, die vielen Kunstgriffe, alle ihre Träume, die ganze Pein. Wozu hatten schon Backfisch und Schüler einander gern gehabt. Wozu beim Eislauf jene mit gestohlenem Taschengeld bezahlten Pfannkuchen, der Schwur ewiger Treue, bevor er auf die Universität ging. Bis zu seiner Rückkehr fiel beiderseitig manches vor, aber das erwähnten sie nicht. Kleine Treubrüche des Gefühls, oder selbst andere, zählten nicht für ein Liebespaar, das die Aufgabe hatte, Widerständen zu trotzen und das Ideal zu verkörpern.

Die Tafel ward aufgehoben, und in der ersten Verwirrung der Gesellschaft, die andere Räume aufsuchte, konnten die Unglücklichen sich hinter einer Tür zusammenfinden. Emmy kam mit einem Gesicht, das alles eingestand, die volle Katastrophe und ihre eigene Ohnmacht. Ob die Eltern schon mit ihr gesprochen hätten, wollte er wissen. »Sie haben mir gesagt, ich sei nun zweiundzwanzig, Zeit sei nicht mehr zu verlieren.« – »Und Doktor Schatz?« fragte er. Sie gestand: »Papa hatte ausdrücklich verboten, daß ich ihn glatt abfallen lasse.« – »Ja dann«, sagte der junge Mann. Endlich gestand sie alles: die Verlobung werde gleich heute abend sein. »Er kann nicht lange warten«, sagte sie verzweifelt. »Er hält sich nicht.« Herren, die Zigarren rauchten, hätten das Paar beinahe aufgestört. Die Gefahr ging vorbei, sie konnten Abschied nehmen. Als anständige Bürgerkinder nahmen sie Abschied von ihrer Liebe, dem Gefühl ihrer ganzen Jugend – hinter der Tür. Heirat Emmys mit Doktor Schatz und ein vornehmes Haus mehr, Gesellschaften, die Klang hatten. Dazwischen ein Kind, Sohn Wölfchen, vom Vater dem Konsulatsdienst bestimmt. Sein bester Freund, Landgerichtsrat Liban, war sogar der Meinung, Wölfchen sollte Reichskanzler werden. »Bis dahin ist unsere Entwicklung ins Industrielle soweit. Der nächste Kaiser beruft Bürgerliche.« Liban hatte die herrschende Vorschrift, Geld zu haben, befolgt und reich geheiratet. Seine Frau war schon vorher mit Emmy befreundet, sie wurden es um so enger. Die beiden kleinen Töchter Libans und Wölfchen verbanden die Häuser überdies, jedes wichtigere Erlebnis des einen rief das gesamte Mitgefühl des anderen in Person herbei.

Schatz erkrankte, alle Libans kamen. Es ward schlimmer mit ihm, da blieb nur sein Freund. »Wir sind zu viele, aber du bleibst«, hatte Frau Liban gesagt. So saß Liban mehrere Stunden am Bett und tröstete Schatz, der ihm nicht zuhörte in seinem Fieber. Emmy machte ihm die Injektion, er konnte endlich einschlafen. Seine Frau und sein Freund atmeten auf. Sie saßen an beiden Seiten des Bettes, zum erstenmal fanden sie Zeit, sich zueinander zu wenden. Ihre Mienen waren überanstrengt und mißvergnügt. Einen Augenblick dachte jeder vom anderen: ›Fühlt er sich nicht am richtigen Platz?‹ Sogleich aber sprachen sie sachlich über die Aussichten für die Nacht. Ob die Hoffnung, den Kranken durchzubringen, abnehme. Was der Arzt wohl sagen werde. Sie erwarteten ihn peinlich: nicht nur Schatzens wegen, auch um nicht länger allein hier zu sitzen und etwas sagen zu müssen. Denn Schweigen wäre noch peinlicher gewesen. Wie so etwas entsteht! Sie waren doch nicht das erstemal allein, in all den Jahren. Da bemerkten sie, daß jeder den andern im Auge hatte wie einen Schuldner, dem man mißtraut. Befangen sagte Emmy: »Wer das geahnt hätte!« – »Der hätte manches anders gemacht«, sagte Liban. Plötzlich überkam ihn ungeheure Erregung. Er verließ seinen Platz und sagte: »Wenn er stirbt, lasse ich mich scheiden. Es muß von vorn wieder anfangen.« – »Geht denn das?« fragte Emmy. »Wir sind schon bald ältere Leute.« – »Ich werfe alles hin. Die Nutznießung des Vermögens meiner Kinder bis zu ihrer Großjährigkeit soll mir genügen.« – »Und was Schatz hinterläßt!« sagte sie nicht ohne Stolz. Er hatte auf einmal die Augen voll Tränen. »O Emmy! Wir hätten mehr Mut, mehr goldene Rücksichtslosigkeit beweisen sollen. Wenn wir nun deinen Eltern einfach nicht gehorcht hätten? Durchgehn soll auch vorkommen. Ach, alles stände anders!« Sie dachte, es würde vor allem nicht so stehen, daß jeder sein Schäfchen im trockenen hatte. Aber das sagte sie nicht, sie achtete seinen Idealismus und bemühte sich, ihn zu erreichen. »Unsere Kinder sollen anders werden«, äußerte sie. »Unsere Kinder sollen uns rächen.« Er dachte, daß sie um Gottes willen keine mehr haben dürften. Was würde aus der Versorgung der schon vorhandenen. Die Ehe ist eine soziale Einrichtung. Um so heftiger und unbeschwerter riß er die begehrte Frau an sich. »Wie je!« stöhnte er. Auch hinter ihnen stöhnte jemand. Sie warfen auf den unruhig schlummernden Schatz einen entrüsteten Blick. Dieses Menschen wegen ein ganzes Leben der Entsagung! Nebenan war es dunkel. Sie wankten und fielen, umschlungen, dort hinein.

»Mama! Onkel Liban! Wie reimt sich das?

Leur haine pour Hector n'est pas encore éteinte.
Ils redoutent son fils.

Ich soll auf deutsch einen Reim suchen.« Dies hören, auffahren und schlottern im Dunkeln. Jener Vorhang, dahinter der Junge! Wölfchen bei seiner Schularbeit im Eßzimmer, und zwischen seiner und ihrer Arbeit nur ein Vorhang! Es lähmte, wie die letzten Dinge. Beide Verbrecher an der bürgerlichen Sittenordnung wurden sich jäh ihrer Lage bewußt. Sie war grauenerregend, Atriden selbst konnten nicht mehr Grauen erregen! Der Mann war es, der sich faßte und festen Schrittes hinging. »Erstens sprichst du es schauderhaft aus. Und dann ist es doch klar: Ihr Haß auf Hektor währt noch immer, denn auch sein Sohn war mit im Zimmer.« Worauf Wölfchen ihm bewundernd in das Gesicht sah, das nach der eigenen Empfindung des Schuldigen rot angeschwollen war infolge der Lage und weil er sie durch seine anzügliche Übersetzung noch verschlimmert sah. War das Lächeln des Jungen wirklich harmlos? »Ich habe frei übersetzt«, sagte Liban schnell. »Es ist wegen des dummen Reimes. Sagen wir etwas genauer: Sie hassen Hektor auch noch nun er tot, denn jetzt sind sie von seinem Sohn bedroht.«

Kaum ausgesprochen, schienen ihm diese Verse genauso verräterisch. Er begann daher auf den verrückten Lehrer zu schelten, der Schuljungen im Dichten abrichtete. Er wollte die Mutter des Jungen zur Zeugin des Unfugs nehmen, er rief. Aber es kam keine Antwort.

Das endlich vereinte Paar mietete in einem entlegenen Stadtteil zwei Zimmer, um heimlich zusammenzukommen. Denn Doktor Schatz starb nicht, er ward gesund. Sie trafen sich nach Anruf. Kam Schatz ans Telefon, sagte Liban ihm scheinbar etwas ganz anderes, das aber, weitergegeben, von Emmy doch richtig verstanden ward. Schatz war nicht ihre Sorge. Die ganze Sorge der beiden Schuldigen war der Junge. Hatte Wölfchen damals gehört? Kinder hören soviel. Und war er mit dreizehn Jahren noch ein Kind? Ja, sagte die Mutter. Er sei in dieser Hinsicht zurück hinter seinem Alter. Der Landgerichtsrat bezweifelte es. Vielleicht war Wölfchen ein Duckmäuser. Er beobachtete den Jungen. Er ging auf dem Weg aus der Schule hinter ihm her; er fing die Blicke ab, die Wölfchen den entkleideten Wachspuppen der Korsettgeschäfte zuwarf. Dann begrüßte Liban ihn mit einem Scherz. Ob er das in Natur nicht lieber sähe? Sie würden einmal ins Metropoltheater gehn. Um Wölfchen vertraulich zu stimmen, verdarb ihn der Landgerichtsrat. Aber er erreichte nichts. Die Mutter im Gegenteil hielt ihr Kind sogar vom Tanzkurs fern, der schon begonnen hatte. Sie nahm ihm illustrierte Blätter aus der Hand, wenn die Überschrift der Geschichte ein weiblicher Name war. Sie prüfte, ob ihr Kind ihr, wie jemals, groß und rein, ins Auge sah. Aber es strengte sie selbst zu sehr an, so bewies es nichts und brachte nur Scham. Auch Liban schämte sich. Einem Jungen nachstellen, vor ihm zittern und nichts erreichen: war es würdig eines Mannes von Stellung und gesetztem Alter? Wenn der Bursche nun redete! Katastrophe im Hause Schatz, aber auch bei Liban. Ein ganzer Lebensaufbau eingestürzt – und nicht auch die Stellung des Richters? Dies alles im Belieben eines Knaben. Auf seinen Wink Liban entweder vollgültig oder letzten Endes verurteilt zum eigenen Revolver. Dies überschritt denn doch das Maß der Forderungen, die selbst das Kind einer verführten Frau stellen durfte. Der Richter fand, daß die Dinge, vom sogenannten Schuldigen erlebt, nicht so sehr ihn ins Unrecht setzten, als die Gesellschaft. Die wollte fordern? Im Namen der Ruine Schatz? Nie hätte ihr Geld der Ruine das Recht geben dürfen, zwei Menschen zuerst liebesarm, dann schuldig werden zu lassen. Nur der Sohn! Unleugbar, er hatte Forderungen. Kannte er sie? Wußte er? ... Dasselbe von vorn, Liban fing an, den Jungen zu hassen.

»Er sitzt zuviel«, sagte der Freund des Hauses. »Er wird noch intellektuell. Man muß ihn ertüchtigen.« Und Wölfchen ward Wandervogel, Turner, Mitglied des Gauverbandes Wotan. Das beschäftigte ihn, die undurchdringliche Gefahr war abgelenkt. Daneben gedieh er zur allgemeinen Freude. Auch die Töchter des Hauses Liban blühten heran. Inge als Älteste war für Wölfchen bestimmt, einst nach Vollendung seines Studiums, nach erlangter Anstellung und Bewährung jeder Art. Diese Aussicht beruhigte vor allem Emmy. Die schuldige Mutter glaubte so den Sohn entschädigen zu können für alles, was sie selbst ihm entwendet hatte zugunsten eines andern, an Liebe und häuslichem Herd. Aber auch für die bürgerliche Ordnung, die sie ihm schuldete und leider selbst erschüttern mußte, schien ihr voll wiederhergestellt, wenn ihr Sohn die Tochter ihres Geliebten bekam.

Schatz kränkelte, auch Frau Liban litt viel. Beide waren meist auf das Haus beschränkt, dem reifen Liebespaar standen die Wege frei. Sie trafen sich wöchentlich mehrmals in ihrem zweiten Heim. Sie hatten es vergrößert und verschönt, sie liebten es mehr als jeder von ihnen seine beglaubigte Häuslichkeit. Hier genossen sie alle Abende, an denen irgend Gesellschaften oder Sitzungen vorgeschützt werden konnten. Wie oft sogar am hellen Mittag: schnell hin, er aus dem Amt, sie noch vor dem langweiligen Familienmahl. »Alterchen«, sagte sie, was Schatz nie hörte; und voll Stolz: »Aber gar nicht alt!« Sie wollte ihre ergrauenden Haare färben, aber er verbot es. »Dies ist dein schönstes Alter, denn jetzt haben wir uns.« Und er rühmte ihre Fülle, ihre fertige Entwicklung, den Hochgenuß der ganz vertrauten Freundschaft. »Das hätten wir früher nicht gehabt, die Erfahrung nicht, auch nicht die wahre Genußfähigkeit. Vielleicht hätten wir einander betrogen. Wir haben recht getan, so lange zu warten. Jetzt sind wir glücklich.«

Sie waren vollkommen glücklich. Da kam der Krieg. Schatz starb daran. Er sagte, gewitzt durch Auslandserfahrungen und Kränklichkeit, das schlimmste Ende voraus. Gleich nach dem ersten Mißgeschick starb er. »Dem Vaterland sein letzter Gedanke«, rühmte der Nachruf. »Aus bleicher Angst um sein Geld«, sagte der Sohn Wolf. Erschwerte Lage. Schatz behielt zu sehr recht, schwere Zeiten kamen für das mittlere Kapital. Der Krieg verminderte es nur, aber der Friede, wie dann die Herren der Zeit ihn verstanden, war erst sein Krieg. Liban, geschäftskundig, aber nicht schnell genug angepaßt, erhielt nur mühselig die Substanz, seine und die seiner Freundin. Von einem gewissen Punkt der Ereignisse ab verlor er die Führung, ward endgültig unzeitgemäß und tastete sich, belastet mit all dem Anhang, wie ein Blinder durch die Schrecken. Bald blieb ihm nur noch sein entwertetes Gehalt. Ein Staat, der sogar seinen Richtern nicht mehr die Treue hielt, gab sich auf; wer in ihm fußte, verlor den Halt. Liban mußte sehen, daß Emmy zeitweilig besser dastand als er, nur weil sie in letzter Stunde nicht ihm gefolgt war, sondern ihrem Sohn. Dieser Wolf machte Geschäfte! Unmündige, die nichts wußten und nichts hatten, tummelten sich im Unsinn dieser Tage, wie der Fisch im Wasser. Sie und die Zeit waren einander wert! Wolf, zu jung noch, um »hinaus« zu gehen, erreichte dennoch schon während des Krieges einen bemerkenswerten Grad der Ertüchtigung. Nachher aber war nicht mehr abzusehen, wie weit sie gehen sollte. Ohne die Reifeprüfung der Schule bestanden zu haben, fuhr er im selbstverdienten Automobil. Dazu ward er »Führer« in Verbänden, die mit äußerstem Nachdruck die bürgerliche Ordnung verteidigten. War es eine Ordnung? Gleichviel, sie schuf noch Kräfte, wenn auch zügellose. Den Kräften konnte man Anerkennung, ja Achtung nicht ganz versagen.

Liban machte einen letzten Versuch, mit Autorität aufzutreten. Es war, bevor der Junge das Haus der Mutter verließ. Ihr Haus entsprach freilich weder seinen Verhältnissen noch seiner Art zu leben. Ob er wisse, daß der Vormund ihn in Zwangserziehung geben könne? »Ich?« antwortete der Junge, »mit meinen Verbindungen? Keine vierundzwanzig Stunden bliebe ich dort. Das Unglück träfe höchstens die, die ich ein paar Tage lang nicht ernähren könnte. Denn du, Onkel Liban, kannst es überhaupt nicht.« Worauf Liban, so steif er sich hielt, rot ward; er wußte, was gemeint war. Rückzug des Älteren mit vorgeschützter Strenge und mit Warnungen, die keinen Sinn hatten im Munde des Erfolglosen. Erfolg! Der einzige Maßstab schon immer, und ihn hatten jetzt die Unregelmäßigen, die Nichtbeglaubigten. Liban war Präsident geworden. Vor seinem erhöhten Stuhl zogen Entgleiste dieser Art vorbei. Kaum wieder draußen, waren aber gerade sie im Gleis. Der es verloren hatte: der Richter. Nein, er konnte niemand mehr ernähren – besonders eine Jugend nicht, die lebte, wie das Rad rollt. Nur Dampf, nur dahin! Seine erwachsene Inge hätte wissen können, was sie ihrem Vater schuldete. Sparsam und bescheiden auf das verarmte Haus beschränkt, hätte sie nach außen das Gesicht wahren sollen. So war es in der guten Zeit des Bürgertums gehalten worden. Statt dessen? Inge trat trotz väterlichem Verbot in eine jener fragwürdigen neuen Erwerbsgesellschaften ein. Sie verdiente schon mehr als ihr Vater, reichte aber auch damit nicht. Ihr Luxus ward von anderer Seite bezahlt, es war kein Rätsel, von welcher.

Die Eltern hatten ihre großen Kinder an unpassender Vertraulichkeit so wenig hindern können wie an jeder anderen falschen Auffassung des Lebens. Das schloß freie Kameradschaft und ließ sich nicht dreinreden. Das ging zusammen »groß aus«, und keine vornehme Gasterei von ehedem hatte das Geld gekostet. Das bummelte wie es Geschäfte machte, ohne Maß und Gewissen. Das Mädchen, gewarnt vor Folgen für ihren Ruf, erklärte, den trage man nicht mehr; und vor Folgen persönlichster Art: die kämen nicht in Frage, sie stehe anders mit Wölfchen, sie kenne alle seine Geliebten. Dies im Beisein ihrer leidenden Mutter, die nicht wußte, wie ihr geschah, und lieber nichts hörte. Konnte Liban dreinfahren und vor der Kranken die Katastrophe entfesseln? Hatte er überhaupt noch das Selbstbestimmungsrecht des ehrlichen Mannes?

O Scham und Verfall, wenn man dies bedachte! Das schlimmste war, daß man es keineswegs ständig bedachte, sondern aufgab, was nicht zu halten war. Ja, man nahm zuletzt nicht ungern die Erleichterung an, die eine verwahrloste Nachkommenschaft den Eltern verschaffte, wenn sie alles forderte, nur nicht Geld. Liban gelangte dahin, nach dem Beispiel der Kranken sich taub zu stellen, sooft er Neues über seine Lage erfuhr. Seine Jüngere, Effie, verfehlte nie, ihn zu unterrichten. »Pst, nimm Rücksicht auf den leidenden Zustand deiner Mutter!« sagte

Liban, mit bangem Blick durch die Wand. Nicht einmal Effie wagte er schroff in ihre Schranken zu weisen. Dabei traute er auch seiner Jüngeren nicht. Er hatte erleben müssen, daß sie Zeichen aus dem Fenster gab – an vorübergehende Schüler. Er hatte sich schützend vor seine Tür stellen müssen! Natürlich waren dies Kindereien Unreifer. Nichts Ernstes drohte. Nur keine abwegigen Einbildungen! Eines Morgens aber kam Effie allein zum Frühstück. Inge? »Noch nicht nach Haus gekommen«, sagte sie. »Ein Unglück«, sagte der Vater wachsbleich. Effie frühstückte gelassen. Da schlug er auf den Tisch. »Wirst du reden?« – »Gott, Papa«, gestand Effie mit Achselzukken, »Inge hat mir gesagt, daß sie Urlaub nimmt. Wohin sie ist und mit wem, weiß ich nicht. Du willst immer, ich soll nichts wissen.« Er mußte flehen, bis er die Wahrheit hörte. Wozu hörte er sie noch, da er sie doch kannte?

Er rief die Freundin an. Mittags trafen sie sich in ihrem Nest. Liban ging hin, gewiß, Trost zu finden sogar für diesen Schlag. Dort war immer noch Trost, der einzige sichere im Leben. »Wir beiden Alten haben uns doch. Sie können nichts ersinnen, was uns trennt!« Er dachte sich in geöffnete Arme zu stürzen, aber die Freundin schien verlegen, worauf augenblicklich auch sein Mut sank. »Wir müssen mit ihnen Schluß machen«, sagte er noch, weil er sich vorgenommen hatte, es zu sagen. Aber die Mutter des jungen Mannes dachte anders als der Vater des Mädchens. »Wir haben schon so vieles vertuscht, warum gerade diesmal ein Skandal?« fragte sie. Der Freund trat ans Fenster, er drehte einen steifen Rücken her. Noch ein Entschluß. »Die Ehre meiner Tochter –«, sagte er stark und brach ab. Mehr lohnte sich nicht, der Mutter des Verführers fehlte zu sichtbar das Verständnis. Dem alten Freund schwankte der Boden. Als er nun dasaß und sich die Stirn hielt, ward die Freundin mild und gütig. Es sei natürlich ein Schlag. Man könne nichts weiter tun, als schweren Herzens sich fügen. Er möge nicht hart sein mit der armen Kleinen. Was hatte denn heute die Jugend! So war sie nun. Sie selbst würde ihrem Jungen recht innig ins Gewissen reden. Wobei Liban immer wartete, daß sie sage: heiraten, die beiden müssen heiraten. Dies kam nicht; und er begriff es. Inge hatte nichts mehr. Er wollte glauben, daß seine Freundin die Wiedergutmachung dennoch gewünscht hätte. Was konnte sie aber gegen diese Art von Sohn! Er ward weich, aus Mitleid mit sich und ihr. Beim Abschied hatte sie ein gewisses, nicht einwandfreies Lächeln – indes er ganz ernst blieb. Dann erst nahm sie ihn in die Arme, weich gestimmt wie er. Sie sagte gefühlvoll: »Und sind wir denn selbst ohne Schuld und Fehl? Auch wir haben uns geliebt der Welt zum Trotz. Sie wissen nicht, die armen Kinder, daß sie nur zwitschern, wie wir Alten sungen.« Der Freund wollte zweifeln, ob sie wirklich nicht wüßten. Aber sie war ihrer Sache gewiß: ihr Sohn hatte sie nie beargwöhnt.

Einige Tage, Inge kam frisch und munter nach Haus. »Guten Tag, Papa, ich war mit Wölfchen in Wien.« – »Ein guter Einfall«, sagte der Vater und faßte sich an den Hals. »So weißt du es gleich«, ergänzte die Tochter. »Zu anderen werde ich nicht darüber reden. Deinetwegen, lieber Papa.« – »Soviel Rücksicht«, brachte er hervor. »Ich weiß. Ihr habt eine andere Einstellung als wir sie hatten.« – »Ihr habt lieber geheuchelt«, ergänzte die Tochter. Der Vater fragte mühsam verhalten: »Wenn ich aber dennoch als Vater auftreten wollte?« – »Dann würden unsere Wege, so leid es mir täte, sich trennen«, sagte Inge nachsichtig, obwohl bestimmt. Den Präsidenten ergriff Schwindel, als sähe er aus einem Flugzeug nieder. Er fragte noch: »An Heirat mit deinem Geliebten denkst du nicht?« Sie sagte schlicht: »Schon mit Rücksicht auf Effie nicht. Das nächste Mal geht Effie mit.« Da schrie er auf. »Jetzt ist alles eins!« Es klang wie Wahnsinn und klang erlöst. Sogar die

Tochter ward aufmerksam. »Was gibt's denn, Papachen?« – »Was es gibt?« Er keuchte Triumph. »Daß ich gerächt bin! Es soll noch ärger kommen! Was könnt ihr noch mehr? Rächt mich!« Er wußte nicht, wofür und an wem. Für seine ungenützte Jugend? An allen Urhebern seines schlimmen Verfalls? Er jauchzte, den Kopf umrauscht vom Sturm der sittlichen Auflösung: »Küsse mich, Kind!« Aber die Tochter wich rückwärts. So war sie denn doch nicht. Einen Augenblick fühlte der Präsident sich einfach zu allem fähig. Darauf flaute er jäh ab, fürchtete schwer krank zu werden und ging zu Bett. Alle Katastrophen blieben wahrscheinlich, er erwartete sie. Wirklich, noch am Abend rief Emmy an. Die Freundin bat ihn, ungesäumt in das Nest zu kommen. Sie war in Not, sie konnte kaum sprechen. Er nannte sich einen kranken Mann und ließ sie bitten, wie das vorige Mal sie ihn hatte bitten lassen. Dann trat jeder den Weg an.

Um Mitternacht fanden sie einander in dem entfernten Viertel, drückten sich an Mauern und in Türen, schlichen durch ein Haus, das sie in dieser verbrecherischen Stille nicht wiedererkannten. Droben gingen ihre beiden Schatten vor ihnen her in die Wohnung. Dies sehen und umkehren wollen! »Lassen wir uns nicht ins Bockshorn jagen«, sagte der Präsident. Sie irrten gleichwohl durch beide Zimmer und sahen, unter dem Vorwand, etwas Liegengebliebenes zu suchen, in alle Winkel. »Was ist eigentlich vorgefallen?« fragte er sie dabei mehrmals, blieb aber ohne Antwort. Schließlich sah er sie dastehen wie erstarrt, mit dem Gesicht der Tragödie. »Um Gottes willen, liebe Freundin!« Seiner ehrlichen Besorgnis wich endlich ihr Krampf, aufweinend stammelte sie: »Er will mein Geld.« Lange mußte der alte Freund zureden, bis mehr kam. Es kam unterbrochen von Verzweiflungsschreien. Ihr Sohn wollte ihr Geld! Er hatte schlechte Geschäfte gemacht. Wien war nicht allein Vergnügen gewesen. Ach! wenn er sich, Jugend hat keine Tugend, nur ausgetobt hätte mit der Tochter des Freundes. Aber nein, schlechte Geschäfte, und herhalten sollte das Geld der Mutter, ihr Geld! Faßte man dies Übermaß von Entsetzen? Sie fiel auf ein Möbel, dann auf ein anderes, die Haare gingen ihr auf, sie schrie. Mit Einwänden verschlimmerte der Freund nur den Zustand. Sie sei Herrin über ihr Geld? Ja, aber die tägliche Entwertung, sie konnte es nicht verwalten ohne Wolf. Er wollte Vollmacht oder er zog die Hand von ihr. Morgen früh stellte er sie vor die Entscheidung. Keine Gegenwehr möglich! Und er war im Verlieren. Auf dem Abrutsch. Vor dem Ende. Das Ende drohte! Glatte Verarmung! Not! Der Freund begleitete den Zustand der Freundin mit seinen Gefühlen. ›Mir kann dies nicht mehr zustoßen‹, fühlte er, ›darüber bin ich hinaus. Ich habe kein Geld mehr, aber ich verstehe dich, Ärmste. Du freilich hast mich in meinem Vaterschmerz nicht verstehen wollen... Ich gebe mir Mühe‹, fühlte er, als es lang genug gedauert hatte. ›Aber Verzweiflung und kein Ende nur gerade wegen Geld: es ist schwer, mitzuempfinden, wenn man selbst keins mehr hat.‹ Er spürte, daß ihm Lächeln kam, das gleiche und einwandfreie Lächeln, das voriges Mal die Freundin erfaßt hatte. Er erschrak; aber er trennte sich auch räumlich von ihr, er ging ins Nebenzimmer.

Da fuhr ein Auto vor. Gleich darauf Öffnen der Haustür. Sofort waren sie wieder beieinander, auf der Schwelle zwischen beiden Zimmern. Der Nahende hatte noch weit, aber sie wußten, daß er nahte. Er verbarg sich nicht, er dämpfte den Schritt nicht, von ganz unten her hörten sie ihn heraufsteigen in dem nächtlichen Haus. Sie sahen in den Augen des anderen, daß jeder gern geflohen wäre und sich versteckt hätte. Darum hielten sie sich an den Händen. Jetzt lärmendes Aufschließen, er war in der Wohnung. Seine jungen raschen Füße waren schon angelangt, auf flog die Zimmertür. Aber er zähmte seine schnelle Bewegung, denn er sah sie. Er sah seine Mutter mit aufgelöstem grauen Haar, den alten Mann, der sie an der Hand hielt, und beide sterbensbleich. Flüchtige Bezähmung, dann sagte er: »Nun also, da sind wir! Guten Abend, Onkel Liban. Habt ihr euch fertig beraten? Mama, bekomme ich Vollmacht?« Er ließ den Alten Zeit, inzwischen erklärte er sein Hiersein. »Ich dachte mir natürlich, ihr würdet euch noch heute nacht aussprechen wollen am gewohnten Ort. Die Schlüssel habe ich mir nach deinen machen lassen, Mama. Ich stelle sie dir zur Verfügung.« Die Mutter bewegte die Lippen, sie tastete schwach in die Luft, nach irgendeiner Ausrede. Aber der Präsident straffte sich, er sagte: »Du bist kein Sohn. Bist du ein Gläubiger? Nicht einmal ein Gläubiger hat das Recht, das du dir anmaßest.« Der Junge lachte auf. »Gut. Ich bin kein Sohn. Ich bin ein Gläubiger. Und was für einer! Ein Gläubiger wie ich darf alles!« – »Hinaus! Unglücksmensch! Oder du bittest ab!« rief der Präsident wie Donnerhall. Der Junge lachte nur lauter. »Nicht übel«, sagte er. »Ich soll abbitten, was ihr verschuldet habt. Wo sind wir denn hier?« fragte er mit Blick ringsum. Die Alten erbebten. Er nutzte alsbald seinen Vorteil. »Ich stehe hier als Geschäftsmann. Belastung des Geschäftes mit Sentimentalitäten ist nicht tragbar. Abgeschlossen wird zwangsläufig, wie ich will. Rede Mama lieber gleich zu, Onkel Liban!« Hier ging nochmals der Alte los. »Ich gedenke vielmehr gegen dich einzuschreiten mit meiner ganzen Autorität.« Was aber nicht wirkte. »Autorität – hast du damit Geschäfte gemacht? Ich mache meine anders.« – »Ich weiß, wie«, sagte der Präsident, in Verwirrung gebracht. Darauf griff er an. »Glattes Gesicht! Posiert auf Jüngling, hat aber eine Seele wie ein tausendjähriger Sklavenhändler. Verkauft Mutter, verkauft Kindheitsgespielin. Schändet zynisch die eigene Wiege. Legt um sich her alles in Trümmer und dampft voll Kraftgefühl ab im Kraftwagen, immer mit demselben leeren Gesicht!« – Beredsamkeit des Hasses; vergebens zog die Mutter ihren Freund am Arm, er möge nichts verschlimmern. Ihre andere Hand wollte dem Jungen schmeicheln. Zu spät, der Junge legte den Kopf zurück, er nahm Rednerhaltung ein, forsch und doch zart, die Jugend selbst. »Darauf hab ich gewartet. Du sprichst von Trümmern? Von wem sind die Trümmer, in die ihr mich hinausgeschickt habt? Wer hat meinem Geschlecht Trümmer hinterlassen als Welt? Ihr!«

»Verallgemeinerungen beweisen Unreife«, sagte der Präsident, die Lippe gerümpft, aber bleich und bleicher. »Ich kenne mich!« rief die helle Stimme. »Ihr habt mich nur Zerstören gelehrt. Hätte ich nicht mein leichtes Herz, wo bliebe ich. Mit meinem leichten Herzen mach ich jede Sache, sogar eure Rettung vom restlosen, endgültigen Untergang. An euch liegt es nicht. Ihr habt das Menschenmögliche besorgt, um von der Geschichte weggefegt zu werden. Dann verliert ihr die Nerven. Nur wir! Wir glatten Gesichter mit unserem Kraftgetue. Wir sind von Gott gesandt, eure Feinde umzulegen und zu erledigen. Nur wir halten eure sogenannte Ordnung noch aufrecht. Ihr wart schon zu neunzig Prozent mit ihr fertig. Und dann wollt ihr euch noch entrüsten über unsere Einstellung zum Geschäft?« – »Schweig!« flehte die Mutter. Denn sie fühlte ihren alten Freund wanken. Er fand keinen Laut. Der Junge wartete, Leiden in den Mienen. Er litt, so bleich wie die beiden Alten. Seine starken Worte machten ihm selbst Herzklopfen, sie füllten seine Augen mit Angst. Aber er mußte weiter, die starken Worte drängten. »Wir heucheln weniger als ihr. Wir nennen, was wir tun, beim richtigen Namen, und manches tun wir nicht. Nach Geld heiraten. Einander betrügen. Verbotenen Lebenswandel führen: wir haben das alles nicht nötig. Wir sind sowieso fertig, dank eurem Wirken. Unsere Mentalität ist gradliniger als eure, daher restlos ablehnende Einstellung zu eurem Treiben.« Er sah die flehende Hand der Mutter nicht mehr. Sie versuchte zu stammeln: »Hast du denn keine Ideale?« Er aber weiter wie gehetzt: »In diesem Zimmer hier zehn Jahre lang sich vor der bürgerlichen Moral zu verkriechen! Genau neundreiviertel und fünf Tage. Der Tag hat mir Eindruck gemacht. Man war damals noch leicht beeindruckbar.«

Aufschrei. Fortstürzen. Nebenan brach sie in die Knie, sie versteckte den grauen Kopf unter das Bettkissen. Der Junge in seinem Rausch fand vor sich einen Greis, der, furchtbar gerötet, zitternde Fäuste gegen ihn erhob. Er stieß sie fort, er sagte klar und einfach: »Alter Wüstling, hat sich vergreifen wollen an Inge!« – worauf der Greis wegtauchte und verschwand. Der Junge fand ihn am Boden wieder, da lag er auf der Nase. Sofort kam Wolf zu sich, körperliche Katastrophen waren ihm geläufig. Als seine Mutter sich über den gestürzten Körper warf, war der Körper schon umgewendet und behorcht. »Er lebt«, sagte Wolf knapp. »Laß mich machen, Mama, ich trage ihn aufs Bett. Nur gut, daß er nicht dazu gekommen ist, sich an mir zu vergreifen. Ich hätte ihn niedergeschlagen. Deinetwegen sehe ich es lieber vermieden.«

Die beiden Gefahren

Nora Darell trat endlich ein, Graf Gottfried wartete volle zwei Stunden. »Sie sind zu geduldig, Graf Gottfried. Inzwischen waren wer weiß wie viele da und haben die Geduld verloren. Sie allein überleben immer alle.« Wobei sie vor ihm umherging.

Lange Schenkel wölbten sich schillernd bei jedem Schritt, das Gesäß ging wie die Wiege aller Träume. Er sah: sie führte ihm das Rennpferd vor, das Klassetier, Seligkeit und Hoffnung ganzer Volksmengen. Sie selbst nur blickte darauf nieder. Unwahrscheinlicher Schwung von Brust und Hals, darüber aber dies Gesicht, in allem Glanz doch etwas hart und etwas müde. Die Malerei der Augen unterstrich doch nur, daß sie prüften und wollten. Beim angestrengten Rot dieser Lippen wurden die beiden blassen Züge neben ihnen um so fragwürdiger. Glorie hochblonder Haare – um dies Gesicht?

»Sie müssen mehr fordern, Graf Gottfried.« Schleierlose Bühnenstimme. »Sie müssen sich die Schauspielerin, ganz für Sie allein, in hoher Schule vorreiten lassen. Umsonst sitzt ein Mann wie Sie hier doch nicht Tag für Tag sechs Stunden Reklame.«

Da sie seine Mißbilligung bemerkte, trat sie schnell hin. »Also nein. Für Sie bin ich die Komödiantin nicht. Wozu? Ein alter Freund, da brauche ich nicht fortgesetzt auf der Höhe zu sein.«

Sie fiel, aus Gewohnheit vollendet wie für Zuschauer, in den nächsten Sessel. Schöner breiter Gobelinsessel, um die vergoldeten Lehnen gruppierten sich ihre fehlerlos modellierten Finger sofort auf die günstigste Art. »Dafür, mein Freund, müssen Sie mir den ganzen Abend vorlesen. Ich bleibe allein. Ich habe Kopfweh. Ihre Stimme beruhigt mich. Im Theater habe ich abgesagt, jetzt eben.«

»Ich liege zu Ihren Füßen«, sagte er höflich. »Aber geht es denn noch, daß Sie absagen? In anderthalb Stunden sollen Sie auftreten.«

»In eindreiviertel. Aber ich denke nicht daran.« Sie sah tief müde aus, er widersprach nicht. Hier klingelte es. Schon kamen Herren.

Zusammen kamen Kommerzienrat von Janka junior und Dr. Meckel vom Glatz-Konzern, gleich nach ihnen erschien Legationsrat Lassen mit dem jungen Machandel. Der Sohn des Zeitungsgottes, der hinter Wolken wirkte, war persönlich laut und sichtbar, sogleich hatte er Geschäftsgeheimnisse mit der Schauspielerin. Er bat sie ins Nebenzimmer, schrie dort aber Liebeserklärungen, die man bis herein hörte.

Nora Darell war ihm gefolgt, um dem zudringlichen Dr. Meckel vom Glatz-Konzern zu entgehen. Der schöne junge Machandel hatte denselben Grund. »Gleich mit uns beiden hat es die Mißgeburt. Aber Sie, Darell, sind bloß sein Alibi«, sagte er laut vor Meckel, der nachgeschlichen war. Er tat zerstreut, aber die Augen waren trüb vor Angst. »Sie müssen Ihren Herrn Vater wohl für restlos allmächtig halten«, sagte er dann doch und zog die Lippe drohend von seinen Zahnlücken weg. Zum Glück für ihn ging das Telefon; Nora holte Machandel, er sollte der Theaterdirektion sagen, daß sie liege. Es war zu hören, wie er sich für den Arzt ausgab. Aber, da der Sekretär zweifeln wollte, nannte Machandel seinen furchtbaren Namen.

»Was tut er hier?« sagte drinnen Kommerzienrat von Janka zum Legationsrat Lassen, um ihn aufzuregen. Aber der hintergangene Geliebte der Schauspielerin behielt seine unbeteiligte Stimme. »Und Sie, Herr von Janka? Wir sind bei einer Schauspielerin. Sie haben ihr seit neulich wieder einen herrlichen Degas hergehängt.«

»Eine Tonalität! Kein Geld bezahlt das.« Der jüngere Chef der Kalifirma entzückte sich selbst. Seine bleiche, mandeläugige Schönheit, die schon ermüdete, blühte wieder auf vor dem teuren Bild. »Die Kunst rechtfertigt alles«, sagte er entzückt. »Nora ist Künstlerin.«

Der Legationsrat führte dies nur aus. »Die Kunst rechtfertigt Machandel, denn er sorgt für Reklame. Andere sorgen für anderes.« Wink über die Wände.

›Sie hält ihn doch noch an der Strippe‹, dachte Janka; sogleich aber dachte er gewählter: ›Alles mag das Leben uns erfüllen. Das Weib streicht darüber hin fort.‹ Laut sagte er: »Verzeihen Sie die Frage, Lassen: früher schienen Sie manchmal Rot aufzulegen. Da waren Sie jung. Quält das Vergehen der Jugend Sie gar nicht? Ich liege Nächte wach.« Mit Handbewegung: »Aber zur Politik! Die Tangerfahrt des Kaisers hat gewirkt wie Zauber.«

»Liegt sie Ihnen?« fragte Lassen ruhig.

»Ich sage nur: blaues Meer, weißes Schiff, vorn drauf Gestalt im Adlerhelm, er versteht sich auf Wirkung.«

»Wir alle. Deutschland versteht sich auf Wirkung. Wenn das genügt –«

»Sie werden kritisch?« Lassen sah Janka innerlich abrücken. »Herr Legationsrat, Sie sollten vorsorgen. Wenn die Tangerfahrt ein großer Erfolg wird, müssen Sie es gleich gesagt haben.«

»Das wird sie, ich sage es.« Lassen belebte sich. »Sie ist es schon. Infolge der Tangerfahrt hat Frankreich endlich den Mut gefunden, dem englischen Bündnis näherzutreten, das es schon längst haben kann. Darauf Anfrage von uns bei unseren Freunden in Rom. Darauf großes Durcheinanderrennen in Paris. Werden sie ihren wütenden Minister des Äußeren Krieg machen lassen?«

»Wir wollen Frieden«, beteuerte Janka. »Wir tun alles für ihn.«

»Wir stellen ihn auf die Probe. Ein guter Friede muß tragfähig sein.« Worauf Janka ihn ins Auge faßte; aber der Legationsrat blieb undurchsichtig. Plötzlich sagte er, daß er fort müsse, gerade jetzt werde im Auswärtigen Amt aus Paris die Entscheidung erwartet: Sturz des Ministers, sonst neun zu eins für Krieg.

»Stürzt er, wird der Kanzler Fürst«, warf Lassen noch hin. Janka aber verlor den Gleichmut erst jetzt. »Wie? Fürst? Also war was dran! Sagen Sie aber, stimmt es auch? Kann man ihm gleich gratulieren? Sie! Lassen!«

Es half ihm nichts, er blieb allein. »Man lebt in geschichtlichen Begebenheiten«, sagte er erfüllt. Er trat an ein offenes Fenster, hoch über dem weiten, hastenden Platz, wo in der schönen Junisonne niemand so viel wußte. Kaum aber hatte er hinunter gesehen, jagte er dem Legationsrat bis in den Flur nach, er holte ihn an den Schultern zurück. »Das müssen Sie noch abwarten.«

Da erblickte Lassen seine eigene Frau. Sie überraschte ihn hier – und rechtfertigte ihren eigenen Besuch bei der Schauspielerin durch die Begleitung einer sehr hoch gestellten Dame. »Um Gottes willen«, murmelte der Kommerzienrat von Janka, »das ist –« Graf Gottfried, der fortgegangen war, folgte den Damen ins Haus.

Ihr Eintritt schuf Minuten erregter Stille. Kein Geschrei am Telefon mehr. Machandel konnte nicht genug Hände küssen, den Meckel kam schuftige Beflissenheit an. Lassen gab sich, als sei er mit seiner Frau hier verabredet, er setzte sie neben Nora Darell, als Nora zum Tee bat. Dann hatte aber Frau Lassen, durch eigene Kunst, den schönen jungen Machandel neben sich. Auch Herrn von Janka, den Meckel, ja den Grafen Gottfried zog sie an sich – indes Nora Darell mit der sehr hoch gestellten Dame in ihr kleines Zimmer verschwand. Lassen sah seine Frau im Salon seiner Geliebten vier Herren tummeln. Die Herren wußten nicht, wie ihnen geschah, so herausfordernd war sie; aber der Augenblick konnte nicht fern sein, da Machandel frech ward. Lassen ging lieber vorher.

Nora und die Dame betrachteten einander in dem kleinen, bunten Zimmer bei Lackmöbeln, Porzellanlüster, hellbemalten Seidentapeten. Nora, mit Blick umher: »Hier bei mir! ...Ich habe im Theater abgesagt – Ihretwegen!«

Die Dame: »Wissen Sie, daß Sie ganz anders wirken als auf der Bühne?«

»Weil ich alles dort spiele, nur nicht Bewunderung, nur nicht – Demut« – und Nora Darell wollte die Hand der Dame mit den Lippen berühren. Die Dame zog sie aber an ihre Brust.

Drüben tollte die verratene Frau. »Hände weg! Machandel! Wir sind bei der Schauspielerin, die die meisten Brillanten hat. So wohnt man heute!« Jeder der Herren hörte: ›Und alles zahlt mein Mann!‹ – obwohl sie es nicht sagte. Sie sprang aufs Fensterbrett und war vor Ausgelassenheit kaum zu halten, immer weiter hing sie hinaus. Graf Gottfried machte endlich Ernst und zog sie ins Zimmer zurück. Auf seiner Schulter lag sie einen Augenblick wie entkräftet. »Gott! bin ich unglücklich«, glaubte er gehört zu haben. Schon tollte sie wieder.

Nora Darell und die hochgestellte Dame wichen vor dem Lärm ins Schlafzimmer. Weiß und Silber, das Bett so niedrig, daß die weißen Felle, hoch am Boden gehäuft, fast die Kissen berührten. »Ein einschläfiges Bett!« sagte die Dame betroffen – worauf die Schauspielerin, bös und traurig anzusehen, ihr Geständnisse machte.

Sie war müde von Arbeit und von Kampf, Maske ihr bewegtes Liebesleben. Das war für das Publikum. Sie selbst? Höchstens Angst um Versäumtes. Womit sie am Bettrand hinsank und den Kopf zwischen die Hände nahm. »Ich spreche zu einer keuschen Frau«, murmelte sie. »Sonst schwiege ich.«

Auch die Dame wollte sich nun erschließen. »Verstehen Sie, daß wir unser ganzes Leben lang einen Mann lieben, dem wir nie gehören?«

»Nur darum lieben Sie ihn«, sagte die Schauspielerin.

Da ging besonders lärmend das Telefon. Zugleich erschien Frau von Trüffel-Janka, sie stürzte herein zum Telefon. »Theater? Schon wieder, na schön.« Nach dem Diktat der Darell: »Sie denkt nicht dran, sie hat Kopfweh. Wahrscheinlich so lange, bis Sie mehr zahlen.«

»So ist es!« rief Nora, zum Erstaunen der hochgestellten Dame.

Die geborene Janka, immer hemmungsloser, wahrscheinlich betrunken: »Suchen Sie die Schumsky! Wenn sie statt Darell spielen soll, müssen Sie sie suchen, wir haben sie versteckt. Jawohl, hier im Badezimmer. Na, denn auf Wiedersehn, Direktor. Sehen Sie, wo Sie bleiben, ich muß was trinken.«

Die Trüffel-Janka umarmte Nora Darell. Die hochgestellte Dame sah leider, daß nicht einmal der starke Alkoholduft der reichen Person die Schauspielerin abstieß, viel weniger die klebrigen Hände, das Figürchen, das unter der Berührung der Freundin hysterische Windungen machte.

»In dreiviertel Stunden soll er spielen. Was tut der Mann!« rief Janka junior, während sein Schwesterchen sich eigenhändig ein Drink mischte. Die Eidotter fiel ihr aufs Kleid, dennoch lehnte sie jede Hilfe ab. Ohnehin hatte sie sich schon wieder was abgetreten. Ihre Perlenschnur war offen. Nora Darell schloß sie ihr, es fiel auf, wie zart. »Ihr Schwesterchen ist ein bezaubernder Mensch«, hörte die hochgestellte Dame sie leider sagen. Janka erwiderte: »Wenn ihr nicht immer das Rot zerliefe! Geben Sie ihr doch ein Rot, das standhält gegen Alkohol.«

Dr. Meckel vom Glatz-Konzern gab, nur um den schönen jungen Sohn des Zeitungsringes an sich zu fesseln, Nachrichten über die internationale Krise. Die Nachrichten des Glatz-Konzerns klangen schlimm. Von dem Ministerrat, der zu dieser selben Stunde in Paris tagte, war Nachgiebigkeit nicht zu erwarten: Glatzsche Vertrauensmänner hatten es von den Teilnehmern selbst. Machandel warf ein, das brächten seine Blätter sowieso und für alle Fälle.

»Die Industrie rechnet mit Krieg«, sagte Meckel, der Speichel lief ihm herab. Sein schmutzfarbenes Gesicht bedeckte sich bis auf die Glatze mit dünnen Fältchen.

Janka junior aber lehnte sich zurück, er strich über seine glatte Stirn. »Ach ja, was ich fast vergessen hätte: in diesem Augenblick stürzt in Paris der Minister. A tempo ist der Herr Reichskanzler Fürst.«

Stille. Janka badete in Wirkung. Er sah die hochgestellte Dame an, sie sollte ihn bestätigen. Auch Dr. Meckel verbeugte sich nach ihr, aus Verlegenheit lächelte sie ironisch.

»Und wir sitzen hier, wie von unserem Jahrhundert vergessen«, sagte Janka verwundert, worauf minutenlange Ausrufe des Erstaunens, der Spannung, der unbedenklichen Bereitschaft. Nora Darell freilich mischte ihre eigene Kampfstimmung in die des Weltteils, sie erklärte, das Theater nicht mehr betreten zu wollen, bevor Direktor Necker ihr die Gage nicht erhöhe. »Necker soll auch fort!« rief Machandel. »Er ist die andere Gefahr.«

»Die Gefahr ist, daß er nicht spielt«, rief Janka. »Die Leute fortschickt, die bezahlt haben. Können Sie ihn zwingen, an die Öffentlichkeit diese ungeheuerliche Zumutung zu stellen, Fräulein Darell?«

»Nackte Machtfrage!« rief Nora Darell, und nur Graf Gottfried wunderte sich noch, er hatte ihr doch vorlesen sollen?

»Nackte Machtfrage!« wiederholte jemand von der Tür her, und die Gräfin Swienow hielt Einzug mit dem Abgeordneten Trutz. Sie suchte den Legationsrat Lassen. Der Reichskanzler war unsichtbar, selbst für seine ältesten Freunde. Aus eigenem behauptete die Swienow: »Soviel ist sicher, daß das Stadium der Konversationen hinter uns liegt. Die nackte Machtfrage wird gestellt.«

»Habe ich das nicht auch schon gesagt?« rief Nora Darell. Frau von Trüffel-Janka, die in ihrem zweiten Drink die Schnäpse samt und sonders mischte, gab ihr lärmend recht. Jeder stimmte irgend jemandem zu, ohne daß er wissen konnte, welcher Konflikt gemeint sei, der mit Necker oder der andere. Trutz bemühte sich vergeblich um Klarheit. Sein Fuchsgesicht stieß spitzschnäuzig ins Gespräch, mit gefletschten Zähnen fuhr es ab. »Wozu regen Sie sich auf?« fragte Machandel ihn. »Sehen Sie Janka an! Er wartet ruhig auf Lassen. Lassen kommt wieder, hier hängt er.«

»Eine Viertelstunde früher als die Börse erfahre ich es immer noch«, sagte Janka; aber Trutz, außer sich: »Ich muß es eine halbe früher wissen!«

»Für wen«, fragte Machandel, »für das Bankhaus Berberitz? Für Glatz? Von der schönen nationalen Rede, die Sie gestern gehalten haben, werden Sie wohl nicht fett?« schrie er frech. Der Abgeordnete überschrie ihn. »Sie haben es leicht, junger Mann. Ihre Informationen dürfen falsch sein, Sie verdienen doch dran. Wenn meine nicht stimmen, flieg ich.« Noch stürmischer als sie ging das Telefon. »Lassen!« Die Gräfin Swienow ward erste am Ziel, mit kicksender Stimme rief sie hinein: »Nicht wahr, das Stadium der Konversationen liegt hinter uns, die nackte Machtfrage wird gestellt.« Gleich darauf taumelte sie zurück. »O Himmel, alle guten Geister, wer ist das?« Sie hielt sich die Wangen. »Der Mensch hat mir ein Wort zugerufen, in meinem ganzen Leben hatte ich es nicht gehört.« – »Dann wissen Sie es jetzt«, sagte Nora Darell rauh, sie nahm selbst den Hörer.

Mit einer Stimme, die niemand wiedererkannte, rief sie

Beleidigungen zurück. Der Chor, vollzählig ins Schlafzimmer vorgedrungen, half ihr gebärdenreich, neue zu erfinden. Sogar die hochgestellte Dame, ja Graf Gottfried wurden hingerissen. Wie endete dies? Zahlte Necker? Oder trieb er zum Krieg, und sollte die herausgeforderte Öffentlichkeit Feuer fangen, die Welt in Flammen aufgehen?

Zuletzt war die Spannung nicht mehr auszuhalten, man fiel ab, man zog durchnäßt und stimmlos weiter. Die verratene Frau ließ sich vom schönen jungen Machandel begleiten, die hochgestellte Dame vom Grafen Gottfried. Frau von Trüffel-Janka nahm in ihrem Auto, in das man sie heben mußte, die Gräfin Swienow und den Abgeordneten mit. Nur die Herren von Janka und Dr. Meckel-Glatz-Konzern blieben standhaft, sie waren entschlossen, ohne Nachricht nicht zu weichen.

Nora Darell war nicht weniger entschlossen. »Jetzt kommt Necker persönlich und zahlt, oder die Kriegserklärung ist da.« – »Fest bleiben ist das Ganze«, bestätigten die Herren.

Noch dreizehn Minuten bis zu Beginn der Vorstellung, da wollte sie ernstlich zu Bett gehen. »Es ist aus«, sagte sie in tragischer Haltung... Da fuhr das Auto vor.

»Herr Legationsrat Lassen hat mich gütigst in seinem Auto mitgebracht«, erklärte Direktor Necker. »Meins hatte unterwegs Panne.«

»Meins«, sagte Nora Darell, »kann ich mir von meiner Gage nicht kaufen.«

»Darum bin ich hier, Fräulein Darell«, sagte der Direktor verbindlich.

»Kein Krieg?« fragte der Legationsrat.

»Das wollen wir von Ihnen wissen«, keuchten Janka und Meckel heiser und mit zitternd ausgestreckten Händen.

»Auch bei uns nicht«, sagte der Legationsrat, worauf

die beiden in einer Linie davonsprengten und sich an der nächsten Türfüllung gegenseitig die Schultern quetschten, wer früher zum Telefon käme.

Nach allen telefonischen Beleidigungen lächelten der Direktor und sein Mitglied einander an, als sei nichts geschehen. »Es ist kein Zustand«, erklärte die Schauspielerin, »ich bin Ihr teuerstes Mitglied, ich mache das Haus voll –« Was Necker, an seinem Taschentuch, seinen Manschetten, seiner Weste zupfend, alles zugab. Nur bat er sie, gleich mitzukommen, im Auto des Legationsrats. »In zwölf Minuten sollen wir anfangen!«

»Ich bin geschminkt. Außerdem komme ich erst in der dritten Szene, das hatten Sie vergessen«, war ihr letztes Wort beim Abgang.

Der Legationsrat folgte mit dem Direktor, der ihn aus Höflichkeit über seine, die andere Krise befragte. Direktor Necker war geschmeichelt, mit einem Fachmann dieser Art zu plaudern, aber nicht tiefer berührt; immer blieb er mit der Vervollkommnung seines Anzuges beschäftigt. Er persönlich ließ Politik gewiß gelten – überzeugt freilich, daß seine eigenen Theatersorgen nicht nur ihm, sondern auch der Öffentlichkeit unvergleichlich näher lägen.

»Es ist von einschneidender Wichtigkeit für alle und jeden, daß Ihre öffentliche Anstalt, mein sehr verehrter Direktor, nicht etwa gar versagt. Den Sturm der öffentlichen Meinung möchte ich nicht erleben. Über die Frage: Krieg oder nicht, hat sich außer den paar geschäftlich Nächstbeteiligten wieder einmal kein Mensch aufgeregt.«

Der Direktor dankte, leer lächelnd, wie für die gewohnten persönlichen Anerkennungen.

Dann bestiegen beide, hinter der Schauspielerin, das Auto.

Liliane und Paul

Die süße Liliane war noch kindlich jung, aber immerhin schon bekannt beim Metropol-Theater, den Bouffes und an ähnlichen, beträchtlich voneinander entfernten Stätten. Sie wechselte oft und gern das Land. Sie liebte die Außenseite der zivilisierten Welt, ganz gleich wo. Um das Innere sich zu kümmern, hatte sie noch keinen Anlaß gehabt. Ihre Erlebnisse blieben mit Vergnügen an der Oberfläche.

Vor allem durfte es keine versperrten Landesgrenzen geben, das konnte sie aufregen. Wozu ist eine Frau da, wenn man ihr künstlich Hindernisse in den Weg legt! Die Welt gehörte ihr, und wo sie hinkam, war sie erwartet. So fühlte die süße Liliane.

Sie war unbestreitbar ohne nationale Vorurteile. Aber auch soziale beengten sie nicht. Sogar Armut ertrug sie einige Wochen, wenn ein begabter junger Kollege vom Theater sie mit ihr teilte. Nur ihren Schmuck gab sie während dieser unberechneten Zeit einer Bank in Verwahrung.

Nizza war kein Ort, wo man heutzutage ernste Bekanntschaften machte. Was die älteren Kameradinnen erzählten, gab es nicht. Hatten russische Fürsten einmal gelebt? Dann waren sie wahrscheinlich ausgestorben wie die Heiligen und die Märtyrer. In Nizza ward jetzt alltägliche Arbeit getan oder bescheiden privatisiert. Dennoch zog es die süße Liliane mehrmals hierher, als sei ihr hier was Wunder bestimmt.

Leider kam nichts. Es war zu erklärlich, daß nichts kam. Andererseits schien die Welt groß genug, von wer weiß woher konnte wohl einmal ein Schiff eintreffen... Denn dieses blaue Meer hatte die Kraft, Liliane immer wieder von einer weißen Jacht träumen zu lassen. Zuerst sah die Jacht noch wie der Schaum aus, bald bekam sie aber Wände und ein Verdeck. Ja, auch die Flagge ward sichtbar, es war jedesmal eine andere. Sogleich sollte die schöne Jacht das Gestade erreichen. Schon bog sie um die Ecke in den Hafen. Da erwachte die Träumerin – und fand sich seufzend wieder zurecht unter dem vorwiegend billigen Publikum der großartigen Strandpromenade. Die hatte nach Aussage der Alten einst schöneren, reicheren Menschen gedient? Aber war das nicht auch nur Prahlerei?

Jachten gab es nicht, Liliane hatte in Theaterstücken von ihnen gehört, und ihr Auge erschuf sie. Es gab nur Autos. Die kamen reichlich an; aber wer ausstieg, stieg alsbald wieder ein. Man konnte allenfalls mitfahren, aber womöglich setzten sie Liliane dann weit fort irgendwo ab, wo sie nichts zu tun hatte. Das war ihr schon begegnet. Dann lieber noch warten, umhüllt von blauer Luft.

Als sie dieses Mal in das gewohnte Nizza zurückkehrte, hatte sie unterwegs geheiratet und sich wieder scheiden lassen. So berichtete sie wenigstens, ohne daß darum jede es gleich glaubte. Sicher schien nur, daß sie stärker geworden war – eine Spur, aber geschulten Blicken entging es nicht. Sie erklärte das Unglück damit, daß ihr Gatte an der Bühne, wo sie spielte, Kapellmeister gewesen sei. Das hatte ihr nicht gutgetan, der Mann in demselben Haus und noch dazu ein böhmischer Kapellmeister, der viel aß. »Er war dumm. Aber ich habe mich wenigstens ausgeruht.«

Obwohl sie jetzt ein wenig stärker war, hatte sie einen Gang wie die Schlankste. Wer so ging, war seiner Sache sicher. Allnächtlich erschien sie in den Tanzbars. Man bemerkte sie schon, wenn sie noch vorn beim Büfett war.

Zwischen den aufblickenden Tischen trug sie ihre stolze Gestalt herbei, indes die Musik spielte. Die nackten Arme glänzten hellbraun. Jeder Schritt der schmalen Füße sprach mit klappenden Stöckeln: da bin ich. Im zurückgeworfenen Kopf die Augen, die sich langsam bewegten, forderten den Mut des Mannes heraus. Den Kavalieren und Konsumenten schlug das Herz, so mitleidslos waren Blick und Tritt. Die Kameradinnen fühlten: auch wir sind einzig auf uns gestellt. Man kann den Mut verlieren, die Gesundheit, die Jugendkraft. Wegwerfen kann man sogar sich selbst. Jeder Tag ist ein Ringkampf.

Dieselbe Liliane aber, die allen so großartig den Ernst des Lebens vorführte, was tat sie? Sie las einen Neger auf. Er war hergerichtet wie der feinste Mann, und dazu die Fresse! Sie behielt ihn, es gab kein Zögern. Die Truppe, in der er getanzt hatte, zog weiter, ohne ihn wiedergesehen zu haben. Er blieb eingesperrt in ihrem Hotelzimmer, den Schlüssel trug sie bei sich.

Kurzum, sie machte sich unmöglich. Eine Frau, von der man sagte: sie hat zu Haus einen Neger! Es war zu interessant. Es schreckte ab. Neueingetroffenen verschwieg sie den Neger. Aber auch diese wurden von den Kameradinnen aufgeklärt und gewarnt.

Da hält kein Erfolg stand. Schon schrumpfte ihr Schmuck ein. Es ward Zeit, daß etwas geschah. Sie ließ sich an das Theater des Strandpalais engagieren, für die Rolle der »großen Trommel« in einer glänzenden Revue. Ihre Formen befähigten sie für die Rolle. Aber auch dies Mittel schlug fehl. Abend für Abend verfügte sie sich nach dem maurischen Palais, das über dem dunkelblauen Meer schwebt; und auf der strahlenden Bühne, zu der aus dunkler Tiefe die sanften Wellen hinaufbegehren, verneigte sie sich, damit eine andere, soldatisch gekleidete Frau rückwärts auf ihr Wirbel schlage. Umsonst. »Ich bin in einer Unglücksserie.« Endlich aber bekam sie doch die Karte eines Herrn, der seine ernsten Absichten durch das Beigelegte sofort beglaubigte.

Als sie ihn ansah, stutzte sie kurz, beruhigte sich aber dann. Warum nicht auch ein Siebzehnjähriger? Er war aufgeschossen und unfertig, so schmal wie ein bleichsüchtiges Mädchen. Sie selbst würde neben ihm nicht gewinnen. Auf dem schmalen, blassen Kopf ein breiter Seidenhut – der Junge nahm ihn ab: wie blickt er? Grau und klar, wie Frauen, aus Augen, geschnitten und gestellt wie bei Frauen. Dabei trägt er einen Siegelring wie ein Familiensohn und weiß nicht, was mit sich anfangen... »Wohin führen Sie mich?« fragte sie; worauf es sich zeigte, daß er nichts hier kannte und soeben ankam. Sie war die erste, die er gesehen hatte! »Und hier fehlt's nicht an Frauen«, sagte sie herausfordernd. Aber der Junge vergab sich nichts durch Komplimente. Er spielte den vornehmen Gönner.

So blieb er erstaunlicherweise auch dann noch, als er schon längst ihr Freund war. Das war noch nicht da, ein Siebzehnjähriger, der sich jeden Augenblick in der Gewalt hatte. Geld? Soviel du willst. Liebe? Immer. Aber sobald du ihm noch anders nahekommen möchtest, ein Eisblock. Man will doch etwas wissen voneinander. Sie sagte ihm von sich, so viel als nur irgend vernünftig war zu sagen, und einige Male mehr. Er aber verriet weder, woher er kam, noch ob er eine Mutter hatte. Er konnte doch oft das reine Kind sein, hierin aber zeigte er die Hartnäckigkeit eines alten Geschäftsmannes. Seine grauen Augen dachten verstockt: ›Von mir bekommt keiner etwas.‹ Sie wieder dachte: ›Wie es dir gefällt, mein Äffchen. Ich halte mich an meinen Neger.‹

Denn trübsinnig und dick geworden saß noch immer in ihrem früheren Hotelzimmer der Neger und erwartete sie. Warum ließ sie ihn denn die ganze Zeit vergebens warten? Sie hätte sich ihn holen können in das Luxushotel, wo sie jetzt wohnte. Statt dessen hatte sie ihn einfach freigegeben. Er machte sich nur darum nicht aus dem Staube, weil er hoffte, sie würde sich wieder auf ihn besinnen, und auch weil er kein Engagement mehr fand.

Sie ärgerte sich über sich selbst und ging doch immer nur zu dem Jungen, auch wenn er sie nicht rief. Bei seiner Arbeit brauchte er sie nicht. Sie fühlte, sie komme ihm unerwünscht. Auch langweilte er sie; stundenlang war sein Kopf in den Wolken. Gleichwohl durfte sie nie versäumen, mit anzusehn, welchen Unsinn er trieb. Woher dies? Sie begriff sich nicht. Würde sie, die süße Liliane, früher von irgend jemand sich haben langweilen lassen?

Sie ging in das stille Haus, worin ihr Junge wohnte. Er saß am Tisch und schrieb Musik. Paul! schrie ihr Herz auf, sie selbst aber drückte sich lautlos in die Ecke.

Das erstemal hatte sie noch verlangt, daß er das Geschriebene ihr vorsinge. Ihr kurzfristiger Gatte pflegte es ganz von selbst zu tun. Dieser aber war ein anderer Typ, ihm schmeichelte es nicht; geringschätzig und höflich forderte er sie auf, sich ruhig zu verhalten. So saß sie nun in ihrer Ecke, mit Angstgefühl in der Magengrube. Was würde sie heute wieder antworten, wenn er endlich nach ihren Wünschen fragte? Sie würde zwei Hüte verlangen statt des einen, der sie herführte. Das hatte er dann davon... Aber je länger, um so unausweichlicher ward die Wahrheit. Sie kam nicht wegen des einen Hutes, noch wegen der zwei; sie kam nur zu dem Jungen. Ihr Herz rang um den Aufschrei nach ihm – und lallte nur, wie in der Narkose. Es war betäubt und träumte. Sie selbst stand auf, wie eine Nachtwandlerin, nun er sie fortschickte. Nach all dem Warten schickte er sie einfach fort. ›Ich hätte nie geahnt, daß ich einen jungen Menschen aus gutem Hause je lieben würde‹, dachte sie nur.

Jetzt ging sie in ihr früheres Hotel, um sich zu beklagen

bei dem Neger. Sie klagte zuerst noch im Ton der Schlafenden, allmählich aber lauter. »Sogar meine Schnauze ist hin, keine Gemeinheit sage ich ihm. Sitze da wie ein Hündchen. Das Ungeheuer! Es macht mit mir, was es will!« Aufheulen endlich. Auch umfallen ließ sie sich, das tat wohl. Nur losschreien! Nur trampeln! Wie der dicke Neger sie in dem Zustand sah, glaubte er seine Stunde noch einmal gekommen. Sie aber war sofort auf den Füßen und ließ ihn hinauswerfen, ohne Rücksicht darauf, daß er nicht mehr tanzen konnte.

Darauf erkrankte sie. Blieb auf dem Diwan liegen, aß nichts, stöhnte, fror und dachte dahinzuschwinden, ohne daß es den Grausamen kümmerte. Zwei Tage lang ließ er nichts von sich hören. Aber sollte deine Liliane auch sterben, bevor du dich auf sie besinnst, sie ruft dich nicht, das ist ihre Rache!

Plötzlich kam er. Da stand sie auf und genas.

Er hatte ihr ein Halsband mitgebracht und auch Blumen. Daran roch sie lange, so konnte sie unbemerkt hineinweinen. Wie grausam erschien ihr das funkelnde Halsband, ein Bild seiner Unempfindlichkeit. War schon je von einer Frau ein Halsband zurückgegeben worden? Fast wäre Liliane die erste gewesen.

»Schnell, zieh dich zum Ausgehn an!« verlangte er.

Sie legte den Schlafrock ab, da sah er: »Du bist abgemagert.«

Langsam wandte sie den Blick hin. »Merkst du etwas? Ich magere ab, seit – du da bist.«

»Diese zwei Tage war ich nicht da.«

»Das ist wahr. Zwei Tage hast du mich allein gelassen. In den zwei Tagen habe ich das meiste an Gewicht verloren. Jetzt bin ich so schlank wie du.«

Sie wollte es ihm beweisen, warf auch das Hemd ab und trat vor den Spiegel. »Siehst du? Arme, so dünn wie deine. Hast du etwa noch weniger Brust?«

Er behauptete: ja, und mußte es beweisen. So standen sie, nackt alle beide und Schulter an Schulter vor dem hellen Glas.

»Was ist aus der süßen Liliane geworden?« sagte sie zweifelnd. Worauf er, tröstend: »Eine noch süßere.«

Mit gestrecktem Finger stach sie in ihren und in seinen Körper. Überall gleich hart. »Wie zwei Jungen – wenn mir nicht etwas dazu fehlte.« Ihn musternd: »Oder wie zwei Mädchen, nur daß du etwas zuviel hast... Aber unsere Beine sind gleich schmal und lang. Und Strümpfe trägst du wie ich!«

Dies brachte sie auf eine andere Ähnlichkeit. »Deine Augen! Deine Frauenaugen! Sie sind grau und mandelförmig. Und meine? Sieh sie gut an!«

Er sah hinein. »Mandelförmig und grau«, bestätigte er unbefangen. Er setzte hinzu: »Ich habe auch einen Bubikopf wie du.«

Sie ward ernst. »Daran sieht man am besten, daß du eine Art Mädchen bist.« Nach einigem Besinnen: »Woher sind deine Haare so blond? Färbst du sie?«

Er verschmähte zu antworten, was sie gleich wieder einschüchterte. Ein kleiner Aristokrat, was wußte denn er von ihren Weiberkünsten! Demütig bat sie: »Sage mir, daß ich jetzt noch jünger aussehe als du!« Sie sah ihn an: »Denn du, mein Junge, bist gealtert in den zwei Tagen, während ich mich verjüngt habe. Was ist dir denn begegnet, daß du nun Züge um den Mund hast, Ungeheuer!«

Keine Antwort. Sie stieß nur wieder an die gewohnte verschlossene Wand. Um so mehr reizte es sie, ihn ihr selbst noch ähnlicher zu machen. Er hatte schon dieselbe zarte Haut, er sollte auch noch ihr Kleid tragen. Abgeschnittene Haare und dazu Spitzenhöschen, welch ein Traum! ... Schon hatte sie halb den Schrank geöffnet, ihre Hand suchte die Höschen. Aber im Spiegel begegnete sie seinem hochmütigen Gesicht. Sogleich sah sie wieder, was ging und was nicht. Dies ging nicht.

Er bemerkte ihre Enttäuschung. Um sie zu trösten, ward sein Hochmut schalkhaft. Er machte sich klein, damit sie nicht weine. Er gab ihr im Spiel etwas vor, wie dem Schwächeren. Sie fühlte es, und innerlich sprang sie vor Wut. Aber dann spürte sie auch, wie wohl es ihm eigentlich tat, so fassungslos von ihr geliebt zu werden, und sie erbarmte sich sein. Sie erbarmte sich dieser fremden und zwiespältigen Jugend. Ein Blick, sie ließ sich auf beide Knie nieder und küßte das seine durch den Seidenstrumpf.

Dabei vergingen ihr fast die Sinne. Nur wie in einem betäubenden Sturm empfand sie, was jetzt geschah. Er küßte sie. Es war nicht anders, als hätte er sich tief niedergebeugt auf ihren gesenkten Nacken und sie geküßt. Es brannte, als drückten sein Mund und sein ganzes Gesicht sich heiß in ihrem Fleisch ab.

Wie sie aber mit Mühe den Kopf hob, stand er aufrecht da, als wäre nichts geschehn.

Sie war die Seine ganz, er aber gehörte ihr nur, wann er wollte, so blieb es. Dann kamen die gewohnten Geldschwierigkeiten, darin wenigstens war er ein Mann wie andere. Mehrere Wochen zog die Lage sich hin; und welche Wonne, von dem Ihren zu opfern für ihn! ›Glücklichste Zeit meines Lebens‹, fühlte sie – und sagte es laut, ohne Furcht vor der Rache des Himmels. Ihr göttergleicher Paul sah ganz so aus, als sei er dem Himmel gewachsen.

Da stürzte er herein wie ein Irrer. Es war doch ein Tag hell wie alle andern, grade wollte sie fortgehn, ihn treffen. Aber er stürzte ohne Hut und weißer als sein Taschentuch. Er hatte zitternde Lippen, die nichts vorbrachten. So wirft die Arme ein Verfolgter, der fliehen möchte.

Sie begriff es gleich. Sie mußte es sogar schon einmal gesehen haben im Traum. Natürlich war er verfolgt. Natürlich nahm man ihn ihr; es hatte nicht anders kommen können mit soviel Glück. Vor ihr aber sollte man sich hüten! Sie zog ihn fest an sich. Auf der Treppe klopften schon die Schritte derer, die ihn holten. Ihm klapperten die Zähne. Sie reckte die Hand gegen den unsichtbaren Feind.

Die Tür ging auf, der Feind war eine Dame im gewissen Alter. Die Dame winkte dem Herrn, der ihr folgte, er möge bei der Tür bleiben; sie selbst trat vor und sagte mit gewöhnlicher Stimme: »Geben Sie mir mein Kind zurück!«

Als Antwort ein Aufschrei. »Er ist mein!« – und Liliane barg den Jungen hinter sich.

»Komm nur hervor«, versuchte die Dame. »Du wirst doch wagen, mich anzusehn.«

Sie mußte warten. »Er will nicht«, sagte seine Freundin für ihn. Er, hinter ihr, rief: »Nein!«

Die Dame überlegte. »Ich muß wohl mit Ihnen verhandeln, Madame«, sagte sie mit einer Höflichkeit, an der man die Mutter ihres Sohnes erkannte. »Wieviel verlangen Sie?«

Da erhob sich die Freundin zu ihrer ganzen Größe, warf den Kopf, verschränkte die Arme. »Mehr als er mich schon gekostet hat, werden Sie, Madame, nicht für ihn geben.«

Die Dame aber unerschütterlich: »Auch er hat mehr für Sie getan, als er durfte. Wissen Sie denn nicht, daß er gestohlen hat?«

»Sie lügen. Ich habe ihn nicht von meiner Seite gelassen.«

Die Dame, unerschütterlich: »Zwei Tage muß er dennoch fort gewesen sein.« Befriedigt, weil die andere wankte: »Damals brach er bei uns ein. Er hat für Sie gestohlen. Sollten Sie es wirklich nicht wissen? Ihr Halsband gehört mir.«

Also doch das Halsband! Liliane hatte es gleich nicht geliebt. »Ich will es nicht«, sagte sie so fest als möglich und reichte es mit gestrecktem Arm der Dame, die es auch nahm. Aber die Anstrengung war zu groß, Liliane wankte.

Diesen Augenblick benutzte der Herr, um gegen den Jungen vorzugehen. Zuerst entwischte der Junge ihm zwischen den Fingern wie ein Tier. Dann nahm er selbst einen Anlauf und sprang ihn an, ganz wie ein Tier. Er ritt auf dem Herrn, er brachte ihn zu Fall. Kaum lag der Feind, hatte der Junge sein Bein gepackt, das kräftige Bein eines gut entwickelten Mannes, und schleifte ihn aus der Tür. Die Treppe ward erschüttert von dem Kampf der beiden; drunten sammelten sich Leute um die zeternde Hotelbesitzerin. Die Dame sagte schnell: »Ich habe meine Pflicht getan«, brachte noch das Schnupftuch hervor und war draußen, bevor sie es hatte an das Auge drücken können.

Der Junge kehrte zurück, er keuchte und schien noch von Sinnen. »Es waren meine Mutter und mein Bruder«, sagte er unter Keuchen. »Auch gut. Etwas Endgültiges mußte ohnehin geschehn.« Er versuchte vor ihr einherzustolzieren. »Ich bereue gar nichts«, behauptete er großartig.

Da nahm sie ihn aber von oben. Er war soweit, er war nun ihresgleichen – und wollte noch immer den großen Herrn spielen? Das nicht. »Du hast gestohlen«, sagte sie rauh flüsternd. Schon schlug er die Augen nieder. Sie flüsterte weiter: »Du hast keine Mutter mehr. Wen hast du noch?« Da kniete er hin.

Sie erschrak tief. Soviel hatte sie nicht gewollt. Von Angst ergriffen, stammelte sie: »Wer glaubst du denn, daß ich bin? Eine Frau, für die die Männer stehlen? Nein, bitte nicht. Ich fühle mich doch auch nur als ein armes Kind.«

Auch sie war hingekniet. Mit unsicheren Händen umfing sie seinen Kopf. Sie küßten sich tastend, denn sie sahen einander nicht vor Tränen.

Immer neu mußte sie ihn ansehn, sein neues Gesicht, dies Gesicht der Leidenschaft, das endlich sich preisgab. »Gehören wirklich diese Augen mir?« fragte sie. »Nur mir allein – und auch der Mund?« Dazwischen seufzte sie. »Böser! So jung, und konnte so böse sein.«

Nun trat sie von ihm fort, als sei es genug der süßen Worte. »Was tue ich jetzt mit ihm?« sagte sie grausam. »Seine Verwandten hat er hinausgeworfen. Ich werde ihn ernähren müssen.«

Da machte der Junge eine gekränkte Miene. Er versuchte sogar, von seinen eigenen Plänen und Aussichten zu sprechen. Sie unterbrach ihn aber gleich. »Das kenne ich, ein unverstandenes Talent«, sagte sie mit einer Milde, die ihm ins Herz schnitt. Sie sah die Wirkung und ward berauscht von ihrer eigenen Grausamkeit. »Gut«, sagte sie. »Ich ernähre ihn. Aber dann wird er sich manches gefallen lassen müssen. Mit dem vorigen habe ich keine Umstände gemacht.«

Er schrie auf, aber es gab für sie schon kein Halten mehr. In seinen Entsetzensschrei hinein vollendete sie: »Der war ein Schwarzer.«

Einen Augenblick standen beide starr. Plötzlich wollte er aus der Tür. Sie schrie, wie vorhin er. Sie hängte sich an seine Schultern, mit ihrer ganzen Kraft holte sie ihn zurück, immerfort klagend. »Was habe ich gesagt?« klagte sie. »Um Gottes willen, es waren Lügen.«

Sie mußte dies sehr oft wiederholen. Als er es endlich glaubte, glaubte auch sie selbst es. Sie tat ihm auf einmal sehr leid. »Ich habe dich mehr gekränkt als du mich«, sagte er reuig.

»Ich habe um dich soviel gelitten«, antwortete sie mit schönen, sanften Augen.

Unversehens lachten sie wie zwei gerettete Kinder. »Jetzt machst du mir keine Furcht mehr«, jubelte sie. Furcht wovor? Ihm Spitzenhöschen anzuziehen. Sie tat es. Sie verkleidete ihren Jungen als Mädchen – da sah sie ihre Laune leibhaftig vor sich stehn, und ihr klopfte das Herz wie einem Schöpfer. Ihre neue Freundin war blond und hell, viel heller als sie selbst. Trotzdem schminkte sie ihr das Gesicht, sie schminkte die übriggebliebenen Züge des Hochmuts weg. Endlich konnte sie sie umarmen wie eine Schwester.

»Schwesterchen! Horch!«

Sie horchten, jeder am Hals des andern. Drunten auf der Straße nahte ein Getöse, Tripptrapp von vielen Füßen und taktfester Singsang. Sie sprangen zum Fenster. Er kam. Er war da. Der Karneval.

Musik zog draußen vorbei. Maskierte Musiker begleiteten einen Wagen, der wie ein Thron den Prinzen Karneval selbst trug. Der Prinz hatte übermenschliche Maße und Farben. Er lächelte wie ein Menschenfresser – indes um ihn her, die Straßen auf und ab, alles hüpfte. Die Menschen hüpften puppenhaft zu Ehren der großen Puppe. Sie suchten ihr zu gleichen. Kleine Menschenfüße hüpften unter den wackelnden Riesenleibern von Puppen. Die riesigen Köpfe glotzten verzerrt und grell droben in die Fenster.

Die Schwestern droben sahen sie an und konnten nicht anders, auch sie wiegten sich wie Puppen. Zuerst wiegten sie Köpfe und Zeigefinger. Allmählich aber hüpften und wackelten sie ganz, und das Fenster stand offen bis zum Boden. Konfetti, die die Luft erfüllten, rannen ihnen in die Brust, sie verloren sich in ihren Höschen. Eine große Puppe erhob gespenstisch den Arm und überschüttete sie mit Konfetti. Sie standen in Häufchen bunter Papierschnitzel, wackelten und hüpften auf der Stelle.

Vorbei der Zug. War er nicht schon seit einiger Zeit vorbei, sie hatten nur nichts bemerkt vor Eifer? Schnell rafften sie ihre Kleider zusammen. Paul zog schon von selbst das kurze Damenkleidchen an. »Wie hübsch bist du!« Sie mußte ihn erst noch umarmen, er war zu hübsch. Der Zug des Prinzen Karneval aber ließ schon kein Getöse mehr hören. Auf! Sie liefen hinterdrein.

Staub kündete den Festzug an und trieb ihm nach, Staub wie von Arbeit und langen Märschen. Ihnen beiden erschien alles bei weitem zu langsam und zu schwer. Wie alle Menschen sich anstrengten! In ihren beiden Köpfen aber kreiste die blaue Luft. Sie hüpften nicht mehr. Leicht und leichter trug der durchsonnte Wind sie, und der Himmel neigte sich, sie zu umschlingen und aufzuheben.

Sie hielten sich um die Schultern, sie jauchzten und sie wußten es selbst nicht. So gelangten sie auf die breit beglänzte Promenade am Meer. Das Meer war ungeheuer. Noch nie hatten sie es auch nur annähernd so groß gefunden, und sich selbst in dem kleinen Gewühl der Menschen hier am Strande so klein. Was sie fühlten, war weißer Steindamm in einsamer Helle, darunter einsam das große Schwarzblaue, Schaumgekrönte, und zwischen den Unendlichkeiten der Sonne und des Meeres unser kleines Menschengewühl. Nein, verschwunden war das kleine Gewühl. Aufgelöst war es mit uns selbst in die große Freude. Wir sind in Freude aufgelöst.

Die Schwestern entsprangen, bunten Papierschlangen nach, die durch die Lüfte raschelten. Aus allen Häusern wehten Schlangen, herüber, hinüber, von dannen. Streckt man die Hand aus, das Wehende reißt euch mit, durch die Stadt, zu allen Fenstern, in alle Schlafzimmer und Schenken, taumelnde Jagd und kein Ende. Offene Cafés, draußen Musik, und ihr watet durch Konfetti. Frauen in blauen Haaren rufen: »Süße Liliane!« – »Und deine Schwester?« rufen die Herren mit den falschen Nasen. Los, alle Mann auf den Ball! Auch wir! Auch wir!

Hier klingelt Gold gleich im Vorraum auf den Spieltischen. Gold, die zweite Sonne, gleißt aus allen den Augen des Lebens, aus den Stimmen, die bieten, Leibern, die sich versprechen. »Wie sind wir reich, kleine Schwester! Wir sehen uns an: so blicken andere nicht für tausend Goldstücke. Du aber nimm die Million, den Kuß!«

Die Loge ist voll von Damen und Herren. »Wir können nicht bleiben, obwohl wir euch alle lieben. Dies ist unser eigener Tag. Wir haben heute noch hundert Verabredungen – mit uns selbst. Wir wissen nicht, wo. Es ist zu schön, als daß man daran denken dürfte. Man müßte erschrekken.«

Im Speisehaus endete die Nacht. An den Vorhängen graut der Morgen, die süße Liliane weint. Den Drängenden schluchzt sie entgegen: »Meine Schwester! So endet es, sie ist fort.« Aber jemand zeigt hinüber. Ihre Schwester ruht dort drüben. Rot ist der Diwan, im Spiegel erlischt das Fest, und sie ruht nicht allein. Eine Frau hat sich zu ihr gebettet. »Paul!« gellt die Stimme Lilianes. Die gelichtete Schar der letzten Wachenden schrickt auf, sie läuft zusammen. Liliane reißt die Frau fort. »Paul!« ... Da erkennt sie: er schläft.

Beschämung, denn sie lachen. Sie lachen über Liliane und ihren verkleideten Paul. Ach was, sie trumpft auf. »Hab ich mir schon mal was versagt? Wir fürchten nichts und lieben uns, wie wir sind.« Aufgeweckt den Kleinen und fort, mitten durch das Händeklatschen.

Draußen hielten sie jäh an.

»Liliane, wohin?« fragte Paul ängstlich. Aber auch sie war im Begriff, den Mut zu verlieren. Man konnte auf einmal nüchtern und alt werden, so groß, fahl, leer stand der Morgen da. Platz und Damm grau abgeschminkt, und diese frierenden Fassaden! Wenige Masken, bestaubt, übernächtig, schlichen um die Ecken, Verstecke suchend vor den kalten Augen des Aschermittwochs.

Nur immer verwegen! Jemand lachte. Wohl Paul? Nein, Liliane hatte schon vor ihm den Mut zurück. Tapfer bestiegen sie den offenen Wagen, um am Meer hin zu fahren, den Golf entlang, wo aus schwimmendem Grau noch Lichter blinkten.

Kurz klappten die Wellen; dies war ein Meer, das den Atem verhielt vor dem Aufrauschen. Seine erblindete Fläche tastete nach der entfernten Sonne, aber seinen nie erwärmten Tiefen entwich ein Schauder. Der Wind, der dieses Meer berührt hatte, traf euch nicht anders als eine Trauernachricht. Erschauernd beugtet ihr euch, wie in den Vorgärten der Villen schattenhafte Palmen sich beugten. Die Straße vor euch verlief nie und nirgends. Ach! in dem grenzenlosen Grau gingen einzeln sogar ein paar Lichter aus.

Sie erwachten. Gleichzeitig blinzelten sie erwachend nacheinander, bevor sie wagten, sich umzusehn. »In einem Wagen! Wir haben in einem Wagen geschlafen! Wie kommen wir her?« Obwohl erschrocken, freuten sie sich. »Wir sind weit draußen. Gleich geht die Sonne auf. Wir haben Hunger.«

Ein großes, niedriges Wirtshaus stand frei gegenüber dem Meer. Es war verschlossen. Wie kam es aber, die Tür des Gartensaales war offengeblieben. Er war ein Flügel desselben Hauses und ging in den Garten. Der Saal hatte umrankte Fenster. Drinnen war jeder Tisch in eine Laube gefaßt, stand immer noch gedeckt und schien von Schatten ungewiß belebt, als tafelte noch jemand. »He! Frühstück!« riefen sie recht munter; aber es verhallte dahinten im dunklen Haus. Paul sagte recht munter: »Ich wecke die Leute!« und ging aus dem Saal in das Haus.

Er hörte Liliane durch den Saal rufen: »Ich suche den Tisch aus! Hier ist keine Seele!« Es klang, als wollte sie dies von ihrer eigenen lauten Stimme bestätigt hören. Paul aber tappte durch Gastzimmer mit geschlossenen Läden und gelangte in den Flur. Schwaches Licht fiel aus der Ecke über der Haustür. Er schob den Balken von der Tür fort: sie knarrte und ging auf. Da duckte Paul sich heftig schaudernd. Eine Hand – auf seiner Schulter liegt die Hand eines unhörbar Genahten. Er begriff: jemand wollte vorüber. Ohne sich umzusehen, gab er den Weg frei.

Die Tür ging vollends auf – aber niemand durchschritt sie. Paul fuhr herum: leer der Flur, ohne Laut die Stille. Dennoch knirschte draußen ein Schritt. Paul stürzte vor… Nichts. Am Haus hin keine Fußspur – nur daß vor jenem Fenster des Gartensaals die Ranken von kurzem Windstoß derart bewegt wurden, als hätte eine Hand sie fortgebogen.

Paul schlenderte dorthin. In jedes Fenster sah er, hochmütig, als hätte er Zuschauer; aber Ahnung und Neugier beschleunigten sein Herz. Liliane? Nirgends war sie zu erblicken, und er rief sie nicht. Erst bei dem Fenster, dessen Ranken bewegt worden waren, rief er; und als die Antwort ein Schrei war, verzog er sich schnell.

Er trat vom Garten harmlos ein. »Liliane, das Frühstück kommt schon. Wo bist du, Liliane?« Er sah in jede der Lauben. Aber dann stürzte sie aus einer, an der er vorbei war. »Ich hatte mich versteckt«, sagte sie, die Augen erweitert. »Du hast mich nicht gefunden.«

»Du zitterst und bebst«, sagte er, begierig lächelnd.

Schon gestand sie. »Ich bin erschrocken. Ein Mensch sah herein durch jenes Fenster. Es war ein alter Mann, weiße Haare, die Augen wie Rauch, ja, wie Rauch aus der Glut.«

»Dumme Liliane!« Er führte sie an der Hand. »Sieh ganz nahe hin! Was siehst du?«

»Zwischen den Blättern das Meer.«

»Blau wie Rauch.«

»Die Glut war wohl ein Sonnenstrahl?«

»Das weiße Haar sind Wolken. Dumme Liliane.«

Still setzten sie sich. »Er hat auch gerufen«, sagte Liliane, die Lider gesenkt.

Paul inzwischen ward gewahr, daß er ein Kleid wie Liliane trug. Was ihm so eng die Haare umfaßte, war ihr kleiner Hut. Er hatte ihn vorher nicht gefühlt.

»Er hat auch gerufen«, sagte Liliane, schlug den Blick auf und sah seine verzwickte Miene. Plötzlich gestand auch er, was geschehen war. Sie fragte, wenn er zögerte; aber beide flüsterten nur.

Nach langem Schweigen sagte Liliane: »So kommt denn auch kein Frühstück.« Da erst fühlten sie ganz, wie verlassen sie waren. Sie suchte Rat bei seiner Hand. Die antwortete der ihren, daß er so wenig begreife wie sie. Was geschah ihnen denn, und wohin kam es? Die Menschen klatschten befremdet Beifall und ließen sie allein. Böse Vorbedeutungen nahten ihnen und erschreckten sie. Mißhandelte Kinder, so hielten sie einander die Hände. Gleichviel! Sie hatten Trost in ihren Lippen. Mit halbgeöffneten Lippen fanden sich ihre gleichen Gesichter.

Nun war ihr Schmuck verkauft, zuerst der echte, dann wieder die Nachahmungen. Er dagegen hatte sein Zimmer aufgegeben. Sie lebten in dem ihren, umgeben von den Geräuschen anderer Paare. Sie verließen es selten, denn sie hatten kein Geld, und in vereinfachtem Aufzug durfte Liliane nicht gesehen werden. Aber vor allem blieben sie allein, weil sie nichts liebten in der Welt als einander.

In ihr Zimmer fiel keine Sonne, solche Hotels liegen immer im Schatten; dafür sonnte sich jeder bis in das Herz an den Blicken des andern. Sie entsannen sich weder der Theatervorstellungen von einst, noch jenes täglichen Hin- und Hertreibens begehrlicher Menschen vor einem blauen Meer. Sogar ihre festlichen Mahlzeiten hatten sie vergessen. Dies alles waren nur die Versprechungen gewesen, die jetzt ihre Jugend voll ihnen hielt. Die Last ihres Glückes ward oft zu schwer, dann trauerten sie.

Spätabends schöpften sie Luft. Sie suchten stille Wege zwischen stummen Mauern, auch die Villen dahinter hatten geschlossene Läden. Der Frühling nahte. Unter verschleierten Sternen, im duftbeladenen Wind gingen sie Hügeln entgegen, wo ihre Seele wohnte. Dorthin! fühlten sie, und alle Angst unserer Liebe ist gestillt, die Tage des wahren Lebens kommen – ohne daß sie zu sagen gewußt hätten, welche. Aber sie trugen zu schwer. Liliane gestand unversehens, sie liebe ihn mehr als ein Kind, mehr als sich selbst, Leib und Seele; liebe so sehr, daß alle Tollheiten von einst wie Frieden und Rast aussähen. Worauf sie erschrak und Liebkosungen stammelnd sich über sein süßes, hochmütiges Gesicht neigte, das unruhig in den Mond träumte.

Als sie zum erstenmal am hellen Vormittag fortgingen, trieb die Not sie. Ihr Ziel war das Strandpalais, wo sie damals einander gefunden hatten. Sie sagten: »Es wird uns Glück bringen.« Denn mit ihrem letzten Zweifrankenstück wollten sie am Spieltisch ihr Glück machen.

Sie drängten sich zu dem Tisch, der am dichtesten umringt war. Dennoch zählten sie nur zwölf Einsätze, der ihre sollte der dreizehnte sein! Die Kugel ward schon geworfen. Auf einem der Felder lagen achtzehn Franken: genau das, was sie gewinnen konnten mit ihrem letzten Zweifrankenstück. Sie setzten es auf das Feld daneben. Die Kugel schwirrte im Kreis, sie standen und ließen den Blick nicht von ihr. Zuletzt taumelte sie, schwankte zwischen dem Loch, hinter dem die achtzehn Franken lagen, und dem andern mit den zwei. Liliane drückte ihre Nägel in seine Hand: da fiel die Kugel zu ihren zwei Franken. Die achtzehn wurden hinzugeschoben.

Sie sahen sich an, erbleicht, aber mit einem Lächeln, als hätten sie die ganze Welt überwunden. Stumm und eilig berieten sie, ob ihr Geld stehen bleibe. Da lag nebenan schon der Einsatz des Verlierers, hundertachtzig Franken, nicht mehr und nicht weniger, als sie diesmal gewinnen konnten. Eine Hand – war es dieselbe, die dies gesetzt hatte? – glitt soeben vom Rand des Tisches. Sie ward zurückgezogen zwischen den dichten Zuschauern. Sie verschwand, als gehörte sie keinem.

Indes sie noch suchten, gewannen sie schon. Das Geld nehmen, nur einen Blick der Verständigung austauschen und laufen! Laufend erreichten sie den gesonderten Raum des Bakkarat-Klubs.

Soeben nahm ein neuer Bankhalter seinen Platz ein. Er legte seine Hand vor sich hin, da stieß Liliane heftig ihren Freund an. »Die Hand!« flüsterte sie. »Da ist sie wieder. Wie kommt sie so schnell hierher?«

Das wußte auch Paul nicht, aber er meinte: »Sie wird uns Glück bringen.«

Sie setzten sofort ihr ganzes Geld. Noch war der Bankhalter mit gesenktem Kopf dabei, das seine dem Croupier hinüberzuschieben. Dann schickte er die Karten um den Tisch, kaufte, hatte verspielt.

Sie wagten aufs neue alles, gewannen wieder, gewannen nochmals. Ein leichter Schwindel ergriff sie, sie kniffen einander, damit es wirklich sei, und lachten leise, mit einer Art Andacht. »Sieh seine Hand an!« flüsterte Liliane. »Das ist eine unglückliche Hand. Uns kann nichts geschehen.«

Die Hand war welk, sie hatte stumpfe Nägel, die nicht glänzten. Sooft der Croupier die Gewinne auszahlte, öffnete sie sich machtlos, als könnte sie nichts halten. Das Gesicht des Mannes blieb auf die Karten gesenkt. Sichtbar war ein schmaler, faltiger Kiefer, alles Obere blieb verdeckt von dem Schädel. Ergraute dünne Haarsträhnen liefen hinüber von einer Schläfe zur anderen. Wie ein Dach stand vor den Augen die Stirn. Liliane bückte sich, aber sie fand nicht die Augen.

Und dies erregte sie. »Der gute Mann ist doch wohl

nicht blind. Er wird schon wissen, an wen er verliert. Denn alle anderen gehen nur mit uns. Warum sieht er uns nie an?«

Paul schob die Finger in den Haufen Gold und Papier, der ihr Besitz war. »Er will uns nicht sehen, er glaubt, uns verachten zu dürfen. Aber wir sprengen die Bank!«

Beide rächten, gegen die Bank spielend, ihren gedemütigten Stolz an dem, der sie und ihr Glück nicht sehen wollte. Sie kämpften, atemlos überstiegen, auf Leben und Tod gegen den, der im Schlaf schien... Plötzlich sah er auf.

Paul begegnete seinen Augen – und traf sie doch nicht. Sie waren zu tief, oder sie waren leer. Paul ging daran, ein höhnisches Gesicht zu ziehn, obwohl es ihn plötzlich fröstelte; indes aber packte Liliane seinen Arm. Sie sprang auf. Ihr Stuhl fiel um, so stürmisch riß sie Paul mit fort. Sogar das Geld hatten sie vergessen. Ein Diener trug es ihnen nach.

Liliane war außer sich. »Er ist es«, schrie sie wankend und durch die Menge flüchtend. »Der Alte!«

»Welcher Alte?« rief zornig Paul, den es fröstelte.

»Die rauchblauen Augen!«

»Dieser hat schwarze, komm zurück, wir müssen die Bank sprengen.«

Aber er dachte nicht im Traum an Umkehren. Liliane fiel auf ein Sofa, und Paul stand ratlos dabei.

Sie selbst sah zuerst ein, sie habe übertrieben. »Es war die Aufregung«, bemerkte sie. »Haben wir jetzt viel Geld?«

Er ließ es in der Tasche durch die Hand gleiten. »Es wird uns nicht so bald wieder ausgehn«, erklärte er.

»Ich wußte, unser Glück wäre stärker als die Geldnot. Liebst du mich noch? Wirklich? Hast keine Furcht? Ich habe schrecklichen Hunger.« Sie schwatzte alles durcheinander. Ihr Kopf war noch ganz wirr.

Sogleich gingen sie essen, Einkäufe machen, im schönsten Hotel auf dem Strand die besten Zimmer nehmen. Auch mieteten sie eine Jacht. »Es ist dieselbe Jacht, mit der du damals angekommen bist«, sagte Liliane. Dies verstand er nicht ganz, aber darum gefiel es ihm nur noch besser.

Sie hatten vor, den Sommer auf dem Meer zu feiern, von Stadt zu Stadt ihre Liebe zu schaukeln... Ach! Kaum ging der Frühling zu Ende, und sie kehrten schon um, die Taschen leicht. Als die Hotelrechnung dringlich wurde, betraten sie eines Tages gegen Abend mit wenigen letzten Tausenden das Strandpalais und den Bakkarat-Klub, der sommerlich still war.

Am Platz des Bankhalters saß, wie erwartet, noch immer der Alte. Sicher hatte er die ganze Zeit nach der Tür geblickt, ob sie eintraten. Tapfer nahmen sie Platz zwischen einer ehemaligen Kurtisane, die unter gemalten Brauen ihnen schelmisch Glück zulächelte, und einem rechnenden Polen. Der unterbrochene Kampf begann wieder.

Sie gewannen so viel wie das erstemal, nur daß keiner von ihnen mehr erschrecken wollte, noch auf sein Frösteln achten. Auch nicht, als sie schon verloren. Sie liefen nicht fort vor ihrem Gegner, forderten dreist seinen Blick heraus und spielten weiter. Sie verloren alles.

Als sei nichts Außerordentliches geschehen, standen sie auf, gaben Trinkgelder und gingen. Die Tür des Klubs ward hinter ihnen geschlossen, sie überquerten nur das Kasino, vor dessen leeren Tischen weder Theater noch Musik spielten, und waren im Speisesaal.

Niemand aß zu der Stunde. Der Teppich und ihre Sessel waren rot und weich, auch der Tisch fühlte sich weich an unter der steifen weißen Decke. Die Speisen zerschmolzen auf der Zunge. Ja, der Kellner bewegte sich, als wickelte er sie zärtlich in Watte. Beide bekamen verwöhnte Gesichter, schwiegen und schlossen halb die Augen. Wozu ihr Unglück bedenken. Es war zu groß, um es zu bedenken.

Da öffneten beide die Augen weit. Sie hatten im gleichen Pulsschlag gefühlt, er sei eingetreten und sehe sie an. Der Alte, dort stand er, dort klafften seine Augenhöhlen. Der Kellner bückte sich schon von weitem. »Hoheit«, sagte der Kellner.

Sie waren nicht mehr müde, nicht mehr verwöhnt. Der unbegreifliche Schrecken, der dem Alten anhaftete, bannte sie auf ihre Stühle, trotz ihrer großen Lust, zu flüchten. Mit Anstrengung rückte Paul ganz nahe an Liliane hin, um sie zu schützen. Gemeinsam boten sie dem Feinde die Stirn. Er setzte sich aber nicht ihnen gegenüber, sondern seitwärts, und er bestellte seine Mahlzeit mit einer sanften, vornehmen Stimme, sie hörten sie zum erstenmal. Da begannen sie einander, ernsthaft flüsternd, über ihn zu befragen. »Was will er von uns?« fragte Liliane. »Wir haben sein Geld nicht mehr.« Als hätte er für das Geld ein Anrecht gehabt auf sie beide.

»Er heißt Hoheit«, flüsterte Paul. Liliane sagte: »Es gibt also doch noch russische Fürsten?« Sie antwortete selbst: »Ich glaube es nicht. Aber ich fürchte, er kommt von deiner Familie. Wenn er dich mir fortnehmen wollte –«

Paul schnitt ab. »Ich bin ein Mann, ich werde mich wehren. Aber du!«

»Ich!« Die Miene Lilianes ward großartig. »Sag ihm, er möge sich ein für alle Male merken, daß ich lieber verhungere.«

Damit wandte sie sich dem Fenster zu und verdeckte sogar mit der Hand ihr Profil; dem Alten sollte kein Zweifel bleiben, daß er störe. Er rührte sich nicht. Aber das Fenster mit seiner Spiegelung verriet ihr, daß Paul und der Alte etwas zusammen vorhatten. Paul hielt den Kopf kokett hinübergeneigt, sicher machte er seine Mädchenaugen. Sie fuhr herum, er tat unschuldig: da blickte sie selbst dem Alten breit ins Gesicht – worauf er grüßte.

»Ich spreche ihn an«, sagte sie rachsüchtig zu Paul. »Wir werden sehen, was daraus wird.«

Paul dagegen: »Laß ihn anfangen! Er muß unser Geld wieder hergeben.«

Sie verstand, bevor er ausgeredet hatte. Sie küßte Paul einfach vor den Augen des Alten. Da sagte der Alte, und seine Stimme zitterte:

»Ich beglückwünsche euch, meine lieben Kinder.«

»Was solltest du auch sonst tun, Papa«, rief Liliane hinüber – und alle drei lachten, der Alte mit großem, zu weißem Gebiß.

»Wir kennen uns nicht seit heute«, sagte der Alte. »Ich darf mein Glas an Ihrem Tisch austrinken?«

Er ließ Champagner kommen und schenkte ihnen ein. Jetzt waren wieder alle befangen. Nicht lange. Der Alte bekannte: »Glückliche junge Leute trösten mich darüber, daß ich alt bin. Ich bin verliebt in eure Liebe.«

Schlag auf Schlag Liliane: »Dann gib her, was du uns abgenommen hast!«

Hierauf zeigten sowohl Paul wie der Alte das gleiche Lächeln: zwei Männer guter Herkunft, die sich über ein Mädchen höflich erheitern. Liliane aber: »Wollen Sie mich heute abend ausführen? Mich allein?« Sie war brutal, aus Wut auf den Verräter Paul. Der Alte, um so vornehmer, und doch nicht anders als demütig:

»Was könnte ich für Sie tun, Madame, das ich nicht besser für euch beide täte.« Da sie aufhorchten, erklärte er sich weiter. »Ich bin ein Wesen, das nur noch in andern lebt. Ich war euch schon oft nahe in diesem halben Jahr. Ihr habt das Vorrecht eurer Jugend, mich Alten nicht zu sehen.«

Oh! hätte er geschwiegen. Sie suchten einander mit den Händen, und wie die Hände sich hatten, lief durch den Arm ein Schauder. Der Alte schwieg nicht.

»Ich bin euch nahe – und nicht nur, wenn ich euch belausche. Ich weiß mehr von euch als ihr selbst, ich kenne eure Zukunft. So sind wir Alten. Wir wissen Geheimnisse. Was ich im Leben auch immer gewesen sein mag –«

Dies murmelte er nur noch, und ihm sank die Stirn. Wieder, wie am Spieltisch, bot er ihnen den halb kahlen Schädel. Unter den vorspringenden Augenknochen verschwand das Gesicht. Der Mund in der Tiefe seiner Falten schien heimlich zu grinsen. Ja, er verschob die Falten. Es spannte sie beide bis nahe dem Aufschreien. »Licht!« rief Liliane. Denn voll Gefahr war heute die schnelle Abenddämmerung, dies wie erstickt vor Nacht hereinscheinende Meer.

Die Lampen glühten ruhig, vor Paul und Liliane saß, über sein Glas geneigt, ein unverfänglicher Herr. Der hatte nie verdächtig gegrinst. Er redete gern Unsinn. Er machte sich gern wichtig, war aber nur alt und häßlich. Die schnelle Dämmerung war beendet, draußen lag Nacht.

Der Herr wandte sich an Paul: »Auf Ihrer Meerfahrt kürzlich haben Sie wieder ein wenig Musik getrieben... Oh! es ist nicht unnatürlich, daß ich es weiß. Ich sprach Ihren Kapitän.«

»Ich bin Musiker«, bestätigte Paul.

»Denn Sie lieben Madame wie ein Musiker. Dies ist Ihre Art, zu musizieren, und sie wiegt geschriebene Noten auf.«

Liliane lachte geringschätzig über solch ein sinnloses Gerede. War dies das Gespenst, dessen tödliches Liderheben sie noch soeben gefürchtet hatte?

»Sie finden?« erwiderte Paul und errötete. Der Herr, tiefblickend:

»Auch ich hatte einst eine Kunst. Ich liebte mich aber selbst nicht genug, um die ganze Welt mit mir zu beschäftigen. Sie werden es ebensowenig tun – wenn es wahr ist, daß Sie eine andere Person mehr als die eigene lieben.«

Paul setzte zum Sprechen an, sah Liliane und wollte

schweigen. Dennoch bekam er Augen, die keine Mädchenaugen mehr waren, und fing an, von seiner Musik zu sprechen. Der Herr unterbrach ihn. Man müsse wissen, was jetzt beginnen. Madame warte. »Vielleicht langweilen wir Madame.«

Dies traf zu, Liliane langweilte sich bei den Dummheiten beider. »Schnell ins Kasino!« rief sie. »Verdrem tritt auf.«

Ein Auto wartete schon, sogar ihre Plätze im Theater warteten schon. Der Komiker fiel mit dem Stuhl, worauf er sich großartig stützte, ganz unerwartet um und rollte bis über den Rand der Bühne, gerade so weit, daß er noch schwebte. »Wohin befiehlt Madame?« fragte, als sie fortgingen, der Herr. »Du ahnst es nicht«, erwiderte Liliane. »Du sollst mit mir tanzen.« Da nannte der Herr dem Kutscher ihre gewohnte Tanzbar. Sie wurden vor Verblüffung stumm, er gab aber die einfachste Erklärung. Dort erschien heute abend zuerst die Forma.

Die Forma tanzte gerade, alle Tische waren besetzt, noch dahinter reckten sich die Köpfe. Sie vereinigte den russischen Sitztanz, das Negerplatteln und den Cancan zu einem Gebilde, und wo dies alles aufeinanderstieß, schoß sie einen Purzelbaum nach hinten. Immer noch wohlfrisiert ging sie ab, alsbald folgten ihrer Orgie die glatten Sachen, die ein gepflegtes Publikum sich selbst vorführte. Auch Paul und Liliane umschlangen einander und tanzten wie alle.

Sie tanzten in dem engen Viereck zwischen den Tischen, immerfort angefühlt von den Schultern der anderen Tänzer. Auf einmal aber waren sie auf wüstem Feld unter Sternen, so ernst und allein. Dort tanzten sie mit solcher Hingabe, wie man schläft. Als nach unbekannten Zeiträumen ein unübersteigliches Hindernis sie anhielt, glaubten sie sich in ihrem ersten gemeinsamen Zimmer aus dem Traum geweckt von nächtlichem Lärm, wie jenes Hotel ihn kannte. Dann wurden sie inne: was wie weckte, war Stille, war das Schweigen der Musik und daß sie auf dem abgetrennten Viereck, unter den Blicken aller, allein noch übrig waren.

Taumelnd verschwanden sie in den Zuschauern, fielen auf nächste zwei Stühle, saßen da mit der einzigen dämmernden Frage: »Was war das?« Liliane bemerkte: »Ich sage nichts, es war großartig. So kannst du sonst nicht tanzen.«

»Ich kann es, weil ich dich liebe wie noch nie«, erklärte Paul, worauf sie vor Genugtuung seufzte.

»Aber ich verdurste.« Da sahen sie, daß auf einem Tisch Champagner stand. »Laß die Finger davon!« sagte Liliane. »Ich mag keine Auseinandersetzung mit anderen Frauen. Hier sitzt jemand.« In demselben Augenblick goß schon der Kellner ihnen ein.

Sie tranken, tanzten aufs neue, tranken wieder. Nach ihrem dritten Tanz war es zu Ende, sie mußten fort. Als letzte standen sie noch beim Ausgang. Der Alte hatte sich also gedrückt. Ein fauler Kunde, Liliane hatte es ihm angesehen. Wohin nur?... Da winkte ihnen ein Chauffeur, derselbe, der sie hergebracht hatte. »Nur der Wagen Seiner Hoheit?« fragte Liliane herausfordernd. »Seine Hoheit hätte sich auch persönlich bemühen können.« Der Chauffeur sagte, nochmals den Hut hebend: »Seine Hoheit ist vor einer halben Stunde fortgegangen, das Souper bestellen.«

Kaum fuhr er, da steckten sie hinter ihm die Köpfe zusammen, heftig und in höchster Bedrängnis. Der Alte, erst seit einer halben Stunde fort? Und vorher? An ihrem Tisch etwa, unsichtbar? So war er es, der den Champagner bestellt und bezahlt hatte. Der sie im Auge behalten hatte, soviel sie tanzten, bei jedem Ineinandergleiten, jedem liebenden Druck. Ja, der mit ihnen tanzte.

»Du warst es nicht, du tanzest so gut nicht.« Liliane flüsterte wild, sie riß die Augen auf.

Paul ebenso: »Ich war es. Aber auch das Gespenst war es!«

Beben und Aug in Auge Starren – da war schon das Café erreicht. Von selbst bekam Paul das hochmütige Gesicht, Liliane das gegen Blicke gefeite, womit man Lokale betritt.

Der Alte saß unbeteiligt vor einem köstlich gedeckten Tisch, bewegte die Lippen und blinzelte: ein wirklicher Alter. Im Spiegel sahen sie sich noch ganz bleich herbeikommen: es war zum Lachen. Sie machten sich lachend über das Essen her; auch den Alten nötigten sie, von Sachen zu essen, die ihm des Nachts wahrscheinlich nicht bekamen. Nach den Likören fragte er sein ewiges: »Wohin jetzt.« Diesmal schlug Liliane ihm auf den Rücken. »Du bist das flotteste Alterchen, das ich gekannt habe. Aber gleich muß es Tag sein. Wir gehn in die Klappe.« Da ward unvermittelt seine Miene gramvoll, ja neidisch, und seine welke Hand bewegte sich machtlos, wie wenn sie Geld verlor.

Er bestieg mit ihnen den Wagen. »Bring uns nach Haus!« verlangte Liliane und schloß schon die Augen. Sie hörte noch, was er zu Paul sagte.

»Nicht allein sein müssen ist das große Problem für den, der nie mehr schläft... In meinem Alter gibt es zuviel zu vergessen. Was gewesen ist, läßt unsereinen nie ganz frei. Das Gegenwärtige aber, das sich uns anbietet, ist nicht in Wahrheit gegenwärtig; wir können nicht, ach, können es nicht mehr besitzen.«

Hier hob Liliane den Kopf. »Das dachte ich mir«, lallte sie und fiel gegen die Schulter Pauls.

Halb schlafend lallte Paul: »Ich verstehe Sie. Aber wohin fahren Sie uns?«

Der Alte murmelte mit Pausen wie von stillem Lachen:

»Ich nehme dennoch Besitz – auf· meine Art... Schlaft nur!«

Einen Augenblick rüttelte es sie auf; dies mußte schlechterer Weg sein. Sie erblickten Wald – nein Gärten, Öl- und Orangenhain. Graublauer Morgen hängt darin, bergan geht es, und es duftet. Ihr kennt den duftbeladenen Wind. Er kommt von Hügeln, denen ihr nach Kühlung dürstend entgegengeträumt hattet, als eure Liebe euch ängstete und verbrannte. Jetzt erreicht ihr sie im Schlaf, wer hätte es gedacht. Doch bleibt die Angst. Ihr drängt euch aneinander, um fester einzuschlafen. »Wohin jetzt?« fragen eure Pulse und klopfen.

Schon träumten wieder beide. Ein Alter, mit in ihren Traum verwebt, sitzt tiefblickend ihnen gegenüber.

Beide zugleich gähnten sie und streckten sich, warfen die Decke ab, saßen im Bett auf. Es war ein Bett, wenn auch ein unbekanntes. Sie waren beisammen, es wird sich finden, wo. Jeder sah, daß der andere noch kleine Augen hatte, darüber lachten sie. Ein vereinzelter Lichtstrahl rann über ihre Köpfe, wie der Guß aus einer Flasche. Zuerst versuchte Liliane ihn mit dem Mund aufzufangen, dann öffnete auch Paul den seinen. Das Spiel währte lange.

Plötzlich sprang Liliane auf den Boden. »Der Alte!« rief sie, von Schrecken erfaßt.

Paul erschrak mit. Er fragte aber: »Welcher Alte?... Den gibt es nicht«, entschied er gleich selbst.

Da Liliane ihn entrüstet ansah, entschloß er sich, zu überlegen. »In der Nacht wird der Alte irgendwo sitzen geblieben sein«, meinte er wegwerfend.

Liliane zweifelte. Sie machte einen vorsichtigen Gang durch das Zimmer, das ihr im Halbdunkel übergroß schien, blieb dann stehen vor einem allzu hohen Fenster und zog den Vorhang weg. Da war es ein Garten, worin sie geschlafen hatten.

Auch Paul kam herbei. Welch ein Garten! Du setzest aus allen drei Fenstern nur einfach den Fuß hinein; und sobald du sie öffnest, schlagen rote, gelbe Büsche ins Zimmer mit allen Rosen. Kamelien und Rosen rauschen in voller Sonne dahin, das Haus steht weiß und verschlossen darin gegenüber dem Hügel. Zwischen Haus und Hügel füllen die Blumen den Garten wie eine Schale. Aber am Rande der Schale, wo es blaut, tropfen sie von einer einsamen Säule.

Es sieht nicht nach Menschen aus. Es sieht sogar aus wie verwunschen. Wovor hält jene Säule Wacht? Was ist außerhalb der Schale? Ach, was kann draußen noch sein wollen? Hier sind wir in einer großen, warm duftenden Blumenschale. Das ist genug. Badet uns, Duft und Sonnenschein! »Du duftest selbst wie Blumen«, sagten sie einander und umschlangen sich.

Mitten im Küssen wendeten sie sich um. Dies wollte doch untersucht sein. Das Zimmer erwies sich wohl als groß, hauptsächlich aber als leer. Das Bett stand fast allein darin. Es war so breit wie lang und derart niedrig, daß die weichen Felle, die es umgaben, seine zartgelb lackierten Wände beleckten. Es hatte geschweifte, goldschimmernde Linien. Die Tücher und Decken schäumten silberig hervor. Aus dem geöffneten Fenster hinter ihm hingen Rosen auf beide Kopfkissen.

Gegenüber die ganze Wand zwischen den Eckpfeilern war aus dichten, dunklen Falten. Dies ließen sie noch... Sonst lag der Raum ganz hell zwischen sechs Pfeilern. Jede der perlweißen Seitenwände hatte zuerst beim Fenster eine Tür, dann zwischen zwei Pfeilern eingelassen einen ungeheuren Spiegel, dann dort hinten noch wieder Türen. Diese öffneten sie zuerst. Rechts ging es in einen zweiten Gartensaal, darin war der Tisch gedeckt. Aber links begann eine Flucht, wer weiß wohin, von toten Prunkzimmern. Die lagen im Dunkeln und rochen nach Moder. Seltsame Sonnenstrahlen legten, durch geschlossene Läden gleitend, Lichtbahnen in den Staub. Jenseits starrte Geheimnis. Schnell schlossen sie.

Hinter den andern beiden Türen fanden sie zwei helle Kabinette. Alles stand darin bereit, womit man sich pflegt. In diesen tiefen Schränken aber? Ein Aufschrei drang aus jeder Tür, Paul sprang aus dieser, Liliane aus jener. Unversehens saßen wieder beide nebeneinander im Bett.

»Alle unsere Sachen! Was heißt das?« Es hieß, sie seien umgezogen. Hierher, wo keiner Weg und Namen kannte, kein Gesicht in den Spiegel, in den Garten kein Fuß trat, nur Rosen dufteten und Staub: hierher.

Paul stellte fest: »Wir sind entführt worden.« Er fand noch: »Der Alte muß reich und mächtig sein. Es sieht sogar aus, als könnte er zaubern.«

Liliane äußerte nur: »Mach keine Witze!« Heimlich verglich sie frühere Erfahrungen mit dieser. Einen Schwips haben, in einem fremden Bett erwachen: es kam vor. Ein Alter war im Spiel, nun gut. Aber auch Paul mitzunehmen! Und dann, was gestern noch geschehen war! »Vorsicht!« sagte sie. »Etwas stimmt nicht.«

»Wir haben kein Geld«, erklärte Paul. »Darin stimmt es freilich nicht. Wir müssen froh sein, daß wir hier sind.«

»Wenn der Alte reich und in Gebelaune ist, warum macht er so viele Umstände und gibt uns nicht einfach unser verspieltes Geld zurück? Nun?« fragte sie triumphierend. Paul belehrte sie nachsichtig: »Es wäre gegen den guten Ton« – worauf Liliane endgültig aus dem Bett sprang.

»Ich schwitze, wenn ich dich nur höre«, rief sie, lief geradeswegs auf jene dunkle, faltenbedeckte Wand zu, schob tief den Arm in die Falten. Sie tastete, rüttelte, endlich kehrte sie wütend um. »Wer mich einlädt, läßt den Schlüssel stecken«, behauptete sie.

Neugier trieb auch Paul hin. Er fühlte hinein, zuletzt sagte er: »Es ist keine Tür.«

»Es ist ein Türgriff«, behauptete Liliane.

»Aber keine Tür«, sagte Paul.

Gemeinsam hoben sie die schweren Falten weg: kein Spalt ward sichtbar in der glatten Wand. »Ein Knauf – vielmehr eine Scheibe: aber kannst du sie drehen?«

»Still!« flüsterte Liliane und klopfte. »Wie klingt es?«

»Es klirrt.«...

Hier ließen sie den Vorhang fallen und sahen einander an.

»Glas«, sagte Liliane.

Paul stellte fest: »Die Wand ist aus Holz. Dahinter muß eine aus Glas sein.«

»Wozu?« fragte Liliane. Dies hatte sie noch nicht erlebt, sie stand vor dichten Rätseln. Um so mehr bewunderte sie Paul.

»Siehst du denn nicht die Scheibe?« fragte Paul bedeutungsvoll.

Er erklärte ihr: »Die Scheibe wird von drüben gehandhabt. Du kannst sicher sein, daß dann die Holzwand sich teilt, wir mögen nun den Spalt finden oder nicht. Der Vorhang rollt mit der Wand. Dann bleibt nichts übrig als –«

»Glas«, sagte Liliane bestürzt. Auch Paul war es, trotz seinem Scharfblick.

»Das Zimmer hat eigentlich keine Wand«, flüsterte er.

Liliane flüsterte: »Es hat drei. Nur drei.« Plötzlich begriff sie alles. Sie schloß: »Wie eine Bühne.«

Sie wandten sich um: es war eine Bühne. Jetzt erkannten sie es. Die hohen Seitenkulissen gingen in hergebrachtem Gleichmaß schräg aufeinander zu. Die Fenster an der Rückwand hatten Behänge aus einem alten Theaterstück. Mitzuspielen in seiner Dekoration war der Sinn des allzu niedrigen Bettes, dem die Fußlehne fehlte. Ja, auch Rosen und Sonne bekamen auf einmal das zu Vollkommene des Spiels... Es bewegte sich rechts und links in den Spiegeln: der Rosenzweig schwankte über den Kopfkissen. Sie sahen ihn selbst und sahen sein Bild, alles was im Bett geschah, noch einmal von beiden Seiten auf dem Spiegelglas. »Auch uns würde man so sehen.«

»Hatte ich recht?« bemerkte Liliane. »Vorsicht!«

»Hierüber reden wir nicht mit unserem Gastfreund«, schlug Paul vor.

Liliane mühte ihr Gedächtnis ab. »Wo sind wir hereingekommen?... Ah! es hallte bei der Einfahrt, und ein Mann hob mich aus dem Wagen. Ein Mann: ich hab's, Verdrem!«

»Verdrem war nicht mit uns«, wollte Paul wissen. Liliane blieb dabei, zuletzt beschloß sie zu klingeln und zu fragen.

»Kleide dich an!« verlangte Paul. »Weißt du, daß es nachmittags ist?«

Sie klingelte dennoch, aus dem Gartensaal erschien ein Mädchen, sofort streckte Liliane nach ihr den Finger aus: »Die Forma!«

»Wenn man will«, sagte Paul – und hatte nicht geringere Lust als Liliane, das Mädchen zu bitten, daß sie tanze. Aber mit den Augen winkte Liliane ihm Vorsicht zu; er trollte sich in seinem Schlafanzug, indes sie bedient ward von dem Mädchen. »Sie wissen nicht, ob Herr Verdrem hier wohnt?« fragte sie schließlich leichthin.

Statt einer Antwort öffnete das Mädchen die Tür des Gartensaals. »Seine Hoheit bittet zu entschuldigen, daß sie schon gefrühstückt hat.«

Ein großer Lakai nahm Paul und Liliane in Empfang und setzte sie sorgfältig auf ihre Plätze. Erst als sie saßen, kam eine zweite Gestalt zur Geltung: ein Diener höheren Ranges, der nur dabeistand und stumme Winke gab. Jetzt wandte er sich her: Verdrem, da war er. Sie ließen Messer und Gabel sinken. Der Schrecken verschug ihnen den Appetit. Der ganze verdächtige Traum im Wachen, der die Nacht erfüllt hatte, er war wieder da.

Verdrem selbst griff sänftigend ein; er fragte bekümmert, was nicht nach ihrem Geschmack sei. Eigenhändig goß er Wein in ihre Gläser. Er tat es rund und weich, mit der großartigen Anmut, die befürchten ließ, sogleich werde er bis in den Souffleurkasten rollen. Seine Trompetennase bebte vor Sachlichkeit. Er runzelte die Stirn bis unter seine rötliche Perücke. Die Seitenbärte gehörten zu dieser Rolle. Der Komiker war in ein feines Stück gestellt und stand seinen Mann.

Sie hatten getrunken und konnten wieder essen. Beim schwarzen Kaffee ging Paul so weit, Verdrem anzureden. »Sie sind doch der Haushofmeister?« – »Immer oder nur heute?« fragte Liliane dazwischen. Paul vertuschte es. »Madame will sagen, ob Sie schon lange hier sind. Weil wir Auskünfte wünschen.«

»Ich stehe zu Diensten«, versicherte Verdrem.

»Wir gestehen Ihnen offen, daß wir den Fürsten nicht kennen. Ist er allein?«

»Keine Frau?« fragte Liliane.

»Nur Kinder, und sie wohnen in seinem Land – weit fort«, sagte Verdrem zärtlich und durch die Nase.

»Freunde? Besonders Freundinnen?« fragte Liliane.

»Ah! nicht mehr. Früher – vielleicht. Wer weiß es?«

»Nun, Sie«, sagte Liliane schlankweg.

Verdrem sah ironisch auf sie herab. Dann ließ er sich herbei, zu sprechen.

»Es soll Dramen hier gegeben haben. Die Spuren davon sind vorhanden, aber sie sind sehr alt.« Er lächelte verbindlich.

Gern hätten sie erforscht, was ihr Zimmer Seltsames ahnen ließ. Nachdem ihre Blicke sich beraten hatten, warf Paul nur hin: »Was meinen Sie, soll man hier bleiben?«

»Ich kann den Herrn und die Dame nur ermutigen«, entschied Verdrem.

Sie standen auf; ohne Übergang war er wieder förmlich und tief ergeben. »Das Auto ist immer bereit«, erlaubte er sich zu bemerken.

»Bei der Gelegenheit –«, Liliane kehrte um, »wie weit ist es nach Nizza?«

»Der Wagen läuft gut, und es geht abwärts«, mehr sagte er nicht. Paul ward deutlicher.

»Zu gehen, meint Madame. Wir könnten einmal gehen wollen.«

Sie verstanden sich. Weglaufen, meinten sie.

»So weit werden Leute wie Sie niemals gehen«, sagte Verdrem durch seine ironische Nase.

Hiermit waren sie in den Garten entlassen. Sie nahmen den Weg das schweigende Haus entlang. Vor den geschlossenen Läden zögerten sie, worauf sie Hand in Hand schnell weitergingen. Sie hatten nichts zu sagen gewagt. Erst am Ende der Fassade atmeten sie auf.

»Und alles voll Moder«, sagte Liliane. »Man könnte es anzünden. Es müßte herrlich brennen.«

»Ja«, sagte Paul, »aber wir wohnen darin.«

»Glaube mir, wir sollten es anzünden«, wiederholte sie eindringlich... Da waren sie bei der rosenbehängten Säule. Wovor also hielt sie Wacht? Ah! vor der Weite, dem fernen Meer.

Sie standen, blickten hinaus und fanden gar nicht zurück. Beide waren erbleicht. Es war furchtbar weit bis ans Meer.

Aber diesen neuen Schrecken verschwiegen sie einander. Sie sagten nur, daß es merkwürdig sei, sie kennten diese Landschaft nicht. Nie gesehene Täler mit Wegen, die nie ans Ziel kamen, sondern immer verschwanden, stiegen zu jener fernen Küste nieder. Nur die nächsten hatten die gewohnten Farben der Dinge, die fernsten glichen Gesichten. Die sichtlich unbewohnte Stadt auf jener Höhe schien, weiß wie im Märchen, nur hingespiegelt.

Sie verstummten endlich ganz, wandten dem Meer den Rücken, als habe es sie verraten, und erstiegen im Garten den Hügel. Hier war der obere Rand der Blumenschale. Sie traten in einen Orangenhain, da fühlten sie sich ein wenig freier und fanden die Sprache wieder. »Wie es weit bis zum Meer ist!... Was ist aus Nizza geworden?... Wo sind wir?«

»Er hält uns hier gefangen«, sagte Paul. Liliane aber wuchs vor Stolz.

»Wir werden mit ihm fertig. Wir sind stärker.«

Paul schloß: »Er ist stark. Wir aber lieben uns.«

Ermutigt gingen sie weiter, einer kleinen Quelle nach. Wo entsprang sie? Ihr Ursprung war nahe, zu nahe, denn hier endeten auch schon Weg und Steg. Der blühende Garten brach ab, ja, zeigte jäh seine Kehrseite, einen tiefen Absturz weißlichen Felsengerölls, gebleicht von der Sonne wie Totengebein. Auch drüben rollte es herab. Sie standen vor der Schlucht des Todes, und blauer Himmel drückte schwer darauf.

»Das ist schlimm«, sagte Liliane. Paul schwieg. Hier gab es kein Entkommen. Er versuchte dennoch: »Du müßtest dich flach auf mich legen. Dann lasse ich mich mit dem Geröll hinabrutschen.«

»Und wie komme ich drunten an?« fragte Liliane streng. »Ich habe nur das eine Gesicht, nur diesen Körper.«

Dies ergriff ihn, er konnte nicht sagen, wie. Aber er umschlang ihren Arm – da fühlte er, daß sie bewegt wie er selbst war, und schon sanken sich beide heftig schluchzend an die Brust. Sie schluchzten gemeinsam wohl über ihre seltsame und drohende Lage, aber mehr noch, weil sie mit diesem einen Körper, einem Herzen das Leben und ihre ganze Liebe bestehen und auch dem Tod, der ihnen plötzlich sein einsames Gesicht zeigte, noch standhalten sollten.

Des Jammers müde, ließen sie sich zu Boden gleiten. Eine in die Erdkrume eingesunkene Steinbank war von vergangener Sonne warm. Sie streckten sich hin, nun hörten sie wieder das kleine Wasser murmeln und entschliefen. Sie wachten auf, fanden schon Abend vor und umschlangen einander beglückt.

Jetzt beglückte sie der große Friede ringsum. Sie hatten nur ein Herz, zusammen nur eins, aber es schlug frei... Da lasen sie auf der Schwelle, an der sie lehnten, eine Inschrift: »Verstehst du die Sprache?« fragte Liliane. Paul überlegte.

»Auch hierfür segne ich dich?« sagte er fragend.

»Wofür?« fragte auch Liliane. »Und wen?«

Sie fanden es nicht – bis Paul vermutete: »Wenn unsere Bank ein Grabstein wäre?«

Sie untersuchten sie: versunkener Stein ohne Merkmal, die Inschrift schwach nur eingeritzt, wie von dem Messer eines einst Vorbeigeschrittenen. Aber es war wohl ein Grabstein. »Auch hierfür segne ich dich.«

Da klapperte Geröll; aus dunkler Luft entstand, noch dunkler, ein Umriß; ihnen stockte der Atem.

»Nicht erschrecken«, hörten sie von der sanften Stimme ihres Gastfreundes. »Ich sah eure hellen Kleider schimmern. Ihr macht Entdeckungen –« Auf den Stein deutend: »Aus der Zeit eines meiner Vorgänger.«

Liliane lachte auf, sie schüttelte die Furcht ab. »Wer wird hier gesegnet? Der Überlebende? Wofür? Vielleicht hat er die andern unter diesen Stein gebracht.«

»Es ist so bequem, die Toten sprechen zu lassen«, sagte Paul in die Luft.

»Oder segnet der, der mit ihm fertig geworden ist, den andern? Die andere vielmehr? Weil sie nun tot ist?« Lauter unbefangene Neugier war Liliane.

Schweigen; dann der Alte, fremdartig melodisch, im Dunkeln hätte niemand gedacht, ein Alter spreche: »Beide könnten hier liegen, er wie sie. Und segnen könnten sie Gott.«

»Bravo«, sagte Paul.

»Was ist dankenswerter, als auf der Höhe des Gefühls zu scheiden.« Der Alte ward auf einmal beredt. Er kniete hin. Er hielt den Grabstein umarmt. »Ein Geschenk des Himmels an seine Lieblinge! Sie segnen ihn, wenn er sie fortnimmt, bevor es abwärts ginge.«

»Bei uns ist keine Gefahr«, sagte Liliane stolz und doch erschaudernd. An ihrer Brust lag das Herz ihres Freundes und klopfte. Der Alte aber, der den Grabstein umarmt hielt, schloß rätselhaft: »Versäumt keine Stunde!«

Gleich darauf bat er sie sanft, mit ihm zum Abendessen zu gehn. Vom Haus gab die Glocke ihr erstes Zeichen.

Alle kleideten sich um, und im festlichen Gartensaal plauderten sie, zärtlich verwöhnt von Verdrem und seinen Untergebenen. Sie waren zusammen nun drei, kein Wimpernzucken der Tischgenossen entging ihnen. Der Alte plauderte:

»Jetzt seid ihr im Haus des alten Mannes. Da gibt es für eure Jugend die rätselhaftesten Dinge. Ich wette, ihr habt euch umgesehn, habt alle Türen geöffnet.«

»Nicht alle gingen auf«, warf Paul dazwischen.

»Ist es denn so unheimlich, daß ich neben euch schlafe?«

»Hinter der Glaswand?« fragte Liliane schnell. Der Alte ging darüber hin.

»Ihr könnt mich nicht merken. Ich liege wach. Euch aber, ihr Glücklichen, höre ich schlafen, sogar stöhnen...«

Er brach ab – da fiel beiden ein, sie müßten schlimm geträumt haben die Nacht. Was nur?

Der Alte ließ sie nicht nachdenken. »Einst war ein großer Festsaal, wo wir schlafen. Er wurde abgeteilt, daher die dünne Wand. Für euch ist's immer noch ein Festsaal«, wobei er seinen Teller fortschob, als sei ihm auch die Eßlust vergangen. Er legte den Kopf in die Hand, er sah nur noch zu. Sie aßen um so lustiger. Angeregt entwarfen sie das Programm für den Abend: in die Stadt und durch die Lokale, sich sehen lassen, angesprochen werden, alle wiederhaben, alle ihresgleichen, die dahinten entschwunden waren! Sie taten voreinander, als glaubten sie, was sie sagten. Einen Augenblick glaubte jeder es wirklich.

Aber die Augen gesenkt, hörte der Alte sie an – bis die beiden unverzagten Stimmen zu zögern anfingen, bis sie anhielten und verzagten. »Euch fehlt nur das Geld, glaubt ihr –«, sagte er jetzt, und seine gesenkten Lider wirkten nicht mehr entmutigend. Er öffnete sogar ganz hilflose alte Augen. Was sahen die noch. »Wenn weiter nichts fehlte«, setzte er dumpf hinzu – und schien dort vor ihnen verfallen und entschlafen zu wollen. Es reizte sie, einander zu küssen angesichts seiner noch offenen Augen.

Er regte sich nicht und ließ es geschehen. Hierauf dauerte er sie. Nun wagten sie nicht mehr laut zu sprechen. »Er wird uns sterben«, flüsterte sie. »Dazu mußte er uns herholen?«

Sie sagten gute Nacht für den Fall, daß er hörte, und gingen in ihr Zimmer. Die Forma war schon darin und schickte sich an, Liliane auszuziehen. Einer der Diener wollte Paul entkleiden.

»Jetzt schläft er mit offenen Augen«, sagte Liliane in ihrem Kabinett zu der Forma. Paul horchte in dem seinen, was sie antwortete.

»Der schläft nie«, antwortete die Forma. »Er geht selten des Nachts zu Bett. Er ist jünger als wir.«

»Was tut er denn nachts?« fragte Liliane. Die Forma kicherte.

»Wer weiß das. Und wer es wüßte, wäre still.« Wobei sie sich, um ein Kleidungsstück fortzulegen, mehrmals drehte und aufflog.

Paul sah den Diener, der gerade seine Kleider hinaustragen wollte, lächeln. »Was haben Sie?« fragte Paul.

»Als ob die still ist«, sagte der Diener und ging ab. Gleich darauf verließ die Forma das andere Kabinett. Sie glaubte, Liliane sehe sie nicht, aber dafür sah Paul, daß sie tanzte. Durch das ganze große Zimmer tanzte sie, bis sie fort war.

Paul und Liliane aber kamen strahlend vor Freude hervor. »Die Forma ist seine Freundin, das ist alles!«

Sie atmeten auf, jetzt schienen ihnen sämtliche Geheimnisse entdeckt.

»Er hat seine Gründe, die Forma zu verleugnen.«

»Vielleicht soll er entmündigt werden.«

»Ich würde mich nicht wundern, wenn er es schon wäre«, sagte Liliane und verzog geringschätzig den Mund.

»Der ohnmächtige Greis wird mißbraucht«, sagte Paul.

Liliane gab zu: »Gewisse Frauen verstehe ich nicht.«

Dies sagte sie ihrem Paul schon ins Ohr, auf dem Bettrand. Dann warf sie ihn um.

Sie umfaßten ihre schmalen Gesichter, nur um einander zu bewundern, ratlos vor Glück, wie in ihrer ersten Zeit. Als sie aber anfingen Rat zu wissen und fester um ihre mageren Gestalten griffen, merkte jeder in dem begehrten Körper Widerstand. Sofort versuchten sie einander glauben zu machen, daß sie nur spielten.

Dies konnte nicht immer währen. Plötzlich ließen sie los, richteten sich auf und horchten.

Ein Seufzer – Liliane bemerkte Paul wieder und Paul Liliane. Sie hatten einander ganz vergessen. Schnell versuchten sie ihre Mienen zu glätten, aber es war zu spät. Jeder hatte bei dem Genossen die furchtbarste Besorgnis gesehn.

»So geht es nicht«, flüsterte Paul.

Liliane hob die Schultern. »Wie dumm! Was würde es mir eigentlich machen, wenn er dahinter stände und zusähe. Aber ich müßte es wissen.«

»Der Vorhang ist fest geschlossen. Kann dann die Holzwand offen sein?«

Sie antwortete ihm klagend: »Das weiß ich grade nicht. Und wie kann ich wissen, was im entscheidenden Augenblick geschähe?«

Ein Rascheln – sie verstummten, sie waren tief erschrocken. Wütend sprang Paul hinaus, er riß den Vorhang weg. Sie sahen nichts als glatte Wand. »Klopfe! – damit er weiß, daß wir wach sind«, verlangte Liliane.

Er stand aber unschlüssig. Schließlich zerrte er die schweren Falten des dunklen Vorhangs beiseite. »So werden wir sehen, was vorgeht.«

Kaum wandte er den Rücken, fielen die Falten von selbst wieder zusammen. Paul fühlte im Rücken den Luftzug. Mit einem Satz war er unter der Decke. Ebenso schnell drehte Liliane das Licht ab.

Jetzt lagen sie im Dunkeln, zugedeckt bis an die Augen. Zu sich selbst sagte jeder, sie würden die ganze Nacht so liegen bleiben. Aber sie machten sich Mut. »Jetzt ist er um seinen Spaß betrogen.«

Paul konnte seine Bedenken nicht länger unterdrücken. »Wenn es sicher wäre. Er sieht vielleicht im Dunkeln.«

»Er ist kein Kater und kann auch nicht hexen«, behauptete Liliane. Paul vermutete, er könnte so feine Lichtstrahlen eindringen lassen, daß sie selbst nichts bemerken würden.

»Dann sieht auch er nichts. Oder hast du ihm Apparate erfunden?«

Hierauf erwähnte Paul die Scheibe in der Holzwand. Die Scheibe war im Grunde noch unerklärt. Niemand wußte, wozu sie diente. Dies machte Eindruck auf Liliane. Die Decke bewegte sich leicht aufwärts. Kein Zweifel, Liliane hatte sie nun auch über die Augen gezogen.

Da warf sie aber die Decke ganz ab, sie verließ das Bett. »Komm!« befahl sie. »Ich lasse mich nicht länger zum besten halten.«

Was sie vorhabe? Auszugehn.

Er stimmte sofort zu. Schließlich waren sie doch frei? Wer konnte sie dazu verurteilen, im Dunkeln wach zu liegen. Es war noch früh, gewiß verkehrten noch Autos, sonst liefen sie bis zur elektrischen Bahn. Sie erwähnten nicht erst, daß sie hier im Hause keinen Wagen verlangen und womöglich jeder Begegnung ausweichen würden. Sie wiederholten: »Wir sind doch frei«, und warfen sich, ohne Licht zu machen, hastig in Abendanzug.

Der Kies durfte nicht knirschen. Beinahe schwebten sie um das Haus. Sogleich erkannten sie die Einfahrt. Wie denn? Verdrem stand darunter, verbeugte sich und sagte: »Das Auto ist da.« Seine Stimme hallte noch unter der Einfahrt, da lenkte das Auto um die Ecke. Verdrem öffnete es ihnen.

Sehr schnell glitten sie abwärts, der Stadt zu. Vor dem Hotel, in dem sie noch gestern gewohnt hatten, stiegen sie aus, sie setzten sich in die Halle wie sonst. Der Geschäftsführer kam. »Ihr Gepäck ist abgeholt worden.«

»Vom wem?« fragte Paul kalt. Der Geschäftsführer erbleichte. »Sollte es sich verirrt haben? Machen Sie keine Anzeige! Wir kommen für alles auf. Ihre Zimmer sind bereit.«

Er gab die Aufträge. Inzwischen sahen sie sich an. Sie hatten ihre Zimmer zurück, wenn auch weder Kleider noch Geld. Sie konnten hinauffahren, endlich gehörte ihnen wieder das Recht auf einander. Niemand lauerte drohend hinter einer geheimen Wand. Kein Alter stellte ihnen nach. Sie konnten atmen.

Nur um zu atmen, gingen sie hinaus. Das Auto war fort. Ob ihnen aufgepaßt ward? Sie nahmen den unauffälligsten Weg nach einer der Stätten, wo sie Freunde wußten. Warum war sie so leer? Noch gestern hatten alle hier getanzt. Der Barmann kam, er hatte verschlafene Bewegungen bekommen seit gestern. Zugleich schien er sich lustig zu machen. Nach wem immer sie fragten, er war abgereist. Die Freundinnen Lilianes waren mit den Freunden Pauls in Automobile gestiegen und fort. Sie wollten fragen, ob das alles erst heute geschehen sei, wagten aber nicht. Ihnen scheint plötzlich, daß sie selbst nicht erst seit gestern fort sind aus der Stadt. In ihrer Abwesenheit ist der Sommer vorgeschritten, es ist leer geworden. Sie entsinnen sich kaum noch der Zeit vorher. Leben sie nicht eigentlich schon viel länger als eine Nacht und einen Tag dort draußen, am Rande der Welt?

Sie saßen vor ihren Gästen und ließen die Nacht vergehn. Paul führte eine Unterhaltung, wie mit einer soeben gemachten Bekanntschaft. Liliane dachte: ›Warum ohrfeige ich ihn nicht?‹ – erwiderte aber artig. Nach einer Pause, die sonst kein Ende genommen hätte, standen sie auf und gingen. Der Barmann hatte geschlafen, ihr Abgang weckte ihn. Er sah draußen ein Herrschaftsauto stehn und erinnerte sie nicht an die Zeche.

Sie zögerten freilich beim Anblick des Wagens. Einsteigen? Sich wieder drein ergeben? »Niemand zwingt uns. Wir gehen ins Hotel.«

Absichtlich streiften sie nahe an dem Chauffeur vorbei. Er wandte den Kopf nicht, sie sahen nur sein römisches Profil – wie immer. »Er hat nur Profil, und es ist aus Stein.« Unversehens bogen sie in die enge Seitengasse. Sie hatten selbst nicht gewußt, daß sie dort hineinwollten. Die Gasse machte einen Bogen. Vor ihrem andern Ausgang hielt wieder der Wagen. Da stiegen sie ein. Drinnen saß der Alte.

Sie erschraken wohl, lachten aber und nahmen ihn zwischen sich. Denn er saß in der Mitte und machte nicht Platz. Schlief er? Jedenfalls war er noch weiter verfallen seit dem Diner, er bekam zusehends einen Buckel. Sie sahen keinen Grund, sich Zurückhaltung aufzulegen, wegen dieser tauben Ruine. Alsbald verschränkten sie über ihn hinweg die Beine. Er schrumpfte unter ihrem Druck fühlbar zusammen, jetzt gelangten sie auch mit den Mündern zueinander.

Da trennte ein Stoß sie. Jeder fand sich in einem andern Winkel am Boden des Wagens, der schief stand. Denn er war im Dunkel auf einen Steinhaufen gefahren. Wie gelähmt mußten sie sehen, daß der Alte sich nach seiner Brieftasche bückte und sie einsteckte. Als sie sich über ihn hinweg umarmten, hatten sie ihm ohne viel Umstände die Brieftasche aus dem offenen Rock gezogen. Fuhr darum der Wagen auf den Steinhaufen? Nun waren sie wieder betrogen. Das stimmte sie traurig und mutlos. Kaum konnten sie sich aufraffen in der Enge. Der Alte reichte ihnen die Hand.

Er war völlig erwacht. »Wir fahren noch nicht nach Haus«, verlangte er munter. »Der Tag bricht an. Dies ist die junge Luft.« Sie sahen in vergilbter, hängender Haut seinen Kehlkopf gierig auf- und absteigen. »Das gilt mehr als Schlaf«, behauptete er. »Wie erst in euren Jahren!« – wobei er sich umblickte nach Liliane und nach Paul, denen die Augen zufielen.

Plötzlich erzählte er. Er berichtete von einem unternehmenden Knaben, als sähe er ihn alle Tage. Erst allmählich ward klar, daß der unternehmende Knabe in grauer Vorzeit er selbst gewesen war. Einst hatte der Knabe ein junges Mädchen geliebt, das älter als er und einem Offizier verlobt war. Dies spielte in einem Land mit ungeheuer breiten Strömen, über die nur selten eine Brücke führte, niemals aber ein Zug lief. Man reiste in Wagen, der Wagen fuhr auf einer Fähre, die Fähre ward an Seilen hinübergeleitet.

Der Knabe liebte jenes Mädchen so unglücklich, daß er sie sogar auf einer Reise mit dem Offizier des Anstandes wegen begleiten mußte. Der alte Erzähler ward dramatisch. »Es war Nacht. Der Mond warf immer nur kurz seinen zuckenden Schein. Der Knabe im dahinrollenden Gefährt umschlang mit seinem Fuß die zarten Beine des verehrten Wesens, dafür dankte es mit dem zärtlichen Druck seiner Hände dem nichtsahnenden Offizier. Nun war aber der Knabe versucht, sich am Boden hinüberzuschleichen und auch die Beine des Offiziers mit seinem Fuß zu liebkosen. Sieh, es gelingt. Der Beglückte versenkt voll Hochgefühl seine Lippen in die duftenden Lippen derer, die ihn vermeintlich so glücklich macht. Der unternehmende Knabe aber liebt hochaufpochenden Herzens in dieser Minute – alle beide.«

Der Alte blickte bewegt und wachsam aus dem Fenster, er erhob sich halb. »Da erkenne ich im zuckenden Mondlicht etwas Entsetzliches. Wir sind am Strom, keine Fähre ist da, die Pferde jagen, und der Kutscher schläft. Jetzt fahren wir schon durch Wasser, aber ich allein weiß es, denn die Glücklichen küssen sich. Ich will rufen: rettet euch! Aber kein Ton verläßt meine Kehle. Bevor das Wasser eindringt, unmittelbar zuvor lasse ich mich aus dem Fenster und schwimme ans Land. Hinter mir versinkt auf einmal und für immer der Wagen der Glücklichen.«

Der Alte versank hier selbst – als öffnete sich das Polster und er verschwände. »O Grauen!« sagte er. »Nun bin ich alt. Nun ist es unverbrüchlich so mit mir gekommen, wie es mir damals vorhergesagt wurde.«

Paul und Liliane wehrten sich gegen einen Schauder. Sie haßten den Alten. Sie wollten nicht, daß es sie schaudere, weil er alt war. Er selbst aber verkündete sein Schicksal mit eintöniger Klage.

»Vielleicht gibt es einen Ort, wo die Glücklichen nach dem Tod sich ewig weiterlieben. Ich aber bin schon längst hinaus über alles Menschenglück. Ich gebe keins, ich nehme keins. Nur der Tod der Menschen gehört mir. Ich esse ihn und lebe. Sie sterben in mir immer wieder. Immer wieder«, sagte er mehrmals, in Pausen und mit abnehmender Kraft – plötzlich aber einmal mit giftiger Freude. Liliane und Paul erschraken und verkrochen sich in den Ecken.

Jetzt war es heller Tag. Sie sahen, daß der Alte ein Gesicht wie weinende Kinder hatte. Das Kind war abstoßend häßlich, sein Weinen eine ekelhafte Fratze, und keine Träne kam. Dennoch waren beide versucht, mitzuweinen – so böse dieser Alte auch war, sosehr er sie quälte, um ihr Glück betrog und Nacht für Nacht unsichtbar bedrohte. Sie zündeten aber Zigaretten an und bliesen ihm von beiden Seiten den Rauch in das weinende Gesicht.

So langte dieser Wagen an, und was drin war, kam hervor. Die beiden Jungen wankten nur in ihr Zimmer, sie wollten, wie sie waren, auf das Bett sinken. Da waren aber die Forma und der Kammerdiener, die sie einfach wieder aufhoben.

»Was denken der Herr! Nur nicht einschlafen, Madame! Heute ist Empfang. Seine Hoheit der Fürst wäre höchst unzufrieden, wenn Sie den Empfang verschliefen.«

Wer denn komme? »Nur schönste Leute.«

Und wann? »Sie können jederzeit dasein.«

Hierauf mußten Paul und Liliane sich wohl umkleiden lassen.

Übrigens hörten sie Stimmen. »Mein Zopf!« hörte Liliane. Paul hörte: »Mein Diadem!«

»Es ist weit fort«, meinte Liliane, »aber es sind böse Stimmen.«

Die Forma fiel ein. »Es sind keine Stimmen, die Herrschaften haben keine solchen Stimmen. Es wird eine Türangel sein. Ihre Zimmer werden soeben geöffnet.«

»Welche Zimmer?«

»Sie kennen sie nicht.«

Auf dem Frühstückstisch lagen einige Gedecke, nur daß niemand erschien, auch der Alte nicht. Verdrem war zur Stelle, schien aber innerlich in Anspruch genommen. Die Ironie war ihm vergangen. In Kürze verschwand er wieder.

Die Mahlzeit hatte die Ermüdeten nicht munterer gemacht. Im Hintergrunde des Gartens traten große Blumenbüsche zu einem Laubengang zusammen, darin hätten sie gern geruht. Aber waren nicht Wachen aufgestellt, die dazwischentraten, sobald sie einschlafen wollten? Jedesmal ging hinter ihren Köpfen ein Schritt. Sie bogen Zweige weg, die große Dornen hatten, aber drinnen starrten andere. Sie hätten durch Gestrüpp greifen müssen.

Sie quälten sich umsonst hiermit stundenlang. Nach allem vergeblichen Kampf um den Schlaf wankten sie endlich, müde bis zur Berauschtheit, durch den Garten weiter. Sie suchten keinen Weg, sie wichen auch nicht der grausamen Sonne aus, die strahlte wie ein lidloses Auge. Eine Weile wankten sie, ohne daran zu denken, die blendende Front des Hauses entlang. Plötzlich wehte ihr Haar auf, obwohl kein Hauch ging. Sie sahen hinauf, ward denn ein Fensterladen aufgestoßen? Da war es beiden, als habe er sich grade wieder geschlossen. Sie standen und starrten so lange hin, bis sie im Spalt des Ladens etwas Gelbes unterschieden, gewiß war es Licht von innen. Die Gäste waren drin. Sie waren in den verschlossenen Moderzimmern.

»Dann gehören sie wohl hinein«, sagte Liliane. Paul zuckte nur die Achseln. Alsbald vergaßen sie es wieder. Die Säule, von der im Bogen die Rosen tropften, zog sie an. Sie lehnten sich darunter, in den schmächtigen Schatten der Rosen, der dennoch Labsal sprengte. Vor ihnen rauschte heißes Land in die Tiefe, in die Weite. Das Meer! Aber wer erreichte es je? ›Wir sind doch jung‹, fühlten sie – aber fühlten sich auch gebannt, gelähmt, und unter ihren zufallenden Lidern nur noch das schwache, verschwommene Bild der einst besessenen Welt.

Es dämmerte – ja, unvermerkt umgab verschleierte Luft sie. »Wir haben im Stehen geschlafen.«

Der Garten lag grau und still, sie begegneten niemand. Wenn sie durch den dunklen Gartensaal in ihr Zimmer schlichen? Dennoch bogen sie vom Hause schroff ab nach der Laube, in der sie nicht hatten schlafen dürfen. Sie waren ein Stück von ihr entfernt, da flammte ihr Eingang auf. Drinnen war Gesellschaft.

Wer kam hervor? Ein Herr, der behauptete, sie gekannt zu haben. Er sah freilich aus, als ob jeder ihn kannte. Er hatte in seinem untadeligen Frack liebedienerische Bewegungen wie ein öffentlicher Mann. Die Dame an seiner Seite gleißte mit schlangenhaft weißer Haut in ihrem Funkelkleide und grüßte, wie für eine Versammlung. Diese beiden so förmlichen Erscheinungen machten Paul und Liliane mit allen übrigen bekannt.

Sie führten ihnen eine Art Königin vor, die Krone klebte schief an dem dunkelroten, breiten Wulst der Zöpfe. Die Wangen hingen ihr bis auf die nackten Schultern, von denen Hermelin fiel. Sie blickte nie anders als schräg und von oben, ihr schmaler, feurig gefärbter Mund blieb gepreßt. Alles sichtbare Fleisch der hohen Frau aber machte völlig den Eindruck von Zunder, zerreißbar, leicht brennbar, schnell vergänglich.

Der liebedienerische Conférencier neigte sich zum Ohr Lilianes, indes die ihn begleitende Allerweltsdame sich über Paul neigte. »Sehen Sie Ihren Gatten sie angstvoll behüten vor jeder Berührung durch Menschen oder Gegenstände! Er ist ein Schwächling. Bemerken Sie, daß seine schwarze Perücke im grellsten Lampenschein kein einziges Glanzlicht zeigt! Trotzdem erhält er das Leben der Alten mit äußerster, nie versagender Umsicht. Es hat den Grund, daß weder das Diadem noch die lange Perlenschnur oder der Hermelinmantel ihr gehören. Sie darf sie nur tragen, solange sie lebt. Sie muß leben.«

Wem die Gegenstände denn gehörten? »Sie gehören einem Mädchen in Aschgrau, es sitzt in der Laube dort, wohin kein volles Licht mehr gelangt. Gehen Sie hinein, so werden Sie sofort das Gesicht bemerken, es ist eins der geistreichsten.«

Sie gingen hinein – und ohne Aufenthalt vorüber an dem Mädchen, denn es verfolgte sie mit seinem furchtbar entkleidenden Blick, sie hätten laufen wollen. Dann wären sie aber zusammengestoßen mit zwei daherschreitenden Freunden. Man bemerkte einander noch rechtzeitig und verbeugte sich. Von den Freunden ward der eine nach unten immer breiter, der andere nur noch schmaler. Der Kopf des Dicken aber saß auf dem Körper des Dünnen. Paul und Liliane blieben stehen, um abzuwarten, ob dies sich nicht ändere.

Denn der Dünne kaute fortwährend – indes die Freunde hin- und fortschreitend bald auftauchten aus dem unbeleuchteten Hintergrund, bald darin verschwanden. »Dort muß das Büfett sein«, vermuteten Liliane und Paul. Sie hatten die Genugtuung, die Gestalt des dünnen Freundes zunehmen zu sehen. Sie ward ähnlich der des Dicken, sie erreichte sie, ja, überflügelte sie, denn der Dicke schwoll ab. Die Köpfe aber saßen trotzdem wieder falsch. Den Neugierigen blieb nicht Zeit, das Ende des Vorganges abzuwarten. Der Hintergrund bestirnte sich.

Dies war die Glanzleistung des Abends, der Conférencier erklärte es von weitem laut. Jedes Blatt dort am Ende ward ein Stern, jede Rose. Ein Ah! ging durch die Versammlung. In die Mitte trat hier Seine Hoheit, der

Alte, und ließ sich huldigen. Unsanft ward er beiseite gestoßen. Liliane und Paul – sie stürzten nach hinten. Was war das? Was sahen sie?

Sich selbst. Ein grauhaariger Mann stand, die Hand vor den Augen, bei umflorter Harfe. Hinter der Harfe und ihren goldenen Saiten kniete aber seine Frau inbrünstig und halb nackt vor irgendeinem Jüngling. ›Wir!‹ fühlten Paul und Liliane. ›So kommt es‹, fühlten sie.

Die Gesellschaft hinter ihnen klatschte in die Hände. Sie erschraken, fuhren herum und erblickten in verstärkter Beleuchtung alle zugleich, sie konnten sie zählen. Die Dame, der ihr Schmuck nicht gehörte, ihr besorgter Mann, das Mädchen in Aschgrau samt den beiden Allerweltspersonen, den wandelbaren Freunden und dem Alten, diese alle waren vor ihnen. Hinter ihnen waren sie selbst. »Und wir, noch einmal, macht zwölf.«

»Und dein Geliebter?« wandte Paul ein. »Wir sind dreizehn.«

»Wir sind dreizehn!« Gellend schrien beide auf und rannten. Sie überrannten die Gesellschaft, die unter ihnen ohne weiteres hinsank und erlosch. Es kam auch vom Regen. Denn während sie liefen, ward die Nacht undurchdringlich, und dichter Regen fiel auf sie wie ein Tuch.

Noch immer war es Nacht. Sie saßen erwacht im Bett bei der Lampe und suchten sich zu erinnern. »Waren wir nicht im Garten?... Ja, der Alte hatte Gesellschaftt... Sie war komisch... Sogar entsetzlich.«

Sie verglichen ihre Eindrücke, die dadurch einander ähnlicher wurden. Nur verschwiegen sie, daß sie sich selbst erblickt hatten. Jeder hoffte, der andere habe es vergessen. Dies brachte sie auf eine neue Vermutung. »Wer so viel vergißt wie wir, hat vielleicht nur geträumt?«

Sie waren bestürzt. »Wir beide dasselbe?«

»Und es ist seit der Gesellschaft schon wieder Nacht«, bemerkte unvermittelt der eine. Der andere stellte fest:

»So hätten wir einen Tag und eine Nacht geschlafen.«

»Es könnten ebenso zwei Tage und zwei Nächte sein«, fiel ihnen dann wieder ein.

»Oder noch länger. Wer weiß das?«

»Wenn es aber doch ein Traum war?« Lange antwortete keiner. Liliane flüsterte endlich:

»Dann haben wir nicht einmal diese erste Nacht zu Ende geschlafen.«

»Es kommt, weil wir uns fürchten«, flüsterte Paul.

»Wovor fürchten wir uns denn?« fragte Liliane. »Da wir doch soviel Spannendes erleben – oder träumen. Ich möchte nicht mehr fort.« Gleichwohl zitterte ihre Stimme.

Paul neigte seine gewölbten roten Lippen. Sogleich wendete sie sich weg, hielt krampfhaft ein Kissen zwischen sich und ihn und wimmerte hinter dem Kissen. Er hatte sie schon gelassen. Beide schielten nach dem dunklen Vorhang.

»Was will er eigentlich?«

Ein Hauch sagte: »Daß wir uns nicht lieben.«

Dies Wort betrachteten sie lange. Plötzlich ergriff Liliane seinen Kopf. »Wir müssen mit ihm fertig werden. Hörst du?«

Er hörte. Sie sprach ihm ins Ohr mit leiser, fester Stimme:

»Es wird gefährlich, hörst du? Denn wir haben uns nicht mehr in der Gewalt. Wir wissen nicht mehr sicher, wann wir träumen. Das will er.«

»Was will er?« Paul hielt den Atem an.

»Daß wir wahnsinnig werden.«

Paul glaubte das nicht. Er sprach überaus verständig. Gewiß hätten sie es mit einem Sonderling zu tun. Aber nichts an ihm sehe nach so finsteren Plänen aus. Er sei mehr unglücklich als böse.

Er wollte noch mehr sagen, aber ganz unerwartet sprang er aus dem Bett und warf sich mit aller seiner Kraft in den Vorhang. Er stieß gegen Holz, verfing sich in Falten und schrie auf. Liliane holte den Erschreckten zurück. »Die Wand war offen!« behauptete er. »Ich weiß es. Ich weiß es.«

Liliane war kaum gefaßter als er, nur wandte sie ein: »Dann hat er noch die Glaswand. Die muß sehr dick sein.«

Er hörte es nicht. »Mein Messer!« rief er. Er holte sein kleines Messer und wollte um jeden Preis auf den Feind eindringen. Da der Vorhang taub und fühllos blieb, öffnete er die Tür nach den unbewohnten Zimmern und stach in die Luft. Sie wehte ihn aber modernd an, er taumelte, er griff sich an den Kopf.

Liliane lag auf dem Bett, das Gesicht war eingewühlt, der ganze Körper zuckte. »Ich bin schon wieder vernünftig«, klagte Paul.

»Siehst du?« brachte sie hervor zwischen klappernden Zähnen. »Haben wir nun auch das geträumt?«

»Nein«, klagte Paul. »Aber es kommt nur, weil du mich nicht mehr liebst.«

»Ich – dich nicht mehr lieben!« Sie flüsterte schaudernd. »Das will er gerade. Das sollst du gerade glauben.«

Er kniete schmal neben der Hingestreckten, sah in die Luft und schwieg verstockt.

»Wenn wir uns lieben würden wie sonst«, flüsterte sie, »wir wären verloren. Du weißt es doch.«

»Ich will es nicht mehr wissen«, entschied er. »Wer sagt dir, daß es wahr ist? Wer sagt dir, daß nicht gerade er dann verloren wäre?«

»Du bist verrückt.« Aber sie hatte einen zweifelnden Ton. Sie erkannte: »Nein. Du bist nicht dumm. Warum will er uns durchaus hindern, uns zu lieben? Denn das will er. Warum? Es würde ihm offenbar schaden.«

Sie ging im Geist ihre Erfahrungen durch. »Alles kommt vor«, fand sie. »Eins ist gewiß: er kann nicht, was wir können. Nur deshalb ängstigt er uns.«

»Er blufft«, beschloß Paul. »Komm, meine Liliane!«

Sie lachte. »Er blufft« – und sie küßte ihn. Ihre Glieder umschlangen sich fester. Da aber durchlief wieder Zittern Liliane wie ein Schlag. Ihre Zähne schlugen laut aneinander. Paul wich zurück. Die Augen aufgerissen, trüb und mutlos sahen sie einander an.

»Nein. Er ist stärker.«

Die Nacht darauf betteten sie sich am Boden des einen der Ankleidezimmer. Wie sollte er sie hier drinnen entdecken. Auch schlossen sie noch den Fensterladen, damit kein Sternenschein sie träfe. Trotzdem horchten sie reglos die halbe Nacht. Am Ende hörten sie kichern – das Kichern der Forma.

Er war mit der Forma! Mit ihr verhöhnte er sie. Jetzt, da sie nichts sahen und hier von Trauer erdrückt im Dunkeln hockten, kannte er kein Maß mehr. Sicher stand die Wand offen, auch das Glas war entfernt. Der Alte und seine Geliebte kamen frei in das Zimmer. Das Bett gab ein Ächzen von sich. Jene wälzten sich ohne Scheu darauf – indes Liliane und Paul hier im Dunkeln nicht einmal mehr Furcht, nur diese alles umfassende Trauer fühlten.

Sie schliefen am Tage – und unter dem Schutze Verdrems. Sie weihten ihn halb ein. »Herr Verdrem, hier ist nicht alles in Ordnung. Man schläft schlecht. Ihr Herr in seinem Alter könnte sich wirklich mehr Zurückhaltung auflegen.«

Verdrem stimmte immer zu, und die Ironie, mit der er es tat, war gerade das Erleichternde. Da sprachen sie sogar von der Gesellschaft in der Gartenlaube. »Wir möchten dort im Schatten den Schlaf nachholen. Aber wären wir vor der Gesellschaft sicher?«

»Natürlich nicht unbedingt«, sagte Verdrem nachgiebig.

»Bewachen Sie uns!« verlangten die beiden. Paul sagte:

»Wir werden uns dankbar zeigen.«

»Legen Sie Wert auf Ihre Stellung?« fragte Liliane. »Dann seien Sie nett mit uns. Der Lohn kommt, wenn wir hier die Herren sind.«

Sie behielt den Mund offen. Dies hatte sie ausgesprochen, ohne je vorher daran gedacht zu haben. Auch Paul war tief betroffen. Verdrem aber verlor zum zweitenmal seine Ironie.

Er wollte sichtlich schnell hinweggehen über das Gehörte, daher ordnete er so eifrig ihr Lager. Entschlummernd sahen sie ihn noch dastehn und sie ernst betrachten.

Diese Lebensweise erlaubte ihnen des Nachts erst recht keinen Schlaf mehr. Übrigens ward es im Zimmer zu schwül. Sie strichen unter flammendem Himmel um das dicht geschlossene Haus. Woher doch kam das Kichern, das ihnen immer im Ohr lag? Wo versteckte sich das sogenannte Schlafgemach des Alten? Nach dem ihren hatte die Front kein anderes Fenster mehr, obwohl noch Raum war. Ein Fenster konnte vermauert sein, solch ein Kichern drang auch durch Mauern.

Dies waren Dinge, nach denen sie sogar Verdrem nicht fragten. Er würde es endlich abgelehnt haben, sie weiter aufzuklären, und wußte das letzte wohl selbst nicht. Sie strichen um das Haus.

Einmal – die Nacht war duftend wie noch nie – besannen sie sich und stellten die Frage, warum sie nicht fortgingen. Niemand hielt sie. In seiner unwandelbaren Höflichkeit verriet der Hausherr des Tages nie, daß sie Gefangene seien. Waren sie es denn? Etwa durch Geldmangel?

»Wieso?« sagte Liliane. »Es wäre schon ein rechtes Elend, wenn ich mir in Nizza kein Reisegeld verschaffen könnte.«

Sie sprach nur von sich. Paul war zu wohlerzogen, sonst hätte er gesagt: ›Bei Mama fände ich Geld genug – wenn ich allein käme.‹

Unwillkürlich trennten sie sich. Liliane nahm den Stuhl

in einem dunklen Busch. Paul blieb abseits. Sie gedachten tief eindringlich jeder seiner selbst, nur des eigenen Schicksals. Der andere störte. Der andere hemmte, verstrickte und brachte Unglück. ›Hätte ich ihn nie getroffen!‹ – ›Sie hat mir gefehlt!‹

Da blickten sie hin – und erkannten in dem fremden Gesicht den Haß. Sie schrien auf, schlugen sich die Brust und sanken um, am Fleck wo sie waren. Jeder für sich, mit dem Gesicht in Gartenerde, weinten sie. Entsetzt, reuevoll und ohne sich selbst zu begreifen, weinten sie alle Tränen ihres Leibes in die Erde, die sie trank.

Nach langer Buße krochen sie zueinander. Jeder bot in Demut seine Hände. »Das hat er gewollt«, stöhnte sie. »Wie konnten wir es tun! Das wollte er.«

Sie hatten einander gehaßt, es war der Triumph ihres Feindes. Das Schrecklichste war: sie fühlten, er werde noch oft triumphieren, noch oft und endlich ganz. Sie mußten ihn schlagen – sogleich, bevor es zu spät war. Es galt, mit ihm fertig zu werden, oder einander zu verlieren.

»Als ich dir sagte, es wäre besser, den ganzen Moder anzuzünden!« sagte Liliane laut, damit das Kichern schweige. Denn seit sie einander gehaßt hatten, hörten sie das Kichern so nahe, als spähte jemand durch den Spalt in einem Fensterladen der unbewohnten Zimmer. Vom Zorn gepackt, gingen sie vor.

Sie drangen durch den Gartensaal in ihr Zimmer. Der Anblick ihres verlassenen Bettes, auf dessen unberührte Kissen durch das Fenster ein Rosenzweig sich neigte, erbitterte sie wild. Aufgestoßen die Tür ins Moderreich! Staubwolken fahren weg, und darin flieht es weißlich. Das ist unverkennbar der Umriß der Forma, verschwimmt er auch im weißlichen Schein. Das ist ihr Tanz, der Spott und Hohn ist. Schon schwebt sie dort hinten durch den dunklen Schacht des nächsten Zimmers, indes Paul und Liliane noch mit der Wirrnis gehäufter Teppiche kämpfen, in die sie sich verwickeln.

Das zweite Zimmer ist erreicht, aber die Gestalt tanzt jetzt über das dritte, tanzt über das vierte hin. Sie ist im Ungewissen nur noch ein Lichtchen, das flackert, weil ein Luftzug es beugt. Die Verfolger verlieren es aus dem Gesicht. Sie stehn horchend. Auf dem Boden scharren fremde Schritte rings um sie her. Ihnen graust. Sie sehen von schattenhaften Möbeln Gestalten aufstehn.

»Es ist nur Luftzug«, flüsterte Paul. »Der Staub fegt über den Boden.«

»Hast du Streichhölzer?« fragte Liliane. Sie zündet eins an und wirft es von sich. Es erlischt.

Sie entzündet ein zweites und wirft es nach dem Moder im Bogen. Aufsteigend beleuchtet es eine offene Tür und die Gestalt, die darin steht. Beide schreien hoch auf, da erlischt schon die Flamme. Sie hören die sanfte Stimme des Alten sagen:

»Das kann nur ich selbst.«

Dann rafften sie sich fort, einer den andern von dem schrecklichen Ort. Sie helfen jeder dem Liebsten, das er hat, aus den namenlosen Schlingen der Finsternis. Sie verlaufen sich, fallen, flüchten weiter.

Draußen in der Luft standen sie gerettet, aber vor einer verwandelten Welt. Sie brachten – von dorther – die Überzeugung mit, der ungreifbare Feind sei übermächtig und gewähre keine Gnade. Sie konnten ihn nicht töten, und er hatte beschlossen, sie sollten ohne Liebe leben. Nun sah die Welt mit allen ihren Sternen und Rosen dennoch aus, wie er wollte, daß sie ihnen aussehe: lieblos, lichtlos. Was tun? Wohin? Sie fühlten: Wir müssen doch sterben ohne Liebe!

Sie fühlten es so inständig, daß sie ohne ein Wort der Verständigung zielbewußt ihren gemeinsamen Weg einschlugen, hügelan und bis an jenen Rand des Absturzes, worunter sie die Hölle wußten. Kein Stern schien hinein. Das bleiche Gestein, Gebein, Gewölk und Gewürm atmete nächtlich herauf, strebte hinan zu ihnen, lockte sie hinab. Sie fühlten: sterben! Den Alten betrügen und vereint sterben!

Jetzt dämmerte es schon, sogleich mußten sie die nahen Schrecken des Todes unter sich erblicken. Lieber vorher enden! Es brauchte wenig. Nur nachgeben, und sie glitten von dannen aus lauter Müdigkeit.

Sie glitten, ihre Knie widerstanden nicht mehr – da streifte etwas ihre Gesichter, ein großer Vogel stieß wohl aus der dämmernden Luft. Sie empfingen seinen Anprall an Schultern und Brust, taumelten ein Stück rückwärts und fielen. Sie fielen auf eine Schwelle im Gras, lehnten betäubt die Köpfe hin und schliefen ein.

Als sie erwachten, schien der Tag bald vergangen. Sie lagen nebeneinander auf der Schwelle, »auch hierfür segne ich dich«. Dies sehen und aneinander die Gesichter bergen – vor der Erinnerung dessen, was sie hatten träumen müssen auf dieser Schwelle. Sie waren im Traum durch Katakomben geirrt, konnten weder atmen noch das Licht wiederfinden und gelangten, von einer sanften Stimme gelenkt, unausweichlich bis unter diesen alten Grabstein. Da lagen sie dann, waren vor Zeiten gestorben und segneten den Alten, sie selbst die alten Toten.

Jeder von der Brust des Gefährten schielten sie hervor in die Welt, der sie noch nicht wieder glauben konnten. Sollte gelebt werden? Welchen neuen Schrecken entgegen? Drunten ging die Glocke, die sie rief. Sie folgten ihr aus Gewohnheit.

Im Gartensaal warteten zwei Herren. Der grün bezogene Tisch trug Schreibzeug und beschriebenes Aktenpapier. Der würdigere der Herren begrüßte sie als Notar und befahl seinem Gehilfen, den Vertrag zu verlesen. Der junge Jurist setzte die Hornbrille auf, inzwischen deckte Paul stehend Liliane, die saß und ihr Gesicht neu herrichtete. Zum Glück hatte sie in allen Abenteuern der Nacht ihr Täschchen nicht aus der Hand verloren. Was sah sie im kleinen Spiegel? Erde, verklebt mit Tränen. Staub im Haar, die Spur ihrer Zähne auf der Lippe und eine Furche, ja, diese erste Furche vom Weinen.

Sie arbeitete still und eifervoll hinter Paul. Der junge Jurist las den Vertrag. Der Alte erklärte durch das Schriftstück, daß er Paul und Liliane zu seinen Erben einsetzte – falls er vor ihnen sterbe. Seine Verwandten waren abgefunden, dies Haus und was ihm blieb an Vermögen, Reichtum genug, es gehörte Liliane und Paul, aber sie durften nicht sterben. Starben sie dennoch vor ihm, bekamen sie nichts. Vielmehr gehörten sie dann ihm, sie selbst. Er hatte das Recht, sie hier zu begraben, oder wie immer ihm beliebte zu verfahren mit ihnen. Dies der Vertrag.

Paul stand starr. Liliane hielt das mit Gesichtsäther getränkte Tuch und rieb nicht mehr. Sie verkroch sich hinter Paul, sie hatte gehört: er will unsere Seelen. Paul hatte kaum etwas anderes gehört.

Der Notar persönlich nahm das Wort. Er bemühte sich um gewinnende Manieren. Er empfahl ihnen, den Vertrag zu unterzeichnen und sich nicht etwa zu stoßen an scheinbar befremdlichen Bedingungen, die im Grunde nur das Zartgefühl der Gegenseite ihnen vorschrieb. Was hätten sie selbst denn als Ausgleich für sein ganzes Vermögen ihrem Vertragsgegner zu bieten? Der Gegner nahm an: ihre toten Körper, ihren Tod selbst – und stellte sich, als glaubte er, dies sei etwas. Der Notar freilich war der Meinung, es sei nichts, sei wertlos, und ihr Herr Gegner, der nach der Wahrscheinlichkeit der Natur vor ihnen sterben werde, schenke ihnen einfach alles.

Hier schnellte Liliane hervor hinter Paul. »Wo ist er?«

Die Frage traf die beiden Juristen ins Mark. Tiefernst sahen sie sich an. »Seine Hoheit ist seit gestern verreist«, gestand zuletzt der Notar. »Sie sehen, wir verfahren ohne Umwege. Der Fürst war nicht sicher, Kraft genug zu haben für diese Verhandlung.«

»Oh! der lebt ewig«, sagte vernehmlich Paul. Der Notar sah ihm in die Augen.

»Statt an List«, sagte er mit starker Betonung, »könnten Sie eher an die besonders vornehme Gesinnung Seiner Hoheit glauben. Der Fürst will Sie nicht beeinflussen durch seine Gegenwart.«

»Da hat er recht«, äußerte Liliane. »Wenn er hier im Zimmer wäre, unterschriebe ich bestimmt nicht.«

Sogleich breitete der junge Jurist mit der Hornbrille das Schriftstück vor sie hin.

»Ist er auch wirklich verreist?« fragte sie, und unterschrieb. Dann unterschrieb auch Paul.

Nun waren sie allein, standen aber noch immer auf dem Fleck. Der Tisch ward ihnen gedeckt, nur ihnen beiden. Sie aßen. Verdrem war zärtlich und ironisch um sie her, sie hätten ihn ausfragen können, schwiegen aber. Sie schwiegen in Staunen, tiefem Befremden, in der Ahnung, wahrhaft verzweifelt stehe es erst jetzt.

Nachher im Garten sagten sie zueinander:

»Wenn er so kühn spielt –«

»Wieviel muß er in der Bank haben.«

»Und heute nacht? Er war nicht da. Er hat uns geängstigt, verhöhnt, verfolgt, sogar gerettet, aber er – war – nicht – da!«

»Wir ihn beerben? Er höhnt, er höhnt. Wir sind jung, er ist so alt, und er verhöhnt uns mit seiner Unsterblichkeit. Jetzt ist es genug.«

»Jetzt ist es genug. Fort, fort!«

Sie standen vor dem Blick ins Weite. Zum Meer! Auf

das Meer! Am Lande fand er sie überall. Jedes Haus der Stadt war mit ihm im Bunde, jedes Auto würde sie einzig fahren, wohin er wollte. Nur ein Schiff, nur das Meer! Frei sein, nie wiederkehren, sie lechzten danach.

Ganz heimlich schlichen sie in ihr Zimmer. Sie verkleideten sich. Paul ward eine Art Landstreicher, Liliane ein junger Student auf Abwegen. Ohne ein Rascheln schwebten sie, als es dunkel genug war, um das Haus. Sie warteten voll leidenschaftlicher Geduld. Endlich lag die Einfahrt leer. Diener, die drinnen noch wachten, sahen nur einen Augenblick fort von jener Stelle, wo Paul und Liliane über das Gitter stiegen. Aber schon liefen sie, getragen von schwülem Wind.

Sie holten einen dahinziehenden Bauernwagen ein und saßen auf. Die Stadt war erreicht. Der Hafen öffnete sich leer und schwarz trotz der Lampen am Ufer. Denn kein Stern schien auf das Wasser. Die Barken drängten sich knarrend zusammen vorn unter dem Damm, draußen ragte der dunkle Umriß eines einzigen Schiffes, das kein Licht führte. »Es fährt nicht«, sagte ein einsam wartender Mann, den sie fragten.

Dennoch wollten sie hinübergerudert werden und stiegen mit ihm ins Boot. Er stak bis über den Mund in seinem Mantel. Der Hut bedeckte das Gesicht oben, erst die Bewegung des Ruderns entblößte es zeitweilig. Jetzt mußte er durch die Lichtbahn der letzten Hafenlampe, da erkannten sie seine Augen. Er war es. Er hatte sie erwartet, wie immer.

Er ruderte stehend. Plötzlich sprangen auch sie auf. Ihr Anprall warf ihn sofort über den Bootsrand. Sie hatten nicht damit gerechnet, er würde so leicht umfallen. Ihr Stoß war zu stark, fast wären sie mit ins Wasser gerutscht. Sie beugten sich hinüber, ihn untergehen zu sehn. Er lag ausgestreckt gleich unter der Oberfläche des Wassers. Er hatte offene Augen und nicht den geringsten Ausdruck von Schrecken oder Vorwurf. Ohne sich zu rühren, sank er langsam tiefer.

Als sie ihn nicht mehr sehen konnten, ließen sie sich auf der entgegengesetzten Seite ins Wasser gleiten und schwammen an Land. Sie erstiegen das Ufer außerhalb des Hafens über Felsenblöcke, da waren sie auf dem nächtlich verlassenen Strand. Eine Bank nahm sie auf, der heiße Wind umkreiste und trocknete sie, nie hatten sie so köstlich gebadet. Ein Boot mit einem Ruderer im großen Hut und großen Mantel hielt schattenhaft auf jenen dunklen Umriß eines Schiffes zu, genau dort, wohin sie blickten.

Sie erkannnten wohl: es war ein gewöhnlicher Ruderer, er war aus dem Wasser wieder in sein Boot gestiegen und fuhr nun weiter. Es war nicht der Alte, und sie hatten ihn nicht ertränkt. Dennoch glaubten sie nicht mehr an den Alten und daß er recht behielte und weiterlebte. Sie fürchteten ihn nicht mehr, seit sie statt seiner einen Ruderer ins Wasser gestoßen hatten. Sie fühlten ihre Kraft und hielten ihn im Grunde wirklich für den Schatten, der dort drüben fortglitt.

Ein Auto-Taxi erschien, sie stiegen ein. Als der Chauffeur hörte, wie weit er fahren sollte, verlangte er, daß sie wieder ausstiegen. Er habe keine Lust, dem Gewitter geradeswegs entgegenzufahren. Aber sie nötigten ihn. Indes er fluchte und unter dem aufkommenden Sturm den Nacken beugte, lagen sie hinter ihm im Wagen, hielten sich, atmeten sich, und zwischen Küssen jauchzten sie zum nahenden Rollen des Donners.

Diesmal ließen sie das Tor weit öffnen. Alle mußten wach und auf sein. Alles mußte erleuchtet werden – nur ihr Zimmer überließen sie einzig dem Schein der Blitze. Sie warfen die Kleider ab, knieten voreinander auf der weichen Wolke ihres breiten, niedrigen Bettes und vergaßen. Ihre übergroße Sehnsucht vergaß selbst das Gedächtnis des Alten. Er war in ihnen tot, und starb er einst auch für sich, dann blieb er dabei völlig allein. In ihnen war er tot. In ihnen lebte wieder einzig Liebe.

Dies war ihr erstes Zimmer. Sie glaubten sich in dem schlechten Hotel voll verdächtiger Geräusche und ohne Sonne. Wie damals sonnten sie sich weltvergessen ineinander. Kein Elend, keine Drohung hatte Macht. Macht war einzig ihr Trieb. Liliane und Paul öffneten füreinander ihre Arme, nicht anders als das Paar im Paradies, das den Tod nicht kennt. Sie umarmen sich. In ihnen schwingt und jubelt, wird wiedergeboren, zeugt und dauert ihr ganzes Geschlecht.

Der ungeheure Donnerschlag, Paul und Liliane, die ihn nicht hörten, wiegten in seinem Rollen nur ihr Entzücken. Die blauen Blitze waren ihnen Funken der eigenen Lust. Sie waren entrückt. Jetzt aber erkannten sie plötzlich dies Zimmer und daß es flammenhaft hell war. Sie blickten um. Das Zimmer hatte keine Wand, und dort hinten wogten Flammen.

Der dunkle Vorhang war weggerollt mitsamt der Holzwand. Sie sahen durch Glas in ein feuriges Gelaß, dort brannte alles herrlich, loderte alles nach Herzenslust. Eine in Flammen stehende Gestalt stürzte hervor aus den roten Wogen, hob schwach die Ärmchen und drückte einen Augenblick das Gesicht an die dicke Glaswand. Es war ein armes, verschrumpftes und trauriges Gesicht, das nicht mehr wagte, bös zu sein. Schon ergriffen ihn von hinten die Flammen, sie rissen ihn rückwärts mitten in sich hinein. Sie sangen dabei, daß es bis durch das Glas sang. Noch tanzte das Männchen, es hob die Beine, es hielt die Augen geschlossen, der Mund stand ihm offen, und die Zunge hing heraus. Wie es klein war!

Jetzt hatten die Flammen es ganz. Es blieb darin verschwunden, Paul und Liliane sahen es nicht wieder. Wie schön! Der böse, unglückliche Alte war nun wirklich tot. Die Glücksnacht! Sie tanzten, wie sie waren, um ihr Bett, ja, schossen hinüber einen Purzelbaum. Erst als Stimmen herbeikamen, zogen sie ihre Kleider an.

Verdrem trat ein an der Spitze der Leute. Er machte eine hochtrabende, von Ironie nicht freie Gebärde über die Glaswand hin, und alles war gesagt. Die Forma stand vor Freude auf einer Hand, aus der Luft winkte sie Glückwünsche mit den Fußspitzen. Alle lachten befreit. Paul sagte:

»Wir sind die Erben.«

Liliane sagte: »Euch soll es gut gehn, denn wir sind jung.«

Felicitas

Die Täler dort unten waren deutsch oder welsch. Die welschen und die deutschen Täler kreuzten sich, an der Kreuzung aber ragte der größte Gletscher. Er noch mehr als die Verschiedenheit der Sprachen verhinderte den Verkehr. Wer hinüberging, verschwand in einer anderen Welt, diese wie jene unberührt seit der Vorzeit.

Ein Soldat ging hinüber. Auch im jenseitigen Tal waren die Hütten aus unbehauenen Steinen schlecht gefügt und mit Erde verstopft. Über die halben Türen hinweg aber sahen römische Gesichter ihn an, statt seiner altdeutschen. Der Soldat fühlte, daß ein Mädchen ihm nachsah, als er schon vorbei war. Er kehrte um.

Das Mädchen hatte große, starrblickende, schwarze Augen. Sie antwortete auf kein Wort des Soldaten, auch nicht auf sein Lachen. Aber sie ließ ihn ein.

Als es geschehen war, konnte zu Haus ihres Bleibens nicht länger sein. Sie folgte ihm über den Gletscher und bis in sein Dorf. Er bat seine Eltern, sie aufzunehmen, solange er noch diene. Dem Mädchen sagte er, wenn er erst frei sei, gebe es Hochzeit. Dann ging er – und kam nie wieder.

Seine Dienstzeit war beendet, da starben seine Eltern. Die einst Geliebte blieb in der Hütte zurück mit ihrem Kind. Es war das Kind des Soldaten, es hatte sein getreideblondes Haar zusammen mit den Augen der Mutter. Es war gekommen im Monat März, wenn Schnee sich löst und vom Berg rollt, wenn der Bach heranschwillt bis zu den unteren Häusern. Sie treiben dann das Vieh hinauf über die Felsstufen, an deren Rande die Hütten liegen.

Nur die Mutter des Kindes konnte nicht mitfliehen, da sie es gerade gebar. Beide hatten Glück, der Bach hielt an vor ihrer Tür. Sie nannte es nach der Heiligen, deren Tag war, Felicitas.

Jetzt lebten die Mutter und das Kind in ihrer Zuflucht, man wußte nicht wie. Die Alten mußten einen Strumpf mit heimlichen Sparpfennigen hinterlassen und die Gläubiger ihn nicht gefunden haben. Reichte das Geld denn noch immer? Zuletzt ward offenbar, daß jene Welsche Burschen bei sich aufnahm. Das Kind schickte sie inzwischen auf Arbeit.

Das heranwachsende Kind stieg, je nach der Jahreszeit, barfüßig oder auf klappernden Pantoffeln, die Stufengasse auf und ab. Es trug Wasser von Hütte zu Hütte, der breite Krug aus Kupfer stand frei auf seinem kleinen Kopf, als schwebte er im Gleichgewicht an der Spitze einer schmalen Gerte.

In einer der Hütten durfte sie meistens bleiben, durfte waschen, das Vieh warten, mitessen vom Kastanienkuchen, der bitter gewürzt mit dem Rauch des Herdes war, und ins Stroh sinken. Die Mitleidigen ließen sie übernachten, denn welch eine Mutter hatte dies Kind! Felicitas aber blieb, weil sie müde war. Sie war kräftig, aber am Abend von harter Arbeit so übermäßig ermüdet, wie sie es in ihrem ganzen Leben nicht mehr sein sollte. Erst im Alter erkannte sie diese Müdigkeit wieder.

Kam sie einmal heim, fand sie doch die Mutter nicht und mußte sich lange fürchten in der Stille, bevor sie einschlief. Die Mutter suchte Arbeit talabwärts, wo schon Kastanien gedeihen und die schön gemauerten Häuser reicher Bauern stehen. Hier im Dorfe ist nur die Kirche richtig gemauert.

Die Frau ward eines Morgens zurückgebracht von einem alten Gendarmen, der nicht sprach, die Frau nur brachte und fortging, ohne daß bekannt wurde, was geschehen war. Die Frau trat verstockt in ihre Hütte, draußen standen die Nachbarn und schalten. Sie konnte die Tür nicht schließen, sonst wäre es bei ihr ganz dunkel geworden. Manchmal rief auch sie ein Scheltwort hinaus, aber nicht in der Sprache der Leute, die sie nun lange schon mitredete, sondern in ihrem alten, fremden Dialekt.

Die Stufengasse herunter, grad und im Gleichmaß wie immer, schritt Felicitas. Sie erblickte den Auflauf, sie hörte die entstellte Stimme ihrer Mutter, schon ließ sie ihren Krug fallen und fortrollen. Die Arme von sich gestreckt, ohne einen Laut, erwartete sie, daß alles hinfalle und fortrolle wie der Krug, daß es aus sei mit ihr und der Mutter, daß man sie beide fortjage bis ins Schneefeld. In diesem Augenblick erschien ein Engel.

Hoch trug er seinen bleichen Kopf. Sein Mund war rot, und strenge Seligkeit hielt ihn verschlossen. Indes seine Augen tief, unbewegt und völlig ernst blieben, lächelten doch ihre Brauen, ja, um sie her glänzte die Luft. Ihn umschloß ein schönes schwarzes Kleid, das er raffte, damit es auf den Stufen sauber blieb. Er ging zur Hütte der Verstoßenen, die Leute ließen ihn durch. Er hielt auf der Schwelle und rief die Frau bei Namen, da kam sie, die Stirn gebeugt. Er legte ihr die Hand auf den Scheitel, sie kniete hin, und er zeigte sie den Leuten, sie sei wieder aufgenommen.

Alle Kinder küßten ihm den Saum, mit ihnen Felicitas. Dann folgten sie ihm zur Kirche. Er las die Messe, inzwischen fühlte Felicitas: in Wirklichkeit also ist er ein Engel. Nur mir ist es geoffenbart. Sie staunte, sie war erfüllt vom Staunen. Sie meinte sogar, das Herz müßte ihr stillstehen.

Diesen Sommer hütete sie die Ziegen. Sie stand allein auf besonntem Felsen. Zu ihr hinauf reckten sich vom Abhang die Tiere mit flachen, sehnigen Hälsen, rissen Blätter ab mit ihren weichen Mäulern und kauten. Es klang wie eine

Quelle im Gras. Felicitas aber erwartete den jungen Pfarrer auf seinem Weg zu den Kranken.

Als sie seinen Schritt hörte, duckte sie sich plötzlich hinter Büsche. Sie hätte nie gedacht, daß es so kommen würde. Er war schon halb vorbei, da fuhr sie aus dem Busch. Er erschrak, wie vor einer Schlange. Sie lachte tief im Hals und küßte seine Hand. Er wollte ihr die Haare fortstreichen, zögerte aber. Ihre Haare, die jetzt dem Kupfer glichen, lagen in Strähnen über dem Gesicht. Zwischen dunkelroten Strähnen leuchteten die Augen hell und wild wie die der Ziegen. Er gab ihr ein kleines, glattes und buntes Bild mit dem Heiland, nun wurden sie dunkel und sanft. Er ging weiter, da liefen lautlos aus ihnen die Tränen. Aber er sah es nicht mehr.

Felicitas versäumte kein Amt, keine Predigt. Wenn er sprach, ward die Kanzel das Haus der Stürme. Er kannte kein Erbarmen mit den Geizigen, noch weniger mit den Zuchtlosen. Dennoch hatte er die Mutter wieder aufgenommen. Felicitas begriff: er war geduldig mit uns Armen, selbst aber hoch und streng. Sie lag auf den Knien und erfuhr den Glauben.

Er rettete alle. Der Idiot, der mit Weiberstimme sprach, war verloren, er hatte die Kirche nie betreten und kannte das Heil nicht. Der junge Pfarrer befahl ihm, Frauenröcke zu tragen. Da sah Felicitas: er war gerettet.

Die Kirche ragt frei auf einem Vorsprung jenes Berges. Gehst du aber hinten hinaus, gelangst du in einen Gang, der geradeswegs durch Fels führt, so lange bis das Eck kommt. Dort öffnest du die Tür zum Haus des Pfarrers, es steht steil und blickt weithin. Sie wagte sich aber in den Felsengang erst mit fünfzehn Jahren. Sie war zuerst nicht sicher, daß er einmal endete. Wohnte der junge Pfarrer nicht verzaubert? Der Gang war dunkel, obwohl an der Wand ein schwaches Licht glomm. Gerade dort wartete immer eine Gestalt – und ward zum Felsstück erst, wenn du sie berührtest. Der Weg im Dunkeln war spannend bis zum Aufschreien, aber sie biß die Zähne zusammen.

An der schwärzesten Stelle funkelten in Manneshöhe zwei grüne Augen. Felicitas war anfangs vom Schrecken erstarrt, stundenlang hatte sie am Fleck verharrt, ob die Augen fortblickten oder sich schlössen. Allmählich erkannte sie: es war Gog, der Kater des jungen Pfarrers. Sie gelangte vorüber, aber nur dank den Beschwörungen, die sie murmelte: »Gog, weiche!« murmelte sie. »Gog, sei mir untertan!« Nach vielen vergeblichen Versuchen erreichte sie die Tür des jungen Pfarrers, stand nun dort und fürchtete so sehr diese Tür wie die Rückkehr durch das Dunkel.

Einst riß sie die Tür des jungen Pfarrers weit auf. Sie hatte es nicht gewollt. Jetzt blinzelte sie in der jähen Helle, fühlte ihr Herz schlagen und litt die köstlichste Verblendung. Denn er mußte im überirdischen Glanze vor ihr stehen. Nur ihre Augen ertrugen es nicht, sie sah ihn nicht. Er fragte unsichtbar, was sie wolle. Sie sagte, sie müsse beichten, sie trage es nicht so lange, bis er sie in der Kirche anhöre. Sofort erfand sie einen Diebstahl – bei dem Witwer, dem sie die Kinder hütete –, Mehl war es, ein Pfund. »Du lügst«, sagte der junge Pfarrer. Zuerst blieb ihr der Mund stehen, dann verzog sich langsam das ganze Gesicht, und ehe noch der Schmerz laut ausströmte, fiel sie zusammen.

»Glaubst du denn, Gott lasse sich täuschen?« Sie hörte über sich die heilige Stimme und konnte vor Grauen nicht mehr schluchzen. Unendlich durchlief sie der Schauer der Geheimnisse. Plötzlich war sie auf den Füßen, sie bebte ganz. »Da vor Euch doch alles offenbar ist –«, sie erhob die Arme ein wenig vom Leibe und öffnete die Handflächen.

»Was willst du?« fragte er wieder, aber diesmal sah er sie viel länger an, und sie hielt ihm stand.

»Geht nicht mehr zu meiner Mutter!« sagte sie leise, aber mit Nachdruck. »Sie ist weder Euren Trost noch

Eure Gaben wert. Sie beleidigt Euch, sie rühmt sich falscher Dinge, wenn Ihr da waret.« Immer leiser: »Sie ist schändlich, ich hasse sie.«

Sie senkte den Kopf, und jetzt strich er ihr wirklich die Haare fort. »Ich weiß dies alles«, sagte der junge Pfarrer. »Aber hasse nicht! Liebe!«

Von seinem Streicheln fiel ihr der Kopf in den Nacken, ihr Gesicht lag offen unter dem seinen. Ihre Lippen wölbten sich, und sie schloß die Augen.

In ihr geschah Entrückung, sie hätte nicht geglaubt, diese Welt je wiederzusehen. Zuletzt gingen ihr dennoch die Augen auf, da fand sie aber, daß sie allein war.

Sie kam wieder. Denn sie haßte ihre Mutter, es war gegen jedes Gesetz, sie mußte es beichten. Der schlimmste Haß wuchs sogar erst noch heran in ihrem Herzen. Ja, Felicitas zweifelte jetzt, daß ihre Mutter sich fälschlich rühmte. Der junge Pfarrer hatte sie nochmals besucht. Felicitas dort hinten bei ihren Ziegen erlitt wehrlos jene schrecklichen Ängste um das, was jetzt vielleicht geschah.

Heute fiel Dämmerlicht in den felsigen Gang, die Tür des jungen Pfarrers stand halb offen. Warum denn? Es blieb ganz still drinnen. Felicitas im Dunkeln hinter der Tür horchte lange, lange. Niemand sprach, niemand kam oder ging. Dann begann sie sich lautlos durch den Spalt zu drücken, auch das brauchte viel Zeit.

Drinnen aber empfing sie ein ganz fremdes Zimmer. Die Sonne hatte es verlassen, nun waren neue Farben erschienen, und alle Formen verhielten sich anders. Aber nicht daher kam es. Den jungen Pfarrer sah sie nicht, gerade darum durchdrang sein still gewordener Raum sie wie ungeahntes, reines und hohes Glück. Kein Flecken mehr in ihr, kein Haß, kein Zweifel. Was sie geängstet hatte, war getilgt. Niemand hatte gesündigt, und sie wußte nicht, welcher wunderbare Traum gehörte ihr nun.

Vor der beschatteten Wand mit dem Gekreuzigten hing über einem Stuhl ein schwarzes Kleid. Es sah nicht schön aus, eher armselig, faltig und leer hingesunken in den ungewissen Schatten, wie es war. Dennoch ging Felicitas auf ihren Fußspitzen zu dem Kleid, neigte sich, so weither sie konnte, darüber und küßte es. Wie aber? Es regte sich. Es spannte sich ein wenig. Eine Stimme sagte: »Bist du es, Gog?«

Seine Stimme! Und das Kleid war unter ihren Lippen lebend! Wenn er sich umwendete, sie erblickte? Nur das nicht! »Ein Wunder!« bat sie. Da ward ihr eingegeben, zu miauen wie Gog. Leise miauend zog sie sich zurück, der junge Pfarrer lag weiter reglos über der Lehne seines Betschemels, er wußte nichts.

Sie hatte ihn dennoch getäuscht. Sie faßte es noch nicht.

Sie beichtete, verschwieg es, und er bemerkte nichts. Selbst ihre innere Not, die so furchtbar war, konnte ihm verborgen bleiben! Sie sah ihn an – und erkannte ihn nicht, sie auch ihn nicht. Fast hätte sie, hier in Kirche und Beichtstuhl, laut aufgeheult.

Sie lief und versteckte sich in einem Erdloch. Die Mutter fand sie nicht. Der Pfarrer war es, der sie fand.

Sie sprach endlich. »Mir hilft nichts mehr, ich kann nicht beichten. Wer hat mir den Mund verschlossen?« – »Ich will beten, bis er von dir abläßt«, sagte der Pfarrer – und viel leiser: »Ich kämpfe für dich.«

Sie kämpfte selbst. Er konnte es ihr nicht abnehmen, gerade er nicht. Sie bemerkte, dies sei schwerer als alle ihre anderen schweren Arbeiten, der Krug, die Kinder, das Brennen der abgemühten Hände, bevor sie abends in das Stroh fiel.

Ganz erschöpft, zitternd von dem, was ihr auferlegt war zu tun, ging sie wieder zur Beichte.

Sie sagte alles: »Ich habe Euch geküßt. Ich glaubte nicht, daß Ihr es wäret. Ich glaubte, es sei nur Euer Kleid.

Aber ich habe es doch gewünscht, habe gewünscht, das Kleid wäret Ihr.«

Der junge Pfarrer schwieg noch immer, staunend sah er an ihr vorbei. Endlich vergewisserte er sich. »Du warst es? Du hast gemiaut wie Gog und mich aus meinen Gedanken abgerufen? Gerade du? Welch eine Gnade, gerade du!« Er murmelte, als beichtete er selbst: »Es war sehr gut, daß du mich abriefest. Ich hatte eine große Versuchung.«

Sogleich ahnte Felicitas, daß jetzt alles anders stehe. Sie verstand noch nicht, was er meinte. Aber sie fühlte: auch er war nicht nur zu täuschen, er brauchte Täuschung. Weit entfernt, sie zu bereuen, war er der Täuschung dankbar. Als sie von ihm fortging, blieb ihr kalt, sogar in der Sonne.

Noch zwei Jahre lebte sie im Dorf. Sie hatte ruhige Zeiten. Der junge Pfarrer stieg wohl herab von seinem Felsenhaus, Felicitas aber mit ihrer Last von drüben die Stufengasse. Inmitten begegneten sie sich. Felicitas setzte ihre Last ab und küßte ihm das Kleid. Dann sah sie ihm nach, verwundert, weil er noch da war und lebte.

Andere warben um die schöne Felicitas, erst da begriff sie vielleicht, was gewesen war, und sagte nein. Als ihre Mutter gestorben war, stand der junge Pfarrer allein mit Felicitas in der Hütte und weinte. Sie hatte ihn niemals weinen gesehen. Ihre eigenen Tränen brachen ab, und sie betrachtete ihn.

Später dachte sie vor allem an diese seine Tränen, wenn sie in der Welt und an schlimmen Stellen ihres oft umgebrochenen Lebenslaufes nach Bildern des Friedens suchte. Aber auch in ihrer Erinnerung verrannen seine Tränen so bald, wie damals auf seiner mageren Wange. ›Er hätte mich auch nur haben wollen‹, entschied sie.

Erst als sie schon alterte, liebte sie ihn wieder.

Suturp

I

Ein Mann, der noch jung ist, geht durch eine lange, lange Buchenallee. Hinter ihm liegt die Stadt, ein Rad seines Wagens ist gebrochen, und er eilt. Er kann am Ziel sein, bevor der Wagen ausgebessert ist. Er wird ungeduldig, er hat in Suturp ein Geschäft, aber die Bäume nehmen kein Ende. Er hatte nicht gewußt, daß es so viele sind. Ihre alten Stämme krümmen sich zueinander, das helle junge Laub lassen sie tief hängen, er sieht nicht hindurch, und immer noch mehr kommen.

Jetzt zeigt rechts sich der Wald, er könnte abbiegen, aus Knabenzeiten kennt er den kürzeren Weg. Er eilt hinein. Nach wenigen Schritten wird er langsamer, der Ginster blüht. Woran erinnert der gelbe Duft? Er war ein Schüler mit schwellender Seele, daraus wurde dann doch ein Rechtsanwalt. Später, »im Süden«, wie sie hier oben sagen, fand er denselben Ginster in einem Pinienwald. Wieder Erinnerungen, er setzt sich. Die Sonne fällt durch Laub auf diese würzige Erde. Im Norden, nahe der See, ein solcher Frühsommer, er will es nicht glauben. Er lebt nun schon die Jahre seit seiner Rückkehr und Niederlassung einzig Geschäften. Ihm liegt an dem Ansehn, daher der Eifer. Hier aber ist er versucht, zu fragen, ob das Ansehn nicht älter macht? Sogar schon Stadtverordneter... und keine Geliebte mehr... in Vorsorge für die gute Heirat, auf die er hinzielt.

Nein! Nicht älter werden. Er ist erschrocken, er hat die nahe Grenze der Jugend erblickt. Er springt auf, atmet, sieht den Wald blühen – und vergißt. Eine Verzauberung befällt ihn. Ihm schwinden aus den Augen das zu erwerbende Vermögen und alle bürgerlichen Ehren. Die Seele schwillt ihm, wie einst dem Schüler. Er hält auf einmal wieder die Welt für offen und alles für erlaubt. Vor ihm her schwebt eine luftige Schönheit: das Unvorhergesehene. So verläßt er den Wald.

Zuletzt ist das Nadelholz verkrüppelt, er geht durch Sand. Unter seinen Füßen ist noch Waldboden und schon Meeressand, ihn empfängt Jodgeruch des Tangs auf feuchtem Lufthauch. Die See, da erscheint sie wie eine Gestalt. Da ist sie, hell, leise, bläulich, er denkt an unlängst zerschmolzenes Eis. Über die Bucht ist Himmel gespannt, wäßrig blau, ein Kranz Vergißmeinnicht, am blassesten hoch oben, und Rosenwölkchen ziehn. Hinter Suturp glüht und zerfließt der Abend.

Er steht, indes es hell bleibt bei sinkender Sonne. Verschleierte Helligkeit bleibt zurück auf grauem Strand. Der Strand von Suturp ist eng und so kahl. Im Sand liegt Gestein, hartes Gras weht still, zerrissene braune Netze sind aufgehängt über die ganze Breite. Jetzt werden auch sie verklärt vom Abendschein, der Sand entleiht ihm sanft gemalte Spuren wie von Schritten höherer Wesen... Wirklich, dort fährt eins von ihnen an Land, eins jener Wesen, deren Füße rosige Spuren lassen. Sie steigt aus dem Boot, leicht zieht sie es auf den Strand, sie wird scheiden... Nein, das Boot ist schwer, er läuft hin, er hilft ihr.

Sie dankt und geht schnell vor ihm her ins Dorf. Er spricht zuerst noch etwas, sie antwortet im Gehen. Dann entsteht zwischen ihnen Abstand, die weißgekleidete Gestalt verliert ihren Umriß an den Abendschein, der sie umgibt. Er sieht sie dahineilen, sich auflösen, er fürchtet ernstlich ihr Verschwinden, er holt sie ein.

Zugleich betraten sie das Wirthaus. Zwei Herren begrüßten das junge Mädchen. Des Rechtsanwalts bemächtigte sich der Wirt. Er war auch Bürgermeister, er wollte schon von dem Geschäft der Gemeinde anfangen, dann fiel ihm selbst ein, der Herr werde essen wollen. Aber mit den Schauspielern?... Der Fremde antwortete, daß er nicht gern störe. Das junge Mädchen wandte sich her, sie bat ihn, zu kommen. Er nannte seinen Namen: Belling. Sie hieß Franziska, mehr verstand er nicht.

Er erfuhr zunächst, daß die drei Kollegen hier den Sommer verbrachten. Sie hatten im Winter am Stadttheater mitgewirkt, auch für die nächste Spielzeit waren sie verpflichtet. Die beiden männlichen Künstler betonten die Sonderbarkeiten dieses Ortes, wo weißer Sand den Holzboden bedeckte, Öllampen brannten und an der Hauptwand gleich unter dem Balken der Decke ein fahnenschwingendes Bildnis des Generals Bonaparte hing. Aber sie bevorzugten Einsamkeit und Wildnis, daher ihre Wahl. Hier war kein schöner Badestrand, dafür fauchte durch die Lücken der schiefen kleinen Häuser des Nachts der Sturm. »Hat er noch nie getan«, sagte das Mädchen. »Aber hier ist es billig.«

Um dies zu sagen, drehte sie den Hals her, dann sogleich wieder fort, und wie vorher sah sie unbeteiligt hinaus. Belling versuchte: »Fräulein, ich durfte Sie mehrmals auf der Bühne bewundern« – was nicht stimmte, er hatte sie nie gesehn, aber sie nannte sofort die Rollen, er brauchte nur zu nicken. Der Schauspieler Krauter äußerte zum Schauspieler Rebbin: »Es wird Zeit, sie hatte schon eine halbe Stunde nicht vom Theater geredet.« Dann ergriffen auch sie beide den Gegenstand und verließen ihn nicht mehr.

Der Rechtsanwalt vollbrachte Wunder, damit nicht ein falsches Wort ihn in seiner Unwissenheit entlarve. Er staunte über die Ausdauer dieser Menschen, sie behandelten ihre Angelegenheiten wie die Weltachse. Allmählich überzeugte ihn aber ihre Sicherheit, oder war es das Gesicht Franziskas? Ihre Züge arbeiteten mit Leidenschaft beim Sprechen, wie auch wenn sie hörte. Noch stumme

Ablehnung gab sie ausdrucksvoll zu erkennen. Nichts an ihr war durchaus schön, nur das Ganze wirkte, als sei sie es. Bis jetzt durchschaute er seine Eindrücke noch, sah aber voraus, er werde es nicht mehr lange vermögen. Er fühlte, bevor sie noch da war, das Nahen der Liebe.

Von seinem Seiltanz in Theaterdingen ward er gerötet. Das Mädchen Franziska rauchte jetzt unbeteiligt, wenn nicht wegwerfend. Auch ihre Kameraden verlangsamten das Gespräch. Plötzlich begann der Ältere von etwas anderem. Daran erkannte Belling, daß er selbst sich verraten haben müsse. Um so mehr achtete er darauf, in nichts den Ton zu ändern, obwohl er jetzt der Unterrichtete war, es handelte sich um die Stadt. Hier half ihm Krauter, der ältere der Schauspieler. Er zeigte gediegene Aufmerksamkeit für die Wirklichkeiten des Lebens. Der jüngere Rebbin versuchte anfangs Ironie, woraus aber bald das Lächeln des Zweifels ward. So hatten die Gestalten der Straße dennoch eigene Bedeutung, es ging ihm auf. Hinter geringgeschätzten Fenstern spielten Szenen, er hätte es nicht gedacht. Dieser Rechtsanwalt wuchs, er baute auf, er schuf Bewegung.

Er selbst mußte sich fragen, warum er so gut nicht einmal in jener Generalversammlung gewesen war, als viel davon abhing – und ob hier mehr davon abhänge. ›Ja‹, antwortete es in ihm stark, da sah sie her. Sie ließ ihre Kälte fallen, ein Ruck, es war nur noch Maske gewesen – jetzt achtete sie ihn. Die Achtung, mit der sie hersah, ging aber über in Schmerz, er begriff nicht, warum und was hier schmerzte. Gleichwohl ergriff ihn ungeheure Freude.

Hier trat der Wirt dazwischen. Die Ältesten der Gemeinde warteten schon längst auf den Rechtsanwalt. Er ging hin. Als er zurückkehrte, waren die drei Schauspieler schlafen gegangen. Der Wirt brachte ihn mit der Talgkerze in seine Kammer. Das Bett stieß oben an das Fenster, unten beinahe an die Tür. Er setzte sich auf das kleine Fenster, es war dunkel, leise Wellen klappten. Die warme Luft streichelte, er schloß die Augen, überzeugt, er sei schläfrig – fuhr aber auf, wie von einer Warnung. Schnell sah er sich um, sein Fenster war in der Reihe das letzte. Kam der Pfiff um die Ecke? Übrigens war es kein Pfiff gewesen. Niemand warnte ihn, wenn nicht er selbst. Er beugte sich vor, das Fenster daneben war dunkel. Er lauschte, kein Atem. War sie es? War sie auch nur – allein? Er wußte von ihr nichts außer einem, daß sie unbesiegbar war.

Er fragte: ›Kann ich fliehen? Oder versuchen, ein flüchtiges Abenteuer in ihr zu sehn? ... Nein. Fest steht, ich habe mich einzusetzen. Vom ganzen Leben wird nichts übrigbleiben, fürchte ich.‹ Er sagte hörbar: »Hoffe ich.« Noch einmal wehrte er sich. »Muß es sein?« Als Antwort erschien ihm ihr Gesicht. Er sah es unter der Lampe des Gastzimmers, als sei es zugegen. Es zeigte die tödliche Aufmerksamkeit, die an Schmerz grenzte, jetzt verstand er sie – erschüttert vom Abbild seines eigenen Herzens.

»Ich bin ehrgeizig«, sagte er, als es Morgen ward. »Das große Vermögen, ohne das ich mich nicht sehe, verläßt mich wahrscheinlich in diesem Augenblick für immer. Ich hätte es erheiraten müssen als Grundlage für meinen Ehrgeiz. Jetzt werde ich eine Art Abenteurer sein.« Dies, solange es noch graute. Da erhob sich die Sonne, nicht schnell genug war er draußen. Sie kam! Sie mußte gewacht haben wie er, diese Stunde erwartet haben wie er! Nicht sie beide, aber ihre Schicksale waren verabredet miteinander.

Sein Wagen stand vor dem Haus. Beim Anspannen half dem Kutscher ein Mann, der sorgenvoll schien. Er sollte es nicht lange mehr sein! Nur das Boot verloren auf See? Was weiter, er sollte sich ein neues bauen. Kein Geld? Hier ist Geld. Der Mann sagte: »Wie heißt Ihre Liebste? So soll auch das neue Boot heißen.« »Franziska!« jubelte der Verliebte, da kam sie selbst. Beide erstarrten in der Bewegung, als sie einander erblickten, aber kein Wort fiel. Sie raffte ihr Reisekleid, sie stieg ein.

Das Schweigen währte bis in den Wald, dort sagte er: »Hier ist der Gürtel unserer Verzauberung. Wir überschreiten ihn, schon ist er überschritten. Jetzt beginnt die Wirklichkeit. Wer sind wir nun? Ich für meinen Teil gestehe, daß ich, obwohl es grade heute anders aussieht, nur ein gewöhnlicher Mensch bin. Ich habe schon vieles versäumt. Als ich ganz jung war, hielt ich die Mädchen für Wesen aus anderen Welten, daher tanzte ich auch schlecht. Seit gestern begreife ich wieder alles, was ich längst vergessen hatte, muß aber jetzt handeln, als hätte ich das nüchternste Geschäft vor. Sonst wären wir verloren.«

Sie erschrak mit ihm – über das Wort, und daß es fallen konnte. Er sah ihr blasses Gesicht in dem frühen Morgen, der noch einsam, noch frisch und würzig war. Sie sah das seine. Beide sanken aufeinander zu.

II

Sie heirateten, die Frau blieb weiter im Engagement. Sie hatte gesagt: »Du wirst enttäuscht sein, ich bin auf der Bühne nicht gut... Nicht besonders gut«, berichtigte sie, da es ihn schmerzte. Sie begriff ihn. Seine Frau sollte nicht die kleine Schauspielerin sein, ihm lag nur die zukünftige große Künstlerin, die er entdeckt haben mußte. Er versprach: »Als meine Frau bekommst du hier jede gute Rolle. Du zeichnest dich aus, wirst nach Berlin berufen, wir übersiedeln.«

Sie gab ihm recht. Er heiratete keine Außenseiterin, damit sie ihn in der Welt herabdrückte; sie hatte die Verpflichtung, ihn zu beflügeln. Für sich seufzte sie: »Schade. Ich könnte sehr gut Hausfrau sein und zwischen meinen vier Wänden leben anstatt bei einer offenen Wand, durch die Zuschauer hereinsehn.« Aber sie erkannte an, auf soviel Bequemlichkeit habe sie kein Recht. Liebe zu ihrem Mann eröffnete ihr sogar ein neues Gefühl für ihre Aufgaben, sie erreichte mehr als im Vorjahr.

Auch ihm glückte viel. Elchem, jener geborene Erbe, ließ ihn an die Spitze seiner Gesellschaft gelangen. Belling wußte den Erben richtig zu nehmen, das große Vermögen, ohne das er sich nicht sah, rückte nahe wie noch nie. Im vorhinein baute er sich das Haus, das dem Vermögen entsprach. Der Erbe glaube es zu seinen eigenen Ehren errichtet. In diesen Sälen spiegelte sich wieder nur die Elchemsche Größe, sogar sein Syndikus konnte Sultan mimen mit einer Schauspielerin, mit Routs und ständig gedecktem Tisch ... Was alles in Wahrheit nur die Dekoration eines zielbewußten Arbeiters war. Des Abends vor einer seiner Gesellschaften sagte er zu seiner Franziska:

»Du bist müde, Liebste? Und ich erst. Du kommst aus deinem Geschäft, ich habe zwölf Stunden lang Sätze gesprochen, die irgend jemanden Geld kosten. Jetzt Nachtschicht, das ist hart. Nun, es gibt Gewächse der Champagne, auch diese kleinen Pillen können uns helfen. Gute Laune, wir werden dafür reich! Sie sehen unser Glück, nur aus Kriecherei, glaube mir, lassen sie uns immer mehr verdienen. Aber Vorsicht mit Elchem! Solch eine Mißgeburt von einem Erben verlangt von uns tiefe Erwägung der in ihm streitenden Neigungen. Er weiß selbst nicht, ob er uns lieber in zwei möblierten Zimmern sähe als hier. Er wäre manchmal für schlechte Behandlung dankbar. Ich rate dir dennoch, ihn zum Schluß immer fühlen zu lassen, daß er eigene Verdienste hat. Etwas Selbstentäußerung ist unumgänglich – bis wir draußen unser Landgut haben und für alle unerreichbar werden. Ach! Meine Liebste, könnte es rechtzeitig so kommen!«

Rechtzeitig? Was fürchtete er? ... Sie erwiderte: »Alles geht vorzüglich, Werner. Sei unbesorgt, ich lasse nicht nach. Ich lerne meine Rolle, bevor wir schlafen gehen, um fünf Uhr früh, und mir fehlt nichts. Es wird ein großer Erfolg, vielleicht findest du Zeit, mich anzusehn? Oh! es macht nicht viel, wenn du wieder zu spät, sogar erst nachher kommst. Alle wissen, daß wir uns lieben und unzertrennlich sind. Auch Herr von Elchem wird es beherzigen, verlaß dich auf mich!« Denn sie hielt ihn für nicht ganz ruhig in Hinsicht Elchems, sosehr er ihr vertraute. Er traute dem Erben nicht – und trug Bedenken wegen der Voraussetzungen, auf denen hier ihr Dasein ruhte. »Nächstes Jahr gastieren wir anderswo«, schloß sie voll Zuversicht.

Sie blieben, wo sie waren, und trieben es fort. Die Verpflichtungen wuchsen ungeheuer, mit ihnen hielt Schritt die aufreibende Vervielfältigung ihres Betriebes. Man sah sie noch immer auf der Höhe und hochgemut, nur etwas außer Atem. Der Frau war genau bekannt, was über sie das Theater sagte: »Hat nie viel gekonnt. Nachts pokert sie jetzt, gähnt dann auf der Probe – kriegt aber jede Rolle, die gut und teuer ist. Der Mann sitzt im Theaterausschuß. Sie spielt die Dame und schleppt ihm Kunden zu.« Dies war die unverblümte Meinung des Theaters.

Die Stadt sagte von Belling, der es sich denken konnte: »Alle Achtung, er bringt Leben hinein, es kann sogar kommen, daß er auffliegt und mehrere mit. Sein Vater hätte das sehen sollen. Ein stiller Mann, die Familie hatte früher genug getan, sie schlief schon ein, da erscheint solch ein Wildling. Niemand hätte es ihm angesehn – war ein Bummler, las Bücher. Was die Frau aus dem Menschen herausholt! Es ist aber auch die richtige.« Hier schmunzelte die Stadt und sprach leiser. Sie schloß: »Er kann von Glück sagen, daß er einer von uns ist. Einem Fremden gäben wir nicht so lange Zeit. Wir ließen ihn vielleicht schon nicht mehr frei laufen.«

Es war das dritte Jahr ihrer Ehe, als sie diese Stimmen

hörten. Sie waren mehrmals dem großen Vermögen ganz nahe gewesen, saßen jetzt bis an den Hals in Schulden – aber ein Wort aus dem Munde Elchems hätte genügt, sie wieder auf eine beneidenswerte Höhe zu schleudern. Franziska war unterrichtet, der Mann allein beherrschte die Lage nicht mehr. Auf sie kam es an, denn Elchem liebte sie. Nach Jahren war es ihm eingefallen, nicht ohne ihre Schuld, wie sie zugab. Sie konnte schon längst nicht mehr anders, als zu verführen, was ihr nahe kam. Es ging von selbst, nie hätte sie an dies neue Unglück geglaubt. Jetzt ward sie geliebt von dem, der Werner fallenlassen oder großmachen konnte. Ihn großmachen aber hieß ihn retten, keine Wahl. Er war verloren, wenn sie ihm Elchem zum Feind machte.

›Mein Werner!‹ fühlte sie. ›Er weiß alles. Er ist eifersüchtig. Der Gedanke, ich könnte die Geliebte Elchems werden, quält ihn furchtbarer als selbst der Zusammenbruch. Mich auch! Mich auch! Warum gehen wir beide trotzdem immer noch einen Schritt weiter? Er tut, als erlaubte er mir gnädig, Elchem hinzuhalten. Eigentlich fleht er: noch hinhalten! – und sieht er mich nur ratlos, entfesselt es seine ganze Verzweiflung. Lieber will er das Ende! Aber in seiner Verzweiflung stellt er das Ende, das er meiner Untreue vorzieht, so schrecklich hin, daß ich begreife: er will es doch nicht lieber – nicht lieber als das andere. Was tun?‹

Sie erfand etwas Drittes, einen harmlosen Liebenden, die Schwärmerei des jungen zarten Offiziers, der nichts forderte, nur seine Liebe erlebte unter ihren Augen. Für ihn sich entscheiden, sein hoffnungsloses Gefühl zu teilen scheinen, sofort war Elchem machtlos. Er konnte nicht mehr an ihren Mann hin, die Eifersucht auf den Dritten beschäftigte vollauf auch ihn. Er mußte auf sie warten, ob der Knabe ihr verging. Ihr Werner bekam Frist.

Hier lachte sie über die trostlose Gestalt des Elchem, er

war unmäßig lang, was ihn hilflos machte. Nur diese Hilflosigkeit wirkte krüppelhaft. Trotz allem saß er, sooft sie spielte, im Theater. Er hatte keine Schrecken mehr. Er machte flehende Kalbsaugen, von dem schwachen Erben fiel ab, was seine Gebrechen sonst verkleidete, der Abglanz der Geldmacht. Er ward zum Gespött... Auch Werner. Ach! es traf auch ihn. Er hatte eine Frau, die jenen nur vertröstete, wenn sie Laune für den Dritten zeigte. Jetzt standen zwischen ihnen zwei, Werner rückte um soviel weiter von ihr fort. Sie dachte an ihn jetzt genauer, unbestochener.

»Er verliert Haltung. Ich höre von Geschäften, die er voriges Jahr doch lieber nicht gemacht hätte. Er ist reizbar bei mir. Begreiflich, es sind ihrer zwei. Ist er nicht auch reizbar, weil ich falsch wähle? Mein armer kleiner Leutnant verlängert nur zwecklos den Winter seines Mißvergnügens... Kurz, Werner erzieht mich zur Dirne. Merkwürdig, das kommt auch in Stücken vor, ich habe es schon gespielt. Dort wäre unfehlbar meine Rolle, daß wir uns nur noch näher kommen durch unser gefährliches Einverständnis. Nein, wir kommen uns nicht näher, sosehr ich ihn geliebt habe. Liebe ich ihn nicht mehr?« fragte sie entsetzt. »Doch. Ich danke dir, Gott. Doch, ich liebe ihn noch immer. Denn auch ihm liegt seine Rolle nicht. Er kämpft wie ich. Wir haben gleichzeitig erfahren, was, glaube ich, Leid heißt. Das Wort wird bei uns nie genannt, aber so heißt es.«

Dies alles entdeckte sie in dem Durcheinander am Ende eines Festes. Sie gaben es ohne Geld, so gut wie als Betrüger. Mehrere Lieferanten hatten bis in die Nacht, sie wußte es, drunten auf Bezahlung gewartet. Viele Gäste gingen schon, Elchem aber wich nicht von ihrem Mann. Er umklammerte ihn zäh mit den Augen. In seinem schon entarteten Händlergesicht stand deutlich das letzte Wort – der Unglückliche, der es hören mußte, hob die Schultern.

Nie hatte sie so mit ihm gefühlt, aber in demselben Augenblick ermutigte sie den Offizier. Der Leutnant verabschiedete sich klagend und ehrerbietig wie immer, da schlug sie den kühnen Ton an, den er nicht fand. Ehrlich wenigstens mit dem einen! Er gefiel ihr, wahrhaftig gefiel ihr besser als die beiden Händler. Hätte er gewollt, sie verließ mit ihm das Haus!...

Er war allein fort, sie stand und lachte unsinnig. Ihr Mann trat ein, sie sah auf einmal, daß um sie her schon alles leer war.

»Verwirrung«, sagte er, ob ihr Lachen oder der Zustand der Zimmer gemeint war. »Etwas müde«, sagte er noch. »Morgen ist ein wichtiger Tag, wir sollten schlafen.« Denn Elchem hatte ihm Geld angeboten, die Beteiligung an einem außerordentlichen Geschäft, wenn er ihm seine Frau verkaufte.

Er machte einige Schritte – schon bei dem Tisch mit halb herabgerissener Decke fiel er auf einen Stuhl. Er hob noch ein Glas auf, das hinuntergerollt war, dann verlor er die nächste Umwelt aus den Augen. Seine Frau setzte sich ihm gegenüber, stützte die Arme auf, und das Gesicht dazwischen hängend, betrachtete sie ihn. Er hatte Furchen bekommen; aber für sie einstmals nicht dagewesen war auch dieser Unterschied im Wesen der Stirn und des Kiefers. Sie hatte nicht gemeint, gegen seine geliebten Schläfen sei das Untergesicht dieses plumpe Gegengewicht. Sie sättigte sich mit dem bitteren Anblick. Er hob zuletzt seine müden Lider zu ihr auf.

»Ich liebe doch eigentlich das Geld nicht«, sagte er wie mit dicker Zunge. »Für Geld das Hundeleben? Für Geld auch noch in so etwas kommen?« Er ließ sie erraten, in was. Er selbst bewegte den Kopf: »Verstehe nicht.« Hier erst bemerkte er seine Frau wirklich, auf einmal erwachte er ganz, die Miene ward von höchster Dringlichkeit. »Achtung!« stieß er hervor, als begegneten sie sich unvermutet an der gefährlichsten Stelle. »Elchem ist stärker, als ich glaubte.« – »Ja, ja«, sagte sie, aber nur ihr Blick war aufmerksam.

»Zähigkeit gibt dem Schwachen Kraft. So ein Krüppel lebt ständig in der furchtbarsten Angst vor Mißerfolgen, das macht ihn zu allem fähig. Was habe ich morgen zu gewärtigen?« fragte er, seine Gedanken irrten sichtlich ab. »Ja, ja«, sagte seine Frau.

Plötzlich war er wieder zugegen. »Glaube nur nicht, daß der dich liebt! Der ewig Sterbende liebt ausschließlich das Leben, darauf verlaß dich! Wer dir gehört, willst du wissen? Noch immer derselbe. Ich.«

›Dies wäre beinahe seine bezaubernde Stimme von einst‹, fühlte sie und träumte. Er sah in ihrem armen Gesicht die Spuren dieser Jahre, getrübt sogar der Blick, wenn sie nicht daran dachte, ihn glänzen zu lassen. ›Diese Augen haben auf mir länger gelegen als alle anderen Menschenaugen.‹ Die Ahnung kam ihm, was er getan habe. Er half sich dagegen mit starken Worten. »Für dich – sogar Verbrechen!«

»Nein!« rief sie. »Tue es nicht! Für mich nicht!« Sie war aufgesprungen des größeren Nachdrucks wegen. Wollte sie sagen: ›Ich bin es nicht wert‹? Meinte sie vielmehr: ›Bei mir würde es dir nichts mehr nützen‹? Er hörte das »Zuspät«, auch er stand auf.

Er wollte einen Entschluß äußern. Mit allem brechen! Er äußerte ihn aber, wie er wohl unterschied, theatralisch. »Wohin dann?« fragte sie. »Alles soll werden wie früher«, behauptete er, worauf sie: »Suturp.« Hier schwiegen sie erschrocken.

Am folgenden Vormittag hatte er die entscheidende Zusammenkunft. Schon aufbrechen mußte er unter schlimmen Vorzeichen. Der kleinste aller Lieferanten paßte ihm auf. Er konnte selbst dies nicht bezahlen, er fand wahrhaftig in allen Taschen nichts. Das reiche Haus, aber keiner aus der Dienerschaft, der auslegen wollte – der Geschäftsmann schlug Lärm, unter dem Geschrei flüchtete Belling, bevor sein Wagen vorfuhr. Vielleicht auch hätte der Kutscher gestreikt.

Dies alles, während er Geld haben konnte, soviel er wollte. Du unterzeichnest einen Vertrag, der dich in ehrenhaftester Art wieder auf feste Füße stellt. Stillschweigend gilt dann auch die mündliche Abrede mit, eine einzige Bedingung, diese weniger ehrenhaft, auch nicht ganz so erhebend. Aber du wärest gerettet.

Sie waren schon zur Stelle und gerüstet, Elchem mit seinem Notar. In feierlicher Trockenheit verging eine Stunde. Der alte Notar konnte nicht wissen, weshalb der Rechtsanwalt einen Einwand nach dem andern erhob. »Herr Kollege«, bemerkte er, »Sie haben hier einen Eventualvertrag, er tritt in Kraft erst, wenn sowohl Sie wie Ihr Herr Gegner sich überzeugt haben, daß alles in Ordnung geht.« – »Daß alles in Ordnung geht«, wiederholte Elchem mit schiefem Lächeln und wälzte einen blassen Blick aus dem Profil.

Da die Verhandlung stockte, ließ Elchem eine Pause eintreten. Inzwischen nahm er das Geld entgegen, das der Notar ihm mitbrachte. Belling trat fort – sah aber auf dem Tisch die Banknoten sich häufen. Er begriff, auch dieses Schauspiel gehöre zu den Mitteln des Gegners... Dem Papier folgte Gold. Ein Goldstück fiel zu Boden. Sie suchten es unter dem Tisch, Elchem wie der Alte krochen auf den Knien danach. Es war aber bis zu Belling gerollt. Er bückte sich und steckte es ein.

Er tat es mit Gleichgültigkeit, unter der höheren Verantwortung des Schicksals. Er sah sich selbst dabei zu, als einem Fremden. Jene beiden gaben es auf, zu suchen. Er erklärte ihnen, daß er sechs Stunden Bedenkzeit brauche. Alles verlassen, dachte er planlos. Auf und davon. Klar empfand er allein die Befriedigung, jetzt einen Wagen nehmen zu können, den kleinen Gläubiger, wenn er noch immer wartete, entlassen zu können.

Auf der Straße holte der Notar ihn ein. »Ich habe es gesehn«, sagte er mit Vorsicht – aber schon fester, als Belling sich unwissend stellte: »Kollege! Machen Sie sich nicht unglücklich.« Er war hager, er kannte das Lachen nicht, ehrenfest jeder Schritt, Belling hatte verspielt. Der Alte ergänzte unerwartet: »Auch Herr von Elchem kann es gesehen haben, ich weiß es nicht. Gleichviel, im Hinblick auf unsere Standesehre übernehme ich, ihm zu sagen, das Goldstück sei mir in die Kleider gerutscht. Sie haben es in der Uhrtasche. Geben Sie es her!«

Belling zögerte noch, er sah dem andern in die kalten Augen, die nicht auswichen. Regungslose Sekunden, dem, der stürzen sollte, lief Grausen den Rücken entlang. Sein Körper sträubte sich gegen das, was er tun wollte. Er tastete zögernd nach der Uhr, er schien es darauf ankommen zu lassen, was er fände, aber er tat es. Er zog das Goldstück hervor, er gab es hin. Gleichzeitig erschien an der Straßenecke Elchem mit einem Schutzmann.

»Sie haben gehört und gesehn«, sagte er. »Verhaften Sie den Mann!«

III

Der Angeklagte Belling verteidigte sich damit, daß der Zeuge Elchem sein Feind sei. Das große Geschäft, dessen gemeinsame Ausführung sie zuletzt berieten, sei von Anfang bis Ende sein eigenes Werk, Elchem habe es ihm aus der Hand nehmen wollen. Erreichte er denn nicht gerade dies, wenn er einen Unschuldigen zum Dieb stempelte? Elchem habe ihm das Zwanzigmarkstück in die Tasche gespielt. Hierbei blieb er. »Ich hielt den Kopf weg, er hat es mir zugesteckt.«

Die Stadt sah zu und dachte, daß Elchem auch noch der Feind Bellings sei, weil er ihm die Frau nehmen wollte, aber hiervon war laut nicht die Rede. Übrigens hatte der Notar den Diebstahl gesehn, er beschwor es. Auch Elchem schwor. Der Rechtsanwalt ward verurteilt. Ins Gefängnis für zwanzig Mark, ein Herr aus erster Familie, es ging doch über die Begriffe, sah aus wie Mutwille des Glücks, es beschäftigte die Stadt noch lange. Nachrichten drangen aus der Zelle, bittere Scherze: »Für zwanzig Mark wohne ich schon die zweite Woche.« – »Ich hätte hier für Bäder sorgen sollen«, sagte der frühere Stadtverordnete. Von seinen ernsteren Gedanken ward nichts gehört. Dann wurde es langsam still von dem Gefangenen, als spräche er nicht mehr.

Zur gleichen Zeit ging seine Frau an ihren Plan.

Die ersten achtundvierzig Stunden nach seiner Verhaftung lebte sie bei verschlossenen Türen und Fensterläden, in seelischem Tod. Dann kamen Eindringlinge, sie trugen die Einrichtung fort. Im leeren Haus erschien wahrhaftig Elchem, mit dem Ausdruck seines Bedauerns. Sie wies ihn hinaus. Erst als sie zwei möblierte Zimmer bezogen hatte, versuchte er es wieder. Er berief sich auf seine Tätigkeit im Theaterausschuß, nur ihm verdanke sie, daß sie trotz allem auftreten durfte.

Sie verdankte es noch mehr der Neugier. Gemäßigte Neugier immerhin, nur starke Zwischenfälle hätten belebend gewirkt. Erst bei ihrem dritten Auftreten und von der Direktion beraten, fiel die Schauspielerin auf offener Bühne, wenn auch kurz, in Ohnmacht. Dies war nun wieder mehr, als der Ausschuß für zulässig hielt. Sie hatte damit gerechnet; gern gab sie es auf, sich nochmals zu zeigen. Ohnehin war Elchem nach der Szene mit der Ohnmacht die halbe Nacht um ihr Haus getappt. Ihn hielt sie – wenn anders ein mißtrauischer Schwächling je haftete. Es galt, seine Mitwisserin zu werden und in die behüteten

Tiefen einzudringen, die so einer barg. Der Haß befähigte sie dazu.

Ihr Haß auf Elchem war kaltem Hohn verwandt. Er versah sie sogar mit Kraft. Sie war nicht sicher, den Verlust ihres Mannes zu ertragen, hätte sie nicht Elchem gehaßt. Sie erwartete ihn wie das tägliche Brot, aber nur in entlegenen Stadtteilen durfte er ihren Spuren folgen. Sie fragte ihn, wohin jetzt seine Macht sei. Er wäre noch immer die große Gefahr, wenn ihr Mann noch frei wäre. Jetzt habe er sich verausgabt. Er antwortete kläglich, er könne ihr die Einrichtung zurückkaufen, ja das Haus. »Ohne den Mann!« sagte sie – worauf er um Verzeihung flehte.

Sie reiste ab, und er folgte ihr. Bei ihrer Wiederbegegnung in der anderen Stadt behauptete sie, seinen Anblick nicht ohne Grauen zu ertragen, nur seine teuflische List habe einen armen Menschen ins Verderben gelockt. »Ich schwöre Ihnen –«, wollte er vorbringen. »Still!« befahl sie. »Ihresgleichen schwört kalten Blutes sogar vor Gericht.« Hier erschrak er merklich. Auch sie verstummte scheinbar vor Schrecken. Sie wartete, daß er sich widersetzte, aber er vergaß es. Da bestätigte sie leise und dringend: »Sie haben getan, was er behauptet. Ihr Geheimnis gehört jetzt mir mit!«

Vielleicht wußte er nicht, wie ihm geschah. Oder er ließ sie reden, weil der kühne Schurkenstreich, den sie ihm zutraute, doch schmeichelte. Es hatte ihm keineswegs vor Gericht geschmeichelt, daß er der Teufel sein sollte; er hatte mit überzeugtestem Gewissen die Lügen des Schuldigen von sich gewiesen; – kühne Schurkerei ward verführerisch erst durch die Frau, der es schauderte vor ihm. Seine Haltung war plötzlich weniger gebeugt, sie beobachtete es gespannt. Er wuchs. Da kam der ihr bekannte eitle Blick aus dem Profil. Sie erwiderte ihn mit offener Bewunderung, wie außer sich. Gleich darauf lief sie davon, er mit seinen behinderten Beinen blieb zurück. »Um

Gottes willen!« hörte er sie noch ausstoßen. »Was tue ich!« Befriedigt hielt er an, er hatte verstanden: in diesem Augenblick verließ die Frau in Wahrheit den Mann, der versagt hatte, und ging zu ihm selbst über. Denn er, so meinte sie, war vor nichts zurückgeschreckt, damit sie sein ward!

»Sollte ich es nicht wirklich glauben!« fragte sie sich allein in ihrem Gasthaus. »Dieser Mensch vergeht in Angst vor Mißerfolgen, er könnte bei aller Feigheit es doch gewagt haben. Werner wäre unschuldig. Wieviel mehr Mut hätte ich, wenn Werner unschuldig wäre!«

Ohne es zu bemerken, setzte sie sich hinter den Tisch, stützte die Arme auf, der Kopf hing dazwischen – und wie in jener letzten Nacht betrachtete sie das Gesicht ihres Mannes. Es war zugegen, sie sah es. Kein Zweifel blieb übrig, er hatte getan, wofür er damals reif war... Sie seufzte auf. Sie hatte nur sich selbst, nur ihren Haß – nicht ihn, der jetzt büßte, ihn, dem am Ende jetzt leicht war. Auf ihr lagen Haß und Rache, wie die Pflicht zu leben selbst. Sie war entschlossen, zu leben.

Der andere ließ sich melden, er wollte noch warm seinen Vorteil verfolgen. Er war beinahe rosig, er hatte gute Manieren, wie vor Abschluß eines Vertrages. Er sagte: »Liebe Freundin«. Sie beobachtete alles mit dem ganzen Triumph des Abscheus. Die Stimme sanft und vertraulich zu machen ward ihr zum brennenden Genuß. »Sie sehen alles richtig, lieber Freund. Meine Mittel sind erschöpft, niemand konnte diskreter darauf anspielen als Sie. Ich bin ohne Anstellung, mein Mann sitzt im Gefängnis. Trotzdem kann ich nicht Ihre Geliebte sein – noch nicht.« Er hatte darum nicht gebeten.

Er setzte sich, um ruhig weiter zu hören. Sie begann zu fürchten, sie tue dem Schwächling nur einen Gefallen mit ihrer Weigerung. Was wollte er dann von ihr? »Oh! keine Rücksicht auf den Verunglückten«, begann sie wieder.

»Er hat mir genug geschadet. Sie aber sind mir bis jetzt noch zu stark«, sagte sie mit ihren schönsten Lauten. »Mein Schicksal wäre, Ihnen zu unterliegen. Ihre willenlose Sklavin zu werden.« Was er schlürfte mit Lippen, die sich vorschoben und ihr Inneres zeigten. »Wieviel Sie gewagt haben!« rief sie. »Gewagt mit Erfolg. Denn wo wären Sie jetzt, wenn es Ihnen mißlungen wäre.«

Hier ward er mißtrauisch, er schielte nach den Türen des Gasthauszimmers. »Das wissen nur wir«, sagte sie schnell. »Wir aber schweigen. Vielleicht, wenn ich Ihnen einst erlaubte, mich zu lieben –«, schloß sie entschwebend auf heißem Atem. »Würden Sie mir ins Ohr sagen, daß Ihr Sieg ein unschuldiges Opfer verlangt hat?«

Jetzt war er sichtbar errötet, das gekreuzte Bein schlang er jetzt mehrmals um das andere, er schützte sich – lächelte aber glücklich. »Sie spielen so schön«, stammelte er, ihr unvermutet. »Als ob ich an Spielen dächte!« rief sie. Er verriet: »Ich möchte spielen können wie Sie.« Da hielt sie an. Sie vergaß sich sogar, sie bekam ein unverstelltes Gesicht, er hätte erschrecken können. Dank seiner schamhaften Begehrlichkeit sah er aber nicht auf.

»Wir werden zusammen spielen«, flüsterte sie, wie etwas Unkeusches. »Ich erlaube Ihnen, mir in dieser Stadt eine Wohnung zu mieten. Es muß eine sehr einfache sein, und weiter nehme ich von Ihnen nichts an. Versprechen Sie, daß Sie mir nie etwas aufdrängen wollen?« Wie gern versprach er! Ihre Uneigennützigkeit machte ihn erst sicher. »Ich werde Kostüme kaufen«, verhieß er. »Ich weiß, wo ich es heimlich kann. Sie sollen sehen, daß Kostüme mich kleiden.«

Er ließ sich gehen, zutage kam, daß er bei aller Eitelkeit, in der sein Geld ihn erhielt, sich ganz im Grunde als traurige Figur fühlte. Sie wußte, daß dies hätte rühren können – wußte es noch und genoß um so schrankenloser ihren vollkommenen Haß. Er nahm Abschied, küßte ihr die

Hand, und sie ließ die Hand auf seinen Lippen, als er den Kopf wieder aufrichtete. Sie führte ihre Hand um seine Wange, seinen Hals, die Haut des Dreißigjährigen war trocken wie Papier. Ihre Hand fand nicht fort, sie konnte sich nicht ersättigen.

Die Wohnung war in acht Tagen fertig. Beide hatten Eile. Die Kostüme brauchten auch nicht viel länger. Alles Weitere aber ging langsam. Er war freilich beglückt, sich als Sultan zu kleiden, er schien darin geübt, vielleicht trug er dies auch zu Hause heimlich. Ihn an ihre Gegenwart zu gewöhnen, das war es, was schwer blieb. Wie umständlich, bis der Sultan seiner Sklavin erlaubte, ihm die Füße zu küssen. Sie brachte es dahin. »Bin ich eine gute Schauspielerin?« fragte sie hierauf ihr eigenes Spiegelbild. »Ich hatte doch niemals Talent. Woher jetzt?«

Auf weitergehende Einfälle kam er selbst, sie hatte die Geduld, so lange zu warten. Sie mußte auf den Ofen steigen, er brachte drunten ein Ständchen. Dann holte er sie über eine Leiter herab, und die Leiter mußte mit ihnen umfallen. ›Noch nicht den Hals brechen!‹ dachte die Odaliske. ›Ich habe noch mehr vor.‹ Sie hielt ihn fest in seiner lasterhaften Phantasie. Ihre Gefügigkeit ward nach einigen Versuchen so traumhaft glatt, daß er vergaß, er sei nicht mehr allein. »Wie schrecklich!« murmelte sie ergeben in einem Winkel, wenn er als grausamer Tyrann maskiert vor sie hintrat. »Nicht den Kopf abschlagen, bitte! Für diesen großen Mann schmachten lauter unschuldige Opfer im Kerker!« – Wozu er aufgeblasen lächelte.

Mit Vorliebe sah sie ihn schlafen. Er hatte sein Mißtrauen so weit verlernt, daß er sich nicht mehr einschloß, sooft er bei ihr übernachtete. Sie betrachtete gierig dies kleine, in der Bewußtlosigkeit verfallene Gesicht, die Zipfelmütze auf dem dünnen Schädel, seine vom Schlaf gekrümmten Knochen. Das war der rechnende Sieger dort draußen im Erwerbsleben, der Nutznießer der Tatsachen, verhängnisvoll vielen. Hier wurde daraus ein Narr, der sich für schön und furchtbar hielt. Dies stak dahinter, so enthüllte sich der, an dem sie und ihr Geliebter gescheitert waren. Was für Geheimnisse! Glichen alle Herren des Lebens dem einen? Erhielten die Welt noch grade im Irrtum über sich, heimlich aber brüteten sie Irrsinn? »Komödie! Nur wir beide sind im Ernst gescheitert.«

Sie baute, indes er schlief, am Fußende seines Bettes eine Figur auf, aus sich selbst machte sie eine zweite Puppe. In dem Augenblick, als er halb erwacht und noch unsicheren Blickes war, steckte das eine der Geschöpfe dem anderen, das nichts merkte, ein Goldstück zu. Bevor er zu sich kam, war sie fort mit allem Zubehör ... Hiervon sprach er später nicht, ein Zeichen, daß er Zweifel hatte. Die Zeit war vorbei, als er log, sooft er mit Lächeln und Winken zugab, daß er sein Opfer ruchlos betrogen habe. Er log nicht mehr, er zweifelte schon selbst. Sie sagte plötzlich in der Stille:

»Wohin bringst du mich? Du machst mich zur Verbrecherin.« Sie sprach dumpf und duzte ihn, sofort begann er zu schielen. »Ich bewundere dich«, sagte sie, »ich diene dir. Dabei weiß ich ganz genau, welches Ungeheuer diese gesittete Maske bedeckt. Ich kenne dein grausiges Verbrechen«, schloß sie kaum hörbar. Er fuhr auf wie ertappt, die Augen stoben schuldbewußt durch den Raum. Sie mußte ihn erst daran erinnern, daß er stark und ohne Gewissen war.

Das nächste Mal, als sie ihn wieder im Schlaf betrachtete, öffnete er die Augen. Er war ganz wach, saß da und kreischte: »Jetzt hab ich Sie! Sie hassen mich!« Sie konnte nichts vorbringen. Beide vollkommen weiß, starrten sie aufeinander. Die Frau schlich rückwärts hinaus, ihn sah sie noch umfallen und in seinen Kissen zittern.

Sie glaubte, er werde abreisen. Statt dessen kam er sie um Verzeihung bitten. Das Glück des Triumphes stieg in ihr auf so heiß wie Liebe. Eine Sekunde lang wußte sie nicht, was sie fühlte. Sie wußte es alsbald wieder. Er konnte die

Täuschung nicht mehr entbehren, er war in ihrer Hand. Sie durfte zudrücken.

Sie ließ sich dennoch Zeit, ob des verlängerten Genusses wegen, oder weil er auf jedes neue Wagnis selbst verfallen, auch noch den letzten Schritt freiwillig tun sollte. So selbstverloren sie ihn hier bei sich kannte, sie vergaß keinen Augenblick, daß er jenseits ihrer Schwelle erwachte und seinen vollen Teil Wirklichkeit wiederbekam. Sie nahm nicht leicht, was geschehen wollte, wartete, daß das Ereignis sich erklärte, und sicherte jeden Fußbreit. Als er endlich damit herausrückte, daß er Belling sehen müsse, hatte sie schon Vorkehrungen getroffen.

Was er wollte, war ihm seit langem anzumerken. Er sprach nur noch von Belling. Keiner der Menschen, mit denen er weiter die vorteilhaftesten Geschäfte machte, schien für ihn dieselbe greifbare Nähe zu haben wie der unzugängliche Gefangene. Er lebte geistig am Fuß der Mauern, in den Höfen, den Gängen, die zuletzt einmal zu jener Zelle führten – kam aber nie hin. Sie sah ihn schmachten. Um hinzukommen, hätte er getauscht mit dem Gefangenen.

Er wäre hineingegangen, der andere herausgetreten, und im Vorbeigehn hätte er alles erfaßt. Er hätte endlich, er, der Sieger, genossen, was aus seinem Opfer geworden war. Hätte die eigene Größe, so bange sie ihm machte, ganz ermessen. Hätte sein verruchtes Herz gespürt – ein Schlag mit dem anderen, besiegten Herzen. In der Zelle wäre dann selbst noch das Herz des Feindes seins geworden, er hätte mit dem Herzen des Geschlagenen gefühlt, was sicher leichter gewesen wäre als dieses Herrenleben.

In der Maske des Furchtbaren vor sich selbst nur immer groß dazustehen war aufreibend, wer hätte es gedacht. Seine Kostüme, er hatte sie mehr geliebt als Geld, geschweige Menschen. Sie waren wütende Freuden gewesen, jetzt kleideten sie ihn in Angst. Auf dem Gipfel aller

Pracht erblickte er doch nur sein immer müderes Gesicht. Alles verschenken können! Das ging nicht, er durfte auch nicht einfach fortbleiben. Er war der Gefangene seiner Leidenschaft und derer, die sie benutzte.

Die Frau durchschaute ihn: so stand es. Er haßte mittlerweile sie nicht weniger, als er gehaßt ward – nur, daß er sie auch noch liebte. Sie sah ihn, um sich von ihr zu befreien, fähig jedes Wahnsinns, darauf baute sie bei dem letzten Streich, den sie plante. Eines Tages verließ er sie wie gewöhnlich, fuhr nach seiner Stadt, seinem Haus, trat in sein Zimmer – und mitten in ebenjenen Auftritt, der einst hier gespielt hatte, jetzt aber Jahr und Tag in seinem Inneren weiterspielte.

Am Tisch der Notar zählte Geld. Belling ging beiseite, Elchem nahm seinen Platz ein, er handelte mit, wie gewohnt. Das Goldstück fiel hin, alle bückten sich. Elchem aber kroch diesmal auf den Knien unhörbar nahe an Belling, dem Abgewendeten streckte er das Goldstück zu. Im gleichen Augenblick erhob sich der Notar, er sagte: »Ich habe es gesehn.« Dann warteten alle. Elchem selbst beschloß: »Begleiten Sie mich zum Gericht, meine Herren!«

Alle drei verließen auch wirklich das Haus, wenigstens glaubte dies der eine. Erst hinter der Straßenecke sah Elchem sich plötzlich allein. Aber selbst allein ging er weiter.

Die beiden anderen entfernten, bevor sie gesehen wurden, ihre Maskierung. »Wenn es nur gut geht«, sagte der Jüngere. Der Ältere sagte: »Bis jetzt hat sie recht behalten. Sie kannte sein schlechtes Gewissen.«

»Sollte er aber doch von uns sprechen?«

»Er wird von uns nicht sprechen, wir haben ihm nur geholfen, sein Gewissen zu erleichtern.«

Beide waren darin einig, daß sie diese Tat des Gemeinsinnes ihrer früheren Kollegin geschuldet hatten – sie als die einstigen Zeugen ihrer Verlobung. Das durch einen Schurken gestörte Glück wurde dank hilfreichen Künstlern wiederhergestellt. Sie bekam ihren unschuldig verurteilten Mann zurück.

IV

Die Meinung der beiden Schauspieler ward nach einigen Übergängen auch die der Stadt. Elchem beschuldigte sich, er bestätigte gerade die Darstellung, mit der Belling als Angeklagter vor zwei Jahren sich verteidigt hatte. Zeugen des Vorganges selbst gab es nicht, der alte Notar war tot. Der Schutzmann hatte nachträglich den Eindruck, daß Belling von dem Goldstück, als er es aus der Tasche zog, nichts wußte. Man konnte zweifeln: der Rechtsanwalt war damals mit allen Hunden gehetzt gewesen – wohl aber auch Elchem, aus Leidenschaft für die Frau. Die Tat des einen wäre so unglaubwürdig gewesen wie die des andern, wenn nicht doch einer schuldig sein mußte. Zwei Herren wie diese, welchen wählen? Die Stadt konnte zuletzt einzig den Richtern beistimmen, sie verurteilten den Geständigen, sie entließen den, der leugnete wie je.

Von der Frau sprach niemand, sie hatte sich rechtzeitig in Vergessenheit gebracht. Seit ihrem Fortgang aus der Stadt schrieb sie nicht einmal Briefe in das Gefängnis. Jetzt erwartete sie dort hinten für sich allein das Wiederaufnahmeverfahren. Die Zucht der vergangenen zwei Jahre befähigte sie, auszuhalten, stumm den Erfolg zu tragen, wie sie das Unglück stumm hingenommen hatte, und ihr Geschick nur in der Zeitung zu lesen. Sie las nicht ohne Spannung; Elchem konnte sie nennen.

Sie hätte nicht gewollt, daß Gefahr ganz ausgeschlossen wäre. Sie dachte: ›Acht gegen zwei, daß er schweigt. Wenn er mich nennt, habe ich verloren, aber ich kenne meinen Elchem.‹ Sie dachte mit Wonne ›meinen‹. – ›Er wird lieber auf sich nehmen, was er nicht getan hat, als daß er gestände, was er hier bei mir wirklich trieb. Er schämt sich. Er hat sich satt. Er ist so mürbe wie damals mein Mann, bevor er sich fallenließ.‹

Ihre Spannung war unbeschwerlich, obwohl sie nicht aß und nicht schlief. Dies war nur der Vorraum des herrlichsten Glücks. Nun auf, es ist vollendet. Elchem hat bis zuletzt geschwiegen. Er tritt ab, taucht in die Untergründe der Gesellschaft fort. Weiß aber! Weiß, daß er nichts getan hat, und ergibt sich. Unübertrefflicher Triumph, das Opfer stimmt zu! Das Opfer gibt dem Feind recht!

Auf und in die Arme des Geliebten! Sie fuhr zu dem vom Leiden und von ihrer eigenen Tat Umglänzten wie zu einem höheren Wesen. Ihr klopfte das Herz. Was sie gewagt hatte und schon nicht mehr ganz begriff, kreiste in ihrem Kopf, ihr schwindelte. Sie fürchtete, die Fahrt nicht zu überstehn.

Bald wünschte sie aber, damals wäre sie gestorben. Die Gatten begegneten sich zuerst unter Fremden, die den Freigesprochenen nach Hause brachten. Der Erfolg machte alle zu seinen Freunden. Man überbot sich in Ratschlägen an Belling, wieviel er von Elchem fordern könne. Seine Stellung, die entgangenen Verträge, Berufsstörung und gute Name – nicht auszurechnen schien die Entschädigung, die dem Freigesprochenen sicher war. Elchem mußte höchstwahrscheinlich seine Geschäfte verkleinern, um soviel herauszuziehn. Davon abgesehn, ruinierte ihn das Gefängnis. Sie beglückwünschten seinen Gegner – der ihnen dankte und laut ihre Genugtuung über den Zusammenbruch des Schuldigen teilte. Seine Frau und er waren gefaßt, vom Ernst des ertragenen Unrechts mehr umwittert, als das Glück gleich klären konnte, sie zeigten Würde und Kraft. Der Eindruck ließ nichts zu wünschen. Die meisten, vorher nur durch den Erfolg gewonnen, begannen zu glauben, Belling sei wirklich unschuldig.

Jetzt küßten die Gatten sich, unter dem Beifall der abziehenden Freunde. Beide hatten gefühlt, bevor man sie allein ließ, müßten sie sich küssen. Der Kuß fiel theatralisch aus. Als dann die Tür sich schloß, hatten sie einander den Rücken gewandt. Jeder dachte: ›Jetzt müßten wir aufeinander zufliegen. Jetzt käme der richtige Kuß.‹ Aber er blieb aus.

Als das Schweigen schon zu lange währte, bemerkte der Mann: »Wie lästig, im Hotel. Ich werde unser Haus zurückkaufen.« Sie hoffte, daß er es sage, um sie an ihre erste Zeit zu erinnern. Auch äußerte er es gewiß, weil niemand horchen durfte, wenn sie endlich sich eröffneten. »Wir sind ganz ungestört«, erklärte sie. »Beide Nachbarzimmer habe ich belegt.« Sie ging sogar in das Badezimmer und öffnete den Wasserhahn, es wurde vollends unmöglich, zu hören, was sie sprachen. Dennoch sprachen sie nicht.

Der Mann reckte sich endlich, fiel in den Sessel, redete an ihr vorbei in die Luft. »Hat er doch gestanden«, hörte sie deutlich. »Wie meinst du?« fragte sie trotzdem, worauf er sie bat, den Wasserhahn zu schließen. »Hat die Kanaille Elchem ihre Gemeinheit doch eingestanden«, wiederholte er. Sie fragte: »Du glaubst wohl noch immer, wir würden belauscht?« – worauf er schnell über sie hinsah, sie fühlte: mit Mißtrauen. Sie selbst war es, die er fürchtete!

Sie ging hin, ließ sich zu seinen Füßen auf den Boden nieder, sanft und dringlich flüsterte sie: »Gerade ich habe ihn dazu gebracht.« Seine Antwort war ein langsames Erröten und daß er fortsah. Ihr ward es kalt, jetzt war er überzeugt, sie habe ihn betrogen. ›Ich durfte nicht sprechen‹, dachte sie, fuhr aber fort: »Durch Suggestion – aus der Ferne. Oh! nur von weitem, ich habe ihn nicht ein einziges Mal gesehn. Du kannst in der ganzen Stadt fragen.« Dabei stand sie auf, räumte Sachen ein und beobachtete ihn geheim.

Er war, was aus ihm das Gefängnis gemacht hatte, mißtrauisch, unaufrichtig, wohl auch geschwächt. Das hätte vergehen können, aber er brauchte sie nicht mehr. Das schlimmste war, daß er unter dem Druck der Hoffnungslosigkeit zu entbehren gelernt hatte. Jetzt entbehrte er schon ohne Schwierigkeit sowohl Vertrauen als auch sie, die es anbot. Aufschreien: ›Du liebst mich nicht mehr!‹ Nein, sie ward zum Schweigen gebracht von seinem Gesicht, so kalt und voller Hinterhalte. Auch fiel ihr ein: ›Ich aber, die ihm jahrelang nicht schrieb?‹

›Aus Liebe!‹ behauptete ihr Innerstes. ›Um ihn zu rächen!‹ Da erkannte sie, daß schon längst die Rache sich vor die Liebe gedrängt hatte. Auch sie hatte, in ihr Geschäft versenkt, ihn zu entbehren gelernt. Ihre schöne Liebe war ihr aus den Augen gekommen, sie blieb nun übrig tief innen, wer konnte auch nur bezeugen, daß sie dort noch lebte. Wenn man so müde ist? Wenn man nun dies Gesicht hat, in das der Geliebte mit Argwohn blickt?... Angstvoll suchte sie es im Spiegel – dann wieder seins, ob der Eindruck, den sie ihm machte, übereinstimmte mit dem, was sie selbst sah, ein hartes und unreines Gesicht, zu verkniffen, als daß Liebe es jemals mehr bewohnt hätte, nicht ihre Liebe von einst, nicht ihre Liebe!

Sie beklagte ihre Liebe, nicht aber den, der sie verloren hatte. Vielmehr stand sie und betrachtete ihn mit neuen Augen. Dieses Menschen wegen sich verbraucht zu haben! In Lug und Trug gelebt zu haben, zwei Jahre lang – und vorher? Jetzt kamem Zweifel sogar an der Zeit, als sie beide noch, verbunden durch alle Gefahren ihrer Laufbahn, nach dem Abgrund fuhren. Was war es gewesen? Liebe – oder nur rasende Fahrt?

Trauer befiel sie, daß sie hätte am Fleck hinsinken mögen. Das Schauspiel wenigstens sollte er nicht haben, sie lechzte nach Kraft – da ward ihr Kraft in Gestalt des Hasses. Sie konnte ihn hassen, den Räuber ihrer Jugend, das gab dennoch Leben. Gierig blickte sie nach ihm aus, er war aber vom Stuhl auf, er brachte hervor mit eben der Stimme, die in diesem Augenblick auch die ihre gewesen wäre: »Wegen so einer gestohlen zu haben!« Dann verzerrten beide den Mund, dann atmeten sie laut und schnell, dann suchte jeder die Tür, die er hinter sich zuschlagen konnte.

Sie haßten, bis es dunkel war. ›Jetzt hat er doch gestanden‹, bedachte sie am Abend in ihrem Zimmer. ›Er hat aus Haß gestanden. Haß ist so schlimm nicht wie Lügen.‹ Er in seinem Zimmer sann: ›Selbst wenn sie mich haßt, wen habe ich denn sonst?‹... So gingen beide aufeinander zu, in der Mitte fanden sie sich.

Dies Zimmer bekam nur von der Straße Licht, sie ließen es so. Wo der Lichtschein nicht hintraf, saßen sie, jeder in eigene Trauer versenkt. »Wozu die Mühen?« fragten sie abwechselnd. »Wozu denn eigentlich damals die vielen Mühen, der falsche Glanz, all das erjagte Geld? Was war es mit mir, daß ich über so viele andere hinwegging, um endlich doch nur hier zu sitzen?« Der Mann sagte: »Ich war im Gefängnis«, – da war es der Frau, als käme auch sie von dort. Jedes seiner Worte begriff sie wie selbst erlebt.

»Ich war im Gefängnis«, sagte er. »Ich glaubte sogar, es wäre bis zum Tode, denn ich ward krank durch Mangel an Luft und Bewegung. So sah ich zwischen mir und dem Tode einzig Gefängnisjahre – das hereingetragene Essen, den dürren Baum im Hof und Gedanken, die nichts bringen, nur Leben mitnehmen. Endlich fragte ich mich in der Not, wie es denn draußen gewesen war, und fand: nicht anders, obwohl es anders hätte sein können. Aber das wissen wir nicht, solange wir draußen sind. Wir sind fast immer stumpf und kaum zugegen, während das Leben verstreicht. Wir gehen zwischen Maskierten umher und sehnen uns, arbeitend und Unrecht verübend, im Grunde nur nach Schlaf. Unsere reicheren Stunden machen sich teuer bezahlt.« Sie wußten, was sie meinten, die Stunden ihrer Liebe.

Der Mann beschloß: »Wir sind Gefangene überall.«

Die Frau begann: »Ich aber habe einen andern ins Gefängnis gebracht. Auch kein Unschuldiger, obwohl er nicht gestohlen hatte. Er hätte uns helfen sollen. Er hat uns nur immer versucht. Ist darum er allein schuldig?« Sie antwortete selbst: »Ihn versuchten wieder andere. Es bleibt dabei. Wir haben getan, was wir getan haben.«

»Und wenn wir es überhaupt wieder gutmachen könnten?« fragte er.

»Hätten wir den Mut nicht«, entschied sie.

Die Nacht verstrich ihnen in diesem dunklen Zimmer. Am Morgen waren sie der beanspruchten Entschädigung wegen zu ihrem Anwalt bestellt. Sie gingen aber, ohne sich zu bedenken, an dem Hause vorbei, zur Stadt hinaus und durch die lange Buchenallee. Herbstwind fuhr unter entlaubten Kronen her, sie beugten sich, sie sahen ihren Weg nicht. Erst im Wald war es still.

Der Wald roch modrig, auf einmal schien dem Mann, er spüre Geruch von Ginster. »Hier steht gelber Ginster«, sagte er an einem schon verwüsteten Platz. »Es duftete damals.« Bei dem Wort hielten sie erschreckt den Schritt an. Sie lauschten auf andere Schritte, die man nicht sah, sie meinten: vergangene. Nein, nur Blätter raschelten, sie gingen weiter durch nasse Blätter. Sie gingen träumend.

Zuletzt drang Sand ein samt Jodgeruch des Tangs auf feuchtem Lufthauch. Die See, da erscheint sie wie eine Gestalt. Da ist sie wieder hell, leise, bläulich. Rückwärts verwandelte Welt! Frühlingshimmel wäßrig blau überspannt für ihre Blicke, nur für sie, die Bucht. Der Strand von Suturp ist eng und kahl, hartes Gras weht still, zerrissene braune Netze sind aufgehängt über die ganze Breite. Sie erkennen alles, beide erkennen, was doch nicht da ist, das Schmeicheln der Luft, in klares Licht gefaßt jeder Stein.

Wie baden sie in dem Licht, das, ach, nur ihre selbstherrliche Sehnsucht erschafft! Verklärte Spuren ihrer selbst sind, indes sie fort waren und verwandelt wurden, hier zurückgeblieben, ihr eigenes Gedächtnis verweilt noch am Ort wie Fabel höherer Wesen... Dem Wasser nahe liegt ein Boot, von weitem lesen sie seinen Namen, Franziska.

Gemeinsam schieben sie es hinaus, sie besteigen das Boot, sie stoßen ab. Jetzt sitzt untätig jeder für sich allein. Der Kopf sinkt in die Hände. Er sieht nicht auf. Er weint nicht, denkt auch nicht. Er rastet stumm.

Das Boot wäre umgeschlagen, der Mann muß nach den Rudern greifen. Sie sind weit draußen, der starke Wind treibt sie ins Leere. Entschlossen kämpft der Mann, die Frau umklammert angstvoll beide Ränder des Bootes. Wohin sind auf einmal die wiedererkannten Spuren? Frieden, Bläue und der selbsterschaffene Lenz? Betäubt vom kalten Sturm schwanken sie im Boot »Franziska« mühselig über den geöffnet tobenden Abgrund, und schwarzer Himmel fliegt her von Suturp. Sie sind erwacht, Jahreszeit und ihr Leben, alles kehrt rauh zu ihnen zurück. Hinter eisern dunklen Wellen jenen helleren Strich, der ein Strand ist, sie müssen ihn erreichen. Sie müssen weiterleben. Sie müssen sich hinkämpfen, um weiterzuleben.

Das Kind

I Der Maskenball

Kindheitserinnerungen haben gewiß auch mein Leben beeinflußt, aber ich kann es nicht wissen, ich habe sie nicht in Form eines Katechismus gesammelt. Wenn mir eine einfallen soll, fallen mir viele ein. Ich wähle eine.

Winternachmittag im Lübeck der siebziger Jahre. Ich sehe eine Straße steil abfallen. Sie ist glattgefroren und fast dunkel. Jede Gaslaterne beleuchtet nur das Haus, vor dem sie steht. Eine entfernte Flurglocke verkündet klappernd, daß jemand jenes Haus betrat. Ein Mädchen führt den kleinen Jungen, der ich bin. Ich reiße mich aber los, die Straße ist so eine herrliche Schlitterbahn. Ich gleite sie hinab, ich gleite schneller. Die Querstraße naht. Den Augenblick, bevor ich dort bin, tritt eine ganz vermummte Frau heraus, unter ihrem Tuch trägt sie etwas. Ich kann mich im Lauf nicht halten, ich fahre gegen sie, sie war nicht gefaßt auf den Anprall. Da es glatt ist, fällt sie. Da es dunkel ist, entkomme ich.

Aber ich habe Geschirr zerbrechen gehört. Die Frau trug unter ihrem Tuch Geschirr. Was habe ich angerichtet! Ich stehe, mir klopft das Herz. Das Mädchen ist endlich nachgekommen, ich sage: »Ich kann nichts dafür.«

»Die Frau hat nun kein Essen mehr«, sagt das Mädchen. »Ihr kleiner Junge auch nicht.«

»Kennst du sie, Stine?«

»Sie kennt dich«, behauptet Stine.

»Wird sie kommen und es meinen Eltern sagen?«

Stine bejaht es drohend, ich erschrecke.

Wir machen unsere Besorgungen, denn morgen wird zu

Hause ein Fest sein, außerordentlicher sogar als jedes andere Fest: ein Maskenball. Dennoch vergesse ich den Rest des Tages nie ganz die Drohung, die hinter mir ist. Noch in meinem Bett horche ich, ob es läutet, ob die Frau kommt. Sie hat nun kein Geschirr mehr, ihr Junge kein Essen. Aber auch mir ist nicht wohl.

Nächsten Tages, als Stine mich aus der Schule holt, ist das erste, daß ich nach der Frau frage. »War sie da?« Das Mädchen besinnt sich, sagt nein, verheißt mir aber, die Frau werde mich sicher finden... Bis zum Abend fürchte ich es noch, dann ergreifen mich Leichtsinn und Eifer des Hauses, das den Ball erwartet. Es ist überhell, und es duftet nach Blumen, nach ungewöhnlichen Gerichten. Ich darf Mama bewundern. Schon kommen als erste Gäste ihre jungen Freundinnen samt dem Fräulein aus Bremen, das eigens herbeireiste, das bei uns wohnt und das ich nicht missen möchte. Später werden sie Larven tragen, ich aber fühle mich eingeweiht, ich weiß, wer diese Zigeunerin und wer Cœurdame ist.

Jetzt muß ich schlafen gehen, schleiche aber dann nochmals, wenig bekleidet, über die Treppe. Der Ball hat angefangen. Die vorderen Räume sind leer, dennoch erkenne ich sie kaum wieder, der Ball hat alles verändert. Tritt jemand ein, entweiche ich unhörbar in das nächste Zimmer. So mache ich die Runde, phantastisch angezogen von dem Fest im Saal, dem farbigen Glanz, der hervorströmt, von der Musik, dem Scharren auf Parkett, von Stimmengewirr und warmen Düften. Endlich gelange ich bis hinter die Tür des Saales, es ist gewagt, aber es lohnt. Nackte Schultern, mild vom Licht überzogen, Haare, schimmernd wie Schmuck, und Juwelen, die blitzen vom Leben, wenden sich mühelos im Tanz. Mein Vater ist ein fremder Offizier, gepudert, mit Degen, ich bin durchaus stolz auf ihn. Mama Cœurdame schmeichelt ihm mehr als je. Aber mein Urteil erstirbt vor dem Fräulein aus Bremen, ich fühle nur, daß sie dahingleitet, an einen Herrn geschmiegt, der hoffentlich nicht weiß, wer sie ist. Ich weiß es. Ich stehe mit sieben Jahren hinter der Tür des Ballsaales, ratlos ergriffen von dem Glück, dem alle nachtanzen.

Der Saal hat einen zarten, hellen Geschmack, später werde ich wissen, daß dies Rokoko heißt und gut zehn Jahre vor dieser Zeit sich von Paris aus verbreitet hat. Auch die Masken gingen von dort aus, auch die Tänze, die Quadrillen, der Galopp. Jede Einzelheit ist nachträgliche Ausstrahlung des kaiserlichen Hofes Napoleons III. und der schönen Eugénie. Ihr Hof ist verschwunden, aber ihre gesellschaftlichen Sitten haben Zeit gehabt, bis in nordische Kleinstädte zu dringen. Die Kultur des Salons war nie wichtiger als damals, Höflichkeit nie wieder so bekannt. Man spielte Scharaden, gab Rästel auf, die Damen bemalten die Fächer ihrer Freundinnen mit Aquarellen, Herren, die sie verehrten, schrieben ihre Namen darauf. Jene Welt unterhielt sich mit Schreibspielen, sonderbaren Erfindungen, ich habe sie erst verstanden, als ich las, daß in dem engsten Kreise Napoleons zuweilen jemand einen Aufsatz diktierte. Das Spiel war, zu entdecken, wer am wenigsten orthographische Fehler machte. Bürgerliche Spiele, sie paßten auch nach Lübeck.

Glanz und Höhe aber war der Maskenball. Die Sucht, sich zu verkleiden, lag nicht nur den glücklichen Abenteurern, die bisher in Paris geherrscht hatten, auch deutsche Honoratioren waren von ihr gepackt. Zuletzt kamen immer »lebende Bilder«, zur Schaustellung der eigenen Schönheit und Bedeutung in Situationen, die endlich ihrer würdig waren... Der Knabe hinter seiner Tür wartete angstvoll, ob es ihm gelingen werde, auch noch die lebenden Bilder zu sehen.

Plötzlich wird die Tür von mir fortgezogen, jemand hat mich gefunden. Es ist einer der Lohndiener, er ruft mir zu, drunten frage nach mir eine Frau. Meines bleichen Schrekkens achtet er nicht, seine Frackschöße eilen weiter. Ich bin allein und Herr meiner Entschlüsse. Bin ich es? Wenn ich nicht zu der Frau hinuntergehe, wer weiß, sie dränge vielleicht bis in den Ballsaal. Offene Katastrophe, lieber noch opfere ich mich.

Die Frau steht beim Hauseingang, wo wenig Licht ist. Hinter sich hat sie ein dunkles Zimmer. Sie ist vermummt wie gestern, sie rührt sich nicht. Sie ist die Statue des Gewissens, aufgestanden aus der Nacht. Ich nähere mich immer langsamer, ich will fragen, was sie von mir verlangt, aber die Stimme versagt mir. »Du hast mir mein Geschirr zerbrochen«, sagt sie von selbst, und ganz dumpf: »Mein kleiner Junge hat nichts zu essen.« Ich schluchze auf, ergriffen sowohl von dem Geschick des anderen Jungen wie von dem meinen, das mich hierherbrachte.

Wenn ich ihr aus der Küche zu essen holte?

Aber die Küche ist voll von Mädchen und Dienern, ich würde unerträgliches Aufsehen erregen. »Warten Sie«, stammele ich und mache mich auf in das dunkle Zimmer hinter ihr. Dort lagen die Mäntel der Gäste. Ich wühle mich hindurch, ich gelange zu Dingen, die mein sind. Soldaten und Bücher. Ich nehme sie, gern nähme ich sogar die geliebte Vase, die ein Schwan mit ausgebreiteten Flügeln ist. Aber die Vase ist nicht mein. Ich bringe alles der Frau, sie packt es in ihren Korb, sie geht. Schon bin ich gelaufen, schon in meinem Bett.

Ich schlafe ruhiger ein als am vorigen Abend... Rätselhaft ist nur, daß bei meiner nächsten Rückkehr aus der Schule alle verschenkten Sachen wieder an ihrem Platze sind. Ich begreife es nicht. Auch Stine, die ich einweihe, ist scheinbar erstaunt. Aber sie muß lachen. Verdacht auf Stine ist mir erst lange nachher gekommen, und auch dann nur, weil sie gelacht hatte. Sie selbst war der nächtliche Besuch gewesen, die Statue des Gewissens, die unglückliche Mutter des durch meine Schuld hungernden Jungen.

Wahrscheinlich hat in Wirklichkeit niemand gehungert. Wer weiß, ob auch nur Geschirr zerbrochen war. Stine, als gute Schauspielerin, hat der von ihr geschaffenen Gestalt gesteigerte Tragik mitgegeben. Ich habe dennoch nicht vergessen, daß ich, sieben Jahre alt, aus glücklicher Versunkenheit in den äußeren Glanz des Lebens jäh gerissen wurde, um hinzutreten vor die Armut und meine eigene Schuld.

Ein Eindruck. Auch eine Lehre? Damals kaum, Armut ward nicht oft sichtbar im Lübeck der siebziger Jahre. Wenn ich mit meiner Großmutter spazierenging, saßen am Rande der Landstraße manchmal Steinklopfer oder ähnliche Männer und aßen aus einem Topf. »Guten Appetit, Leute!« sagte meine Großmutter herzlich und ermunternd. Die »Leute« stutzten kurz, dieser Ton war immerhin schon ungewohnt. Dann aber dankten sie.

II Die beiden Gesichter

Mitte der siebziger Jahre war meine Mutter eine ganz junge, ahnungslose Frau. Ich sitze vor ihrem Schreibtisch, spiele mit einer kleinen Truhe aus Bronze, das violett gepolsterte Innere duftet bezaubernd. Plötzlich legt meine Mutter von hinten den Arm um mich, sie flüstert mir zu: »Wir sind nicht reich, aber sehr wohlhabend.« Sie mußte es gerade erst erfahren haben, und zwar mit genau diesen Worten.

Ihr selbst waren Reichtum und Wohlstand gewiß nur Worte. Ihr Leben und ihr Haus blieben sich gleich. Kein Auto wurde angeschafft, denn es gab keine. Den Sommer verbrachten wir wenige tausend Schritte weiter hin, »vor dem Tor«. Meine Mutter wußte vielleicht, daß Geld wohl wünschenswert, sehr viel Geld aber weder förderlich noch gern gesehen sei. Erst kürzlich sagte mir ein Achtzigjähriger, er sprach von seinem Nachbar: »Wer so reich ist, muß verrückt werden.« Das war ein Ton von damals, so dachte die noch bürgerliche Zeit.

Mein Vater war damals ein schöner und stolzer junger Mann. Ob heiter, ob zornig, immer erschien er mir auf der Höhe des Lebens. Er trug weiches Tuch, niedrige Hemdkragen, an den Schläfen noch die vorgebürsteten Haarbüschel, die Napoleon III. getragen hatte. Er ging wiegend und so sicher wie ein Kapitän auf seinem guten Schiff. Trat er ein, ward das Zimmer ein bewegter Raum, worin etwas vorging. Eines Tages aber kam er ganz still.

Wir bemerkten es kaum, er saß schon, war auf seinen Platz geglitten und hielt nun die Augen in den geöffneten Händen. Er stöhnte, da grauste es mir. Er, der nur leichte und heitere Gespräche führte, stöhnte Namen von Leuten, die zusammenbrächen, alles verloren hätten und sein Geld mit. Ich sah meine Mutter an, mein Blick erinnerte sie an ihre vertrauliche Mitteilung von einst. Sie schien davon nichts mehr zu wissen; sie war besorgt, aber nur um ihren Mann, nicht um das Geld. Übrigens waren jene Worte lange her, endlos lange für eine noch ahnungslose Frau und einen kleinen Jungen, vielleicht ein Jahr.

Dies war mein frühester Eindruck vom Wechsel des Glückes. Mein Vater brauchte sein ganzes noch übriges Leben, bis er wiederhatte, was in wenigen Tagen verlorengegangen war. Schneller wurde nicht verdient in jenen friedlichen Zeiten, und zu Anfang der neunziger Jahre starb er schon. Hier sah ich nicht gerade das Glück wechseln, erfuhr aber um so besser die Veränderlichkeit des Menschengesichts.

Er hatte ungemeines Ansehen genossen in der Stadt und dem kleinen Staat, dem sie vorstand. Mit ihm durch die Straßen zu gehen war eine meiner schärfsten Übungen hinsichtlich der Grüße, die ich, je nach Würdigkeit der Person, zu erwidern oder vorwegzunehmen hatte. Mit ihm im gemieteten Zweispänner über Land zu fahren war ein Fest. Die großen Bauern erschienen auf ihren Türschwellen, wir wurden bewirtet, und alles Getreide ging dabei in seine Speicher über. Er war Senator, was damals noch nicht Parteifrage war und von keinen öffentlichen Wahlen abhing. Es kam einfach auf die Familie an. Man war es oder man war es nicht – und behielt, einmal in den Senat gelangt, lebenslang die Befugnisse eines absolutistischen Ministers. Mein Vater verwaltete im Freistaat die Steuern, seine Macht war die allen fühlbarste.

Daher viel Schmeichelei, sogar für seinen Sohn; auch Unaufrichtigkeiten, sie entgingen schon dem Halbwüchsigen nicht. Immerhin überschätzte ich sowohl das natürliche Wohlwollen der Umgebung als auch die Fähigkeit eines noch so menschenkundigen Mannes, alle für sich zu gewinnen, sie, komme was mag, bei sich zu haben. Ihm lag an seiner Volkstümlichkeit, er war gegen Ende immer freundlicher, immer versöhnlicher geworden. Jetzt kam der Tod.

Mein Vater lag droben in seinem schönen Haus, die Straße davor war mit Stroh belegt. Sooft ich ausging, fragten mich viele, wie es stehe. Aus dem Haus gegenüber eilte mein alter Lehrer. Er hatte mich in der Vorschule unterrichtet, von jeher kannte ich ihn bieder und herzlich, ganz hingestreckte Hand, ganz Ergebenheit des kleinen Mannes, der endlich auch im eigenen Haus wohnt und bewundernd hersieht nach den Fenstern des größern.

Der Tag ist da, mein Vater atmet aus. Ich habe, zwanzigjährig, die ersten ganz selbständigen Schritte statt seiner zu tun. Draußen stehen die Leute, dabei auch der herzliche Graubart. Ich suche, ohne es zu bedenken, die gewohnte Wärme, ich gehe hin. Wie? Der Lehrer wendet den Kopf weg. Er verläßt sogar die Gruppe, tritt in sein Haus, schließt die Tür.

Ähnlich haben es dann andere gemacht, nur von dem

Alten schien es mir am erstaunlichsten. Ich begriff aber: sie hatten es satt, noch Mühe an mich zu wenden, auf einmal hatten sie es auf das gründlichste satt. Vorher hatten sie zuviel getan, darum taten sie jetzt nicht einmal genug. Es war nicht besondere Härte, nur das Aufgeben eines unnütz gewordenen Übereinkommens.

So geschieht es jedesmal, wenn irgendein Erfolg sich rächt. Eine der Erfolgswellen, die jedes Leben hat, fließt zurück, alle geben den noch soeben Umworbenen um so schroffer auf, je eifriger sie bis jetzt um ihn bemüht waren. Wie wohl tut es ihnen, endlich das Gesicht zu wechseln. Nichts Lästigeres, als einer bestimmten Person dauernd nur das festliche Gesicht zu zeigen. Der Erfolg ist vorbei. Der Steuersenator ist tot.

III Zwei gute Lehren

I

An einem schönen Tage sehe ich mich eine Hecke entlanggehen, ich war damals elf Jahre alt. Ich ging, wie gewöhnlich, allein und schnell. Meine Gedanken waren meist kühn und trotzig, wenn sie nicht gerade mutlos und besorgt waren. Sie handelten möglichenfalls von dem berauschend großartigen Einzug in eine eroberte Hauptstadt, wobei sich zwischen dem siegreichen Feldherrn und mir selbst eine nahezu gleiche Gewalt der Gefühle ergab; wir schienen dasselbe Gehirn zu haben. Die Begegnung mit einem kleinen Mädchen, das ich liebte, verlief weniger heldenhaft. Sie hatte wirkliche Zöpfe, wirkliche Augen, sah mich an und erwartete höchstens das versprochene Abziehbild. Ich indes sann darauf, sie aus Lebensgefahr zu retten, während ich zugleich jeden anderen Jungen ihrer würdiger hielt. Wir verstanden uns trotzdem scheinbar.

Als ich die Hecke entlangging, begann mein Leben gerade einen neuen Abschnitt, denn ich hatte das Progymnasium beendet. Dies war eine Privatschule. Es umfaßte außer der Fibellehre die untersten Gymnasialklassen und gehörte einem Dr. Huttenius. Man lernte dasselbe wie in dem großen Gymnasium, wohin man schließlich unfehlbar auch überging. Sonst hatte man sich für die Laufbahn des höheren Schülers als ungeeignet erwiesen und ward vorzeitig »Stift« in einem »Kontor«.

Nicht nur, daß wir bei Huttenius dasselbe lernten wie die Schüler des Gymnasiums, wir erlitten dieselben Strafen, feierten die gleichen Schulfeste, ängstigten uns wie jene und vergaßen die Ängste. Hier wie dort fanden wir unseren Ruhm bald darin, gute, bald darin, schlechte Schüler zu sein. Wir und jene hätten uns die Hände reichen können. Wir waren beiderseits arme Teufel, hart geplagt mit übertriebenen Hausaufgaben und tagtäglich einem anderen Verderben ausgesetzt. Nur die Seelenkraft unserer Jahre half uns über alles fort. Aber im Grunde waren wir als Schüler nicht entfernt auch nur so gesichert und glücklich wie später der niedrige Beamte oder beginnende Kaufmann.

Anstatt uns die Hände zu reichen, befeindeten wir einander. Es geschah aus reinem Übermut, wie man sagt. Mir ist aber so, als wären Freundlichkeit und Friedfertigkeit für uns etwas Demütigendes gewesen, und gerade darum suchte man Feinde. Im Frieden und gutherzigem Verkehr können die Menschen, ob Progymnasiasten oder schon in höheren Lebensstellungen, einander meistens nur mitteilen, daß es weder mir noch dir so besonders geht. Ganz anders als Feinde! Feindschaft erlaubt Hochmut, sie erlaubt Selbstgefühl. Da darf man dem Feind über den Zaun zurufen: Du unvergleichlich traurigere Erscheinung! Und das ist ein schöner Trost.

Ich rief als Elfjähriger über die Hecke, die ich entlangging, keine Beleidigungen. Dahinter lag eine Spielwiese, und Feinde meines Hutteniusschen Vaterlandes, Gymnasiasten, benutzten sie gerade. Die Hecke war grün, die Wiese war grün, ein lieblicher Tag draußen vor dem Stadttor war es, und wie gern hätte ich wohl mitgespielt. Ich ging aber allein und schnell, wie gewöhnlich, in meinen Schaftstiefeln vorbei, rief keine Beleidigung, sah auch nicht hin. Ich sagte nur streng für mich:

»Ich werde immer Huttenianer bleiben.«

Dabei war es beschlossene Sache, daß ich in den größeren Verband des Gymnasiums demnächst übergehen sollte. Um dagegen Huttenianer zu bleiben, hätte ich immer elf Jahre alt bleiben müssen.

Dies war auch nach meiner damaligen Einsicht nicht möglich. Trotzdem tat ich den Ausspruch. Erfolgte daher meine Kriegserklärung auch nur mit gutem Gewissen? War meine Selbstbehauptung wenigstens echt? Der Ausspruch ist mir sicher nur darum im Gedächtnis geblieben, weil er ein ungewöhnliches Maß von Widersinn enthielt. Noch dazu war der Widersinn tendenziös, und er war nicht einmal ganz unbewußt.

Später habe ich mir Feindschaften, meine eigenen und andere, oft daraufhin angesehen, ob sie nichts mit dem Wunsch, Huttenianer zu bleiben, zu tun hatten. Ebenso begegnete ich nationalen Abneigungen und allen übrigen schlechten Beziehungen dieser Welt. Es hilft freilich wenig. Nicht einmal meine selbstgeschaffenen habe ich darum immer vermeiden können, denn es gibt Konventionen und konventionelle Mißgriffe. Aber ich stehe ihnen innerlich mit solchen Zweifeln gegenüber, als versteckte sich in ihnen doch nur wieder ein kleiner Huttenianer, der es bleiben will.

2

Es war eine kleine Geige, nichts Besonderes, aber rotbraun lackiert und mit richtigen vier Darmsaiten. Der Bogen wurde wie jeder andere mit Kolophonium bestrichen, dann entlockte er in der Hand eines Knaben dem Instrument Töne, die vielleicht kratzten; aber hörte er sie nicht mit einem inneren Ohr, vor dem sie sanft und rein wurden?

Stellenweise beglückten ihn die Töne wie ein selbsterlebtes Wunder. Das bin ich! Das kann ich! Die Geige war ein Instrument des Selbstgefühls. Natürlich verlor sie bei Gelegenheit diese Kraft. Jemand, der zuhörte, verzog vielleicht das Gesicht, und nicht einmal dies war nötig. Er selbst hörte plötzlich nicht mehr mit dem gefälligen inneren Ohr, sondern die anderen beiden, an seinem Kopf befestigten, versicherten ihm nüchtern und mißgelaunt, daß er auf seiner Geige abscheulich kratze. Vernehmlich ward die vorher mit bewundernswerter Seelenkraft unterdrückte Erkenntnis, daß er das Geigenspielen niemals erlernt hatte; daß seine Geige übrigens nur ein Spielzeug für Kinder, er selbst geradezu ein Kind und ohnmächtig war. Die Wahrheit siegte über ihn.

Dennoch beruhte das Versprechen, glücklich zu sein, das wir uns jeden Tag geben, für ihn damals auf der Geige. Des Morgens vor der Schule nahm er sie noch einmal aus dem hübschen polierten Schreibpult, wo sie in Sicherheit ruhte. Jetzt mochte es in der Rechenstunde noch so tragisch zugehen, die Geige wartete auf ihn trotz allem.

Dies glaubte er. Aber sie wartete keineswegs. Sie ließ sich inzwischen von seinem jüngeren Bruder spielen. Der Kleine ging noch nicht zur Schule, er hatte Zeit, die Geige zu spielen. Ihr war es recht, der eine war ihr so recht wie der andere, und den großen Virtuosen ließ sie jeden machen. Das polierte Schreibpult war nicht verschließbar.

Der kleine Bruder reichte nicht ganz hinan, aber jemand klappte für ihn den Deckel auf und gab ihm die Geige. Wer? Es war eine hassenswerte Tat, das Unrecht selbst. Derselbe Unbekannte legte die Geige auch wieder hinein; dann war aber meistens schon eine Saite gesprungen. Wer war es, der dem Kleineren half?

Der Größere erfuhr es nicht, weder von dem Kleinen selbst noch von ihrer Mutter, noch von dem Hausmädchen. Jeder würde es ihm gesagt haben, sogar der Kleine. Sie hätten ihm nur einiges Wohlwollen ansehen müssen, oder er durfte doch nicht gerade diese Unbeugsamkeit, diesen unbeugsamen Rechtssinn zeigen. Sein Zorn, wenn er aus der Schule heimkam und die Geige benutzt fand, war heftig, und er war in abschreckender Weise gekennzeichnet vom Bewußtsein erlittenen Unrechts und der eigenen Unangreifbarkeit.

Dadurch wurde der kleine Bruder nur verstockt. Das Hausmädchen leugnete alles. Die Mutter des Knaben aber wandte sich strafend ab und wollte nichts hören. Ihr Blick und ihre Haltung straften – wen? Nicht den, der das Unrecht beging, nein, den Leidenden. War es nicht, um an allem zu verzweifeln?

Er spielte nicht mehr Geige. Er saß und weidete seinen Zorn und seinen Schmerz an den Schäden des Instrumentes. Schon hatte es einen Riß. Sie war sein Glück gewesen – oder mindestens doch das tägliche Versprechen des Glücks, das wir brauchen. Im Augenblick hatte er kein anderes. Daher haßte er alle, die an dem Raub vielleicht beteiligt waren. Eifersucht quälte ihn, denn ihre Mutter schützte nicht ihn, sondern den anderen. Sein Sinn für Gerechtigkeit war beleidigt in seiner eigenen Person, wo er bei jedem am sichersten zu beleidigen ist.

Dazu war er ein Kind und konnte nicht wissen, daß erstens seine eigenen Fehler mitwirkten an seinem Unglück. Ferner war ihm unbekannt, daß Gerechtigkeit keine normale Tatsache dieser Welt ist und daß nicht einmal die Mutterliebe sich jederzeit richtig verteilen läßt. So spielte er denn nicht mehr Geige und sah auch sonst keinerlei Ausweg.

Es kam nun einfach so, daß eines Tages bei seiner Heimkehr aus der Schule die Geige in mehrere Stücke zerbrochen dalag – und daß er bei diesem Anblick endlich Tränen fand. Er hatte bisher nicht geweint, weil doch der Kleine den Großen nicht zum Weinen bringen darf; es wäre zuviel Ehre.

Als er jetzt nicht mehr aufstampfte und sein Recht forderte, sondern nur weinte, fühlte er auf einmal um seinen erhitzten Nacken einen kühlen Arm. Das war seine Mutter. Jetzt war sie bei ihm und tröstete ihn. Sie sagte trostreich:

»Siehst du. Ob sie dir allein gehört hat oder euch beiden, jetzt ist sie kaputt.«

Ihre Worte mochten vielleicht nicht vollkommen logisch sein, ihm waren sie Erleuchtung. Er fühlte, indes seine Tränen allmählich aus Tränen der Trauer zu Tränen der Beschämung, endlich aber zu Tränen der Freude wurden, es sei kindisch, was er getan hatte. Es sei kindisch, sei nutzlos und trage zum Glück nichts bei, besitzen und nicht mitteilen zu wollen. Den Erwachsenen traute er zu, sie wüßten dies und handelten anders.

IV Das verlorene Buch

Kinder haben alles neu zu erlernen, besonders die Gefühle ihres Herzens. Die ersten Leiden kommen über sie wie aus anderen Welten, die erste Sehnsucht ist ein unfaßliches Märchen.

Als Kind besaß ich einmal, vielleicht acht Tage lang, ein Buch mit Liedern, Bildern und Geschichten. Ich hatte es von meiner Großmutter bekommen, wollte es bei ihr auch lesen, sooft ich hinkäme, und ließ es daher in ihrem Hause, das weitläufig war. Dort konnte schon etwas verlorengehen.

Überdies hielt meine Großmutter eine Sonntagsschule. Viele Kinder verkehrten in den Gartenzimmern ihres Erdgeschosses, sangen mit ihr und hörten sie die Bibel erklären. Es waren arme Kinder, wenigstens Bücher bekamen sie kaum geschenkt, außer von meiner Großmutter. Die meisten lieh sie ihnen aus einer eigens angelegten Bibliothek. Mein Buch kann hineingeraten sein. Dann schien es den jungen Entleihern gewiß noch reizvoller als »Rosa von Tannenberg« oder die Zeitschrift »Quellwasser«. Genug, ich sah es nicht wieder.

Ich hatte es gewöhnlich geliebt, ja, hatte es im Hause meiner Großmutter vielleicht aus Liebe zurückgelassen, damit ich es jedesmal wieder vorfände, wie neu geschenkt. Nachdem ich mein Buch verloren hatte, träumte ich von ihm, bereute furchtbar, es verschenkt zu haben, und weinte um seine Schönheit sogar im Schlaf. Nie aber sprach ich den Wunsch aus, es nochmals zu bekommen. Ich nannte es so wenig, als wäre es nie wirklich dagewesen.

Im Lauf der Jahre erbat und bekam ich viele andere Bücher, nicht dieses – vergaß es dabei nie, dachte nie ohne Herzklopfen an seinen Zauber, diesen, als es verlorenging, noch nicht erschöpften Zauber, der mit der Zeit geheimnisvoll ward.

Viel später, als ich meine Tochter mit Büchern zu versorgen hatte, erinnerte ich mich sofort des einen, das mir verlorengegangen war. Aus unbekannten Gründen habe ich ihr grade dieses nie gekauft. Jetzt ist auch sie schon aus den Jahren, in denen man es liest.

V Herr Gewert

Herr Gewert war ein schöner Mann, schwarzhaarig und bleich. Die jugendliche Kraft seiner Gestalt litt nicht unter ihrer beginnenden Fülle. Er trug gute Kleider. Ich unterschied ihn dennoch von den Herren der Gesellschaft. Ich war höchstens sechs Jahre alt, aber Herr Gewert hatte auf der Straße einen zu lockeren Gang. So gingen Konsul Plessen und mein Vater nicht. Sie grüßten weder so schwungvoll, noch so tief, sie sahen sich auch nicht nach den Damen um. Dies alles fiel mir auf, weil ich Herrn Gewert täglich mit meinen Blicken folgte. Er bog zu einer Stunde des Vormittags, ich hätte sie nicht angeben können, in die Beckergrube. Dort hinaus gingen die Fenster meines Kinderzimmers. Entweder betrat er den Blumenladen, der auf meiner Seite, nur wenige Häuser weiter unten lag, oder er verschwand gegenüber im Eingang des Theaters. Herr Gewert war der Sohn der Blumenfrau und spielte im Stadttheater mit. Beides erhob ihn für meine Wißbegier über die Allgemeinheit.

Hätte er nicht ebensogut der Sohn des ehemaligen Klempnermeisters sein können? Dieser war mein sichtbarster Nachbar, er hing meistens mitsamt seiner langen Pfeife drüben aus dem Fenster. Es war sein eigenes Haus, wie mir bekannt war, es hatte Spiegelscheiben, war viereckig und mit Ölfarbe gestrichen. Er selbst trug ein besticktes Käppchen, einen Schlafrock, trieb kein Geschäft mehr und brauchte nur noch zu rauchen. Von den Bewohnern der Straße beschäftigte er mich am meisten neben Herrn Gewert. Trotzdem war dieser nicht sein Sohn, er gehörte vielmehr der Blumenfrau, ich fand nicht heraus, warum. Auch mein Mädchen Mine konnte es mir nicht sagen. Sie hatte dunkelrote Backen, kam vom Lande und sollte einen Gärtner heiraten. Ihre Kenntnis von Welt und Menschen war gering. Ich fragte sie noch vieles, was sie nicht zu beantworten verstand und was uns beiden unerklärlich blieb. Unser Haus war das zweite vor der Straßenecke, vorn hatte es Fenster in der Breiten Straße, hinten in der Beckergrube. Das kleine Eckhaus aber schob sich im Winkel hinein; ich war überzeugt, das unsere müsse es unsichtbar im Bauche haben. Einmal hätte das fremde Haus sich doch öffnen sollen mitten in unserem, und die fremden Kinder wären hervorgetreten. Indessen Mine begriff mich hier noch weniger.

Andererseits behauptete sie, zu wissen, was ein Theater ist. Das Stadttheater stand drüben in der Front. Es war ein Haus wie alle, nur breiter. Ich erspähte es, wenn ich das Gesicht fest andrückte an den äußersten Rand der Scheibe. Mit weniger Mühe konnte ich die Börse sehen, die noch vorher kam. Auch war ihre Bestimmung leichter zu erfassen, denn mein Vater ging hin. Oft stand er mit vielen anderen Herren auf dem Bürgersteig, es war, bevor wir zu Mittag aßen. Die Börse war vorhanden, damit Papa von dort zum Essen kam. Dies leuchtete mir ein. Was aber tat Herr Gewert im Theater? Mine behauptete, er spiele dort mit. Hiergegen sprach, daß alles mir bekannte Spielzeug klein war und sich in den Händen von Kindern befand. Jetzt sollte ein ganzes Haus voll von Spielsachen sein, und es waren Erwachsene, die sich mit ihnen befaßten!

Diese Leute verweilten unfern den Herren der Börse des längeren auf dem Bürgersteig, oft versammelten alle sich gleichzeitig. In dem kleinen Gedränge, das täglich einmal die Stille der Straße unterbrach, suchte ich mit derselben Aufmerksamkeit meinen Vater wie Herrn Gewert. Ich teilte meiner Mine mit, daß Papa nächstens nach Hause käme, aber auch Herr Gewert werde jetzt gleich zum Essen hinübergehen in den Blumenladen seiner Mutter. Darauf, so versicherte ich ihr, beruhe das Dasein des Theaters. Es habe denselben Sinn wie die Börse, man gehe von dort zum Essen. Sie widersprach mir hierin. Sie verwies auf gewisse Abendstunden, wenn ich schon schliefe. Dann werde das Theater mit Gas beleuchtet, wer schon groß sei, dürfe hineingehn, und es geschähen dort Dinge. Unglücklicherweise war sie außerstande, mir die Dinge faßlich darzustellen. Daher kam es, daß ich mich abends im Bett vor ihnen ängstigte.

Mine hatte das Zimmer verlassen. Das Nachtlicht, das in seinem Öl schwamm, erhellte kaum ein wenig den Tisch und was davorlag. Aus der Dunkelheit eilten Gestalten an dem Tisch vorbei. Es ging sehr schnell und immer schneller, es waren nur Schatten, ja, am Tisch vorbeigelangt, wurden sie weniger als das, obwohl die Gewißheit ihrer Gegenwart mich nie verließ. Hatten indes die Gestalten ihre höchste Geschwindigkeit erreicht, dann verflossen sie zu einer einzigen, und diese war Herr Gewert. Am dritten oder vierten Abend wurde es mir klar. Nicht, daß ich ihn wirklich erkannt hätte. Er blieb dunkel und ungestüm. Seine Runde durch das Zimmer war eher die eines Vogels als die eines Menschen. Niemals zeigte er sein Gesicht. Dies verhinderte schon sein Mantel, ein ungewöhnlicher Mantel, vielmehr ein Stück Tuch oder auch nur ein Stück Dunkelheit, das ihn dicht umgab. Er schien es mit einer Hand zusammenzuhalten, daher das fahle Aufleuchten dort, wo er an seine Brust griff. Was hielt die Hand, daß sie im Dunkeln zu blitzen vermochte? Ich lehnte mich aus dem Bett, um endlich Herrn Gewert zu erkennen. Er ließ es nicht zu, aber ich war ohnedies meiner Sache gewiß. Mir fiel auf, daß ich mich nicht mehr fürchtete, schon seit einiger Zeit nicht, seit ich wußte, es sei Herr Gewert. Allmählich erwartete ich sein abendliches Auftreten zu meiner Unterhaltung und mit Gefühlen der Freundschaft. Wenn wir genug hatten, ich, ihm zuzusehn, er, mir vorzuspielen, trennten wir uns. Er verschwand, während ich einschlief. Ich sprach von diesen Vorgängen nie zu meinen Eltern und nicht einmal mit Mine.

Meine Eltern wußten freilich, wie sehr das Haus drüben, worin Theater gespielt wurde, mich in Spannung erhielt. Sie kannten auch meine Teilnahme für den Sohn der Blumenfrau. Hatten sie den Eindruck gewonnen, als arbeitete meine Phantasie übermäßig? Eines Tages kündigten sie mir an, daß ich mit ihnen in das Theater gehen werde. Genauer, meine Mutter sagte es mir, als ich schon zu Abend aß. Sie hatte nicht gewollt, daß ich länger als nötig in erregenden Vorstellungen lebte. Ich freute mich, wie sie es erwartet hatte, aber nicht mehr. Sollte ich Herrn Gewert drüben sehen, dann versäumte ich offenbar seinen Besuch bei mir im Zimmer. Ich zweifelte, was vorzuziehen sei. Erst, als ich Mama angekleidet sah, sie streifte ihre langen Handschuhe über, da ward mir bewußt, daß das Größte bevorstand. Ich war gewaschen, mein bester Anzug war hervorgeholt. Auch Mine hatte sich festlich gestaltet. Nachgerade klopfte mir das Herz, da kam Papa in Eile wie immer und fragte: »Seid ihr fertig?«

Wir bestiegen einen Wagen. Der Weg betrug nur wenige Schritte, sogar von Kinderschritten nur wenige. Aber es lag viel Schnee, und die Laternen waren selten. Die Bekkergrube fiel steil ab, daher fuhr Kutscher Ehmann ganz langsam. Ich fragte unaufhörlich, ob wir noch zur Zeit kämen. Meine Unruhe stieg, weil ich die Straße nicht wiedererkannte. So spät war ich noch niemals draußen gewesen. Fuhr Ehmann keinen falschen Weg? Dennoch langten wir an. Woran ich nicht gedacht hatte, noch andere trafen ein. Meine Eltern begrüßten so gut wie alle, ich hatte Herren und Damen die Hand zu geben, unzählige Bücklinge mußte ich machen. Darüber vergaß ich für den Augenblick meine ganze Erwartung. Als wir eine Treppe hinaufgegangen waren, fand ich sie wieder. Wir saßen, wie ich erfuhr, in einer Loge. Mein Stuhl stand möglichst nahe an ihrem geöffneten Rand. Mama hielt mich am Arm fest, noch bevor ich mich hinausbeugen konnte, was dennoch alsbald geschah. Ich ging mit dem Blick der rot gepolsterten Brüstung nach und fand, daß sie ringsumlief. Dahinter standen viele Zimmerchen geöffnet, wie das unsere. Sie waren rot ausgeschlagen, ich überzeugte mich schnell von der Farbe des unseren. »Wo ist Herr Gewert?« fragte ich eifrig.

Man ließ es mich oft wiederholen, meine Eltern sprachen mit denen, die nebenan saßen. Ein alter Herr, den ich auf der Straße grüßen mußte, steckte seine Hakennase hinter der Wand hervor und fragte mich mit seinen dünnen Lippen:

»Dann willst du dir also das Nachtlager von Granada ansehn?«

»Ich will Herrn Gewert sehn«, antwortete ich. »Wo ist Herr Gewert?«

»Er kommt noch«, sagten nacheinander der alte Herr und meine Eltern. Ich gab mich nicht zufrieden.

»Wo ist Herr Gewert?« rief ich laut.

Sie versuchten mich zu beruhigen und zeigten auf eine geschlossene Wand, hinter der Herr Gewert nach meinem Ermessen nicht sein konnte. Dann hätte ich ihn nie zu Gesicht bekommen. Daher verlegte ich mich darauf, ihn selbst zu entdecken. Die roten Zimmerchen ringsum enthielten viele Menschen. Gewöhnlich saßen vorn zwei tiefentblößte Damen, die ihre Fächer bewegten. Damit verdeckten sie mir die Herren, die sich rückwärts aufhielten. Überdies brannten Gaslampen gelb und unruhig unter der Brüstung, ihr Licht zeigte mir die Bewohner der Logen wie große Puppen, von denen manches unerhellt blieb. Sie funkelten hier und dort. Die Hälfte eines Gesichts erschien auf einmal grell. Ach! Herr Gewert war es nicht. Der Kronleuchter unter der Decke bestand aus den Kuppeln zahlreicher Lampen. Sie streuten einen gelblichen Schein aus, nur drang er nicht bis in die Tiefe der Logen. Dieses halbe Gesicht blieb grell, aber unbekannt. Jener andere Herr dagegen stand lässig und locker, die Hüfte herausgebogen, hinter seiner Dame. Er war zu sehn vom Knie bis an seinen niedrigen Umlegekragen mit der großen Krawatte. Nichts vom Kopf – mich überkam gleichwohl die Eingebung, dieser sei Herr Gewert. Ohne Bedenken verkündete ich es.

»Herr Gewert!« rief ich hell hinüber.

Meine Eltern verboten es mir dringend. Ich wollte mir meine Entdeckung von ihnen bestätigen lassen, sie ihrerseits verlangten, daß ich schweige. Mine! Mir blieb noch Mine, wo war sie? Verwirrt bemerkte ich, daß ich sie seit dem Eintritt in die Loge aus dem Auge verloren und vergessen hatte – zum erstenmal im Leben. »Mine!« Dies klang schrill wie Angst. Mir wurde daraufhin gedroht, man werde mich nach Hause schicken. Als sie mich ratlos weinen sah, erklärte meine Mutter mir mitleidig, Mine sitze über uns im zweiten Rang. Ein zweiter Rang! Ich hatte ihn noch nicht beachtet. Wie ich senkrecht hinaufsah, traf ich auf das Gesicht Mines. Sie reckte es so weit hinab, wie ich meines hinaufreckte. Beide waren wir bewegt durch die Trennung und das Wiedersehen. Daher riefen wir uns einige Male laut beim Namen. Hierauf unterrichtete ich Mine davon, daß Herr Gewert gefunden sei. Sie wenigstens glaubte mir, ihr Mund bewegte sich mit offenbarer Zustimmung. Leider verhinderte laute Musik mich plötzlich, Mine zu verstehen. Zugleich holte die Hand meiner Mutter mich auf meinen Sitz zurück.

Erregt wollte ich wissen, was jetzt käme.

»Du hörst es doch, Musik. Sei still!«

»Aber Herr Gewert!«

»Der hat noch Zeit«, sagte Mama.

»Er macht sich inzwischen ein braunes Gesicht«, flüsterte hinter mir mein Vater.

Dies brachte mich zum Schweigen, weil es zu abgründig schien, um Fragen zuzulassen. Herr Gewert, kein weißes Gesicht mehr, ein braunes wie der Mohr im Bilderbuch?

Als ob dies nicht genügte, öffnete sich auch noch die Wand, der ich es nie zugetraut hätte. Sie rollte hinauf, ein buntes Bild erschien. Mir verschlug es augenblicklich die Rede. Ich hätte nicht geglaubt, daß irgend etwas in der Welt so schön sein könnte, und dies, obwohl ich nichts erkannte. Es war vielleicht gerade darum schön – außerdem aber, weil es mir Lust, eine bange Lust machte, selbst dorthin zu gelangen. Zum erstenmal erblickte ich die Ferne. Ich starrte darauf und fand sie immer ferner. Überdies konnte jeden Augenblick die Wand wieder zugehen. Ich bemerkte auch Menschen, weil sie sich bewegten, aber es waren andere Bewegungen und andere Menschen. Den Mund geöffnet und ohne Augenblinzeln nahm ich alles in mich auf. Es blieb unklar, packte mich aber darum nur stärker.

»Singen sie schön?« fragte meine Mutter.

Ich hatte noch nicht erfaßt, daß sie sangen. Angstvoll fragte ich: »Geht jetzt die Wand wieder zu?« – überhörte aber die Antwort Mamas, denn der singende Mann war Herr Gewert. Mir kam auf einmal die Gewißheit, nicht weniger unwiderruflich als vorhin bei dem Herrn ohne Kopf.

»Herr Gewert!« rief ich.

Die Musik war zu laut, er hörte mich nicht. Wenigstens sollte meine ganze Umgebung es erfahren, ich teilte es meinen Eltern mit, auch Mine droben mußte belehrt werden.

»Beruhige dich«, flüsterte Mama inständig und umfaßte meine Schultern. »Er ist es nicht«, flüsterte sie.

»Hansnarr«, sagte Papa. »Suche mal unter den Räubern!«

Wo waren die Räuber, als Papa dies aussprach? Erschienen sie in dem Stück gleich anfangs oder traten sie erst auf, als der Vorhang zum zweitenmal aufgegangen war? Das sind Fragen von heute. Damals unterschied das Kind noch nicht die Reihenfolge der Ereignisse, sie geschahen ihm alle gleichzeitig. Aber es suchte voll Leidenschaft unter den Gestalten, die sich sichtlich in böser Absicht an einen schlafenden Herrn heranschlichen. Wer hätte es gedacht, da war er. Herr Gewert war ein Räuber. Von hinten aus dem Dunkel schlich er, und in seinem Mantel war nur die Hälfte seines Gesichtes zu sehen, aber ich erkannte es. Der Mantel war in ungewöhnlicher Art um ihn geschlagen wie ein Stück Tuch oder auch nur wie ein Stück Dunkelheit. Wo er ihn aber zusammenhielt, leuchtete es fahl auf. Er zog die Hand hervor, und das Messer blitzte.

»Ist es ein Messer?« fragte ich diesmal flüsternd.

»Es ist ein Dolch«, antwortete meine Mutter.

Da begriff ich, daß dies alles in meinem Zimmer vorgegangen war, schon oft, ehe ich einschlief. Herr Gewert war nicht nur ein Räuber; er hatte mich auch einweihen wollen in das, was er war. Er war an mein Bett getreten – ich meinte, nur aus der Beckergrube. Aber er kam nicht von der Straße, er kam fernher. Er war ein verwegener, dabei düsterer Mann. Abenteuer und Märchen hatten ihn begleitet, auch wenn er nur unter meinem Fenster vorbeiging. Erst jetzt, da er offen seine wahre Gestalt zeigte, verstand ich ihn. Ich verstand seine Schönheit, seine schwungvollen Grüße und alles, was ihn im Wesen unterschied von Konsul Plessen und meinem Vater. Von mir? Von mir unterschied ihn nichts. Ich verband mich ihm, ich ging in ihm auf, indes mein Blick ihm inständig folgte. Jede seiner Bewegungen war mein eigenes Schicksal. Nur daß er sang, und daß ich stumm blieb. Er sang mit den anderen Räubern; der Herr, in dessen Schlafzimmer sie eingedrungen waren, hätte leicht davon erwachen können. Ich wußte nicht: sollte ich es wünschen oder es fürchten? Zu erwarten war ein unfaßbares Erlebnis, ob Unglück oder Glück. Ich ließ es nahen. Ich selbst stand atemlos unter dem Schicksal.

Es geschah aber, daß die Räuber sich zurückzogen und flüchteten, Herr Gewert als letzter. Ich wollte glauben, er habe mich angesehen, sein Abschiedsblick, bevor er fliehen mußte, habe mir gegolten. Hier brach mein Gefühl aus, keine Rücksicht auf Ort und Menschen konnte es noch aufhalten.

»Herr Gewert!« rief ich gellend. Ich rief es ihm nach, um ihn zurückzuholen, und auch an das Haus wandte ich mich, damit alle Leute mir helfen möchten. Mein Vater packte mich beim Arm, meine Mutter versuchte mir den Mund zu schließen. Ich erwehrte mich aller Fesseln und schrie weiter nach Herrn Gewert. Meine Stimme war überall zu hören trotz Musik. Aus den Logen reckten sich Köpfe nach mir, man lachte oder zischte. Es schien, daß ich das Maß überschritten hatte, meine Eltern befahlen nur noch »Komm!« – und wie verzweifelt ich mich umherwarf auf meinem Sitz, sie zerrten mich fort. Die Tür klappte zu, ich lag draußen.

Schon war Mine zur Stelle, sie bemühte sich, das Kind aufzuheben vom Boden, wo es sich noch verteidigte. Wenn es einmal aufhörte, mit Armen und Beinen um sich zu schlagen, prüften seine verzweifelnden Augen die Tatsachen. Die Eltern unerbittlich hinter jener Tür, Herr Gewert aber, Herr Gewert verloren! Dies ergab eine neue Flut der Gefühle, und Mine warnte:

»Sei nicht eigensinnig! Das macht alles dein Eigensinn!«

Denn im Geiste Mines erklärte ein einfaches Wort die vielfältigsten Vorgänge. Da lag ich als machtloses Kind, und unterbrochen war mein wunderbares Erlebnis. Herausgerissen war ich aus der Vereinigung mit Herrn Gewert. Ein selbstgeschaffener innerer Aufbau war zerstört, nicht anders, als stieße ein fremder Finger mir mein Kartenhaus ein. Ich war unglücklich, aber litt ich nur um mich selbst? Ich litt auch um Herrn Gewert, er war unter denen, die mich den allgemeinen Schmerz lehrten, der erste. Daher begann ich wieder um mich zu stoßen, und Mine beklagte nochmals meinen Eigensinn.

Plötzlich stand ich freiwillig auf und ging mit. Ich eilte sogar. Denn der Gedanke hatte mich erfaßt, daß Herr Gewert doch geflüchtet war. Wenn er aber flüchtete und wahrscheinlich noch immer lief, wohin dann? Aus dem Haus fort offenbar, die Straße hinan ohne Zweifel, den Weg, den er täglich ging und kam. Nur diesmal kehrte er nicht wieder. Er hatte seinen Mantel um sich geworfen bis unter seine Augen und entschwand weiter mit jedem Schritt, entschwand ins Dunkel, und nie sah ich ihn mehr. Ihm nach, nur ihm nach! Ich war voll Hoffnung. Schon baute das zerstörte Kartenhaus sich von selbst wieder auf.

Mine, die mich an der Hand hielt, wurde von mir mitgezogen, über die Treppe aus dem Theater und durch den Schnee.

»Schnell!« forderte ich. »Herr Gewert läuft fort.«

Sie versuchte, es zu leugnen, aber ich glaubte ihr nicht, und sie selbst war von ihren eigenen Worten weniger überzeugt als von meinen. Dies wurde mir klar, als sie sagte:

»Er kann doch besser laufen als du.«

Hierin sah ich eine Aufforderung und beschleunigte meine Gangart. Ich rannte, wie ich konnte, und Mine hinter mir. Sie hatte meine Hand losgelassen, es kam ihr nur noch darauf an, nicht hinzufallen. Wir streckten uns dennoch beide mehrmals auf die glatte Bahn. Das Wiederaufstehen geschah schweigend. Mine schwieg aus ehrlichem Eifer. Ich aber berechnete auch, daß ich nicht weinen durfte, sonst hätte sie mich nach Hause gebracht. An der Ecke, wo es zu unserem Haus ging, wies ich heftig in die entgegengesetzte Richtung.

»Dort – dort läuft er!« rief ich atemlos.

Wahrhaftig erkannte ich das Schwingen seines Mantels, einen Augenblick, bevor es aus dem schwachen Licht einer Gaslaterne wieder ins Dunkel tauchte. Auch Mine mußte es gesehen haben, denn sie wandte nichts ein. Erst als wir über einen Schneehaufen gestürzt waren, zweifelte sie.

»Er war es wohl. Aber jetzt kriegst du ihn nicht mehr.«

Statt einer Antwort rannte ich weiter. Mine überholte mich, so groß waren mittlerweile ihr Ehrgeiz und ihre Teilnahme. Ich verdoppelte nur meine Anstrengungen. Menschen begegneten uns nicht bei unserem Wettlauf. Endlich gingen wir langsamer, keuchten und sahen uns an. Keiner von uns dachte daran, umzukehren. So gelangten wir zuletzt bis an das Tor der Stadt. Dort blieben wir stehen. Ich spähte hinaus in die Dunkelheit; sie schien mir ungeheuer. Die Bäume der Allee versanken darin ganz plötzlich. Am Rande der weiten Wiesen, wo ich Häuser wußte, stand einzig der schwarze Himmel. Die gelben Punkte entfernter Lichter verstärkten nur den Eindruck des Unerreichbaren. Ohne es zu wissen, hatte ich mich zurückgezogen.

»Jetzt hast du wohl Furcht?« bemerkte Mine nicht ohne Herausforderung.

»Du auch«, behauptete ich zu meiner Verteidigung. Sie sagte ehrlich:

»Auf dem Gemüsekarren bin ich den Weg schon oft gefahren – mitten in der Nacht, und ich war nicht viel älter als du.«

Um mich vollends zu beschämen, machte sie mutig einige Schritte aus dem Tor. Sie kehrte aber um.

»Das geht nun doch nicht«, erklärte sie, und in diesem Augenblick erwachte wieder ihr Pflichtbewußtsein. Ich versuchte nichts mehr dagegen, ich weinte.

»Heule auch noch!« sagte sie abschätzig. »Das kommt alles von deinem Eigensinn.«

Diesmal sollte das mir verhaßte Wort erklären, weshalb wir beide uns zu einer Stunde, da ich längst hätte schlafen müssen, am Ende der Stadt befanden. Ich fühlte, daß damit in Wirklichkeit nichts erklärt sei, aber ich weinte nur. So traten wir den Rückweg an. Jetzt zog Mine mich an der Hand hinter sich her, und ich machte mich schwer. Der Grund war, daß ich mich von Herrn Gewert jetzt entfernte, anstatt mich ihm zu nähern. Der andere Grund war, daß ich es aufgegeben hatte, ihn zu erreichen, sobald Gefahren sich einstellten. Ihm aber drohten alle Schrekken, in die ich kaum einen schüchternen Blick gewagt hatte. Er irrte als gehetzter Schatten durch die Ängste der Dunkelheit und geriet nur noch tiefer hinein. Mich verließ er. Er überschritt die Grenzen meiner Vorstellung, er war mir verloren, und verschuldet hatte ich es selbst. Wer konnte dies je wiedergutmachen?

Ahnte Mine dennoch die Tiefe meines Kummers? Vielleicht beschäftigten sie eigene Sorgen, und nur darum versuchte sie es im guten mit mir. Jedenfalls wurde sie milder und fast vertraulich.

»Paß auf, daß du nur ja im Bett bist, wenn deine Eltern nach Hause kommen, sonst ist es eine schöne Geschichte.«

Ihre wohlgemeinte Warnung trieb mich tatsächlich an, und wir gelangten recht und schlecht bis in die Nähe unserer Straßenecke. Auf dem Wege schon war die Warnung vergessen, ich verfiel in neues Schluchzen, ja, sträubte mich nach Kräften, um nicht von Mine hinübergezerrt zu werden, und schrie dabei laut. Mehr als mein Widerstand hielt mein Geschrei sie von ihrem vernünftigen Vorhaben ab. Dies begriff ich und ward um so lauter.

»Was werden die Leute denken?« flüsterte sie ängstlich und betrachtete bald die stummen Häuser, bald das Kind, das sich auf den Boden gesetzt hatte.

»Was willst du denn noch?« fragte sie.

Da ich es nicht wußte, konnte ich ihr nicht antworten. Sie verschränkte die Hände über der Brust, als ob sie beten wollte. Ihr gesammelter Geist fand dann auch die richtigen Worte:

»Es war doch alles bloß Unsinn«, entschied sie. »Herr Gewert ist gar nicht fortgelaufen. Warum sollte er fortlaufen?«

›Weil er ein Räuber ist‹, wollte ich erwidern, aber sie ließ mich nicht.

»Er gehört in den Blumenladen«, entschied sie, »und du gehörst in dein Bett.«

Ihr überlegener Ton blieb wieder nicht ohne Wirkung auf mich, ich erhob mich und begleitete sie bis auf die andere Seite. Dort freilich stemmte ich mich gegen die Wand des kleinen Hauses, das sich so rätselhaft in das unsere hineinschob. Es gab mehr Rätsel, wie mir rechtzeitig einfiel. Worte, selbst die eindrucksvollsten, lösten sie nicht alle auf.

»Es ist nicht wahr«, erwiderte ich fest. »Herr Gewert ist nicht im Blumenladen, er läuft!«

In Wahrheit zweifelte ich hier zuerst, ob jemand, und sei es Herr Gewert, so lange laufen könne; und die Festigkeit meiner Sprache hatte ihren Grund gerade in meiner Ratlosigkeit. Mine war zu einfach, um mich zu durchschauen. Auch drängten ihre eigenen Sorgen sie zur Eile.

»Was soll ich mit dir noch machen?« warf sie hin, und zu meiner größten Überraschung begann sie die Beckergrube hinunterzueilen, fort von unserem Haus und von mir. Ich sah ihr nach, ohne sie zu begreifen. Die Furcht, allein zu bleiben, setzte mich dennoch in Gang. Als ich sie einholte, blieb sie stehen, es war vor dem Blumengeschäft, das der Mutter Herrn Gewerts gehörte.

Das Blumengeschäft lag dunkel hinter seiner Glastür. Mine klopfte an die Scheibe. Wir warteten, und sie klopfte stärker. Da ging im Hintergrund eine Tür auf, die alte Frau sah aus der Stube. Ihre Gestalt verdeckte das Zimmer, in dessen Eingang sie sich vorneigte, um nach uns auszuspähen. Da sie nichts gewahrte, wendete sie sich um und bewegte sich auf einen Tisch zu. Daran saß jemand. Die Frau streckte den Arm nach der Lampe aus. Bevor sie zufassen konnte, hatte ich Herrn Gewert erkannt. Er saß und aß.

Er war kein Räuber mehr, sondern wieder derselbe Mann, der täglich durch diese Straße kam. Nichts Besonderes war an ihm, eher fand ich ihn gewöhnlicher aussehend als bisher. Er bestand keine Abenteuer und Märchen, ich mußte es erkennen. Weder Feinde noch Verfolger jagten ihn in dunkle Fernen, aus denen er auch schwerlich stammte, ich gestand es mir ein. Der Anblick des ruhig essenden Herrn Gewert ernüchterte mich und erfüllte mich mit Trauer. Gleichzeitig aber wurde mir davon leichter. Nur sehen sollte er mich nicht. Bevor seine Mutter mit der Lampe den Laden betreten hatte, war ich schon auf dem Rückzug.

Ich lief nicht; ich verließ die Stätte, obwohl hastig, mit einer gewissen Würde, denn ich fühlte mich im Recht. Herr Gewert war in Wirklichkeit nicht, was er hatte scheinen wollen. Ihm fiel zur Last, wieviel ich diesen Abend und sogar wieviel ich alle diese Abende seines heimlichen Besuches an meinem Bett erlebt und erlitten hatte. Ich dachte jetzt, er sei es nicht wert gewesen – was falsch war. Sie sind es immer wert.

Als Mine unsere Haustür erreichte, stand ich schon eine Weile in den Winkel gedrückt, den Rücken nach außen, als verbüßte ich eine Strafe.

»Hast du ihn gesehen?« fragte sie zornig und dennoch leise. Denn auch ihr war nicht wohl zumute. Wir gelangten aber in unser Zimmer, ohne meinen Eltern begegnet zu sein. Daraus schöpfte sie für sich die Berechtigung, mich mit Vorwürfen zu überhäufen. Ich ließ mich entkleiden und antwortete nicht. Sie hielt es für den bewußten Eigensinn, der sie wehrlos machte. Daher verließ sie mich und nahm die Kerze mit. Ich schlief sofort ein.

Am Morgen erinnerte ich mich nicht gleich des Theaters, und über Herrn Gewert nachzusinnen lag mir fern. Er gab mir niemals wieder zu denken, ich konnte ihn seither unter meinem Fenster vorbeischlendern sehen, ohne mehr Teilnahme als für jeden anderen. Der ehemalige Klempnermeister mit seiner langen Pfeife stand mir fortan näher als Herr Gewert. Immerhin erfuhr ich seinetwegen an jenem Morgen noch eine Aufregung, denn mein arg beschmutzter Sonntagsanzug wurde von meiner Mutter entdeckt, bevor Mine ihn hatte reinigen können. Mama fragte streng nach der Ursache. Ich schwieg, während Mine zu lügen versuchte. Meinem Gesicht entnahm Mama, daß sie getäuscht werden sollte. Sie verhieß mir nach ihrer Gewohnheit, das werde Papa erfahren.

Beim Essen berichtete sie ihm dann auch, aber da Papa es heiter aufnahm, lachte bald auch Mama. Ich hörte es, sah aber von meinem Teller nicht auf, und auf alle Fragen sagte ich nur: »Ich weiß nicht.«

So war es wirklich. Die Leidenschaften, Träume, Erlebnisse des Abends hatten sich mir entfremdet, es kostete mich Mühe, sie mir zuzutrauen. Dasselbe geschah damals, wie wohl später nach einer vollbrachten Erfindung, deren Ursprünge alsbald verlorengehen und schwer wieder auffindbar sind.

VI Der Freund

Die Straße reichte für einen kleinen Jungen vom Krämer Dreifalt bis zum Hotel Duft. Weiter reichte sie nicht, weil sie verboten war und in fremde Bereiche führte. Dagegen kannte ich von Duft zu Dreifalt jedes Haus und seine Bewohner. Unser Nachbar Hammerfest trank zuviel Bier, wie ich wußte, obwohl er daneben soviel wie möglich Kurzwaren verkaufte. Auf der Gegenseite führte der alte

Herr Amandus Schnepel ein besonders gediegenes Geschäft mit Kleiderstoffen. Freilich strich er über ein »Rips« genanntes Fabrikat mit dem Metermaß in einer Art, daß einem die Zähne davon klapperten. Jeder hatte auch seine Fehler und Lächerlichkeiten, so Madame Spiegel mit ihren langen, gedrehten Locken. Im ganzen aber war die Straße gut, und ihre Menschen galten mir als das, was sie vorstellten. Sie waren ehrenwert, herzlich und hilfsbereit. Demgemäß gaben die meisten mir die Hand, wenn ich sie begrüßte, oder sie nickten mir zu.

Die unterste Klasse der Vorschule erfaßte noch nicht den ganzen Menschen. Das Kind gehörte überdies der Straße, und nicht weniger als seine Fibel beanspruchten es die Kornsäcke, die auf Leiterwagen vorbeirasselten. Der Wagen des Doktors erschien und hielt an; so erfuhr man, wer krank war. Dem Kind blieb vorläufig mehr Teilnahme erlaubt für die Dinge des Lebens. Die Schule überwog erst später. Es hatte sogar seine Freunde eher draußen. Die beginnenden Schüler begreifen den Ernst ihres gemeinsamen Weges nur allmählich. Bis jetzt stand keiner seiner Kameraden ihm so nahe wie der Oberkellner im Hotel Duft.

Dieser gesetzte Mann ließ sich mit ihm in die menschlichsten Gespräche ein. Sie schienen beiden Beteiligten gleich bedeutend. Sie fanden auf der Schwelle des Hotels statt, wenn der Oberkellner frei war. Aber sogar dahineilend in seinen Angelegenheiten durch den Hintergrund des Hauses, fand er Zeit, mir zuzuwinken. Ich hoffte jedesmal: ›Jetzt holt er mir die Schaumrolle. Daher läuft er so.‹ Denn in einer besonders menschlichen Stunde hatte er mir eine Schaumrolle versprochen, und ob ich ihn mahnte oder nicht, ich dachte daran immer. Sicher ist, daß ich Schaumrollen auch zu Hause bekam. Aber die Schaumrolle des Oberkellners zeichnete sich aus in meiner Einbildung vor allen anderen, schon gegessenen. Mehr noch als ihr Genuß reizte mich ihre Eroberung. Je länger sie ausblieb, weil vorgeblich keine eingetroffen waren oder die Gäste schon alle verzehrt hatten, um so ersehnter ward sie. Schließlich erlangte sie die ganze Wichtigkeit des ersten eigenen Erwerbes.

Am anderen Ende der Straße, bei Dreifalt, erwarteten mich Geschäfte, die auch nicht ohne Verantwortung waren. Meine Mutter schickte mich dorthin, um Kaffee und Gewürze zu holen. Sie beabsichtigte wohl hauptsächlich, mir einen nützlichen Zeitvertreib zu geben, anstatt daß ich zu Hause nur lärmte. Aber ich stand dann doch im Krämerladen mit einem wirklichen Auftrag. Die Wirklichkeit des Lebens, das war das Wunderbare. Dieser Laden war angeblich kein Spielzeug, obwohl er phantastisch vergrößert genau der gleiche schien, den ich zu Weihnachten geschenkt bekommen hatte. Dieselben Reihen braun lakkierter Schiebladen, nur daß sie zu hoch saßen und ich keine hätte herausziehen können. Dieselben Zuckerhüte, aber so groß wie ich selbst, und über den Ladentisch langte ich kaum mit den Augen. Das Verhältnis zwischen mir und dem Verkäufer hatte sich verkehrt, in meinem eigenen Laden war er der Kleinere, und ich beherrschte ihn. Dieser hier behandelte mich aus der Höhe seines richtigen Ladentisches eher nebensächlich. Die Wirklichkeit machte gegen einen kleinen Jungen überall geltend, daß sie die Wirklichkeit sei, er aber spiele nur. Er glaubte es ihr höchstens halb und hatte recht. Einmal sah ich dann auch den so großen Verkäufer aus einer Schieblade heimlich Rosinen naschen. Sonst war niemand dabei, und meines Schweigens versicherte er sich, er gab mir welche ab. Aber ich schloß daraus, daß auch er im Grunde mit seinem Laden nur spielte.

Meine Besuche bei Dreifalt wurden erst denkwürdig durch ein furchtbares Gewitter und was dabei geschah. Hatte Mama, als sie mich hinausschickte, den Himmel nicht beachtet? Wahrscheinlich trieb ich mich nach dem

Verlassen des Krämerladens so lange umher, bis es donnerte und blitzte. Die äußerste Gewalt entlud sich sofort. Während ich auf der Straße, die sich plötzlich ins wild Ausgelassene verwandelt hatte, noch meine Maßnahmen überlegte, war ich auch schon durchnäßt. Gewiß war es lustig, durchnäßt zu werden, wenn auch weniger angezeigt für die Päckchen mit den Dreifaltschen Waren. Man konnte sie natürlich fortwerfen. Höhere Mächte rechtfertigten in diesem Augenblick alles. Dann wäre man frei gewesen, sich den feuchten und geräuschvollen Spielen der Natur hinzugeben. Erinnerungen an Pflicht und Ordnung siegten noch einmal, ich rettete mich und meine Einkäufe in den Eingang des nächsten Hauses. Da hörte ich pfeifen und sah jemand kommen.

Die Straße war jetzt völlig geleert, sie schwamm in Teichen. Es krachte, rasselte, Blitze fuhren vorbei, und in all dem nahte, herrlich pfeifend, mein Schulkamerad Carl. Er ging mitten auf dem Fahrdamm, die Hände in den Taschen, und sah zum Himmel. Hier bemerkte ich erst, daß er ein kühnes Gesicht hatte. Seine Augen standen weiter offen als andere Augen, und seine Stirn war heller. Lag es an dem fahlen Licht des Gewitters, daß ich seine Haare jetzt gelb wie Gold fand? Da er ohne Hut ging, troff ihm Wasser vom Kopf; aber seine Haare blieben lockig, dicht gerollt schwankten sie über der Stirn. Er war von zarter Gestalt und nicht größer als ich. Was mich in diesem Augenblick einschüchterte und davon abhielt, ihn anzurufen, war seine Freiheit. Er bewegte sich frei und ungebunden unter dem Gewitterregen. Er hatte keine Pakete zu tragen. Aber ich fühlte, seine Unbeschwertheit bestehe nicht einzig darin, daß er die leeren Hände in die Taschen stecken durfte. Er konnte überdies gehen, wohin er wollte, diesen Eindruck machte er, und sogar aus der Stadt hinaus, wenn er wollte. Er war in ihr nicht geboren. Wie seine weitgeöffneten Augen zum Himmel sahen, entdeckte ich, daß die Stadt ihn nichts anging, und wahrscheinlich ging auch ich ihn nichts an. Dies war die neue und einschüchternde Entdeckung, um derentwillen ich Carl nicht anrief.

Statt dessen rief er selbst. Er erblickte mich, blieb stehen und rief aus seinem Sturzbad herüber:

»Du bist feige, daß du dich unterstellst!«

Ich antwortete genauso herausfordernd:

»Das lügst du, ich war schon vor dir naß!«

Um ihm meine Furchtlosigkeit durch die Tat zu beweisen, verließ ich mein Dach. Würdig und mit augenscheinlicher Nichtachtung der natürlichen Hindernisse trat ich vor Carl hin. Er sagte darauf:

»Fein. Jetzt gehn wir zusammen.«

Wir marschierten mitten durch das Unwetter – nicht in Richtung unserer Häuser, die einander gegenüberlagen, das kam nicht in Betracht. Wir marschierten entgegengesetzt und auf das Ende der Stadt zu. Es waren die verbotenen Bereiche, aber ich fühlte, daß in Gegenwart Carls keine andere menschliche Rücksicht mehr mitzählte. Wir gingen nebeneinander, und alles sonst mochte gehn, wie es wollte. Er sah mich von der Seite an; ich bemerkte es wohl, wenn ich auch den Kopf nicht rührte. Ich hoffte still, daß er so fühlen möchte wie ich. Als er sich wieder weggewendet hatte, prüfte ich selbst sein Profil. Ich fand es vor allem neu und unbekannt, als wäre er gar nicht mein Schulkamerad. In der untersten Klasse betrachtete jeder den nächsten mit großen, unverwandten Augen. Man schätzte einander ab. Das erste Zusammentreffen der verschiedenen menschlichen Arten vollzog sich. Aber Carl hatte ich übersehen oder noch niemals richtig ins Auge gefaßt. Er war mir fremd geblieben, was sollte ich davon halten? Mir fiel ein, daß wir aus der Schule beide sogar denselben Heimweg hatten, ihn aber immer einzeln machten. Diese Tatsache verwirrte mich jetzt, wie ein unbegreifliches

Aussetzen der allgemeinen Regeln. Ich beschloß, die Ordnung sofort wiederherzustellen, und begann einen Satz.

»Morgen wollen wir auch –«

Ein ungeheurer Donner schnitt ihn mir ab. Wir wendeten die Gesichter einander zu, diesmal, um Hilfe zu suchen. Wir fanden sie auch. Unter dem Blick des anderen blieb keines unserer Gesichter ängstlich, es hätte sich nicht geschickt. Da wir aber entschlossene Mienen annahmen, wurden wir wirklich erhaben über den Donner. Als er zu Ende gerollt hatte, sagte Carl:

»Ja, morgen gehn wir auch aus der Schule zusammen.«

»Vielleicht ist wieder Gewitter«, sagte ich schnell und nicht ohne Heuchelei. Mir lag nicht an dem Gewitter, sondern an Carl; aber er durfte nicht merken, daß mir heiß vor Freude war. Ich freute mich, weil er meinen Satz ergänzte und genau dasselbe dachte wie ich.

Hier erblickten wir ein Schaufenster mit kleinen Schiffen. Sofort hatten wir nochmals den gleichen Gedanken. Das Wasser, das unter unseren Schritten spritzte, wäre noch unterhaltender verwendet worden, wenn wir ein Schiff gehabt hätten. Wir bewunderten die Auslage, bis wir vergessen hatten, weiterzugehn. Endlich zog sogar das Gewitter fort, und nur noch die Gewässer rauschten durch den Rinnstein.

»Ich habe Geld«, sagte ich plötzlich. Es war ein Einfall, zu dem ich mich beglückwünschte. Ich legte meine Dreifaltschen Päckchen auf den Bürgersteig. Sie hatten mich lange genug vor Carl beschämt und in Nachteil gesetzt. Verdorben, wie sie schon waren von der Nässe, schienen diese Krämerwaren mir keine Bedeutung mehr zu haben angesichts dessen, was ich wagen wollte. Ich zog Geld aus der Tasche meines Kittels, es war beim Einkauf übriggeblieben. »Da!« sagte ich und gab es Carl. »Fein!« sagte er, und wir betraten den Laden.

Ich war mir bewußt, daß ich etwas Ungeheuerliches tat,

wenn nur die Gesetze meines Standes als Bürgerkind gegolten hätten. Hier indes traten neue Gesetze ein, das fühlte ich deutlich; und was für mich allein verbrecherisch gewesen wäre, gebot mit Carl sowohl die Selbstachtung wie die Freundschaft.

Das Geld reichte nur für das kleinste der Schiffe, mit ihm spielten wir in der Gosse unter Geschrei und bis zum Vergessen der Welt. Schließlich wurden wir von einem erwachsenen Mann angerufen. Er zeigte sich als erster auf der Straße, seit es weniger regnete. Er richtete den Finger nach einer schwimmenden Masse von Kaffeebohnen und Pfefferkörnern. Das meiste hatte schon die Gosse erreicht und wurde soeben in den Abzug gespült.

»Ist das eures?« fragte der Mann mit ebensoviel Entrüstung wie Hohn.

»Nein«, sagte ich frech, »und Sie geht es auch nichts an.«

Ohne weiteres holte der Mann nach mir aus, was blieb mir übrig, als fortzulaufen. Er setzte mir nach, verlor die Lust und kam schimpfend abhanden. Als ich zu Carl zurückkehren konnte, gab es zwei Neuigkeiten. Unser Schiff war, wie die Kolonialwaren, in den Abzug gespült. Carl aber fand ich damit beschäftigt, schwimmende Bohnen und Körner aufzufangen. Er barg sie in seinen Taschen. Hier sah ich ratlos zu. Nicht wahr? Es wäre für mich eine Schande gewesen, Kaffee und Pfeffer aus dem Rinnstein aufzulesen. Gerade vor Carl hätte es mich beschämt. Jetzt aber tat er es selbst. Ich sah ein, daß ich nicht zurückbleiben durfte, und sammelte mit. Da hörte ich ihn sagen:

»Meine Mama wird sie trocknen.«

Sofort gab ich auf, das Gesammelte in meine Taschen zu stecken. Ich steckte es in seine.

Mir war es fraglich, ob meine eigene Mutter etwas, das aus dem Rinnstein kam, noch verwendbar gefunden hätte. Immerhin fiel es mir nachgerade auf, daß ich meinerseits nicht das geringste nach Haus brachte, weder Kaffee und Pfeffer noch Geld, ja, nicht einmal das Schiff. Auch Carl war ernster geworden. Unser Heimweg begann schweigsam und verlief gedrückt. Wir hoben nur mühsam die Füße, unsere Schuhe waren vom eingesogenen Wasser so schwer, wie wir es Schuhen nie zugetraut hätten.

»Muß man sie fortwerfen?« fragte Carl ohne seine frühere Kühnheit.

Ich wußte es nicht, tröstete ihn aber auf andere Art.

»Den Anzug werden sie bestimmt noch bügeln«, behauptete ich.

Bei der Ankunft hatte nur er die Straße zu überschreiten. Wir sahen uns nicht an, als wir uns trennten. Meine Mutter empfing mich schon im Flur. Sie hatte den Windfang geöffnet und spähte nach mir aus. Der Windfang war eine zweite, gläserne Haustür. Hätte sie in der vorderen Haustür gestanden, was eine Dame niemals tat, wäre meine Sache verloren gewesen. Ich war noch froh. Da sagte sie:

»Jetzt kommst du, ich wollte schon nach der Polizei schicken.«

Hierüber erschrak ich tief, ich senkte den Kopf und schlich mich an ihr vorbei. Dennoch wußte ich, daß sie hinter mir die geschlossene Hand an ihre Wange drückte, was Entsetzen bedeutete. Sie sah wortlos zu, wie ich entkleidet wurde.

»Die Sachen können wir fortwerfen«, beschloß sie endlich. Hier brach ich in lautes Klagen aus.

»Du willst noch weinen?« bemerkte Mama. »Ich, deine Mutter, müßte weinen.«

»Aber Carl!« rief ich unter Schluchzen. »Seine Mama trocknet die Kaffeebohnen. Kann sie nicht auch den Anzug bügeln?«

»Was für Kaffee?« fragte meine liebe Mutter, und dadurch erfuhr ich, wie sehr sie in Angst gewesen war meinetwegen. Denn sie hatte meine Einkäufe ganz vergessen. Ich ging freilich auf ihre Gefühle nicht ein, sondern bekundete nur Sorge um Carl und seinen Anzug.

»Wer ist dein Carl?« fragte Mama ungeduldig.

»Mein Schulkamerad. Er heißt Carl!« beteuerte ich.

»Wer sind seine Eltern?«

»Seine Mutter heißt Fels. Er heißt Carl Fels.«

»Die Dame drüben?«

»Ja«, gab ich zu. Der Ton Mamas gefiel mir nicht. Ich kannte ihn. Sie war im Begriff, mir etwas zu verbieten.

»Das wird Papa erfahren«, entschied sie. Gerade klapperte die Glocke, wie immer beim Öffnen des Windfangs. Papa kam, wir gingen zu Tisch.

»Was hast du heute gemacht?« fragte Papa mich wohlwollend.

»Nette Sachen«, antwortete statt meiner Mama. »Er war stundenlang im Regen, ein Glück, daß es warm ist. Weißt du aber, mit wem er sich herumtreibt? Mit dem Jungen der Fürstin.«

Sie sagte »Fürstin«, ich horchte mit offenem Munde. Noch niemals hatte ich ein lebendes, in der Nähe befindliches Wesen so nennen gehört. Dies wäre die Mutter Carls? Zugleich schien mir das Wort einen Nebenton zu haben im Munde Mamas. Es klang nach einer zweiten Bedeutung, die für mich nicht bestimmt war. Papa dagegen erfaßte sie, er lachte ein einziges Mal stumm auf. Dann strich er mir wohlwollend über den Kopf.

»Du suchst dir deinen Verkehr gut aus.«

Papa lobte mich nicht ganz im Ernst. Ich griff dennoch sofort zu und verschaffte mir die Erlaubnis, Carl einzuladen. Mama wandte freilich ein, daß ich dann auch genötigt sein würde, zu der »Fürstin« zu gehn. Papa, der heiterer Laune war, wie damals immer, machte eine hinausschiebende Handbewegung. Ich war durchgedrungen.

Carl kam, wir waren anerkannte Freunde. Er fuhr auf

meinem Rad, wir zauberten, und ich erklärte ihm die Aufgaben. Dann machte er sie ganz anders, und gerade so wurden sie richtig. Ich bewunderte ihn und dachte über ihn nach, was sonst nicht vorkam. Ein kleiner Junge war für den anderen kein Gegenstand langen Nachdenkens. Wie geschah es, daß Carl so oft frei war und sogar nach der Schule sogleich unser Haus betreten durfte, anstatt sich seiner Mutter zu zeigen? Warum trug er feinere Anzüge als ich und steckte trotzdem beschmutzte Kaffeebohnen in seine Tasche, damit sie noch gemahlen wurden? Ich wartete unbestimmt auf ein Ereignis, das mich mehr lehren sollte. Es trat auch ein.

Eines Tages nach der Schule bestimmte Carl:

»Heute gehen wir nicht zu dir. Meine Mutter will, daß du zu uns kommst.«

Sofort fühlte ich eine Gefahr. Wahrscheinlich wurde der Besuch bei der »Fürstin« mir verboten, wenn ich zu Hause darum bat. Einfach nicht heimzukehren, den Streich hatte ich mir noch niemals erlaubt. Ich sprach kein Wort und folgte Carl – hinüber zum Haus des Weinhändlers Riese. Er selbst bewohnte es nicht, er hatte ein viel schöneres vor der Stadt. Hier lagen nur im Keller seine Fässer. Sein Sohn Peter stieg soeben vor dem Hause aus der Kellerluke. Er gehörte zu den Herren, obwohl er aus der Luke stieg, und war auch so gekleidet. Mit seinem Taschentuch staubte er von seinen Ärmeln die Spinnengewebe.

Kaum, daß ich das rote Gesicht Herrn Peter Rieses gewahrte, lief ich auch schon hin und gab ihm die Hand. Natürlich hätte Carl dasselbe tun müssen. Es entsprach der Regel. Statt dessen sah ich ihn mit bösem Ausdruck auf mich warten. Herr Peter Riese inzwischen redete mich an.

»Du gehst wohl auch zu der Fürstin? Na, dann nehmt mich mal mit.«

»Nein!« rief Carl unfaßbar böse. »Sie sollen wieder in Ihren Keller! Das sagt auch meine Mama.«

Hierüber verfiel Herr Peter Riese in schallendes Gelächter. Seine Stimme freilich, als er dann sprach, klang keineswegs erfreut. Sie klang sogar unfreundlich.

»Deine Mutter wird mal wieder wollen, daß ich ihr helfe«, sagte er, und jedes Wort grub sich mir ein, so unerhörte Worte waren es. »Dann kann deine Mutter mich in meinem Keller besuchen.«

Während er es sagte, wurde er mir unheimlich. Einen Augenblick dachte ich mir den Sohn des Weinhändlers Riese verwandelt in ein Ungetüm. Im Dunkeln lag es zwischen den Fässern und schnappte denen, die in seine Nähe gerieten, nach den Waden. Schneller, als ich vorgehabt hatte, war ich bei Carl. Wir liefen bis in das erste Stockwerk, langten atemlos an und horchten hinter der Tür noch eine Weile, ob Riese käme.

Plötzlich und ohne eine Erklärung führte Carl mich in ein Zimmer. Es enthielt gepolsterte Möbel, einen Blumentisch und ein Klavier. Es wäre demnach wie bei uns gewesen, nur daß die Blumen welk waren. Carl blieb in der Mitte stehen, wir standen beide, wie ein Besuch, der wartet. Mich zog das Klavier an. Als ich nicht mehr anders konnte, öffnete ich den Deckel und drückte beide Hände auf die Tasten. »Laß das!« rief Carl, aber es kam zu spät. Seine Mutter war schon da.

Sie sagte: »Was ist das für ein Lärm?« Und Carl erwiderte: »Er wußte nicht.«

»Ach so«, sagte die Dame. Sie tat, als sähe sie mich erst jetzt. Aber sie hatte mich gleich mit ihrem Eintreten bemerkt, wie ich sicher wußte. Sie verstellte sich; damit machte sie mich sowohl neugierig als befangen.

»Du starrst mich an«, sagte die schöne Dame und lachte unzufrieden. »Du bist der Freund, zu dem Carl geht. Carl wird eingeladen.«

Jetzt lachte sie übermütig. Einen Augenblick wollte ich darüber froh werden. Aber die Lust verging mir sogleich.

Carl tat indes etwas Unerwartetes: er küßte seiner Mutter die Hand. Ich hatte dies niemals weder gesehen noch gelernt, ein kleiner Junge, der seiner Mutter die Hand küßt! Er befremdete mich beträchtlich. Ohne den Blick von der Dame zu wenden, beantwortete ich ihre Fragen, wie ich heiße und ob es meine Mutter sei, die so oft drüben am Fenster sitze und Handarbeiten mache.

»Sie ist gut frisiert«, sagte die Mutter Carls zu meinem Erstaunen. »Geht sie zu Philibert? Nein, das weißt du nicht. Ich müßte sie selbst fragen. Nun, ich werde Philibert fragen.«

Dabei wandte sie mir schon die Schulter zu, zwei goldgelbe Locken hingen darüber. Es schien, als bräche sie sofort zu dem Friseur auf. Ein Satz, der in mir längst fertig war, entrang sich mir noch schnell.

»Warum sitzen Sie nicht auch am Fenster, wie Mama?«

Hierüber lachte sie wieder, bekam aber bei diesem Lachen ein ganz anderes Gesicht. Es wurde komisch, liebenswürdig und flößte Zutrauen ein.

»Ich mache keine Handarbeiten«, sagte sie und kam wieder her. Ja, sie reichte mir zum erstenmal die Hand. Ihre Hand war lang und schmal. Warum mußte ich jetzt blutrot werden? Ich hatte geschwankt, ob ich es machen sollte wie Carl und ihr die Hand küssen. Die Dame winkte uns aber zu, nicht mehr mir allein, uns beiden winkte sie.

»Spielt miteinander! Aber nicht hier!«

Damit war sie schon aus der Tür. Wir beide standen noch stumm in der Mitte, wie vor ihrem Eintreten, da hörten wir ihre Stimme. Sie sang hell und stark. Ich kannte nur die zarte Stimme meiner Mutter und erschrak vor dieser. Sie stieg, fiel, vollführte Bogen und Sprünge und endete in voller Kraft, ohne daß es aus war. Ich glaubte, eine zweite Tür, und diesmal eine undurchdringliche, sei vor der Stimme geschlossen worden.

›Die Fürstin ist schön, aber gekränkt‹, fühlte ich.

Carl sagte: »Wir wollen in mein Zimmer gehn.«

Ich fühlte: ›Sie wäre lustig, aber muß traurig sein.‹

»Warum kommst du nicht?« fragte Carl, und ich folgte ihm.

In seinem Zimmer wartete eine nicht weniger große Überraschung. Es war ein Kasperletheater, wie ich keines kannte, höher als wir beide. Carl erwarb meine ungemessene Achtung: zuerst seine Mutter, dann dies Theater!

»Kannst du spielen?« fragte er. »Ich mache es dir vor.«

Er verschwand hinter dem Vorhang seiner Bühne.

»Singt Mama schön?« hörte ich ihn dort fragen. Es klang stolz, wenn er es auch leise sprach. Ich wollte erwidern, daß seine Mama ganz herrlich singe, da antwortete schon ein anderer: »Ganz herrlich, mein Junge.« Dieser sprach laut quäkend. Ich begriff nicht gleich, daß es Carl selbst war, der seinen Kasperle reden ließ. Er lachte aber – bald wie Kasperle, bald wie er selbst; da lachte ich als dritter mit.

Jetzt ließ Carl den grünen Vorhang hinaufschnellen. Auf den Rand seines Theaters setzte er zwei Puppen, einen Mann und eine Frau. Der Mann hatte Hörner und war schwarz. Es konnte nur der Teufel sein. Dieser sagte zu der Frau:

»Sie müssen Ihre Miete bezahlen. Sonst kommen Sie mit in den Keller.«

»Weißt du, wer das ist?« fragte Carl dazwischen mit seiner echten Stimme, anstatt der häßlichen, die er dem Teufel lieh.

»Ich denke nicht daran«, sagte hierauf die Frau. »Gehn Sie allein in den Keller. Marsch!«

»Weißt du, wer das ist?« fragte Carl wieder. Ich nickte, was er nicht sehen konnte.

Der Teufel schrie: »Dann hole ich das Krokodil!« und verschwand nach unten. Die Frau blieb allein, sie brach in Weinen aus. Es war ein zorniges Wimmern, es überzeugte mich und hätte fast auch mich ergriffen. Aber schon erschien eine neue Puppe im bunten Rock, gewiß der Kasperle selbst. Er tröstete die Frau, er sei auch noch da, ihr werde nichts geschehn. Dabei schwang er verheißungsvoll seine Karbatsche.

»Herr Riese hat Sie zum Weinen gebracht«, quäkte er und schlug um sich. »Der soll was erleben.«

Kaum hatte er dies gesagt, hörten wir alle ein Gebrumm. Wer anders brummte hier, als das Krokodil? Die Frau ergriff die Flucht, das Krokodil tauchte auf. Es bestand ganz aus einem Rachen, der auch gleich nach dem mutigen Kasperle schnappte. Dieser stieß ihm schnell die Karbatsche hinein. »Die nehme ich nie wieder heraus«, erklärte er, »oder Sie versprechen, daß Sie nicht meine Mama, sondern Herrn Riese verschlingen.«

Sogar noch das Krokodil nannte er Sie, und zwar mit der erregten Stimme Carls. Über dem Rand des Theaters zeigten sich die erhitzten Augen meines Freundes. Er hatte es aufgegeben, zwischen sich selbst und Kasperle zu unterscheiden. Kasperle verschwand einfach vom Schauplatz; und als Herr Peter Riese zurückkehrte, wurde er vom Krokodil kurzweg gefressen, ohne daß noch ein Wort fiel. Brummen und Wehgeschrei sagten alles.

Ich war den Vorgängen mit leidenschaftlicher Teilnahme gefolgt und nicht weniger von ihnen mitgerissen als Carl. Auf dem Gipfel unserer Erregung blieb uns nur übrig, die handelnden Personen selbst zu verkörpern.

»Du bist Herr Peter Riese!« verlangte Carl von mir.

»Nein! Ich will nicht Peter Riese sein«, rief ich voll Abscheu.

Da er mich aber trotzdem dafür ansah, mußte ich mich wehren, um nicht alle Prügel zu bekommen. Wir fielen im Kampf zu Boden und warfen Möbelstücke dabei um, das machte Lärm. Ein Mädchen erschien, sie trennte uns, mich schickte sie nach Hause.

Im Laufe desselben Tages faßte ich zwei Entschlüsse. Erstens sollten meine Eltern die Fürstin zu sich einladen. Zweitens mußte endlich der Oberkellner die Schaumrolle herausgeben, und Carl sollte sie mit mir essen. Welche dieser beiden Forderungen war wichtiger oder schwerer zu erreichen? Ich ließ es dahingestellt und handelte. Mitten in der Mahlzeit verlangte ich, daß am Sonntag, wenn Großmama käme, auch die Fürstin dabei sei. Ich sagte es mit nicht ganz fester Stimme, aber entschlossen. Mein Entschluß hatte seinen Ursprung in dem komischen und liebenswürdigen Lächeln der Fürstin. Schon in jenem Augenblick hatte ich gefühlt, daß ihr Unrecht geschähe. Jetzt war ich davon überzeugt.

Mama sah mich groß an und machte »Oh!«. Aber Papa fragte sehr freundlich:

»Nun, mein Sohn, erkläre mir mal, wie du zu deiner Bitte gekommen bist?«

»Carl küßt ihr sogar die Hand!« – dies führte ich als ersten Beweis an.

»Das ist hübsch«, gab Papa zu.

»Und dann geht sie auch zu Philibert«, fügte ich hinzu. Da ich Mama den Mund verziehen sah, wurde mir bange um meinen Erfolg, und ich überstürzte mich.

»Sie singt herrlich, aber Handarbeiten macht sie keine.«

»Das konnte ich mir denken«, warf Mama hin.

Papa blieb milder. »Ich möchte dir den Gefallen tun, mein Lieber«, erklärte er. »Aber dann würde deine Großmama vielleicht absagen. Wen willst du lieber haben, Großmama oder die Fürstin.«

Es ging nicht an, zu sagen »die Fürstin«. Daher mußte ich schweigen. Um so unfehlbarer nahm ich alles in mich auf, was die Eltern weiterhin untereinander redeten.

»Sogar beim Friseur bleibt sie die Rechnung schuldig«, berichtete Mama.

Papa machte die Stirn kraus, sah aber doch gutgelaunt

aus. »Sie könnte sofort Geld bekommen«, meinte er. »Sie ist im Grunde eine tapfere Person, daß sie es ausschlägt.«

Mama behauptete:

»Sie nimmt von Peter Riese ohnedies etwas an.«

»Er erzählt es«, entgegnete Papa. »Wenn er Glück bei ihr hätte, würde er eher den Mund halten.«

Ich sagte, mir selbst unerwartet:

»Herr Peter Riese ist ein Schweinekerl.«

Darüber fuhr Mama vom Stuhl auf, als ob ich mich verschluckt hätte und erstickte. Ich wunderte mich über diese Wirkung meiner Worte, jetzt wollte ich alles mitteilen, was ich von Herrn Peter Riese wußte. Aber Papa drohte mir, diesmal ernst, mit dem Finger und begann, zu Mama gewendet, von etwas ganz anderem.

Mir blieb zweitens der Oberkellner. Dort hoffte ich es leichter zu haben, weil der Oberkellner kein Herr war. Ich dachte: ›Wenn ich groß bin, muß er mir hundert Schaumrollen auf einmal bringen.‹ Daher ging ich schon tags darauf mit Carl ins Hotel Duft. Ich nahm Carl mit, weil ich einsah, wir würden zu zweien mehr Ansehen genießen. Unsichtbar unterstützten uns nicht nur meine Eltern, sondern auch seine Mutter, die Fürstin. Aus den Gesprächen gestern bei Tisch hatte ich Zweifel an ihr herausgehört, aber auch Geheimnis und noch mehr Glanz hatten jene Reden um sie gewoben. Mein Bekannter, der Oberkellner, gab mir bestimmt recht. Ich suchte Verständnis damals bei Entfernteren und bei Menschen unter meinem Stande.

Der Oberkellner empfing uns in der Haustür. Er hielt die Hände auf dem Rücken, nahm sie auch nicht hervor, und von seinen drei Stufen herab lächelte er uns großartig zu. Er gefiel mir sofort nicht, ich kannte ihn viel kleiner und von gleich zu gleich.

»Heute habe ich gerade keine Schaumrolle«, gab er an, noch bevor ich fragte. Dies erregte meinen Unwillen.

»Sie müssen sogar zwei Schaumrollen bringen«, forderte ich schroff. »Carl ist auch da.«

»Ich weiß. Der von der Fürstin.« Hierbei lachte der Oberkellner, daß er wackelte. Er begriff aber, daß er uns dafür wenigstens die Hand reichen müsse. Meinem Freunde liebkoste er sogar die dicke Locke gelben Haares über der Stirn.

»Nun?« erkundigte er sich herablassend. »Wirst du mal deinen fürstlichen Vater besuchen? Oder geht deine Mutter wieder bei's Theater?«

Zum erstenmal bemerkte ich, daß mein guter Bekannter, der Oberkellner, falsch sprach. Dies machte mir einen Eindruck, als verwandelte er sich vor meinen Augen.

Carl inzwischen versetzte: »Das geht Sie gar nichts an«, und wandte den Rücken. Ich folgte ihm, der Oberkellner lachte hinter uns her.

»So sind sie«, sagte Carl. Er stampfte auf und rief: »So sind alle!« – ein Wort, über das ich mehrere Tage lang nachdachte.

Ich verglich Herrn Peter Riese mit dem Oberkellner und fand tatsächlich einen des anderen würdig. Sie hätten vertauscht werden können, so entdeckte ich. Herr Peter Riese hätte seinen Mann ebenso unter Kellnern gestanden, der andere als großer Weinhändler. Ich nahm mir vor, darauf zu achten, ob Riese vielleicht auch »bei's Theater« sagte. Unsern Nachbar Hammerfest sah ich schon zur Mittagszeit betrunken, darüber jubelte ich mit mehreren anderen Jungen, er aber verprügelte den einen, wir anderen liefen fort. Das alles war schon vorgekommen, nur jetzt erfüllte es mich mit einer besonderen, mir neuen Spannung. Ich besuchte sogar mit einem vorgefaßten Argwohn den bisher verehrungswürdigen Amandus Schnepel. Er strich, wie immer, zur Qual meiner Nerven über seinen »Rips«. Außerdem aber bediente er meine Mutter völlig anders als eine ärmere Frau, die neben ihr vor den

Ladentisch trat. Er hatte für diese Kundin nicht dieselbe Rücksicht und Geduld, wies sie mit einer geringschätzigen Kopfbewegung an eine unfreundliche Verkäuferin und ließ auch vom Preis nichts nach. Meine Mutter dagegen durfte mit ihm handeln, er begleitete sie trotzdem bis zur Tür.

War Schnepel allein schlecht? Waren auch Hammerfest, der Oberkellner und Herr Peter Riese nur zufällig schlechte Menschen? Carl hatte versichert, so seien alle; er hatte die ganze Stadt gemeint. Ich, der ich ihre Einwohner für ehrenwert, herzlich und hilfsbereit gehalten hatte, ich zögerte, ihm zu glauben. Bis jetzt hatte ich so vielen, die es verdienten, auf der Straße die Hand gegeben. Ich tat es weiter, blickte ihnen dabei aber groß ins Gesicht, ob ihre Freundlichkeit echt wäre. Meinem Freund und seiner Mutter begegneten sie härter, warum nicht auch mir? Warum luden sogar meine wohlwollenden Eltern die Fürstin nicht ein?

Ich zweifelte damals zuerst bei meinen Mitmenschen an etwas, das ich noch nicht benennen konnte. Ich zweifelte an ihrer Gerechtigkeit, bevor ich das Wort kannte. Zugleich ward ich aufmerksam auf mich selbst. Denn auch ich blieb, meiner Erkenntnisse ungeachtet, wie ich war. Nach wie vor erwies ich Ehren nur dort, wo es geboten schien. So waren denn wirklich alle gleich in der Stadt, denn mich hielt ich nicht für schlechter als die anderen. Immerhin war ich entrüsteter über sie als über mich. Sie hatten mich getäuscht. Ich hatte die Stadt und ihr gesamtes Leben hingenommen als gegeben und daher gut. Seine Freundschaft mit Carl machte einen anderen kleinen Jungen zum erstenmal kritisch.

Einzig Carl entging meinen Zweifeln. Sein Stolz blieb für mich unbeugsam, sein Herz aber zuverlässig und sicher. Ich bewunderte seinen nie beirrten Haß auf Herrn Peter Riese. Auch ich haßte den Hausherrn meines Freundes, aber um wie vieles schüchterner! Einst gingen vor uns her drei Herren, von denen der mittlere Herr Peter Riese war. Wir folgten ihnen über unser Ziel hinaus, anfangs in einiger Entfernung, dann immer näher. Carl drang unausgesetzt in mich, wir sollten den drei Herren jeder einen Stein zwischen die Füße werfen und schnell in einem Haus verschwinden. Ich erklärte dies für unmöglich, obwohl ich den Stein schon in der Hand hielt. Als wir nahe waren, machte ich noch schnell einen Gegenvorschlag. Ich flüsterte:

»Wir rufen hinter ihnen her: Riese schneuzt sich mit den Fingern.«

Ich sah diese Worte für berechtigt an, weil sie eine Wahrheit enthielten. Ich hatte Herrn Peter Riese wirklich dabei ertappt. Carl seinerseits fand die Rache unzulänglich. Wenn wir aber nur riefen, anstatt zu werfen, sollten wir zum mindesten in aller Öffentlichkeit die Stimmen erheben, und zwar gemeinsam. Ich versprach es auch, und ich malte ihm vorher die Wirkung aus. Sie mußte für Herrn Peter Riese vernichtend sein. Seine beiden Begleiter lachten ihn bestimmt aus, und wahrscheinlich bekam er für seine Unarten noch Ohrfeigen. Dies überzeugte Carl, er stellte nur die Bedingung, daß wir schreien sollten, so laut wir konnten. Dann zählte er eins, zwei – und bei drei schrie er.

Er hatte allein geschrien. Mir war im letzten Augenblick der Mut entfallen. Übrigens trat von den vorhergesagten Folgen keine ein. Die drei Herren setzten ihren Weg fort, als hätten sie nichts gehört; nicht einmal Riese wandte den Kopf. Schon schoben andere Leute sich zwischen die Herren und uns. Wir gingen plötzlich ganz langsam, wie vor einem zutage getretenen Hindernis. Carl blieb sogar stehn.

»Du bist feige«, sagte er und stieß mich. Ich stieß zurück, aber was half es gegen meine eigene Beschämung.

»Du bist feige, jetzt weiß ich es genau«, wiederholte Carl und entfernte sich von mir. Das war beleidigender, als nur zu stoßen. Ich erwiderte trotzig seine feindliche Haltung, und nach Hause gingen wir auf zwei verschiedenen Straßenseiten.

Am nächsten Morgen in der Schule stellten wir uns, als kennten wir einander nicht. Nur böse Blicke verrieten einen dem anderen. Den Heimweg machte jeder zum erstenmal wieder allein. Ich wählte eine von uns nie benutzte Abkürzung. Wem begegnete ich hier? Herrn Peter Riese. Mein erster Gedanke war, umzukehren und zu fliehen. Ich trat ihm aber entgegen und zog den Hut, wie gewöhnlich. Wie zu erwarten war, hielt er mich an und sagte:

»Gestern hat mir jemand etwas nachgerufen. Waret ihr beide das?«

Ich antwortete: »Nein«, und wurde rot dabei.

»Du lügst«, sagte Herr Peter Riese.

Ich antwortete:

»Nein. Wir waren es nicht beide. Ich war es allein.«

»Auch frech bist du noch?« sagte er. Hierbei holte er mit der Hand aus. Ich starrte ihn an, statt daß ich mich mit dem Arm schützte.

Er indessen sah sich erst noch um, gerade betrat jemand den stillen Durchgang. Sogleich ließ Herr Peter Riese die Hand sinken, wenn auch mit Bedauern.

»Na, grüß deinen Vater!« Er lachte wütend und stapfte von dannen.

Ich aber lief, um Carl noch zu erreichen, bevor er angelangt war. Ich traf ihn auch vor seiner Tür.

»Carl!« rief ich. »Riese hat mich hauen gewollt.«

Trotzdem drängte Carl an mir vorbei ins Haus. Ich rief:

»Carl! Er hat gefragt, wer es gewesen ist. Da hab ich gesagt: ich.«

»Das glaub ich dir nicht«, murmelte Carl finster und ließ mich stehen.

Ich war empört und machte keinen Versuch mehr, ihn umzustimmen. In meinem bisherigen Leben war mir noch immer geglaubt worden, außer wenn ich die Unwahrheit sagte. Gerade mein Freund mußte der erste sein, der mir ohne Grund mißtraute. Das empörte mich, in ihn hatte ich sämtliche Hoffnungen meines Herzens gesetzt. Aber auf die Dauer überwog der Schmerz, verkannt zu sein von Carl. Ich übersah ihn von jetzt an wohl mit hochmütigem Gesicht; wenigstens bildete ich mir ein, es sei hochmütig. Vor allem wird es traurig gewesen sein, denn auch das seine war nicht fröhlich. Unser Lehrer, der in der Spielpause jeden der beiden ehemaligen Freunde allein umherstehen sah, forderte uns schließlich einmal auf, miteinander um die Wette zu laufen. Wir liefen. Carl wäre vor mir bei dem Baum angekommen; aber zuletzt ließ er absichtlich um eine Kleinigkeit nach, ich allein merkte es; und so berührten wir den Baum gleichzeitig. Hierauf wollte ich die Hand hinstrecken, nur war sie vom Körper nicht wegzubringen. Carl aber hielt die Augen gesenkt, bis wir uns wieder trennten.

Morgen gebe ich ihm die Hand! Das war mein fester Vorsatz. Er kam nicht zur Ausführung, denn am nächsten Tage fehlte Carl. Ich wagte nicht zu fragen, ob er krank sei. Vergebens suchte ich auf dem Heimweg nach einem Vorwand, zu ihm hinaufzugehn. Vor dem Hotel Duft stand wieder einmal der Oberkellner. Als er mich erblickte, holte er hinter seinem Rücken etwas Eingewickeltes hervor.

»Da hast du deine Schaumrolle«, sagte er und verbeugte sich geradezu vor mir. Ich nahm die Gabe ohne viel Aufhebens entgegen.

»Und die für Carl?« fragte ich im Ton einer Zurechtweisung.

Der Oberkellner machte große Augen, öffnete auch den Mund, dann hielt er dennoch an sich. Ich glaubte, er habe schelten wollen. Statt dessen sagte er mit einer mir unverständlichen Vorsicht:

»Eine ist genug.«

Ich vergaß, ihm zu danken. Mir kam der Einfall, daß eine wirklich genug sei, wenn ich sie Carl gab und selbst keine aß. Daher machte ich mich eilends auf. Ich lief nicht. Vor mir her jagte und flog so viel Freude, so viel Vorgefühl des Glückes, daß ich es niemals eingeholt hätte. So schnell ich ging, der kurze Weg wollte nicht enden. Die Treppe stürzte ich hinauf, wie damals mit Carl auf der Flucht vor Herrn Peter Riese. Droben stand die Tür offen, als erwarteten sie mich.

Da ich aber wußte, daß niemand mich erwartete, wurde mir beklommen. Keine Ahnung des Kommenden ergriff mich. Mir klangen nur meine eigenen Schritte fremd im Flur, bis ich wahrnahm, daß kein Läufer mehr dalag. Auch die Türen der Zimmer standen weit auf. Wie unheimlich, sie waren leer. In diesem Zimmer hatte ich mit der Fürstin gesprochen. Jenes war dasselbe, in dem sie gesungen hatte, bevor über ihrer herrlichen Stimme eine Tür zufiel. Sie mußte doch immer noch singen, und in alle Ewigkeit fiel die Tür zu! Ich begriff damals noch nicht, was vergangen heißt. Unfaßbar war das ausgeräumte, verlassene Zimmer.

Meine Hoffnungen wehrten sich gegen ihren Verfall. Carl! Seiner wenigstens war ich sicher trotz allem, das übrige mochte ungeklärt bleiben. Ich bog um die Ecke des Ganges. Ja, im Zimmer meines Freundes war ein Schritt. »Carl!« rief ich, noch ehe ich ihn sah. Wer antwortete mir? Das rote Gesicht Herrn Peter Rieses. Er sagte:

»Haben sie etwas mitgenommen, was dir gehörte? Ich sehe gerade mal nach.«

»Wo sind sie denn?« fragte ich völlig unhörbar. Ich betrachtete fassungslos die Stelle, auf der das Kasperletheater gestanden hatte. Nein, das war nicht mein gewesen. Aber etwas, das mein war, hatte mich dennoch verlassen. Ich wußte nicht, was. Ich fand es nicht, trotz allem Bemühen.

»Wann kommt Carl wieder?« fragte ich mit zitternden Lippen.

»Darauf kannst du lange warten«, entschied Herr Peter Riese grob wie das Schicksal und ging aus dem Zimmer. Endlich brachen meine Tränen aus. Ich glitt auf die Knie, drückte die Stirn gegen den nackten Fußboden und schluchzte in meine Arme. Auch von dieser Lage wünschte ich, daß sie immer dauere. Als mir schon die Knie schmerzten und ich nicht mehr schluchzen konnte, rührte ich mich lange nicht.

Beim Aufstehn erblickte ich am Boden ein Papier, das sich geöffnet hatte, und darin eine Schaumrolle. Ich wußte nicht gleich, woher sie kam. Sie war der Rest aus schönen Tagen. Sie lehrte mich, was vergangen heißt. Da ich ein kleiner Junge war, aß ich sie auf und konnte dabei nochmals aus dem vollen weinen.

Eine Liebesgeschichte

Die Liebe bringt auf Ideen und in Gefahren. Als Beispiel will ich einen einfachen Kaufmann – nicht so einfach wie man denkt, aber doch immer ein durchschnittlicher Mitgänger des Zeitalters, das Verwandlungen durchgemacht hat: während es noch Frieden zu haben glaubte, trug es in seinen Falten schon den Krieg. So auch der mehr oder weniger – eher weniger – imaginäre Kaufmann, Sohn eines Kaufmannes und von ihm der Jurisprudenz bestimmt.

Warum nicht. Die Familie hatte dem Eisenhandel en gros lange genug obgelegen. Es wurde Zeit, nach öffentlicher Ehre zu geizen, anstatt nach Geld. Der Doktor juris führte zu allem. Sein Inhaber war nach dem Herkommen für sein Leben versorgt. Wer das Staatsexamen hatte, mußte nicht ununterbrochen dienen. Er konnte aussetzen, Reisen machen, Musik treiben: sobald er wieder eine Anstellung verlangte, war sie ihm geschuldet. Er stieg um so schneller im Rang, wenn man ihn bemittelt wußte, wie diesen jungen Kaufmannssohn.

Indessen, so weit kam es gar nicht, die Liebe zerriß die Rechnung. Gleich sollte er das Gymnasium hinter sich haben, da, kurz vor dem Abiturium, verführte ihn seine Cousine. Sie war um sieben Jahre älter als der Siebzehnjährige, sie wußte, was sie wollte, ihm dagegen ahnte nichts. Als Waise, die sie war, lebte sie im Haus, sie bewohnte sogar das Zimmer neben seinem. Dem Kaufmann, ja, seiner gesellschaftlich geschulten Gattin verstand sich das Moralische von selbst. So bleibt man trotz Erfahrungen, wenn die frühesten Eindrücke vom Leben den Anstand als das Natürliche hingestellt haben.

Alice besuchte ihren Vetter wohl einmal, wenn er über seinen Aufgaben saß: es war kein Geheimnis. Man kannte ihre Neugier hinsichtlich der unfaßbaren Wissenschaften, denen so ein Junge sich näherte. Sie verhehlte keineswegs ihr Erstaunen, daß er Griechisch las! Damit er sie in einige seiner Künste einweihte, wenn noch so flüchtig, stand sie nahe hinter ihm, schlang um seine Schulter den Arm, ließ ihn ihren Atem spüren, und an seiner Schläfe schwirrten ihre langen Wimpern.

Sie war bis jetzt größer als er, ihre vollgeformte, leichte Büste stützte sich von selbst auf seine Schultern, die schlanke Taille, die gebauschte Tournure waren fortgebogen. Er erhob den Blick nicht vom Buch, dort lag aber ihre schön gestaltete große und nackte Hand. Sie fingerte an den gedruckten Zeilen: ein Fingern mit Anspielungen auf Kenntnisse – oh! kein Gedanke, daß er ihr Wissenschaften hätte vermitteln können, wie sie ihm. Um ihrer Hand zu entgehen, richtete er seine Stirn seitwärts hinauf gegen sie.

Ihr Anblick beruhigte ihn einigermaßen, der harmlose, ungewandte Eifer, den sie zur Schau trug. Ihr kindlich guter Wille machte, daß zwischen den Zähnen, aus dem feuchten, starken Munde die Zunge schlängelte. Ihr ovales Gesicht hatte Farben, glatt, wie nur auf kolorierten Bildnissen von Damen, die es einst gegeben haben soll. Aschblonde Haarfransen fielen von der hohen Frisur herab, in Abschnitten, dazwischen schimmerte die Stirn. Sie blieb gesenkt, die veilchenblauen Augen in den dunklen Wimpern begegneten mitnichten den seinen. Er war darauf angewiesen, ihre Nase zu bewundern, ihm klopfte dabei das Herz.

Ihre Nase, aufwärts gebogen, weit vorgestreckt, wäre von ihrem ganzen Körper das Stück, das er küssen möchte, gesetzt, die Versuchung übermannte ihn. Das einzige, was er weiß, ist vielmehr: Zwei Zoll von mir, aber unerreichbar, existiert Alice, die schönste der Frauen. Der Frauen nur? Nein. Alles was die Erde hat an Begehrenswertem, ihr Endzweck, der ganze Sinn des Lebens – Alice! Wie geschieht es, daß sie sich hier befindet?

Dies ist eine kleine, alte Handelsstadt, mancher verläßt sie nie. Alice könnte überall die Schönste, die erste und einzige sein, was geht vor, daß sie es nur bei mir ist? Ich wäre sie niemals wert, kein Mensch ist ihrer würdig. Überdies bin ich zu jung, fünf Jahre werde ich an Universitäten studieren müssen. Zeit genug, daß sie mich vergißt bis auf das Aussehen. Hat sie überhaupt schon beachtet, wie ich beschaffen bin? Es würde nicht lohnen. Ich bin ein gewöhnlicher Schüler.

Dabei hielt er von sich mehr, ihm waren seine schmalen, energischen Züge bewußt – energisch nur, wenn sie nicht zusah. Er erinnerte sich wohl, daß ein Geschäftsfreund seinem Vater zugeflüstert hatte: »Der Junge hat schöne Augen«, denn sein Blick verriet die Fähigkeit zu lieben, bevor es statthaft war. Sie betrat sein Zimmer um der Wissenschaften willen einmal, zweimal, dann lange nicht. Als sie dennoch eines Tages den Arm um ihn legte, hatte er aufreibend nachgedacht, es wurde unerträglich, er mußte endlich in ihr Gesicht blicken und sie in seines. Hier, Kopf an Kopf, allein und im Ernst. Am Familientisch fand man keine wirklichen Blicke.

Plötzlich richtete er sich auf, nach dem Spiegel an der Wand. Sie bemerkte genau gleichzeitig den Spiegel. Niemand weiß, ob eine Sekunde oder mehrere Minuten, Tatsache ist, sie erkannten einander, sehr tief und endgültig. Nachdem dies geschehen, streckte sie ihm lang die Zunge heraus und verließ das Zimmer.

Er blieb zurück mit seinem Entschluß, der gefaßt war. Er wollte sie besitzen, sie wollte, daß er sie besaß. Obwohl aber die beiden Zimmer nebeneinander lagen, kam der Vollzug nicht von selbst, bei weitem nicht. Die Kühnheit des Siebzehnjährigen reichte nicht bis an sein Verlangen, im Gegenteil hemmte ihn sein übermächtiger Wunsch. Er faßte das Hindernis von einer anderen Seite: er verkaufte seine Schulbücher. Von ungefähr begründete er es damit, daß er doch nie studieren werde; es war noch nicht seine Überzeugung, nur die vorläufige Ausrede, die er brauchte, eine Geste, als bräche er Brücken ab.

Die Händlerin kam, sie war eine beleibte, nicht übel erhaltene Figur, das ungepflegte Gesicht faltig aber lüstern. Haarfransen hatte auch sie. Statt des »Goldfuchses«, den sie für seine Habe bot, nahm er sie selbst, und sie war es zufrieden, doppelt sogar, da sie mit ihrem geretteten Geld wieder abzog. Jetzt, merkwürdigerweise, störte ihn nichts mehr in seinem Vorhaben.

Nur gedulden mußte er sich, bis im Haus alles still war. Da präsentierte er sich heftig und tatbereit, mit Schwung und Sprung, übrigens ohne eine Faser von Bekleidung, seiner Cousine. Sie saß, gleichfalls entblößt, vor ihrer Toilette. Sie streckte ihm diesmal nicht die Zunge heraus, das nicht; sie erschrak sogar, wenn auch mit Anstand. Sie konnte erschrocken sein, weil das vergebens Erwartete endlich doch eintritt. Er, blind von seiner Wut, sah nicht sie, nicht was sie taten, und so verbanden sie sich.

Sie empfing ihn jeden Abend, eine Woche lang. Beim achten Wiedersehen sagte sie: »Jetzt etwas anderes.« An ihm wäre hier das Erschrecken gewesen; aber er wußte sich sicher, zu genau fühlte er: Alice ist mein. Das ganze Leben mit Alice. Er hatte es das erste Mal noch nicht erkannt, beim achten mußte er gar nicht nachdenken. Unversehens lag sie nicht mehr, die hingebreitete Schönheit und immer nehmende, gewährende Liebe, die sie für ihn war. Hochgestützt, die ziselierten Finger an der bläulichen Schläfe, forderte sie ihn auf, mit ihr zu überlegen.

Die Zukunft natürlich, denn wir leben nicht für eine Woche, und wäre es die seligste. »Ich meine« – ihre Aussprache war »iesch«, eine mädchenhafte Geziertheit – »iesch bin offenherzig.« Hierbei lachte sie. Das Wort »offenherzig« wurde in bürgerlicher Gesellschaft verübelt, es konnte auf einen freigelegten Busen anspielen. In ihrer gegenwärtigen Haltung, mit ihrem Herzen über ihm, versenkt in seines, und er dem ihren ergeben auf immer –: beide lachten. Dann folgte das Überlegen.

Es bestand darin, daß sie ihm ihren Willen eröffnete. Er studierte nicht, das war vorbei. Nach bestandener Abgangsprüfung – aber was konnte ihm die Schule noch nützen – trat er alsbald in das väterliche Geschäft. Mit seiner Bildung und Tüchtigkeit genügten ihm wenige Monate bis zur Erreichung eines Gehaltes, von dem sie beide leben konnten. Sie heirateten noch dieses Jahr. Er hörte dies wie eine Offenbarung, obwohl er dasselbe als Vorsatz und Möglichkeit selbst schon erwogen hatte. Hier war es ein Wille, ihr Wille, er betete ihn an, weil er die Frau anbetete. Jeder ihrer weiteren Sätze kehrte Schwierigkeiten weg, zuletzt wunderte es ihn, daß etwas im Weg gewesen sein sollte.

Sie sagte, tiefer auf seinen Körper geglitten, ihre Wimpern kitzelten sein Gesicht: »Zusammen sind wir die Stärkeren. Dich verstoßen oder nach Amerika schicken kommt nicht in Frage. Deine Mutter ist schüchtern aus Wohlanständigkeit. Du weißt: ich bin nicht anständig«, sprach sie ruhig. »Daher sehe ich die Dinge, wie sie sind. Dein Vater wird seine Pläne aufgeben, nachdem er uns etwas gedroht hat. Sein Sohn wird nicht Minister werden, aber Nachfolger in seinem Geschäft. Er wird noch froh sein, dich hineinzunehmen.«

Der Junge unterbrach sie nur, um einzustimmen. »Erst

recht, da ich jung genug bin – minderjährig sogar, und dürfte gar nicht heiraten. Aber mein Vater hat Einfluß, er ist nicht reich, nur sehr wohlhabend.« Hier stimmte wieder sie ein: »Das habe ich dich selbst sagen lassen. Deine Minderjährigkeit wird uns nicht stören. Seine Wohlhabenheit haben wir nötig, ja, sie ist unsere Bedingung.«

Nunmehr lag sie vollends auf ihm und sprach ihm von dem, was zuletzt kommt: Geständnisse, die nur gewährt werden, wenn die Liebe erprobt und ein für alle Male gegeben ist. Sie nannte mit Namen den Vorsprung, den ihr Alter ihr sicherte: sieben Jahre mehr als er – und er hatte wohl nicht bedacht, welche Erfahrungen in diesen sieben Jahren ein Mädchen erwirbt? Die Enttäuschungen, die sie sammelt? Ihre Einblicke und die Entschlüsse, zu denen sie gelangt?

Sie war natürlich geküßt worden, in einem oder zwei Fällen noch etwas mehr als das; der ernsteste Bewerber war ein verheirateter Mann. Man läßt sich nicht scheiden, das ist kein Anfang. Übrigens war die Auswahl hier in L. gering und allbekannt; sie konkurrierte mit allen Mädchen ihres Jahrgangs, bei derselben begrenzten Zahl von Direktoren, Agenten, Firmeninhabern gesetzten Alters. Keiner hatte den Mut oder Geist, über die im Leben erreichte Stufe hinauszugehen. Einen Mann ertragen, wenn er bis in die Verkalkung hinein zu bleiben gedenkt, was er vorher schon gewesen war? Danke.

Hier folgten die Worte, die man nicht vergißt, und würde man hundert Jahre alt. »Dich habe ich gewählt und gewollt, weil du mich liebst wie nur ein Jüngerer, wie gerade nur du, und weil die Liebe auf Ideen bringt. Auch in Gefahren, hör ich. Du, mein lieber Junge, stößt um meinetwillen deinen Stundenplan um, das heißt etwas. Du sollst ein ganz anderer sein als vorgesehen, nun, das macht stark, es führt hoch hinaus, oder man läßt es. Du liebst mich, um ein großer Mann zu werden: glaube mir, beinah in dieser Absicht bist du mein. Ich – in dem zarten Jüngling, nicht zu zart bekanntlich, liebe ich im voraus den großen Mann. Sei ruhig, ich liebe auch den zarten Jüngling.«

Kuß, und in nächtlicher Stille der geraunte Rest: »Dein Vater ist sehr wohlhabend, auch das muß sein. Nicht um uns auszuruhen. Aber der reichste Kaufmann, weiter hin als nur hierorts, könntest du ohne eine gesunde Grundlage nicht bald werden. Unsere gradezu meisterhafte Leidenschaft füreinander täte manches, nur zu langsam. Du siehst, alles muß zusammentreffen: so glücklich sind wir.«

Sie kamen von selbst dahin überein, daß morgen, Sonntag, »die Bombe platzen solle«. Beim Nachmittagskaffee war die Familie ohnehin versammelt, man ersparte die Einberufung eines Familienrates, der unvermeidlich schien bei so widergesetzlichen, wenn nicht widernatürlichen Vorgängen. Ihre Berechnung erwies sich richtig. Die erste Reaktion der Versammlung, Eltern, Tante, Onkel, Großmutter, war Geschlagenheit. Alle wurden auf ihren Stühlen kleiner, als stellte sich bei den jungen Leuten eine giftige Krankheit heraus – noch schlimmer, sie hätten sich einer Verbrechergesellschaft angeschlossen.

Im Vordergrund, dem ganzen Halbkreis vollauf sichtbar, stand das entartete Paar, zwei Hände fest ineinander, jeder auf jedem die Augen treu und unverwandt. Der Vater versäumte zu verbieten, was er fertig vor sich sah. Die Mutter flüsterte ratlos über seine Schulter, die sie umklammerte. Die Tante ließ vernehmen: »Die alte Person – das Kind!« Dem Onkel fiel das »Rauhe Haus« ein, wo man abgeschweifte Knaben auf den rechten Weg zurückbrachte. Indessen setzte er selbst hinzu: »Sie sollen dort gänzlich verdorben werden.«

Der Vater, ein Mann von Welt und von Humor, lachte unvermittelt auf. »Das Rauhe Haus! Er kann die Zöglinge in Latein unterrichten.« Die Mutter unternahm ihren so lange aufgeschobenen Versuch: sie fand sich selbst fehlerhaft, wenn sie laut vorging gegen eine wahre Wirrnis von Unstatthaftem. »Ihr werdet freiwillig zur Einsicht gelangen«, sagte sie nur, obwohl ihr gewesen war, als werde sie länger reden.

Das Beispiel seiner Frau erinnerte den Vater an seine Pflicht. So erhob er sich denn und sprach: »Erstens ist euer Altersabstand natürlich unpassend, damit ich nicht sage: anstößig. Er beträgt nicht sieben Jahre, sondern vierzehn, die du mehr haben müßtest, mein Lieber. Ferner bist du auf eine Karriere vorbereitet und wärest fahnenflüchtig. Ein Überläufer taugt auch im Kaufmannsstande nichts. Du weißt schon zuviel aus abgelegenen Gebieten, du würdest scheitern. Es bleibt dabei: du beziehst die Universität. Das genügt.« – Er schloß sogar gütig: »Wir brauchen einander.«

Trotzdem enthielt das Schlußwort die Drohung, auf die beide Schuldigen sich gefaßt gemacht hatten. Sie waren sofort einig. Der Junge berichtete heftig: »Meine Bücher habe ich verkauft.« Dem Onkel wurde die Antwort überlassen. »Man kauft andere«, murmelte er. Jetzt Alice, mit ganz klarer Stimme und einem Blick über den Halbkreis hin: »Wir haben ein Verhältnis.« Der Vater setzte sich wieder. Die Tante behauptete: »Es war ihnen anzusehen.«

Dennoch zeigten alle sich zerschmettert wie bei der ersten Ankündigung des Unheils, diesmal aber endgültig. Die Großmutter, eine fromme Dame, wollte das Äußerste nicht gehört haben, ihr herzlicher Vermittlungsvorschlag ging darauf nicht ein. Der junge Mensch prüfte sich ein Jahr lang unter fleißigem Studieren. Das Mädchen inzwischen wartete ab, ob ihre Gefühle die nächste Ballsaison überstanden. Dieser wohlgemeinte Unsinn, den die Großmutter selbst wohl schwerlich ernst nahm, fiel einfach zu Boden.

Während die ganze Gesellschaft am Ende ihres guten

Rates war, wußten nur die Liebenden, was zu tun sei. Sie umschlangen einander, und sie küßten keinen dezenten Kuß von Verlobten, zum Besten einer andächtigen Familie. Sie küßten wie im Schlafzimmer.

Ohne einen anderen Aufschub als den von der Minderjährigkeit des Bräutigams verursachten wurden sie verheiratet: die Tatsache ihrer ohnedies vollzogenen Verbindung hatte dies bewirkt. Zu sagen, daß sie glücklich waren, genügt nicht. Sie triumphierten. Sein schneller Erfolg im Geschäft war der ihre: dies verdoppelte ihn. Er hatte wirklich Ideen und hatte sie wirklich, weil er liebte, Alice liebte und sie ihn – jede Stunde und Minute, die nicht dem Geschäft gehörte.

Im Zweifel zwischen Liebesstunde und Geschäftsstunde siegte immer das Geschäft. Die Kraft, vernünftig zu handeln, war ein Ergebnis seiner Leidenschaft. Wahrscheinlich brachte er die diplomatischen Talente eines neuartigen Geschäftemachers schon mit. Ohne Alice und seine Liebe hätte er sie weder entdeckt noch entwickelt. Seine einzige Leidenschaft war sie, war ihr Ehrgeiz, reich zu sein, ihn groß zu sehen. Seinen unwandelbaren Sinn für ihren Körper, ihr Gesicht unterschied er keinen Augenblick von seiner Aufgabe, Vorrang und Macht zu erwerben.

Sie blieben die langen Jahre vereint ihren Gliedern, ihrem Atem, so vollkommen, wie damals in der heimlich seligen Woche, als er ein Schüler gewesen und sie die entschlossene Person, die ihn sich aussucht. Ihr eingefleischtes Interesse aneinander verstärkte sich immerfort durch den Nutzen, den es brachte. Sie war ihm treu.

Übrigens alterte sie nicht, bei soviel Liebe. Indessen hielt sie sich gegenwärtig, daß er der Jüngere und viel begehrt war. Bei den ehelichen Sicherungen der Fürstin Pauline Metternich ließ sie es nicht bewenden. Diese Botschafterin entwendete jeden Morgen ihrem Gatten die Bereitschaft für die Künste der Frauen am Hof der Kaiserin Eugénie.

Alice ging die Gefahr nicht ein, daß ihr einziger Mann im Lauf des Tages dennoch Stimmung sammelte, um Verführungen entgegenzukommen. Sie setzte durch und er selbst erreichte, daß jede andere ein mehr oder weniger angenehmes Gebilde ohne betontes Geschlecht war: einzig für Alice entflammte er, und dies bei jedem Wiedersehen.

Natürlich veränderte sich mit fünfzig Jahren ihre Linie, er fand sie nur schöner. Ihn erhielt die Frau jung, da auch sie es mit allen Sinnen war. Ihr Schritt wurde schwerer, er aber erbebte, sooft beim gemeinsamen Betreten einer Gesellschaft ihr Schenkel sich senkte den seinen entlang. Er hätte ihre vorgestreckte Stumpfnase küssen wollen, als Herausforderung all der aufmerksamen Augen, die dem Auftreten des Paares beiwohnten. Sie hätten einander so wenig dezent geküßt, wie einst vor dem Halbkreis der entgeisterten Familie.

Damit man anschaulich erkenne, wer am Arm des reichsten Herrn daherkam, behängte er sie mit fabelhaften Kleinodien. Sie wußte Bescheid und trug die Pracht, die sie beide kleidete nach Verdienst, wie Generäle ihre fünfzig Orden, worüber auch niemand lacht. Ihre Kleider und Mäntel waren Modelle, einzige Exemplare: die Männer, außer dem ihren, bemerken das nicht. Die Frauen – das ist etwas anderes. Sie machen sich beim Anblick einer Gestalt und ihrer Bewegung, sonst nichts, Gedanken, die nie erklärt werden.

Alice stieg aus einem ihrer Wagen, sie war an der Stelle grell beleuchtet. Eine Unbekannte, die vorüber wollte und aufgehalten wurde, wahrscheinlich neigte sie ohnedies zur Entrüstung, sagte hörbar: »Das triumphierende Laster!« Alice sah nicht hin. Das Sonderbare: daß sie sich auch nicht wunderte.

Dies war 1913, das Jahr vor dem Krieg, für die Gemüter schon ein Kriegsjahr. Manche, um nicht die meisten zu sagen, hatten irgend etwas gründlich satt, es zu beschreiben war ihnen nicht gegeben. Sie rochen Fäulnis, die Geruchs-Halluzinationen aber sind dauerhaft, sind sehr lästig; um sie zu vertreiben, willigt man in das Unwahrscheinliche. Der Krieg versprach eine Erfrischung, er sollte reinigen – sowohl die Luft als auch die Phantasie, da er die Wirklichkeit stark untermalt – high colored, mit einem wenngleich feindlichen Ausdruck – und da er endlich allein ehrenhaft die Tat macht.

Ein Geschäftsmann, der den Eisenhandel monopolisiert hat und seinen Erfolg in Gestalt einer anspruchsvollen Gattin mit sich umherführt, oh: er war nicht auf einmal im Preis gesunken. Geld bleibt Geld. Früher als er entwertete sich seine Legende. Mit siebzehn Jahren, wie bekannt, hatte er den Grund seines riesigen Vermögens gelegt. Heute bekam er als Gegenspieler siebzehnjährige Helden. Wenige Monate, sie brachen auf, sie siegten, starben, machten sich unsterblich. Der Erwerb ist nichts Unsterbliches, die Frage erhebt sich vielmehr, ob ihm nicht Grenzen gesetzt sein sollen. Für gewisse Fälle errichtet sie der Krieg.

Der erste Eisenhändler der Welt hatte, noch zu der Zeit seines Vaters, damit angefangen, daß er, einen nach dem anderen, alle Abnehmer des schwedischen Eisens verdrängte. In welche Länder es immer geleitet wurde, unfehlbar nahm es den Weg über seine Bücher, seine Frachtschiffe. Seine langfristigen Verträge hätten nach festem Gesetz und Recht keine Wendung des Geschickes erlaubt: man nennt es Bruch, es wäre strafbar, die Gerichte jedes Landes verfügten den Erlag von Entschädigungen, die nicht auszurechnen wären, aber der Anspruch aus den Verträgen bestände fort.

Dies die strengen Sitten eines Zeitalters, das sich indessen selbst veruntreute, da es Krieg machte. Der Monopolinhaber stand damals vereinzelt wie sein Geschäft. Sein Vater war ausgetreten, als der Sohn es auf die nie geahnte Höhe gebracht hatte, und gestorben war er, als der Nachfolger in sein fünftes Jahrzehnt trat. Die Mutter, der neuen Stellung des Hauses nicht gewachsen, zog sich in eine Waldeinsamkeit zurück. Ihr Sohn besuchte sie, bis sie unter dem Waldesboden ausruhte, und auch dann noch.

Er nahm einen Juniorpartner auf: kein Geschäftsmann, ein Adliger von gutem Aussehen. Sein vornehm eingeschätzter Teil war das Auftreten, die Empfänge von Gästen, die nur distinguiert waren, die Repräsentation bei Versammlungen und auf Reisen, wo flüchtige Sachkenntnis genügte. Plötzlich überschritt er seine Kompetenzen: der unerfahrene Zugelassene wies den Chef offen darauf hin, daß die Lieferungen an das feindliche Ausland aufhören müßten.

Er wußte es. Er hatte vorerst eine kurze Pause eingelegt; Stockung und Verwirrung des Verkehrs machte sie anfangs unvermeidlich. Inzwischen überlegte er mit seiner Frau: er hatte allein sie. Sie hatten einander, wie nur ein Mensch den anderen, von allem Besitz der gründlichste. Noch immer verständigten sie sich in liegender Stellung. Der Unterschied gegen früher: sie waren für die Nacht bekleidet und beide locker aufgestützt: es sollte sich erst entscheiden wozu. Ihr Gespräch konnte in eine Umarmung oder in eine Meinungsverschiedenheit übergehen.

Nun hatte das Leben lang dieselbe Anschauung, ein niemals abgewichenes Interesse sie bestimmt. Wenn sie es sich sogar vorgesetzt hätten, keiner der beiden war nachgerade noch stark genug zu widersprechen. Der Zweifel und Warnungen wenig gewohnt, ließen sie sich ungern darauf ein, von dem Selbstbewußtsein des anderen, und vom eigenen, etwas abzuhandeln. Gewiß waren sie überzeugt, daß Deutschland siegen müsse und auch werde:

sonst entfiel das Eisenmonopol und alles andere stürzte mit ein.

Beiseite bemerkten sie, daß die einzelnen Sterbefälle, mochte man im Schützengraben noch so zahlreich fallen, vorübergehend zu hoch bewertet würden – ganz natürlich unter den neu geschaffenen Umständen. Für weitere Sicht wog der Bestand des internationalen Eisenmonopols eine Armee auf. Es dahingeben unter dem Vorwand eines mittelmäßigen Patriotismus und einer unechten Gesetzlichkeit wäre mehr als ein Verbrechen, es wäre ein Fehler gewesen.

»Erfüllen wir wirklich nicht mehr unsere klaren Verträge«, sagte Alice, »die Schweden werden keinen Grund sehen, den Schaden zu tragen. Wenn auch ohne unser Zutun, die Feinde bekommen todsicher das Eisen, das sie brauchen; und heute brauchen sie mehr, benötigen es dringender als in all unserer Zeit. Es ist etwas viel verlangt, daß wir uns aus dem Geschäft zurückziehen sollen genau beim Einsetzen der großen Konjunktur, die eigentlich unser Werk ist. Unser fünfundzwanzigjähriges Werk«, wiederholte sie und ließ von ihrer aufgestützten Haltung etwas nach, ihr Schlafanzug öffnete sich.

»Nicht nur das Eisen ist auf der Höhe«, erwiderte er. »Du bist herrlicher als je.« Er küßte. Sie liebten. Der einige Beschluß im Geschäftlichen war gefaßt. Die Schiffe, mit Eisen beladen, fuhren unter neutraler Flagge, ohne deutsche Häfen zu berühren, nach den Empfangsstationen der Kriegsgegner. Diese verfertigten mit einer Hilfe, die niemandem unerwartet kam, die besten Waffen gegen ihren gemeinsamen Feind. Das ging gut – obwohl gemunkelt wurde und die Behörden aufmerkten –, bis einer der Kapitäne dennoch hierorts anlegte: zuerst behauptete er, wegen eines Maschinendefektes.

Dann kam er darauf, seine Sache zu verbessern durch die Heranziehung seines vaterländischen Gewissens. Ein verhängnisvolles Wort: einmal in Umlauf gesetzt, verkehrte es die Meinung der Kaufleute und der Ämter ins Unerbittliche. Bis dahin hatten sie widerstrebend noch zugegeben, daß ein verdienter Mann das Recht auf zeitgemäße Maximalverdienste besaß. Zwei Rechtsauffassungen, die alt anerkannte und die neue des Krieges, standen einander entgegen. Solang möglich, war davon abgesehn worden.

Man bedenke, was alles einbegriffen ist in die unbeschränkte Bereicherung eines einzelnen, wie hier. Zahllose Existenzen hingen an seiner, das wirtschaftliche Gleichgewicht einer Stadt, ja, des Landes, waren, schwer unterscheidbar von dem seinen, gesichert oder bedroht. Beziehungen von allgemeiner Bedeutung schützten ihn. Das wußte er selbst am besten und hatte darauf vertraut – auf alle seine Vorteile, um einen Augenblick zu lange. Versäumt hatte er dennoch nichts. Keine vernünftige Frist, denn sie war nicht gestellt gewesen.

»Apfelsinenschalen, über die man ausgleitet«, erklärte er seiner Frau, »liegen niemals da, wenn man hinsieht. Dieser Kapitän mußte nicht notwendig ein dunkler Ehrenmann sein. Wir haben uns nichts vorzuwerfen.« Er wollte vor allem, daß Alice sich nichts vorwürfe. Seine eigene Schuld – nach Nietzsche die Beziehung für etwas Schiefgegangenes – war ihm bewußt.

Seine Verhaftung war schon in aller Mund, als er darüber noch die Achseln zuckte. Indessen besprach er mit seiner Frau, wie sie, gesetzt, er wäre einmal abwesend, sich zu verhalten habe. Es schien, daß man ihm gerade hierfür noch die Muße ließ: dann wurde er wirklich verhaftet.

Es lag nicht im Sinn ihrer Beziehungen von jeher, daß sie weinend in das Gefängnis lief. Im Zweifel zwischen Liebesstunden und Geschäftsstunden hatte noch immer das Geschäft gesiegt. An ihrem Wohnort unternahm sie nichts, vergab sich nichts. Diese Leute mußten selbst entscheiden, ob sie eine Verurteilung ihres Gatten wagen wollten: schon daß er angeklagt war, stellte alle bloß, es setzte die Stadt herab.

Sie verreiste – ohnehin jetzt das Angenehmere; sie hielt sich an ihre Standesgenossen, die reichen Familien außerhalb. Sie wurde, wie sonst, von Ministern empfangen, privat natürlich. Einer war verheiratet mit einer ihrer Verehrerinnen, wenn nicht Verehrerin des Reichtums überhaupt. Alice wurde zum Diner geladen, hatte den gewohnten Erfolg, verändert erwies sich bisher nichts, obwohl ihr Mann in Untersuchungshaft saß. Man gab vor, den Irrtum zu belächeln: Widersinnigkeiten liefen einer zwar großen, aber auch verbiesterten Zeit natürlich mit unter. Soweit das Gesellschaftliche, es klappte.

Amtlich wurde ihr Hoffnung gegeben, die Verurteilung für nicht wünschenswert erklärt, aber außer Frage blieb eine Überschreitung der Zuständigkeiten. Sie sah durchaus: das Aufsehen, das ihre Angelegenheit machte, wuchs an sich selbst, aufzuhalten war es nicht. Allein ein Machtwort, das militärisch sein mußte, beendete den Skandal. So ließ sie denn den Juniorpartner nachkommen.

Wenn jemals, konnte er seine Daseinsberechtigung hier erhärten. Der Herr von historischer Abkunft und gutem Aussehen machte Eindruck überall, nur nicht bei den Befehlshabern, denen jetzt die Macht gehörte. Seine Vettern dritten Grades nannten ihn scherzweise »Koofmich«, ihre Ansicht der Sache klang deutlich mit. Ein hochgestellter Onkel sprach endlich das Wort, das gemeint war: Vaterlandsverrat.

Damit schien die Aufgabe dieses Mitgliedes der Firma gescheitert, wenigstens hielt er sie dafür. Allerdings fehlten in dem Gesamtbild gerade die Personen, die ihr eigenes Verhalten dem Beschuldigten – nicht annäherte, wer wird das zugeben. Immerhin wären die Generäle und Ministerialdirektoren, die um des Mammons willen ihre früheren Büros mit denen der Schwerindustrie vertauscht hatten, die geeigneten Vermittler gewesen. Es lag zu nahe, um erwähnt zu werden. Wenn ihr Gehilfe keinen Anlaß nahm, schwieg auch Alice davon.

Sie hielt nur noch Besprechungen mit dem berühmtesten Verteidiger, einem Champion der mitreißenden Beredsamkeit, überführte Mörder gingen aus seinen Händen rein hervor. Sie reiste; am Vorabend der gerichtlichen Verhandlung war sie zur Stelle. Der Landgerichtspräsident wartete nicht, bis sie ihn aufsuchte: er kam selbst.

In leichter, gesellschaftlicher Form, die ein Richter als Mann von Welt einfach mitmachen mußte, erwirkte sie die Erlaubnis, ihren Gatten bis in den Sitzungssaal zu begleiten. Das Gespräch gab ihr Gelegenheit, Namen auszusprechen: die Personen von Rang, die nicht das geschäftliche Verhalten des Angeklagten, wohl aber das Verfahren gegen ihn für staatsgefährlich erachteten. Der Richter stutzte, obwohl eine Stirnader ihm anschwoll.

Als sie ihren – sichtlich gealterten – Mann im Gefängnis abholte, war das erste, was vorging, eine leidenschaftliche Zärtlichkeit: beide ließen sich überwältigen, ungeachtet des Beiseins der Beamten. Um so kühler besprachen sie alsdann den bevorstehenden Tag – ein Tag wie andere, mit den gewöhnlichen geteilten Ansichten, nur daß die besseren die wahrscheinlichen waren, gemäß Regeln und Erfahrung.

Wie sie übrigens, jeder für eigene Rechnung, wirklich denken mochten, die Beweisaufnahme als erste Prozedur des Gerichtshofes verdarb bestimmt nichts. Die Tatsachen waren nachgerade bekannt, sie waren abgeleiert. Jeder im Haus glaubte der Einzelheiten mehr zu wissen, als die Akten enthielten. Der Kapitän mit seinen belastenden Aussagen erregte bei dem Publikum entschiedenen Widerwillen. Zuerst sich bezahlen lassen, dann denunzieren, zum

Schaden eines Gemeinwesens, ja, mit Folgen, die noch offenblieben.

Der Angeklagte und seine Frau, zwei Schritte vor ihm am Rand einer Bank, verständigten sich mit den Augen über die Eindrücke, die auch das Gericht empfing. Unlust an der Sache war das geringste, was sich ablesen ließ. Schon entstand die Frage, warum es zu dem Prozeß gekommen war. Derselben Stimmung, seiner eigenen, paßte der Vertreter der Anklage seine Forderungen an. Für den Fall, daß auf eine Freiheitsstrafe verzichtet wurde – dem Staatsanwalt hätte es keinen Kummer bereitet –, beantragte er eine Buße in barem Geld, so ungeheuer hoch, daß jeder erschrak – bis man sich erinnerte, wer den Monstrebetrag zahlen sollte: da wurde still gelächelt.

Der berühmte Verteidiger beging den Fehler, daß er nicht einmal heut und hier von seiner Berühmtheit absah. Er mußte sich nur klein machen und hatte schon gewonnen. Statt dessen ritt er die Hohe Schule, warf die Reitpeitsche in die Luft und grüßte mit dem Zylinderhut – was noch harmlos gewesen wäre. Aber er bestand auf der unverantwortlichen Haltung des Staates gegen Wirtschaft und Nation. Er geißelte den Mißbrauch des Krieges, als eines Vorwandes, um die Autorität zu übertreiben.

Obwohl persönlich nichts weniger als revolutionär, ging er bis an die Grenze, wo der Krieg nicht mehr mit nebensächlichen Nachteilen belastet, sondern um seiner selbst willen verworfen wird. »Der Übermut der Ämter« ist von Shakespeare, ein Gericht aber erträgt keine Maßregelung durch Dichterworte. Den Verteidiger mußte an dem Tage seine erprobte Weltläufigkeit verlassen haben, oder hielt er den Fall für entschieden und erlaubte sich, ins Leere hinein zu glänzen? Da er mehrfach sein Gesich abzuwischen hatte und seine Augen bald nach der Decke himmelten, bald eingedrückt wurden, entging ihm seine Wirkung: sie war beklagenswert.

Der Beifall, den seine Kunst natürlich errang, veranlaßte den Vorsitzenden einzuschreiten. Die Replik des Staatsanwaltes nötigte jeden Hörer, auf gründlich berichtigte Auffassungen zu schließen. Nicht mehr um den bekannten Konflikt ging es – hier hohe, eigentlich geheiligte Interessen, hier ein Verbot, das nicht der Nation, wohl aber anderen nützte. Nein, die Nation war verletzt in der vornehmsten ihrer sittlichen Betätigungen: das ist der Krieg. Verletzt hatte sie der Angeklagte, nach dem eigenen Geständnis seines Verteidigers.

Während das Gericht beriet, begleitete seine Frau den so gut wie Verurteilten in das vorbehaltene Zimmer. Sie sprachen nicht. Der Verteidiger sprach und bekam keine Antwort.

Alice erhielt an den folgenden Tagen der Beweise genug, daß die Verurteilung ihres Mannes mißbilligt wurde. Die gute Gesellschaft nannte sie barbarisch, vernunftwidrig, eine Niederlage der deutschen Sache: staatliche, ja, auch militärische Stellen äußerten sich wenig anders. Bei ihren Besuchen im Gefängnis erfuhr ihr Mann von ihr noch einmal, was ihm auch sonst zugetragen war. Etwas Neues gab es nicht. Dies machte, zum ersten Mal im Leben, ihr Zusammensein unfruchtbar.

Keinem vorigen hatte die volle Vertraulichkeit gefehlt: nicht die körperliche allein verstand sich von selbst, immer auch ein Projekt, das nur sie beide kannten. Hier gab es, unerhörterweise, nichts zu beraten, nichts zu tun. Den Kaiser um Begnadigung angehen, nun ja. Aber gerade der Kaiser war gehalten, den Krieg hochzuachten, mit allen Opfern, die er forderte: von den Armen das Leben, von den Reichen den Verzicht auf gewisse Arten des Gewinnes.

Der höchste Herr erriet, daß man sich lieber drückt, sowohl vom Sterben wie vom Geldverlust. Im Gegenteil verzeichneten das Leben und der Profit eine merkliche

Zunahme an unwiderstehlichem Reiz. Worauf es ankam: nicht ertappt zu werden. So weit war es damals nicht, wie zwanzig Jahre später, als ein Ministerpräsident und Marschall dasselbe schwedische Eisen einem Feinde, der spanischen Republik, verkaufte, und hatte es seinem selbst regierten Staat unterschlagen. Für dies und mehr dergleichen wurde er Reichsmarschall. Andererseits konnte er, derart in die Geschäfte eingeführt, den gesamteuropäischen Trust begründen. Einer seiner Vorgänger, bisher Inhaber des Eisenmonopols, erschlaffte in seiner tristen Einzelhaft, obwohl er Goethe las. Die Besuche seiner Frau begann er zu fürchten, während er sie doch herbeisehnte.

Bei jedem ungewöhnlichen Geräusch hinter der Tür seiner Zelle klopfte ihm das Herz, um nur müder zu schlagen, wenn nichts erfolgte. Er war unterrichtet, daß ihr allmählich seltener erlaubt wurde, ihn zu sehen. Aber äußere Schwierigkeiten beseitigten keineswegs die selbstverantworteten – weder seine noch ihre.

Es stand derart, daß beide einander leidenschaftlich umklammert hätten mit allen ihren Gliedern, sobald ein Umschwung der Dinge stattfand. Je weiter aber der Coup de théâtre, an den sie ohnedies nie geglaubt hatten, ihren Blicken entschwand, um so peinlicher wurden ihnen die Begegnungen, entfremdet der Leidenschaft, wie sie sein mußten. Dies nicht nur, weil für Aufwallungen kein Raum, noch mehr, weil sie ungefühlt waren.

Im Einklang mit ihr – und mit der Außenwelt – bemerkte der Gefangene, daß sein Geschick sich eingliederte unter die landläufigen, zeitgemäßen. Es hörte auf, ihn auszuzeichnen, weder im Sinn der Entrüstung, noch des befriedigten Neides. Sein Geschäft war ruiniert, alle Beteiligten hatten sich umzustellen: nur natürlich, daß sie auch hinsichtlich seiner Person anders disponierten. Er war kein Gegenstand mehr, wurde voraussichtlich nie wieder ein Gegenstand ihrer Anhänglichkeit und Furcht. Der Tag erschien, als die Ehegatten sich aussprachen über die wirkliche Wahrheit. Sie war durchaus neu, das erste Neue, das sie seit der Katastrophe einander zu bieten hatten.

Alice begann: »Mein Lieber, wir sind Realisten« – was er bestätigte, mit einem angstvollen Vorgefühl: aber so weit wie die wirkliche Wahrheit gingen seine Ahnungen denn doch nicht. Sie stellte fest, daß seine internationalen Verträge unwirksam geworden waren – infolge höherer Umstände, ohne sein Verschulden, aber so gut wie aufgelöst. Andere hatten die Lieferungen übernommen, Ausländer, die gegebenen Falles bei den Gerichten im Vorteil waren. Es wäre denn, daß die deutschen Heere zuletzt noch im Triumph den Sieg davontrügen. Danach sah es immer weniger aus.

Er war einverstanden: danach sah es nicht aus. Ob man es bedauern sollte? Sogenannte Vaterlandsverräter wie er selbst wurden am ehesten durch die Niederlage und den Umsturz in Freiheit gesetzt. Alice gab es freudig zu. Wenn es soweit wäre! Eine oder zwei Minuten raunten die beiden Angehörigen der herrschenden Klasse, mit Blicken nach der Tür, staatsgefährliche Wünsche.

Indessen waren es fromme Wünsche. Bis jetzt war Krieg. Von dem überführten Verräter kauften weder Deutschland noch seine Verbündeten das Eisen, das ihm abzunehmen ihre verbürgte Pflicht gewesen wäre. Die Firma erfüllte beständig ihre Verbindlichkeiten in Schweden, das unabsehbare Eisen häufte sich an: Ein Teil mußte mit Verlust abgegeben werden an neutrale Händler. Es bildete immer noch einen Schatz ohne Ende – wenn der Krieg erst aus und Deutschland geschlagen war. Bis zu diesem Zeitpunkt war es eine Last: das Haus trug an ihr schwerer und schwerer. Sein verhinderter Chef zog selbst das Ergebnis: »Ich sitze hier, bis ich in aller Stille ein armer Mann geworden bin.«

Zwei Minuten eines unheilschwangeren Schweigens. Die Augen der Gatten streiften einander, sie hafteten nicht. Die Ahnungen des Mannes gewannen während der Pause an Inhalt. Sie waren furchtbar konkret geworden, als Alice ihr Wort sprach. »Du mußt das Geschäft abtreten.« – »An meinen Juniorpartner«, vollendete er. »Zum Schein« – dies holte er versuchsweise nach. Sie belehrte ihn, obwohl es kaum nötig war, daß eine fiktive Übertragung sich verbiete: sie war genau informiert. Was aber dann? Ebensogut, wollte er meinen, war ein geduldiges Abwarten des Endes.

Er gab sich überzeugt, während er doch wußte: so leicht resignieren wir nicht. Am wenigsten sie, und sie hat zu verfügen. Ich – für wieviel zähle ich noch? Das sollte er jetzt erfahren. Sie sagte, daß sie seine Gefährtin sei und niemand lieben werde als nur ihn. Sie sprach es im Ton einer geschäftlichen Erörterung. Er hatte genug. Das übrige nahm er ihr aus dem Mund – um ihretwillen. Sie sollte nicht genötigt sein, es auszusprechen.

»Unser Freund wird Alleininhaber der Firma, unter der Bedingung, daß er dich heiratet. Deutschland und der Balkan kaufen wieder, du bleibst die Frau, die du bist. Bemerke wohl, daß ich es will. Dir in den Weg treten, nie. Aber es gibt einen anderen, du wirst meinen Vorschlag in Betracht ziehen wie ich den deinen. Ich habe im Ausland beträchtliche Guthaben. Wir sind nach Abtretung der Firma persönlich noch immer reich genug, um unsere Stellung – deine Stellung – zu behaupten.«

»Du vergißt deine eigene Lage«, erwiderte sie schonend und traurig. »Meine Stellung, solange mein Mann hier sitzen muß?« – »Nicht lange« – zum ersten Male bat er, seine Stimme wurde flehentlich. »Vielleicht nicht einmal für die Dauer des Krieges. Wegen meiner guten Führung – und aus anderen Gründen, werden mir Hoffnungen auf Abkürzung der Strafe gemacht.« – »Sehr möglich«, sagte sie, immer schonend, »aber wir wissen es nicht. Inzwischen werden wir älter.«

Er verstand: sie selbst alterte. Sie hatte um sieben Jahre mehr. Sie fürchtete das Alter. Hier sah er sie voll an, ein langer Blick, berauscht von Liebe – dermaßen, daß sie aufweinte. »Du bist schöner als je« – er atmete stark. »Schöner als in unserer besten Zeit, und sie war nicht die beste. Ich verspreche dir mehr. Denn ich begehre dich mehr.«

»Dich liebe ich. Dich allein werde ich immer lieben.« Sie stöhnte wie er. Wo blieben die geschäftliche Erörterung und ihr Ton? Im Zweifel zwischen Geschäft und Liebe, siegte die Liebe. Alice sank an seine hingebreitete Brust. Nach ihrer Vereinigung trennten sie sich, um nie einander wiederzusehen.

Statt ihrer betrat seine Zelle ihr Arzt, um ihm mitzuteilen, daß sein Juniorpartner ein kranker Mann sei. Ein Herzklappenfehler, die herrschenden Umstände machten ihn schneller kritisch, als er sonst wohl gewesen wäre. Frage: »Wie lange?« Antwort: »Sie werden ihn bei Ihrer Rückkehr kaum noch vorfinden.« Hiernach verging dem Gefangenen jeder Zweifel – nicht gerade an dem Gesundheitsbefund des gut aussehenden Herrn. Nur was Alice beschlossen hatte, war im reinen. Nach dem pünktlichen Abgang ihres zweiten Gatten brachte sie ihrem ersten das gerettete Geschäft in eine neue Ehe mit.

Er begriff, daß sein Widerstand unnütz und daß er verderblich gewesen wäre. Er willigte in die Scheidung – die wegen gegenseitiger unüberwindlicher Abneigung ausgesprochen wurde. Sie ließ bis zu ihrer Wiederverheiratung die Anstandsfrist vergehen, er wartete sie ab; erst als er sie auf der Hochzeitsreise wußte, erhängte er sich. »Aber die Liebe bringt in gewissen Jahren dem Geschäftsmann erst die wahren Gefahren«, wäre die Inschrift auf seinem Stein gewesen, aber sie hätte sich indiskret ausgenommen.

Als nicht der Herzkranke, sondern Alice ihm in Bälde folgte, hätte man über dieses wirklich gebrochene Herz die Worte setzen können: »Aber die Liebe verführt die armen Frauen, immer blond zu bleiben, nie zu ergrauen.« Auch das unterblieb.

Editorische Notiz

Die Novellen des vorliegenden dritten Bandes der *Sämtlichen Erzählungen* schrieb Heinrich Mann – bis auf eine Ausnahme – vom Sommer 1908 bis Herbst 1929. Mit dem autobiographischen Novellenzyklus *Das Kind* endet die novellistische Produktion Heinrich Manns, sieht man einmal ab von dem novellistischen Intermezzo *Eine Liebesgeschichte* (geschrieben vermutlich 1943/44) aus dem neunten Kapitel seines Memoirenwerkes *Ein Zeitalter wird besichtigt* (1946).

Die Novellen sind in Themen und Motiven eng verflochten mit dem gleichzeitig entstehenden Prosawerk des Autors: Die ersten Erzählungen gehören in den Umkreis des Romans *Die kleine Stadt* (1910), dann folgt eine Gruppe, die in mehr oder weniger engen Beziehungen zu den Romanen *Der Untertanen* (1914), *Die Armen* (1917), *Der Kopf* (1925) und *Mutter Marie* (1927) stehen, während die letzten Novellen Motive des ebenfalls stark autobiographisch gefärbten Romans *Eugénie oder Das Ende der Bürgerzeit* (1927) anklingen lassen oder ein novellistisches Resumée zu *Ein Zeitalter wird besichtigt* (1946) ziehen.

Dieser Band *Die Verräter* zeigt die ganze Bandbreite der Novellistik Heinrich Manns wie in einem Focus: Stehen in den ersten Novellen noch Themen der früheren Bände im Vordergrund (Künstlerproblematik, Freiheitskampf des italienischen Risorgimentos, erotische Leidenschaft), zeigen die Erzählungen aus der Zeit des Ersten Weltkrieges und der Weimarer Republik Heinrich Manns Entwicklung vom satirischen Schilderer des Wilhelminismus zum scharfen Kritiker der kapitalistischen Gesellschaft.

Bis auf drei Ausnahmen sind alle einunddreißig Novellen (oder Teile daraus) in Tageszeitungen, prominenten Zeitschriften, Almanachen oder Jahrbüchern der Zeit zum erstenmal veröffentlicht worden: *Die arme Tonietta, Die Ehrgeizige, Die Tote* in der Wiener Tageszeitung ›Die Zeit‹; ebenfalls in Wien *Das Herz* in der ›Neuen Freien Presse‹; *Die Unschuldige* in Karl Kraus' Wiener ›Fackel‹; *Auferstehung* in ›Westermanns Monatsheften‹; *Die Rückkehr vom Hades* in ›Pan‹; *Die Verräter* in ›Licht und Schatten‹; *Der Bruder* in Réne Schickeles Zeitschrift ›Die Weißen Blätter‹; *Der Vater, Der Mörder, Die beiden Gefahren, Felicitas, Die beiden Gesichter, Zwei gute Lehren, Der Freund* im ›Berliner Tageblatt‹; *Der Jüngling* in ›Der Neue Merkur‹ und gleichzeitig in ›Die Zukunft‹; *Szene, Die roten Schuhe* und der zweite Teil von *Liliane und Paul* in der Prager ›Deutschen Zeitung Bohemia‹; *Sterny* in der Berliner ›BZ am Mittag‹; *Kobes* in S. Fischers ›Neue Rundschau‹; *Der Gläubiger* im ›Prager Tageblatt‹; der erste Teil von *Liliane und Paul* in der ›Prager Presse‹; *Surtup* in der in Frankfurt am Main erschienenen Zeitschrift ›Das Illustrierte Blatt‹; *Der Maskenball* im Berliner ›Uhu‹; *Herr Gewert* in der ›Berliner Illustrierten Zeitung‹; *Die Verjagten* im ›Almanach 1920‹ des Rudolf Mosse-Verlags, Berlin; *Der Maskenball* und *Die beiden Gesichter* zusammen unter dem Titel *Erinnerungen* im ›Jahrbuch Paul Zsolnay Verlag. 1928‹; *Eine Liebesgeschichte* schließlich in der in Moskau herausgegebenen Zeitschrift ›Internationale Literatur‹.

Bei den ersten beiden Novellen aus dem Zyklus *Römische Chronik, Ein Priester ist eifersüchtig auf einen Seiler* und *Im Café Aragno*, sowie bei der Novelle *Das verlorene Buch* aus dem Zyklus *Das Kind* sind bislang keine Drucke in Periodika nachgewiesen.

Nach ihren Erstdrucken sind alle Novellen bis auf *Die roten Schuhe* und *Surtup* zu Heinrich Manns Lebzeiten in den folgenden für ihre Wirkungsgeschichte bedeutsamen Novellen-Sammlungen oder Einzelausgaben erschienen:

Das Herz. Novellen. Leipzig: Insel-Verlag 1910 *(Das Herz, Die arme Tonietta, Die Unschuldige)*.

Die Rückkehr vom Hades. Novellen. Leipzig: Insel-Verlag 1911 *(Die Rückkehr vom Hades, Auferstehung)*.

Bunte Gesellschaft. Novellen. München: Albert Langen Verlag für Literatur und Kunst [1917] (= Langens Mark-Bücher Bd. 18] (*Ein Priester ist eifersüchtig auf einen Seiler* und *Im Café Aragno* unter dem Titel *Vermischtes aus der Zeitung*).

Die Tote und andere Novellen. München: O.C. Recht Verlag (1921) (= Novellen in Gelb. Bd. 3) *(Die Tote, Der Bruder, Die Verjagten)*.

Der Jüngling. Novellen. München: Gunter Langes [1924] *(Der Jüngling, Der Mörder, Sterny, Die Verräter)*.

Abrechnungen. Sieben Novellen. Berlin: Propyläen-Verlag [1924] (= Das kleine Propyläen-Buch) (*Der Gläubiger, Szene, Der Bruder, Die Verjagten, Die Tote* [zusätzlich zwei ältere Novellen, *Liebesspiele* und *Ehrenhandel*]).

Sie sind jung (1.–8. Tausend). Berlin, Wien, Leipzig: Paul Zsolnay Verlag 1929 (*Felicitas, Der Jüngling, Der Bruder, Römische Chronik: Ein Priester ist eifersüchtig auf einen Seiler – Im Café Aragno – Die Verjagten, Der Gläubiger, Sterny, Das Kind: Der Maskenball – Die beiden Gesichter – Zwei gute Lehren – Das verlorene Buch – Herr Gewert – Der Freund* [zusätzlich das Schau- und Singspiel *Bibi*]).

Als eigenständige Publikationen erschienen nach dem Erstdruck:

Auferstehung. Novelle. 1.–10. Tausend. Leipzig: Insel-Verlag [1913] (= Insel-Bücherei. Nr. 62).

Der Sohn. Novelle. Hannover: Paul Steegemann Verlag 1919 (= Die Silbergäule. Bd. 3). – Textidentisch mit *Der Vater.*

Die Ehrgeizige. Novelle. 1.–5. Tausend. München: Roland-Verlag Dr. Albert Mundt 1920 (= Die Neue Reihe. Bd. 19).

Kobes. Mit 10 Lithographien von George Grosz. Berlin: Propyläen-Verlag (1925).

Liliane und Paul. Novelle. (1.–10. Tausend). Berlin, Wien, Leipzig: Paul Zsolnay Verlag 1926.

Der Freund. Novelle. Wien: Verlag Der Wille 1931.

Heinrich Mann hat von den bis zum Ersten Weltkrieg entstandenen Novellen nur fünf *(Das Herz, Die arme Tonietta, Die Unschuldige, Die Rückkehr vom Hades, Auferstehung)* in den zweiten Novellen-Band seiner Werkausgabe, die *Gesammelten Romane und Novellen* von 1917 im Kurt Wolff-Verlag (im Inhalt unverändert auch in den *Gesammelten Werken* von 1930/31 im Wiener Paul-Zsolnay-Verlag), aufgenommen.

Die zwanziger Jahre waren für Heinrich Mann die letzte, aber nicht weniger fruchtbare Periode seines novellistischen Schaffens. Die Entwicklung der jungen Republik, die Inflationszeit mit Schiebertum und Sozialdarwinismus – all das gab Anlaß zu entlarvender Kritik. Diese Zeitstimmung, die besonders die vier Inflationsnovellen *Sterny, Die roten Schuhe, Kobes* und *Der Gläubiger* prägt, ist von

Heinrich Mann später einmal im Zusammenhang mit der Entstehung seines Memoirenwerkes *Ein Zeitalter wird besichtigt* in ein meisterhaftes miniaturähnliches Bild gefaßt worden: »Nun war nicht zu erwarten, daß eine Inflation dieses Umfanges auf die Zahlungsmittel beschränkt bliebe. O nein; sondern erst recht die Gefühle schwollen an und entwerteten sich, die Reue, die Angst, der Haß und der Selbsthaß. Man warf sich weg und schweifte aus; die Vorgänge der Liebe wurden zur öffentlichen Schau; jede Straßenecke, wo keine Schwindelbank aufragte, verwandelte sich in einen Ausschank. Betrunkene schwankten. Verhungernde taumelten, den teuersten Wagen lenkten Schuljungen, die mit dem Zerfall der Währung ihre kurzfristigen Geschäfte machten, aber die Leichen ungeschickter Intellektueller wurden gegen Morgen im Park aufgesammelt.« Die Analyse dieser Wechselwirkungen von Sein und Bewußtsein prägen auch Heinrich Manns essayistisch-publizistisches Engagement dieser Zeit und sind beständiges Thema seiner Korrespondenzen.

Am 19. Oktober 1922 schrieb Heinrich Mann aus München an den französischen Germanisten, Übersetzer und Kritiker und späteren Freund Félix Bertaux nach Sèvres bei Paris: »Vorläufig kann man den Leuten nicht mit einer verwirklichten – auch wirthschaftlich verwirklichten – Demokratie kommen. Man reicht grade an sie heran, wenn man sie für eine nur politische, wenn auch hochkapitalistische Republik zu gewinnen versucht. Dies überlasse ich Anderen, sehe aber ein, daß es nothwendig ist. Schon 1919, als die radikalen Sozialisten voll überschwänglicher Hoffnungen waren, hielt ich ihnen entgegen, daß die Geschichte keine Sprünge macht. Wir müssen, so gut wie Andere es müssen, die Epoche der rein kapitalistischen Demokratie überstehen. Hoffentlich dauert sie bei uns weniger lange; die Maßlosigkeit des heutigen Kapitalismus scheint dies zu versprechen. Aber vorläufig schläft die Sozialisirung der Bergwerke in den Sätzen der Weimarer Verfassung, und Herr Stinnes schließt Staatsverträge. Mit diesen Thatsachen haben wir uns abzufinden, und auch meine gegenwärtige Stellung wird durch sie bestimmt. [...] Ich arbeite an dem Roman, der auf den *Untertan* und *Die Armen* folgt und die Politik und die Geistesart der wilhelminischen Ära in ihren höchsten Vertretern, vom Anfang bis ans Ende – behandelt [gemeint ist *Der Kopf*]. Ich hoffe, daß mein Gesichts- und Gedankenkreis sich darin erweitert zeigen wird; aber es wäre kühn von mir, es zu behaupten.«

Am 29. Dezember 1923 ist die Hoffnung auf schnelle Veränderung der Dinge vorbei: »Ich habe aus der Not eine Tugend gemacht. Da ich jetzt nur mit Unterbrechungen schreiben kann, habe ich eine Reihe Novellen *aus dieser Zeit* begonnen. Einen Roman ließe sie noch nicht zu; aber Zeitdokumente, die zusammenhängen und auf das gleiche Ziel losgehen, erlaubt sie mir. Meine Hoffnung ist dennoch, daß ich im Frühjahr, bei mehr Ruhe, meinen Roman [gemeint ist erneut *Der Kopf*] wieder fördern kann.« Und in einem Brief vom 27. Februar 1924 heißt es: »Sie sehen, die ruhige u. fruchtbare Arbeit am Schreibtisch war mir auch jetzt nicht vergönnt. Ich lebe unter der Notwendigkeit, Dinge zu unternehmen, die sofort Geld bringen. Dieser Winter, der die Einführung unserer sogenannten Goldmark gesehen hat, ist ein Kriegswinter für mich. Denn das Leben in Deutschland ist plötzlich um vieles teurer, während man keineswegs viel mehr verdienen kann u. die ›Devisen‹ für uns entwertet sind. Sonderbarer Verlauf, ich erwähne ihn eben wegen seiner Sonderbarkeit. Einige Novellen aus dem Kreise ›Kobes u. seine Welt‹ habe ich dennoch geschrieben. Es sind äußerst zeitgemäße Sachen, denn Kobes ist ein anderer auf -es [gemeint ist wieder Stinnes]; und ich hoffe, daß wenigstens dieser Band bis zum Herbst fertig ist, wenn es schon nicht der

Roman sein kann. Aber ich wünschte mir die Zukunft fruchtbarer. Ich darf sagen, daß es nicht an mir liegt, wenn nicht schon die Gegenwart es ist. Ich bin voll ungeschaffener Arbeit. Die Zeit erlaubt sie mir nicht, und sie hat auch meine Nerven schon geschwächt.«

In einem Brief an Kurt Tucholsky vom 12. Mai 1924 heißt es schließlich über *Kobes* skeptisch, was die Wirkung betrifft: »Diesen Winter schrieb ich auch den Hymnus der Inflation, eine Art Stinnes-Verklärung in Novellenform, kurz, aber vehement. Wer weiss, was damit wird. Für wen? ist immer und bei allem die grosse Frage«, um dann fortzufahren: »Man sollte Märchen schreiben. Ähnliches nehme ich mir vor, sind meine Aufgaben nur erst gemacht.«

Während die Handschriften, die Erstdrucke in Zeitungen, Zeitschriften sowie sonstigen Periodika und die Veröffentlichungen in den oben genannten Novellen-Sammlungen meist nur geringfügig in Stil, Anordnung der Absätze, Lautstand, Orthographie und Interpunktion voneinander abweichen, hat Heinrich Mann die fünf Novellen für die Kurt-Wolff-Ausgabe von 1917 sowie für die Einzelausgaben nochmals überarbeitet. Kaum inhaltliche Korrekturen bestimmen seine Bearbeitungen, vielmehr stehen stilistische Präzisierungen und Änderungen in der Anordnung von Absätzen – oft unter Rückgriff auf seine Gewohnheiten – im Lautstand und der Interpunktion im Vordergrund. Die Aufnahme der Novellen in der zeitgenössischen Kritik war – wie fast immer im Falle der Werke Heinrich Manns – gespalten: Während linksstehende oder liberale Kritiker (Siegfried Jacoby im ›Berliner Tageblatt‹ oder Klaus Mann in ›Der Querschnitt‹) die Erzählungen und vor allem den Stil positiv und teilweise enthusiastisch beurteilten (»Schreibkünstler ersten Ranges« oder »Meisterstücke von Kleistscher Kraft der Konzentration«), stießen die Novellen – wie nicht anders zu erwarten war – bei reaktionären und nationalistischen Kritikern (A. Kamp, Karl Strecker u. a.) auf teils vorgeblich ästhetische (»seine von naturalistischen Theorien beeinflußte Technik [...] verdunkelt [...] die klare Anschaulichkeit«), teils diffamierende moralische Ablehnung (»er scheint nur in der Sphäre des Geschlechtlichen leben und bilden zu können«). Über die buchhändlerischen Erfolge oder Mißerfolge der einzelnen Novellenbände kann nur gemutmaßt werden, da keine Verlagsunterlagen dazu vorhanden sind. So dürfte auch für den Erfolg des teilweise grandiosen Finales seiner novellistischen Produktion wieder das zutreffen, was Heinrich Mann schon in Hinblick auf den seines Anfangs geargwöhnt hat, nämlich daß er »nur literarisch« gewesen sei (autobiographischer Brief an Alfred Kantorowicz vom 3. März 1943).

Die vorliegende Ausgabe hat als Textgrundlage Band 18 der *Gesammelten Werke* Heinrich Manns (Akademie-Ausgabe des Aufbau-Verlages; Bearbeiter: Volker Riedel, Redaktion: Sigrid Anger).

Folgende Entscheidungen haben in dieser Ausgabe die Konstitution der Texte auch dieses Bandes bestimmt:

Als Textgrundlage dient jeweils die letzte von Heinrich Mann bearbeitete Fassung. Die Texte sind, bei Wahrung des Lautstandes, orthographisch modernisiert. Die Interpunktion wurde unter Beachtung sprachrhythmischer Eigenheiten Heinrich Manns dem gegenwärtigen Gebrauch behutsam angeglichen. Schreib- und Druckfehler sind berichtigt; bei offensichtlichen Textentstellungen wurde auf frühe Ausgaben oder die Handschrift zurückgegriffen.

Marbach am Neckar,
13. Februar 1996

Peter-Paul Schneider